Michael Köhlmeier
Telemach

Michael Köhlmeier

TELEMACH

Roman

Piper
München Zürich

Für meinen Sohn Lorenz

ISBN 3-492-03813-1
© R. Piper GmbH & Co. KG, München 1995
Gesetzt aus der Walbaum-Antiqua
Gesamtherstellung: Clausen & Bosse, Leck
Printed in Germany

Inhalt

Vorspiel · Odysseus

Ihm war, als wandelte er auf stumpfem, schwarzem Grund, der keine Geschichten erzählte und keine Geschichte mehr zuließ. Wenn er am Strand saß, den Palmenhut auf dem Kopf, und es leid war, Selbstgespräche zu führen, hörte er nur seinen Atem, und hielt er die Luft an, hörte er gar nichts. Denn es gab keinen Wind und keine Vögel. Wenn er die Augen schloß, dann rückte der Horizont näher und näher, raste über das Meer auf ihn zu, und der Himmel schoß auf sein Haupt nieder.

Wie war er hierher geraten, auf diese Insel, in dieses Paradies am Ende? Erst hatte er Krieg geführt mit einer Grausamkeit, deren Glutwelle sich über dreitausend Jahre wälzte, bis herauf zu uns. Dann waren seine Schiffe auseinandergeschlagen und versenkt, seine Männer geschlachtet, gefressen, ersäuft worden. Er war übriggeblieben, mit Lumpen für Hemd und Hose und klarem Menschenverstand. So hatte ihn das Meer ans Ufer gespuckt, als wäre er ein Ekel für Krebse und Fische.

Die mit dem herrlich geflochtenen Haar, die Nymphe Kalypso, sah ihn unten am Strand liegen in seiner verbogenen Haltung, den einen Arm über den Rücken geknickt, den anderen mit einem Bein verschlungen. Noch niemals hatte sie den Schatten verlassen. Für ihn tat sie es. Schreiend wie durch Feuer lief sie über den sonnigen Strand. Schreiend schleifte sie den Ohnmächtigen über den Sand zurück in den Schatten, zerrte ihn hell keuchend durch das Unterholz zu ihrer Grotte, goß Milch über ihn, und er erwachte. Mit ihren Haaren brachte sie die Milch auf seine von Salz, Sand und Sonne zerrissene Haut auf und blies sie trocken, bis er vom Scheitel hinunter zur Sohle in eine weiche, elastische Käseschicht gepackt war – wie vor langen Jahren sein Söhnchen nach der Geburt, als ihn die Hebamme ihm, dem Vater, in die Hände gelegt hatte...

Die Nymphe, die das für ihn getan, die ihn vor dem Ertrinken in der Flut, vor dem Verdorren in der Sonne gerettet hatte, sie war die schönste Frau, die je vor seine Augen getreten war. Ihre Haare waren so lang und dicht, daß sie wie ein Zelt um ihren Körper fielen, wenn sie auf ihren Fersen hockte und den Kopf schüttelte. Immer mußte er sich nach ihr umsehen, denn sie versteckte sich vor ihm. Aber sie war immer in seiner Nähe. Sprach er in die eine Richtung mit ihr, hörte er sie aus der anderen antworten. Sie kannte nur wenige Worte, darum war alles, was sie sagte, kurz und ähnlich. Anfangs verbrachte er die meiste Zeit damit, sie in seiner Nähe zu suchen. Das stachelte ihn auf, machte ihn verrückt, denn er sah sie im Geiste vor sich, und das ließ ihm keine Gelegenheit, an etwas anderes zu denken als an sie. Nur wenn er über ihr lag oder unter ihr, erlaubte sie ihm, ihr Gesicht zu betrachten. Anders wollte sie von ihm nicht angeschaut werden. Sie hatte ihm das Leben gerettet, und dafür wollte sie ihn haben. Er gefiel ihr so gut. Mehr konnte sie dazu nicht sagen. Es enthielt alles, was sie meinte und wollte.

Er habe eine Frau und einen Sohn, sagte er, seit vielen Jahren schon sehne er sich nach ihnen, die wolle er wiedersehen. Deine Frau wird dich nicht mehr wollen, hielt die Nymphe dagegen, der Sohn wird dich gar nicht kennen. Aber er stand auf von ihrem Bett, zog sich an, hob die Hand zu einem verlegenen Gruß. Er werde jetzt gehen. Aber er kam nicht einmal bis zum Strand, so geschwächt war er von der Liebe, und auf halbem Weg sah er wieder ihr Gesicht vor sich, wie er es eben erst unter sich gesehen hatte, und er kroch zurück zu ihr, in ihre Höhle, unter die Felle und riß sie an sich. Sie versprach ihm, wenn er bei ihr bliebe, würde er nie sterben. Und das ist das größte Versprechen, das die Liebe geben kann, denn das Leben, dieses liebe Leben im Sonnenlicht, ist dahin mit dem Tod, mag nun folgen, was will. Und er konnte dieses Versprechen begreifen und ermessen. Denn wo die Toten sind, dort war er bereits gewesen. Es war erschreckend gewesen und bedeutungslos zugleich. Über das ewige Leben brauchte man nicht lange nachzudenken, um es als ebenso erschreckend und bedeutungslos zu erkennen wie den Tod, als den Alptraum eines Idioten. Wieder lief er zum Strand hinunter und blickte über das Meer. Er wußte nicht, in welcher Richtung seine Heimat lag. Alle Überlegungen hatten ihm in dieser Frage keine Sicherheit geben können. Aber es spielte ja keine Rolle, die Richtung der Sehnsucht ist ohnehin nicht nach Winkelgraden zu berechnen. Und nach einer oder zwei oder drei Stunden war die Kraft in seinem Körper wieder hergestellt, und er ballte die Fäuste – »Nur noch dieses eine Mal! Nur noch dieses eine Mal!« – und rannte zurück in die Höhle, wo die Nymphe wartete und zu ihm sagte: »Siehst du, jetzt sind es bereits sieben Jahre, daß du bei mir bist, und das ist alles nichts gegen die Ewigkeit bei gleicher Kraft und gleichem Alter und gleichem Geist und gleicher Lust.« Und dann preßte sie sich ihn auf den Bauch, und er schlug mit den Hüften auf sie ein und schrie sie an: »Ich pfeife auf dein ewiges Leben! Und auf dich auch!« Und sprang, als er fertig war, gleich aus dem Bett. Sie lächelte ernst, richtete sich auf den Ellbogen auf und schaute zu, wie er in die Hosen fuhr. Und er kehrte zurück zum Strand, und auf dem Weg hinunter ballte er wieder die Fäuste und zischte zwischen den Zähnen: »Jetzt aus! Jetzt vorbei! Jetzt heim! Jetzt endgültig!« Und er meinte damit, daß er sie nun nicht mehr ausstehen könne, die Nymphe, daß ihn ihre kampflose Unterordnung nun endgültig nicht mehr reize, daß er es endgültig satt habe, mit jemandem zu leben, der so viel gab und so wenig brauchte. Aber wenn er den Strand erreicht haben wird, werden die Kraft und die Lust wieder zurückgekehrt sein, und er wird umkehren und vor sich hinfluchen: »Nur noch dieses eine Mal! Nur noch dieses eine Mal!« Und er wird sich beeilen. Sie wartet nämlich. Sie wartet mit diesem ekstatisch ruhigen Ernst auf dem Gesicht, der nichts anderes bedeutet als das alte *binetiao* – ich will mit dir schlafen. Das ist Kalypsos Zauber.

So wuchsen die Jahre heran, sie wuchsen über ihm zu wie

Dornengestrüpp, und mit seinen Gedanken war er auf sich selbst zurückgeworfen, ausgeschlossen vom göttlichen Geist, der aus der offenen Welt leuchtet. Er war nicht allein auf dieser Insel, aber er fühlte sich allein auf der ganzen Welt, und seine Überlegungen wurden wertlos dadurch, daß es niemanden gab, der ihm lieb genug war, um sie ihm mitzuteilen... So sehen wir den Mann Odysseus auf der Insel Ogygia, von Kalypso geliebt, umsorgt und festgehalten.

Und es sehen ihn die Götter. Von oben schauen sie auf ihn herab, mit gleichgültiger Anteilnahme, einer Haltung, die für den Sterblichen unmöglich, weil paradox ist... – Unvermerkt fallen wir ins Präsens, das an keiner Stelle weniger angebracht erscheint, als wo es sich um Sagenhaftes handelt. Götter, die uns schon vor Tausenden Jahren verlassen haben, sollten auf gegenwärtige Rede Anspruch haben? Dennoch zögern wir, von den Göttern im Präteritum zu sprechen. Dies käme nämlich dem Eingeständnis gleich, daß sie der Gegenwart endgültig verloren sind. Aber wo sonst hätte der Mythos, die Große Erzählung, genügend Platz, um sich auszubreiten über alle Kontinente, sich zurückzulehnen in alle Jahrhunderte, sich vorzubeugen in alle Zukunft, wo sonst, wenn nicht an dem Punkt der Gegenwart, die in einem winzigen Vexiersprung zur Ewigkeit wird.

Die Götter also sehen Odysseus. Sie blicken auf ihn herab – oder: zu ihm hinein –, wenn wir wollen, daß der Ausdruck *in das Leben hineinschauen* hier zur Anwendung komme – oder: zu ihm hinauf, wenn wir uns die Götter als Damen und Herren im Kino vorzustellen belieben. Und dieser Mensch, der arme, unter ihrem ewig ausgestirnten Himmel, dieses Eintagswesen, dessen Kraft sich verliert zwischen seinem Heimweh und seinen Obsessionen – sein Schicksal dauert sie. Von unten, am Ziel aller Höllenfahrt – um dort zu beginnen – hebt die schreckliche Persephone ihre Augen zu ihm empor, schön und schwarz, als ob die bloße Nacht dort stünde, mond- und sternenlos. Oben, über den Felskronen der Berge, in Angesicht und Gestalt Erfundenen gleich, die es nirgends auf der

Welt gibt und niemals auf der Welt gab, reiht sich die erste Garnitur: Zeus, der Göttervater, Wetterleuchter, Wolkentürmer, Hera, seine riesenhafte Frau und Schwester, Hermes, das Idol der Diebe und Zwischenträger, Hephaistos, der Schmied, Apollon, Artemis, Ares, Aphrodite und Hestia. Aber auch die neun Musen hocken in der Luft, gehütet von ihrer Mutter Mnemosyne, und die Moiren sind da, glotzen zwischen ihren schwarzen Flügeln hervor. – Und wieder plagt uns, den Schreiber diesmal, das Gewissen: Soll er die Rede der Ewigen wie die Reden der Menschen in Anführungszeichen setzen – in »Gänsefüßchen«? Warum nicht? Was wissen wir schon über die Gänse, und was wissen wir über die Götter! Daß jene kein Wissen brauchen und diese alles besitzen...

»Er soll heimkehren«, sagt Zeus, der Allwaltende.

Wer würde ihm widersprechen? Wer – außer: *Obrimopatre*, die starke Tochter des starken Vaters, Lieblingskind des Wolkentürmers, Beraterin des Wetterleuchters, die *Tritogeneia, Alalkomene*, die Pallas Athene: der Geist, der aus der offenen Welt leuchtet.

»Will er denn überhaupt«, fragt sie. Wie ein Richtstrahl fegt ihr Blick aus himmelragender Höhe über die Erde hin nach Ogygia. »Will er denn heimkehren? Will er in seine Rechte eintreten und Besitz nehmen von der ihm gebührenden Würde?«

»Zu seiner Frau will er und zu seinem Sohn«, sagt der Göttervater, der Sender der Träume, der Urheber aller Vorzeichen. »Seht doch, wie er trauert um seine Liebsten!«

Und von oben und unten, von allen Seiten betrachten die Unsterblichen mit gleichgültiger Anteilnahme den Schmerz des Dulders:

Ja – er hatte um seine Liebsten getrauert. Er hatte sich sogar einen Plan gemacht, wie zu trauern sei. Es war gewesen wie Arbeit. Denn der Krieg hatte ihm die Gefühle ruiniert. Er dachte sich die Ohrläppchen seiner Frau herbei, von denen er wußte, daß sie voll und weich und weit ausholend waren; und in der Erinnerung an seinen Sohn ließ er zu Anfang kein anderes Bild zu als die kieselkleinen, nach innen gezogenen Zehen des nackten Füßchens. Beim Abschied hatte er den Sohn in den Arm genommen, die Sohlen des Kindchens waren in seinem Ellbogen gelegen und der Kopf in seiner Hand. Die Füße hatten in einem sanften Rhythmus in seine Armbeuge gestrampelt...

Es hatte ihn Mühe gekostet, diese Bilder zu finden, zu klären, zu halten. Aber schließlich hatte er getrauert. Er hatte getrauert um Penelope und Telemach und in einem gleich auch um Ithaka, seine Stadt mit den warmen, tröstlichen Backsteinmauern, den schief in den Angeln hängenden hölzernen Toren, dem Hafengeruch nach gebranntem Zucker, Pech und Hanf. Er glaubte es selbst kaum, als er den ersten Schmerz in sich fühlte. Es war ein wunderschöner Tag, ein durch und durch gelungener Morgen. Die Luft roch nach Föhn, bildete er sich ein, ein Geruch, wie er ihn wieviele Jahre nicht in der Nase gehabt hatte. Sein eigenes Seufzen hatte ihn geweckt. Er trauerte! Er war glücklich. Er rollte sich aus den Fellen, vermied es, die Frau neben sich zu berühren oder auch nur anzusehen, trat aus der Höhle in den immergleichen Sonnentag. Er dankte Gott für den Seufzer aus eigenem Herzen, der doch ein Vorbote einer größeren, vielleicht sogar erhabenen Trauer war oder wenigstens hätte sein können, eines Gefühles, das er nie empfunden, immer nur vorgespielt hatte, meistens bei offiziellen Anlässen, einem inneren Befehl gehorchend – *raison d'être!* –, freilich ein wenig gesüßt und gesäuert durch versteckten Spott und versteckten Neid auf jene, die offen und frei dieses Gefühls fähig waren. Behutsam hatte er nun den zarten Schmerz herangezogen, hatte ihn umworben und umsorgt durch Tage, Wochen und Monate, hatte ihm nicht nur seine Gefühle gewidmet, sondern auch seinen ganzen Verstand, und ihn damit ebenso vor tränenlosem Verdursten wie vor lamentierenden Überschwemmungen gerettet. Die Trauer tat auf vernünftige Art und Weise weh.

Aber man wird nicht glücklich, weil man glücklich sein will, man wird nicht traurig, weil man Trauer trägt, und man besiegt die Langeweile nicht allein mit dem Vorsatz, sie zu besiegen. So überzeugt er war, daß er sie auf der Stelle und aufs heftigste lieben würde, wenn nur die geringste, aber eben doch realistische Hoffnung bestünde, sie je wiederzusehen, bald waren Frau und Sohn seinem Herzen ferner denn je. Penelope wird noch schön sein, sagte er sich, Telemach wird schon kräftig sein, Haus, Hof, Königreich werden noch ertragreich sein, und so sehr ihn der Gedanke am Anfang empört hatte, daß dies alles – Frau, Sohn, Haus, Hof und Königreich – in Hände und Arme eines anderen fallen könnte, mit den Jahren gewöhnte er sich auch an diesen Gedanken, und er kroch zurück ins Bett zu Kalypso.

»Ja, er soll nun heimkehren«, entscheidet Zeus.

Pallas Athene, die die Himmelsrichtung der Sehnsucht kennt, verbindet in einem himmelragenden Dreieck, dessen Spitze wie ein Satellit ihr Auge bildet, den Vermißten mit seinem fernen Zuhause, Ogygia mit Ithaka.

»Und wenn sie ihn zu Hause nicht mehr wollen«, fragt sie.

Da ist ein Haus, ein weißes, das steht in den Feldern nahe der Stadt Ithaka. Eine Eichenallee führt darauf zu, die sieht von oben aus wie ein ausgerollter, grüner Teppich. Es ist bald Mittag. Athenes Auge durchdringt Gemäuer und Dachziegel. Sie sieht Penelope in einen Hausmantel gehüllt auf einer blauen Ottomane sitzen. Vor ihr steht ein Mann. Der Mann ist jünger als sie. Die Göttin holt sich das Bild näher heran: Der Mann hat lehmfarbene Haare, ein etwas hängendes Gesicht und große Hände mit kurzen, breiten und sehr hellen Fingernägeln. Er redet. Ein paar Worte nur. Penelope neigt den Kopf, als warte sie. Um ihre Lippen zuckt es. Hat der Mann einen Scherz gemacht? Sein Gesicht ist leblos ernst. Jetzt legt er seine Hände auf ihren Scheitel. Sie läßt es geschehen. Gleich zieht er sie wieder zurück, verschränkt die Arme. Was denkt er? Was denkt sie? In der Seele lesen kann die Göttin nicht. Aber in Gesichtern. Und auf Penelopes Gesicht erscheint kein Gedanke an ihren verschollenen Gatten.

Jetzt springt der Blick der Göttin vor das Haus. Da halten sich Männer auf, lehnen an Säulen, rauchen, trinken, fläzen in Liegestühlen, beugen sich über Brettspiele, zwanzig Männer etwa oder mehr, sie warten, daß endlich zum Essen gerufen wird. Etwas abseits von ihnen hockt ein Alter auf dem Geländer der Veranda, er ist schwarz wie schwarzes Silber, seine Unterlippe hängt herab wie ein Pfeffersäckchen und schaukelt, ein blutrotes Hemd hat er an. Er stimmt eine Gitarre. – Wartet von denen da einer auf Odysseus?

Die Göttin zieht ihren Blick ab von dieser Szene, schaut in einen anderen Raum. Wir sehen einen jungen Mann: Telemach, der Sohn. Er telephoniert. Hat die Ellbogen aufgestützt. Den Hörer hält er mit beiden Händen. Er trägt einen schwarzen Anzug. Seine Haare sind lang, sie fallen über den Hörer. Mit wem spricht er? Auch er denkt wohl nicht an seinen Vater?

»Trotzdem soll er heimkehren«, sagt Zeus.

»Es wird ihm kein guter Empfang beschert werden«, argumentiert Athene. »Soll es ihm so ergehen wie Agamemnon, der von Klytaimnestra und Aigisth ermordet wurde? Sieh doch, diese Männer vor dem Haus und der Mann bei Penelope, sie werden Odysseus nicht schonen.«

»Sein Sohn wird ihm beistehen«, entgegnet Zeus ungeduldig. »Ist sein Name nicht Telemach? Heißt das nicht: ›Der-in-der-Ferne-kämpft‹ oder ›Der-den-Kampf-vollendet‹?«

»Er hat keine Erfahrung im Kampf«, warnt Athene.

»Was widersprichst du mir dauernd«, donnert der Ordner der Welt. »Keine der Göttinnen hier und keiner der Götter trachte, mein Wort zu vereiteln! Eine goldene Kette befestigt oben am Himmel und hängt euch alle daran! Und dennoch zöget ihr mich niemals vom Himmel herab auf den Boden. Aber wenn es mir gefiele, zu ziehen, ich zöge euch empor, und hättet ihr die ganze Erde an den Füßen und das Meer dazu, an meinem Arm würde ich die Kette festbinden, daß das ganze Weltall in der Höhe schwebt!«

So spricht der Kronide, und alle sind bestürzt.

Schließlich antwortet Pallas Athene: »Damit sie nicht alle drei verderben, Odysseus und Telemach und Penelope dazu, laß mich hinab zu dem Sohn und einen Soldaten aus ihm machen.«

14   Und lächelnd sagt darauf der Herrscher: »Fasse dich, Trito-

geneia, mein Töchterchen! Ich will dir freundlich geneigt sein. Also fahr hin! Und bevor die da unten dich auffressen, schicke ich dir den Adler.«

Als sich Pallas Athene für ihre Reise rüstet, flattert Mnemosyne herbei mit ihren neun Musentöchtern, und sie hocken sich mitten in die Luft über das Haupt der Blauäugigen, und Mnemosyne, die Mutter und Pflegerin der Erinnerung, sagt: »Auch ich möchte dir Hilfe anbieten. Viel kann es nicht sein, bin selbst nur kärglich gerüstet. Ein bißchen Streusand, wenn es gilt, jemandem dort unten die Augen vor seiner Wirklichkeit zu verschließen. Ist billig, kann aber nützlich sein. Und dann such dir noch drei von meinen Töchtern aus. Die werde ich dir bereithalten. Wenn du sie brauchst, werden sie kommen.«

Und als Pallas Athene schon die goldenen Sohlen an ihre Füße bindet, da schwingen die finsteren Moiren neben ihr nieder, die schwierigen Frauen, die Vogelgespenster – Klotho, Lachesis und Atropos, die Töchter der Nacht. Eingesunken zwischen ihre schwarzen Flügel sind ihre Köpfe. »Wenn du uns brauchst«, zwitschert Lachesis, die wie ein Zufall ist. »Dann ruf uns«, zirpt Atropos, die Notwendigkeit. »Wir werden kommen«, krächzt Klotho, die Spinnerin, die Zufall und Notwendigkeit zum Lebensfaden zusammendreht.

Und als Pallas Athene schon gegürtet ist und ihren Blick über die Erde schweifen läßt, um sich eines von den Mängelwesen dort unten auszuwählen, in das sie gleich fahren will, da trifft sie die freundliche Faust des Rabauken Hephaistos an der Schulter. »Mein Fräulein«, sagt er, »solltest du dort unten mal einen ordentlichen Zorn benötigen, dann laß es mich wissen. Denn manchmal muß einem der Zorn ins Blut, sonst läßt man seine Sache zu schnell fahren.«

Als dann schon alles bereit ist zum Start, gibt ihr der Bruder Apoll ein Zeichen, Letos starker, bogenbewehrter Sohn, den selbst Götter fürchten, und er sagt: »Und sollte es einmal günstig für dich sein, wenn ich jemandem beim Musikmachen die Finger führe und ihm beim Singen die Worte mache, dann lasse es mich wissen!«

Auch die blonde, die gewaltige Hera kommt, die Göttin der

Küche, der Plaudereien in derselben und der lecker bereiteten Speisen, und sie bietet ihre Hilfe an: »Wenn ich jemandem die Zeit stehlen soll, laß es mich wissen.« Und Persephone, die Göttin der Schwärze, die schreckliche Springerin vom Hades zum Olymp, vom Himmel zur Hölle, stellt das Ihre zur Verfügung: »Nur sei vorsichtig«, sagt sie, »das Manische und das Depressive sind furchtbare Geißeln. Wenn es geht, setze sie nur als Launen ein!«

Und auch Hestia und Artemis versprechen ihre Dienste.

Bevor sich Pallas Athene zur Erde fallen läßt, tritt noch Hermes zu ihr, der Wendige und Verschlagene, der Gewitzte, Kiebige, der Rinderdieb und Beschützer der Herden, der Worteverdreher und Textausleger, der schon am Tag seiner Geburt mehr durcheinandergebracht hat, als andere hier oben in all ihren Jahrtausenden. »Es ist sehr kompliziert dort unten«, flüstert er ihr. »Mit schönen Träumen, Streusand, Zornausbrüchen und ein bißchen Musik ist es nicht getan. Da muß dir einer schon ordentlich Ezzes geben. Komm!« Und er nimmt Athene beiseite, der Experte im Seelenfang. Und in höchster Geschwindigkeit, die Informationen auf winzigste Raumeinheiten zusammenpressend, flüstert Hermes seiner Halbschwester die *encyclopaedia humana* ins Ohr…

Nur Ares und Aphrodite, der Kriegsgott und die Liebesgöttin, sie bleiben abseits stehen, eng beieinander, greifen sich an die Geschlechtsteile, daß es keiner sieht, weil sie ihn mit ihrem, er sie mit seinem Körper deckt.

Erster Gesang

Gegen Mittag erreichte sie das Haus des Odysseus, und da war sie bereits ein Mann. Über die Stadt war sie niederge-schwebt auf ihren goldenen Sandalen – *kala pedila* –, hatte zuvor aus großer Höhe auf das Delta im Südosten geblickt, wo sich die verschlungenen Wasserläufe mit den kleinen Seen und Buchten dazwischen wie silberne Fäden und polierte Dollarmünzen aus der Dunkelheit der Vegetation abhoben; war im Sturzflug auf die Mitte des Stroms zugerast, hatte sich erst eine Handbreit über der Wasseroberfläche gefangen, um gleich voller kampffliegerhaftem Übermut wieder aufzustei-gen und abzuschwenken zum linken Ufer, wo sie so knapp über die Kamine der chemischen Fabriken hinwegflog, daß sie in die samtig schwarzen Löcher schauen konnte; war schließlich zwischen Hafen und Güterbahnhof zur Erde nie-dergegangen, landete aber nicht, sondern schwebte weiter, immer wenige Zentimeter über dem Boden, langsam nun, lautlos, vorbei an den zylindrischen Tanks der Baumwollma-gazine und zwischen den Reihen der Güterwagen hindurch, wo es nach gebranntem Zucker, Pech und Hanf roch; bog in einer scharfen Kurve über das Netz der funkelnden Schienen-stränge unter der eisernen Fußgängerbrücke hindurch, die in einem weiten Bogen den Güterbahnhof querte, fegte über die Baumkronen des Parks zur Stadt und glitt durch die leerge-brannten Straßen des hohen Mittags, setzte mit einem Hopser über Kirche und Universität und gleich auch über die ersten Villen am westlichen Stadtrand hinweg, durchbürstete den jungen Nadelwald dahinter und war dann in einem eleganten Bogen über die Kuhweiden zum Anwesen des Odysseus gezo-gen, hatte dazwischen noch einmal an Höhe zugelegt, um das Anwesen aus der Vogelperspektive zu begutachten, und war 17 endlich ganz abgetaucht. Erst auf dem letzten Stück vor der Eichenallee zum Haus hatte sie mit den Füßen die Erde berührt, und auch da nur leicht, denn sie kam wie ein Wind, der gerade die feinsten Blätter ein wenig erzittern läßt.

Die letzten hundert Meter waren gesäumt von Eichen, die Laertes, der Vater des Odysseus, hatte stehen lassen, als er, ein junger Mann damals, den Wald gerodet und das Haus gebaut hatte. Ihre Kronen vereinigten sich zu einem luftigen Zelt, und der Weg darunter bildete eine Höhle, die dem Freund, der sich dem Haus näherte, Schatten und Kühle spenden sollte. Am Ende der Allee schimmerte das weiße Haus des Odysseus. Dach und Veranda wurden von sechs schlanken Säulen getragen. Zehn Türen begrüßten den Besucher, fünf auf der Terrasse, fünf auf der Veranda im oberen Stock, rechts und links waren sie flankiert von moosgrünen Fensterläden. Der hintere Teil des Hauses lag im Schatten, dort waren zwei Türme angebaut, beide nicht höher als der Giebel des Hauses. Den einen hatte Odysseus, den anderen sein Sohn Telemach errichtet.

Sie war nun ein Mann, die Göttin Pallas Athene, und wie immer, wenn sie nicht als sie selbst, sondern als ein anderer ging, und meistens tat sie das, nahm sie Gestalt und Rolle eines wirklichen Menschen an, eines Lebenden, manchmal auch eines schon Verstorbenen. Diesmal ging sie als Mentes von Taphos, Häuptling der Seinen. Den soll man sich als einen sehnigen, schmächtigen Mann vorstellen, knapp vierzig, mit einem großen Kopf voll dichtem, vor den Ohren schon etwas grauem Kraushaar, schrundig rasierten Wangen und vielen Fältchen um Mund und Augen, die lustig wirkten, wenn der Herr lustig war, und wenn man sich einbildete, er spotte, auch dieses Bild bestätigten. Jetzt hielt er die Lippen beieinander, sein Gesicht zeigte gleichgültige Entspanntheit, ein bei offenen Augen schlafendes Gesicht, noch nicht aus der Garderobe geholt, noch hatte sich die Göttin nämlich nicht entschieden, ob sie sich den Mann überziehen wollte oder nicht. Ein abgenutzter, blauer Overall über seinem Körperchen, darunter ein grob blau-rot-grün kariertes, unter den

18

Achseln vom Schweiß entfärbtes Hemd, die Ärmel über die Ellbogen gerollt, die nackten Füße in Holzpantinen – so stand er da, breitbeinig hingestellt in die Mitte des Weges, und schaute durch die Allee hinauf zum Haus.

Dort waren Männer, an die zwanzig vielleicht, die vertrieben sich ihre Zeit auf der Terrasse, saßen, die Ellbogen auf die Oberschenkel gestützt, fläzten in Liegestühlen oder lehnten, jeden Schattenstrich ausnützend, an den Säulen, trugen weiße Anzüge und weiße Hüte, steifkrempige zu roten oder gelben Krawatten, weiche Stoffhüte zu offenen Kragen oder auch keine Hüte und nur Unterhemden und Shorts. Kleine Figuren in der Ferne waren sie, mit Zigaretten und Gläsern versorgt.

Athene entschied sich für den Mentes von Taphos, vorläufig wenigstens, zur Probe wenigstens, für diesen Tag wenigstens, und Mentes öffnete die Lippen. Die Zähne zeigte er nämlich jedem. Sie machten das Lachen dieses Mannes aus und seinen Spott, sie waren lang und etwas pferdig, an den Rändern braun vom Tabak, und weil sie immer gleich und doch die Hauptsache in jeder seiner Mienen waren, fiel es schwer, irgendwelche Launen an seinem Gesicht abzulesen. Und so war man geneigt, anzunehmen, er habe entweder vor lauter Offenheit überhaupt keine Launen, oder er sei eben ein verschlossener Mensch.

Einer der Männer vor dem Haus bemerkte ihn und rief etwas herunter. Aber er bekam keine Antwort. Mentes rührte sich nicht von der Stelle. Ein zweiter rief jetzt, und man konnte annehmen, daß es ein Witz sein sollte, einige lachten jedenfalls dazu. Aber Antwort gab es wieder keine. Mentes neigte den Kopf ein wenig, steckte die Hände in die Hosentaschen und schaute weiter zum Haus hinauf.

Wartete er, daß einer zu ihm herunterkam? War er denn überhaupt zu gebrauchen für die Aufgabe, die ihm die Göttin da in seine schmächtige Person stopfte? Der Mann redete nicht viel. – Gut. War er auch klug? – Bevor er das Wort ergriff, pflegte er die Augen nach oben zu drehen und Luft zu schöpfen, mit einer Kopfbewegung von unten, was den Eindruck erweckte, als durchstoße er eine Oberfläche und hole etwas aus einer Tiefe. Man war also gefaßt darauf, daß er Wichtiges zu sagen hatte. Seine Art war kurz und bündig. – Wurde er denn auch gehört? Oder war er einer, der zwar wenig, aber trotzdem dummes Zeug redete? Hatte sein Wort Gewicht? Erzähl doch! Du kennst ihn ja.

Ja, man hörte ihm zu. Wenn er sprach, wurde es still. Man wollte nicht zu denen zählen, die er gering achtete. Seine Stimme war leise und etwas nachlässig und kam zur Hälfte durch die Nase. Er dachte nicht daran, laut zu sprechen. Wollte man ihm zuhören, mußte man selber leise sein. Eine gute Angewohnheit war, daß er beim Sprechen seine Blicke gerecht über die Zuhörer verteilte, so daß jeder glaubte, eigentlich spreche er nur zu ihm. Man fühlte sich erhöht, wenn er sprach, ästimiert, verstanden – auch dann, wenn man selbst gar nichts gesagt hatte, wenn es gar nichts zu verstehen gab. Ängstliche Naturen fühlten sich in Schutz genommen. – Und damit war die Göttin zufrieden? – Nicht ganz. Sie war ja eigentlich der Meinung, wer viel zu sagen hat, der redet auch viel. Sie wollte aus ihm schon noch einen viel redenden Mentes machen, wenn es darauf ankam. Bis dahin aber sollte er so bleiben, wie er war – schweigsam und ein wenig hölzern.

Die oben bei der Terrasse standen jetzt wie ein Chor beieinander und schauten herunter zu Mentes. Das machte sie neugierig, daß da einer, die Sonne im Rücken, aus dem Schatten der Eichen zu ihnen heraufschaute und sich nicht regte. Nichts Bittstellerisches war in seiner Haltung. Sie gaben sich gegenseitig Stöße in die Rippen, quietschten, alberten und spielten die Affen zu ihm hin. Einer hielt die Hände zu einem Trichter vor den Mund und rief: »Rühr dich, wenn du jemand bist!«

Mentes blieb still. Aus seinen Augen stach der kalte Blick Athenes, und ihre Augen waren blau wie die Augen eines Neugeborenen. Aber sie hatte sich noch immer nicht endgültig für ihn entschieden. Mentes' Leben nämlich, wie er es bisher geführt hatte, es wies so bitter wenig Durchschlagskraft auf. Soll kurz davon berichtet werden? – Nun, er war dies und das schon gewesen, Milchprüfer, Mitarbeiter einer Zeitung für die Textilbranche, Sekretär einer Kirchengemeinde; er hatte eine Tankstelle auf seinen Hof pflanzen lassen, die nur Diesel für Traktoren führte – was leider kein Geschäft wurde, weil die Nachbarn alle selbst Dieseltanks hinter ihren Scheunen stehen hatten; war anschließend, um wenigstens die Zinsen der Schulden zu begleichen, auf kunsthandwerkliche Töpferei ausgewichen – wieder ein Fehlschlag, niemand verstand warum, denn alle waren begeistert von den schönen Dingen, gleichzeitig aber auch darüber erstaunt, daß sich ein Mann wie Mentes mit so einem Krampf abgab; zuletzt hatte er mit wenig Überzeugung und gar keiner Liebe ein wenig Schafzucht betrieben und gar keinen Erfolg gehabt... Aber immer hatte er mit offenem Blick zugegeben, daß er versagt hatte. Er hatte es ja nicht als Versagen empfunden, und deshalb war auch dieses Wort nicht gefallen. – Zur Zeit übrigens lebte er vom Land wie eine Heuschrecke, und wurde er gefragt, so sagte er, selten sei es ihm so gut gegangen.

Das macht die hübschen Männer auf der Terrasse verrückt, daß dort unten einer steht und sich nicht rührt. Soll man zu ihm hingehen? Aber wer? Wer will schon der Hansel von den anderen sein? Sollen sie alle gemeinsam zu ihm gehen? Sie sind doch kein Empfangskomitee! Soll man ihn einfach so stehen und zu ihnen heraufschauen lassen? Den ganzen Tag womöglich? Das hält man ja im Kopf nicht aus!

Jetzt bewegt sich doch einer auf Mentes zu. Er muß schon etwas älter sein, der da geht, müde und unwillig. Ist geschickt worden von denen auf der Terrasse. Hat sich lang schon abgewöhnt, ein Wort gegen die zu sagen. Schleift etwas hinter sich her. Eine Gitarre ist es. Jetzt kann man es sehen. Der schleift doch tatsächlich eine Gitarre hinter sich her! O-Beine hat er und eine Haut wie schwarzes Silber und einen Kehlsack wie ein Truthahn, der beim Gehen hin- und herschaukelt. Könnte der Häßlichkeit Stunden geben, der Mann. Was sonst noch? Hemd, rot wie Blut, ohne Knöpfe, hängt an seinen Rippen herunter.

»Ah, du bist es, Mentes«, sagt er, da hat er noch gute zehn Meter zu gehen.

»Ja, ich bin es, Phemios«, sagt Mentes. »Nichts mehr mit Musik? Führst du jetzt deine Gitarre spazieren wie einen Hund?«

»Die führe ich spazieren wie einen Hund, ja. Ha, ha, das ist gut, das ist typisch Mentes!« Er strich mit seinem harten, gelben Zeigefingernagel über die Saiten. »Schau sie dir an, ich hasse sie. Wertloses Holz, nicht bundrein seit ihrer Geburt.« Der Gitarrenhals war so abgegriffen, daß er bei den unteren Stegen schwarz war wie das Griffbrett und glatt wie Glas. »Ein Holzscheit, mehr nicht, Mentes. Die Bässe klingen wie Matratzenfedern, alles Dreck, zum Stimmen brauchst du eine Zange, ich bin Musiker und muß ausgerüstet sein wie ein Rohrschlosser. Aber gut genug für die Hurenmenschen, denen ich auf dem Brett da vorspielen muß, das kannst du mir glauben, Mentes. Wie gehen die Geschäfte?«

»Selten so gut gegangen, Phemios. Du solltest dir ein Banjo besorgen. Sind deine Finger immer noch so schnell, wie sie waren? Phemios war ein Henker auf der Gitarre. Ist er das nicht mehr? Ich mache dir einen guten Preis.«

Auf einem Gebiet waren Mentes und die Seinen beständig und weit in der Umgebung bekannt und berühmt: Sie bauten die besten Banjos, und sie gaben Garantie auf die Instrumente, fünf Jahre, zehn Jahre, ganz nach Belieben, wenn verlangt wurde, auch ein Leben lang, und Kredit gaben sie auch. Der Instrumentenbau war so etwas wie ein Familienhobby, so vor sich hin betrieben aus Tradition an den Feierabenden vor dem Haus beim Anblick der untergehenden Sonne. Wer je auf einem Mentes-Banjo gespielt hatte, schwor, nie wieder ein anderes Instrument anzurühren.

»Was redest du denn, Mentes«, sagte Phemios. »Weißt du denn nicht mehr, daß ich euch vor zwanzig Jahren ein Banjo abgekauft habe? Erinnerst du dich nicht mehr?«

»Hast du es bezahlt, Phemios?«

»Das weiß ich nicht. Wahrscheinlich habe ich es bezahlt, sonst hättest du mir doch Mahnungen geschickt, oder?«

»Ja, sonst hätte ich dir wahrscheinlich Mahnungen geschickt, das nehme ich auch an, Phemios. Ist es kaputt, dein Banjo?«

»Nein. Was denkst du denn von deinen Banjos, Mentes. Was ist mit dir los, Mentes, daß du so redest?«

Ja, was war mit ihm los, daß er so redete? Weil Athene einen Fuß in ihn gesetzt hatte und im Begriff war, den anderen nachzuziehen – war es das? Wußte Mentes über die eigenen, traditionsreichen Banjos nicht mehr Bescheid? Die Banjos hielten mehrere Leben lang, sie wurden über Generationen vererbt.

»Ich habe geschworen, dem Gesindel nicht auf meiner Mentes vorzuspielen, das ist die Wahrheit«, sagte Phemios. »Eine Mentes ist zu schade für die!«

»Alle wollen unsere Banjos haben, aber allen tut es leid, darauf zu spielen. Es gibt anscheinend keinen Anlaß, für den sie nicht zu gut wären, Phemios.«

»Darum halten sie so lange, Mentes.«

»Es gibt wenig Aufträge für uns in letzter Zeit, Phemios.«

»Ja, ja, Mentes.«

»Ja, Phemios.«

»Und was heißt *in letzter Zeit*, Mentes?«

»Zwanzig Jahre, sage ich einmal.«

Der Markt war praktisch gesättigt, als Mentes diese Kunst von Vater und Großvater übernommen hatte, es war kein gutes Geschäft.

»Ja, ja«, sagte Phemios, »seit zwanzig Jahren habe ich auch keine Aufträge mehr. Komm, laß uns aus dem Weg gehen, sie schauen zu uns herunter, setzen wir uns unter den Baum und rauchen eine. Ich muß mit dir reden, Mentes. Gut, daß du gekommen bist. Gut, daß du gekommen bist. Ich nehme an, du bist gekommen, weil du weißt, wie gut es ist, daß du kommst, stimmts, Mentes, stimmts?«

Sie setzten sich unter eine Eiche, lehnten ihren Rücken an den Stamm, scheuerten sich ein wenig an der zerfurchten Rinde und streckten die Beine von sich. Die oben auf der Terrasse konnten sie jetzt nicht mehr sehen.

Mentes verdrehte die Augen und schöpfte Luft mit so einer Kopfbewegung von unten. »Was willst du mit mir bereden, Phemios?«

Phemios wurde ganz vertraulich zumute beim Anblick der langen, freundlichen, etwas pferdigen Zähne, und er schüttete sein in Jahren abgenutztes Herz aus. Mentes hörte ihm zu und sagte nicht viel, einmal »Und dann?«, einmal »Und weiter!«, einmal »Und jetzt?«, viel mehr sagte er nicht, das war seine kurze und bündige Art, aber Phemios fühlte sich erhöht und verstanden, und er war überzeugt, bei niemandem seien seine Sorgen besser aufgehoben als bei Mentes. Glück hatte dieser Mann bitter wenig, aber Vertrauen wurde ihm reichlich zuteil.

Phemios traute dem Mentes sogar zu, daß er das Unglück vom Haus des Odysseus vertreiben könnte. Das Unglück, das waren die da hinten auf der Terrasse, die Hübschen, die niemand eingeladen hatte.

»Das ist die Situation, Mentes, es geht hier wilder zu als in den Worten der Bibel«, sagte Phemios. »Zwei Jahre, vielleicht noch drei, dann ist der Hof des Odysseus abgewirtschaftet, dann ist seine Frau ein schönes Wrack und sein Sohn eine durchsichtige, gewichtslose Schale, die von jedem beliebigen Wind ziellos ins Vergessen geblasen wird... Ich könnte heulen, wenn ich an den Mann denke, der zwar, seien wir ehrlich, Mentes, nichts von Musik verstand, aber immer neugierig war auf ein neues Lied. Ach, ich könnte heulen, wenn ich an ihn denke! So ein stolzer Geist – verhaucht, verhaucht... Ha, ha, ha, typisch Mentes, sagt nichts, denkt sich sein Teil, kennt man. Ich bin dumm, daß ich jammere und dir Dinge erzähle, die du längst weißt, sonst wärst du ja nicht hergekommen. Man sollte ihnen allen den Kopf abschneiden, allen, wie sie sind, zu diesem Ratschlag stehe ich, soll ich ihn schriftlich deponieren, mach ich, kein Problem, oder besser, man sollte sie durch die Hobelmaschine laufen lassen, dann ginge ihnen wenigstens die arrogante Miene vom Gesicht ab. Aber ich will dir in keiner Weise raten, Mentes, das ist dumm von mir, du mußt entschuldigen, die *shit* -Gitarre da, das dumme Brett,

24

das dumme, hat mich selber schon ganz dumm gemacht, dein Banjo, Mentes, he, das mußt du selber sagen, wär doch viel zu schade für den Auswurf, stimmts, du bringst mich da auf die Idee, ich muß jetzt wirklich gleich mal nachsehen, ob ich damals die Rechnung bezahlt habe oder nicht, wenn nicht, dann kann sichs nur um ein Versehen handeln, Mentes, he, das glaubst du mir doch, du, du würdest doch nie denken…«

Das letzte war schon beinahe gesungen, und Phemios führte es nicht mehr zu Ende, er ließ es in ein Summen ausklingen, und Mentes legte die Oberstimme darauf – mmmm –, sie dehnten den einzig dafür bestimmten Ton, ließen den anderen, einzig dafür bestimmten Ton durchhängen und gaben sich an der einzig dafür bestimmten Stelle dem gotterschütternden Vibrato hin… und so saßen sie und summten eine Weile. Dabei muß man noch eines erwähnen: Überall, wo er erschien, erzeugte Mentes ein klein wenig ein schlechtes Gewissen – wie auch bei Phemios. Mentes trat nämlich unter die Menschen und breitete seine Unzulänglichkeiten aus, als wären es Schätze im Zelt eines Arabers, und das hatte zur Folge, daß man ihm zunächst einmal nicht glaubte, sich dann aber für die eigene Kleinherzigkeit schämte, die es uns nicht gestattet, auch den Mangel als belebende Staffage der Persönlichkeit vorzuführen, wie es Mentes mit Selbstverständlichkeit tat; und dies eben machte das schlechte Gewissen – ein kleines schlechtes Gewissen freilich, aber dafür ein um so vornehmeres, entzündete es sich doch nicht am täglichen Gemurkse, sondern an nichts Geringerem als an der Würde des Menschen, die – wie in diesem Fall deutlich vorgeführt – nicht Geschenk seines Schöpfers ist, sondern vom Menschen selbst aufgerichtet wird, und zwar gegen seinen Schöpfer, der ihn, aus welchem bösen Grund auch immer, als ein unzulängliches, mangelhaftes und beschämendes Wesen geschaffen hat…

Phemios meinte, schon lange nicht mehr so erfrischend die *blue notes* gesummt zu haben, und er sagte es auch. »Ah, das hat gut getan, Mentes! Wir sollten wieder einmal eine Session machen wie früher, das ist wie gut Scheißen, Entschuldigung, aber es ist wirklich wie gut Scheißen.«

»Haben wir früher manchmal eine Session gemacht, Phemios?«

»Haben wir nicht? Mit Anchialos vielleicht, deinem Vater...«

»Mit meinem Vater? Vielleicht, kann sein...«

»Oder mit deinem Großvater?«

»Mit meinem Großvater...«

»Bist du müde, Mentes?«

»Ja, ich bin jetzt müde, Phemios.«

»Dann leg dich hier lang, Mentes. Ich leg mich hier auch lang.«

»Das geht jetzt nicht, Phemios. Ich habe noch etwas zu erledigen.«

»Dann preß die Arschbacken zusammen, Mentes, das erfrischt.«

»Ja, das werde ich tun, du hast recht.«

»Natürlich habe ich recht, Mentes, natürlich habe ich recht...«

Noch hatte sich Athene den Mentes von Taphos nicht ganz anverwandelt, weiter als bis zur Hüfte steckte sie noch nicht in ihm. Sie hatte die Zügel locker gelassen. Aber jetzt war sie das Gerede leid, und sie machte einen Punkt. Mentes Zähne verschwanden hinter seinen Lippen, und die Lider flogen über die Augäpfel auf, und die Augen der Göttin waren wieder da, blau und kalt wie die Augen eines Neugeborenen.

»Wo ist der Sohn«, fragte sie, und vorbei war es auch mit dem Singsang in der Stimme, als würde hier nicht geredet, sondern ein Song improvisiert. Phemios sah gerade noch das Gesicht des Banjobauers erlöschen, da hielt Mentes schnell die Hand vor die Augen, so lenkte ihm Athene Nerven, Sehnen und Muskeln, denn der Sänger sollte nicht erschrecken über den teilnahmslos menschenleeren Götterblick.

»He, in seinem Turm wird er sein«, sagte Phemios. Es war immer noch genug für ihn da in dem Gesicht, daß er sich darüber wundern konnte.

Athene tat einen Sprung auf ihren Fliegeschuhen und landete hinter dem Haus zwischen den beiden Türmen. Phemios glaubte zuerst, er sei übergeschnappt. Aber dann zählte er seine Groschen, und als er sie noch beisammen hatte, dachte er, es wird ein Gott gewesen sein oder sonst irgendeine Erfindung der Luft, und ging zurück zur Terrasse.

»Ein Verrückter oder ein Bettler«, brummelte er zu den hübschen Männern hin. »Hat nichts zu bedeuten, hat nichts zu bedeuten, badu-daun-du-daun, badu-daun-du-daun... Wenn's was zu singen gibt, ich bin in der Küche. Badu-daun-du-daun, badu-daun-du-daun... «

Pallas Athene aber stand zwischen den beiden Türmen, dem des Telemach und dem des Odysseus, vor der nach Norden weisenden, von Herbststürmen und Nußbaumblättern schwarz gewitterten Rückwand des weitläufigen Hauses und blickte nach rechts und blickte nach links. Die beiden Türme hatten ein Erdgeschoß und zwei Stockwerke und flankierten das Gebäude an seinen beiden Seiten. Sie waren frisch weiß gestrichen und hoben sich blendend ab von der Verwahrlosung dazwischen und waren für Menschenaugen kaum zu unterscheiden. Das Auge der Göttin aber sah die Pläne hinter den Dingen, und hinter den Plänen sah sie die Absichten, und hinter den Absichten witterte sie die Wünsche. Den rechten Turm hatte Odysseus gebaut, den linken sein Sohn. Der rechte war voller Leben und Erinnerung. Der linke war leer bis auf eine Matratze in der Mansarde, die Telemach als Bett diente. Der eine war des Odysseus Hochzeitsgeschenk an Penelope gewesen. Unter dem Dach war das Schlafzimmer, in dem die beiden gerade ein Jahr ihre Liebe geteilt hatten, ehe er in den Krieg vor Troja gezogen war und die Frau und das Kindchen zurückgelassen hatte; darunter lag Penelopes Zimmer, hier stand auch die blaue Ottomane, von der sie sich übrigens gerade erhob, um ihren Besucher zur Tür zu bringen... Im Erdgeschoß war das Arbeitszimmer des Odysseus. Das Fenster war von innen verhängt, aber ein Rouleau aus lackierten Holzstäbchen kann dem Blick einer Göttin nicht standhalten.

Hier, im Arbeitszimmer des verschollenen Vaters, hielt sich der junge Mann auf, den sich die Göttin für eine Zeit zum

Zögling gewählt hatte. Sie sah nichts anderes, als sie von ihrem himmelhochragenden Punkt aus gesehen hatte. Er telephonierte immer noch, hatte die Ellbogen aufgestützt, hielt den Hörer mit beiden Händen... Die Göttin beobachtete ihn. Sie tat dabei, was Mentes immer tat, sie rauchte. Seine Brusttaschen waren vollgestopft mit den krummen, selbstgedrehten, schwarzen Zigaretten. Sie stand, wie Mentes immer stand: die Hände in den Hosentaschen, den Krauskopf etwas schief und nach hinten gelegt, ein Auge leicht zugezwickt. Der Zigarettenrauch zog an seinem stillen Gesicht hinauf. Aber sie steckte immer noch nicht ganz in dem heiteren, die Menschen manchmal verblüffenden, zuguterletzt aber stets im Lachen versöhnenden Mentes, erst bis unter die Schlüsselbeine hatte sie sich in ihn eingegraben. Zu viel Göttliches war noch außen, und zu viel Menschliches noch innen. Und wenn der Mensch zwar den Blick einer Göttin, der durch Rouleau, Wand und Mauer dringt, nicht zu fühlen imstande ist, so spürt er doch den Blick eines anderen Menschen im Rücken. Mentes war gezwungen, so kalt, so finster auf das Fenster zu starren, daß Telemach drinnen plötzlich mitten in seinem Telephongespräch zusammenfuhr, den Apparat zum Fenster trug, den Hörer zwischen Unterkiefer und Schlüsselbein klemmte und mit der freien Hand das Rouleau hochzog.

Da sahen Mentes und Athene zum ersten Mal sein Gesicht. Sie sahen das Erstaunen in den großen, langgeschnittenen, schattigen Augen, und sie sahen, daß dieses Staunen aus Erschrecken und Neugierde gemischt war. Und mit einem einzigen, alles umfassenden Blick machte sich Athene ein Bild ihres Schützlings: In der Neugierde, die von weit hinten zu blinken schien, erkannte sie den berechnenden Geist des Odysseus, der auch die größte Katastrophe noch interessant zu nennen vermochte; und wäre dieses Blinken nicht gewesen, sie hätte Mentes im selben Moment noch freigegeben und wäre zurückgekehrt in ihr Ideal über Wolke und Berg, hätte dem Vater, dem Wolkensammler, gemeldet, alles sei vergebens, hätte dem Freund, dem Hermes, gesagt, in diesem Fall nützten auch seine Ezzes nichts.

Denn der Mann, den sie da vor sich sah, gefiel ihr nicht. Der Mund zum Beispiel gefiel ihr nicht. Das war nicht der Mund eines Kämpfers. Er verriet so viel bequeme Friedfertigkeit, eine weiche, müde Beweglichkeit war in ihm, liebessüchtig war er und einfach zu groß für den Mund eines Mannes, zu lippenvoll, immer mußte er entweder zucken oder sich verziehen und sich reiben, konnte nicht still sein, mußte verraten. Der Mann im ganzen war hoch gewachsen, vielleicht zu lang sogar und etwas zu schlank auch. Erinnerte von der Figur her ganz und gar nicht an seinen Vater. Der war breit, untersetzt, gedrungen, stemmnackig und ein schönes Stück kleiner als der Sohn. Einen Kugelkopf hatte der Vater. Der Schädel des Sohnes dagegen war lang, wirkte zart, würde nicht viel aushalten. Der Vater ließ sich das Haar regelmäßig auf zwei Millimeter scheren. Das Haar das Sohnes fiel in üppigen Spiralen bis auf die Schultern, eine Haartracht, wie sie Achill bevorzugt hatte, es war dunkelbraun und glänzte wie frisch aus den Stacheln geplatzte Kastanien. Und der Hals – ja, er war kühn geformt wie der Hals des Lëitos, der sich vom Tötungsstreik des schmollenden Achill nicht hatte beeindrucken lassen und mit doppelter Tollheit gegen die Troer gewütet hatte. Und die Stirn? Wies die Stirn in ihrer metallenen Glätte und vornehm sanften Wölbung nicht eine Spur von Ähnlichkeit mit der Stirn des Argoskönigs Diomedes auf, des Freundes des Odysseus, des Gnadenlosen, Grausamen, der sich jederzeit liebend gern verfluchen ließ von allem und jedem, vom Wurm bis zum Donner, der dem Aeneas die Gelenkspfanne atomisiert und bei selber Gelegenheit, so zum Drüberstreuen, dessen Mutter Aphrodite die Hand aufgeschrammt hatte, daß ihr der Göttersaft aus den Adern pfiff und sie heulend vom Schlachtfeld rannte und den eigenen Sohn hätte verrecken lassen, die Schönheitskönigin, die saubere, wenn nicht Apoll dazwischengefahren wäre…

Was waren das für Zeiten! – War seine Stirn nicht so? Nein? Sturheit vielleicht, eine Spur von Sturheit war auf die Stirn des Telemach geschrieben, ein Streifen Widerspenstigkeit höchstens, mehr war es nicht, hatte keinen Sinn, da mehr

hineinzuinterpretieren. Ein weiter Weg noch bis zur diome-
deischen Ausschweifung, weiß Gott! Die Haut nämlich, die
Haut, die Haut, sie hatte so eine sorglose, erlebnislose Bräune,
wie sie die Sonne nur dem Müßiggänger schenkt, dem feinst
Ernährten, dem zutiefst Ausgeschlafenen. Den Sohn des
Odysseus hatte sich Pallas Athene blaß gewünscht, entweder
blaß vor zu kompensierendem Gram oder blaß vor schon fix-
fertigem Haß. Das ganze Gesicht des Jünglings war zu auf-
geblättert für ihren Geschmack und ihr Vorhaben. Und daß
er an einem gewöhnlichen Werktag einen schwarzen Anzug
trug und ein frischgestärktes weißes Hemd dazu – wenigstens
mit offenem Kragen –, einen schwarzen Anzug bei dieser
Hitze! Als was sieht er sich denn selber? Was, möchte er denn,
soll man in ihm sehen? Ein achseltiefer Griff in diesen
Charakter würde nötig sein...

Das alles erfaßte die Göttin im Bruchteil ihres Blickes.

Mit blinzelnden Lidern sah Telemach in die Augen des
Mannes, der draußen dicht am Fenster stand. Und im Bruchteil seines Blickes änderte Athene noch einmal ihr Aussehen.
Vielleicht tat sie es aus einer Laune heraus – alle ihre Launen
hatten sich im nachhinein als Weisheit von höchster Verflochtenheit erwiesen –, und Telemach blickte nicht ins Gesicht
des Mentes von Taphos, sondern gerade in das Auge seines
Vaters. Und er erkannte ihn nicht. Er hatte ihn ja nie im Leben gesehen. Aber er trug sein Bild von nun an in sich. Es war
ein Brandzeichen, das ihm die Göttin verpaßte. Er brach das
Telephongespräch ab und drehte sich um.

Athene sah noch auf das Fenster, als Telemach den Raum
bereits verlassen hatte. So still und finster war sie, daß ein
Bub, der pfeifend mit zwei leeren Müllkübeln am Arm durch
das Gras geschlendert kam, als er sie sah, zu pfeifen aufhörte,
einen Bogen machte und hinter ihr vorbeischlich, sich dann
umwandte, über die Schulter zurückblickte und zu laufen anfing. Und den beiden Hunden, die ein wenig abseits des Hauses im Schatten der Nußbäume in einen Zwinger gesperrt waren und erst jetzt merkten, daß einer da war, der nicht hierher
gehörte – ihnen blieb das Anschlagen in den Gurgeln stecken.

Im hohen Gras verstummten die Grillen, die Schmetterlinge verharrten im Schlag. Der Mittag schwoll zu einer glühenden Wallung an. Nur der Wind, der sanft war wie die Sandalen der Göttin, machte, daß die Gräser schwankten.

Ohne daß Boden berührt und Zeit vergeudet worden wäre, landete Athene wieder vor dem Haus, stand Mentes wieder am Ende der Eichenallee, um das Spiel von neuem zu beginnen. Wieder blickte er zur Terrasse hinauf, wo noch immer die Männer saßen oder auf ihren Liegestühlen fläzten oder an den Säulen lehnten und sich fächelten – kleine Figuren in der Ferne, versorgt mit Zigaretten und Gläsern –, diese hübschen Ungeladenen, die Penelope, der Gattin, und Telemach, dem Sohn, seit nun vier Jahren einzureden versuchten, daß Odysseus verloren, gestorben, vermodert sei und es keinen Sinn und keinen Vorteil habe, länger auf ihn zu warten.

Telemach trat gerade aus dem Haus, die schwarze Jacke unter dem Arm, krempelte die Hemdsärmel hoch. Und setzte sich zu den Männern – ein wenig abseits zwar, aber doch in ihre Nähe, und nahm sich ebenfalls ein Glas und war auf die Entfernung nur schwer von ihnen zu unterscheiden. Das konnte Mentes, der ein wenig kurzsichtig war, gerade noch sehen. Athenes scharfes Auge dagegen las in Telemachs Gesicht. Und sie sah, daß er noch immer keine Erklärung dafür hatte, was soeben im Arbeitszimmer seines Vaters über ihn gekommen war, daß er aber drauf und dran war, den Gedanken daran wegzuwischen, um wieder allein mit einer Herzenssache zu sein, nämlich an das Telephongespräch zu denken, das er so abrupt abgebrochen hatte. Das alles konnte sie sehen, denn ihr Blick ging durch die Dinge hindurch, und Gesichter waren für sie nichts anderes als Dinge, und was nur knapp unter der Oberfläche lag, was nicht im Herzen versteckt war, das konnte sie durchaus lesen. Und sie verurteilte, was sie sah. Nämlich daß sich das Opfer unter die Täter mischte. Und egal, was sich das Opfer dabei dachte, es genügte ihr, daß es eine gemeinsame Haltung mit den Tätern einnahm.

Ihr Ärger wuchs. Sie lenkte mit göttlicher Kunst den Blick 31 des Jünglings auf Mentes, der, ohne Eile oder Ungeduld zu zeigen, die Sonne seitlich im Rücken, alle Hände in den Taschen, mitten auf der Allee im Schatten der Eichen wartete und nun ein friedliches Bild bot.

Telemach erhob sich, sprang von der Terrasse und ging auf den Fremden zu. Die Männer hatten gar nicht bemerkt, daß Mentes für eine Minute hinter dem Haus gewesen war, sie meinten, er stehe dort unten zwischen den Bäumen, wie er die ganze Zeit dort gestanden hatte, seit Phemios zu ihm geschickt worden war. Sie hatten sich wieder ihren Brettspielen zugewandt, die sie ohne Interesse betrieben, wie ihr ganzes Leben, über das sie selber sagten, sie lebten es nicht, sondern betrieben es. Einige lachten hinter Telemach her, ein freudloses, interesseloses, ziemlich leises Lachen.

Aber einer sagte jetzt doch etwas:

»Seine Unbedarftheit läßt befürchten«, sagte er laut hinter Telemach her, »daß wir hier um die Hand einer recht dummen Person anhalten. Denn von wem soll er es denn sonst haben? Vom Vater wird immerhin behauptet, er sei der Klügste weit und breit gewesen.«

Er war nicht älter als dreißig, der das sagte, einer der jüngsten unter den Bewerbern um Penelope. Er war fett, wulstlippig und hatte verschwitztes, schwarzes Haar. Nichts entging Athene: Sie sah, daß der Mann eine Pause ließ und mit einem gespielt wehmütigen Lächeln seine Brauen hob, die gar keine Härchen hatten, nur ein Streifen verrunzelter Haut waren. Und sie hörte, was er weitersprach:

»Wenn also«, sprach er weiter, »von der einen Hälfte so viel Klugheit investiert wurde und dennoch so viel Dummheit im ganzen herauskommt, dann kann logischerweise die andere Hälfte, um die wir uns hier nun schon seit vier Jahren mit solcher Aufopferung bemühen, nicht viel beigesteuert haben, im Gegenteil, ihr geistiges Erbteil muß nicht nur als gering, es muß als weniger denn nichts veranschlagt werden...«

Und die Göttin sah, daß der Freche unterbrochen wurde von einem leichten Stoß, der ihn von hinten gegen das Schulterblatt traf. Da war nämlich einer aus dem Haus gekommen.

Und den kannte sie bereits. Den hatte sie gesehen von ihrem himmelhochragenden Posten aus. Es war der mit den lehmfarbenen Haaren, dem etwas hängenden Gesicht, den großen Händen, die er Penelope auf den Scheitel gelegt hatte – der Privilegierte, der die Privatgemächer der Königin betreten durfte. Nun waren seine Augen hinter dunklen Sonnengläsern verdeckt. »Ich wünsche nicht, daß du so sprichst, Mulios«, sagte er mit klangloser Stimme. »Es ist mir nämlich unerträglich.«

»Ist klar, Antinoos«, sagte der Fette, Freche, aber es hörte sich nicht so an, als wäre er soeben zurechtgewiesen, sondern vielmehr, als wäre er angefeuert worden. Er blickte von einem zum anderen, wie wenn er Applaus erwarte, und mit vergnügter, skrupelloser Bereitwilligkeit im Ton äffte er nun sich selber nach: »Ist klar, Antinoos. Ist klar. Völlig klar. Alles klar.«

Athene schärfte den Blick noch mehr und erkannte, daß in den Mundwinkeln dessen, der Antinoos genannt worden war, ein leichtes, mokantes Kräuseln spielte. Hieß das, der hier trieb ein doppeltes Spiel, genoß einerseits das Privileg, der Königin die Hand auf den Scheitel legen zu dürfen, duldete aber andererseits, daß sie beleidigt wurde?

Telemach, da bestand kein Zweifel, mußte sowohl die Beleidigung seiner Mutter als auch die Zurechtweisung gehört haben. Es hemmte ihn zwei Schritte lang, dann ging er weiter, ließ die oben auf der Terrasse reden, ging weiter durch die Allee auf Mentes zu, verbeugte sich leicht und hielt ihm die Hand hin.

Der aber nahm die Hand nicht.

»Was begrüßt du mich so freundlich, Telemach«, fuhr ihn die Göttin aus dem Mund des Mentes an, und sie verbat dem Sprecher, Luft von unten zu schöpfen und die Augen nach oben zu drehen, wie er es getan hätte, wäre es seine Rede gewesen, »was bist du so freundlich, wenn gleichzeitig deine Mutter aufs schwerste beleidigt wird? Habt ihr denn nicht schon genug Männer auf eurem Hof, die euch aussaugen und über dich lachen und deiner Mutter mit unverschämtesten Frechheiten kommen, und das nur, weil dein Vater nicht da ist? Und dann kommst du zu mir her, obwohl ich gar nicht danach verlangt habe, und reichst mir die Hand! Wie kommst du auf die Idee, ich könnte anders sein als die? Kennst du mich etwa? Weißt du etwa, wer ich bin? Weißt du etwa, was ich will? Lädst mich ein durchs Haupttor, anstatt mir einen Prügel vor die Nase zu halten! Dann bist also du derjenige, der all diese Affen da einfängt und ans Haus bindet, damit sie Schande und Gestank bringen und alles niederfressen, was dein Vater gepflanzt und gezüchtet hat...« Nie in seinem Leben hatte Mentes so einen langen Satz gesagt, und noch nie hatte er in solcher Schärfe zu jemandem gesprochen. Und weil er es schon nicht verhindern konnte, wollte er es wenigstens stören. Seine Stimme wurde immer höher und klang, als würde sie durch ein Ventil gepreßt. Die Göttin aber redete darüber hinweg weiter zu Telemach: »Oder hast du irgend etwas dem Besitz deines Vaters hinzugefügt, über das du frei verfügen dürftest, das du verschenken und verschludern dürftest...« Nun war Mentes' Stimme schon fast wie ein Pfeifen.

»Ich verstehe Sie nicht«, sagte Telemach leise. Mehr sagte er nicht. Denn er wurde Zeuge eines merkwürdigen Ringens.

Mentes taumelte auf ihn zu. »Ich verstehe mich ja selbst nicht«, keuchte er, es war ihm gelungen, seinen Willen nach oben in den Mund zu stemmen. Hätte jemand des Mentes ganzes Leben zum Vergleich vor sich liegen gehabt, er hätte bezeugen können, daß der Mann noch nie so sehr aus dem Häuschen geraten war – was Wunder! »Was will ich eigentlich hier?« stieß er hervor. »Seit zwanzig Jahren war ich nicht mehr hier. Ich habe nichts verloren hier.« Er wandte sich zu Telemach und flüsterte ihm an die Wange: »Ich bin es nicht. Es ist alles nicht so einfach. Ich sag nur, ich bin es nicht...« Da riß Athene auch schon wieder seine Stimme an sich, und es war, als würde sich Mentes selbst ins Wort fallen: »Was bist du nicht?« Und Mentes antwortete sich selbst: »Ich weiß im Augenblick gar nicht, was ich bin.« Und Athene: »Was soll das für eine Rolle spielen, wer du bist!« Und Mentes: »Doch das spielt eine Rolle.« Und sie: »Es geht hier nicht um dich! Wenn du etwas beizutragen hast, was von Wichtigkeit ist, dann sprich!« Und Mentes beugte sich wieder zu Telemach vor, flüsterte eindringlich: »Mach etwas! Bitte, bitte, mach etwas! Bring mich weg von hier, bitte!« Und laut sagte er: »Ich habe nichts zu verkaufen hier. Ich habe ja auch nichts bei mir, was ich verkaufen könnte.« Und fragte, nun so leise, daß Telemach das Ganze zur Hälfte aus seiner eigenen Deutung zusammensetzen mußte: »Ist etwas mit mir? Sieht man mir etwas an?« Und das letzte, was er noch sagen hätte wollen, nämlich: »Verständigen Sie meine Familie...«, das brachte er nicht mehr über die Lippen.

»Ich führe Sie ins Haus«, sagte Telemach. »Kommen Sie! Um Gotteswillen! Stützen Sie sich auf meinen Arm!«

Mentes streckte die Hand nach Telemach aus, ja, das wollte er, aber es riß ihn weg, und er klammerte sich an den Stamm der Eiche, aber der Eichenbaum drehte sich von ihm ab, und Mentes griff in die bloße Luft hinein. Nichts Lebendiges durfte ihm beistehen.

»Bitte«, rief Telemach erschrocken aus, »sagen Sie mir doch, wie ich Ihnen helfen kann! Wie soll ich Ihnen denn helfen, wenn Sie sich nicht bei der Hand nehmen lassen...«

Aber Athene fuhr ihm dazwischen, noch ehe das letzte Wort ausgesprochen war, und mit gesunder, imperialer Stimme sagte sie: »Nein, Telemach! Hilfe brauchst du!«

Und Mentes sagte für lange Zeit nichts mehr. Die Göttin tat ihm räuberische Gewalt an, sammelte so viel Kraft in dem Mann, wie noch nie in ihm gewesen war. Daß ihm Arme und Magen fast barsten, so viel Kraft preßte sie in ihn hinein, und aus Mentes Augen starrte nun unverschleiert ihr wüster Blick. Und nicht an den Dingen der Welt blieb ihr Blick hängen, sondern fuhr durch die Dinge hindurch, die ja in Wahrheit – von göttlicher Warte aus betrachtet – ein filziger Streu aus Unwirklichkeiten sind, Spreißel eines auf ewig rettungslos verlorenen Ganzen, seit es ein Frevel in Sonderheit geschlagen hat – darüber werden wir noch berichten müssen, findet sich hier ja auch die Antwort auf die Frage, wie und woraus der Mensch gemacht worden ist und warum Gutes und Böses in ihm sind...

Mit der schweigsamen, ironischen Gutmütigkeit des Mentes aus Taphos war es jedenfalls vorbei. Solange sich Athene in diesem Mann aufhielt, in dem sie bereits bis zum Hals steckte, würde er dazu verurteilt sein, ihren Blick als ein Zeichen, das vor ihm warnte, mit sich herumzutragen. Auch wenn man anfänglich in Verunsicherung darüber geraten mochte, ob einem dieser Mann aus Scherz oder aus purer barer Bosheit eine Rolle vorspielte, oder ob er einfach nur wahnsinnig war – gegen die ganze Persönlichkeit des Banjobauers Mentes von Taphos sagte der Blick der Göttin, was man zu erwarten hatte – nämlich Schulung, über alle Maßen Schulung.

Die göttliche Parasitin hatte alles, was im Umkreis von hundert Metern Laute von sich gab, durch die Sinnesorgane des Mentes aufgenommen, hatte es verstärkt, analysiert, beurteilt, katalogisiert und gespeichert – den Flügelschlag der Lerche ebenso wie das Sich-Winden des Wurmes, die Entscheidung zwischen Absterben und Überleben des Eichenblattes genauso wie den Streit oben auf der Terrasse –, alles hatte sie aufgenommen, ohne es allerdings über das Hirn ihres Wirtes laufen zu lassen. Vielleicht aber wäre es ihr von Nutzen gewesen, Mentes an ihrem auf alle Dinge der Welt gerichteten Blick teilhaben zu lassen; hätte sie ihm wenigstens vorübergehend seine Kurzsichtigkeit genommen, dann hätte er den Mann mit dem Namen Antinoos oben auf der Terrasse erkannt, den Privilegierten der Königin, und er hätte Informationen über ihn beibringen können, interessante Informationen, auch für die Göttin. Zu allem Grauen, das über Mentes an diesem Mittag hereingebrochen war, wäre dann noch ein weiteres hinzugekommen. So ist er wenigstens davon verschont geblieben, vorläufig jedenfalls... Und die Göttin hat sich nicht von einem Banjobauer belehren lassen müssen, einem Kuhmilchprüfer, einem gescheiterten Dieseltankwart, Kunsthandwerkstöpfer, Schafzüchter, von einem, der wie ein Heuschreck vom Land lebte... Und außerdem: Konnte es auf der Welt wirklich etwas geben, was einer Göttin nützlich war? Den Göttern ist, wenn überhaupt etwas, dann

die ganze Welt nützlich. Sollte sich etwas gesondert Nütz-
liches dort oben finden – *a needfull thing* –, dann wird oder
wurde es bestimmt heruntergewischt vom Olymp und den
Zwischen-Tier-und-Engel-Wesen zum gnädigen Gebrauch
überlassen...

»Wo ist deine Mutter«, fragte Athene.

»Im Haus... nehme ich an. Warum? Wollen Sie mit ihr
sprechen?«

»Nein. Ich will mit dir sprechen«, sagte sie. »Aber ich will
allein mit dir sprechen. Wo sind wir ungestört?«

»War das eben eine Art Herzanfall?« fragte Telemach.

»Was ist eine Art Herzanfall?« fragte sie zurück.

»Ich weiß ja nicht. Oder war es Theater?«

»War es Theater? Was?«

Wären nicht Athenes Blick und Mentes' entsetzensblasses
Gesicht gewesen, Telemach hätte glauben müssen, er werde
hier zum Narren gehalten. »Natürlich«, redete er weiter, weil
die Stille nach dem Schrecken androhte, es werde gleich noch
Schlimmeres passieren, »natürlich geht einen die Gesundheit
eines anderen nicht unbedingt etwas an, andererseits kann
ein Außenstehender manchmal deutlicher beurteilen...«

»An dem, der vor dir steht, gibt es für dich nichts zu beurteilen«, sagte Athene. »Also führe mich jetzt irgendwo hin, wo
wir reden können!«

Telemach blieb unschlüssig. Die Lippen etwas über die
Zähne gezogen, sah er gerade in das Gesicht von Mentes. Dieses Gesicht schien ihm irgendwie zusammengesetzt zu sein,
ein Teil dem anderen fremd und widersinnig.

»Hörst du mich denn nicht?« attackierte ihn Athene. »Was
stehst du da und glotzt den vor dir an?«

»Sie sind irgendwie ungewöhnlich«, sagte Telemach, »ge-
linde ausgedrückt... na hör mal...«

»Das ist erstens nicht wahr«, sprach sie in ihrem pedantischen Ton weiter, »denn du könntest bestenfalls sagen, daß
ich *dir* ungewöhnlich *vorkomme*. Und zweitens, wenn das
schon so ist, dann ist es eine Frage der Gewohnheit, bis ich dir
nicht mehr ungewöhnlich vorkomme. Das steckt im Wort. 37

Schon nach, sagen wir, zehn oder fünfzehn Minuten hast du dich so weit an mich gewöhnt, daß dieser Begriff nicht mehr angewendet werden kann. Also vorwärts jetzt!«

»Was heißt vorwärts...«

»Kennst du das Wort nicht?«

»Doch, doch ... das Wort schon ... natürlich ... Natürlich kenne ich das Wort...«

Mit einem verschämten Grinsen, so als wäre er und nicht ein anderer erst vor wenigen Minuten bei einer peinlichen Entsetzlichkeit ertappt worden, blickte Telemach an sich herab. »Müßte ich Sie kennen?« fragte er.

»Nein«, sagte Athene. »Du kennst mich nicht.«

»Und meine Mutter? Weiß sie, wer Sie sind?«

»Weiß ich nicht. Kennt mich auch nicht. Also!«

Telemach zuckte mit der Achsel und verließ die Allee. Er drehte sich weder nach Mentes um, noch blickte er zur Terrasse hinauf, von wo gerade ein mehrstimmiges Gelächter drang, das betont parodistisch in hohlem Hohoho gehalten war – ein *private joke*, der immer dann zur Anwendung kam, wenn einer der Männer beim Spiel ganz besonders viel gewonnen und ein anderer ganz besonders viel verloren hatte. Er trat geradewegs in das hohe Gras, das Allee und Haus wie ein weiches, weit ausgebreitetes Tuch umgab.

Athene hielt ihren Mentes noch für einen Moment zurück und rief Telemach zu, der schon bis an die Hüften im Gras steckte: »Laß uns einen konzilianten Ton anschlagen!«

Das war nun doch ein recht ungewöhnlicher Satz.

»Was meinen Sie damit?«

Mentes Gesicht hatte wieder etwas Farbe bekommen. »Ich hatte gehofft«, sprach Athene aus dem Gehege seiner großen, freundlichen, an den Rändern vom Tabak braunen Zähne, »daß du nicht erst zu der Terrasse hinaufschaust, bevor du tust, was ich dir auftrage. Du hast mich nicht enttäuscht. Sehr gut, sehr gut! Ich bin zufrieden mit dir, Telemach. Du mußt denen da oben nicht gefallen. Das willst du doch auch nicht, oder? Sehr gut. Und jetzt sag, wohin führst du mich?«

Etwas hilflos blickte er in das lächelnde Gesicht und sagte schließlich: »Gehen Sie einfach hinter mir her.«

Athene befahl Mentes, die Arme hochzuheben, denn für irdisch Natürliches wie Gras hatte sie nichts übrig, und eilte mit hüpfenden Schritten, die Beine froschartig vom Leib gespreizt, hinter Telemach her – eine Haltung, die Mentes vor seinem eigenen, nun in den untersten Seelengrund gekerkerten Selbst zum Gespött machte. Dabei wiederholte sie: »Ich bin zufrieden mit dir, Telemach, ja, ja, ich bin fürs erste durchaus zufrieden mit dir.«

Telemach ging mit weit ausholenden Schritten durch das hohe Gras voran.

»Was kann es mir schon bedeuten, ob Sie zufrieden mit mir sind oder nicht?« sagte er. Er hatte die Schultern leicht angezogen und sprach vor sich nieder.

»Ich verstehe dich nicht«, rief Athene. »Du nuschelst und du hast außerdem eine schlechte Haltung.«

»Ich brauche niemanden, der mir Maßregeln erteilt«, antwortete Telemach, aber er sprach ein wenig deutlicher.

»Ich erteile dir keine Maßregeln, ich will dir lediglich etwas beibringen, und das werde ich auch. Fangen wir gleich an! Willst du zum Beispiel den Unterschied zwischen Maßregelung und Belehrung mit mir erörtern?«

»Bitte, was sagen Sie?« Er blieb nicht stehen, und er wollte sich auch partout nicht umdrehen.

»Hast du mich nicht verstanden?« fragte Athene. »Willst du behaupten, daß ich auch nuschle?«

»Doch, doch. Ob ich mit Ihnen den Unterschied zwischen Maßregelungen und Belehrungen erörtern möchte? Haben Sie das gefragt?«

»Nein, das ist nicht ganz exakt. Ich sprach im Singular, nicht im Plural. Nicht, ob du den Unterschied zwischen Maßregel*ungen* und Belehr*ungen* , sondern ob du den Unterschied zwischen Maßregel*ung* und Belehr*ung* mit mir erörtern möchtest, fragte ich – ersteres beträfe die konkrete Auffüllung der Begriffe, letzteres die Begriffe als solche. Mich interessieren die Begriffe als solche wesentlich mehr als ihre konkrete, 39 nach Maßgabe von Zeit und Umgebung wechselnde Auffüllung. Hast du noch nie darüber nachgedacht?«

»Worüber?«

»Über das, wovon wir im Augenblick sprechen. Was stellst du dich so tölpelhaft an! Willst du nicht endlich stehenbleiben und mich ansehen, wenn du mit mir redest?«

Er tat es. Und sagte: »Ich weiß, ehrlich gesagt, gar nicht genau, worüber wir eigentlich reden...«

»Gut, dann werde ich es dir auseinanderlegen.«

»Aber wir haben doch gar nichts Wichtiges besprochen.«

»Schau mich an, Telemach! Ja, so. Nichts Wichtiges besprochen? Über Begriffe haben wir gesprochen. Begriffe und Begrifflichkeit! Himmel, Telemach, damit fängt Menschsein an! Schau auf unser Thema! Ordnung! Ordnung im kühlen Himmelslicht eines unbewölkten Morgens!«

»Es ist höllisch heiß und früher Nachmittag, und wir haben keine Hüte, wir sollten lieber schnell hinüber zu der Hecke gehen und uns in den Schatten stellen.«

»Ich spreche im übertragenen Sinn. Wenn es dir nicht gelingt, auch manchmal im übertragenen Sinn zu sprechen, wirst du immer nur Dreck fressen, Telemach! Die klare Ordnung der Begriffe, sieh doch! Licht, nicht Schatten! Sieh doch!«

»Aber was soll ich denn sehen?«

»Schau durch die Dinge hindurch! Und dann, hinter aller Verunreinigung, wirst du die Begriffe erkennen!«

»Das sagt sich so leicht... Ich meine, ich würde ja schon... Ich würde allerdings sagen, Sie sollten nicht in die Sonne schauen... für die Augen ist das... dann wird es Ihnen wieder unwohl, will ich sagen...«

»Hach«, stieß Athene aus. »Dann geh halt, geh voran in deinen dummen Schatten! Läuft herum wie ein missionarischer Mormone und gibt Ratschläge, wie man sich gegen die Sonne schützen soll!«

Telemach wirkte unhandlich auf die Göttin und schwerfällig, eben schwer von Begriff, fast ein wenig blöde. Die irdische Wahrheit allerdings war: Ein Lachen kitzelte ihn im Hals, und er wußte, es konnte unverhofft ausbrechen, wenn er es nicht rechtzeitig eindämmte. Er wollte ja diesen Mann nicht vor den Kopf stoßen, außerdem fand er sein eigenes Lachen nicht schön, es ließ sich nicht in der männlichen Tonlage halten, es schnellte ins Falsett. Damit es nicht herausbrach, mußten alle Muskeln des Gesichtes zur Erschlaffung gezwungen werden. Im ersten Stadium des Reizes konnte man das Lachen auf diese Weise noch zurückdrängen. Und das erweckte leicht den Eindruck von Unhandlichkeit und Schwerfälligkeit, vielleicht sogar von Blödheit.

Sie gingen jetzt nebeneinander her unter der glühenden Sonne, durch das hüfthohe, staubige Gras. Mentes rann der Schweiß von der Stirn, seine Wangen waren brandrot, von den Brauen zog sich eine bläuliche, gefährliche Blässe über die Stirn hinauf.

»Wir sehen übrigens ziemlich komisch aus«, sagte Telemach.

»Warum sehen wir komisch aus?«

»Es ist nicht üblich, im meterhohen Gras zu gehen und über den Unterschied zwischen... was war es denn... Ich komm jetzt nicht drauf... na hör mal.«

»Du nuschelst, du stammelst, du kannst nicht bei einem Gedanken bleiben und du kannst deine Gedanken nicht in Begriffe fassen«, schimpfte Athene. »Du redest lauter grünes Zeug!«

Aber Telemach hörte wieder nur halb zu. Er war stehengeblieben und betrachtete nun mit offener Neugierde dieses untergründige, ihm, Telemach, gegen den schimpfenden Mund Verbrüderung anbietende Lächeln auf Mentes' Gesicht. Wer lächelt da? Dem Leben war es nicht gelungen, das Sanfte, Freundliche, jugendlich Liebenswürdige aus Mentes herauszuschinden, und auch Pallas Athene sollte das nicht ganz schaffen. Mochte sie sein Körperchen zuschanden reiten, er lächelte tapfer gegen sie an. Vom tiefsten Seelengrund herauf, wo er auch für die Göttin unerreichbar war, rebellierte er gegen seine Okkupation, und diese subversive Gleichgültigkeit im Lächeln des Gesichtes, das schließlich immer noch seine Züge trug, war der Widerschein dieser Rebellion an der Oberfläche. Und darum paßte, was Telemach von dem Mann sah, so ganz und gar nicht zu dem, was er von ihm hörte.

»O Verzeihung«, sagte er, »ich war in Gedanken. Sie haben mich etwas gefragt, stimmts?«

Mentes' Lächeln blühte noch mehr auf, und Athene schüttelte kräftig seinen Kopf dagegen an und sagte: »Du sollst mir sagen, was komisch ist. Fang an beim Wort! Definiere es! Schweife nicht ab! Schwafle nicht! Sei exakt!«

»Das kann ich nicht«, sagte Telemach. Wie der menschgewordene Widerspruch stand dieser Mann vor ihm. Und er löste widersprüchliche Empfindungen in ihm aus. Was er sagte, reizte ihn zum Lachen, mehr noch allerdings reizte Telemach seine eigene Verlegenheit zum Lachen, die ein Resultat dieser verwirrenden Widersprüchlichkeit war. Er empfand, daß hier etwas Ernstes, feierlich Verpflichtendes an ihn herangetragen werden sollte, auf das er freilich nicht vorbereitet war. Aber sein Verstand kam zu keinem Urteil über diesen Fremden mit den Fältchen an den Augen und den pferdigen Zähnen, die aussahen, als wären ihm eine Handvoll hineingeschmissen worden in den Mund – schau zu, wie du sie selber einräumst! Und er: Ach was, sehen eh alle gleich aus! Ob der nun tatsächlich mit einer Botschaft zu ihm gekommen war, oder ob er ihm lediglich eine Posse vorspielte – vielleicht ja nur aus einer Scherzlaune heraus oder in didaktischer Absicht oder aber aus purer barer Bosheit – oder ob er einfach nur, einfach nur wahnsinnig war …

Armer Mentes! Eine nüchterne, truglose, sanfte Natur war er gewesen. Ein Gemenge des Irrsinns hatte die Göttin daraus gemacht, ein zum Zerreißen verfluchtes Halb- und Zweiwesen, das sogar in seiner barschen Rücksichtslosigkeit noch drollig wirkte.

»Ich werde«, sagte Athene, »ich werde dich schon hinbiegen oder hindehnen oder hinstauchen oder brechen.«

»Oh, ich brauche keinen Lehrer, danke.« Telemach drehte sich rasch um, damit der Mann sein Gesicht nicht weiter anschauen konnte, und ging weiter. Und er war schon ein ganzes Stück voran, ehe Mentes Befehl bekam, ihm zu folgen.

»Du brauchst einen Lehrer mehr als einen Hut«, rief ihm Athene nach und trieb ihren Wirt an. Als sie Telemach erreichte, hielt sie ihn am Ellbogen fest, ankerte sich bei ihm ein und hoppte neben ihm her durchs Gras. »Außerdem mußt du dir überlegen, warum du überhaupt redest. Wenn es nur für dich sein soll, was du sagst, dann – warum rennst du eigentlich? – dann gibt es keine Veranlassung, es laut auszusprechen, dann genügt es, wenn du es denkst. Wenn es allerdings auch für irgend jemand anderen auf dieser begriffsstutzigen Welt bestimmt ist, dann sag es gefälligst so deutlich und laut, daß es derjenige auch versteht. Sonst wäre es besser, du schweigst!«

Telemach war in einer ziellosen Schleife durchs Gras gegangen, immer einen Schritt vor ihr, das Gesicht ihr abgewandt. Sie hatten zuerst die Sonne im Gesicht gehabt, dann im Nacken, und hatten sie jetzt wieder im Gesicht.

»Wohin führst du mich eigentlich?«

»Sie sagen, ich soll schweigen, und gleichzeitig stellen Sie mir Fragen.« Er ging jetzt so schnell, daß Mentes nicht mehr mitkonnte und seinen Ellbogen losließ und stehenblieb. Da blieb Telemach auch stehen. »Soll ich Ihre Frage nun beantworten oder nicht?«

»Mit welcher dummen Absicht rennst du eigentlich so!« keuchte die Göttin und kam zu ihm heran. »Den Unsinn werde ich dir austreiben! Willst du einen Wettlauf mit mir machen? Obendrein mußt du lernen, zwischen rhetorischen Fragen und solchen zu unterscheiden, die genau das meinen, was in ihnen gesagt wird. Letztere kommen übrigens höchst selten vor. Und dreh nicht dein Gesicht von mir weg, wenn ich mit dir rede!«

Sie befahl Mentes, um Telemach herumzuhüpfen, und nun konnte die Göttin sehen, daß ihr Schützling den Mund zu einem krausen Knäuel verzogen hatte und daß seine Augen feucht waren. Er befand sich nämlich bereits im zweiten Stadium des Reizes, in dem das Lachen nicht mehr durch Erschlaffung der Gesichtsmuskeln zurückgedrängt, sondern im Gegenteil nur mit treuherzigster Anspannung am Her-

ausplatzen gehindert werden konnte. Athene aber mißver-
stand dies und deutete es als *rechthaberische Miene*, was sie
einerseits ärgerte, ihr andererseits aber auch Mut machte, war
ihr dieser Ausdruck doch ein Indiz für das Vorhandensein von
Widerspruchsgeist, den man nur richtig hegen und ziehen
mußte, um ihn schließlich zur abgepaßten Zeit dem Baum
des Hasses aufzupfropfen. – Warum Telemach dabei um Hals
und Schultern so unbeherrscht zitterte, konnte sie sich allerdings nicht erklären.

»Ich rede und überlege gleichzeitig, ob du überhaupt verstehst, was ich sage.«

»Ich glaube nicht, daß ich Sie verstehe«, gluckste Telemach
in seiner komischen Verzweiflung.

»O Telemach, Telemach«, ließ sie in einem Tonfall sagen,
der nun zum ersten Mal etwas weicher und nachsichtiger
klang, »was habe ich mir mit dir aufgehalst!« Sie sah an ihm
vorbei über die gelben Felder, die von Hecken durchzogen waren – subalterne, zusammengeschusterte Natur –, und schließlich warf sie den Arm über den Kopf zum Zeichen, wie leid sie
es sei, immer und jedem, auch denen oben, alles vom kleinen
Atom weg aufwärts erklären zu müssen, und diktierte, wieder
im Imperativ der Göttin: »Führe mich in deinen Turm, Telemach, dort werde ich anders mit dir reden! Vielleicht hast du
recht, wir müssen dringend und schnell in den Schatten.«

»In meinem Turm ist nichts«, preßte er hervor. »Kein Stuhl,
nichts. Wir müßten im Stehen reden. Außerdem stinkt es
nach Lack. Ich glaube, es sähe noch merkwürdiger aus, wenn
wir beide in meinem leeren Turm stünden, als wenn wir hier
in der Wiese stehen. Gehen wir ein Stück an den Hecken entlang. Das ist nicht ganz so merkwürdig…« Und plötzlich gerieten seine Worte ins Gicksen und Prusten, und schließlich
blieb ihm nichts anderes mehr übrig, als sich ganz und gar
dem Lachen zu überlassen. »Bitte«, rief er, »bitte, gehen Sie
voran… Verzeihung… Das darf doch nicht wahr sein… Na
hör mal… Gehen wir an der Hecke entlang… gehen wir zum
Turm, von mir aus, gut… Entschuldigung…« Das Lachen
war jetzt unbezwinglich, und es schmetterte in den höchsten

Tönen des Falsett über die Wiese, aber es war nicht so häßlich, wie es dem Lacher selber erschien, es war ein ansteckendes Lachen. Das Gesicht des Mentes von Taphos jedenfalls steckte es an.

Athene wartete. Aus dem fröhlichen Gesicht des Banjobauers starrten ihre Augen still und kalt auf den Boden, wo sich zwischen Halmen und Streu Subalternes teilte und vereinigte, während darüber derart gestrahlt und geschmettert wurde. Sie spürte, wie Mentes Kopfschmerzen bekam vom Nichtlaut-mitlachen-Dürfen und von der Sonne. Er würde es nicht mehr lange aushalten.

Allmählich faßte sich Telemach, aber gleich wieder stiegen ihm die Tränen in die Augen, und er beugte sich vor und bedeckte sein Gesicht mit den Händen.

»Wen lachst du eigentlich aus«, fragte sie.

»Niemand, wirklich niemanden... Verzeihen Sie, ich bin so albern. Ich bin ein alberner Mensch. Ich will es selber nicht sein, aber ich bin es.«

»Es gibt nur wenig, was ich mehr verabscheue als alberne Menschen«, sagte die Göttin. »Aber lassen wir das. Es wird Nummer zwei sein auf der Liste der Eigenschaften, die ich dir austreiben werde. Wie kann jemand, der so laut und scharf lacht, nur so undeutlich sprechen! Führe mich jetzt in den Turm deines Vaters!«

»Den betritt niemand außer meiner Mutter und mir.«

»Genau, dorthin führe mich, damit du begreifst, daß ich kein Besucher bin wie die anderen, denen du vielleicht mit deinen Albernheiten nicht so sehr auf die Nerven fällst wie mir. Dein Vater würde sich für dich schämen, und mich würde er in sein Arbeitszimmer einladen.«

Telemach war jetzt wieder ernst. »Woher wollen Sie das wissen?« sagte er. »Haben Sie meinen Vater gekannt?«

»Ich habe ihn gekannt, und ich kenne ihn noch. Aber bevor ich nicht meinen Ellbogen auf seinen Schreibtisch stützen kann, sage ich kein Wort mehr.«

»Warum stellen Sie sich nicht vor? Warum sagen Sie nicht endlich, wer Sie sind?«

»Warum fragst du mich denn nicht?«

Telemach fragte nicht.

In einem großen Bogen ging er um das Haus herum zum Turm seines Vaters. Athene folgte ihm hüpfend und hinkend durch das hohe Gras.

Im Schatten der Nußbäume war ein Brunnen mit einer gußeisernen Handpumpe und einem bemoosten Trog. Mentes bekam Erlaubnis von seiner Okkupantin, den Kopf unter den Wasserstrahl zu halten. Und auch über den Puls an den Handgelenken durfte er sich das Wasser pumpen. Er stöhnte über die Wohltat.

Der Turm konnte von der Wiese aus über drei Holzstufen betreten werden. Die Tür war schmal, sie führte direkt in das Arbeitszimmer des Odysseus. Und sie klemmte ein wenig. Telemach mußte kräftig ziehen, als er sie aufschloß. Sie wurde selten geöffnet, denn die Räume im Turm waren mit dem Haus verbunden, und die schmale Tür hatte eigentlich nur den Zweck, frische Luft hereinzulassen.

»Du trägst den Schlüssel zum Arbeitszimmer deines Vaters bei dir?« fragte Athene.

Telemach antwortete nicht.

Der Raum war dunkel und kühl. Mentes atmete flach und schnell und lachte, aus Freude über die Wohltat lachte er, diese Erfrischung, er hatte sich das Wasser nicht vom Gesicht getrocknet, es vermischte sich mit seinem Schweiß und rann ihm in den Hemdkragen. Er durfte ja nichts mehr sagen, sonst hätte er das Wasser gepriesen. Das tat er nämlich gern: das Wasser preisen oder die gute Luft oder einen Sonnenuntergang und ähnliches, er tat das gern und ohne Schwärmerei, er stellte lediglich die unbeschreibliche Großartigkeit fest. Telemach schloß die Tür, um die Kühle im Raum zu halten.

»Sperr ab«, sagte Athene. »Dreh den Schlüssel um! Auch die andere Tür. Sperr sie beide ab!«

Telemach meinte, das sei nicht notwendig, der Turm seines Vaters werde von den Männern respektiert.

Athene befahl nun: »Ich will, daß du beide Türen versperrst. Was ich dir zu sagen habe, darf keine Unterbrechung riskieren, weder böswilliger noch gutwilliger, noch gedankenloser Art.«

Also sperrte Telemach die Türen ab. Er vermied es, in Mentes' zufriedenes Gesicht zu sehen, denn sonst wäre gleich wieder seine Albernheit über ihn hergefallen.

Das Arbeitszimmer des Odysseus war ein quadratischer Raum, nicht sehr groß und durch die Möbel und Bücherregale beengt. Nichts war hier verändert worden, seit der Mann vor zwanzig Jahren das Haus verlassen hatte. Rechts neben der Tür ins Freie, unter dem breiten, vielsprossigen Fenster, stand ein weit ausgezogener Tisch, der aus dunklem Nußbaumholz gefertigt war. Er war vollgestellt mit allerlei Kleinigkeiten – Muscheln, metallenen Äpfeln, Plexiglasdosen, einer faustgroßen, gedrungenen Gipsbüste, Streichholzschachteln und vielen Figürchen, teils kurioser Art – eine bunte Sammlung, deren Wert nicht sehr hoch zu veranschlagen war; diese Dinge waren Lockmittel für Erinnerungen und nicht mehr, Souvenirs. Was hier im Arbeitszimmer auf dem Schreibtisch und den Regalen ausgebreitet war, war nur ein kleiner Teil der Sammlung. Auch in den anderen Zimmern des Hauses fanden sich ähnliche Gegenstände, auf Kommoden, Regalen oder an die Wände gehängt, und im Dachboden waren Kartons und Holzkisten voll davon gestapelt. Odysseus hatte sich von frühester Jugend an, ja, schon seit seiner Kindheit, auf ein langes, sehr langes Leben eingestellt, er war immer überzeugt gewesen, daß er ein außerordentlich hohes Alter erreichen würde und er die letzten Jahre nur sinnvoll verbringen könnte, wenn er präzise Rückschau hielte. Weil er aber auch überzeugt war, daß er nicht nur ein langes, sondern auch ein ereignisreiches Leben vor sich habe, er aber stets eine Abneigung hatte gegen das tägliche Niederschreiben des täglich Erlebten und er obendrein schon sehr früh bei sich die Feststellung machte, daß Anstöße aus dem Bereich des sinnlich Erfaßbaren, seien das Gerüche, Melodien, Speisen oder eben Farben und Formen von Gegenständen, besser in der Lage waren, seine Erinnerungen zu mobilisieren als Worte, so war er darauf verfallen, Dinge zu sammeln, Dinge, die er, nicht wahllos, aber doch recht schnell und intuitiv neben seinem Lebensweg auflas.

Vor nicht langer Zeit wollte Penelope all diese Sachen wegschmeißen, sie nähmen nur Platz weg, sagte sie, und hätten jeden Sinn verloren, von den meisten wisse niemand, daß sie überhaupt da seien, sie zögen, so sagte sie, nur noch den Staub an und nicht mehr die Erinnerungen. Außerdem seien ihr die Erinnerungen an ihren Mann mehr als ein Souvenirladen – dieses Wort warf sie zornig hin. Aber Telemach hatte ihr geantwortet, das Wort Souvenir leite sich vom lateinischen *subvenire* ab und das bedeute: zu Hilfe kommen, beistehen. Von da an war in dieser Angelegenheit kein Wort mehr gefallen...

Auf dem Schreibtisch stand auch ein kupferner Kasten, in Größe und Aussehen einem Brotkasten vergleichbar. »Was ist da drinnen«, fragte Athene.

»Die Dokumente meines Vaters«, sagte Telemach.

»Was für Dokumente?«

»Urkunden – Geburtsurkunde, Staatsbürgerschaftsnachweis, seine Besitzurkunden, die Heiratsurkunde meiner Eltern...«

»Alles, was dein Vater darstellt. Was er ist.«

»Was er ist oder was er war.«

Darauf ging Athene nicht ein. Sie öffnete den Kasten, nahm einige Papiere heraus, prüfte sie. »Respektierst du diese Sachen?« fragte sie nebenher. »Weiß deine Mutter, daß du dich hier manchmal aufhältst?«

»Sie benehmen sich so, als hätten Sie ein Recht zu solchem Benehmen«, sagte Telemach. Aber es war wenig Bestimmtheit dahinter.

»Was ist das wieder für eine verwickelte, sich in den Schwanz beißende Satzkonstruktion«, sagte Athene und borgte sich ein gutmütiges Lachen von Mentes aus. »Nein, Telemach, ich gebe dir recht. Viel schärfer hättest du es sogar formulieren sollen! Niemals darfst du zulassen, daß sich hier in diesem Raum jemand so benimmt wie ich. Ich allerdings bin eine Ausnahme.« Sie legte die Papiere in den Kasten zurück und blickte Telemach gerade in die Augen. »Ich komme mit einer

Botschaft, mit der noch nie ein anderer zu dir gekommen ist: Dein Vater lebt, und es wird nicht lange dauern, dann wird er hierher zurückkommen.« Und mit einem Blick auf den Schreibtisch und die Regale, auch um die Wirkung ihrer Worte zu verstärken, fügte sie hinzu: »Er wird allerdings nichts mitbringen, um seine Sammlung zu vervollständigen. Er hat nämlich alles verloren, und geblieben ist ihm nur, was er am Leib trägt. Und auch das wird er noch verlieren. Denn das letzte Stück Weg hat er noch vor sich, und die letzten Schläge haben ihn noch nicht getroffen. Aber er wird zurückkommen.«

Immer noch standen sie mitten im Raum. Telemach hatte noch nicht Platz angeboten. Mentes hätte verstanden, daß dies hieß, er sei noch nicht als Gast aufgenommen. Athene waren solche Mätzchen egal, gleich würde sie sich setzen. Und es wird eine selbstverständliche Inbesitznahme sein.

»Na, Sohn des Odysseus, was sagst du zu meiner Botschaft?« fragte sie.

»Oh, da täuschen Sie sich«, sagte Telemach. »Sie sind beileibe nicht der erste, der diese Botschaft in unser Haus bringt, und Sie werden wahrscheinlich auch nicht der letzte sein. Alle Wahrsager, die meine Mutter auf Bitten von Eurykleia engagiert, sagen dasselbe, sie werden ja gut bezahlt.«

»Ich bin kein Wahrsager, und bezahlen lasse ich mich schon gar nicht. Reden wir! Setzen wir uns!«

Der Schreibtisch war flankiert von zwei kleineren, etwas niedrigeren Tischen, die im rechten Winkel zu ihm standen. Auf dem einen stand eine Schreibmaschine, sie war mit einem weißen Tuch abgedeckt, auf dem anderen reihte sich ein vielbändiges Nachschlagewerk. Athene befahl Mentes auf den Drehstuhl aus weinrotem Leder und nahm so Besitz vom Ganzen. »Ich bringe dir zwar die Botschaft, daß dein Vater noch lebt und bald nach Hause zurückkehren wird«, fuhr sie fort, »aber das ist nicht der Grund, warum ich gekommen bin. Da hätte deine Mutter mehr Recht, daß ich es ihr mitteile. Ich bin aber zu dir gekommen und nicht zu ihr. Setz dich endlich!«

Telemach zog sich einen Stuhl von einem Tisch heran, der abseits in einer der hinteren Ecken des Zimmers stand. Dieser Tisch war überhäuft mit großformatigen, farbigen Büchern, Linealen, zusammengerollten Bögen Papier, Bleistiften, Zirkeln und anderem Zeichnerwerkzeug, und auf diesem Tisch stand auch das Telephon.

»Ja, nimm du diesen Stuhl«, sagte Athene. »Auf dem sitzt du doch immer, wenn du dich hier aufhältst…«

»Woher wissen Sie das?«

»Das sind doch deine Sachen, oder etwa nicht?«

»Und wenn?«

»…wenn du dich hier aufhältst, um zu telephonieren«, brachte sie ihren ersten Satz zu Ende. »Ich weiß es eben. Zwing mich nicht, auf dieses Thema einzugehen, ich meine deine Telephonate, mit denen du die Telephonrechnung deines Vaters in die Höhe treibst. Nein, dieses Thema interessiert mich nicht im geringsten, und es würde uns nur aufhalten. Außerdem bin ich der Meinung, daß es auch dich nicht mehr weiter interessieren sollte. Denn ich befürchte, daß diese Neigung, die ihr Verliebtheit nennt, sich bei dir charaktermäßig festzusetzen droht, wenn man ihr nicht rechtzeitig entschieden entgegentritt…«

»Also, ich sitze«, unterbrach er sie.

»Ich werde reden«, sagte sie.

»Also, ich höre.«

Telemach nahm eine etwas merkwürdig verbogene Haltung ein, die Schultern zog er in die Höhe, die Hände ließ er zwischen den Knien herunterhängen.

»Soll das bequem sein«, fragte sie und schnitt ihm gleich die Antwort ab: »Sitz, wie du willst! Was machst du eigentlich?«

»Was meinen Sie damit?«

»Was du arbeitest?«

»Ich arbeite nichts.«

»Lernst du etwas? Besuchst du die Universität?«

»Nicht mehr, nein.«

»Du hast?«

»Ja… aber nur kurz.«

»Kurz? Wie kurz?«

»Wenige Monate?«

»Monate?«

»Wochen.«

»Und was tust du? Und womit verdienst du dein Geld?«

»Ich verdiene kein Geld.«

Seine Antworten kamen ihr zu quick und leicht, und nun fuhr sie ihn an: »Und wovon, bitte, lebst du?«

Jetzt schwieg Telemach.

»Ich werde für dich antworten«, sagte sie. »Du machst es genauso und nicht anders wie die Männer da draußen. Du lebst von den Gütern, die dein Vater erworben hat. Nur daß die dort draußen außerdem noch hinter deiner Mutter herhecheln. Und was tust du – außerdem? Telephonierst. Und warum das Ganze? Weil die Form der Frau – zwei Kugeln, ein Dreieck und zwei in die verkehrte Richtung geschwungene Klammern rechts und links davon – in eure Gehirne gehämmert worden ist. Wahrscheinlich, weil ihr aus einer Frau herausgekrochen seid. Was für eine Art, in die Welt zu treten! Warum lachst du schon wieder?«

»Warum? Na hör mal…«

»Ich greife dich an, ich beschuldige ich, Telemach!«

»Entschuldigung, wenn ich lache.«

»Du entschuldigst dich, daß du lachst? Du solltest mich zwingen, mich zu entschuldigen, weil ich dich beleidige!«

»Ich fühle mich aber nicht beleidigt. Ich kann nichts dafür.«

»Oh, es wird schwer, es wird schwer werden! Kannst du denn gar nichts Vernünftiges sagen?«

»Doch kann ich schon … kann ich schon … doch.« Er schloß kurz die Augen, dann sagte er: »Warum sind Sie gekommen?« und blickte Mentes mit solchen Augen an, in die ein Mann nicht hineinlügen kann, nicht einmal, wenn er es will. »Also. Was wollen Sie von mir?«

Und Athene gab klare Antwort: »Ich will, daß du diese Männer tötest. Und ich will dir Unterricht geben, damit du es auch wirklich tust, wenn es soweit ist. Man muß sich nämlich 51 unterrichten lassen in der Kunst, einen gefaßten Entschluß auch durchzuführen...«

Wieder konnte Telemach das Grinsen nicht unterdrücken. Aber es war keine Aufgelegtheit oder Fröhlichkeit, der Mund verzog sich ihm eben. »Nein, nein, das klingt gut«, sagte er. »Klingt nicht schlecht... nicht zu fassen...«

»Warum grinst du dann schon wieder, wenn es gut klingt?«

»Sie lachen ja auch dabei. Es ist komisch. Sie sagen so absurde Sachen und lachen dabei.«

»Ich lache?«

Athene gab Mentes gröbsten Befehl, und der sprang auf wie getreten. Sie trieb ihn zum Fenster, ließ es ihn öffnen und den Flügel so halten, daß sich sein Gesicht darin spiegelte. Und nun sah sie, daß Telemach recht hatte. Die Fältchen um ihre neugeborenblauen, weltallkalten Augen lächelten, und auch die Augenbrauen lächelten und hatten sich ein wenig erhoben, und der Mund zeigte seinen Haufen Zähne. Ein wenig starr war das Ganze ja, wie eine Fotografie vielleicht, wie das Bild eines Delinquenten, der aus sinnlos trotzigem Stolz heraus lächelt, während das Peloton sich schon zum Feuern bereitmacht. Da hatte er es sich doch tatsächlich gemütlich eingerichtet, der alte Banjobauer, dort unten im Loch seiner Seele, im Tartaros seiner Person. Von dort aus dirigierte er seinen letzten Rest Charme durch die Ösen und Ritzen, Sprünge und Risse bis hinauf in seine Fresse. Es ließ sich nichts machen dagegen. So schnell jedenfalls ließ sich nichts machen. Athene war nicht gewillt, sich nun auch noch um Mentes kümmern zu müssen. Das hatte Zeit.

»Bleib sitzen!« sagte sie zu Telemach, den sie hinter sich im Spiegel auftauchen sah. »So wird es gehen.« Sie nahm das Tuch von der Schreibmaschine, setzte sich wieder auf Odysseus' Sessel und legte sich das Tuch über das Gesicht. »Jetzt lacht er nicht mehr«, sagte sie.

»Wen meinen Sie«, fragte Telemach.

Anstatt ihm zu antworten, sagte sie: »Laß den Rolladen herunter. Wir brauchen kein Licht. Ich sehe schon, ich muß ganz am Anfang beginnen.«

Telemach tat, wie ihm geheißen, und als er dann im Schatten des Zimmers saß, das nur durch einen feinen Kamm aus Lichtstreifen von den Rolläden her erleuchtet war, konnte er bald nicht mehr verstehen, daß er so albern gewesen. Seine vertraute, liebgewonnene Melancholie erfaßte ihn, hüllte ihn in den Schleier süßer Passivität, und er lauschte auf die Stimme dieses Mannes. Das Tuch auf dem Gesicht hatte nichts Komisches an sich, das Gesicht darunter war unbeweglich wie das Gesicht eines Verstorbenen. Bald legte auch Telemach den Kopf zurück, streckte seine langen Beine von sich und gab sich ganz dem Genuß dieser zweifelsfreien Ruhe hin, die aus den Doktrinen der zweifelsfreien Göttin strömte. Es war nicht notwendig, allen ihren Deduktionen zu folgen, ihnen überprüfend nachzudenken, denn es bestand ebenfalls kein Zweifel, daß sie sich alle ineinander fügten, daß sie in doktrinärer Fürsorglichkeit vorgedacht waren, so wie die Speise für die Vogeljungen von den Eltern vorverdaut wird, und Telemach lauschte. Ein wehmütiger, ein wenig vielleicht auch weinerlicher Trost, das ragende, hoffende Leben betreffend, ergriff ihn, und es war ihm, als spräche der Vater aus seinem fernen Grab zu ihm.

Athene war nämlich bald dazu übergegangen, Telemach Erläuterungen zum menschlichen Dasein als solchem zu geben, das sie ein zweideutiges und schuldhaftes Geschenk nannte, und wiederum zeigte sich, daß sie es im Detail wenig, in seiner Allgemeinheit aber um so besser kannte. Das war dem Ohr durchaus angenehm, denn die Melodie des Abstrakten kennt die Dissonanzen nicht.

»Du bist du und nur du, und keiner kann dir das abnehmen, und von keinem kannst du borgen.« So hatte die Göttin zum Sohn des Odysseus gesprochen. »Jeder andere steht dir fremd gegenüber. Jeder andere ist dein Gegner. Jeder andere könnte dein Feind sein. Die erste Haltung jedem anderen gegenüber muß die des Kampfes sein. Denn was du willst, muß erst einem anderen genommen werden. Dein bloßes Dasein schafft einen Konflikt. Aber jedem Konflikt, und sei er noch so klein, noch so unbedeutend, liegt als Grundmuster seiner Lösung die Vernichtung des Gegners zugrunde. Wer nicht bereit ist, für seine Ziele und Pläne zu töten, der wird zum Opfer der Ziele und Pläne des anderen. Auch wer sich töten läßt, ist schuld am Mord. Was willst du? Gut sein? Willst du gut sein? Was ist das? Gutsein heißt nichts tun. Gutsein ist für einen faulen Menschen das Leichteste auf der Welt. Aber die Wünsche sind stets bunter als alle Farben, die Ziele stets weiter als alles Anlangen und die Vorstellungen verlockender als ihre Einlösung. Ihr wollt haben, was der andere in den Händen hält. Die Einsamkeit ist eure Bestimmung, aber in Einsamkeit könnt ihr nicht in eure Rechte eintreten und Besitz ergreifen von der euch gebührenden Würde. In Einsamkeit könnt ihr nicht überleben. Weil ihr Halbwesen seid. Ihr müßt euch gegen eure Bestimmung mit anderen vereinen. Alle Erfahrung reicht für das Vertrauen nicht aus. Vertrauen darfst du nur jenen, in deren Adern dein Blut fließt. Das sind Sohn oder Tochter, Bruder oder Schwester, Vater und Mutter. Weh dem, der diese nicht hat, weil sie ihm gestorben sind oder weil sie sich von ihm abgewandt haben, oder weil er es verabsäumt hat, sich eine Nachkommenschaft zu zeugen. Er wird sich Kameraden suchen, wird sie durch Eide an sich binden wollen, durch Versprechen wird er sie locken und durch Geschenke wird er sie kaufen wollen. Das alles, damit sie von ihren eigenen Plänen ablassen und ihm in der Verfolgung seiner eigenen beistehen. Aber er wird sich keinen Augenblick und niemals auf sie verlassen dürfen. Er geht hinkend außerhalb des Rudels einher, und der Wolf hat keine andere Wahl, als ihn zu reißen. Und siehe, Telemach, in dieser Lage befindet sich dein Vater, seit der Krieg vor Troja beendet ist. Dein Vater ruft nach dir, Telemach. Daß du in der Ferne für ihn kämpfen sollst – denn dies bedeutet dein Name.«

So sprach die Göttin zum Sohn des Odysseus.

Und Telemach antwortete: »Es kann doch geschehen, daß mir jemand begegnet, der nicht mein Feind ist, sondern das Gegenteil, den ich nicht fürchten muß, sondern das Gegenteil, den ich nicht hassen muß... sondern das Gegenteil.«

»Und wenn«, sagte die Göttin, »dann heißt das noch lange

nicht, daß er ungefährlich ist. Wovon sprichst du eigentlich?«
»Von der Liebe zum Beispiel.«
»Warum zum Beispiel? Sie steht doch nur für sich und für sonst nichts. Warum also sagst du zum Beispiel?«
»Gut: Wie soll einer mein Feind sein, den ich liebe?«
»Und wenn er dich nicht liebt?«
»Wenn er mich angenommen aber liebt?«
»Von wem sprichst du? Von dieser Studentin, die du in der Universitätsbibliothek kennengelernt hast, als du dir diese Bücher ausgeliehen hast, die neben dem Telephon liegen und deren Leihfrist schon längst abgelaufen ist – ich weiß es eben, ich weiß es eben – sprichst du von ihr? Du brauchst mir nicht zu antworten. Es ist mir sogar lieber. Je weniger du von ihr sprichst, um so besser. Was weißt du über sie? Was haben deine Gefühle für sie mit der Tatsache zu tun, daß sie ein grundanderer Mensch und als ein solcher gefährlich ist? Deine Erfahrungen sind gering, Telemach, weil du erst durch wenige Gefahren gegangen bist. Du hast das Haus deines Vaters noch nicht verlassen, bist noch nicht in der Welt gewesen, und selbst die Gefahr, die in diesem Haus herrscht, hast du in ihrer Schrecklichkeit noch nicht erkannt. Deshalb bin ich gekommen: um dich zu belehren. Die Erfahrung vom anderen als einem grundgefährlichen Wesen soll bis zu deinem Ende in dir lebendig sein, und sie wird es sein, wenn du sie erst einmal gewonnen hast. – Laß mich ausreden, Telemach!« Und im Tonfall eines Predigers führte sie ihren Gedanken weiter: »Es gibt Zeiten, in denen sich diese Erfahrung eigentümlich trübt, abschwächt, ja geradezu verliert. Das sind Epochen eines sehr merkwürdigen Vertrauens. Und es kann dies in einem sehr bedenklichen Maße geschehen, so weit, daß man sich einbildet, in einem wildfremden Anderen einen Bruder zu sehen, was über kurz oder lang die fürwahr kurioseste aller Weltanschauungen zur Folge hat, nämlich daß alle Menschen Brüder seien, daß also noch zum Entferntesten die engsten Bindungen behauptet werden; daß der Feind ins Haus gelassen und ihm die Gastfreundschaft nicht verwehrt wird, wie es hier bei euch geschieht; daß selbst für den, der

offen die Vernichtung aller deiner Lebensgrundlagen plant, Verständnis aufgebracht wird; daß schließlich, wenn dein Widersacher weder Einsicht zeigt noch Gnade gewährt und er ohne Rücksicht das Werk deiner Zerstörung beginnt, hohnlachend, daß er dann sogar verteidigt wird, indem man ihn als einen Ausgelieferten seiner Triebe bezeichnet, ihm mangelnde Zurechnungsfähigkeit attestiert und ihn somit dem Mitleid seines Opfers anempfiehlt. Diese fortschreitende Empfindungslosigkeit gegenüber der evidenten und elementaren Wahrheit, daß der andere zunächst gefährlich ist, daß ihm zunächst mit Mißtrauen zu begegnen ist, kurz: daß jeder, ob Nächster oder Fernster, in dem dein Blut nicht fließt, erstlich und letztlich dein Feind ist, diese Empfindungslosigkeit gegenüber einem Gesetz der Natur, der es unendlich gleichgültig ist, ob ihr ihre Regeln gutheißt oder nicht, trägt die Hauptschuld an den Leiden, die dein Vater, Telemach, in den letzten zwanzig Jahren durchzustehen hatte. Denn was war? Menelaos empfing den Paris wie einen Bruder. War er sein Bruder? Nein. Und Paris stahl dem Menelaos die Frau. Und daraus entstand der Krieg. Hätte er ihn als Gegner betrachtet und ihn höflich, aber mit Mißtrauen behandelt, dein Vater und all die anderen Achaier wären nie gezwungen worden, ihr Land, ihre Frauen und ihre Söhne zu verlassen. Weichliches Vertrauen und abstruse Bruderliebe für den Feind zersetzen die Wachsamkeit, ohne die der Mensch nicht leben kann und auch kein Recht hat zu leben. Wer zu den Seinen nicht steht, wer die Seinen vor dem Kampf nicht sucht, wer den Seinen die Hilfe im Kampf versagt, der ist der Einsamste unter den Einsamen, und unter den Einsamsten der Einsamen ist er noch allein, denn selbst von diesen wird er noch ausgestoßen.«

So sprach Pallas Athene zu Telemach, dem Sohn des Odysseus, weiter. Und während sie sprach, lag das Tuch über dem Gesicht des Mentes von Taphos, der sich noch nie in seinem Leben mit solchen Gedanken abgegeben hatte, den auch jetzt ganz anderes beschäftigte. Es war nämlich schon lange her, seit er die letzte Zigarette geraucht hatte, und es verlangte ihn danach, und Athene ließ ihn. Er wischte das Tuch von seinem

Gesicht, richtete sich auf und steckte sich eine Zigarette an. Er hielt das Gesicht wegen des aufsteigenden Rauches schief und nahm die Zigarette, wie es seine Art war, nicht aus dem Mundwinkel, bis er sie fertiggeraucht hatte.

Telemach saß, wie es schien, in Gedanken versunken, auf seinem Stuhl, hatte die Beine weit von sich gestreckt, die Hände über dem Magen gefaltet. Seine Lippen bewegten sich langsam, massierten einander. »Mhm«, stieß er durch die Nase. Dann spitzte er die Lippen etwas, räusperte sich vorsichtig und setzte sich gerade hin, strich mit den Händen über die Oberschenkel. Noch einmal machte er: »Mhm.« Sonst vorläufig nichts.

Athenes ruhiger, zweifelsfreier Vortrag war vielleicht angenehm für sein Ohr gewesen, ihre Eiseswahrheiten aber hatten keinen großen Eindruck auf ihn gemacht. Aus Mentes' Augenwinkeln beobachtete sie ihn. Aber das ging nicht gut, weil ihr der Rauch der Zigarette ins göttliche Auge stieg.

Telemach atmete tief ein und blies geräuschvoll die Luft wieder aus: »Die Antwort ist eigentlich einfach...«, sagte er schließlich. »Es ist eigentlich...« Seine Stimme starb ab.

»Was fängst du Sätze an und bringst sie nicht zu Ende, Telemach«, sagte Athene. Sanft und ohne Tadel sagte sie es.

»Ich habe vergessen, was ich sagen wollte...«

»War es denn wichtig?«

»Ich glaube nicht... nein... Nein, natürlich nicht...«

»Denk ruhig darüber nach, Telemach.«

»Ich muß nicht darüber nachdenken.«

»Tus trotzdem«, sagte Athene, und Mentes' Stimme war sanft und verriet jetzt sogar eine Spur von Unsicherheit. Denn eines war der Göttin verwehrt: in die Seele zu schauen. Darum hatte sie auch keine Ahnung, was dort unten im Tartaros des Menschen vor sich gehen mochte. Daß sich zum Beispiel eine seelische Erschütterung in scheinbar oberflächlicher Zerstreutheit zeigen konnte, wie es zwar eben bei Telemach nicht der Fall war, oder aber auch daß einem, wenn er meinte, es werde seelische Erschütterung von ihm erwartet und er könne diese Erwartung nicht erfüllen, und das traf auf

Telemach zu, daß ihm dann die Worte fehlten und nur ein Gestammel herauskam, wo eine klare Meinung gefragt war, das mußte für Pallas Athene, die Sammlerin des Verstreuten – *Agoraia* –, unbegreifbar sein. Und so blinzelte sie durch den Zigarettenrauch aus Mentes' Augen, und sie, die Göttliche, mußte sich mit – zugegebenermaßen – winzigstem Respekt vor dem Menschlichen eingestehen, daß sie – jedenfalls in diesem Moment – nicht wußte, was sie von Telemach halten sollte. Jener aus ihrer Welt, der sich im Seelenfang auskannte, hatte sie darauf aufmerksam gemacht, daß es beim Menschen nicht gelinge, durch ihn hindurchzuschauen, weil er in Wahrheit – nämlich auch von göttlicher Warte aus betrachtet – kein filziger Streu aus Unwirklichkeiten sei, durchaus aber ein Spreißel eines verlorenen Ganzen, jedoch trage er noch alle Bestandteile dieses Ganzen in sich; und aus diesem Grund, so meinte der, der sich im Seelenfang auskannte, rentiere es sich, die Seele aus dem Tartaros zu locken, wolle man wirklich wissen, was der Mensch denkt und fühlt – und nur wenn man das wisse, könne man ihn zu Zielen führen, die nicht unbedingt die seinen sind. Dazu aber würde auch eine Göttin wie Pallas Athene kleine Tricks anwenden müssen, denn sein Inneres verberge der Mensch und behüte es, verteidige es mit allen Mitteln, verstecke es so tief, daß er es selbst manchmal nicht mehr finde, und nur wenn ihm die letzten Dinge vor Augen und Sinn stehen, erst dann – vielleicht dann – sei er bereit, sein Seelentierchen aus dem Schoß seines Herzens zu lassen. Und deshalb würde die Göttin wohl die Hilfe der drei Töchter der Musenmutter Mnemosyne benötigen, weil nur sie jene feinen Netze spinnen, mit denen allein sich die Seele fangen läßt.

Zuerst aber müsse die Seele aus der Tiefe gelockt werden. Vorsichtig gelockt! Befehlen nämlich lasse sie sich nicht. Das sei eine äußerst schwierige Phase. Wenn sie auch nur das geringste Mißtrauen spüre, zöge sie sich sofort wieder in ihren Tartaros zurück. Nur recht geben, immer nur ihr recht geben, hatte jener aus ihrer Welt gesagt, der sich im Seelenfang aus-
58 kannte, ihr nicht widersprechen, nicht in dieser heiklen Phase

jedenfalls. Darum hatte Athene dem Stimmapparat im Kehlkopf des Banjobauers aufgetragen, einen besonders lieblichen Ton zu modulieren, in dem kein Tadel und kein Vorwurf mitschwangen. Denn − wie wir bereits wissen −, wenn Mentes mit dieser Stimme sprach, fühlte man sich merkwürdig erhöht, ästimiert, verstanden − auch dann, wenn es gar nichts zu verstehen gab... Und vielleicht war das ja auch der Grund, warum sie den Banjobauer als ihren Wirt ausgesucht hatte.

»Du sagtest, die Antwort sei ganz einfach, Telemach. Die Antwort auf welche Frage?« wollte ihm die Göttin sanft auf den Gedanken helfen.

Aber es war nicht so, daß Telemach einen Gedanken verloren hatte oder daß er sich vor innerer Betroffenheit scheute, einen Gedanken auszusprechen. Er war mit anderem beschäftigt, mit ganz und gar nicht Großartigem; so unbedeutend sogar waren seine Gedanken in diesem Moment, daß sie sich nicht ausdrücken ließen, nicht weil ihm dafür die Worte fehlten, sondern weil es keine Worte dafür gab; denn einen gewissen Grad an Wichtigkeit mußten die Dinge der Welt schon aufweisen, damit sie einen Namen bekamen. Aber was die Göttin, die ja nur im Großartigen zu denken vermochte, ebenfalls nicht wußte, war: daß es manchmal gerade dieses namenlose Nichts an Gedanken ist, das die Aufmerksamkeit des Menschen am meisten beansprucht. Darum wunderte sich Telemach auch nicht über den Stimmungsumschwung des Mannes, der noch eben mit solcher Verve über Inbesitznahme von Rechten und der Gebühr von Würde gepredigt hatte. Er hatte einiges davon gar nicht mitbekommen.

»Die Antwort auf welche Frage wollen Sie wissen...«, tauchte er nun allmählich wieder auf. »Ah, ja... ich weiß schon... Er ist entweder... das wollte ich, glaube ich, sagen, ja...« Und in einem Atemzug, als wäre es eine Nebensächlichkeit − und wer weiß, vielleicht war es ja auch eine für ihn −, legte er es hin: »Entweder mein Vater ist tot oder er will nicht zurückkommen. Ich nehme an letzteres. Daß er nicht zurückkommen will. Das ist die Antwort.«

»Du irrst dich«, sagte Athene, fast im Singsang schon. Und Mentes, derb dagegen, spuckte sich auf die Finger, nahm den niedergerauchten Stummel aus dem Mund und zerdrückte die Glut, wie er es immer machte, zwischen Zeigefinger und Daumen. Die Göttin war darauf bedacht, daß sein Gesicht im Schatten blieb. Albernheit war das letzte, was sie jetzt brauchen konnte.

»Der Krieg ist seit zehn Jahren zu Ende, Menschenskind«, sprach Telemach weiter, durchaus gelassen, »in dieser Zeit würde er einen Weg gefunden haben, wenn er gewollt hätte. Meine ich…«

Er stand auf und begann hin- und herzugehen, zwei lange Schritte hin, zwei her, mehr Platz war nicht. – Was hatte das zu bedeuten? Hieß es, daß er sich nun doch im Zustand einer inneren Erregung befand, oder wollte er sich bloß die Füße vertreten? Athene wußte nun gar nicht mehr weiter. Das zarte Locken, das säuselnde Verführen, das entsprach eben nicht ihrer Art, da bewegte sie sich auf unsicherem Terrain. Sie sah ein, daß es an der Zeit war, die Musen zu rufen und die kleinen Tricks anzuwenden. »Setz dich, Telemach…«, sagte sie wieder mit ein wenig Strenge. »Setz dich! Hier hin! Schau, ich mach dir den Sessel frei. Setz dich an den Schreibtisch.«

»Und was soll ich«, fragte Telemach.

»Reden!«

»Worüber reden?«

»Weißt du selber nichts?«

»Schon… Aber warum soll ich reden? Ich höre lieber zu.«

»Also: Ich werde dich fragen.«

»Ist das jetzt ein Verhör«, lachte er.

»Ja«, sagte sie.

»Gut«, sagte er, »interessiert mich. Bin noch nie verhört worden.«

»Zwei Türme hat das Haus. Wer hat sie gebaut?«

»War das schon die erste Frage?«

Eine Seele aus dem Tartaros zu locken, so hatte ihr jener, der sich im Seelenfang auskannte, eingeschärft, funktioniere am besten, wenn man das Opfer von sich selbst erzählen lasse, denn erst wenn der Mensch von sich selbst erzähle, breite er sein Inneres vor der Welt aus, löse sich seine Seele aus dem Herzen. Das sei ein langwieriges Unterfangen. Athenes Ungeduld aber drängte.

»Von dir will ich etwas hören, Mensch!« schnauzte sie ihn an und rief, ehe Telemach wieder den Mund zumachen konnte, die Musen herbei, und schnell wie der elektrische Strom fuhren sie unsichtbar und unhörbar durch die Wände und hockten sich in die Luft über Telemachs Haupt. Melete schlug ihm die Augen zu, Mneme legte süßen Dämmer auf seine Stirn; Aoëde aber faßte seinen Geist und machte ihn schwer, so daß er tief hinabsank, tief, bis an die Pforte des Tartaros, und dann züngelten sie mit ihren Fangfäden in ihn hinein – und: Telemach begann zu sprechen. Leise nahm Athene das Tuch, das gerade noch auf Mentes' Gesicht gelegen hatte, und verhüllte nun damit Telemachs Antlitz – ein kleiner Trick.

»So«, wisperte sie. »Jetzt erzähl von dir.« Für ein langwieriges Unterfangen war sie nicht die Richtige.

Und Telemach öffnete sein Herz. Sprach, wie er nie gesprochen. Erzählte, was er noch niemandem erzählt… wie er – ja, jetzt wird es gerade ein Jahr her sein – wie er auf die Idee gekommen war, selbst ein Bauwerk zu errichten, auch einen Turm, ganz im Stil seines Vaters…

Wie eine Erleuchtung war ihm die Idee dazu gekommen. Monatelang hatte er sich mit dem Gedanken getragen, ehe er endlich genügend Zutrauen gewonnen und damit begonnen hatte, heimlich im Turm des Vaters Messungen vorzunehmen. Dann hatte er, ebenfalls heimlich, das heißt ohne Wissen der Mutter, Erkundigungen bei Zimmerleuten eingezogen. Ohne Plan gehe gar nichts, hatte es geheißen. Habe er eben einen Plan gezeichnet. So hatte es angefangen. Er zeichnete einen zweiten Plan, einen dritten, ganze Stapel Papier kritzelte er voll. Er besorgte sich professionelles Werkzeug, Zirkel, verschiedene Lineale, borgte sich Bücher aus der Universitätsbibliothek. – Hier wollte ihn Athene unterbrechen und fragen, ob er bei dieser Gelegenheit jene Studentin kennengelernt habe, mit der er immer telephoniere. Aber sie ließ es, ahnte sie doch, daß dieses Thema zu erörtern ihren Zwekken nicht zuträglich war. – Jeden Tag hatte Telemach bis spät in die Nacht hinein gearbeitet – hier im Zimmer seines Vaters, ja, an diesem Tisch dort. Und bald hatte er sich über sein Ziel hinausgeträumt: Bei diesem Anbau mußte es ja nicht bleiben. Warum sollte er nicht Architekt werden? Er zeichnete Häuser, erst kleine Einfamilienhäuser, wie sie im Südwesten von Ithaka standen, dann Villen in der Art ihres Hauses, versuchte verschiedene Blickwinkel, im Grundriß, aus der Vogelperspektive. Dann baute er Modelle aus Streichhölzern: Schulen, Museen, Brücken. Er ritzte und knickte Karton zu Bahnhöfen, Fernsehsendern, Kirchen. Kehrte zum Zeichenpapier zurück, konstruierte Wolkenkratzer, die sich nach oben hin perspektivisch verjüngten. Entwarf schließlich Städte, Riesenstädte. Warum sollte er nicht Städtebauer werden! Eine nie gekannte Begeisterung war in ihm gewesen. Die Gebäude führte er gar nicht mehr aus. Da standen Straßenzüge in Reih und Glied, als hätte ein Gott Habt acht! gerufen, Geschäftszentren, als wären sie in einem einzigen Augenblick aus den Wolken befohlen worden, Universitäten wie ins Feld geworfen, Industriezonen wie Zementausgüsse, hineingepreßt zwischen die engen Wände eines Augenblicks. Und voll Zutrauen war er aus den großen Plänen zurückgekehrt ins hölzern Machbare. Dann arbeitete er in Ruhe und ohne überhitzte Phantasie einen sauberen Plan aus und gab einer Baufirma den Auftrag. Und sprach mit der Mutter. Aber anstatt daß er einfach sagte: es ist mein Wunsch, wich er in ein scheinbar größeres Allgemeines aus und nuschelte, der Turm solle vor allem auch ein Denkmal für den verschollenen Vater sein. Das war sicher nicht sehr geschickt gewesen. Penelope machte sich erst lustig über ihn, über seine hochtrabende Art zu reden, und dann, als sie merkte, daß es ihm ernst war, als er ihr mitteilte, daß er bereits einen Auftrag vergeben hatte, war sie fassungslos, außer sich, empört: Was er sich eigentlich einbilde, an seine Idiotien den Namen seines Vaters zu hängen. Sie hatten sich gestritten, und der Streit war heftiger geworden, als sie es beide vorher für möglich gehalten hätten.

Penelopes Zornausbrüche waren bekannt, neu und überraschend dagegen waren Telemachs Bestimmtheit und trotz aller Aufgeregtheit und anfänglicher Bockigkeit sein ruhiger, gerader Wille – Penelope nannte es spätpubertäre Sturheit. Jedenfalls, der Sohn setzte sich durch – zum ersten Mal. Aber dann, als der Anbau fertiggestellt und auch der Teil des Vater neu gestrichen war und die beiden Türme in scheinbarer Eintracht nebeneinander standen und, wie nun auch die Mutter eingestehen mußte, dem Haus die Symmetrie zurückgaben, da war mit einem Mal alle Sicherheit aus ihm geschwunden. Er kam sich minderwertig vor, unverantwortlich, als hätte er nicht etwas gebaut, sondern etwas zerstört. Er wanderte stundenlang an den Hecken der Rinderweiden entlang, mit gesenktem Kopf, die braunen Locken im Nacken zusammengebunden, ein Tuch vor Nase und Mund – es war Frühling, ein ungewöhnlich heißer Landwind trocknete atemraubend schnell die Äcker ab –, und er meinte, es sei nun endlich auch in seinem Leben eingetreten, daß eine Illusion nicht in kindlich ergebener Unterwerfung unter die Zeit einfach in Vergessenheit geraten, sondern daß sie verloren gegangen sei, unwiederbringlich, durch eigene Schuld verloren obendrein, aus Schwäche – aber eben nicht kindlicher Schwäche, sondern aus einem erwachsenen Mangel an Glauben. Und sein Turm, wie er ihn, von den Feldern kommend, schon von weitem dastehen sah, war für ihn nicht ein erstes Dokument seines Erwachsenseins, sondern das letzte Symbol seiner Kindheit. Obwohl die beiden Türme nicht voneinander zu unterscheiden waren, schien ihm der seine aus einer verirrten, lächerlicherweise mit Lebenslust und Weltliebe verwechselten Verzagtheit errichtet worden zu sein, während der des Vaters Begnadetheit, zweifelsfreie Gewalt und Vermögen darstellte. Es war ihm nicht gelungen, der Wirklichkeit den Zauber abzugewinnen, den ihm die Phantasie gewährt hatte, und die Zukunft zog sich ihm zusammen zu einem Punkt auf der Stirn. Nur weil er sich vor der Mutter schämte und weil er nicht wollte, daß sie sich für ihn schämen mußte, ließ er den Bau nicht sofort niederreißen. Aber ihn innen einzurichten,   63 schob er vor sich her, und Penelopes Vorschläge, Tapeten, Lampen und Vorhänge betreffend, hörte er sich ungeduldig an, nickte und vergaß sie gleich. Er räumte sich oben unter dem Dach eine Schlafgelegenheit ein – eine Matratze, eine Holzkiste als Tisch, kein Stuhl, kein Schrank. Er konnte nicht verstehen, was ihn so blind gemacht hatte, so blöd, daß ihm nicht offenbar wurde, was offenkundig war, nämlich daß die Mutter damals ohne Frage recht gehabt hatte, als sie ihm den Turmbau verbieten wollte, daß sie es weniger aus pietätvollem Andenken an den Gatten und Vater verbieten wollte, sondern einzig und allein um ihn, Telemach, davor zu bewahren, sich vor aller Welt – vor allem aber vor den Freiern – zu blamieren.

Da drohten die Tränen das Tuch zu benetzen, das über seinem Gesicht lag, und unter dem Schutz der Musen, die alles wußten, was er gewesen und was er jetzt war, und auch alles, was er sein würde, die ihn in ihren unsichtbaren, unhörbaren Flügeln wiegten, unter ihrem Schutz wollte er sich gerne gehen lassen. Er hatte sich nämlich nicht daran gewöhnt, daß ihn diese Männer verspotteten; und es tat ihm immer noch weh, daß ihn die Mutter nicht verteidigte, sondern im Gegenteil, was fast unbegreiflich schien, sie auch manchmal über ihn spottete, und zwar mit den verdammt selben Worten, wie sie die Männer draußen auf der Terrasse benutzten. Daß er keinen Vater hatte – was sollte das für ein Problem sein, er hatte ja nie einen gehabt. Aber an die Männer, die sich ihre Zeit in der Nähe der Mutter vertrieben, in den Liegestühlen fläzten oder an den Säulen lehnten, diese Männer mit ihren weißen Anzügen und weißen Hüten, den steifkrempigen zu den roten oder gelben Krawatten oder den weichen Stoffhüten zu den offenen Kragen – nicht alle waren so, aber die meisten –, diese verhaßten Schweine, die sich in seiner Gegenwart darüber die Mäuler verrissen, was sie alles mit der geilen Hausfrau machen wollten, wenn es nur erst soweit sein würde, und daß das mindeste, was sie als Gegenleistung für die lange Wartezeit verlangen durften, ein schneller Schuß für all jene war, die am Schluß leer ausgingen – daran hatte er sich nicht gewöhnt, daran nicht. Nicht die Abwesenheit des Vaters war sein Schmerz. Die Freier waren es.

Athene trat ganz nahe an ihn heran, ganz nahe hielt sie Mentes' Gesicht über das seine. Und dann zog sie langsam das Tuch von seiner Stirn, von seinen Augen und von seinem Mund und sagte:

»Du wirst diese Männer töten.«

Telemach schlug die Augen auf, er wurde schamrot im Gesicht, als wäre er bei einem kindischen Spiel ertappt worden. Er schob Mentes grob beiseite und erhob sich aus dem Sessel seines Vaters.

»Bin ich eingeschlafen? Also gut... na hör mal...« Er räusperte sich eine klare Stimme zurecht. »Na, wenn schon... Was ich sagen wollte... Die Antwort ist ganz einfach. Entweder er ist tot oder er will nicht zurückkommen. Basta. Was kümmert mich das!«

Die Netze der Musen blieben leer, noch formte sich aus ihren Einflüsterungen kein tragischer Held. – Er trat zum Fenster, zog mit einem kräftigen Ruck die Rouleaus nach oben. Einen Augenblick schaute er ungläubig und etwas verwirrt hinaus auf die Felder. Wieviel Zeit war denn vergangen, seit sie den Turm betreten hatten? Die Sonne stand tief über den Hecken. Er sperrte die Tür auf, öffnete sie weit und ließ die laue, süßliche Abendluft hereinströmen.

»Willst du mich nicht endlich ins Haus führen?« sagte Mentes. »Ich habe Hunger. Ich möchte etwas essen, ehe die anderen alles wegputzen.«

Ja, Mentes hatte das gesagt! Pallas Athene, die Gepanzerte, die mit den blauen Augen, die Kriegerin – so baff war sie, weil es weder ihrem göttlichen Willen noch den Netzen der Musen noch ihren kleinen Tricks gelungen war, die Seele des Jünglings ganz aus seinem Herzen zu heben, daß sie für einen Augenblick vergessen hatte, die Seele des Banjobauers ganz in das seine niederzudrücken.

»Gut, gehen wir«, sagte sie.

Noch gab sie nicht auf, noch lange nicht – ein erster Versuch war es gewesen, mehr nicht. Und er war gar nicht so 65 schlecht ausgefallen. Hatte sie denn erwartet, sie komme gegen Mittag zu einem Weichling und am Abend gehe sie mit einem Soldaten? Aber nein, das hatte sie nicht erwartet. Jener aus ihrer Welt, der Experte, der sich im Seelenfang auskannte, Hermes, hatte gesagt: Der Mensch ist zäh, und lange muß man ihn schlagen, ehe er sich formen läßt.

»Geh du voran, Telemach«, sagte sie.

Vom Arbeitszimmer führte eine Tür in einen schmalen, dunklen Gang, der bald in einen breiteren einmündete, an dessen beiden Enden geschwungene, bunt ornamentierte Fenster Licht gaben. Telemach hatte es nicht eilig. Er blieb nach wenigen Schritten stehen, und ohne daß er Mentes anschaute, fragte er: »Sie sagen, Sie haben ihn gekannt... meinen Vater meine ich. Haben Sie ihn jemals meinen Namen aussprechen hören?«

»Ja, das habe ich«, antwortete Athene. »Zweimal sogar habe ich gehört, wie er deinen Namen aussprach.«

»Ach so... doch...« Er steckte die Hände in die Taschen, wippte auf den Fersen, machte aber keine Anstalten weiterzugehen. Schließlich fragte er: »Und wann... ich meine, bei welcher Gelegenheit hat er meinen Namen genannt?«

Im glutvollen Ton des Veteranen erstattete Athene Bericht: »Als der verrückte Schwätzer Thersites, immer verdreht und ohne Maß und Ziel, der Kerl, vor den versammelten Männern den Agamemnon beschimpfte, da fuhr ihn Odysseus an, er wolle nicht mehr Vater des Telemach genannt werden, wenn er länger ein solches Verhalten gegen den Heerführer duldete, und hat dem Frechling eins übergezogen mit seinem goldenen Stab...«

»Hat er... so... Sapperlott...« Und damit schien Telemach genug gehört zu haben. Er ruckte seine Schultern in der Jacke zurecht und ging weiter den Gang entlang.

Aus der Halle waren Männerstimmen zu hören und Geklapper von Geschirr. Da blieb Telemach noch mal stehen, wartete auf Mentes und fragte, wieder ohne ihn anzusehen: »Und warum hat dieser Thersites den Agamemnon beschimpft?«

»Dieser Thersites? Das willst du wissen?« rief Athene begeistert. »Ein Prolet! Der häßlichste Mann, der gegen Troja gekommen – säbelbeinig und hinkend auf einem Fuß, die Schultern höckrig und gegen die Brust zusammengebogen, sein spitzer Kopf bestreut mit spärlicher Wolle. Widerlich war er und ungezogen, vor allem gegen Diomedes und gegen deinen Vater. Versuchte die beiden zu beleidigen. Aber er konnte sie nicht beleidigen. Er nicht! Diese beiden nicht! Achill hat sich über ihn geärgert, und den großen Aias, den telamonischen, ja, den hat er zur Raserei gebracht, nur damit er etwas zum Lachen hatte...«

»Also, warum hat Thersites Agamemnon beschimpft«, fragte Telemach nach.

»Das willst du wissen? Wir wollten doch zum Essen, denke ich.«

»Es ist genug da. Ja, das will ich wissen.«

»So, so. Also doch. Na gut. Der Häßliche wollte nach Hause fahren, wollte sich geschlagen geben, wollte den Krieg beendet sehen, warf dem Agamemnon vor, der führe diesen Krieg lediglich wegen der Beute und wegen der Weiber, die er sich vom Feind holen wollte. Da hat ihm dein Vater eins draufgegeben.«

»So... hat er das...«

»Ja, das hat er. Und wie.«

»Und? Hatte er denn recht gehabt – Thersites?«

»Er hatte – auch – recht. Natürlich führte Agamemnon diesen Krieg auch wegen der Beute. Und er teilte nicht gerecht. Und auch wegen der Weiber... Was denkst du dir denn! Was für ein Krieg soll denn das gewesen sein! Einen humanen Krieg gibt es nur in blutleeren Gehirnen...«

»Das heißt, mein Vater zeichnete sich dadurch aus, daß er gegen den, der recht hatte, Partei ergriff, und zwar für den, der die Macht hatte?«

»Du weißt gar nichts«, schnaubte Athene. »Denn als er zum zweiten Mal deinen Namen nannte, als er sich stolz des Telemachos Vater nannte, da war er gegen eben diesen Agamemnon aufgestanden. Und ein Wort eines Odysseus, das kannst

du mir glauben, das hatte größeres Gewicht als das stunden-
lange Gemecker eines Thersites. Und es gehörte wahrlich
Mut dazu, gegen Agamemnon, des Atreus' Sohn, diesen rach-
süchtigen, unberechenbaren, grausamen, diesen unglaubli-
chen Helden, diesen kampfesgewaltigen Streiter, der gleich
war an Augen und Haupt dem donnerfrohen Kroniden, an
mächtiger Brust dem Poseidon, so wie ein Stier in der Herde
vor allem gewaltig hervorragt, männlich stolz, denn er zeichnet sich aus vor den weidenden Rindern...« – Es war mit ihr
durchgegangen...

»Sie haben recht«, unterbrach sie Telemach mit hochgezo-
genen Augenbrauen, »sie interessieren mich nicht, diese
Kriegsgeschichten.« Er schlüpfte aus seiner Jacke, schwang
sie sich über. »Was soll ich lange lügen.« Und ging weiter
voran durch das Haus in die Halle.

»Ich wußte es ja«, sagte Athene zu sich. »Aber sie werden
dich schon noch interessieren, diese Geschichten...«

Und sie trieb Mentes an, hinter Telemach herzugehen.

Nun rochen sie das gebratene, mit Rosmarin gewürzte
Hammelfleisch und die scharf-süßen und die sauren Soßen,
die dazu gereicht wurden. Die Göttin hörte die Männer lachen und reden, die bereits Platz genommen hatten, wie jeden
Abend, um die Delikatessen, die überreichlich auf geschmückten Platten aufgedeckt wurden, mit Mmmm! und
Ahhhh! zu loben, jeder ein Kenner von Küche und Keller, als
wären sie allesamt, wie sie da saßen, Freunde eines splendi-
den Gastgebers und eingeladen zu einem außerordentlichen
Festmahl, und als wäre der Gastgeber einer von ihnen – und
irgendeiner von ihnen spielte den Gastgeber ja auch, jeden
Abend ein anderer, eben der, der die Gabel grad nahm und
den anderen vorlegte. Nein, alles nicht wahr – soviel Unter-
scheidungsvermögen im Menschlichen besaß die Göttin: In
Wahrheit herrschte hier nicht die freudige Spannung wie bei
einem wirklichen Festmahl, diese hingebungsvolle Aufgeregtheit, die einem im letzten Augenblick den Appetit nahm,
weswegen bei solchen Festen ja auch meistens die Hälfte
68 übrigbleibt – nein, alles war nur gespielt, gespielt mit der

nachlässigen, nicht ernst genommenen Kunstfertigkeit des am Leben, dem fremden, aber auch dem eigenen, saugenden Schmarotzers. Denn beraubt wurde zwar der Haushalt des Odysseus, betrogen aber wurden die Räuber, und das besorgten sie selbst: Tun wir so, als ob unser Leben noch genügend Sinn hätte, um ein Fest daraus zu machen, tun wir wenigstens so, als ob uns die Speisen schmeckten, tun wir wenigstens so als ob – als ob was? – einfach als ob, einfach nur *als ob* ... Solcher Betrug wird von den Göttern mit Langeweile und Selbstverachtung bestraft. Keiner von diesen Männern würde sich selbst aus eigenem Vermögen so ein Essen gönnen. Nie pflegt man das Eigene so liebevoll, wie wenn die Pflege nichts kostet. Es ging nicht laut zu bei diesen allabendlichen Gelagen, nur Mmmm! und Ahhhh! und die verräterischen, kleinen, bitteren Lacher und das obligate, malhonette Hohoho!, wenn jemandem der Fisch in den Schoß fiel oder sonst ein Malheur passierte. Die Unterhaltung planschte so mit halben Stimmen dahin. Die Zeiten, als noch leidenschaftlich getrunken, gestritten und gebrüllt, weil eben noch leidenschaftlich gehofft, vielleicht sogar geliebt worden war, diese Zeiten waren vorbei. Die Leidenschaftlichen, die Hoffenden, die Liebenden hatten sich längst verabschiedet.

Bevor sie die Halle betraten, hielt Athene Telemach zurück.

»Sitzt deine Mutter bei ihnen?«

»Manchmal.«

»Lacht sie dann mit ihnen?«

»Sie lacht selten. Sie lacht nie. Nein, sie lacht nicht.«

»Mit Penelope mußt du fertig werden, Telemach, du ganz allein. Ich würde sie wahrscheinlich behandeln, wie es der Frau des Odysseus nicht zusteht.«

Telemach schloß die Augen und sagte: »Was soll das heißen?« In langgezogenen Worten war das gesprochen, so als wollte er eigentlich sagen, was soll das *schon wieder* heißen, als wollte er damit andeuten, wie enervierend es doch sei, immer die gleiche Unverschämtheit anhören zu müssen, immer der gleichen Unverschämtheit parieren zu müssen.

»Vergeuden wir keine Zeit mit unnötigem Streit«, entgegnete deshalb die Göttin, »Streit, der zudem völlig sinnlos wäre, weil ich ja doch recht habe.«

Er öffnete die Augen wieder, blickte zur Decke, sagte in derselben Art. »Ich kann es aber nicht dulden, daß Sie so über meine Mutter sprechen.«

»Das wiederum ist richtig, Telemach.« Und mit fester, kalter Stimme: »Also gut: Dann verrate mir, warum sagt sie den Männern nicht endlich klipp und klar…« Und weil sie diesen einen Herzschlag bei ihm registrierte, der mehr Blut in die Bahn schickte als die anderen, sprach sie die Frage nicht aus. Es war auch gar nicht nötig. Seit vier Jahren stellte sich Telemach nämlich dieselbe Frage: »Warum sagt sie diesen Männern nicht endlich klipp und klar, daß sie das Haus verlassen und es nie wieder betreten sollen?« Mitten in seine glücklichsten Augenblicke hinein sprang diese Frage, sie war die Quelle seines größten Schmerzes – und vielleicht sproß ja bereits an dieser Quelle jenes Bitterpflänzchen, aus dem sich schließlich ein soldatischer Haß ziehen ließ… Die Göttin prüfte mit einem Blick das junge Menschwesen vor sich und vermerkte mit Genugtuung, was sie sah. Dann richtete sie ihre neugeboren-kalten Augen auf die Männer.

»Laß sie uns erst aus sicherem Abstand beobachten«, sagte sie.

Die Tafel hatte die Form eines eckigen U, und sie stand mitten in der Halle. Die Halle selbst war wie das ganze Haus symmetrisch gegliedert. Von vorne durch die Front der Fenstertüren, durch die man zur Terrasse hinausgehen konnte, fiel das Licht ein – jetzt war es das rosige Abendlicht, das von den Eichenkronen draußen zurückgeworfen wurde. Gegenüber an der hinteren Wand führten an den Seiten zwei Stiegen aus dunklem, schmucklosem Holz in die oberen Stockwerke und zu der Galerie, die die Halle umlief, und von der aus durch eine weitere Reihe von Fenstertüren sich die Veranda über der Terrasse betreten ließ. Unter einer dieser Stiegen standen Mentes und Telemach und spähten durch die Stufen hinüber zu den Männern.

»Es sind viele, und darum sind sie gefährlich«, sagte

Athene. »Nur darum. Und weil ihnen die Waffen frei Haus geliefert werden.«

Die Seitenwände der Halle, über Erdgeschoß und Stockwerk reichend, waren nämlich behängt mit Waffen. Damit auch jedem Gast klar war, daß er sich hier im Haushalt eines Kriegers befand, eines Mannes, der seit jeher seine Welt auf dem Lauf seines Gewehres balancieren mußte und dies zu tun auch verstand. Da hingen Äxte, Speere und Armbruste, Köcher mit Pfeilen, geschwungene Schwerter und gerade, solche, die wie ein Kreuz aussahen, und andere in Form von Halbmonden; Dolche hingen da, durchsichtig dünne wie Nadeln und klobig dicke; Degen, Hellebarden, Flinten verschiedener Größe und Bauart, übermannshohe Vorderlader ebenso wie blankpolierte Repetiergewehre, Pistolen mit flach abgewinkelten, kolbenförmigen Griffen, unterarmlange Revolver, aber auch Luger 08 Armeepistolen, mindestens ein Dutzend; gemeine Sturmgewehre gab es und sogar Maschinenpistolen unterschiedlicher Fabrikation, die Kalaschnikoff mit ihrem säbelkrummen Magazin, die schwere, schwarze Thompson und die zierliche, unscheinbare, höllische Uzi.

Zwischen den beiden Stiegen prangte der Kamin. Ein wenig klobig war er, als wäre er von einer Riesenkinderhand geformt, so wuchs er aus der weißen Wand heraus. Darüber hing, wuchtig wie die Hörner eines urzeitlichen Stieres, der Bogen des Odysseus – glänzend, bis ins Schwarze verfärbt, der Griff umwunden mit gelbem Ledergeflecht, an den Rändern mit bunten Kolibrifederchen verziert, die Sehne war ausgespannt – eine schön geschwungene Oberlippe über dem Feuermaul des Kamins.

»Die Waffen müssen weg«, flüsterte Athene. »Das ist ja ein Irrsinn!«

»Das habe ich mir nie überlegt«, sagte Telemach, und nach einer Weile überhaspelte er sich: »Ich meine, sie essen und trinken und machen ihre Witze und sind unverschämt, aber daß sie zu solchen Mitteln... na hör mal... Waffen... ich meine, daß sie überhaupt auf die Idee kommen könnten...«

»Es ist zum Sichanshirngreifen!« flüsterte Athene nun

noch leiser, dafür aber um so zorniger. »Nein, nein, nein, ich habe es mir anders überlegt. Ich werde nichts essen. Es widert mich an, mich an denselben Tisch mit denen da zu setzen. Unter die Waffen des Odysseus. Noch schöner!« – Sie richtete ihren Blick auf jeden einzelnen der Männer. »Jeder ein Feind, jeder ein Feind!«

»Wir können in der Küche essen«, sagte Telemach. »Oder ich lasse uns etwas in den Turm bringen…«

»Nein, nein! Ich werde ohnehin gleich gehen…« – In diesem Augenblick begann es zwischen Mentes und der Göttin erneut aus dem Takt zu laufen. Denn nun war der Abstand zu den Männern gering genug, so daß auch Mentes mit seinen kurzsichtigen Augen ihre Gesichtszüge erkennen und einen vom anderen unterscheiden konnte. Und nun erkannte er den Mann mit den lehmfarbenen Haaren, dem etwas hängenden Gesicht, der Antinoos hieß, den Privilegierten der Königin, und zu allem Grauen, das über Mentes an diesem Tag hereingebrochen war, kam nun ein weiteres hinzu…

Kurz wollen wir hier unterbrechen und ein letztes Mal unsere Aufmerksamkeit dem Banjobauer zuwenden. Er wird nämlich bald aus unserer Geschichte verschwinden, und der Grund dafür, daß ihn die Göttin höchstpersönlich daraus eliminieren wird, liegt in seinem folgenden Verhalten; und auch wenn wir die Vorgeschichte, die schließlich zu seinem Verhalten führte, an dieser Stelle noch nicht in Ausführlichkeit erzählen werden, denn sie ist in erster Linie die Geschichte des Mannes Antinoos und nicht die Geschichte des Mentes von Taphos, wollen wir doch einige Hinweise geben, damit wir das merkwürdige Benehmen des Banjobauers, wenn schon nicht verstehen, so doch wenigstens nicht als hysterische Verrücktheit abtun. – Wir müssen wissen: Mentes von Taphos hatte sich stets aus allen Schwierigkeiten herausgehalten. Er lebte weit von jedem Nachbarn und ging selten unter die Leute; er hatte es vermieden, ein festes Arbeitsverhältnis einzugehen, um nicht mit einem Chef in Konflikt zu geraten; er lebte zwar mit einer Frau zusammen und hatte zwei Söhne von ihr, war aber nicht verheiratet, sorgte für Frau und Söhne, vielleicht besser sogar als mancher Familienvater, aber die Frau sollte, so wollte er es, ihren Mädchennamen behalten, und die Söhne sollten nur ihre eignen Namen tragen, so daß für sein Tun ein jeder selbst und mit eigenem Namen einstehe. Mentes ging jedem Streit aus dem Weg, beharrte auch nicht auf seinem Recht; wenn Rechnungen nicht bezahlt wurden, ließ er die Sache auf sich beruhen, und vor dem Militärdienst hatte er sich gedrückt. Er war ein vorsichtiger Mensch; kein Opportunist, der sich vor jeden Wind setzte und jeden Widerspruch vermied, ganz im Gegenteil; wir haben es gesehen: wenn ihm etwas gegen den Strich ging, opponierte er, aber er tat es mit Lächeln und Klugheit. Er war ein vorsichtiger Mensch, vielleicht der vorsichtigste Mensch, der je gelebt hat. Für niemanden wollte er zum Verhängnis werden, damit auch ihm niemand zum Verhängnis werden könne. Denn er hatte, da war er gerade zwanzig Jahre alt, erfahren, daß der Mensch, dieses naturverlassene Mängelwesen, vor nichts zurückschreckt, wenn er bedroht wird, auch nicht vor dem Schritt in die Hölle, und daß wer auch nur einmal diese Grenze übertreten hat, nie wieder zurückfindet in das Leben im Sonnenlicht, daß sich für ihn alle Maßstäbe verzerren und er von nun an den Amok zum Götzen und letzten Sinn der Geschichte erhebt. Mentes war Zeuge einer solchen Höllenfahrt gewesen. Der Mann Antinoos, der dort in der Halle an der Tafel saß, den er nun, trotz der Kurzsichtigkeit seiner Augen, erkannte, er war der düstere Held dieser Begebenheit. Und Mentes fürchtete sich vor ihm, jetzt, nach über zwanzig Jahren fürchtete er sich noch vor ihm, und er würde sich immer vor ihm fürchten. Denn er traute ihm alles zu. Und gegen jeden Befehl Athenes, gegen ihre ganze Macht und ihren ganzen Despotismus wollte er seine kleine Person vor dem, der dort am Tisch saß, in Sicherheit bringen. Denn ihn fürchtete er mehr als einen Gott. Sein Gesicht war blaß, er fuchtelte mit den Händen, und in aberwitzigem Kontrast zu dem herrischen Ton, in dem die Göttin aus ihm sprach, schien der Mann in die bare Angst zu zerfallen.

Aber Athene, sein göttlicher Parasit, glaubte noch, sie wäre auch Herrin über diese Angst.

»Wer sind die Anführer?« fragte sie Telemach. »Es müssen zwei Anführer sein, verstehst du.«

Sie merkte sehr wohl, mit welcher Kraft Mentes von hier fortdrängte. Aber niemals wird sich eine Göttin etwas vorschreiben lassen von einem Kuhmilchprüfer, einem gescheiterten Dieseltankwart, Kunsthandwerkstöpfer, Schafzüchter, von einem, der wie ein Heuschreck vom Land lebt und ab und zu ein Saiteninstrument baut, das oben im Olymp, wo Apolls Lyra den Ton angab, nur Gelächter ausgelöst hätte. Darum nützte sie, nicht ohne göttliche Hundsfötterei gegen den einen, die Gelegenheit gleich zweifach – um ihren Wirt zu disziplinieren und um ihren Schützling zu belehren:

»Es sind nämlich immer zwei Anführer, Telemach. Verstehst du? Also hör zu!«

Sie griff nach seinem Ellbogen und zog ihn von der Halle weg nach hinten in den Gang, wo es nun schon dämmrig war und wo sich Mentes wieder einigermaßen beruhigte.

»Wenn sich Männer zu einer Rotte zusammentun, weil jeder von ihnen ein Ziel erreichen will«, sagte sie, ließ dabei Telemachs Ellbogen nicht los, »dann werden sie sich bald in zwei Lager teilen. Jeder gegen jeden geht sich ja nicht aus. Dann müßten alle gleich stark sein. Verstehst du das, Telemach?«

»Ja, ja, natürlich«, antwortete er. Er hatte sich anstecken lassen von ihrer konspirativen Aufregung, die auf ihn sehr überzeugend wirkte, die in Wahrheit aber nichts weiter war als eine Mischung aus Mentes' Angst und Athenes Belehrungsdrang. »Sprechen Sie weiter«, flüsterte er. Er stand dicht neben dem blassen, schmächtigen Mann und beugte sich zu ihm hinab.

»Also«, fuhr sie ebenfalls flüsternd fort, obwohl sie hier hinten niemand hören konnte, »also wird sich der Konflikt immer auf die beiden Stärksten konzentrieren. Und warum? Weil die anderen längst wissen, daß für sie die Sache gelaufen ist, daß sie selbst nie ans Ziel kommen werden. Die Subalternen werden immer versuchen, eine Entscheidung so lange wie möglich hinauszuzögern, denn wenn die Entscheidung gefallen ist, sind sie überflüssig. Komm, sehen wir sie uns unter diesem Gesichtspunkt an!«

Nun aber, da sie Mentes' Körper wieder zurückbrachte in die Nähe dessen, vor dem er sich mehr fürchtete als vor ihr, da begann sich der Banjobauer wieder zu rühren. Seine Hand fuhr aus, als wäre an einem unsichtbaren Seil gezogen worden. Beinahe hätte sie Telemach im Gesicht getroffen.

»Na hör mal…«, sagte der nur.

»War ein Versehen«, sagte sie. »Du wirst feststellen, Telemach«, fuhr sie mit ihrer Belehrung fort. »sie haben sich ganz nach Belieben aufgeteilt, aber instinktiv so, daß am Ende die beiden Fraktionen gleich stark sind und keine Entscheidung möglich wird…« Aber offensichtlich war Mentes' Angst doch stärker, als sie berechnet hatte. Zwar hatte sie seinen Bewegungsapparat neutralisieren können; seine Stimme aber geriet ins Schwanken, je näher sie der Halle kamen. Es war genauso wie heute mittag, als ihn Telemach unten bei den Eichen begrüßt hatte. Noch sprach die Göttin darüber hinweg weiter: »Bei diesem Gleichstand der Kräfte, wo die Mehrheit von einer Pattsituation profitiert, wird es nie zum Krieg kommen. Wäre es anders, könntest du vielleicht gelassen warten, bis sie sich selber umbringen. Vielleicht aber nur, Telemach. Vielleicht aber auch nicht…«

»Ist etwas mit Ihnen«, fragte Telemach. Sie waren wieder bei der Stelle angelangt, von wo aus sie durch die Stufen der Treppe in die Halle schauen konnten.

»Was soll mit mir sein«, fragte Athene. Mentes' Stimme klang nun wieder genauso, als würde sie durch ein Ventil gepreßt. »Kümmere dich nicht um meine Stimme«, sagte sie, »kein Wort darüber will ich hören«, und drückte mit einem Räuspern Mentes' Rebellion noch einmal nieder. »Hör mir lieber weiter zu! Sobald das Gleichgewicht der Kontrahenten zerfällt, werden sich die Blöcke zwar auflösen, aber die Situation könnte dann erst wirklich gefährlich werden, Telemach. Es wird dann nämlich Fraktionen geben, die meinen, daß sie etwas zu verteidigen hätten. Macht- und beutehungrig werden sie sich in immer neuen Rudeln zusammenschließen. Sie werden zwar nichts mehr gewinnen, um so mehr aber zerstören. Vor denen muß man sich hüten. Sie werden verrückt. Verstehst du, Telemach, du mußt die Struktur deines Gegners kennen, das heißt seine inneren Konflikte. Also: Wer sind die beiden Anführer?«

»Der eine ist wohl Eurymachos.«

»Und der andere?«

»Der andere? Antinoos, schätze ich.«

Und als nun endlich der Name dessen genannt war, den Mentes mehr fürchtete als seine tyrannische Göttin, da brach er erneut aus seiner Hölle, und hätte es diesmal fast bis in den Kehlkopf zu den geschwätzigen Geschwistern Glottis und Larynx geschafft; aber Athene kämpfte ihn abermals nieder. In Mentes' Gesicht stand schweißnaß die Angst.

»Ist wirklich nichts«, fragte Telemach. »Ich mache mir Sorgen wegen Ihnen.«

»Still!« zischte Athene. »Fangen wir an bei Eurymachos! Welcher ist es? Zeig ihn mir!«

»Von hier aus können wir ihn nicht sehen«, sagte Telemach. »Er dreht uns den Rücken zu. Der mit den lang über den Kopf gekämmten grauen Haaren, der in dem weißen Hemd…«

»Der in dem weißen Hemd, so. Der ist ja krumm.«

»Ja, der. Aber krumm ist der nicht.«

»Er ist krumm. In ein paar Jahren wird es jeder sehen. Gut, laß uns auf die andere Seite gehen. Ich will mir sein Gesicht anschauen.«

Sie schlichen wieder in den Gang zurück, liefen zur anderen Seite der Halle und stellten sich dort unter der anderen Treppe auf, die nach oben zur Galerie führte.

»Jetzt kann ich ihn sehen«, sagte Athene, geduldig, brutal und mit göttlicher Ausdauer ihren Mentes im Knebel. »Er ist älter als die anderen. Hat er denn keinen Beruf, daß er sich den ganzen Tag hier herumtreiben kann?«

»Er schreibt für eine Zeitung. Zweimal in der Woche schreibt er eine Kolumne. Ich lese das Zeug nicht. Es wird
76 gesagt, es sei schlecht, was er schreibt.«

»Wer sagt das?«

»Es wird eben gesagt.«

»Wird es am Telephon gesagt?«

»Was?«

»Du weißt, was ich meine, Telemach. Ob es diese Studentin am Telephon sagt.«

»Ja.«

»O Telemach, Telemach! Haßt du ihn?«

»Ob ich ihn hasse?«

»Ja, das habe ich gefragt.«

»Ich mag ihn nicht.«

»Ich fragte, ob du ihn haßt! Was interessiert es mich, ob du jemanden magst oder nicht. Ob du ihn haßt, will ich wissen!« Telemach antwortete nicht gleich. »Er ist nicht niederträchtig zu mir und auch nicht zu meiner Mutter«, sagte er endlich. »Er ist sogar höflich ...«

»Du haßt ihn also nicht ... Gut, halten wir uns nicht länger mit ihm auf. Zeig mir den anderen!«

»Früher habe ich ihn sogar gemocht«, hängte Telemach an.

»Du meinst, früher hast du ihn geliebt«, verbesserte Athene.

»Das weiß ich nicht mehr ...«

»Unerheblich ... völlig unerheblich! Der andere! Los!«

»Der dort«, sagte Telemach und zeigte auf den jungen Mann in den scharf gebügelten weißen Hosen, mit den unschönen Haaren und den großen Händen mit den kurzen, breiten und sehr hellen Fingernägeln, der gerade aufstand und den Brotlaib über den Tisch reichte. »Das ist Antinoos. Und ihn hasse ich.«

»So, ihn haßt du«, sagte sie. »Und du bist dir ganz sicher?«

»Ja.«

»Von hier aus kann man ihn nicht richtig sehen, er dreht uns den Rücken zu ...«

Sie zog Telemach wieder zurück in den Gang, ließ sein Hemd nicht los, während sie, immer einen Schritt vor ihm, nun wieder auf die andere Seite der Halle hastete, gleichzeitig darauf bedacht, daß Mentes' aufrührerische Füße nicht über- 77 einander stolperten. Dort nahmen sie wieder ihren alten Posten ein.

»Jetzt sehe ich ihn«, sagte sie, und Mentes' Stimme schwankte bereits wieder. »Und ihn haßt du also, Telemach.«

»Mhm.«

»Nur ihn haßt du?«

»Ihn am meisten.«

Und, Mentes mit letzter, göttlicher Gewalt niederhaltend, sagte sie: »Ach, Telemach, Telemach, gib zu, du haßt nur ihn! Aber sagst du mir auch, warum du ihn haßt? Ist er etwa niederträchtig zu dir oder deiner Mutter? Ich denke doch nicht. Hat er deine Mutter heute mittag nicht etwa in Schutz genommen, als der Fette, Feige, der dort in seiner Nähe sitzt und sich so darum bemüht, ihm zu gefallen, diese Dinge über sie gesagt hat? Warum haßt du nicht wenigstens ebenso oder noch mehr den Fetten, Feigen?«

»Ich hasse eben Antinoos.«

»Telemach, höre: Bevor man den Krieg beginnt, muß man sich ein Bild machen. Vor allem von sich selbst. Du weißt also wirklich nicht, warum du ihn haßt?«

»Nein, ich weiß es nicht. Genügt es nicht, daß ich ihn hasse?«

»Nein, das genügt nicht. Du wirst dich eines Tages fragen, warum hasse ich ihn, und wenn du die Antwort dann nicht parat hast, wirst du aufhören, ihn zu hassen. Gefühle sind zwar stärker als der Verstand, und sie können auch ohne ihn bestehen, und sie bestehen ja tatsächlich ohne ihn. Aber sie sind nicht von Dauer, wenn ihnen nicht immer wieder Gründe geliefert werden. Es spielt keine Rolle, ob die Gründe für deinen Haß wahr sind oder nicht, sie müssen nur ausreichend sein, um ihn für genügend lange Zeit zu nähren. Soll ich dir sagen, warum du Antinoos haßt?«

»Nein.«

»Willst du es denn nicht hören?«

»Nein, ich will es nicht hören!«

»O Telemach, Telemach…« – Und wieder sah die Göttin, daß es besser war zu schweigen – über das, was sie vom Himmel aus gesehen hatte, als ihre Satellitenaugen das Dreieck spannten vom Vater zur Mutter, von Odysseus zu Penelope, von Ogygia nach Ithaka, von der Grotte der Kalypso zum Turm des Odysseus – in dem, keine sieben Stunden war es her, die Mutter in ihrem Gemach gesessen hatte, auf dieser blauen Ottomane, und neben ihr dieser Mann gestanden hatte, Antinoos, der seine Hand auf ihren Scheitel legte, was sie zuließ, während unter ihnen, im Arbeitszimmer des Vaters, der Sohn telephonierte... Und Athene, die zwar durch die Dinge hindurchsehen konnte, aber nicht in die Seelen der Menschen, wußte, warum Telemach diesen Antinoos haßte. Denn der Haß und seine Geschwister Eifersucht und Neid fuhren nun mit all ihren Rossen bei ihm ein. Ehrlich und bitterlich haßte er Antinoos, und das gleich zweifach: weil noch der Haß dazukam, der bereits fixfertig für die Mutter reserviert war, falls sie sich eines Tages doch entscheiden sollte, wahrscheinlich ohnehin für diesen da, dem sie jetzt schon Wärme und Mitgefühl zufließen ließ, als einzigem... Glaubte sie denn, der Sohn merke das nicht? Sie habe Mitleid mit Antinoos, hatte sie einmal beiläufig gesagt, allzu beiläufig, Mitleid, weil er so einsam sei. Der? Und wenn schon! Was ging ihn, den Sohn, die Einsamkeit dieses Mannes an! Er haßte ihn dreifach! Was ging sie, die Mutter, die Einsamkeit dieses Mannes an? Er haßte ihn vierfach! Wie konnte denn hier überhaupt von Einsamkeit die Rede sein! Wer war einsam? War der Vater einsam? Wenn er tot war, wohl nicht, wenn er noch lebte, wahrscheinlich auch nicht. War die Mutter einsam? Umgeben von zwanzig Männern, die sie alle haben wollten? Nein, ganz bestimmt nicht. Wer war hier einsam? Wer! Fünffach haßte er ihn. Machte er ihm doch auch noch den Rang streitig, der Einsamste zu sein! Ja, Telemach haßte Antinoos fünffach, sechsfach, siebenfach. – Und die Göttin sah, daß dies ein durchaus solider, ausbau- und tragfähiger Haß war. Ein zarter Sprößling noch, aber bereits in kräftigem, treibendem Grün. Sonne, Wasser – soll er bekommen! Himmel und Erde – soll er bekommen! Und ein brauchbares Werkzeug dazu – um Schädel damit einzuschlagen, Hälse damit zu durchbohren, Herzen damit auszureißen. Pallas Athene war zufrieden.

»Du wirst ihn bekommen«, sagte sie.

Der Haß war so rauschhaft in ihn gefahren, daß Telemach vergaß, gegen diese schändliche Offenkundigkeit in seinem Gesicht wenigstens den Anschein von naivem Sichwundern zu wahren und zu fragen, was in diesem Zusammenhang mit *Du wirst ihn bekommen* denn gemeint sei. Er wußte genau, was gemeint war. »Ja«, sagte er, »ich will, daß er verschwindet.«

Übrigens stand ihm der Zorn vortrefflich. Er frischte die Farbe des Gesichts auf, brachte Feuer ins Auge und erhob ihn in eine Würdigkeit, die irgendwo zwischen einem Prinzen und einem Prediger angesiedelt war. Diese Charge war allerdings noch nicht ganz frei von Karikaturhaftem, vielleicht gerade wegen der Mischung. Der Prediger steckte in der Garderobe, der schwarze Anzug war ein einziger gewirkter und vernähter Vorwurf an die Welt; der Prinz aber – ja, Athene war zufrieden –, der Prinz, der Erbe, der sprach aus dem reinen Zorn, der tief von unten kam, aber dennoch die feinen Züge des Gesichts nicht verzerrte. – Die Göttin war zufrieden, für heute war sie zufrieden.

»Ich werde mich jetzt von dir verabschieden«, sagte sie. »Es gibt Dinge, die lassen sich zwar lernen, aber nicht lehren. Da steht der Lehrer sogar im Weg.«

»Aber was soll ich denn tun?«

»Fordere sie auf zu gehen!«

»Das ist wirklich ein guter Rat, danke«, spottete Telemach. »Da werden sie sofort aufstehen und das Haus verlassen und am ganzen Körper zittern…«

»Hast du es denn schon versucht? Nein, natürlich nicht. Weil du…« – und da geschah das Denkwürdige. Denn obwohl die Göttin angekündigt hatte, sie werde gleich gehen, und Mentes also allen Grund gehabt hätte, sich zu beruhigen, katapultierte er sich mit den letzten Reserven aus seinem Gefängnis nach oben. Ein Ringeln und Schlenkern ging durch seinen Körper, als würden sich zwei Schlangen zur gleichen

Zeit aus seinem Bauch hinauf zum Mund winden und dabei ihre Körper wie Peitschen gegen Speise- und Luftröhre schlagen, und Athene mußte sich beeilen, den Mann nach hinten in den Gang zu schaffen, sie konnte sich mit einem Seitenblick gerade noch versichern, daß Telemach, den Blick immer noch auf das Objekt seines Hasses gerichtet, mit sich selbst genug zu tun hatte.

»Also, was willst du!« sprach Mentes' Stimme zu Mentes' Ohr. »Ich bring dich ja weg von hier! Bist du zu blöd, das zu kapieren? Ich bin ja grad im Begriff, deine lächerliche Armseligkeit in Sicherheit zu bringen! Geht das nicht in deinen Schädel hinein? Verstehst du mich überhaupt? Oder soll ich mit dir reden, wie es die Pflanzen und die Steine miteinander tun?«

Mentes verstand sie sehr wohl. Aber sie verstand ihn nicht. Das war es. Sie verstand nicht dieses gütige, tapfere Wesen, das sie sich ausgeborgt hatte, wie sich ein Schüler einen Radiergummi von seinem Banknachbarn ausborgt, und zu Zwecken, die ganz bestimmt nicht die seinen waren. Ja, Mentes von Taphos war ein gütiger und tapferer Mann. Schließlich war er heute hier anwesend gewesen, den ganzen Nachmittag, war neben Telemach durch das hohe Gras gegangen, hatte registriert, daß sich Telemach um seine Gesundheit Sorgen gemacht hatte, daß er ihn in den Schatten hatte führen wollen, daß er ihm den Brunnen hinter dem Haus gezeigt, ihn in das kühle Zimmer geführt hatte, ihn auf dem besten Stuhl hatte Platz nehmen lassen, daß er ihn zum Essen eingeladen hatte in diesem feinen Haus – was Wunder, daß Mentes Sympathie für diesen jungen Mann gewonnen hatte! Und er hatte Mitleid mit ihm. Er wollte nicht davongehen, ohne ihn vor diesem Antinoos gewarnt zu haben, den er jetzt mit der Inbrunst seines Hasses durch die Treppe beobachtete. Und er wollte Telemach auch vor diesem Haß warnen, der ihn unvorsichtig machen und diesem Antinoos ausliefern würde.

»Wenn du etwas zu sagen hast, dann sag es!« fuhr ihn Athene an. – »Ich will nicht mit dir, ich will mit ihm reden«, sagte Mentes. Es sprach aber immer dieselbe Stimme. – »Ich 81 werde es an ihn weiterleiten! – Mit welchem Mund denn? – Das laß meine Sorge sein! – Ich will aber doch lieber selber mit ihm reden. Nur nicht hier. Hier nicht. – Wo denn? – Draußen. – Auf der Wiese wieder? – Von mir aus auf der Wiese. – Damit wir wieder so komisch aussehen? Was willst du von ihm? – Das geht dich nichts an! – Was glaubst du denn, was mich alles angeht, du Elender! – Was willst denn du von ihm? Laß ihn doch in Frieden! Was geht dich denn an, was er ist! Und was gehe ich dich an! Was läßt du mich denn nicht in Ruhe! – Wer bist du denn, Mensch, daß du glaubst, ich sei dir Rechenschaft schuldig!« Und Athene holte aus zum letzten Schlag. Mentes aber, der schmächtige, gute, tapfere Mentes von Taphos, der gescheiterte Kuhmilchprüfer, der jetzt einmal alle Vorsicht hatte fahren lassen, der Dieseltankwart, Kunsthandwerkstöpfer, Schafzüchter, der wie ein Heuschreck vom Land lebte und ab und zu ein Saiteninstrument baute, der nun, sekundenknapp vor dem furchtbarsten Schlag der Göttin, nichts mehr war als der *homo sapiens sapiens* , aber auch nichts weniger, ihm war auf einmal alle Kraft des Menschlichen gegeben und er brüllte:

»Leck mich am Arsch! Scheiße, verdammte!«

Und augenblicklich war es sehr still in der Halle. Sehr still.

Athene aber hieb die Seele des Banjobauers ein allerletztes Mal in den Abgrund, drosch sie in den tiefsten Tartaros, zerschmetterte diesen menschlich miniaturisierten Titanen, das ging so lautlos vor sich wie eine Explosion im Weltall und so schnell wie das Verglühen eines Photons, verdammte ihn zu ewigem Schweigen und eilte, als der Mann gelöscht war, hin zu Telemach und flüsterte in schnellem Tempo aus Mentes' noch offenem Mund: »Lade morgen alle Nachbarn ein, Telemach, alle Leute, die du kennst, die je im Dienst oder in der Schuld deines Vaters standen, mit denen er Geschäfte gemacht hat, alle, die er kannte, die deine Mutter kennen, und auch alle, die deinen Großvater Laertes kennen, und vor ihnen jage diese Männer aus deinem Haus! Tu es, Telemach, tu es! Du bist kein Kind mehr! Nicht mehr sollst du dein Leben von einem Tag in den nächsten schleppen! Keine Mattherzigkeit mehr! Kein Versacken, kein Versagen! Oder willst du der erbärmlichste Tropf unter der Sonne sein? Den Feind schwächen und brechen! Hast du nicht von Orest gehört? Der hat den Mörder seines Vaters erschlagen, den immerhin gewaltigen Aigisth, und seine Mutter dazu. Seine Mutter hat Orest erschlagen, hörst du! Und warum hat er das getan, warum?«

Und herumgewirbelt wurde Mentes' Rest mit göttlicher Stärke, und ehe Telemach etwas sagen konnte, war der kleine Mann mit dem zu großen Kopf, mit den zu freundlichen Fältchen um die Augen, dem schrundig rasierten Gesicht, den kreuzundqueren Zähnen, die aussahen, als wären ihm eine Handvoll hineingeschmissen worden in den Mund, verschwunden, und eine Stimme ganz nahe bei Telemach sagte:

»Setz dich doch zu uns und sag uns, wer der Mann war, mit dem du den ganzen Nachmittag konferiert hast. Habt ihr euch gestritten? Hat er denn keine Manieren? So zu fluchen im Haus seines Gastgebers? Wo ist er denn? Hat sich davongemacht. Gut. Er hatte allen Grund.«

Es war Eurymachos, der ihn aus seinen steingrauen Augen ansah. »Komm«, sagte er. »Komm herüber zu uns!«

Telemach war zu verwirrt, um sich zu wehren, wieder griff einer nach seiner Hand und führte ihn. Es war eine runde, schalenförmige, fleischig feste, warme, trockene Hand, vertrauensvoll und vertraut, die, auch wenn es gewollt wurde, nicht gehaßt werden konnte.

Er folgte Eurymachos zur Tafel.

Er blickte mit stiller, verzweifelter Verblüffung in die Gesichter der Männer, von denen keines Verwunderung oder auch nur Neugierde zeigte, er sah ihr freudloses Grinsen, spürte ihre hoffnungslose und darum so hoffnungsfeindliche Zukunftsschau, ihre gelangweilt verschleierten Blicke, die auf ihm ruhten, ihre Schadenfreude, ihre Geilheit auf Selbstverachtung, ihre Besserwisserei, und wie ein eisiger Luftstrom wehte aus ihrer Richtung die Überzeugung ihn an, daß alles, was ist, nur den einen Zweck haben kann: nämlich enttäuscht, verletzt, verraten und endlich vernichtet zu werden. Und Telemach, der sie alle schon seit Jahren kannte, sah nun, wie sie sich teilten in Anhänger des Eurymachos und Anhänger des Antinoos; er sah, was die Anhänger des Antinoos an ihrem Idol fesselte, er sah deutlich, was schuld daran war, daß sie in ihren Nächten den Morgen nicht erwarten konnten, um wieder über alle Bedeutung und allen Sinn zu spotten, über das Schöne, die Sehnsucht, den Frieden, über alles eben, was sie doch insgeheim wünschten – süchtig waren sie, Winkelanwälte des Nichts, süchtig nach Leere. Und so war das letzte, was ihnen an Gefühl geblieben war, die Mißgunst, und sie behaupteten frech-falsch, Telemach sei ein ganz Abgeputzter, ihnen allen über, durchtrieben und zynisch. Und sie meinten damit, er sei ein Tor mit der kuriosesten aller Weltanschauungen, nämlich der, daß alle Menschen Brüder seien, ein Parzival, eigentlich ein unbeschreiblicher Trottel; seine Arglosigkeit, mit der er jeden, der beim Tor stand, wie einen Freund empfing und erst gar nicht auf den Gedanken kam, er könnte ihm etwas anhaben wollen, obwohl er seit Jahren ja nur mit Männern, nämlich mit ihnen, zu tun hatte, die nichts anderes taten, als ihn und seine Mutter zu vernichten – eben diese Arglosigkeit und Großherzigkeit Telemachs waren der letzte Hoffnungsstreif in ihrem Leben, denn auch dem Schnödesten unter ihnen hatte er bisher alle Schnödigkeit verziehen, wenn er ein Lächeln von ihm empfing, und dafür haßten sie ihn. All das erkannte Telemach in den Gesichtern der Männer, die sich selbst Freier nannten, und es war dem Sohn des Odysseus, als sähe er sie alle, wie sie hier saßen, sich zu ihm hingedreht hatten oder ihn aus den Augenwinkeln beobachteten, zurückgelehnt oder vorgebeugt, den Kopf auf die Hand gestützt oder die Hände im Nacken verschränkt – wie auf einem Gemälde waren sie vor ihm –, als sähe er sie tatsächlich zum ersten Mal. Und er konnte sie sich vorstellen: tot und am selben Ort.

»Gleich wer, einer von euch muß ihm Platz machen«, sagte Eurymachos zu seinen Kumpanen, und zu Telemach sagte er: »Drück dich nicht mit falschen Freunden herum. Es ist eine Schande, daß der Hausherr nicht mit seinen Gästen am Tisch sitzt. – Phemios! Wo ist der Sänger? – Oh, es reißt Gewöhnung ein, und Gewöhnung ist immer Undankbarkeit und immer auch ein Stückchen Tod, Telemach. – Phemios! Wo ist denn der Sänger!«

Auch den Eurymachos, auf dessen Schoß zu sitzen er als Knabe so begierig gewesen war, konnte sich Telemach tot vorstellen, an diesem Platz, verdreht, ins eigene, schon nicht mehr junge Blut geschmissen. Er löste sich von seiner Hand.

Eurymachos fing Telemachs unverstellten Blick auf. Er erschrak nicht, wie gewiß Telemach selbst erschrocken wäre, hätte er sich in diesem Moment ins Auge geblickt; aber dem Kolumnenschreiber war mit einem Schlag klar, daß seine Strategie, die er nun schon seit Jahren, alle Demütigungen auf sich nehmend, verfolgte, mit einem Mal wertlos geworden war, daß sein Ziel, das einzige und letzte in seinem Leben, das er noch anstrebte, nämlich hier auf diesem Platz in Wohlstand alt und mächtig zu werden, sich ins Unerreichbare entfernte. Aber Eurymachos ließ sich nichts anmerken, er benötigte nur ein wenig Zeit, um seine Pläne zu ändern. Dieser Mann, ausgestattet mit der seltenen Gabe der Eleganz, der mit Melancholie auf alles blickte, was ihn umgab, war ein bekannter Mann in der Stadt und der Umgebung, und die meisten Leute meinten, eben diese Melancholie in seinem Gesicht sei verantwortlich dafür, daß sein Ruhm nicht längst schon weit über die Stadt und die Gegend hinausreichten, sei sie doch Zeichen eines milden, für die Welt zu guten Charakters. Sie sahen nicht, daß das nicht Melancholie und schon gar nicht Güte waren, sondern Verschlagenheit und Unberechenbarkeit. Die Leute, die er mit Vorliebe Masse nannte, lasen an jedem Samstag und jedem Mittwoch seine Kolumne, und sie glaubten, was er schrieb, und ließen, was er widerriet. Er war ein wenig krumm und ein wenig grau, dieser Mann, ein seichter Literator, und seine Augen lagen wie graue Steine in ihren Höhlen, und das machte seinen Blick stumm und stier. Er genoß das größte Vertrauen all jener, die ihn nicht kannten. Aber das würde ihm nichts nützen. Die Masse, von der er so gern sprach, sie würde ihm nicht helfen, sie hilft niemandem…

Telemach blickte von einem zum anderen. Sie waren ihm fremd. Die einen hielten es mit Eurymachos, die anderen mit Antinoos. Seine Feinde waren sie alle. Grundgefährliche Wesen waren sie. Die Göttin hatte seinen Blick auf diese Menschen geordnet. Sein bisheriges Leben schien haltlos im Licht dieser Ordnung.

Die ersten Töne des Banjos erklangen. Phemios saß oben auf den Stufen und spielte. Von Anfang an pickte er mit großer Geschwindigkeit, und seine langen, schwarzen Finger der linken Hand sprangen von Bund zu Bund. Er jagte eine Introduktion über das Instrument und sagte dazu in die Luft hinein: »He, ich seh dich nicht, Bruder, wo hast du dich denn versteckt, Mentes, du alter Bauer, schau her, was ich hier habe, Quittung habe ich keine gefunden und Rechnung auch nicht, aber die wär ja wohl ohnehin verjährt, und jetzt sperr die Ohren auf!«

Dann tremolierte er nur noch auf der fifth string, den rasenden Rhythmus haltend, dabei immer leiser werdend, leiser, bis die ihn unten kaum noch hören konnten, bis sie ihn gar nicht mehr hören konnten, bis er sich selbst kaum noch hören konnte, bis er sich gar nicht mehr hören konnte – und dann: wechselte in die Subdominante, von G auf C, und legte los. Zeigte denen, die es nicht wußten, was es hieß, ein Henker auf der Gitarre genannt zu werden, und auf dem Banjo war er auch nichts anderes als ein Henker. Phemios, der Henker. Der Henker auf der Gitarre. Der Henker auf dem Banjo. Der ganze Saal dröhnte von den Schlägen auf der echten Mentes, der Königsgeige unter den Banjos, und es dröhnte wie Ochsenziemer auf Blech, und so und nicht anders soll ein Banjo klingen. Und das war erst die zweite Introduktion. Nun wechselte er in die Dominante, spielte die Septim dazu, nahm das Instrument abermals zurück, langsam, verließ nacheinander die vier Saiten, unmerklich, zupfte schließlich wieder nur noch die fifth string, kletterte darauf von Halbton zu Halbton höher, rief noch einmal: »He, he, jetzt! Jetzt paß auf, Mentes!« Sprang auf G und begann zu singen. Mit dünner, ruinierter Stimme sang er, dafür war er bekannt, seine Stimme wurde landauf, landab, weiter als die Kolumnen des Eurymachos gelesen wurden, imitiert, von schwarzen Buben, die nicht älter waren als fünfzehn oder siebzehn, von denen mancher glaubte, Phemios lebe gar nicht mehr, so bekannt war er, und seine Lieder waren auch bekannt – *Slidin' Delta*, *Louis Collins*, *Joe Turner*, *Spanish Flangdang* oder seine Version des alten *Salty Dog* oder *Stack O'Lee* oder *I Shall Not Be Moved*... Aber das Lied, das Phemios heute, hier in der Halle im Haus des Odysseus, sang, war nicht bekannt, das hatte er in dieser Halle noch nie gesungen, und außer den Holzwänden seines Häuschens, die silbrig schwarz waren wie sein Gesicht, hatte dieses Lied noch niemand gehört, er hatte es nämlich erst am Nachmittag gedichtet, und es war noch rauh und roh und kantig und erzählte von Odysseus.

Phemios sang vom Ende des Krieges vor Troja.

Er hob an mit der vorgetäuschten Abfahrt, wie die Achaier die Schiffe bestiegen, wie sie die Zelte niederbrannten, während die Tapfersten bereits auf dem Marktplatz von Troja saßen – verborgen allerdings in dem riesigen Holzpferd, dieser Jahrtausend-Idee des Odysseus...

Das erzählte die erste Strophe. – Kurzer Lauf des Henkers über die Saiten des Banjos, dann die zweite Strophe:

Wie die Troer berieten, ob sie das Holzpferd als Geschenk annehmen oder ob sie es verbrennen und ins Meer stürzen sollten, und wie die tapfersten Achaier, unter ihnen der Tapferste der Tapferen und dazu noch der Gescheiteste, nämlich Odysseus, Odysseus, Odysseus, dies alles hörten und wie sie im Holzpferd schwitzten und bangten.

Das war die zweite Strophe. – *Brake*. Tonartwechsel, brutal, übergangslos ins Gis. Längeres Solo. – Dann, gestaltet als *bridge*, durchgehend im Septimakkord, Rhythmuswechsel – Dreivierteltakt:

Wie Odysseus den anderen Helden aus dem Holzpferd half, wie er sie durch die nächtliche Stadt des Feindes führte, in der er schon einmal als Spion in Lumpenkleidern gewesen war, wie er selbst dem Heerführer Menelaos Befehle erteilte, wo und wie er die Leute aufstellen und dann losschlagen sollte – sobald er, Odysseus, Odysseus, Odysseus, das Kommando gab...

Das war die dritte Strophe. – Jetzt: Über sechs sich jagende Akkorde bei Auflösung des Taktes Rückkehr in die ursprüngliche Tonart, G-dur, und den ursprünglichen Rhythmus – *brake* - und G-moll, die letzte Strophe:

Das große Gemetzel. Odysseus öffnet von innen heimlich die Tore der feindlichen, jetzt friedlich schlafenden Stadt. Herein strömen die Achaier, die ihre Schiffe bloß in der Nachbarbucht versteckt hatten. Und alles unterstellt sich in dieser entscheidenden Schlacht dem Odysseus, dem Odysseus, dem Odysseus. Aus den Betten werden die Feinde gerissen, nackt werden sie geköpft, geschlitzt, niedergetreten, zerbrochen, über Brandkissen ihre Körper gewälzt, in Flammen gestoßen und ihre Leichen den Vögeln und Hunden überlassen. Und Odysseus eilt dorthin, wo der Kampf am heftigsten tobt, das Herz geschwollen voll wilder Wut. Nicht die kleinste Niedertracht der vergangenen zehn Jahre hat er vergessen, es ist die Nacht der Abrechnung, jede Hinterlist, jeder Betrug, jeder kleine Sieg des Feindes, jeder böse Blick des Feindes, jedes abfällige Wort des Feindes, alles wird tausendfach zurückgezahlt... – Phemios singt diesen Teil der Strophe auf einem Ton, und er wirbelt dazu auf der fifth string, und immer mehr fällt ihm dazu ein, als würde es ihm von oben gegeben, zwar reimen sich die Verse längst nicht mehr, aber das ist ihm egal, er singt und senkt dabei die Lider, denn er will nicht, daß die anderen sehen, wie es ihm die Augäpfel nach oben verdreht. – Man sollte sie alle durch die Hobelmaschine laufen lassen, singt er, dann ginge ihnen wenigstens die arrogante Miene vom Gesicht ab. Einen nach dem anderen mit dem Holzknüppel zu Tode prügeln. Ins Genick schießen. Täler mit ihnen auffüllen, Berge über sie schütten. Kinder werden unter den Soldaten gegen Zigaretten getauscht, weil so viele herumstolpern und schreien und ein elternloses Kind in dieser Stadt in dieser Nacht keinen besseren Preis mehr hat. Und als Eos im Safrangewand die Erde rundum erleuchtet, stehen nur noch rauchende Trümmer, und wieder gibt Odysseus Befehl, Befehl,

Befehl, auch die rauchenden Trümmer noch zu zerschlagen, mit Eisenstäben, -stäben, -stäben, und selbst der König der Könige, Feldherr der Feldherrn, der Atride Agamemnon...

Hier wurde Phemios unterbrochen. Das heißt, er unterbrach sich selbst – er brach ab. Denn neben ihm stand Penelope. Er wußte nicht, wie lange sie schon neben ihm stand. Vielleicht hatte er ihren Schuh gesehen aus den Augenwinkeln. Oder ihr Parfum gerochen. Oder eine Luftbewegung abgekriegt von ihrem Kleid. Sie war aus den oberen Räumen getreten, gefolgt von zwei Dienerinnen, hatte nichts gesagt, hatte gewartet.

»Was ist das für ein furchtbarer Quatsch, was du da singst«, sagte sie. »Ich will es nicht hören!«

Ihre hohe Gestalt war in einen Hausmantel aus schwarzem Satin gehüllt, dessen Aufschläge an den Ärmeln und am Kragen aus weichem, moosgrünem Frottee waren. Mit einer weißen, kräftig sehnigen Hand wies sie auf Phemios. »Du kennst so viele schöne Lieder«, sagte sie. »Und du weißt, was ich von dir und deiner Musik halte. Aber das hier ist Quatsch. Also laß es!« Ihr glänzendes, schwarzes Haar war um den Kopf gewunden und aufgesteckt. Ihr Gesicht war weiß wie ihre Hand. Die Augen waren schwarz wie das Haar, sie durchdrangen, wen sie anblickten, hatten vielleicht sogar etwas allzu Starrendes. Sie waren überwölbt von sehr breiten, sich in der Mitte fast berührenden Brauen. Auf den Wangen lag Flaum. Über der Oberlippe verdichtete er sich zu einem herben Schatten, der die Strenge des Gesichtes verstärkte.

Bisher hatte sie vor sich hin gesprochen und vor sich niedergeblickt. Nun bewegte sie den Kopf heftig zum Sänger hin und sagte: »Hörst du mir eigentlich zu, Phemios?«

Mit heruntergefallenem Kiefer und verglaster Idiotie starrte Phemios sie an. Es war ihm, als wäre er eben erwacht, wie an einen Traum erinnerte er sich an das Lied, das er gerade gesungen hatte. Was hatte er da in fahrlässiger Hingabe an seine Kunst von sich gegeben? Wer hat mir die Finger geführt? Wer hat mir die Worte gemacht? – Ein langgezogenes, etwas schiefes Dreieck war sein Gesicht.

»In Zukunft verzichten wir auf solche Unterhaltung«, rief einer der Männer von der Halle herauf. Es war Mulios, der Wulstlippige. Seine plumpe Art hatte sich von Phemios' Todesphantasien nur wenig beeindrucken lassen. »Wenigstens während des Essens soll er etwas anderes spielen. Pfui Teufel!«

»Wenns nach mir geht, ich brauche so etwas überhaupt nicht mehr zu hören«, legte ein anderer nach. Und man glaubte es ihm, sein Gesicht war hohl und grün.

»Ich möchte ihn nie wieder singen hören!« empörte sich ein dritter, der sich noch nicht errettet glaubte vor Phemios' Phantasien.

»Oder aber er singt ohne Text und spielt ohne Saiten«, witzelte jetzt tapfer ein vierter.

»Und tanzt ohne Beine«, rief ein fünfter, als wäre er aus einem Alptraum erwacht und versicherte sich eben erst der Wirklichkeit.

»Der Sänger hält uns für blöd«, trumpfte ein junger Mann auf, der Peisandros hieß und sehr farblos und schmal war und beim Sprechen versuchte, die Lippen über seinen kariösen Zähnen zu halten. »Er meint, wir verstehen nicht, was er meint.«

»Das meint er bestimmt nicht, nein«, widersprach Mulios, der Fette, dem nichts lieber war, als für konsequent schurkisch gehalten zu werden. »Im Gegenteil, er meint, wir verstehen, was er meint, und er will ja auch, daß wir das verstehen.«

»Das meine ich ja«, sagte Peisandros und faßte sein Glas oben am Rand, ließ es aber gleich wieder los und lächelte. »Ich drücke mich vielleicht nicht richtig aus.«

»Doch, doch«, sagte Eurymachos. »Du drückst dich ganz richtig aus, Peisandros.« Er erhob sich und ging langsam auf die Stiege zu und langsam über die Stiege hinauf zu Penelope. Peisandros war der Sohn seines Verlegers und seinem Schutz und Einfluß anempfohlen. »Weißt du, Peisandros, Phemios wünscht uns tot. Du hast ganz recht, Peisandros. Wen anderes als uns kann er denn in seinem Lied meinen. Er singt uns tot. Das ist erschreckend und amüsant, aber auch ehrenvoll. Nicht jeder hat das Privileg, von einem Sänger wie Phemios totgesungen zu werden, Peisandros. Unverzeihlich allerdings ist«, da hatte er Penelope erreicht und hielt ihr seine Hand entgegen, in einer ziemlich vagen Geste, »unverzeihlich ist, daß er Sie in Ihrer Ruhe gestört hat.«

»Phemios stört mich nicht«, sagte Penelope, ohne Blick auf Eurymachos. »Er ganz bestimmt nicht. Im Gegenteil. Ich bin heruntergekommen, um ihn spielen zu hören. Weil ich ihn gern spielen höre. Aber ich will nicht, daß der Name meines Mannes hier genannt wird, Phemios.«

Phemios' Salzfäßchen-Kinn wurde runzelig und bebte ein wenig, und er nickte nur.

Und nun sagte auch Antinoos etwas: »Wenn Sie es wünschen, wird der Name Ihres Mannes überhaupt nie mehr genannt.« Es war kein böser Ton herauszuhören.

Penelope hob ihren Kopf und schaute Antinoos an. Nach einer kurzen Stille sagte sie: »Ja, das wünsche ich. Ich will nicht, daß von Odysseus gesprochen wird, nicht vor Leuten, die ihn nicht wiedersehen möchten.«

»Ich aber will es!«

Telemach hatte das gesagt. Und gleich sagte er es noch einmal: »Ich will es! Ich will, daß hier in diesem Haus, das auch das meine ist, von meinem Vater gesprochen wird! Von nun an wird der Sänger hier an dieser Stelle nur noch von meinem Vater singen. Und solange ich in diesem Haus sein werde, wird er es jeden Abend tun!«

Phemios erhob sich ungeschickt von den Stufen, denn er war vor Schreck sitzengeblieben. Er drückte das Banjo an sich und zeigte zwei steife, bettlerhafte Verbeugungen. Zu niemandem hin. Eurymachos, dessen eine Hand noch immer in der vagen Geste verharrte, streckte nun auch die andere Hand aus, wies mit ihr auf Telemach, als wollte er Mutter und Sohn zusammenführen, und sagte: »Darf ich…« Penelope unterbrach ihn aber gleich, als wäre er gar nicht hier.

»Aber ich will es nicht«, beharrte sie. »Ich will es nicht, Telemach. Ich will nicht, daß der Name deines Vaters in Zusammenhang mit solchem Quatsch besungen wird. Ist das so schwer zu verstehen?«

»Ist das so schwer zu verstehen«, wiederholte Eurymachos zu Telemach hin, und in seiner Stimme war sogar ein Spürchen mehr von allem als in ihrer. »Sag, Telemach, ist es das?«

Es war keineswegs so, daß Telemach das Folgende in unüberlegter Erregung sagte. Freilich war er erregt. Das Herz trommelte in seiner Brust, und er war sich bewußt, daß sich seine Stimme wahrscheinlich ins Falsett überschlagen und er lächerlich wirken wird. Er verließ den Tisch der Freier, an dem er die ganze Zeit gestanden hatte, tat zwei Schritte auf die Treppe zu, und weil er spürte, daß ihn alle beobachteten, weil sie alle etwas von ihm erwarteten, drehte er sich noch einmal um, mit einem lässigen Schlenker übrigens, fuhr dabei mit der Zunge innen zwischen Unterlippe und Zähnen hin und her, was seinem Gesicht einen Ausdruck geistesabwesender Konzentration gab, nickte dabei vor sich hin, als stünde er hier vor einem wissenschaftlichen Kolleg, das mit ihm gemeinsam an einem Problem grübelte, und sagte schließlich, wobei er während der ersten Worte seine Mutter gar nicht ansah und erst bei den letzten Silben den Blick zu ihr hob:

»Wenn es dir weh tut, den Namen meines Vaters zu hören, dann geh in dein Zimmer und mach die Tür hinter dir zu!«

Dann steckte er die Hände in die Hosentaschen und kämpfte um Lässigkeit und darum, seinen Blick nicht von Penelopes Augen lösen zu müssen.

Penelope drehte sich um und verließ die Halle. Die beiden Mädchen folgten ihr. Eine von ihnen war die schwarze Melantho, die Geliebte Eurymachos'. Was sie sonst immer tat, unterließ sie jetzt: ihm neckisch die Zunge herauszustrecken hinter ihrer Herrin. Die Tür zu ihren Gemächern schlug Penelope eigenhändig zu.

»Und noch etwas«, sagte Telemach, und wieder sprach er anfangs vor sich nieder, verzog dabei sein Gesicht wie jemand, den die Sonne blendet, und wandte sich erst bei den letzten drei Silben den Männern zu: »Ich sage es heute zum ersten Mal, aber ab heute werde ich es jeden Tag wiederholen: Verlassen Sie mein Haus! Sie sind nicht meine Gäste! Niemand von Ihnen. Nicht einer!«

Dann lief er über die Stiege hinauf, an Phemios und Eurymachos vorbei und ging, sich zu langsamen Schritten zwingend, nach hinten, wo die Treppe in seinen Turm führte.

Von unten aus der Halle hörte er die Männer schreien und
johlen.

Erstes Zwischenspiel · Nächtliche Höllenfahrt

Des Mentes Gestalt stand neben dem Haus im hohen Gras, in
dem die Wärme des Tages und der Duft des Abends waren.
Noch hielt sich die Göttin in seiner Form, und sie kümmerte
sich weder um Wärme noch um Duft. Dunkelheit umgab sie.
Im Westen lag ein schmaler, nur wenig heller Streifen über
dem Horizont, der den Tag von der Nacht, den Himmel von
der Erde trennte. Die Göttin beobachtete das erleuchtete
Fenster von Telemachs Turm, das erleuchtete Fenster von
Penelopes Gemach. Dann blickte sie durch die Wände und
Mauern in die Halle, wo die Freier noch immer den Sänger
Phemios nachäfften, nicht ahnend, daß sie damit auch den
Zorn des göttlichen Sängers Apoll auf sich luden; und Athene
sah, daß Eurymachos den Antinoos beiseite nahm, und sie
hörte, daß er zu ihm sagte:
»Ich muß mit dir reden.«
Sie sah, daß Antinoos mit der Schulter zuckte und ihm
durch eine der offenen Glastüren hinaus auf die Terrasse
folgte; sah, daß Eurymachos die Türen hinter sich schloß, damit die drinnen nicht hören konnten, was sie zu reden hatten.

Antinoos setzte sich auf das Geländer und blickte Eurymachos gerade an. Sein Gesicht wurde angestrahlt vom Licht,
das durch die Türen auf die Terrasse fiel.
»Nicht zu fassen, was meinst du«, sagte Eurymachos.
Antinoos zeigte keine Reaktion.
»Wir müssen reden, glaub ich«, sagte Eurymachos noch
einmal.
Vor nicht langer Zeit hätte er in Antinoos einen aufmerk-
samen Zuhörer gehabt. Da hatte der Jüngere seine Nähe gesucht. Er hatte ihn sogar nachgeahmt. Noch bis heute waren

in Antinoos' Sprechweise für Eurymachos Typisches und Charakteristisches zu finden. Nur war es eigentümlich verwandelt. Aus der leisen, aber dennoch scharf und differenziert die Worte setzenden Stimme bei Eurymachos war bei Antinoos jenes klanglose, jeder Modulation bare Sprechen geworden, und von der allgegenwärtigen Melancholie in Eurymachos' Gesicht war bei Antinoos ein wehmütiges Lächeln übriggeblieben, das übrigens wiederum sein Geistessklave Mulios übernommen und zu seinem inferioren Grinsen umgebaut hatte. Im Gegensatz zu Eurymachos formulierte Antinoos leicht und geschliffen, aber seine Rede war durchsetzt von einem hingeworfenen und, wie es schien, ungewollten Zynismus. Früher hatte Eurymachos geglaubt, in Antinoos einen formbaren Menschen zur Verfügung zu haben. Heute erschien er ihm verschlossen. Gerüchte um Antinoos gab es viele. Fanatische Extravaganzen wurden ihm zugetraut. Aber das war wohl mehr PR seiner Anhänger. Nichts wußte Eurymachos über ihn. Fast nichts. So gut wie nichts. Die Undurchsichtigkeit seines Charakters gestattete kein Urteil über seine Tiefe. Seine demonstrativ zur Schau getragene Müdigkeit verunsicherte ihn außerdem.

»Das war erst der Anfang«, sagte Eurymachos. »Du bist doch auch der Meinung, daß wir beide reden sollten, oder?«

»Können wir schon, ja«, sagte Antinoos. In seinen Augen war eine Spur von Widerspenstigkeit.

»Ich würde sagen, wir müssen«, betonte Eurymachos.

»Und ich würde sagen, wir können.«

Es gab da eine Sache, über die Eurymachos noch zu wenig wußte, die er nur aus Andeutungen erahnte. Am Anfang ihrer Belagerung hatte Antinoos ihm einmal im Rausch vom Tod seiner Mutter erzählt. Er sei damals acht Jahre alt gewesen, hatte er dem Älteren, damals noch Bewunderten anvertraut, und er sei schuld, eben am Tod der Mutter sei er schuld, jedenfalls mitschuldig. Er hatte so leise gesprochen, daß Eurymachos ihn kaum verstanden hatte. Er hatte versucht nachzufragen, nachzuhaken. Das hätte er nicht tun sollen. Vielleicht hätte ihm Antinoos von allein alles erzählt. Vielleicht steckte ja auch gar nichts dahinter. Die Ablehnung, mit der Antinoos ihm seit damals begegnete – seit damals waren sie Gegner –, ließ allerdings auf etwas anderes schließen. Eurymachos vermutete hier eine schwache, kranke Stelle, eine ihm zugängliche Wunde. Er wußte natürlich, daß Antinoos als einziger das Privileg hatte, mit Penelope allein zu sprechen. Telemachs Auftritt heute abend hatte zwar seine langfristigen Pläne durchkreuzt, es konnte sich daraus allerdings auch die Chance ergeben, daß sich die Dinge neu ordneten, unter Umständen womöglich zu seinen Gunsten...

»Dreh dich doch einmal um«, sagte Antinoos plötzlich. In seinen Mundwinkeln spielte sein mokantes Kräuseln.

An den Glasscheiben der Türen standen die Freier, drückten ihre Gesichter dagegen, daß sie aussahen wie Gummimasken. Unter Anleitung von Mulios, dem frechen, dem fetten, machten sie ihre Späße. Wollten aber in Wahrheit wissen, was ihre Anführer da draußen zu beraten hatten.

»Dann treffen wir uns anschließend in der Stadt«, sagte Eurymachos.

»Heute habe ich keine Lust«, sagte Antinoos.

»Dann eben morgen!«

Antinoos zuckte wieder nur mit der Schulter.

»Im *Kaffeehaus des Königs* ?«

»Von mir aus«, sagte Antinoos.

Dann gingen sie auseinander.

Und die Göttin wandte ihr Haupt, und ihr Blick fuhr durch die Wände. Sie sah Telemach, der oben in seinem Turm auf der Matratze saß. Eine nackte Glühbirne hing von der Decke herunter. Eurykleia war bei ihm, die alte, große, hagere Frau. Sie hatte eben erst angeklopft, und er hatte sie hereingebeten. Er wußte, daß sie es war. Niemand im Haus klopfte sonst bei ihm an. Das strenge Klopfen, das aus drei rasch hintereinander folgenden Schlägen bestand, war auch unverkennnbar. Telemach wußte nicht, ob sie seinen Auftritt unten in der Halle mitbekommen hatte. Er hätte gern gewußt, was sie davon hielt, hätte ihr gern erzählt. Ließ es dann aber, weil er befürchtete, er würde nicht Auskunft geben können über seine Gründe. Aber Eurykleia hatte Telemach gesehen, wie er unter die Freier getreten war. Sie war oben in einem der Zimmer gewesen, hatte Zahlenkolonnen zusammengezählt für eine bevorstehende Steuerprüfung. Sie war zur Tür geeilt und hatte durch einen Spalt hinuntergespäht in die Halle. Ihr Herz hatte wie wild geschlagen aus Angst, sie könnten ihm etwas antun. Sie war Telemachs Amme gewesen, und er war ihr das Liebste auf der Welt.

Ihr Haar war weiß und von goldblonden Strähnen durchzogen, die daran erinnerten, was für ein Goldhelm sie in ihrer Jugend gewesen war. Ihre Augen waren schmal, und wer die Frau nicht kannte, nicht so gut kannte wie Telemach, konnte meinen, es seien Augen ohne Gemüt, Augen eines herzlosen Menschen. Die Wangenknochen saßen hoch und waren im Alter kantig geworden. Ihre Sprechweise klang fremd, immer noch, knarrend und hart. Eurykleia stammte aus dem Norden. Laertes, der Vater des Odysseus, hatte sie als junges Mädchen für zwanzig Rinder gekauft, er hatte sie nicht behandelt wie eine Sklavin, sondern wie eine Frau, die es wert ist, geliebt und geschätzt zu werden. Aber ihr Bett bestieg er nie, weil er den Zorn seiner Gattin Antikleia fürchtete und den Zorn seines Schwiegervaters Autolykos dazu, der war ein berühmter Dieb, und bei ihrer Hochzeit hatte er geschworen, er werde ihm den Verstand rauben, wenn seine Tochter sich auch nur einmal über ihn beklagte. Den Namen seiner Sklavin konnte sich Laertes nicht merken und aussprechen konnte er ihn erst recht nicht. Eines Tages hatte er sie gefragt: »Du hast nie Heimweh gehabt, hab ich recht?« Und sie hatte geantwortet, darüber müsse sie erst nachdenken. Da gab ihr Laertes den Namen *Eurykleia*, was soviel heißt wie »die Ganz-und-gar-Verschlossene«. Und dieser Name sollte auch ein Zeichen dafür sein – eine Beschwichtigung eigentlich –, daß diese Sklavin nicht nur ihm, sondern vor allem seiner Frau, Antikleia, gehörte, daß sie sozusagen ihr Gegenstück im

Hause sei, denn *Antikleia* heißt »die Offene«. Antikleia verstand dies allerdings anders, nämlich gerade umgekehrt: daß ihr Mann ihr damit sagen wollte, daß sie das Gegenstück zu dieser Sklavin sei, nämlich die Geschwätzige.

Eurykleia stellte einen Teller mit Früchten und Sandwiches, bei denen die Rinden abgeschnitten waren, auf den Boden, eine Flasche Mineralwasser und ein Glas und legte Telemach die Hand an die Schulter, den Handballen am Schlüsselbein, so hatte sie es immer getan. Sie sagte kein Wort, und Telemach sagte auch kein Wort. Er zog sein Hemd und seine Hose aus, gab ihr die Sachen, sie legte sie sorgfältig zusammen, reichte ihm den Schlafanzug, wartete, ohne den Blick von ihm zu wenden, bis er sich ganz entkleidet und den Schlafanzug angezogen hatte, strich ihm, als er auf dem Bett lag, über die Stirn und deckte ihn mit der kühlen, dünnen Sommerdecke zu. Dann löschte sie das Licht und verließ, seine Kleider über ihrem Arm, den Raum, schloß die Tür so leise hinter sich, daß nichts davon zu hören war.

Noch hatte Athene Gestalt. Erst als die Lichter in Telemachs Kammer und in Penelopes Zimmer erloschen waren und die Rückwand des Hauses ganz in der Dunkelheit lag, als auch die Freier einer nach dem anderen aufgebrochen, einer hinter dem anderen in ihren schmucken BMW, Mercedes, Citroen, Honda, Oldsmobile nach Westen zur Stadt gefahren waren, erhob sie sich endlich aus der Person des Mentes von Taphos. Zog sich ab, fuhr heraus aus ihm und flog davon.

Und Mentes? Was war mit ihm?

Mit Bekümmernis müssen wir gestehen: Wir werden kein Wort mehr von ihm hören, und es ist nicht gewiß, ob er jemals wieder ein Wort von sich geben wird – er, Mentes, ja, nennen wir noch einmal seinen Namen: Mentes von Taphos – der allezeit und vor jedem seine Unzulänglichkeiten ausgebreitet hatte, als wären es Schätze im Zelt eines Arabers, vor dem man sich für die eigene Kleinherzigkeit schämte und ein schlechtes Gewissen bekam, der einen daran erinnerte, was einzig die Würde des Menschen ausmachte, nämlich daß sie 99 nicht Geschenk seines Schöpfers ist, sondern vom Menschen selbst aufgerichtet wird, und zwar gegen seinen Schöpfer, der ihn, aus welchem bösen Grund auch immer, als ein unzulängliches, mangelhaftes und lächerliches Wesen geschaffen hat... die Göttin zwingt uns, von ihm Abschied zu nehmen auf eine Art, die er nicht verdient hat.

Und Athene selbst? Wohin flog sie? Wieder hinauf zu ihresgleichen? Hielt sie ihre Aufgabe etwa für beendet? Nein? Was dann? Nahm sie sich nach Mentes gleich einen Nächsten? Hieß es nicht, ohne menschliches Gewand wage sie sich nicht herab aus ihrem Ideal über Wolke und Berg? Breitete sie sich aus über Himmel und Erde, mengte sich den Elementen bei, der Luft, die wir atmen, den Gräsern, auf die wir treten? Oder war sie doch einmal nur sie selber, nur Gottheit, pure, bare Gottheit? Kann sie nur sie selber überhaupt sein? Was ist sie, wenn sie nur sie selber ist? Wie lange kann sie nur sie selber sein? Einen Tag? Eine Stunde? Ein Nanosekündchen? Wenn wir uns schon in einem Zwischenspiel befinden, also zwischen den Handlungsfäden, die sich um unseren Helden winden, gewunden werden von seiner göttlichen Gegenspielerin, der Antagonistin in unserer Erzählung, dann muß diese Frage gestattet sein:

Was, wo und wie ist die Gottheit ohne uns?

Erzähl endlich! Du kennst doch alle Antworten! Ist nicht jede Antwort eine Geschichte? Oder gibt es auf diese Frage keine Antwort?

O doch! Es handelt sich sogar um ein stabiles, durchwuchertes Gewebe aus Geschichten und Geschichte, um einen verfilzten, fliegenden Teppich über Zeit und Raum. Wenn das Sein einer Göttin ausgebreitet werden soll, kommt man jedoch nicht umhin, das Ganze und von Anfang an zu erzählen. Von allem Anfang an nämlich... Aber nicht hier, nicht beim Haus des Odysseus. Denn es ist nicht sicher, ob hier, heute, in dieser Nacht, geschlafen wird, und es kann immerhin geschehen, daß wir beim Erzählen ausholen und in einen Brustton verfallen und dabei die stören, die wachliegen...

100   Gehen wir! Gehen wir in der sommerlichen Nachtluft!

Nichts ist zu hören als das Streichen der Schuhe durch das Gras, gehen wir weg von diesem Haus, nach Westen über die Kuhweide, an den Rindern vorbei, die ihre Köpfe wenden, als wären ihre Körper fest am Boden montierte Gestelle. Kaum merklich steigt die Wiese vor uns an, von verschiedenen Seiten vereinen sich hier die weiß getünchten Holzzäune. Nun haben wir schon die Wipfel der Nadelbäume vor uns, die jenseits der sanften Kuppe beginnen. Und über ihnen hebt sich der Horizont noch heller ab.

Und dort, siehst du: die Stadt!

Nein, du kannst sie noch nicht sehen, erst ihren Widerschein am Himmel. Es gibt hier eine Stelle... gleich in der Nähe muß sie sein... Die Bäume sind in einer breiten Schneise gefällt worden, wer weiß, was hier angelegt werden soll oder welcher Sturm hier gewütet hat. Von hier aus kann man die ersten Lichter der Stadt sehen, die gelben Perlenschnüre der Straßenlaternen und Autoscheinwerfer und Rücklichter zwischen den ausgesäten glitzernden Diamanten angezündeter Küchenlampen, Wohnzimmerlampen, Fernsehschirmen... Setzen wir uns! Setzen wir uns auf die Erde, die noch sonnenwarme! Setzen wir uns vor einen der Wurzelstöcke und lehnen wir den Rücken an den Strunk eines gefällten Baumes! Wie stark hier der Moder riecht und das Grün duftet, das wir eben erst niedergetreten haben mit unseren Füßen...

Nützen wir die Nacht über Ithaka, schauen wir hinunter auf Ithaka und erzählen wir die Familiengeschichte unserer göttlichen Antagonistin, berichten wir vom Anfang:

Gaia, die Erde, die mit quellendem Segen ernährt, was im Meer und auf heiligem Boden und was in den Lüften lebt, die duftende, Keime bewahrende, Sprößlinge treibende, der fruchtbare Teil des Festlandes, der Humus, jene zartdünne, weltumspannende, in Millionen von Jahren sich in jedem Frühling neu weckende, unter Eis und Druck versteinernde und aus Gestorbenem sich neu anreichernde, sonnendurchwärmte, heilende Schicht – Gaia entsprang dem Chaos. Das ist die gähnende Leere, das ist das unstoffliche Unwesen in

Unexistenz, das Larvenhafte, das sinnlos das Maul aufreißt, nicht um zu atmen, nicht um zu essen, nicht um zu sprechen, sondern um sich selbst in sich selbst zu stülpen – um zu gähnen. Und aus Gähnen und Gaia wurde der Erebos, das ist der unfruchtbare Teil des Festlandes nämlich, die steinerne Wunde, die den Tartaros, das unwandelbare Dunkel, in sich birgt. Und weiter wurden Nyx, die kühle, lebensvolle Nacht, die mit dem Tag um die Zeit und die Welt tanzt, und Eros, der Geist der zeugenden Liebe, der ist die Hoffnung auf Leben – dieses liebe Leben im Sonnenlicht, das mit dem Tod dahin ist, mag nun folgen, was will.

So teilte sich, von Gaia empfangen, das Chaos, das Nichts, und brachte ein Ja und ein Nein, ein Für und ein Wider hervor, noch ehe ein Mund da war, dies alles auszusprechen. Dann gebar sie Uranos, den Himmel, und sie begehrte ihn von Anfang an, zog ihn auf sich, und sie wälzten sich um den ganzen Erdball. Wo du auch stehst, du siehst sie aufeinanderliegen, und an neblichten Tagen weißt du nicht, wo sie aufhört und er beginnt. Und aus des Sohnes Samen im Schoß der Mutter wurden Kronos und Rhea.

Da fürchtete Uranos um seine Macht, und er stieß, was noch aus Gaias Schoß folgen wollte, mit seinem mächtigen Phallus in sie zurück, und unter Schmerzen hob und buckelte sich Gaia zu Gebirgen und Tälern, und sie ließ Eisen und Kohle wachsen und brachte den hellen Stahl hervor und formte daraus eine Sichel – *a needfull thing*. Kronos schnitt damit das Geschlechtsteil seines Vaters ab und warf es hinter sich. Da waren Himmel und Erde getrennt.

Kronos aber nahm seine Schwester Rhea zur Frau und zeugte mit ihr Hestia, Demeter, Hera, Hades, Poseidon und Zeus. Und alle verschlang er gleich nach der Geburt. Denn er fürchtete, sie würden mit ihm tun, was er mit seinem Vater getan hatte. Nur Zeus entging dem Rachen des Kronos, denn Rhea versteckte ihn und gab ihrem Gatten statt des Kindes einen in Windeln gewickelten Stein zu fressen. Als Zeus mannbar war, mischte er seinem Vater ein Brechmittel in den Fraß, und Kronos spie seine Kinder wieder aus. Die drei Brü-

der, Poseidon, Hades und Zeus, teilten nun die Welt untereinander auf, Zeus als der Stärkste bekam die Erde und den
Himmel, Poseidon das Meer, Hades die Unterwelt. Und Zeus
zeugte die Welt zu Ende.

Als Metis, die Tochter des Titanen Okeanos, von ihm
schwanger war, warnte Gaia, das Kind werde mächtiger werden als der Vater. Daraufhin verschlang Zeus seine schwan-
gere Gattin. Aber ihre Leibesfrucht stieg in Zeus Körper
empor bis in seinen Kopf, und als Hephaistos mit einer Axt
Zeus' Haupt spaltete, trat unter furchtbarem Aufruhr der Natur Pallas Athene hervor.

Sie ist *Obrimopatre* – die Tochter des Gewaltigen, *Agoraia
hyion* – die Sammlerin der Söhne für den Krieg. Das ist ihre
Aufgabe, wenn sie auf die Erde niedersteigt. Und immer
kommt sie in Gestalt und Rolle eines wirklichen Menschen.
Denn die puren Erfindungen werden hier unten nicht geglaubt. Trotz aller Beschränktheit auf die Materie oder gerade
wegen derselben oder als Folge schmerzvoller Einsicht in dieselbe haben sich nämlich hier unten ein gewisser Stolz und
ein Besitzanspruch auf alles durchgesetzt, was man greifen,
riechen, schmecken, hören und sehen kann. Was sich nicht,
wenigstens in der letzten Schicht seines Seins, dieser brachia-
len Hölzernheit unserer Sinne mitzuteilen versteht, wird nicht
geglaubt. Das hat Hermes, der göttliche Ezzesgeber, seiner
Schwester Athene gleich klargemacht. Andererseits sind sie
durchaus in der Lage, von einem fremden Menschen zu erzählen, sagte er ihr, und zwar so, daß der Zuhörer glauben
könnte, er sehe ihn vor sich, den er in Wahrheit noch nie gesehen hat und von dem er weiß, daß ihn auch der Erzähler nie
gesehen hat, daß ihn aber auch der Erzähler, jedenfalls solange seine Geschichte noch im Gange ist, für wahr und wirklich hält, und daß er seine Geschichte stracks abbrechen
würde, wenn er den Glauben daran verlöre.

Sie wissen eben nichts, hatte Hermes weiter zu Athene gesagt. Nicht einmal über sich selbst wissen sie Bescheid, darüber, wie sie geworden sind, warum Gutes und Böses in ihnen
ist...

Sieh doch, wie es daliegt, das weithin sichtbare Ithaka! Wollen wir aufbrechen?

Nein, erzähl weiter! Erzähl von uns!

Von uns sollen wir erzählen? Hörst du die Musik? Ist das nicht Phemios, der da singt und auf seinem Banjo spielt? Der Wind trägt es herüber von den Maisfeldern. Hörst du es nicht?

Laß ihn singen und spielen! Erzähl du! Erzähl, warum Gutes und Bösen in uns ist! Du hast es versprochen!

Es war einmal Zagreus. Er war der Lieblingssohn des Zeus, wie Athene seine Lieblingstochter war. Er hatte ihn mit Persephone gezeugt. Persephone war wunderschön. Zeus hatte seine Augen nicht von ihr nehmen können. Nie hatte er etwas ähnlich Geglücktes angetroffen. Persephone war schwarz wie die mond- und sternenlose Nacht, ihre Haut, ein wenig schweißfeucht, glänzte, blendete an manchen Stellen, an andren Stellen schien sie matt weiß wie Aluminium. Ihre Lippen, scharf umrahmt, färbten sich von dunkelster Schwärze zum Mundinneren hin in ein helles Rosarot. Zeus verwandelte sich in eine Schlange, zog durch ihre Vulva in sie ein und begattete sie. Frucht dieser Verbindung war Zagreus. Ihn bestimmte Zeus zu seinem *Ich-bin* und zu seinem Erben. Er versteckte das Kind vor seiner eifersüchtigen Gattin Hera. Hera aber verbündete sich in ihrer Wut mit den Titanen, den Bösen, den Abscheulichen, den Ohne-Ordnung-Seienden, und gab ihnen den Auftrag, das Kind zu finden und zu vernichten. Sie suchten es im ganzen Land und fanden es schließlich in einem Stall, von schafhütenden Kleingöttern bewacht. Die Titanen beschmierten ihre Gesichter mit Gips und warteten, bis die Hirten eingeschlafen waren. Dann, um Mitternacht, versuchten sie, den kleinen Zagreus mit Spielsachen aus dem Stall zu locken. Sie zeigten ihm drei Tannenzapfen, mit denen sich jonglieren ließ, eine Trompete, die machte, daß die Vögel vor Scham von den Zweigen fielen, zwei goldene Äpfel, die einen Jüngling zur Jungfrau verwandelten, wenn er sie sich unter das Hemd steckte, ein Knöchelchen, mit dem man würfeln und gegen jeden im Spiel gewinnen konnte, und zuletzt lockten sie ihn mit einem Spiegel, der schwarz war und in der Mitte einen leuchtenden Punkt hatte, das war die Seele dessen, der in den Spiegel schaute. Erst der Spiegel verführte den Zagreus, und er verließ den Stall und folgte den Versuchern hinaus in das Mondlicht. Die Titanen standen um den Knaben, blickten auf ihn aus ihren weißen Gipsmasken und warteten, bis er so tief in sich selbst versenkt war, daß er die Seele ganz in sich aufgenommen hatte. Dann fielen sie über ihn her. Zagreus wehrte sich, verwandelte sich nacheinander in einen Löwen, ein Pferd, eine gehörnte Schlange, einen Tiger und zuletzt in einen Stier. Den Stier griffen die Titanen bei den Hörnern und den Füßen, rissen ihn mit ihren Zähnen in Stücke und verschlangen sein rohes Fleisch.

Es war Athene, die dem Rausch ein Ende machte. Sie rettete das Herz des Zagreus und brachte es dem Vater. Die Titanen aber, die diesen Frevel begangen hatten, zerschlug Zeus mit seinem Donnerkeil zu Asche. Und aus dieser Asche, die von den Resten des Zagreus und den Titanen übriggeblieben war, formte Prometheus den Menschen. Und darum sind im Menschen das Gute und das Böse enthalten.

Erzähl weiter! Erzähl, was aus uns Menschen geworden ist! Es ist eine gute Zeit und ein guter Ort, um zuzuhören. Vor uns Ithaka, dazu der Sound von Phemios' dünner Stimme und seinem Banjo, den der Wind vom Maisfeld herüberträgt – dazu erzähl uns vom Menschen...

So hatte der Mensch also von allem etwas in sich und war deshalb unvollständig in allem, und nichts konnte ihm genügen. Er rannte hinter den Tieren her, und die alten und kranken erschlug er und aß sie auf, und manchmal kam er nur mit Beeren und Wurzeln von der Jagd zurück oder gar mit leeren Händen, dann litt er Hunger. Die Götter schauten auf ihn herunter, als wäre er eine Mücke, die gerade einen Sommerabend lang tanzen darf. Sie machten sich einen Spaß daraus, ihm als Geschenk jenes Ding zu überlassen, das im Himmel weiß Gott nicht vonnöten war, nämlich die Sichel, mit der Kronos seinen Vater kastriert hatte, das Werkzeug. Vielleicht hätte es etwas Besseres zum Verschenken gegeben, wer will das beurteilen. Der Mensch jedenfalls konnte es brauchen – *a needful thing*. Er verwandelte die Bäume, die ihm Schatten gegeben hatten, in Bretter und Balken, und die fügte er zu Wohnungen zusammen. Die Äste mußten es sich gefallen lassen, zu Sitzen gekrümmt oder zu Löffeln ausgehöhlt zu werden. Zu leben wie Hans der Träumer in den Tag hinein, damit war es von nun an vorbei. Der Mensch erfand den Fleiß. Den Göttern kam das spaßig vor, und sie schauten von oben zu. Sie sahen: Schwielen auf Handflächen, krummgezwungene Rücken, malträtierte Kniescheiben, verquollene, kurzsichtige Augen, Steinlungen, Herz-Kreislauf-Erkrankungen, Krebs. Und die Ambrosia essenden und Nektar trinkenden Unsterblichen oben lachten über die brotessenden und weintrinkenden Verrecker da unten. Aber ein bißchen staunten sie bereits. Denn: Aus den Knochen des Rinds schnitzten die Menschen scharfe Messer, mit denen sie den Schweinen die Haut abzogen, und aus der Haut machten sie Schuhe; die Samenhaare der strauchigen Gossypium drehten sie zum Baumwollfaden und verspannen ihn zu Tuch; aus dem hellen Geschlecht des Stahls schmiedeten sie Hunderte Meter lange Bohrer, mit deren Hilfe sie Öl aus der Erde holten, das sie zu Benzin raffinierten; sie fanden und erfanden die Polymere und eröffneten sich damit ein weites Feld, einen künstlichen Acker, auf dem bunte Dinge wuchsen, die es in der gottgeschaffenen Natur nicht gab, harte Dinge, weiche Dinge, beliebig formbare, wärmende, warmhaltende, klebende, lösende, duftende, verspinnbare Dinge. – Aber alles mußte der Mensch erst lernen, und aus jedem Stück Natur mußte er erst ihr Gesetz prügeln. Er war das unverständige, törichte, alberne, in Wahrheit unwissende Wesen, der Stolperer zwischen dem Tier, das kein Wissen braucht, und dem Gott, der alles Wissen hat. Aber gerade dieses Unwissen war sein Privileg. Denn die Arbeit war dem Menschen zuträglich, auch wenn es dabei Schweiß setzte. Und zum ersten Mal war Neid in dem herablassenden Blick der Seligen, aber Unwirklichen, auf die Elenden, aber Wirklichen.

Und dann geschah etwas Unglaubliches, etwas selbst für die Götter Unvorhersehbares: In einer einzigen Nacht errichteten die Griechen vor Troja eine Mauer rings um ihre Zelte und Schiffe, eine Mauer mit ragenden Türmen. In die Mauer ließen sie Tore ein mit festgefugten Flügeln, daß durch diese eine Straße führe für Wagen und Rosse. Außen um die Mauer herum zogen sie einen tiefen, breiten Graben, in den sie spitzige Pfähle rammten. Und als es Morgen wurde, war das Bauwerk fertig, und die Götter, in ihrem Ideal über Wolke und Berg sitzend, waren baff. Und Poseidon sprach es aus – und wir wollen es, zwischen Gänsefüßchen gesetzt, wiedergeben: »Das haben sie vollbracht, ohne daß vorher zu uns, den Göttern, gebetet, oder uns, den Göttern, geopfert worden war. Und die Mauern sind obendrein noch besser und wurden schneller errichtet als jene, die ich und Apoll vor langer Zeit um Troja gebaut haben!«

Von diesem Tag an blickten die Götter mit Respekt auf den Menschen.

Der Mensch aber, weil er sah, daß ihm nur wenig gegeben worden war und er sich alles selber gemacht hatte durch Handfertigkeit, Fleiß, Disziplin und Geist, der Mensch wurde stolz und blies sich auf und nannte sich selbst *homo sapiens sapiens*. Er wandte sich dem Größten zu und dem Kleinsten, erforschte die Galaxien und die Atome. Das *atomon*, das Unteilbare, interessierte ihn besonders, und er verspürte Lust, es zu teilen. Was dabei herauskam, war gewaltiger als der Donnerkeil des Zeus. Aber das erschreckte ihn nicht. Im Gegenteil: Daß auch das letzte Unsichtbare sichtbar gemacht werden kann mit Hilfe von Instrumenten, diesen Nachfahren der alten Göttersichel, davon war er jetzt überzeugt, darauf vertraute er. Die Erfindung des Rasterelektronenmikroskops zum Beispiel nahm er mit arrogantem Achselzucken zur Kenntnis – eine Feder, so klein, als stammte sie aus dem kindlichen Märchenschatz, streichelt über die Buckel der Moleküle, eine ausdimensionierte Hand streckt sich aus, Fingerspitzen ohne menschliches Gefühl tasten sich hinüber in das Jenseits von Gut und Böse – ein Wunder – und wenn schon! Weiter! Weiter!

Sein Blick, hinter dem Abgehetztheit und Hartnäckigkeit lauerten, fiel auf sein eigenes, innerstes Werden, auf seine Genesis, die in den Genen, der Desoxyribonukleinsäure, gespeichert ist, und er sah, daß es zwar gut war, daß man aber doch einiges noch besser machen konnte, und eines Nachts, nach langer, zäher, titanenhafter Arbeit, hob er die Augen vom Mikroskop – *a needful thing* – oder vom Bildschirm seines Computers – *another needful thing* – und schaute gähnend hinauf zum Himmel und nuschelte (und wir geben es ohne Gänsefüßchen wieder): Euch dort oben habe ich auch gemacht. Und wenn ich sage, ihr seid tot, dann seid ihr tot.

Nichts mehr zu hören vom Maisfeld her? Hat Phemios sein nächtliches Konzert beendet? Es ist inzwischen kühl geworden. Bald ist Mitternacht. Aber noch immer verunklaren Ithakas Lichter den Himmel, so daß über der Stadt keine Sterne zu sehen sind. Machen wir uns auf den Weg! Vorbei an den netten, auch protzigen, auch ehrwürdigen Villen am Stadtrand, die Namen haben wie *Kühler Schatten auf der Mühe des Alltags* oder *Biß in die Lippe* oder *Nest für Weiße* oder *Strahlender Zahn im Mund der Rose*. An manchen Ecken sehen wir eine Taschenlampe aufblitzen, dann wissen wir, die Männer vom Sicherheitsdienst tun ihre bezahlte Pflicht. Und wir tauchen ein in die Stadt...

Von der kühlen Brise oben beim Wäldchen ist hier unten nichts zu spüren. Die Sonne hat die Häuser und Straßen sechzehn Stunden durchgeglüht. Die nächtliche Schwüle trägt die Gerüche von gebranntem Zucker, Pech und Hanf, von Pommes frites, Frisierladen, Bier und Haschisch durch die Gassen, hinein in die Hauseingänge mit den schief in den Angeln hängenden, hölzernen Toren, hinein in die Häuser, in die Stuben, in die Betten. Den Güterbahnhof und seine Umgebung meiden wir lieber, es ist nicht vernünftig, sich dort um diese Zeit herumzudrücken.

Nun haben wir die Breite Straße erreicht. Sie führt schnurgerade mitten durch die Stadt, sie ist scheckig bunt von den vielen Neonlichtern, alle möglichen Musiken mischen sich von allen Seiten, und immer ein Stück der Straße gehört einer anderen Gruppe von flotten, bankrotten, maroden, maladen, manischen, depressiven, monadischen, sybaritischen, trendsettenden, neumodisch altmodischen, bi-, trans-, hetero-, homosexuellen Existenzen, die, durch alle Besen gerutscht, aus allen Ständen und Zuständen hierhergeschwemmt wurden, wo man sie wenigstens nur bestaunt. Hier sind auch die Häuser, in denen Phemios seinen großen Ruf hat als der Henker auf dem Griffbrett, Häuser, die sich schlicht nach den Getränken nennen, die hier am häufigsten getrunken werden. In zwei einander durchdringenden, gegenläufigen Wellen drängen sich die Passanten, ziellos wie Kühe und Wolken. Da sind wild windige Schwadroneure darunter, die zu zweit oder zu dritt auftreten, weiße Schuhe tragen, die ihnen einen fast schon unnatürlich festen, federnden Schritt geben, nach rechts und nach links schauen in der Hoffnung, einer nimmt ihren Blick auf, zeigt Interesse, was ihm vergolten wird mit Frechheit – »Willst du ein Foto von mir, oder was?« –; aber auch vorsichtige Gaffer sind da, die sofort den Blick abwenden, Über-Nacht-Besucher vom Land in ihren besten Kleidern, die still und ein wenig hechelnd vor sich hin grinsen, weil alles so ist, wie erwartet, und fast so schön, wie befürchtet, und mit Trippelschritten ihren Anverwandten folgen, die schon seit ein paar Monaten, vielleicht zwei, vielleicht drei, länger wohl nicht, hier leben und sich aufführen wie die alten Hasen. Und dann gibt es die, die es eilig haben, die im Slalom die anderen überholen oder den Entgegenkommenden ausweichen, leicht wie auf kugelgelagerten Rollen, die Arme weisunggebend ausgestreckt, vielleicht noch den Zeigefinger erhoben, was gleichermaßen Beschwichtigung, Entschuldigung und Aufforderung, den Weg freizumachen, ausdrückt. Wohin eilen diese Menschen? Was kann es um diese nächtliche Zeit noch so Wichtiges zu erledigen geben? Und dann trifft man noch auf die Verlorenen, denen anzusehen ist, daß sie entweder nicht gewillt oder nicht mehr in der Lage sind, sich dem Rhythmus der Masse zu unterwerfen. Sie drücken sich an den Hauswänden entlang, ihr Mund steht offen, wie wenn sie unentwegt staunten. Sie machen ein paar Schritte, bleiben stehen, tasten ihre Taschen ab, bewegen heftig ihre Kiefer, als kauten sie etwas Süßes, und schlurfen schließlich weiter, schauen um sich, und wir wissen nicht, was sie sehen und ob sie überhaupt etwas sehen und wie es ihnen ums Herz ist, diesen Entgleisten und Entglittenen, diesen Außenseitern unter den Außenseitern, den Einsamsten unter den Einsamen...

Wir erreichen das *Kaffeehaus des Königs*. Es ist ochsenblutfarben gestrichen und umzogen von einer Terrasse und einem Balkon, der von schmiedeeisernen, reich verzierten Säulen getragen wird. Dort stehen Tische und Stühle, und bis in den frühen Morgen hinein kann man hier sitzen und die Menschen auf der Straße beobachten, und wir würden es gerne tun, aber unser Ziel ist ein anderes...

An das *Kaffeehaus des Königs* schließt in der Seitengasse ein schmales, ebenfalls zweistöckiges, blitzblank gehaltenes Bürgerhaus an. Es ist in zartem Gelb gestrichen und hell erleuchtet, aus allen Fenstern scheint Licht, die Laternen vor dem Tor und der Tür beleuchten Fußweg und Straße. Wird hier heute ein Fest gegeben? – Nein. Hier wohnt nur ein Mann. Und der lädt nie Gäste zu sich ein. Und niemand besucht ihn. Aber er haßt es, in ein dunkles Zimmer zu treten. Darum schaltet er, noch ehe die Sonne untergegangen ist, alle Lichter im Haus an, und wenn er bei Einbruch der Dunkelheit nicht da ist, wie es zum Beispiel heute der Fall war, dann haben die Angestellten, ein altes Ehepaar, das in einer Wohnung des Hinterhauses lebt, den Auftrag, die Lichter anzuzünden, damit der Herr, wann immer er nach Hause zu kommen beliebt, sein Heim erleuchtet vorfindet.

Nur dieser Mann wohnt hier. Er allein. Sein Haus hat zwölf Zimmer. Die Bilder, die an den Wänden hängen, haben schon an derselben Stelle gehangen, als er in das Haus zog. Nichts Schmückendes hat er von sich aus hinzugefügt. In einen Türstock hat er eine Turnstange schrauben lassen. Er springt hoch, macht ein paar Klimmzüge. Wenn es sich ergibt, macht er das. Nichts Regelmäßiges. Einmal schläft er in diesem Zimmer, dann in einem anderen, einmal in einem Bett, ein andermal auf einem Sofa. Einmal setzt er sich auf diesen Sessel, dann auf einen anderen. Im übrigen ist er selten zu Hause. Er kommt, hört, während er sich die Jacke auszieht, den Anrufbeantworter ab, nimmt ein Bad, putzt sich die Zähne, kleidet sich um, schaut die Post durch und geht wieder. Manchmal abends schläft er eine Stunde. Mit dem Mann und der Frau, die für Ordnung und Sauberkeit sorgen, spricht er kaum. Nur das Notwendigste, nie etwas Persönliches. Er zahlt prompt und reichlich und reklamiert nie. Manchmal, selten, läßt er sich einen Tee brühen oder schickt in die Apotheke nach einem Kopfschmerzmittel oder nach Schlaftabletten. Gekocht wird in diesem Haus nicht. Er hat es ausdrücklich untersagt. Er haßt Essensgerüche. Er ißt immer auswärts. Im *Kaffeehaus des Königs* hat er einen durchgehend reservierten Tisch. Er bestellt nicht nach der Speisekarte. Seine Bestellung formuliert er so, als handele es sich um einen ausgefallenen Spezialwunsch, dessen Erfüllung Zuwendung, ja beinahe Liebe, auf jeden Fall aber Engagement nötig machte. Der Kellner schließt dann kurz die Augen und nickt und lächelt verschmitzt, wie wenn er mit diesem Gast unter einer Decke stecke und er einen Weg wisse, dessen nicht auf der Speisekarte vermerkten Wunsch zu erfüllen – und bringt, mit Zeitverzögerung, eben doch, was auf der Speisekarte steht, und streicht ein Sondertrinkgeld dafür ein und weiß, daß der Gast weiß, daß er weiß, daß der Gast weiß und so weiter... Daß er dieses Spiel mitgespielt hat und gut gespielt hat, dafür war das Trinkgeld.

Der Mann raucht nicht und trinkt nicht, und oft wechselt er die Kleider, und zweimal am Tag stellt er sich unter die Brause. Er bevorzugt weiße, scharf gebügelte Hosen. In dunklen Kleidern gibt es ihn nicht. Am Tag trägt er eine Sonnenbrille. An besonders heißen Tagen steckt er sich noch einen Nasenschutz auf die Brille. Wir haben diesen Mann bereits kennengelernt. Er hat lehmfarbene Haare, ein schlaffes, ein wenig hängendes Gesicht und große, manikürte Hände. Er sieht übrigens älter aus, als er ist. Sein Alter ist achtundzwanzig. Er ist reich. Hat nie gearbeitet. Lebt von seinem Erbe, das ihm der Vater bei seiner Volljährigkeit ausbezahlt hat. Ein Notar hat das geregelt. Den Vater hat er schon weiß Gott wie lange nicht gesehen. Auch das Haus gehört zu diesem Erbe. Es muß wohl nicht erwähnt werden, daß der Mann dieses Haus nicht liebt.

Es ist jener Mann, vor dem sich Mentes von Taphos fürchtet wie sonst vor keinem. Es ist Antinoos, der hier wohnt. Ihn wollten wir besuchen. Und wir kommen keine Minute zu früh. Antinoos ist gerade im Begriff, das Haus zu verlassen. Um diese Zeit? Nach Mitternacht? Ja. Er kann nicht schlafen. Geht er um diese Zeit zu Bett, und ist er auch noch so müde, so beginnt nach wenigen Minuten sein Herz heftig zu schlagen, keine Stellung ist seinem Körper recht, der Arm scheint eingeklemmt, der Fuß falsch abgeknickt, der Nacken verspannt, das freie Atmen vom Kopfkissen gehindert... Dieser Mann ist schlaflos.

Er schlüpft in die hellen Sämischstiefel, die er vor wenigen Tagen in einem Schaufenster gesehen, schnell anprobiert und gleich mitgenommen hat. Sie paßten, und damit wurde ihnen kein Gedanke mehr gewidmet. Er öffnet den Schrank im Ankleideraum, nimmt den zuvorderst hängenden Rock heraus, es ist der helle mit dem weichen, beigen Lederkragen und den Ellbogenschonern aus demselben Material. Er prüft sein Aussehen nicht vor dem Spiegel. Alle seine Röcke passen zu allen seinen Hosen und zu allen seinen Schuhen. Anstatt des Hutes, den er tagsüber gegen die Sonne getragen hat, nimmt er für die Nacht eine leichte Schildmütze. Dann verläßt er das Haus, aber nicht durch die erleuchtete Tür zur Straße, sondern durch den Hinterausgang. Er geht über den Hof, vorbei an dem Hinterhaus, in dem noch Licht brennt, zwängt sich durch ein rostiges Gartentor, das sich seit Jahren schon nicht mehr bewegen läßt, durcheilt eine schmale Gasse und gelangt zum *Kaffeehaus des Königs*.

Schon als er aus der Seitengasse auf die belebte Straße tritt, noch mehr aber, sobald er zur Terrasse des Cafés hinaufsteigt, zeigt sich dieser Ausdruck absoluter Idiosynkrasie auf seinem

Gesicht, den wir bereits kennen, für den ihn seine Anhänger draußen beim Haus des Odysseus so bewundern, weil er, wie sie diesen Ausdruck deuten, das Signum des äußersten Mutes sei, eines prometheischen, eines satanischen Mutes, der aus dem Handgelenk alles von sich weist, was irgendwie Sinn, Trost und Gnade bringen könnte. Dafür beten ihn seine Anhänger draußen an, weil sie die Leere, die wie verbrauchte Luft hinter dieser Larve steht, für Weisheit halten. Daß er darauf verzichtet, diese Sicht auf Welt und Kreatur in Worte zu kleiden, daß er sogar, wenn dies ein anderer, zum Beispiel wie heute mittag sein Geistessklave Mulios, für ihn übernimmt, diesen zurechtweist, mit einem bitter ironischen Mundwinkelkräuseln allerdings, für das derselbe Mulios seine beiden kleinen Finger geben würde; daß aus diesem meistens ohnehin schweigenden Mund nie ein böses Wort über ihre »Gastgeberin« gehört wurde, das erscheint denen draußen, die ihm anhängen, als der Gipfelpunkt unantastbarer Alles-Verachtung, als die höchste Virtuosität einer unverletzbaren All-Gleichgültigkeit, und so verehren sie Antinoos wie den Polarstern, den Himmelsnagel, um den sich alles dreht.

Heute nimmt er nicht an seinem Tisch im *Kaffeehaus des Königs* Platz. Nur eine Viertelstunde zu sitzen wäre ihm schon zu viel peinigende Gewißheit. Heute ist von all den unruhigen Tagen sein unruhigster. Vielleicht ist er ein Alles-Verächter, aber unverletzbar all-gleichgültig ist er bestimmt nicht, und Telemachs Verhalten während des Abendessens hat ihn in Unruhe und Unsicherheit versetzt, und seither hat ihn ein elementares Gefühl von Unnützsein verfolgt, ein Entsetzen vor dem spurlosen Verschwinden in jener Leere, der er so vortrefflich und vorbildhaft in seiner Physiognomie zu huldigen versteht.

Er betritt das Innere des Cafés, grüßt zu einem Tisch hin, an dem zwei junge Männer und zwei junge Frauen sitzen, die Münder voller Rauch, er hebt nur schnell die Hand und zieht die Augenbrauen ein wenig in die Höhe, ohne einen Blick nachzusenden. Er stellt sich an die Bar.

»Ist Edgar da?« fragt er den Mixer.

»Noch nicht.«

»Gib mir ein Sandwich und ein Wasser!«

Der Mixer ist ein stattlich gewachsener Mann mit behaarten Handrücken, er trägt ein weißes, weit offenes Hemd, aus der Brust quellen die Haare, sie sind schon grau.

»Soll ich ihm etwas ausrichten, wenn er kommt?«

»Ich find ihn«, sagt Antinoos. Das Wasser kippt er in einem Zug hinunter, das belegte Brot nimmt er mit hinaus auf die Straße. Der Mixer schreibt Brot und Wasser auf die Rechnung.

Er bahnt sich seinen Weg durch das Getümmel. Wir folgen ihm. Und wären wir wirklich vorhanden, er würde uns nicht bemerken, denn er wendet nicht ein einziges Mal den Kopf, um zurückzublicken. Er wirkt wie jemand, der ein Ziel hat, keine allzu große Eile zwar, aber doch auch keine Lust, zu verweilen oder zu schlendern, er ist einer, der sich von A nach B bewegt und der Strecke dazwischen wenig Beachtung schenkt. Die linke Hand hat er in der Hosentasche, in der rechten hält er das in eine Serviette eingewickelte Sandwich. Manchmal räuspert er sich. Dann hebt er kurz den Kopf und schaut nach links und rechts. Nach einer Weile biegt er in eine Querstraße ein, in der nicht ganz so ein Gedränge herrscht. Sein Schritt wird zögerlich. Sein Blick schweift unruhig umher, als erwarte er jemanden oder rechne damit, daß etwas geschieht. Er wechselt wiederholt die Straßenseite. Schließlich bleibt er stehen. Mit wenigen heftigen Bissen schlingt er sein Sandwich hinunter. Noch kauend betritt er eine Bar. Er wird gegrüßt, grüßt zurück, blickt sich um und geht wieder. Hat nicht länger gedauert als das Schlucken. Er kehrt zurück zur Breiten Straße, wo sich die Musiken mischen, beschleunigt den Schritt an einer Freibraterei vorbei, weicht einem mit glitzernden Blechstreifen behängten Saxophonspieler aus, der Töne auf seinem Instrument von sich gibt, die so klingen, als bitte er um eine milde Gabe für die vielen unschuldigen, unmündigen Kinder zu Hause. Er kriegt eine Handvoll Münzen ins Instrument geschüttet.

114   Dann betritt Antinoos den Bezirk, wo die vielen bunten

Wimpel über die Fahrbahn gespannt sind. Dort begegnet er dem fast zwergenhaft kleinen Mann, der so zarte Schulterchen hat.

»Was machst du denn bei den Schwulen«, fragt Antinoos.

»An«, sagt Edgar. Er trägt einen Mantel, trotz der Hitze. Und eine Halsbinde hat er über den Hemdkragen gewunden und den Hemdkragen hochgeschlagen. In der Halsbinde steckt eine goldene Schmucknadel. Die Hände hält er vor dem Geschlecht gekreuzt. So steht er mitten auf dem Gehsteig. Wenn er sich umdreht, wendet er nicht nur den Kopf, sondern den ganzen Oberkörper. Ein Homunkulus, ernst wie eine Maschine und wie eine solche präzis gleichmäßig und stramm in seinen Bewegungen. Sein Kopf ist auffallend groß. Er hat dunkles, dichtes, wenig gelocktes Haar, das seine Ohren verdeckt, wahrscheinlich ist es gefärbt, eine sehr breite, steinweiße Stirn, gerade gezogene, dunkle Brauen und einen Schnurrbart, der an der linken Seite ein wenig tiefer hängt. Schnurrbart und Augenbrauen sind wahrscheinlich ebenfalls gefärbt. Es ist nicht leicht, das Alter des Mannes zu schätzen. Vielleicht fünfzig, vielleicht vierzig, kann aber auch sein, er ist nicht älter als dreißig.

»Was machen wir?« fragt Antinoos.

»Bring mich zu einer Nutte«, sagt Edgar. »Vielleicht kannst du ihr weismachen, ich sei so eine Art neuer Ganzkörpervibrator in der Testphase. Ich habe mich ehrlich um einen Schwulen bemüht. Bin nicht gelandet. Trotz goldener Kreditkarte. Wenn das so weitergeht, bleiben mir wirklich nur noch die Hühner. Die sind ja bekanntlich kurzsichtig. Ich kann nur hoffen, daß ich bei einer Hühnerfarm ein paar Aussortierte kriege.«

Auf einmal ist Antinoos bester Laune. Alles Düstere und Gehetzte verflüchtigt sich aus seinem Gesicht, macht einer kindlichen Lustigkeit Platz. Die Haut an den Wangen scheint sich zu straffen, und die Augen gewinnen Leben und Glanz. »Ich zahl dir die blonde Negerin«, sagt er. »Willst du die? Oder lieber eine andere? Oh, sie wird dich verwöhnen! Dafür erzählst du mir auf dem Weg, wie verrückt du bist.« 115

»Du weißt, daß ich nicht verrückt bin«, sagt Edgar.

»Was bist du denn?«

»Ein Arschloch, wo mich die Haut anrührt, bin ich. Anatomisch interessant bin ich, aber nicht verrückt.«

»Das stimmt«, lacht Antinoos. »Erzähl mir eben, was für ein Arschloch du bist.«

»Ausführlich?«

»Wenn es geht?«

»Ein Arschloch, das geht, bin ich, ja. Ein Arschloch mit Beinen dran, damit es zum Scheißhaus transportiert werden kann, und mit Armen dran, um es abzuwischen, und einem Mund darüber, um es mit Rohstoff zu versorgen ... mit weiteren Details will ich dich nicht behelligen ...«

»Also, zur blonden Negerin!«

Sie verlassen das Revier der Lauten, Glücklichen, Begehrlichen, Wohlfeilen und schlagen sich durch die schmalen, balkonüberhangenen Gassen zwischen der Breiten Straße und dem Theaterpark. Ihr Ziel ist der Güterbahnhof.

»Was für ein Programm heute?« fragt Antinoos.

»Das übliche würde ich sagen. Erst die Rubriken, dann das Übliche.«

»Sind die Rubriken nicht das Übliche?«

»Wenns die üblichen Rubriken sind ...«

Antinoos Fragen kommen jetzt schnell und mechanisch, und die Antworten folgen ebenso. Wie eine einstudierte Bühnenshow läuft ihr Gespräch ab – und ohne die zutrauliche Freundlichkeit, die eben noch in ihren Sticheleien geherrscht hat. So bringen sie die Gassen hinter sich.

»Bonanza spiegelt nicht die Realität des Wilden Westens wider«, sagt Edgar. »Mehr habe ich dazu nicht zu bemerken. Ein fünfzigjähriger Vater mit drei siebenundvierzigjährigen Söhnen! So etwas kommt doch in der Wirklichkeit nicht vor!«

»War das die tägliche Filmkritik?«

»Das war das Zitat der Woche. Was macht dir Spaß im Leben?«

»Mir?«

116 »Du mußt antworten: Nichts.«

»Warum muß ich antworten? Du bist doch der Antworter. Ich bin der Frager.«

»Ich möchte nur eine Nummer ausprobieren. Bitte antworte mit: Nichts. Also: Was macht dir Spaß im Leben?«

»Nichts.«

»Nichts? Wo kann man das kaufen? Jetzt mußt du sagen: Wieso?«

»Wieso?«

»Ich hab bis jetzt immer nur etwas gehabt und will die Marke wechseln. – Nicht so gut die Nummer, stimmts?«

»Ich verstehe den Sinn nicht.«

»Ich auch nicht. Darum will ich ja die Marke wechseln – ha, ha! – An dieser Stelle wäre die Nummer erst fertig. Hier müßte Applaus eingespielt werden. Der andere wär reingefallen. Hats Spaß gemacht?«

»Nein.«

»Dann solltest vielleicht du die Marke wechseln – ha, ha, ha, ha! Jetzt erst ist die Nummer nämlich wirklich fertig.«

»Ich glaubs nicht.«

»Du meinst, es liegt am Glauben?«

»Was?«

»Daß dir nichts im Leben Spaß macht?«

»Ist jetzt die Nummer fertig?«

»Jetzt ist sie fertig, ja. Hier könnte man drei Werbespots hineinschneiden. Am Ende der Nummer muß ich noch etwas feilen. Das ist zu katholisch. Das passiert mir oft, daß mir die Pointen zu katholisch werden...«

»Mir gefällt das Ganze nicht.«

»Dir macht ja auch nichts im Leben Spaß... Ach, Antinoos! Ich muß etwas Neues anfangen. Das ist jetzt kein Spaß. Ich meine es ernst.«

»Gehört das noch zu der Nummer?«

»Ich will bürgerlich werden«, sagt Edgar. »Ich kann mich nicht mehr im Spiegel anschauen, Antinoos.«

»Also, wir sprechen jetzt normal?«

»Ich muß Geld verdienen, Antinoos! Ich lebe von deiner Barmherzigkeit...«

»Brauchst du mehr?«

»Das ist es nicht. Ich treffe dich und sage, der Beitrag für die Akademie ist fällig, und dann gibst du mir einen Hunderter oder einen Tausender…«

»Ist der Beitrag denn schon wieder fällig?« Antinoos holt eine Rolle mit Banknoten aus der Tasche, zieht drei davon ab und reicht sie Edgar hin. Der steckt sie ein.

»Ich mach etwas auf«, sagt Edgar. »Einen Laden oder so. Etwas Besonderes. *Edgars Kratzstube* oder so. An die Wand sind die seltensten Baumstämme genagelt, an deren Rinden man sich den Buckel kratzen kann. Oder *Letztes Tätowierstudio vor der Autobahn*…«

»Das ist gut. Und was gibts dort?«

»Ich lüge. Das gibt es dort. Ich lüge und halte meinen Mund dabei.«

»Wie geht das?«

»Schriftlich.«

»Schriftlich?«

»Die Kunden wollen Rosen auf ihren Rücken gestochen kriegen oder Tiger oder nackte Frauen, aber ich schreibe ihnen meine Lebensgeschichte in die Haut. Behaupte aber, es sei eine Rose oder ein Tiger oder eine nackte Frau.«

»Und die Ehefrauen zu Hause?«

»Weinen, wenn sie ihre Männer von hinten sehen.«

»Und wenn sie sie von vorne sehen?«

»Wann denn?«

»Und nach dem Tod?«

»Kommen die Würmer, lesen meine Lebensgeschichte auf dem Rücken des Verstorbenen, sagen Pfuiteufel und kriechen weiter zum nächsten, den ich ebenfalls tätowiert habe, und ins Paradies kommt keiner mehr.«

»Warum nicht?«

»Dort werden nur Gebrauchsanweisungen gelesen und keine Tätowierungen.«

»Gebrauchsanweisungen?«

»Für Waschmaschinen, nicht für Menschen. Riechen meine Füße nach Schweiß?«

»Heute war ein besonders widerlicher Tag«, sagt Antinoos.
»Der Mensch stinkt unten an den Füßen und oben hat er die Nase, die ihn darauf aufmerksam machen sollte. Und dann heißt es, hinter der Schöpfung steht ein großer Plan.«

»Und wenn er unten eine Nase hätte?«

»Dann würde er oben aus dem Mund riechen. Es gibt Mäuler, die riechen schlimmer als Füße.«

»Wo sollte die Nase deiner Meinung nach denn sein?«

»Eine ist sowieso Geiz.«

»Zwei?«

»Oben eine und unten eine.«

»Und in der Mitte?«

»Willst du eine Nase neben dem Arsch? Der Körper des Menschen ist ein Pfusch, so oder so.«

»Wie sollte er denn aussehen?«

»Wie eine Tasse.«

»Eine Tasse?«

»Man würde immer sehen, was in ihm ist. Man könnte sich die Hände an ihm wärmen. Er hätte einen Henkel, in den man seinen Finger stecken kann. Man könnte ihn gebrauchen! Und er würde in eine Spülmaschine passen.«

»Also in den Himmel, wo man nur Gebrauchsanweisungen liest?«

»Nein, in die Hölle.«

»Warum in die Hölle?«

»Im Himmel sind die Waschmaschinen, in der Hölle die Spülmaschinen. Du lädst mich wirklich auf die blonde Negerin ein? Und wenn sie mich auslacht, Antinoos? Ich würde es nicht ertragen. Dann lieber gleich ein Huhn. Das gackert nur. Das klingt zwar auch wie Lachen, es ist aber nicht erwiesen, daß es wirklich Lachen ist. Könnte auch Weinen sein. Oder Konversation.«

Sie haben inzwischen den Park erreicht, der den Namen des berühmtesten Musikers der Stadt trägt. Sie gehen an der Mauer entlang. Schwere, duftende Äste neigen sich über die Spaziergänger und machen den Weg noch finsterer. Durch ein Tor betreten sie den Park. Nur wenige Laternen geben 119

Licht. Kieswege kreuzen und vergabeln sich. Kühle, feuchte Luft weht ihnen entgegen. Der kleine Mann verstummt, er hält sich nahe am größeren, er fürchtet sich hier. Zwischen den Bäumen erscheint der Schattenriß des Theaters. Die Vorstellung ist längst zu Ende, die Tänzer und Tänzerinnen haben schon vor Stunden das Haus verlassen, auch das Bühnenpersonal und die Leute vom Reinigungsdienst sind nach Hause gegangen. Kein Mensch begegnet den beiden. Es ist still.

Bald kann man die Geräusche vom Güterbahnhof hören. Der kleine Mann hüstelt erleichtert. Aber er kann es nicht lassen, sich immer wieder umzudrehen, mit weit aufgerissenen Augen starrt er in die Finsternis. Sie treten durch ein Tor hinaus auf die Straße, vor ihnen spreizt sich ein Gewirr von Masten und Leitungen in den Himmel, weiter nördlich, keine zwei Minuten von ihnen, können sie den Gitterstreifen der gußeisernen Fußgängerbrücke sehen, die sich hoch über das ganze Gelände des Güterbahnhofs spannt. Die müssen sie überqueren, um zu ihrem Ziel zu gelangen. Nun fängt der Kleine wieder an zu sprechen, und wieder stellt Antinoos seine Fragen prompt, geschwind und wie auswendig gelernt, und er bekommt Antworten wie bei einer Bühnenshow.

Dann haben sie die Brücke erreicht, steigen die Stufen hinauf, die aus eisernen Gittern sind, und gehen über den finsteren, von keiner Laterne erleuchteten Steg. Links und rechts ziehen sich hohe Gitterwände entlang, die den Blick nach unten versperren und oben nach innen geknickt und mit Stacheldraht gesichert sind. In der Mitte des Steges plötzlich öffnet sich die Sicht. Hier war ein Gitter schadhaft, verrostet, die Ausbesserungsarbeiten sind noch im Gange, der Rand ist mit Brettern gesichert. Sie sind nur hüfthoch und untereinander vernagelt. Die beiden Männer stützen sich mit ihren Unterarmen darauf und schauen auf die Geleise, die ihnen ihr Blankes zeigen. Eine Weile sagen sie nichts. Es ist wie Schauen ins Feuer.

»Darf ich ein Wort im Ernst sagen«, fragt der kleine Mann, der Edgar heißt.

»Ungern.«

»Laß uns umkehren, Antinoos. Ich will gar nicht zu der blonden Negerin. Das weißt du ja ohnehin.«

»Du hast Angst vor der anderen Seite.«

»Richtig.«

»Noch mehr Angst als vor dem Park?«

»Wenn ich sagen darf, was ich am liebsten hätte, dann, daß wir umkehren und nicht durch den Park gehen, sondern außen herum.«

»Also kehren wir um.«

Antinoos legt seinen Arm um den kleinen Mann und er spürt, daß er ihn gern hat. »Du müßtest aber keine Angst haben«, sagt er.

»Wenn welche zu dritt oder viert sind, kannst du nichts ausrichten. Wenn es nur solche sind, die Geld wollen, das geht ja noch. Aber die verrückten Fixer, die eigentlich gar nicht wissen, was sie wollen.«

»Die sind nicht zu dritt oder zu viert. Und vor der blonden Negerin müßtest du auch keine Angst haben.«

»O doch, Antinoos, o doch. Was weißt du schon von ihr. Sie lacht dich an und sagt, ist gut, Antinoos, ich machs deinem kleinen Freund, ich hab ihn gern. Komm, sagt sie vor dir zu mir, komm mit, mein liebes Luderchen, und dann, wenn ich allein mit ihr bin, dann zieht sie ein Gesicht, daß ich alles weiß, was in ihr vorgeht.«

»Das würde sie nie tun.«

»Glaub mir das, glaub mir das. Diese Frauen haben einen sicheren Instinkt für das Verfehlte.«

»Es wär so dumm von ihr.«

»Mir ist es trotzdem lieber, wir gehen zurück.«

»Gut, gehen wir zurück.«

»Laß uns nur noch einen Augenblick hier stehen und schauen.«

Sie stehen und schauen. Eine bullige Lokomotive rangiert die Waggons. Es sind geschlossene Wagen. Ein Viehtransport? Wahrscheinlich nicht. Man würde die Tiere hören. Mit mächtigem Krachen werden die Weichen gestellt. Einer der 121

Schienenstränge wird freigemacht für einen Zug, der sich im Rücken der Zuschauer mit Signal ankündigt. Sein Geratter ist von weitem zu hören. Sehen wird man ihn erst, wenn er unter der Brücke hindurchfährt. In dem schwachen Licht, das von den verrußten Lampen heraufscheint, betrachtet Antinoos Edgars weiße Stirn. Sie sieht aus, als leuchte sie von selbst, schwach und erlöschend.

»Komm«, sagt Antinoos und legt wieder seinen Arm um den Kleineren. Er läßt den Arm nachlässig von der Schulter gleiten, über den ungewöhnlich geraden, muskelgespannten Rücken, bis zur Taille läßt er seine Hand gleiten, dort findet sie auf dem Mantel keinen Halt und streicht unstet umher. Wie hier die Natur im Winzigen einen Athleten nachäfft! Wie eine Sportpuppe fühlt sich Edgar an. Genügte Unzulänglichkeit denn nicht, mußte sie sich obendrein mit Zulänglichkeit kostümieren, wie ein Affe im Anzug, der sich nicht wehren kann, den Professor zu spielen? War denn dieser Verlorene nie von dem Verlangen erfüllt gewesen, daß sich in seinem begrenzten Dasein einmal etwas Herrliches ereignen möge? Antinoos drückt Edgar näher an sich, er spürt unter dem Mantelstoff den Gürtel seiner Hose, spürt, wie locker die Hose über der Taille sitzt, faßt durch den Stoff hindurch den Gürtel mit seinen Fingern. So stehen sie eine Weile und lauschen auf den Zug hinter ihnen. Und ohne daß er auch nur im Bruchteil einer Sekunde einen Plan gefaßt hätte, ohne daß ihm auch nur der Anflug der Frage *warum* gekommen wäre, ohne einen begreifbaren Grund, geleitet von einer Macht, die es sich spart, ihre Absichten offenzulegen, hebt Antinoos den kleinen Mann am Gürtel hoch und wirft ihn über das provisorische Holzgeländer von der Brücke; und der Unglückliche, der seinen Mörder schon seit Jahren kennt, der ihn auf seine Art geliebt, ihn immer nur des Nachts getroffen und ihn nie danach gefragt hat, was er eigentlich am Tag mache und warum seine Nächte so lang seien, dieser kleine, mit verzweifeltem Selbsthaß das Letzte, was ihm an sich selbst geblieben war, verteidigende Clown landet vor dem Güterzug, der in diesem Augenblick die Brücke passiert. Und es hat nicht einmal zu einem Schrei gereicht.

Antinoos blickte weit hinaus über die Schienen, und er empfand nichts als das bloße Daseinsgefühl in seiner primitivsten Form, das ein Tier verspüren mag. Dann schaltete er sich mit einem Kopfrucken wieder ein. Er war unschlüssig, ob er nun allein die blonde Negerin auf der anderen Seite des Güterbahnhofs besuchen sollte. In ihrer unverhohlen professionellen Blitzfreundlichkeit kam sie seinen sexuellen Bedürfnissen entgegen. Die waren in der Zeit seines Wachseins so gut wie nicht vorhanden. Von selbst meldeten sie sich nie. Sie mußten angefacht werden, was sehr schnell zu geschehen hatte, mit Entschluß und Plötzlichkeit, ebenso wie ihre Befriedigung sehr schnell geschehen mußte, wollte er nicht, daß die Lust genauso schnell wieder von selber erlosch. Er besuchte nicht regelmäßig Prostituierte, manchmal über Wochen nicht, dann wieder ging er zu mehreren in einer Nacht. Er konnte dabei aber nicht feststellen, daß dies in irgendeiner Weise mit einer Variabilität seines Geschlechtstriebes zu tun hatte – als Getriebener fühlte er sich ohnehin nicht, hatte er sich nie gefühlt –, der Antrieb zu sexueller Betätigung kam aus einer Neugierde, aus einem durchaus intellektuellen Probieren-Wollen, aus dem Bedürfnis, sich wieder einmal eine gewisse, gar nicht unbedingt näher zu definierende Grenzenlosigkeit zu bestätigen. Der sexuelle Instinkt neigt dazu, die Gegenstände, die ihn befriedigen, unbegrenzt zu halten, während die Liebe Ausschließlichkeit wünscht. Der Instinkt fordert das Sofort, die Liebe will Dauer. Und Liebe oder das, was er dafür hielt, – dieses reinste, sauberste Gefühl, gestattete er sich nur in wenigen Situationen und Momenten – wenn er seine Hand auf Penelopes Scheitel legte zum Beispiel, oder wenn er allein, kurz vor Sonnenaufgang, hinter ihrem Haus stand...

Er überlegte es sich anders und ging in die Innenstadt zurück. Die Breite Straße hatte sich inzwischen bis auf wenige Grüppchen geleert, die in ihrer geräuschvoll zügellosen Munterkeit allerdings mehr Lärm machten als vor ihnen die Masse. Antinoos mied den Augenkontakt mit ihnen, er wußte, das würde nur zu lästigem, zeitraubendem Streit führen. Beim *Kaffeehaus des Königs* fiel ihm Edgar wieder ein, und daß er als Mörder wohl so etwas wie eine Verpflichtung habe, sich, wenn schon kein Alibi, so doch wenigstens einen vorbeugenden Unschuldsanschein zu geben. Mehr würde nicht nötig sein, und diese Vorkehrung sollte ja auch weniger der eigenen Sicherheit als vielmehr dem Andenken an Edgar gelten. Es sollte wenigstens so getan werden, als ob irgend jemand auf dieser Welt wenigstens einen Gedanken darüber bemühte, warum dieses arme Schwein vor eine Lokomotive gefallen war. Als läge nicht auf der Hand, wenn man dieses verlorene, aus allen Paradiesen gewehte Häufchen da unten liegen sah, daß der sich selber weggemacht hatte, vielleicht aus der Einsicht heraus, daß ein sinnloser Tod besser sei als ein sinnloses Leben. Wenn es aber nicht einmal der Mörder für notwendig hielt, Vorkehrungen zu treffen, wie mußte das deprimierend für die Seele des Ermordeten sein, die vielleicht – ein Quentchen Wahrscheinlichkeit bestand ja immerhin, daß an der Unsterblichkeit der Seele etwas dran war – von oben oder von wo auch immer herunter-, herein- oder heraufschaute und ansehen mußte, daß die Person, die sie gewesen, erstens, von niemandem vermißt, ihre Auslöschung, zweitens, von niemandem bedauert und obendrein, drittens, die Ahndung der Untat nicht einmal vom Täter in Erwägung gezogen wurde. Nein, nein, nein, keine Seele sollte um dieses letzte Quentchen Würde anpochen müssen, nein, so überflüssig durfte sich keine Seele vorkommen – *as such a needless thing.*

Das *Kaffeehaus des Königs* war im Begriff zu schließen. Ein Mann und eine Frau, sie waren die letzten, erhoben sich gerade von ihrem Platz draußen auf der Terrasse, bezahlt hatten sie wohl schon, sie gingen, ohne sich zu berühren, nebeneinander die Straße hinunter. Er war beträchtlich größer als sie. Antinoos blickte ihnen nach. Dann wandte er sich zur Theke.

»War Edgar da?«

»Nein«, sagte der Mixer.

»Gibts noch ein Wasser und ein Sandwich?«

»Wasser ist kein Problem. Das Sandwich würde ich nicht

empfehlen. Es liegt schon seit sechs Stunden da, wird nach Rauch riechen. Frisches kann ich keines mehr machen, die Küche ist zu.«

»Schokolade?«

»Muß schauen.«

Der Mixer verschwand nach hinten. Antinoos trank in einem Zug das Wasser aus.

»Aus eigenem Notvorrat«, sagte der Mixer und legte zwei hartgefrorene *Bounty* auf die Theke. »Geht auf meine Rechnung.«

»Und Sie?«

»Ich beschaff mir morgen wieder welche.«

Antinoos schob ihm einen Riegel hin. »Machen wir Halbe – Halbe.«

Sie aßen die Schokoriegel und blickten sich dabei kauend und lächelnd in die Augen.

»Danke«, sagte Antinoos und ging.

Er wußte, er würde immer noch nicht einschlafen können. Es war fast halb vier Uhr früh, und es war die Zeit, in der er anfing, sich zu bedauern. Er betrat über den Hinterhof sein Haus, zog seine Kleider aus, schlüpfte in einen Trainingsanzug, hörte den Anrufbeantworter ab – niemand hatte ihn angerufen –, holte aus dem Keller ein verschmutztes Zehn-Gang-Rennrad, sehr leicht, sehr brauchbar, und fuhr los. Von Anfang an legte er ein hohes Tempo vor, das er auch beibehielt, als der Weg über den Hügel hinauf zu dem Nadelwäldchen führte. Wenig später stieg er schweißnaß vom Rad, ließ es einfach ins Gras fallen und ging in einem weiten Bogen um das Haus des Odysseus herum. In einigem Abstand blieb er bei einer Hecke stehen und blickte hinüber zu den Türmen. In einem schlief Telemach. Im anderen schlief Penelope.

Aus der Hecke hinter ihm klang der Schrei des Kiebitz – *Kchiuwitt! Kchiuwitt!* –, und Antinoos mußte sich sagen: Ich bin allein. Es tat ihm nicht weh, jetzt jedenfalls nicht. Es fiel ihm nur auf. Wie einem ein Fleck an der Hand auffällt. Weil er doch fast jede Nacht mit Edgar verbracht hatte. Jetzt muß ich eben auch damit fertig werden, dachte er. Der Kiebitz

lenkte ihn ab, er brachte ihn nicht auf andere Gedanken – wie
soll das ein Vogel auch können –, er lenkte ihn nur von sich
selbst ab, hielt ihn in einer gedankenlosen Spannung, die sich
endlich ganz in einem tranceähnlichen Anstarren des blinden, schwarzen Fensters verfing, hinter dem Penelope schlief.
Er konnte sie sich liegend nicht vorstellen, ihr manchmal bis
zur Düsternis hoheitsvolles Wesen verlangte eine aufrechte
Haltung. Er wußte nicht zu benennen, was ihn an ihr ein-
schüchterte, aber es waren dieselben Eigenschaften, die ihn
zugleich anzogen. Und daß auch der Sohn sich bis zum gestrigen Abend von ihr hatte einschüchtern lassen, mehr noch als
sie alle, das war ihm erst klar geworden in dem Augenblick,
als er diese Macht gebrochen hatte, und damit – wenigstens
für diesen Augenblick – stärker gewesen war als sie alle. Ihre
Hoheit hatte darunter gelitten. Sie würde von nun an nie wieder über den Kopf des Sohnes hinweg von ihm in der dritten
Person sprechen.

Er starrte zum Fenster, sein Schauen war wie Schreien. Sie,
die Frau, beschäftigte seine Vorstellung so unausgesetzt und
machtvoll, daß er die fast quälende Empfindung hatte, sie
könne nicht anders, auch im Schlaf nicht, als ihn zu sehen,
hier hinter ihrem Haus, geduldig wartend, nicht zu umgehen,
verrückt nach ihr. Die Spannung zerrte an Nacken und Schulter, schmerzte, und er meinte, sie reiße ihm den Kopf vom
Rückgrat ab, der Nacken verkrampfte sich derart, daß ihm der
Blick zitterte; aber alles Befehlen nützte nichts, es tat sich kein
Licht auf, und es tat sich keine Wand auf, und die Wärme der
Frau dort oben hinter dem blinden, schwarzen Fenster teilte
sich ihm nicht mit. Die Frau ließ sich nicht zwingen. Der Kiebitz brach aus der Hecke aus, flog mit lappigem Flügelschlag
über Antinoos Kopf und über das Haus davon. Allmählich
wich die Spannung, verwandelte sich in ein immer noch
tranceähnliches, aber leeres, schamvolles Schweben; zwischen Erfüllbarkeit und Unerfüllbarkeit rief sein großes Unglück nach einem Dritten, das wohl ein ebenso unglückliches,
obendrein aber noch unbenennbares Drittes war, denn er
126 hatte nicht einmal einen Schatten einer Kontur davon, aber

dennoch wehte es ihn als ein neues Verhängnis an. Ihn fröstelte, sein Rücken war noch feucht von Schweiß, und die
klamme Morgenkühle kam. Er räusperte sich, strich sich mit
beiden Händen die Haare aus der Stirn und sagte sich wieder,
daß er auch damit fertig werden würde. Daß er allein zu leben, allein zu sterben habe.

Die Erinnyen hatten ihn. Die aus den Blutstropfen des ersten Verbrechens erstanden waren. Begangen mit dem ersten
Werkzeug. Dem ersten brauchbaren Ding. Das den Menschen gnädig als Geschenk überlassen worden war. Seit seiner Kindheit saßen sie ihm im Nacken. Hatten mit einem einzigen Biß sein Gewissen zertrümmert. Spannten ihm Nacken
und Schultern wie die Sehne den Bogen. Hatten ihn so zugerichtet, daß er sich niemals lieben konnte. Hatten gemacht,
daß sein Gesicht frühzeitig schlaff geworden war, weil er zu
wenig lachte. Hatten ihm den Instinkt für die Jahreszeiten, für
die Mondphasen, für den Wechsel von Tag und Nacht genommen. Die Zeit mit ihren Einteilungen, die wie Sprossen
der Lebensleiter sind, hatte für ihn längst aufgehört, etwas
Geordnetes zu sein. Wenn er einschlief, konnte er nicht wissen, ob sich seine Augen das nächste Mal bei Sonnenschein
oder Sternenlicht öffnen würden – oder gar nicht mehr. Der
Mensch in Bewegung, dieses raumgreifende, ziellose Gespenst, das war er, und er riß alles, was ihn umgab, mit hinein
in diese Ziellosigkeit, in der es für ihn bald nichts mehr gab,
was sicher war, was gewiß war, was Bestand hatte, was sich
der Gier dieser Ziel- und Sinnlosigkeit widersetzte, nichts war
mehr sicher, weder Tag noch Stunde noch Liebe. Wenn er
allein mit Penelope war – immer unter spröden Umständen,
selbstverständlich nicht in ihrem Schlafzimmer, sondern in
ihrem Salon darunter und nie länger als vielleicht eine halbe
Stunde – wenn sie es zuließ, daß er seine Hand auf ihren
Scheitel legte, dann hatte er eine Ahnung davon, was es bedeuten könnte, die Sehne des Bogens auszuspannen; und dieses Gefühl mußte er für Liebe halten, denn er kannte die
Liebe nur vom Wort her, und so wie Adam angewiesen worden war, den Tieren Namen zu geben, so gab er den Gefühlen

Namen, indem er, wie sie gerade daherkamen, ohne andere Absicht, als sie kenntlich und dem Gedächtnis einprägsam zu machen, auf sie zeigte.

So wartete Antinoos auf den Morgen. Das hatte er schon oft getan. An derselben Stelle. Das Gesicht dem Sonnenaufgang abgekehrt. Ohne Hoffnung. In gedankenloses Starren verfallen. Hinter dem Haus des Odysseus.

Unsere nächtliche Höllenfahrt geht ihrem Ende zu. Und noch steht etwas aus, was in diesem Zwischenspiel vordringlich erzählt werden wollte. Dazu müssen wir dem Frühesten, Ältesten, nachdem wir seine Spur zuvor im Mythischen gefunden haben, auch im Märchenhaften, Kindlichen nachspüren. Wie in einem Vexierbild wechseln die Umrisse der ganzen Menschheit zu den Konturen eines einzelnen Menschen, die Perspektive auf das Universum und seines Beginns zur Betrachtung eines Lebenslaufes im Stadium der Kindheit. Es war einmal ein Grauen, aus dem sich keine Lehre ziehen ließ, denn das Grauen war, bevor die Lehre war, und aller Aufwand des Menschseins wurde und wird betrieben, um die Tür vor diesem Grauen zu verrammeln.

Es war einmal ein Seeräuber namens Eupithes, der war freigebig und hilfsbereit zu seinen Freunden und grausam und nachtragend gegenüber seinen Feinden. Er betrieb die Seeräuberei statt einer Arbeit, aber er übertrieb sie nicht, sondern er raubte gerade so viel, um davon sich und die Seinen zu erhalten. Wenn es wieder soweit war, lud er seine Frau, seinen Bruder und dessen Frau und seine Knechte auf und fuhr mit dem Schiff hinaus. Und eines Tages war es wieder soweit: Eupithes beschloß, die Thesproter zu überfallen. Weil die aber so stark und zahlreich waren, schlug er seinem Freund Anchialos von Taphos vor, ihn und die Seinen zu begleiten, die Beute sollte zwischen den Sippen halbiert werden, ganz gleich, wie viele Männer Anchialos für den Raubzug zur Verfügung stellte. Anchialos schickte seinen Sohn Mentes – und nur ihn. Zuerst war Eupithes zornig darüber, denn es schien ihm ein allzu gutes Geschäft zu werden für Anchialos, aber schließlich war es ihm recht. Er nahm Mentes auf sein Schiff, und sie fuhren los. Mentes war damals zwanzig Jahre alt und an allem anderen mehr interessiert als an der Seeräuberei, und er machte auch keinen Hehl daraus. Da bat ihn Panakea, die Frau des Eupithes, auf ihren kleinen Sohn achtzugeben und ihn zu beschützen, wenn der Kampf begann. Der Knabe war acht Jahre alt und zum ersten Mal bei einer solchen Unternehmung mit dabei. Mentes und der Knabe verstanden sich gut, und als das Schiff in der Nacht vor Thesprot ankerte und die anderen, auch die Frauen, ausstiegen, um die Stadt zu überfallen, da blieb Mentes mit dem Kind an Bord. Aber die Thesproter waren noch stärker und gerüsteter, als Eupithes vermutet hatte, und sie vertrieben die Eindringlinge, erschlugen den Bruder von Eupithes und dessen Frau und auch die Knechte, und nur mit Mühe und Glück gelang es Eupithes und seiner Frau, zu Mentes und dem Kind aufs Schiff zu gelangen und hinaus aufs Meer zu fahren. Aber auch auf dem Meer hatten sie keine Ruhe. Als der Morgen kam, sahen sie, daß sie die Thesproter verfolgten, daß sie bereits ihr Schiff eingekreist hatten, und sie wußten, wenn sie ihnen in die Hände fielen, würde keiner von ihnen überleben, auch das Kind nicht. Die einzige Rettung schien eine kleine Insel zu sein, auf der sie sich vielleicht verbergen konnten. Die Insel aber war eine Falle. Sie war klein, nicht größer als fünfzehn Häuser, der Strand kahl, große Felsbrocken lagen da, hinter denen konnten sich die Piraten verstecken. Wie ein Kopf, der bis zu den Augen unter Wasser war, so erhob sich die Insel aus dem Meer, und auf ihrem Scheitel wuchsen Bäume, die trugen nahrhafte, leckere Früchte, und auch ein kleiner See war dort, voll reinstem Süßwasser. Aber die Umzingelten durften es nicht wagen, dort hinaufzusteigen, denn der Weg bot ihnen keine Sicherheit, und die Schiffe der Thesproter, und es waren viele, kreisten um die Insel, und ihre Speere und Pfeile waren auf die Insel gerichtet. Es sah aus, als müßten Eupithes, Panakea und das Kind und Mentes verhungern und verdursten. Denn sobald sie den Schutz der kahlen, heißen Felsbrocken am Strand verließen, um sich von oben Wasser und

Früchte zu holen, schossen die Thesproter. Nach wenigen Tagen war Panakea verzweifelt und dem Wahnsinn nahe. Sie nahm in der Nacht ihren Sohn und schlich sich mit ihm von ihrem Mann und Mentes davon auf die andere Seite der Insel. Sie sagte sich, in der Dunkelheit werde man sie von den Schiffen aus nicht sehen können, wenn sie hinauf zum Scheitel der Insel stieg. Aber der blanke Vollmond schien auf die Insel, und die Thesproter schliefen nicht, sie sahen die beiden und schossen. Als Eupithes und Mentes erwachten, erschraken sie, weil die Frau und das Kind nicht mehr da waren, und sie riefen nach ihnen. Aber sie bekamen keine Antwort. Da trennten sie sich, Eupithes schlug sich nach der einen Seite hin durch, Mentes nach der anderen. Mentes fand die Frau und das Kind. Der Knabe war unverletzt geblieben, aber seine Mutter war tot. Erst glaubte Mentes, das Kind sei verletzt, denn sein Gesicht war blutverschmiert. Dann aber sah er, was unter dem Licht des Mondes geschehen war. Ein Pfeil war der Frau durch die Kehle gefahren, und der Sohn, gemartert vom Durst, hatte das Blut der Mutter getrunken, und ein Speer hatte der Frau die Brust aufgerissen, und, gequält vom Hunger, hatte der Sohn das Herz der Mutter gegessen. Da kam Eupithes von der anderen Seite, sah nun ebenfalls, was geschehen war, riß das Kind von der Frau, warf es ins Wasser und schrie, daß es weithin übers Meer schallte. Diesen Schrei hörte Odysseus, der mit seinen Schiffen auf Fischfang war. Er vertrieb die Thesproter und rettete Mentes und Eupithes, und den Knaben rettete er auch. Sie sprachen zu Odysseus mit keinem Wort über das, was in der Nacht geschehen war, und zu Hause bat Eupithes den Mentes von Taphos zu schwören, daß er nie und zu niemandem ein Wort darüber sagen würde. Und seither war Mentes ein vorsichtiger Mensch, vielleicht der vorsichtigste Mensch, der je gelebt hat. Für niemanden wollte er zum Verhängnis werden, auf daß auch niemand ihm zum Verhängnis werde. Denn er hatte erfahren, daß der Mensch, dieses naturverlassene Mängelwesen, vor nichts zurückschreckt, wenn er bedroht wird, auch nicht vor dem Schritt in die Hölle, und daß, wer auch nur einmal diese Grenze übertreten hat, nie wieder zurückfindet in das liebe Leben im Sonnenlicht. Eupithes aber wollte seinem Sohn nie wieder ins Gesicht sehen, er gab ihn zu Verwandten nach Ithaka in Pflege. Als er volljährig war, zahlte er ihm sein Erbe aus und überschrieb ihm das sonnengelbe Bürgerhaus in der Seitengasse zur Breiten Straße.

Als die Frühe sich zeigte, Eos mit den rosigen Fingern, schlich Antinoos weg vom Haus des Odysseus, stieg auf sein Rad und rollte zurück in die Stadt. Er setzte sich in sein Haus und wartete auf den Schlaf.

Zweiter Gesang

Rhododaktylos Eos – das ist der rosenfingrige Morgen; *Erige-neia* – das ist die Frühgeborene, die ein unbegreifliches Faible für uns sterbliche, heimatlose, undefinierbare, hierorts nur vorübergehend ansässige, einherzige, zweiäugige, vielsprachige Grenz- und Wintertypen hat, während wir aus einem uns gar nicht mehr bewußten, unserem Wesen längst schon – vielleicht sogar von allem unserem Anfang an – eigenschaftlich gewordenen Trotz nicht jeden Morgen über sie staunen, sondern uns statt dessen unserer Unversehrtheit brüsten und uns damit dicktun, daß wir bis heute alle Flüche von oben überstanden haben, so als gründete darin eine Präferenz von Verstand und Leben gegenüber dem Licht – als hätten unser Verstand und unser Leben die Eigentümlichkeit, daß sie niemals endgültig verschwinden können, auch im Dunkel des Tartaros nicht. Die Sonne also stieg über den Osten, und ihre ersten Strahlen trafen die Kammer des Telemach und trafen sein Auge und weckten ihn zu seinem großen Tag. Er sprang aus dem Bett, eine Kraft war in ihm, und auch schon ein fertiger Plan für den Tag war in ihm, und männliche Geduld bändigte beide zusammen. So marschierte er in den Vormittag hinein und durch ihn hindurch, sogar zu essen vergaß er, und es war noch nicht Mittag, da hatte er bereits soviel hinter sich gebracht wie vorher in Wochen nicht, und seine Kraft war noch nicht erschöpft, der Plan noch nicht erfüllt und die Geduld noch lange nicht an ihrem Ende. Sein Vorgehen – das Wort imponierte ihm, es hatte sich ganz natürlich eingestellt – sein Vorgehen, sagte er sich rückblickend auf den Vormittag, sein Vorgehen war geschickt und kräftesparend gewesen. Professionell eben, umsichtig. Gezielt. Nüchtern. Präzis. Noch andere Adjektiva fielen ihm ein, die paßten. – Zu viele waren es. Und alle paßten. Und schließlich war es wie ein Ausverkauf der Eigenschaften, listenlang lobende Lieferanten. Erst machen sie gierig, dann graust es einen vor ihnen. Warum? Weil sich alles Dasein notwendig und letztlich durch einen Bruch begründet, durch die Trennung vom Absoluten, für das es zwar keinen Beweis gibt, an das wir aber glauben, das wir als Maßstab anlegen, das wir beschwören, indem wir es bei allem, was wir ernsthaft tun, als Ziel vor unser geistiges Auge hängen wie das Heubündel vor den Esel, damit er läuft, weswegen wir mit dem Ergebnis immer unzufrieden sein müssen, denn es wird nie das Ganze werden, als welches es in der Vision geplant war, sondern eben nur ein Stückwerk aus Hinzugefügtem. Das Hinzufügen erzeugt ein Vieles, aber nie ein Ganzes. Und die Wirklichkeit bleibt ein filziger Streu aus Spreißeln, und weder sind wir ganz Zagreus, noch ganz Titan, und so setzen wir uns zusammen aus Eigenschaften, und immer sind es zu viele und immer auch gleichzeitig zu wenige, und wir finden kein Maß, wenn uns keine Göttin an der Hand nimmt – und wo war sie, die Gerüstete, die stolze Pallas Athene? Dies alles drückte auf Telemachs Gemüt, als er gegen Mittag, die Beine weit von sich gestreckt, wieder im Arbeitszimmer des Vaters saß, auf seinen Vormittag zurückblickte und wartete…

Aber greifen wir nicht vor. Zunächst der Vormittag. So war er abgelaufen: Beim Anziehen der frischen Wäsche und des frischen weißen Hemdes, welche ihm Eurykleia wie jeden Tag hergerichtet hatte, skizzierte sich Telemach die folgenden Stunden. Sofort nach dem Frühstück wollte er als erstes, wie ihm gestern abend so dringlich geraten, jeden Nachbarn, jeden Freund des Vaters und des Großvaters, jeden, der ihrem Haus irgend etwas verdankte oder schuldete, anrufen und ihn persönlich bitten, am Nachmittag – wann? Sagen wir… Ist ja egal… Wird noch genauer festgesetzt… – herauszukommen, ja, hierher zum Haus, richtig gehört, zum Haus des Odysseus, Treffpunkt im Schatten unter den Eichen, zum Beispiel, nicht auf der Terrasse, sondern unter den Eichen, ja, dort ist es schattig und etwas kühler. Er, Telemach, habe nämlich etwas

mitzuteilen... nein: er, der Sohn des Odysseus, habe etwas
mitzuteilen... und auch nicht mitzuteilen, sondern bekannt-
zugeben. Oder so ähnlich oder so... Das Telephonieren
würde, sagte er sich, vielleicht eine, vielleicht zwei Stunden
dauern. Oder kürzer – wenn er sich bedeckt hielt. Oder länger – wenn es bei dem einen oder anderen nicht zu umgehen
war, doch einiges herauszulassen, nichts im Detail, das sollte
erst am Nachmittag folgen...
    Was wird am Nachmittag folgen? Das konnte nur heißen,
daß er etwas vorbereiten mußte, eine Rede. Ja, eine Rede: Er
würde nicht darum herumkommen, eine Rede zu halten, und
er hatte noch nie in seinem Leben eine Rede gehalten. Dieser
Gedanke brachte Aufregung! Eine Rede! Wie puschendes
Gift fuhr das Wort ihm durch und durch, und sein Herz häm-
merte, grad war er mit dem Rasieren fertig, an Frühstück
wäre jetzt nicht zu denken gewesen. Er eilte in das Arbeitszimmer seines Vaters, sperrte ab, nahm Platz in dem majestä-
tischen Ledersessel, atmete tief durch, sagte halblaut zu sich
»Ja, also dann!«, »Ja, dann also!« und breitete die Hände auf
die Tischplatte. Eine Rede also. Frei im Stehen oder mit Pult?
Woher denn ein Pult nehmen? Blödsinn! Auf welche Ideen
man kam! Hatte sich doch glatt ein Bild, ein schnelles, über-
mütiges, anmaßendes eingeschoben – er an einem Stehpult,
wie ein Präsident im Garten, Mikrophone, schätzungsweise
zehn, so ein Quatsch... Er hielt den Kopf ein wenig schief,
was ihm gemessen würdig vorkam, und blickte auf den Radiergummi nieder, als wäre der eine Menschenmenge. Und
da waren wieder Bilder, ein Andrang von Bildern sogar, und
sie beanspruchten jetzt alle seine Gedanken, drängten, was er
sich sonst noch vorgenommen, ins Abseits, beanspruchten für
sich alle planende Phantasie. In einer einzigen, berauschen-
den Vision hatte er die Situation vor sich: seine Gesten, die
Zuhörerschaft, die Rede selbst in ihren rhetorischen Veräste-
lungen, ihren Laut-Leise-Effekten, Wiederholungs-Effek-
ten, Anspielungen, Umkreisungen und Direktheiten und vor
allem – vor allem die wirkungsvollen Pausen; die Pausen, in
denen niemand auch nur zu schlucken wagte, die Pausen, die   135

unerbittlich gehalten wurden bis zur Unerträglichkeit, bis man schreien wollte: Mach etwas, tu etwas, rede weiter, handle, verändere! In diesem visionären Augenblick war er Redner und Zuhörer in einem. Und er überblickte zudem noch die Folgen seiner Rede, war also auch noch Hellseher ins *futurum exactum*: am Abend noch würde man… – nein, am nächsten Tag noch, in einem Monat noch, in einem Jahr… wenn der Vater zurückgekehrt sein würde, würde man noch von dieser Rede sprechen, diese Rede wird eine der großen Reden gewesen sein… oder so…

Er lehnte sich in des Vaters Sessel zurück und ließ sich den antizipierten Ruhm durchs Hirn rauschen – was in seiner Wirkung allerdings nicht lange anhielt, denn Telemach war zwar im innersten Kern zweifellos eine schwärmerische Natur, doch dieser Kern war klein, und in seiner Substanz konzentriert und überscharf gewürzt, man mußte ihm sein Aroma vorsichtig abraspeln wie bei einer Muskatnuß, und schon ein wenig zuviel davon verdarb gleich gründlich den Geschmack; außerdem war sein Bedürfnis nach Begeisterung doch eher nach außen gerichtet, das heißt, er neigte mehr dazu, Begeisterndes zu konsumieren, als es hervorzubringen, und schon gar nicht entsprach es ihm, sich für sich selbst zu begeistern, jedenfalls hielt solche Begeisterung nicht lange vor. Es trat ziemlich rasch eine angenehm schwerelose, beinahe als gesund empfundene Ernüchterung ein, wie man sie auch verspürt nach heftigem Gelächter. Er hob die Hände vom Schreibtisch – die hatten auf der glatten Mahagonifläche feuchte Abdrücke der Beseeltheit hinterlassen –, er fühlte sich entschlackt, von Unsinn und törichten Gedanken gereinigt, die ihn beim Verfassen der wirklichen Rede ja nur gestört hätten.

So machte man das! Man mußte sich den Räuschen hingeben, um sich von ihnen frei zu machen. Sagte er sich.

Es erschien ihm immer noch ein Ärmelschütteln, seine Rede niederzuschreiben. Aber als er sich ein Blatt Papier in die Schreibmaschine spannte, sich mit geradem Kreuz davor zurechtrückte, mehrere Male halblaut zu sich selbst »So!«,

»So!« sagte, die Tasten berührte, aber gleich zurückzuckte, noch einmal »So!« sagte, mit den Ellbogen etwas zur Seite ausfuhr, sich die Ärmel seines weißen Hemdes hochschob, ein weiteres Mal »So!« sagte, da, da bockte es. Es bockte. Mhm, es bockte. Die Gedanken fanden die Tür nicht, hinter der die Formulierungen auf sie warteten. Er drehte sich wieder um neunzig Grad zum großen Tisch hin, nun blieben die Hände im Schoß liegen. Er holte Atem, hielt ihn an, aber auch das führte zu nichts. Er stieß die Luft geräuschvoll aus. Das nützte ebenfalls nichts. Es war nur Luft, waren keine Worte. Verlegen blickte er den Radiergummi an, ein nahezu graues Stück. Wo waren die Sätze? Er hatte sie doch eben deutlich gehört. Oder nicht? Die wirkungsvollen Wiederholungen vor den Pausen. Genauer: vor der Pause. Es war, ehrlich gesagt, nur eine Pause in seiner Vision vorgekommen. Aber was für eine Pause, na hör mal, Menschenskind…

Er glaubte zu wissen, woran es lag, daß die Rede nicht ebenso aufs Papier strömte, wie er sie in seiner Vision hatte strömen sehen. Die Vision war zu spät eingestiegen, das wars. Er hatte den Anfang versäumt. Er erinnerte sich genau: Er war dazugekommen – zu seiner eigenen Rede –, als er bereits mittendrin war. An ihrem Höhepunkt war er erst eingestiegen. Er hatte sich verspätet. So eine Rede ist ja gebaut wie ein klassisches Drama: Exposition, erregendes Moment, steigende Handlung, Peripetie und Höhepunkt, fallende Handlung, Augenblick der letzten Spannung, Schluß. Er war bei der Peripetie eingestiegen. Knapp nach der Peripetie, knapp vor dem Höhepunkt. Das Blatt hatte sich gerade zu seinen Gunsten gewendet, er hatte eine Pause gelassen, eben jene bedeutungsvolle, wirkungsvolle, schier unerträgliche Pause, die den Höhepunkt machtvoll ankündigte – und dann? Jetzt – gesund und sportlich ernüchtert – sah er die Szene noch einmal vor sich: Die Wahrheit hieß, er war in seine Vision, respektive seine Vision war in seine Rede eingestiegen just an der Stelle, als die Pause begann, und war wieder ausgestiegen auf den Punkt genau, als sie zu Ende war. Seine Vision hatte sich also – professionell, nüchtern und umsichtig betrachtet –

ganz auf die Pause beschränkt, die zwar ungeheuer wirkungsvoll, tonnenschwer bedeutungsvoll, niederschmetternd
machtvoll, aber eben doch, vom Aspekt des Verbalen aus beurteilt, völlig leer war – wenn man hier, den Umständen ent-
sprechend, die Sprachidiotie durchgehen lassen möchte, dem
Wort *leer* das Wort *völlig* voranzustellen, was auf unbeholfene
Weise anzeigen soll, daß diese Leere nicht nur im realen, sondern auch im potentiellen Sinn bestand, daß also nicht ein
brüchig mattes Hoffnugsschimmerchen da war, daß sie sich
füllen ließe. Nichts, nein, nichts! Absolut und völlig nichts.
Die Pause war leer. Ausgeblasen. Für sich genommen war sie
einfach ein Fehlen. Es fehlte ihr an Ecken und Enden und an
Mitte. Sie war nicht. Sie konnte nur insofern Interesse erwek-
ken, als sie ein Beispiel abgab für das merkwürdige Verlangen
des Menschen, das Nichts, erstens, in verschiedene Nichtse zu
unterteilen, und, zweitens, diesen Nichtsen auch noch Namen
zu geben. Die Pause erschien bedeutungsvoll nur als wort-
loser Epilog eines Vorangegangenen oder als ebenso wort-
loser Prolog eines Folgenden. Eine Pause an sich, was soll
darüber gestritten werden, ist für sich zu nichts zu gebrauchen, höchstens als Symbol, als Symbol für den Mangel. Aber
braucht der Mangel ausgerechnet ein Symbol?

Telemach legte sich ein neues Blatt vor, versuchte es diesmal mit Kugelschreiber... Dann versuchte er es mit dem Füllhalter des Vaters. Der war von zwanzig Jahre alter Tinte ver-
schorft und unbrauchbar geworden. Er probierte an ihm
herum, wollte ihn aufschrauben, aber die Teile lösten sich
nicht voneinander. Er verließ das Arbeitszimmer, sog den
Duft des Kaffees ein, der das morgendliche Haus erfüllte, und
er sagte sich, heute wird ein wunderbarer Tag werden. Unter
der Tür zur Küche stockte er kurz. Die Mutter saß bereits am
Tisch. Mit einem Ruck des Kopfes warf er sich die Haare nach
vorne, die Schultern zog er etwas hoch. Penelope war noch im
Morgenmantel. Sie schenkte ihrem Sohn nur einen schmalen
Blick von der Seite, machte einen krummen Rücken in ihre
Zeitung hinein. Ihre königlich aufrechte Haltung sparte sie
sich für später auf. Eurykleia goß Tee in die flache Tasse. Es

dürfte inzwischen so gegen acht Uhr sein. Mutter und Sohn begrüßten einander nicht.

Eurykleia gab ihm ein Schüsselchen heißes Wasser, und Telemach legte den Füllhalter hinein. Das Wasser verfärbte sich nicht einmal, so versandet war die Tinte. Aber schließlich ließ sich wenigstens die Kappe abschrauben. Er stieß die Teile an, damit sie sich durchs Wasser bewegten, fischte sich eines heraus, kratzte mit einem Zahnstocher das Vertrocknete ab. Eine gute Viertelstunde brachte er damit herum. Eurykleia rieb mit dem Geschirrtuch an der Feder, aber das brachte nichts. Die Mutter wandte den Kopf, schnippte mit dem Finger, Eurykleia reichte ihr die Teile des Füllhalters hinüber, und nun betrachtete Penelope die Sache, aus zusammengekniffenen Augen, gegen die einfallende Sonne, enthielt sich aber jeden Kommentars. Das hatte nicht unbedingt etwas zu bedeuten. Penelope war morgens immer wortkarg. Nachtragend war sie nicht.

Telemach trank im Stehen eine Tasse Kaffee und kehrte dann zum Schreibtisch des Vaters zurück. Die Teile des Füllhalters hatte er auf Anraten Eurykleias im heißen Wasser gelassen. Also wieder an die Arbeit! Er wählte einen frisch gespitzten Bleistift. Da kam nun doch ein Satz heraus. Kein guter. Und noch einer. Auch kein guter. Er radierte beide schnell weg. Dann war eine Stunde vergangen. Weder stand ein einziger Satz der Rede auf dem Papier, noch war ein einziger Nachbar, ein einziger Freund verständigt worden. Er sah ein, daß die Abfassung seiner Begrüßung, wie er seine Rede nun beschwichtigend verkleinerte, mehr Zeit in Anspruch nehmen würde, als er gerechnet hatte. Er dachte an Eurymachos, der ja zweimal in der Woche so etwas schreiben mußte. Oder wollte. Es jedenfalls tat. Nicht das gleiche, weiß Gott nicht. Nicht einmal etwas Ähnliches. Aber immerhin auch Sätze. Und auch in seinen Kolumnen, die ja bestenfalls Anti-Vorbilder sein konnten, gab es einen ersten Satz und einen zweiten und so weiter. Einen Seufzer lang wurde ihm warm und sehnsüchtig ums Herz. Die Irrläufer seiner Verlegenheit hatten es nämlich mit sich gebracht, daß er, wenn er in den 139 vergangenen Tagen hier im Arbeitszimmer seines Vaters gesessen und telephoniert hatte, immer auf die Eurymachos'schen Kolumnen zu sprechen gekommen war, und Evangeline – jetzt ist dieser formidable Name endlich ausgesprochen, der so gar nicht zu der fröhlichen, wollhaarigen, braunhäutigen, immer irgendwie rasant und biegsam sich bewegenden Person paßte – ja, über Eurymachos' Kolumnen unterhielten sie sich bevorzugt am Telephon, er und Evangeline, obwohl die weder ihn noch sie wirklich interessierten, es ließ sich eben so angenehm darüber herziehen und einig sein, und man konnte sie so angenehm zum Verdecken der Verlegenheiten verwenden, der Gesprächston blieb dabei natürlich und polemisch peinlich sachlich, das Herz aber durfte so tun, als wäre es von Hochmut geschwollen, die Stimme zitterte nicht, drohende Pausen konnten spielend mit Zitaten ausgefüllt werden, weil man das Blatt ja vor sich liegen hatte, außerdem gaben die Kolumnen zweimal in der Woche Stoff her, und man konnte sich immer darauf hinausreden, die gerade neue Kolumne sei der Anlaß für den Anruf, nur um ja nicht zugeben zu müssen, was vielleicht, hätte man es zugegeben, so wurde schwer befürchtet, zu abwehrendem Erstaunen in der eher noch günstigen Variante, im krassen Fall allerdings zum brüsken Abbruch des Gesprächs, der Gespräche überhaupt, hätte führen können... Er riß sich von diesen Gedanken los. Er hatte eine Aufgabe zu erfüllen. Er sollte zwar keinen Turm errichten, aber ein Nachmittag mußte vorbereitet werden.

Es hatte keinen Sinn, beides konnte er nicht erledigen: die Nachbarn und Freunde einladen und die doch immerhin nicht unwichtigen Begrüßungsworte verfassen. Beides ging nicht, nein. Jedenfalls nicht in der kurzen Zeit, die noch blieb. Außerdem würde es wirkungsvoller sein, wenn er einladen ließ, als wenn er selbst einlud. Würde mehr Gewicht haben. Würde von einer gewissen moralischen Gesetztheit zeugen: »Guten Morgen, ich rufe im Namen des Sohnes des Odysseus an...« oder so. Nur: Wem sollte er diese Aufgabe übertragen? Eurykleia? Sicher, ihr konnte er vertrauen, sie würde gewissenhaft und mit einer taktisch durchaus günstigen Kühle sein Begehren vortragen – aber erst, nachdem er ihr alle seine Absichten erklärt und alle ihre Entgegnungen angehört, und ganz bestimmt nicht, ohne daß sie vorher mit der Mutter gesprochen hatte. Die Mutter... Die Schwierigkeiten häuften sich, wie von Bulldozern vor seine Stirn geschoben – an die Mutter hatte er gar nicht gedacht. Wo würde sie sein, während sich draußen vor dem Haus die Nachbarn und Freunde versammelten? Er konnte sie ja nicht wegschicken. Was sollte er tun, wenn sie sich einmischte? Wenn sie sich ihm entgegenstellte? Wenn sie ihn bloßstellte vor allen? Mußte er in seiner Rede überhaupt auf sie eingehen? Natürlich mußte er. Was dachte er sich denn da zusammen! Aber wie? Wie? Wie? Sollte er sie vorher verständigen, vor sie hintreten und ihr klipp und klar sagen, was er vorhatte? »Ich will mit Hilfe dieser Leute die Männer verjagen, die seit vier Jahren ... warten.« – »Warten?« würde die Mutter fragen, »worauf warten?« Genauso würde sie fragen, weil sie genau wußte, daß es Telemach nicht fertigbrächte, ihr darauf eine Antwort zu geben.

Ihm wurde flau im Magen, und er flocht die Finger zusammen, sein Vorhaben schien ihm undurchführbar. Warum, sagte er sich, kann nicht alles so bleiben wie bisher? War denn er schuld daran, wie es war? Nein. Warum also sollte er es ändern! Aber dann setzte er sich aufrecht hin, wischte die Hände an den Hosen ab und legte sie wieder auf die Schreibtischplatte. Wo war er stehengeblieben? Bei Eurykleia. Also: Eurykleia würde nichts tun, ohne vorher mit der Mutter gesprochen zu haben. Außerdem wirkte sie vielleicht doch zu kühl am Telephon, und das könnte den einen oder anderen Nachbarn und Freund abschrecken. Und noch etwas: sie besaß nicht die Gabe der Überredung, denn sie sah nicht ein, wozu Überredung eigentlich nütze war, sie deutete ein Ja als ein Ja und ein Nein als ein Nein. Sie war nicht die Richtige. Aber wer, wenn nicht Eurykleia? Zu den Angestellten im Haus hatte er kein Vertrauen. Die ließen sich ungeniert von den Freiern herumkommandieren. Und gern noch dazu. Der schikanöse, herablassende Ton behagte ihnen anscheinend. Anscheinend sogar besser als der freundlich distanzierte, stets höfliche der Mutter. Und über ihn, Telemach – das wußte er, da machte er sich absolut nichts vor –, über ihn lachten sie hinter seinem Rücken, und auch wenn es ein mitleidiges, bitte, ja: manchmal auch freundliches Lächeln war, ein Lächeln der Rührung wie über ein zwei Stunden altes Kalb – er wußte es, klar, da machte er sich keine Illusionen –, es zeigte jedenfalls eine Einstellung ihm gegenüber an, bei der gewiß nicht damit zu rechnen war, daß ein solcher Auftrag verläßlich ausgeführt würde.

Es war eine weitere halbe Stunde vergangen – mit fruchtlosem Kreuzundquergrübeln, fruchtlosem Angsthaben, fruchtlosem Verzagen, fruchtlosem Sich-Aufraffen. In derselben Zeit hätte er zehn Leute anrufen können, fünf auf jeden Fall. In derselben Zeit hätte er vielleicht doch den einen oder anderen Satz aufs Papier gebracht. Nicht einmal eine Liste derer, die er einladen wollte, hatte er zusammengestellt.

Er verließ das Arbeitszimmer seines Vaters durch die Hintertür und machte sich auf den Weg zu den Stallungen. Er wollte einen der Männer dort draußen bitten. Ja, warum nicht. Es war ein spontaner Einfall, eine Idee. Die da draußen waren neutral. Was sollten die gegen ihn haben? Was war dabei, wenn er Nachbarn und Freunde zum Haus einlud? Und so stapfte er drauflos durch die erst wenig angewärmte Luft und beruhigte sich, denn unter freiem Himmel verklang das Getrommel von Wenn und Aber schnell. ·

Die Wirtschaftsgebäude waren am anderen Ende des Besitzes, und zu Fuß brauchte er quer über die Felder eine gute dreiviertel Stunde. Schätzte er. Seit er ein Bub war, hatte er die Ställe nicht mehr besucht. Auf seinen Spaziergängen schlug er meistens die andere Richtung ein, zog das versteppte Niemandsland mit den übermannshohen Disteln im Osten den bestellten Feldern und umzäunten Weiden im Westen und Norden vor oder wanderte kreuz und quer an den Hecken entlang, kauerte sich an bestimmten, sorgfältig gewählten Stellen ins Unterholz und las in einem Buch oder stieg – auch schon lange nicht mehr gemacht – in die belaubte Krone eines Kastanienbaumes. Daß dies alles, soweit ihn die Füße in einem Tag zu tragen vermochten, Besitz seiner Familie war, darüber hatte er nie nachgedacht. Es war ihm eine Selbstverständlichkeit. Und daß alle Menschen, die ihn umgaben, im Dienst der Mutter standen und ihren Anweisungen Folge leisteten, war ihm erst bewußt geworden, als vor vier Jahren die Männer aufgetaucht waren. Denen gab sie keine Anweisungen, und Anweisungen hätten die auch ganz bestimmt nicht befolgt. Die Landarbeiter hatte er zwar immer wieder an den verschiedenen Festtagen gesehen, wenn sie zum Haus gekommen waren, um Glückwünsche darzubringen und Geschenke abzuholen. Aber er kannte keinen beim Namen, und er erinnerte sich an kein Gesicht. Er wußte nicht einmal, wieviel Männer bei den Ställen arbeiteten und ob auch Frauen dort beschäftigt waren. Egal – irgendeiner von ihnen, da hatte er Zutrauen, würde sich auf ein Motorrad oder in einen Wagen setzen und von Nachbar zu Nachbar, von Freund zu Freund fahren. In zwei, drei Stunden war das zu schaffen. Natürlich gegen Entlohnung.

Das Gehöft lag hinter einer breiten Bodenwelle, er würde es erst auf den letzten hundert Metern vor sich sehen können. Er war ein wenig aufgeregt, angespannt neugierig, das gab er sich gern zu, schließlich besuchte er den Hof zum ersten Mal in der Funktion als – wie sollte er sagen? Er wußte genau, wie er sagen sollte. Noch bevor er sich das Wort im stillen vorgelegt hatte, kitzelte ihn sein Falsettkichern im Hals – »schließlich besuchte er den Hof zum ersten Mal in der Funktion als Herr«. Als Herr, ja. Und er wollte sich auch so benehmen. Nicht anmaßend. Nicht von oben herab. Sondern... Wie eigentlich? Einen kurzen Lacher stieß er aus. Alles Quatsch – er würde sich einfach vorstellen und fragen, ob jemand zwei Stunden für ihn Zeit habe, fertig. Nicht den Leutseligen spielen. Mein Gott, wie würde das bei ihm aussehen! »Sind die Herrschaften bei der Arbeit? So. Brav, brav. Sehr hübsch.« Er ging fast in die Knie vor Lachen, das nun in den höchsten Tönen aus ihm herausbrach. Aber der trockene Boden und der Mais zu seiner Linken schluckten es, und keine fünfzig Meter weiter hätte von seiner Fröhlichkeit keiner mehr etwas gemerkt. So ein kleiner Anfall war gleich vorbei.

Er war nun schon gute zwanzig Minuten unterwegs, immer auf der Grenze zwischen Feld und Weide, er zog die Jacke aus. Keine Wolke war zu sehen, der Himmel war bereits weißlich und schwer und der Erde schon ziemlich nah, nur am Horizont stand noch das morgendliche Blau. Er atmete tief ein. Wie aus einem jahrelangen Dämmern erwacht, so fühlte er sich, und war doch gewärtig, gleich wieder aus seiner augenblicklichen Heiterkeit in den grauen Zustand des Vor-Lebens zurückzugleiten. Er hatte sich von den schweren Steinen befreit. Er hatte sich versehen, war ein klein wenig an die Steine gestoßen, und sie waren in den Brunnen geplumpst. Abgesoffen, danke. Auf der Grenze zwischen Feld und Weide begriff er das Wunder und die Seligkeit, die ihm gestern widerfahren waren – diese Worte fielen ihm ein –, daß er aus sich herausgetreten war – so nannte er es. Er verspürte etwas wie einen gesamtmenschlichen Ausdehnungstrieb. Ganz ohne das Pathos der Wichtigkeit blickte er auf sich und sagte, daß es wohl nicht anders sein könne, als daß er seit den letzten – über den Daumen gepeilt – zwanzig Stunden unter Inspiration stehe – warum denn nicht? Kann doch sein, oder? Wenn es das Wort gibt, gibt es auch den Zustand. Sollte der etwa nur für andere reserviert sein? Und sagte sich gleichzeitig, er sei doch ein recht seichtes, spaßiges Etwas, knapp einen halben Millimeter über dem Nichts, ein Narr, der sich für eine reine Pause begeistern konnte, und das sagte er sich ohne Häme, dann setzte er seinen Weg fort.

Er hatte keine Ahnung, wie viele Pferde, Rinder, Kühe er und seine Mutter besaßen, wie viele Schweine, ob noch andere Tiere, Schafe hatten sie, das wußte er, Ziegen konnte man annehmen. Was sonst noch? Geflügel? Sicher Geflügel. Aber was für welches? Hühner, Enten, Truthähne, Gänse? Er wußte auch nicht genau, was auf den Äckern angebaut wurde. Von allem etwas, hätte er wohl geantwortet. Er ging nun schon seit gut zehn Minuten an einem Maisfeld entlang. Also

Mais. Keine Frage, gab es ja fast jeden Mittag als Beilage. War das, was hier zu seiner Linken wuchs, Tierfuttermais oder Speisemais? Was war der Unterschied? Die goldenen Körner drängten bereits aus den Deckblättern der Früchte, und die braunen Barthaare hingen herunter. Der Morgen war ungewöhnlich windstill. Woher übrigens, bitte, wollte er denn so unheimlich genau wissen, ob die Männer und Frauen draußen bei den Ställen wirklich auf seiner Seite standen und nicht auch schon zu den Freiern übergelaufen waren? Ja, warum eigentlich nicht? Nur weil sie weiter vom Haus weg waren? Es war doch direkt blödsinnig naiv, das anzunehmen! Ein Thema, das Eurymachos in seinen Kolumnen immer wieder ansprach – ohne irgendwelche Namen zu nennen –, war die unsichere Lage der Arbeiter und Angestellten auf den Besitzungen jener Herren, die noch immer nicht aus dem Krieg zurückgekehrt waren, und die allmählich Gefahr liefen, ohne »führende, sensibel politische Hand«, die für den Bestand ihrer Arbeitsplätze sorgte, dieselben zu verlieren und in eine wirtschaftliche Bodenlosigkeit zu stürzen, denn die Zeiten hätten sich geändert, heute sei es nicht mehr so wie »weiland« – ein Lieblingswort von Eurymachos, ein besonders dummes Wort, das er dazu noch, wie Evangeline sagte, unvergleichlich dumm anzuwenden verstand. Es war keine Frage, daß die Arbeiter draußen regelmäßig die Kolumne des Eurymachos lasen. Was sollten sie denn sonst lesen. Gab ja nur diese eine Zeitung. Würde sich da überhaupt einer bereitfinden, dem jungen Herrn, der sich in all den Jahren nicht ein einziges Mal die Mühe gemacht hatte, sie zu besuchen, einen Gefallen zu tun? Würden sie ihn überhaupt erkennen? Konnte ja jeder kommen und behaupten, er sei der Sohn des Odysseus. Und wenn sie ihn erkannten? Wäre das unbedingt besser? Könnte ja sein, daß sie sagten: Aha, der Sohn des Odysseus, kommt uns gerade recht, das Bürschchen! Keine Ahnung, was sie damit meinten. Sie würden schon wissen, was sie damit meinten. Das langte ja auch. Nur einer fiel Telemach ein, von dem er glaubte, mit Bestimmtheit sagen zu können, daß er an ihm wahrscheinlich nicht zweifeln mußte – nämlich Eumaios, der 145

Mann, der für die Schweine verantwortlich war. Oder gewesen war. Wohl eher gewesen war. Fast nur Bauch, der Mann, der Bauch aber gewaltig, so hatte er ihn in Erinnerung. Lebte der überhaupt noch? Und wo? Wie alt mochte er inzwischen sein? Als Telemach ein Bub war, hatte ihm Eumaios Geschichten von Odysseus erzählt. Damit er seinen Vater nicht vergesse. Ausdrücklich aus diesem Grund. Zum Beispiel diese eine Geschichte hatte er ihm erzählt, die Geschichte, als sein Vater den Blöden spielte, den Verrückten, damit er nicht mit in den Krieg müsse. Denn der Vater, hatte Eumaios behauptet, war nicht einer, der in den Krieg wollte, er nicht. Alle hatten gewollt, aber er nicht, da solle sich Telemach von niemandem jemals etwas anderes erzählen lassen. Daß Odysseus also in Anwesenheit der hohen militärischen Herren zum Strand gegangen sei, einen Säsack umgebunden, einen Säsack voller Salz wohlgemerkt, und daß er Salz ins Meer gesät habe – das muß man sich vorstellen: Salz ins Meer! –; daß er weiters, ebenfalls vor den Augen derer, die ihn zum Krieg holen wollten, den Pflug einem Pferd und einem Rind angeschirrt und eine Furche über das Feld gezogen habe, wie sie schiefer, krummer und meschuggener nicht zu denken war; daß Menelaos daraufhin schon hatte gehen wollen, ehrlich betrübt darüber, daß ein Geist wie Odysseus in solche Verwirrung hatte geraten können, daß aber Palamedes, dieser ewig Zweitschlauste, Penelope das Kind, nämlich ihn, Telemach, damals keine fünf Wochen alt, aus dem Arm genommen und vor den Pflug gelegt habe, worauf der Vater gesunden Sinn bewies und den Pflug schnell und sicher darüberhob. – Alles, was Telemach über seinen Vater wußte, fast alles jedenfalls, hatte ihm entweder Phemios gesungen oder Eumaios erzählt. Aber dann war Eumaios nicht mehr zum Haus gekommen. Warum eigentlich nicht mehr? Stand er überhaupt noch bei ihnen im Dienst? Vielleicht war er gestorben. Telemach hatte nie nach ihm gefragt. Und vermißt hatte er ihn auch nicht. Nein, nein, trotzdem, ganz egal, wie lange es her war, seit er ihn zum letzten Mal gesehen hatte – Telemach konnte sich nicht vorstellen, daß es Eumaios richtig fände, wenn sich die

Mutter mit einem dieser Männer verheiratete, egal, ob der Vater nun noch lebte oder nicht, egal, ob es aus wirtschaftlichen, sensibel politischen oder welchen Gründen auch immer opportun war. Eumaios – der nicht –, der war sicher nicht zu den Freiern übergelaufen!

Wir blicken noch immer auf den Vormittag des Telemach zurück, der ihm, vom Mittag aus betrachtet, so gelungen erschien. Auf halbem Weg zum Gehöft hörte er die monotone Fistelstimme des Phemios, der irgendwo stecken mußte. Aber wo? In den Hecken verbarg er sich nicht, das war zu weit, dann hätte Telemach seine Stimme nicht hören können. Sie mußte aus dem Maisfeld kommen, an dem er entlangging. Er rief den Namen des Sängers. Der Singsang brach ab, einen Moment lang war es still, dann meldete sich Phemios, gab genaue Anweisung, wie er zu ihm in den Mais kommen könnte. Telemach drückte sich durch die Zeilen und sah ihn auch schon bald vor sich. Phemios hatte ein paar Stauden abgeschlagen und einen Klapptisch aufgestellt. Auf dem Tisch standen ein Kassettenrecorder und ein Mikrophon. Er selbst saß auf einem buntgestreiften Klappstuhl und hatte das Mentes-Banjo im Arm. Er trug dasselbe blutrote Hemd wie gestern, und man konnte wetten, er hatte es vorgestern auch schon getragen, und morgen würde es nicht anders sein. Er streckte Telemach die silberschwarze Rechte hin und schüttelte dessen Hand nachlässig und ließ sie nicht los, schüttelte sie langsam und selbstvergessen und redete dabei.

»Das findest du sonderbar, daß ich hier hocke, stimmts?«

»Ja, schon –«

»Es ist sonderbar, glaub mir.« Und er erklärte ihm auch gleich, was daran das Sonderbare sei. Und zweitens erklärte er, warum Telemach draußen vor dem Feld nicht habe ausmachen könne, woher seine Stimme kam.

»Woher weißt du das?«

»Daß du nicht gewußt hast, woher meine Stimme kommt? Woher ich das weiß? Ich werde es dir sagen.« Also nämlich: Hier im Mais am frühen Morgen, das sei besser als in jedem Studio, hier nehme er seine Songs auf Kassette auf, das sei so 147 eine Art Naturstudio, unübertroffen, für die Trockenheit seines Sounds sei er nicht von ungefähr im ganzen Land berühmt, jeder wolle wissen, in welchem Studio er diese unglaublich trockene Atmosphäre zusammenkriege, was da schon alles in den teuersten I-a-Häusern probiert und experimentiert worden sei, was die seine Aufnahmen auseinandergenommen hätten mit den teuersten Geräten, teurer als ein ganzes Maisfeld, nur um herauszukriegen, was es denn sei, was den Sound so furztrocken mache, weil nach diesem furztrockenen Sound seien die Leute nun einmal verrückt, man habe ihm Honorargagen geboten, wie er sich ausdrückte, sagenhafte Honorargagen, wenn er das Geheimnis preisgäbe und endlich dieses sagenhafte Studio nenne, man wolle es nämlich mit Stumpf und Stiel aufkaufen – nichts da, das sei sein Geheimnis, und er, Phemios, bitte ihn, Telemach, dieses Geheimnis niemandem zu verraten. »Ha?«

»Selbstverständlich nicht.«

Und daß er, Telemach, draußen gemeint habe, die Stimme komme von irgendwo anders her? Ah das! Das sei nicht seine Stimme gewesen, das heißt, schon seine Stimme, aber nicht original, sondern seine Stimme vom Band, und das mache eben diese Trockenheit. Wo er die Stimme denn gehört habe?

»Weiß ich nicht, kann ich jetzt nicht sagen.«

»Hast du sie von irgendeiner Seite gehört?«

»Nein, eben nicht.«

»Natürlich nicht. Hast du sie von vorne oder hinten gehört?«

»Nein, auch nicht.«

»Aha. Hast du sie vielleicht von oben gehört?«

»Von oben? Nein, eigentlich nicht. Nein, von oben auch nicht.«

»Auch nicht. Klar nicht. Von unten wirst du sie ja wohl auch nicht gehört haben. Gut. Was bleibt übrig? Ich werde dir sagen, wo du meine Stimme gehört hast.«

»Von wo?«

»Nicht von wo, sondern wo.«

»Wo habe ich sie gehört?«

»Innen.«

»Innen?«

»Ja, innen. In dir drinnen. Das meine ich mit innen. Stimmts oder stimmts nicht?«

»Ja ... doch ... stimmt ... na hör mal ... Ist wahr. Genau. Das ist ja unglaublich. Ich habe sie innen gehört. Jetzt ist es mir ganz klar. Innen. Ja.«

»Genau. Hundertprozentig.«

»Stimmt. Stimmt hundertprozentig. Da denkt man nicht daran, wenn man das hört.«

»Weil das einem sonst ja nie passiert.«

»Innen. Genau innen. Und das macht das Maisfeld?«

»Das macht hundertprozentig das Maisfeld. Meines Erachtens braucht es für wirklich gute Musik nur drei Dinge: ein Banjo wie dieses da, ein Maisfeld wie dieses da und einen Spieler und Sänger wie mich.«

»Das glaube ich auch«, sagte Telemach. »Das glaube ich hundertprozentig.«

»Es ist auch hundertprozentig so«, sagte Phemios. »Ich rede nur nicht gerne darüber, weil das angeberisch klingt.«

»Es ist nicht angeberisch«, sagte Telemach. Ein mächtiger Respekt für Phemios ergriff ihn. Daß dieser alte, treue Sänger, dem die Unterlippe so weit herunterhing, daß ihr nichts anderes übrig blieb als zu schaukeln, daß der ein Profi war, eigentlich, ja sagen wir es: ein Genie – daran hatte er nie gedacht. Das gab ihm grad noch ein paar Kilo Mut und Kraft und Geduld dazu und hob ihn wieder auf die Höhe seiner beseelten Heiterkeit. Denn die war schon fast wieder den Bach hinunter gewesen.

»Phemios«, sagte er, »darf ich dich etwas bitten, das heißt, wenn du dazu kommst, mir einen Gefallen zu tun, ich will dich aber nicht aus deiner Arbeit reißen...«

»Jetzt wird es sowieso gleich zu heiß hier«, sagte Phemios. »Was soll ich tun?«

»Erstens«, sagte Telemach, »erstens möchte ich dir dieses Maisfeld schenken...«

»Was?«

»Ich bin der Herr hier. Mir gehört dieses Maisfeld. Ich will es dir schenken.«

»Aber wozu denn? Ich brauche doch kein Maisfeld. Was soll ich denn damit? Die stehen doch sowieso hier herum.«

»Ich will es dir aber schenken.«

»Oh, nein, bitte nicht«, lachte Phemios und klappte Tisch und Stuhl zusammen und verstaute sie zwischen den Stauden. »Das soll wirklich nicht sein. Wenn ich mir etwas wünschen darf, dann, daß alles so bleibt wie bisher, ich meine, das mit dem Maisfeld und so.«

Jetzt hielt ihn Telemach für einen bescheidenen Mann, einen liebenswürdigen Mann, und er machte sich Vorwürfe und schämte sich dafür, daß er ihn bisher nicht beachtet hatte, nicht einmal auf seine Musik hatte er geachtet, und es kam ihm ungehörig vor, ihn zu bitten, die Nachbarn und Freunde für den Nachmittag zum Haus einzuladen, denn Phemios war doch kein Botengänger. Und wie geschmacklos, sich gerade ihm gegenüber als Herr zu bezeichnen! Dann aber fragte er ihn doch, und Phemios fand nichts dabei, er werde sie alle verständigen, versprach er.

»Ob sie auch alle kommen werden, das weiß ich natürlich nicht«, sagte er.

»Sag ihnen nur folgendes: Die Rückkehr des Odysseus steht bevor, und sein Sohn Telemach bereitet seine Ankunft vor. Er will alle Elemente, die sich ungebeten im und vor dem Haus herumtreiben, verjagen. Aber er ist allein und braucht deshalb Hilfe.«

Da lachte Phemios wieder, seine Unterlippe beutelte es, und sein Gesicht war ein spitzes, langes Dreieck. »Jetzt weine ich gleich«, sagte er. »Aber das heißt nichts, ich weine auch über meine eigene Musik. Ich bin nahe am Wasser gebaut. Ich freue mich, Telemach, und ich bin dabei. Und ich hoffe, es werden noch ein paar kommen.«

»Alle werden sie kommen, Phemios. Alle. Oder glaubst du, sie haben meinen Vater vergessen?«

Das, genau das hatte Phemios geglaubt. Aber nun, als er

dem Sohn in die blanken Augen sah, kamen ihm Zweifel an

seinem Pessimismus; und schließlich verschwanden sie mitsamt dem Pessimismus. »Nein«, sagte er, »sie haben ihn nicht vergessen. Aber eines möchte ich von dir gern hören.«

»Ja?«

»Gestern abend ... mein Lied. Hat dir das ... ich meine natürlich nicht ganz, aber vielleicht ein kleines bißchen... Hat das ein kleines bißchen schuld an deinem Mut?«

»Ja, hat es. Hat es hundertprozentig.«

»Hat hundertprozentig einen Teil mit schuld daran?«

»Hundertprozentig.«

Ach, dafür wäre Phemios den ganzen Tag für ihn herumgerannt.

»Du kannst dich auf mich verlassen«, sagte er. »Ich werde sie alle verständigen. Ich werde sie zwingen. Erpressen. Ihnen drohen. Keine Chance werde ich ihnen lassen. Das wird ein Gedränge geben, kann ich dir sagen. Sagenhaft, sagenhaft! Sagenhaft!«

Dann waren sie zum Haus zurückgegangen. Phemios hatte auf dem Banjo gespielt, hatte Telemach den einen oder anderen Trick gezeigt, ohne allerdings zu berücksichtigen, daß dieser kein Saiteninstrument spielen konnte und deshalb die Tricks weder verstand noch sie zu würdigen wußte.

»Darf ich dich auch etwas fragen«, sagte Telemach, als das Maisfeld zu Ende war und sie freie Sicht auf das Haus hatten. »Als der Vater zum Krieg abgeholt wurde, wie war das?«

»Die obersten Obersten persönlich haben ihn abgeholt«, sagte Phemios. »Agamemnon, Menelaos...«

»Palamedes?«

»Ja, der auch.«

»Da gibt es doch die Geschichte«, sagte Telemach, »in der erzählt wird, wie sich der Vater verrückt gestellt hat...«

»Ah, die wird immer falsch erzählt.«

»Da komme auch ich vor. In der Geschichte meine ich, oder nicht?«

»Doch, doch. Da kommst du vor. Und wie sogar.«

»Und der Vater hat gar nicht getan, als ob er verrückt wäre?«

»Nein, hundertprozentig nicht. Dein Vater hat ja ab und zu Gesichte gehabt, das wirst du wohl wissen.«

»Gesichte? Nein, weiß ich nicht. Was meinst du damit?«

»Er hat Dinge gesehen, die erst kommen, oder solche, die irgendwo anders passieren. Das war halt so. Hat es viele gegeben damals, die solche Sachen gesehen haben. Gibt es heute nicht mehr so oft. Kommt aber wieder, kannst dich darauf verlassen.«

»Und was hat er gesehen?«

»Den ganzen Krieg eben. Warum bleibst du stehen? Du kriegst ja einen Sonnenstich. Warum trägst du keinen Hut? Ach, ich trag ja auch keinen… Außerdem habe ich Hunger. Ich möchte essen.«

»Und wann erzählst du mir die Geschichte?«

»Beim Essen … nein, beim Essen nicht … bei dieser Geschichte will ich keine fremden Ohren dabei haben… Nach dem Essen … ja, nach dem Essen, sofort nach dem Essen… Nach dem Essen leg ich mich eine Stunde hin, und dann werde ich dir die Geschichte erzählen…«

»Komm mit in das Arbeitszimmer meines Vaters«, sagte Telemach. »Ich werde uns etwas zu essen bringen lassen. Dort ist es kühl. Dann kannst du mir beim Essen erzählen. Ich hätte es sehr gern.«

»In das Arbeitszimmer des Odysseus? Bist du denn von Sinnen?«

Phemios ließ sich nicht dazu überreden. Das gehöre sich nicht, sagte er, im Zimmer eines Mannes zu sitzen, der einen weder einladen noch hinauswerfen konnte. Da wolle er das Essen lieber verschieben. Sie liefen geduckt über die Weide, Telemach zog sich zum Schutz gegen die Sonne seine Jacke über den Kopf, Phemios hielt das Banjo wie eine Pfanne über sich. Bei einer der Hecken setzten sie sich in den Schatten eines Strauches.

»Ich habe einmal ein Lied darüber geschrieben«, sagte Phemios. »Aber ich habe den Text vergessen. Dein Vater hat eine Vision gehabt und hat gesehen, wie nutzlos dieser Krieg sein wird. Es ist ganz klar, daß er eine Vision gehabt hat. Das beweist ja schon der Hut, den er sich zum Säen aufgesetzt hat.«

»Er hat Salz ins Meer gesät, stimmt das?«

»Nicht ins Meer. Ganz normal in den Boden. Er hat eine Furche gezogen mit dem Pflug…«

»Krumm und schief und so.«

»Nein. Warum sollte er denn eine krumme Furche ziehen?«

»Vor den Pflug hat er ein Pferd und ein Rind gespannt?«

»Nein. Ochs und Esel. Alles wird verfälscht! Wenn einer eine Vision hat, wie soll ich sagen, da sieht er Dinge, die gibt es nicht und gibt es doch, und über die einen Dinge kannst du geradeheraus reden oder singen, über die anderen aber nicht, da mußt du Andeutungen machen, verstehst du. Du nimmst einen Hut, der aussieht wie ein halbes Ei, den setzt du dir auf, und jeder weiß sofort, aha, der hat eine Vision gehabt und Dinge gesehen, über die er geradeheraus nicht reden kann. So war das. Und dein Vater hat gesehen, daß der Krieg ein Blödsinn ist, und hat das aber nicht sagen können, und schon gar nicht vor der versammelten Generalität – Menelaos, Agamemnon…«

»Palamedes.«

»Ja, der auch. Also, was macht er? Er setzt sich die Kappe auf, spannt Ochs und Esel vor den Pflug, zieht Furchen und sät Salz in die Furchen, und jeder weiß, was gemeint ist.«

»Das hat jeder gewußt?«

»Ich kann es mir nicht anders vorstellen. Ist doch völlig klar, was er damit meinte.«

»Ich weiß es nicht. Ehrlich nicht.«

»Ochs und Esel sind Kronos und Zeus, das ist klar. Und Kronos und Zeus zusammen bedeuten Sommer und Winter, da gibt es nichts daran herumzudeuten. Und jetzt zieht er mit Ochs und Esel eine Furche in den Acker. Was kann das heißen?«

»Weiß ich nicht.«

»Eine Furche – ein Jahr.«

»Einmal Sommer – Winter?«   153

»Richtig. Und dann streut er Salz in die Furche. In die Furche hat er Salz gestreut, nicht ins Meer. Warum sollte er ins Meer Salz streuen, wo doch im Meer Salz genug ist. Das wäre doch verrückt!«

»Eben das wird aber erzählt.«

»Nur Krampf. Also: Was wächst, wenn man Salz in den Akker streut?«

»Wächst dann überhaupt etwas?«

»Nein.«

»Also, es wächst nichts.«

»Genau. Es wächst nichts. Wenn ich aber weiß, daß eine Furche ein Jahr ist, was heißt das dann, wenn in so eine Furche Salz gestreut wird?«

»Ja, was. Daß in so einem Jahr nichts wächst... Wenn ich es wörtlich übersetze oder so.«

»Völlig richtig. Daß es ein unfruchtbares Jahr wird. Ein vergeudetes Jahr.« Phemios lehnte sich zurück in den Strauch. Sein dreieckiger Kopf war von Blättern eingehüllt. Das Banjo lag quer über seiner Brust, ein wenig zupfte er die Saiten, aber er drückte keine Griffe, die linke Hand ruhte entspannt in einer Brennessel. Entweder war ihr Gift schon ausgedörrt, oder Phemios war immun dagegen. Und während er weitersprach, zupfte er weiter auf dem Banjo, und seine Stimme begann zu schwingen. »Die Generalität hat natürlich begriffen, was dein Vater meinte. Und die Herren schauen zu und schauen zu, und Odysseus zieht eine Furche und zieht noch eine Furche und dann eine dritte, und das geht so weiter, stell dir vor, was die sich denken, ein vergeudetes Jahr, zwei vergeudete Jahre, drei vergeudete Jahre, vier vergeudete Jahre, fünf vergeudete Jahre und so weiter. Und auf einmal sind es neun vergeudete Jahre. Wie soll denn das weitergehen! Wie soll denn das enden! Und da macht der eine ... der macht Schluß...«

Phemios war in einen ratternden Rhythmus geraten, jetzt schlug er mit dem Daumennagel einmal kurz über die Saiten – *break* – Stille.

154   »Wer macht Schluß«, fragte Telemach.

»Der dritte von der Generalität eben.«

»Palamedes?«

»Ja, der. Der macht Schluß.« Und Phemios fuhr fort, auf dem Banjo zu zupfen, er legte jetzt die linke Hand ans Griffbrett, spielte einen Akkord, und den hielt er. »Weil nämlich auch deine Mutter dabeistand und sich angeschaut hat, was ihr Mann da macht mit dem Pflug und dem Salz und dem Ochs und dem Esel, da kriegt der dritte einen Schreianfall, stürzt sich auf deine Mutter, die dich im Arm hält, reißt dich an sich und legt dich kleines Bündel vor den Pflug des Odysseus und zwar gerade, als er die zehnte Furche beendet hatte. So. Und das hieß dann, nach zehn vergeudeten Jahren ist der Krieg zu Ende. Im zehnten Jahr wird die entscheidende Schlacht stattfinden, die den Krieg beendende, oder wie manche sagen: vollendende Schlacht. Und das war ja auch so. Nach zehn Jahren war der Krieg zu Ende. Und darum heißt du Telemach. Weil das mit dir angezeigt worden ist. Telemach. Das heißt die alles beendende Schlacht. Das letzte Gefecht.«

»Aha.«

Phemios schob das Banjo neben sich ins Gras. Eine Minute war es still. Den Vögeln war es bereits zu heiß zum Singen.

Dann sagte Telemach: »Heißt mein Name nicht Der-in-der-Ferne-Kämpfende?«

»Nein, nein. Das-Ende-der-Schlacht.«

»Oder Der-den-Krieg-Vollendende?«

»Nein, nein, es heißt so, wie ich sage. Das-Ende-der-Schlacht.«

»Das bedeutet, der Name hat mit mir... ich meine, mit mir als Person direkt gar nichts zu tun?«

»Nein, überhaupt nicht, da kannst du völlig beruhigt sein. Dein Name hat mit dir nicht das geringste...«

Phemios hätte sich die Hängelippen in einem Schnapp abbeißen und ausspucken mögen wie das Ringstück von einem Tintenfischarm – aber es war zu spät. Gesagt ist gesagt.

»Ah«, stöhnte er und stand auf, »dann will ich mich nicht mit Essen aufhalten. Ich geh hinüber zum alten Battos, der 155 soll mir seinen Laster borgen, was muß denn der heute Steine transportieren, ist ja selber schon fast einer, soll sitzen bleiben, wo er ist. Wann soll das Treffen denn stattfinden?«

»Ich weiß es nicht«, sagte Telemach. Aller Mut war ihm versackt, und er konnte den alten Battos gut verstehen, der nichts anderes tat, als vor seinem Grabsteinlager zu sitzen und sich allmählich selbst in einen Stein zu verwandeln.

»Was ist schon ein Name«, sagte Phemios und blickte dabei irgendwohin, nur damit er nicht den Gram zwischen Telemachs Brauen sehen mußte. »Der Name sagt, was du bist, und nicht umgekehrt. Um fünf?«

»Ist recht«, sagte Telemach. »Um fünf unter den Eichen.«

Dann hatten sie sich getrennt. Telemach war zum Haus gegangen, langsam, mit gesenktem Kopf, Phemios, ebenfalls mit gesenktem Kopf, aber schnelleren Schrittes, machte sich nach Osten davon über die brachliegenden Felder zu der Steinmetzwerkstatt des Battos, der ein alter Freund von ihm war und ihm gehörig auf die Nerven ging.

Und da heißt es, Telemach habe den Vormittag im Rückblick als geglückt empfunden? Sein Vorgehen sei, habe er sich mittags gesagt, geschickt und kräftesparend gewesen? Professionell, umsichtig. Gezielt. Nüchtern. Präzis. Dieser ganze lobhudelnde Adjektivstrudel! – Ja. – Er geht mit hängendem Kopf über die Wiese, betritt das Haus, setzt sich hin, schaut auf seinen Vormittag zurück, der ja wohl ein einziger Reinfall war, und sagt sich, gut wars? – Es dauerte vielleicht zwei Stunden, bis er soweit war. – Hat er die Zeit wenigstens genutzt, um seine Rede vorzubereiten?

Nein, hat er nicht. Er saß nur da, im Arbeitszimmer seines Vaters, im Ledersessel seines Vaters, die Füße hochgelegt, die Hände über dem Bauch gefaltet, den Kopf leicht schief, müde... Es gibt eine Art von Selbstbetrug, der aus einer der Weisheit sehr nahestehenden Fähigkeit entspringt, nämlich der Fähigkeit, alles Tun und Denken unter der sammelnden Spannung eines Lebensplans zu halten. Telemach benötigte

zwei Stunden dafür, um die Niederlage seines Vormittags in

einen Sieg umzudeuten. Das aber hieß soviel wie: er gab dem Mißerfolg einen Platz in einem Plan – in seinem Lebensplan eben. Er rechtfertigte seinen Vormittag im Hinblick auf eine große und ganze Zukunft. Das mag pompös ausgedrückt sein, besonders weil er von dieser Zukunft ein nur schemenhaftes Bild hatte; aber es war so. Jeder Lebensplan ist eine große und ganze Zukunft. Was sonst! Der Mensch – und viele Experten sind der Meinung, daß diese Bezeichnung nur auf ein Wesen anwendbar ist, das eine und somit auch seine Zukunft zu denken vermag –, der Mensch legt Hand an seine Zukunft: das bedeutet ja wohl, einen Plan zu machen. Weil der Sinn einer Sache, aus rein logischen Gründen schon, nicht in dieser Sache selbst liegen kann, können Vergangenheit und Gegenwart ihren Sinn niemals in sich selbst finden. Und wo sonst sollen sie ihn finden, wenn nicht in der Zukunft? Der Sinn des Lebens also – wir scheuen uns nicht, auch dieses pompöse Wort auszusprechen – hängt vom Lebensplan ab. Der Lebensplan räumt rücksichtslos alles aus dem Weg, was sich zwischen das Jetzt und den Tod stellt. Er läßt es nicht zu, daß sein Weg von den Trümmern des Mißerfolgs versperrt wird. Er schert sich um keine Wahrheit. Er ist kein taktisch-strategisch durchkalkuliertes *curriculum vitae*, sondern eher ein vitales Behaupten, ein überindividueller Trieb. Er pflügt sich über jede Selbstreflexion hinweg und ist eigentlich ein in den Kopf gestiegener, recht körperlicher Überlebenswille, sozusagen der geistliche Bruder jenes Rabauken, der in engster Not unsere Fäuste zum Zuschlagen zwingt, unsere Beine zum Treten, unsere Zähne zum Beißen, und zwar sogar dann noch oder gerade dann, wenn der kühle Verstand längst schon zum Aufgeben geraten hat. So kratzen wir mit bloßen Fingernägeln an Mauern, schmeißen mit Steinen nach Panzern; und so glauben wir auch, daß eines Tages die Frau, die uns verlassen hat, zu uns zurückkehrt, daß wir irgendwann reich, daß wir irgendwann berühmt, daß wir irgendwann doch noch glücklich sein werden. Gibt es einen Erfolg? Werden mit Fingernägeln Mauern eingerissen, mit bloßen Steinwürfen Panzer verjagt, werden Frauen zurückgehofft, Geld aufs Konto 157 geglaubt, werden Ruhm und Glück mit der Kraft der Sehnsucht in den Alltag gezwungen? Nein, sagen wir und meinen: ja. Das gibt es nicht, sagen wir und meinen: Wenn es doch einmal vorkäme, dann nur, weil so getan wurde, *als ob* es doch möglich wäre. – Das Zauberwort des Lebensplans nämlich heißt: *Als ob*.

Wir wollen uns nicht mit fremden Federn schmücken und hier weiter Theorien vortragen, als ob sie auf unserem Mist gewachsen wären. Darum machen wir jetzt schon auf einen Mann aufmerksam, der im folgenden eine gewichtige Rolle spielen wird: Mentor. Er war bis vor zwei Jahren Telemachs Lehrer gewesen, von Odysseus selbst dazu bestimmt. Er war Philosoph, und in seiner Jugend hatte er als einer der klügsten Männer von Ithaka und Umgebung gegolten. Später nicht mehr, obwohl mehr Grund dazu bestanden hätte. Tatsächlich hatte sich Mentor über die Jahre in Überlegungen vertieft, wie sie oben angedeutet wurden. Es war ein verzweifeltes Suchen und schließlich ein großes Finden. Danach behauptete Mentor von sich – aber er tat es freilich nur sich selbst gegenüber, denn er war ein durch und durch bescheidener, ohne Zweifel mehr an Minderwertigkeitskomplexen denn an Größenwahn leidender Mensch –, behauptete er, die Formel gefunden zu haben, die die Beziehung zwischen Denken und Handeln in ihrer Komplexität ausdrückt. Und diese Formel, sagte er, heiße: *Als ob*. Es muß erwähnt werden, daß Telemach bei der Entwicklung und schließlich glücklichen Findung dieser Formel beteiligt war; zwar nur als Stichwortgeber, ohne den aber, wie Mentor immer wieder betonte, die Sache nicht an ihr Ende geführt worden wäre.

Wir dürfen also mit Zustimmung rechnen, wenn wir an dieser Stelle von der Zeit erzählen, als Telemach noch täglich nach Melite fuhr, um bei Mentor Unterricht zu nehmen. Wir überbrücken damit den Mittag, während dem nichts weiter Erwähnenswertes geschah. Telemach ließ sich von Eurykleia das Essen in das Arbeitszimmer seines Vaters bringen, aß und vergaß gleich wieder, was es gewesen war, setzte sich im Ledersessel seines Vaters zurecht, legte die Beine hoch, faltete die Hände über dem Bauch, hielt den Kopf etwas schief und formte unter dem Einfluß der Mentorschen Lebensformel die Niederlage seines Vormittags um in ein geschicktes, kräftesparendes, professionelles, umsichtiges, gezieltes, nüchternes, präzises Vorgehen und so weiter und so weiter und so weiter...

Erinnern wir uns an jenen anderen Vormittag, an dem Mentor, am finsteren Tiefpunkt seiner Verzweiflung angelangt, assistiert von Telemach den Schrein zur Wahrheit aufbrach, in dem eine schlichte Antwort verborgen war, die er dann am Nachmittag in die zwei Worte umfassende Weltformel goß. Telemach war damals sechzehn Jahre alt, ein lernbegieriger Schüler, besonders interessiert an der Mathematik, der Logik und allem, worüber sich spekulieren ließ, was nicht zu dumpfem Auswendiglernen zwang. Mentor war nicht der Meinung, daß ein guter Lehrer das personifizierte schlechte Gewissen des Schülers zu sein habe. Er dachte über solche Sachen nicht nach. Pädagogik, Didaktik, Lehrplan – das kostete ihn keinen Gedanken, ihm ging es nur um eines: die Wahrheit. Und ihr fühlte er sich nicht viel näher als sein Schüler.

»Vielleicht stehe ich auf einem kleinen Berg«, sagte er zu Telemach, »und du bist noch unten im Tal; aber was für eine Rolle spielt das im Abstand zur Sonne?«

»Keine«, sagte Telemach.

Mentor gestaltete den Unterricht als Dialog, er legte weniger Wert auf Inhalte als vielmehr auf die Methode, sich diese Inhalte anzueignen, und kam damit den Bedürfnissen seines Schülers entgegen.

»Was nützt es«, pflegte er zu sagen, »wenn ich dir beibringe, wieviel Einwohner Ithaka hat. Morgen werden es schon mehr sein oder weniger. Einwohner sterben, Einwohner werden geboren, Einwohner kommen und Einwohner gehen. *Sapientis est ordinare.* Des Weisen Amt ist ordnen. Du mußt wissen, wie man die Einwohner zählt. Dazu ist aber nötig zu wissen, was Zählen heißt, und das geht nicht, ohne daß du weißt, was eine Zahl ist, und das wiederum läßt sich nur verstehen, wenn wir zu unterscheiden vermögen zwischen dem Eins und dem Vielen, dazu aber müssen wir erst wissen, was das Eins ist.« Und er schüttelte den Kopf so heftig, daß seine sonst strammen, geäderten Backen in Unwucht gerieten. »Das Eins!« rief er. »Das Eins!« – Denn das Eins machte ihm die größten Sorgen.

Mentor lebte allein. Er hatte keine Familie. Es hatte eine Zeit gegeben, da war das Alleinsein seine größte Sorge gewesen. Mit den Jahren hatte sich dann das Problem des irdischen, fleischlichen Alleinseins zu dem Problem eines abstrakten, rein geistigen Eins geläutert. Es war ihm bis in seine späteste Jugend nicht gelungen, eine Frau zu finden, die ihn liebte. Und wie er sich bemüht hatte! Sich gepflegt hatte! Alle Manieren erlernt hatte, die einem liebevollen Miteinander zuträglich sind! Kontakte geknüpft hatte! Und er war ja nicht unansehnlich gewesen! Groß, sehr groß sogar. Sein immer etwas abwesender, in weite Fernen gerichteter Blick hatte, wie ihm versichert wurde, Geheimnis, und darauf allein, wie ihm ebenfalls versichert wurde, komme es an, nämlich daß der Mensch Geheimnis habe, auf jeden Fall der Mann.

Es hatte dann doch eine Frau gegeben. Ernsthaft eine. Die war beträchtlich älter gewesen als er. Er hatte sie bewundert, sie war stattlich gewesen, wenn auch nicht groß von Gestalt, aufrecht, gerade im Ton, vorbildlich; aber sie liebte ihn nicht. Sie war ihm zugeführt worden, das ist die Wahrheit. Ein barmherziger Freund hatte das in die Hand genommen, derselbe übrigens, der auch seinen in die Ferne gerichteten Blick so herausgestrichen hatte. Mentor, den die Spekulation im Geistigen beflügelte wie sonst nichts, den der Sporteifer erfaßte, wenn es galt, ein Meer von logischen Untersuchungen zu durchschwimmen, der sein Herz an mathematischen Dilemmata zu wärmen vermochte, er ertrug den ankerlosen Zustand der Liebessehnsucht nämlich nicht. Und diese Sehnsucht hatte ihn plötzlich angefallen und tyrannisierte ihn, und sie hatte sich, nicht wie sonst üblich, so um die zwanzig, sondern erst im Alter von fünfunddreißig bei ihm eingestellt; über Nacht eigentlich, er war aufgewacht und hatte sich gesagt, ich bin noch nie geliebt worden, und eine Sehnsucht war in ihm gewesen, wie er sie bis dahin nicht gekannt hatte. Sie machte ihn leiden wie eine Krankheit. Der barmherzige Freund erkannte das, und ohne Mentors Wissen fädelte er etwas ein. Er selbst, verheiratet und Vater von drei Kindern, unterhielt schon seit etlichen Jahren eine Liebschaft zu einer alleinstehenden Schallplattenverkäuferin in einer Abteilung für klassische Musik. Diese Frau — stattlich, wenn auch nicht groß von Gestalt, aufrecht, gerade im Ton, vorbildlich — hieß Melina, und sie hatte sich einmal, ganz nebenbei, wahrscheinlich einen Ausspruch zitierend, über die Verwandtschaft von Musik und Mathematik geäußert. Die Bemerkung hatte der barmherzige Freund jedenfalls im Sinn behalten, und sie war ihm bei der in Rede stehenden Gelegenheit wieder eingefallen. Er war außerdem ein wenig in die Enge geraten, und es war Melina, die schon ein gutes Stück über vierzig war, die ihn in diese Enge getrieben hatte. Sie habe, sagte sie, nicht weiter Interesse daran, allein zu leben und zweimal in der Woche durch die Hintertür einen barmherzigen Liebhaber zu empfangen, der nicht einmal über Nacht bleiben durfte. »Ich will heiraten«, sagte sie, »entweder dich oder einen anderen. Es spielt schon gar keine Rolle mehr. Ich muß, verstehst du, ich muß!« Er verstand es und suchte Mentor auf und sagte, er habe eine Überraschung für ihn, eine Problemlösung sozusagen.

»Oh!« hatte Mentor gerufen.

»Also hör zu«, hatte der Freund gesagt, »was hältst du von folgender Rechnung: $a + b = c$?«

»Was kann man von einer Gleichung halten?« hatte Mentor zurückgefragt.

»Könnte man nicht«, hatte der Freund weitergesprochen, »einen einsamen Mann als a — als a — und eine einsame Frau als b — als b — bezeichnen? Könnte man das nicht?«

»Warum sollte man«, hatte Mentor geantwortet.

Der Freund nahm Mentor mit in den Schallplattenladen,

machte ihn mit Melina bekannt, kurbelte ein Gespräch an und ging, denn er war ein guter Freund, und er sagte sich, zu viel Hilfe ist zu wenig Hilfe.

Und so standen sich a und b alleingelassen im Schallplattengeschäft gegenüber; a, ein Großer mit einem weitschweifenden, geheimnisvollen Blick – b, eine Stattliche mit geradem Ton, eine Vorbildliche; sie übrigens ein wenig spreizbeinig, die Füße in breiter V-Stellung, die Knie leicht eingeknickt, als wäre sie bereit, ein schweres Paket aufzufangen. Mentor war sofort zufrieden mit ihr. Sie war nicht gerade mit der Herzform aus dem Teig des Lebens gestochen – nun, er ja auch nicht. Sie hatte völlig glattes, völlig schwarzes Haar, einen Tag zu lang nicht gewaschen vielleicht und schütter, die Kopfhaut konnte man sehen. Aber sie hatte unvergleichlich schöne, blaue Augen, dunkelblaue Augen, die Iris zudem beinahe schwarz umrahmt.

»So einer...« plapperte Mentor und meinte den Freund.

Sie interessiere sich leider gar nicht für die Mathematik, sagte sie, und auch nicht für die Logik. Das mache nichts, sagte er, wenn es sie nicht störe, daß er sich seinerseits nur sehr wenig für klassische Musik interessiere. Nein, das störe sie nicht. – Daß es ihr gemeinsamer Freund ja nur gut meine, sagte Mentor, mit ihnen beiden nämlich. – Das wisse sie, das wisse sie. – Man könne sich ja verabreden. – Das könne man, das könne man.

Sie trafen sich in einem billigen Landgasthaus, ungeschickt ausgewählt von ihm. Sie erzählte ihm ihr ganzes Leben. Ab der Suppe redete nur noch sie. Sehr offen war sie. Sprach mit einem Lächeln um Augen und Mund und einem Unterton von Leidensstärke und Tapferkeit in der Stimme. Sie bestand darauf, ihm Vertrauen zu schenken. Er hatte keinen Appetit. Es wurde ein langer Nachmittag. Er hörte ihr nur wenig zu, stellte im stillen gewisse unsinnige Rechnungen an, mit denen man vor einem wenigstens halb interessierten Publikum einen gewissen Effekt erzielen konnte. Während sie sprach und er ihr nicht zuhörte, schaute er in ihre Augen und glaubte sich darin zu sehen – als weniger denn nichts, als etwas so

Belangloses wie die zerknüllte Serviette neben dem mit Brot
ausgeputzten Suppenteller.

Was war bei dem Gespräch herausgekommen? Melina
hatte gesagt, sie könne sich durchaus vorstellen, Mentors
Frau zu werden, aber sie liebe ihn nicht, keine Liebe auf den
ersten Blick, wie sie ihr, das gebe sie zu, in den höchsten Wolken vorgeschwebt habe – immerhin doch, immerhin doch! –,
und sie glaube auch nicht, daß sie ihn je lieben werde, ganz
bestimmt nicht, ganz bestimmt nicht, aber wenn ihn das nicht
störe und er die Zeit und die Zukunft nicht mit sinnlosem
Hoffen verdürbe, gelänge es vielleicht, eine brauchbare Ehe
daraus zu machen. – Das wollte er nicht. Nickte aber abwä-
gend. Er hatte ja damals noch gemeint, er könne es sich aussuchen. Daß sie alles doppelt wiederholte, stieß ihn ab, weil er
darin eine ungustiöse Nachahmung des barmherzigen
Freundes sah.

Zum Schluß sagte sie »Ja. So bin ich. Wenn mich trotzdem
einer haben will...« Dabei blickte sie ihn mit einer Un-
schuldsmiene an, in der sich schlecht motivierte Verwunderung mit nicht gespielter, aber beherrschter Verzweiflung
mischte.

»Ja«, sagte er, und das sollte nur heißen: Ich habe es zur
Kenntnis genommen.

Seine Sehnsucht wäre durch eine bloße Heirat nicht zu befriedigen gewesen, sondern nur durch Liebe, durch hingebungsvolle Liebe, ja, wenn es sein mußte, eine Liebe aus den
Wolken. Das sagte er ihr auch. Nicht gleich. Erst nach einer
Woche. So viel Bedenkzeit hatte er sich erbeten. Erst wollte er
seine vorderste Not mildern. Wollte ein drittes Mal machen,
was er erst zweimal als Student gemacht hatte. Es wurden etliche erleichternde zwanzig Minuten daraus, an die sie noch
je eine gute halbe Stunde anhängten, in der sie, mehr pflicht-
bewußt als wirklich bei der Sache, ihre erschöpften Liebkosun-
gen austauschten. Melina sagte, er habe entwicklungsfähige
Anlagen, man müsse nur etwas Zeit dafür aufwenden, und das
tue sie gern. Aber Mentor hatte damals eben noch geglaubt, er
könnte es sich aussuchen. Und er sagte nein.

Melina ging. Er schrieb ihr später, er habe es sich anders überlegt; aber sie kam nicht wieder. Und es war ihm dann auch egal.

Er wurde umständlich und begann zu essen. Erst hauptsächlich Tierisches. Er verzehrte Fleisch, Wurst, Käse, besonders mochte er Innereien, Milch literweise vor dem Schlafengehen, was Blähungen verursachte. Aber auch Obst und Gemüse aß er. Viel aß er. Gebraten, gedünstet, gegrillt, in Butter geschwenkt, eingemacht, getrocknet, gedörrt, ausgepreßt, püriert. Von allem aß er viel. Süßigkeiten mied er vorerst noch, fürchtete ihren Fluch, die kamen später dran, drängten das Tierische beiseite, machten seine Muskeln schlaff und seinen Bauch unförmig. Er vernachlässigte sein Äußeres. Er war nun ein Junggeselle, der sich nicht mehr auf Ehe und Familie vorbereitete, das heißt, er lebte allein, für sich, nicht nach dem Bild, das man sich draußen von ihm machte, sondern ganz nach seiner Fasson. Versuchte weder seine Tendenz zur Triefnasigkeit zu korrigieren noch seinen schlurfenden Gang. Nahm ungeniert Milchprodukte zu sich, obwohl er wußte, daß sie seinen Leib blähten. Rülpste herzzerreißend, ging beim Furzen leicht in die Knie und sagte: »Hoppla!« Seine kleine Notdurft erledigte er, gerecht verteilt, an den Bäumen seines Gartens. Er hielt übrigens später auch Telemach dazu an, es ihm gleich zu tun. So werde ein dringendes Verlangen auf eine nützliche Art befriedigt. Er hatte keine Angst vor der Zukunft mehr. Er setzte nichts daran, sein Morgen zu sichern, indem er auf sein Heute verzichtete. Er dachte nach und genoß die Früchte seines Gartens. In wohliger Ergebenheit sagte er zu sich: So ist es nun mal, und so wird es bleiben bis zu meinem Tod. Sagte sich, wo immer geistige Erkenntnis ist, da ist auch freier Wille. Sagte sich: Ich will es so. So will ich es. So und nicht anders. Manchmal, selten, sehr selten, überfiel ihn aus heiterem Himmel ein entsetzliches Gefühl der Zeitverschwendung. Dann schloß er die Augen, atmete tief durch, und dann war es auch schon vorbei.

Er kochte gern und genau nach Buch, und auch den Garten pflegte er, wie in der einschlägigen Literatur dazu geraten

wurde. Seine Phantasie gehörte ganz dem reinen, speku-
lativen Geist, seine Hände aber – und er hatte geschickte
Hände – werkten nach Vorschrift. Er bewohnte sein Eltern-
haus, nie hatte er irgendwo anders gelebt. Es war ein quadratischer Bau, erdgeschossig, der drei kleine Räume und eine
Küche barg. Der eine Raum diente ihm zum Schlafen, dort
waren ein Bett, ein Schrank und ein gußeisernes Gestell mit
einer Waschschüssel. Im zweiten Raum arbeitete er, was
hieß: dort dachte er, wenn er im Haus dachte. An den Wänden entlang standen Sägeböcke, auf die er Bretter gelegt
hatte, das waren seine Arbeitstische – die er aber gar nicht
brauchte, irgendwann einmal hatte er gemeint, er würde sie
brauchen. Der dritte Raum war das Wohnzimmer, in dem er
seine Gäste empfing. Weil nur sehr selten noch Gäste kamen,
betrat er diesen Raum fast nie. Telemach unterrichtete er im
Arbeitszimmer – wenn sie sich überhaupt im Haus aufhielten.
Denn die meiste Zeit verbrachten sie im Freien oder auf der
überdachten Veranda, die sich um das Haus herumzog. Zum
Haus gehörte ein umzäuntes Grundstück und eine brachlie-
gende Wiese, die bis zur asphaltierten Straße hin reichte. Um
die Wiese kümmerte sich Mentor nicht, die ließ er, wie sie
war; den Streifen um das Haus allerdings bebaute er in vor-
bildlicher Weise. Er legte die Beete genau nach Vorschrift
an, mischte verschiedenes Gemüse mit verschiedenen Blumen, weil so, wie in den Büchern vorausgesagt wurde, das
Schädlingsproblem verringert würde. Er führte drei muster-
hafte Komposthaufen und hatte sich selbst ein Folienhaus gebaut, in dem er die Samen keimen ließ. Er erntete mehr, als er
selbst verzehren und konservieren konnte. Was übrig war,
warf er weg. Das Haus strömte seinen Geruch aus, nur noch
seinen Geruch, und weil das Eigene im Eigenen sich nicht
zu erkennen in der Lage ist – rein aus logischen Gründen
schon –, roch er selbst nichts und lüftete nie. Die anderen, die
ihn besuchten – es waren, wie gesagt, bald nur noch wenige –,
sagten: »Es geht abwärts mit ihm, endgültig diesmal, er
stinkt.« Und sie schlossen von den Äußerlichkeiten auf seinen
Geist. Was ganz und gar unzulässig war, denn Mentor hatte in 165

seinem Leben schon mehr vergessen, als sie alle miteinander im Kopf herumtrugen, und hatte trotzdem noch immer ein Vielfaches von dem ihren in dem seinen. Dennoch hieß es hartnäckig: »Seht nur, was aus diesem großen Talent geworden ist!«

Mentors Gesicht hatte, als er dreißig war, würdig und männlich ausgesehen; aber mit fortschreitendem Alter hatte dieser Eindruck seltsamerweise nachgelassen. Sein Gesicht wurde jünger. Rosa geäderte Fettpolster waren ihm an den Wangen hinaufgewachsen, die drückten von unten gegen die Augen und preßten sie zu Schlitzen. Ein Zug von Kindlichkeit hatte sich in seinem Gesicht breitgemacht. Dazu kam, daß der Mund immer etwas offenstand, was aussah, als staune der Mann ständig und warte mit baffem Fatalismus darauf, was gleich geschehen würde. Als er fünfzig war, hatten sich Würde und männliche Gesetztheit aus seinem Gesicht verloren, es war vollmondig geworden und rührend. Die Haut schimmerte feucht käsig und war viel zu weich und furchenlos für sein Alter. Sein Bart wuchs spärlich und jungenhaft flaumig. Er war zu faul oder sah keinen Anlaß, sich jeden Tag zu rasieren. — Aber sein logischer Geist hatte in den Jahren an Schärfe gewonnen.

Mentor wurde leutescheu. Er spürte wohl, daß er eine regelwidrige, nach menschlichen Maßstäben aussichtslose Existenz führte. Aber er ließ sich nicht erweichen von dem bigotten Gemütsmuff draußen. Er war nie einer gewesen, der gern unter die Leute ging, die Öffentlichkeit war ihm immer ein Greuel gewesen; allerdings hatte es ihm auch nie irgendwelche Schwierigkeiten bereitet, zum Beispiel einzukaufen oder eine Sportveranstaltung zu besuchen oder Bücher aus der Universitätsbibliothek auszuleihen. Nun verließ er nur noch selten das Haus, besser: das Grundstück. Er bat Telemach, seinen einzigen Schüler, dessen Schulgeld sein einziges Einkommen war, ihm die notwendigen Besorgungen abzunehmen. Und Telemach tat es gern. Während der warmen Jahreszeiten schlief Mentor auf der Terrasse in dem ausgebleichten Liegestuhl, in dem schon seine Mutter gelegen hatte.

Die Amseln weckten ihn am Morgen als Dank dafür, daß er sie an den Früchten des Gartens teilhaben ließ. Er buk gern Kuchen, kochte Marmelade und dicke Fruchtsäfte. Oft unterrichtete er Telemach, während er bei offener Küchentür am Herd stand, eine Schürze umgebunden, oder während er Unkraut jätete, und oft half ihm Telemach dabei. Aber der Schüler interessierte sich weder für süße Kochrezepte noch für Gemüse-, Beeren- und Obstanbau. Telemach war vernarrt in die klare, saubere Mathematik, und während er nur ein wenig im Garten half, war er bald von oben bis unten beschmutzt und seine Kleider verdorben, denn er hatte überhaupt kein Talent für Tätigkeiten, die die Hand erforderten. Seltsamerweise waren Mentors Kleider nur wenig schmutzig, sie rochen intensiv nach Schweiß und Ungewaschenheit, das schon, aber schmutzig von der Küchen- und Gartenarbeit waren sie nicht. Auch das Haus war, sah man von dem abgestandenen Mannsgeruch einmal ab, nicht etwa in Unordnung oder gar, wie behauptet wurde, ekelhaft. Mentor ging sehr ökonomisch mit seinen Kleidern und seiner Wohnung um. Es gab einige festgelegte Trampelpfade durch die Zimmer, an die hielt er sich. Wenn er zwischendurch etwas aß, und er aß oft zwischendurch etwas, dann tat er es, wenn er sich im Haus aufhielt, in vorgebeugter Haltung über der Spüle in der Küche, so daß Brösel und Tropfen gleich mit einem Handumdrehen weggespült werden konnten. In Büchern las er meistens im Stehen und stellte sie sofort wieder an ihren Platz, wenn er sie, sei es auch nur für eine halbe Stunde, nicht mehr brauchte.

Der Unterricht fand die meiste Zeit im Freien statt, im Sommer, Frühling und Herbst jedenfalls. Wenn es regnete, verzogen sich Schüler und Lehrer unter das Verandadach oder sie ließen sich einfach naß werden. Mentors Unterrichtsmethoden waren unorthodox. Nicht nur daß er den Lernstoff vernachlässigte und den Dialog dem Vortrag vorzog, das Schreiben und auch das Diktieren waren ihm unangenehm, er selber wollte nicht schreiben, und er sah es auch nicht gern, wenn Telemach schrieb, er wurde ungeduldig dabei. Lehrbücher verachtete er. In stur aneinandergereihten Relativsätzen werde

dort versucht, von der Wissenschaft ein bißchen vorzugei-
zen, Halbheiten. Das sei alles Unsinn. Die Wissenschaft ist
immer ganz, und sie sollte frei im Kopf gewälzt werden,
war seine Ansicht. Die Hände sollten nicht zum Klecksen,
Radieren, Unterstreichen und Seitenumblättern gebraucht
werden, sondern zum Jäten, Schneiden, Schaufeln, Unter-
heben, Mulchen. Für Mentor war das doppelte Arbeit. Denn
was Telemach mit Hacke und Spaten anrichtete, mußte er
jedesmal hinterher wieder in Ordnung bringen. So konnte
man Schüler und Lehrer täglich von morgens um acht bis
mittags um zwölf und nachmittags von zwei bis um vier im
Garten sehen, redend, arbeitend, denkend – der eine schlank
und groß, hübsch, mit langen, kastanienbraunen, lockigen
Haaren, die Augen umschattet, vielleicht ein wenig zu träu-
merisch unter den schweren Lidern; der andere ebenfalls
groß, mit hageren Armen und Beinen, die aussahen, als wären sie recht lose an dem mächtigen, faßähnlichen Rumpf befestigt, und einem bleichen, kahlen, von einem Kranz grauer
Haare umkrausten Schädel. An milden Tagen machten sie
Wanderungen in die Umgegend, zogen schon morgens los
und fielen mittags hungrig und durstig ins nächste Gasthaus
ein, ließen sich weder von den anderen Gästen noch von Wirt
oder Bedienung in ihrem Lern- und Lehreifer stören. Einmal
wurden sie aus der Wirtsstube verwiesen, weil Mentor seinem
Schüler anatomischen Unterricht erteilte und dabei mit den
Armen weit ausholte, so daß die übrigen Gäste Anlaß hatten
zu glauben, er meine sie, und im vollen Baß verkündete, daß
sich unter der Haut auch des langweiligsten Menschen ein
wundersamer Dschungel aus säfteführenden und säftetra-
genden Gefäßen befinde. Sie nahmen kaum Notiz davon, dis-
kutierend verließen sie das Haus...

Die Rollen bei ihren Diskursen waren in einem Ritual verteilt: Mentor war der Frager, Telemach der Antworter. Der
Lehrer nahm keine Rücksicht auf die Jugend seines Schülers,
er behandelte ihn wie einen Erwachsenen, er wollte nicht unter seinem Niveau debattieren, und auf Bewunderung und
pausbäckiges Lob eines Minderjährigen konnte er gut ver-

zichten. Also tat er einfach, als wäre Telemach so etwas wie ein Kollege. Manchmal dozierte er freilich über eine Antwort des Schülers hinaus, wenn sich die Unterhaltung im Kreise zu drehen drohte oder wenn dem Schüler schlicht nichts mehr einfiel, was er hätte sagen können. Gern bezog er sich in seinen Veranschaulichungen auf Naheliegendes. Wenn es in ihrem Diskurs zum Beispiel um die »Verstofflichung des Seienden und die Form des Stofflichen« ging, streckte er den Bauch heraus, legte die Hände an seine Seiten und sagte: »Form meint hier die räumlich-örtliche Verteilung und Anordnung der Stoffteile, die einen besonderen Umriß, nämlich den der Wampe, zur Folge hat. Aber ein in der Form stehender Stoff ist natürlich auch der Krug, ist die Axt, ist der Liegestuhl, den wir übrigens baldigst zu reparieren haben, und sind nicht zuletzt auch die Schuhe…« – Im übrigen fand er jede Art moralisierender Pädagogik abgeschmackt. Richtig zu denken sei das Prinzip der Moral.

Wenn Telemach zu Mittag mit dem Fahrrad nach Hause fuhr, seine Siebensachen auf dem Gepäckträger, stand Mentor kauend auf der Veranda, rief ihm noch nach, er solle beim Brachland vorne nicht vom Fahrrad absteigen wegen der Schlangen, und schaute dann über die Wiese zur Asphaltstraße hinüber, von der die Hitze zitternd emporstieg und den Gebäuden dahinter etwas Wolkenhaftes gab. So stand er da – eine Schüssel in der Hand, aus der er löffelte, mißgestaltet für das Auge, aber voller Anmut in allem, was unsichtbar bleibt. *Saepe sub attrita latitat sapientia veste* – oft wandelt Weisheit in einem schäbigen Gewande. Er wartete auf der Veranda, bis Telemach zurückkehrte, um dann den Unterricht fortzusetzen. Es war Mentors Wille, daß der Schüler über Mittag nach Hause fuhr. Telemach wäre viel lieber bei ihm geblieben, im Schutz seiner knurrigen Zuneigung, als zu Hause in der Küche zu essen, allein am Tisch, hinter sich Eurykleia, die über seine Schulter hinweg jeden Bissen kontrollierte und sich, wenn er nur drei Worte sprach, über seine neue, anmaßende Weltfremdheit beschwerte, wie sie es nannte. Er hätte viel lieber mit seinem Lehrer gegessen und weitergesprochen, wei- 169 tergedacht, kauend weitergefochten in dem *Riesenkampf um das Sein*, in dem sich ewiges Werden und Vergehen auf der einen und die Unveränderlichkeit des Absoluten auf der anderen Seite gegenüberstanden…

An jenem Vormittag, als Telemach sechzehn Jahre alt war, hatte sich Mentors Geist zu den höchsten Höhen logischer Zergliederung emporgedacht, wo den Menschen nur Schmerz erwartet, Schmerz über seine eigene Unzulänglichkeit; wo er wohl einsieht, daß er nichts weiß, nichts wissen kann, und er sich nur klug nennen darf, wenn er das einsieht. Und wieder einmal ging es in ihrem Dialog um das *Eins*, das Absolute, das, wie Mentor lehrte, unserem unbedarften Vielen und Relativen gegenüberstehen muß, um ihm Sinn, nein, nicht nur Sinn, sondern überhaupt Existenz zu geben. Ein Holzteil des Liegestuhls war zerbrochen, und Mentor reparierte es, während er sprach. Seine Lehrmethode empfahl, die Hände zu beschäftigen, während man redete. Das fördere jene »vernünftige Gedankenlosigkeit«, die eine Vorausetzung sei, wenn ein neuer Gedankengang Schritt für Schritt und sauber durchmessen werden wollte.

Mentor begann: »Wohlan, wenn *Eins* ist, so kann doch dieses Eins nicht Vieles sein?«

»Wie sollte es wohl!« antwortete ihm Telemach, wie es zwischen ihnen üblich war.

»Es kann also keine Teile haben?«

»Dann wäre es ja nicht Eins.«

»Richtig, dann wäre es nicht Eins. Meine Frage nun: Ist Eins also ein Ganzes?«

»Ich glaube, das kann man sagen.«

»Nein, das kann man nicht sagen. Denk nach, Telemach: Wie kann etwas ein Ganzes sein, das keine Teile hat?«

»Wie? Ich verstehe nicht.«

»Ein Teil ist doch wohl immer ein Teil eines Ganzen?«

»Ja.«

»Es ist also nicht ein Teil vorstellbar, der nicht Teil eines Ganzen wäre?«

»Ist nicht vorstellbar.«

»Wie soll aber dann ein Ganzes vorstellbar sein, das nicht aus Teilen besteht?«

»Ja, wie? Ich würde sagen, ein Ganzes sollte immer seine Teile beisammen haben.«

»Sehr gut, sehr gut, Telemach! Ich weiß nicht, ob Leimen viel Sinn hat, der Liegestuhl stand immer auf der Terrasse, und so will ich es auch weiterhin halten, weißt du, aber der Tau macht ihn feucht und löst den Leim mit der Zeit auf. Ich werde das neue Teil fügen müssen. Ohne Leim und ohne Nägel. Nägel würden ja rosten. Und es ist so unelegant zu nageln. Ein Fremdes wird eingetrieben. Leimen ist auch nicht elegant. Ich werde ein neues Teil drechseln müssen. Oder schnitzen, das macht nicht so einen Lärm, da können wir uns dabei unterhalten. Ich werde es auch nicht anstreichen hinterher, das hat wenig Sinn. Entweder muß es immer wieder nachgestrichen werden oder es fault. Weißt du, warum ein Stück Holz viel schneller fault, wenn es mit Lack angestrichen wird?«

»Nein... nein...«

»Ich weiß, das interessiert dich nicht. Es ist ja auch nicht immer so, daß es schneller fault. Die Natur ist sehr unzuverlässig, weißt du. Ich meine damit, sie hält sich nicht an unsere Vorhersagen, nicht immer jedenfalls. Sie läßt sich schwer berechnen. Vielleicht auch gar nicht. Eine Wolke zum Beispiel. Schade, daß keine am Himmel ist. Wir hätten über die Formen von Wolken nachdenken können. Ein immenses Problem! Erinnere mich daran, wenn nächstens Wolken da sind. Aufregende Berechnungen lassen sich über Wolken anstellen. Und dann regnet es und der Liegestuhl wird naß... Wenn sich nämlich feine Risse im Lack bilden, durch die dann Feuchtigkeit eindringt... und das ist so, Telemach, das tut sie. Überallhin dringt die Natur mit ihrer Feuchtigkeit. Dann ist die Feuchtigkeit zwischen der Lackschicht und dem Holz und kann nicht mehr heraus. Ich verstehe auch nicht, daß sie zwar den Weg hinein findet, aber nicht mehr den Weg heraus. Aber ich glaube, dahinter steckt ein Plan, ein Sinn. Irgend etwas will uns damit gesagt werden. Nur was? Ach, Telemach! Ich werde ein Stück rohes Lärchenholz holen und das zurechtschnitzen.

Lärche braucht nicht gestrichen zu werden, weil sie so harzhaltig ist. Der Nachteil freilich ist, daß sie bei großer Hitze Harz ausschwitzt, und dann greift man hin und hat klebrige Finger, und das grad bei der größten Hitze, wenn das Wasser knapp ist … übrigens, aber das weißt du sicher, hilft Wasser gar nicht gegen Harz … Warte hier.«

Mentor ging ins Haus. In seinem Arbeitszimmer hatte er an einer Wand verschiedene Hölzer abgelagert, kurze Bretterteile, die bei einer anderen Arbeit übriggeblieben waren, grau verwitterte Stangen, die er bei den Tomaten als Stützen verwendete, feine, bastblonde Leisten, die samtweich geschmirgelt waren. Und da war auch ein breiter Klotz rötlichen Lärchenholzes. Den brachte er mit heraus auf die Veranda, dazu ein Messer und ein Beil und eine Handsäge, einen sogenannten Fuchsschwanz.

»So«, sagte er. »Wo waren wir stehengeblieben?«

»Ich sagte, ein Ganzes, das nicht aus Teilen besteht, sei nicht vorstellbar. Oder Sie haben das gesagt.«

»Nein, nein, du warst es. Es verhält sich wie bei diesem Liegestuhl hier. Aber das ist ein Spaß, Telemach. Sollte dieses alte Ding etwa als Illustration für das *Eins* herhalten! Also ist erst dann ein Ganzes ganz, wenn ihm kein Teil fehlt?«

»Allerdings.«

»Also wird auch das Eins, wenn es ein Ganzes ist, aus Teilen bestehen?«

»Notwendig.«

»Aus vielen Teilen womöglich?«

»Warum nicht.«

»Eins wäre also ein Vieles und nicht Eins.«

»Ah! Darauf hinaus! Richtig.«

»Es soll aber nicht Vieles sein, sondern Eins.«

»Das soll es.«

»Weder also kann das Eins ganz sein, noch kann es Teile haben, wenn es Eins sein soll.«

»Freilich nicht.«

»Wenn es nun gar keinen Teil hat, so hat es doch auch weder Anfang noch Ende noch eine Mitte.«

»Nicht?«

»Nein. Denn dergleichen wären doch schon wieder Teile desselben.«

»Richtig. Wären es. Richtig.«

»Gewiß aber sind Anfang und Ende die Grenzen eines jeden Dinges – sagen wir lieber eines jeden Etwas.«

»Wie sonst.«

»Das Eins ist also unbegrenzt, wenn es weder Anfang noch Ende hat?«

»Unbegrenzt ist es, jawohl.«

»Also auch ohne Gestalt; denn es kann weder vom Runden noch vom Geraden an sich haben.«

»Wieso nicht?«

Mentor hatte mit dem Beil ein etwa halbmeterlanges Stück von dem Lärchenklotz abgehackt und hielt es vor sich hin, als wäre dies herb duftende Stück die Inkarnation des philosophisch Höchsten. »Rund ist doch wohl das, dessen Enden überall von der Mitte gleich weit abstehen?«

»Ja.«

»Gerade aber ist das, dessen Enden in zwei Richtungen weisen?«

»So ist es.«

»Also hätte das Eins Teile und wäre Vieles, es möchte nun die gerade Gestalt an sich haben oder die kreisförmige. Oder so aussehen wie unser Liegestuhl hier, den ich von allen Dingen dieser Erde am meisten liebe.«

Er sägte das Lärchenstück auf die gewünschte Länge zurecht und begann, mit dem Messer daran herumzuschnitzen, wobei er das alte, zerbrochene Teil immer wieder als Vorbild dagegenhielt.

»Gibst du mir recht, Telemach?«

»Allerdings... Hab jetzt grad nicht aufgepaßt.«

»Also ist das Eins weder gerade noch kreisförmig, wenn es doch nicht einmal Teile hat?«

»Richtig.«

»Ferner, wenn es so beschaffen ist, kann es auch nirgends sein. Verstehst du, Telemach?«

»Nein. Wieso soll es nirgends sein sollen? Alles ist doch irgendwo.«

»Was heißt irgendwo sein, Telemach? Irgendwo kann doch nur heißen: In einem anderen oder in sich selbst. Richtig?«

»Ich glaube, das ist richtig, ja.«

»Das Eins kann aber weder in einem anderen noch in sich selbst sein.«

»Wieso nicht?«

»In einem anderen seiend, müßte es von jenem, in welchem es wäre, rings umgeben sein und es vielfach an vielen Orten berühren. Dem Einen aber und Teillosen und vom Runden nichts an sich Habenden ist es unmöglich, rings herum an vielen Orten ein anderes zu berühren.«

»Das ist in der Tat unmöglich.«

»Wenn es aber in sich selbst wäre, dann würde es sich selbst umgeben.«

»Würde es. Merkwürdig. Aber würde es.«

»Oder ist es möglich, daß etwas in etwas ist, das es nicht umgibt?«

»Das ist nicht möglich, nein.«

»Daß etwas in der Luft ist, und die Luft umgibt es gar nicht?«

»Nein, nicht möglich. Lächerlich!«

»Jetzt streng dich an, Telemach: Ist es wirklich möglich, daß irgend etwas mit sich selbst umgeben ist; daß irgend etwas sich mit sich selbst umgibt?«

»Weiß jetzt nicht so genau...«

»Es würde sich dann doch das Umgebende vom Umgebenen gar nicht unterscheiden. und man könnte mit dem besten Willen nicht sagen, hier fängt das Umgebende an und hier hört das Umgebene auf.«

»Richtig.«

»Also muß das Umgebende zwingend anders sein, als das, was vom Umgebenden umgeben wird.«

»Äh... ja. Ja, natürlich.«

»Und es wäre demnach das Eins nicht mehr Eins, sondern Zwei.«

»Freilich nicht Eins.«

»Also kann das Eins gar nicht irgendwo sein, wenn es weder sich selbst noch einem anderen innewohrt.«

»Es ist zumindest schwer vorstellbar.«

»Es ist nicht vorstellbar.«

»Es ist nicht vorstellbar.«

»Also ist das Eins in keinem Raum zu finden.«

»Das steht fest.«

»Ist es in der Zeit zu finden?«

»Müßte man prüfen.«

»Also prüfen wir es.«

»Prüfen wir es.«

»Kommt dir vor, Telemach, das Eins könne älter oder jünger sein oder dasselbe Alter haben wie etwas anderes?«

»Warum denn nicht?«

»Dann wäre das Eins also mit einem anderen vergleichbar – zum Beispiel wie dieses neue Stück mit diesem alten?«

»Könnte doch sein.«

»Vergleichbar sind nämlich nur zwei verschiedene, die sich auf ein Drittes beziehen, das sie aber beide enthalten müssen – wie diese Stücke beide ein vorläufig nicht näher zu definierendes Liegestuhlhaftes in sich tragen.«

»So ist es wohl.«

»Dieses Dritte müßte dann aber wohl ein Teil von Eins sein.«

»Ja.«

»Wir haben aber gesagt, daß Eins keine Teile enthält. Also kann es auch nicht mit einem anderen verglichen werden.«

»Kann nicht verglichen werden.«

»Weil die Zeit aber zumindest ein Vorher und ein Nachher als Charakteristikum aufweist, und bei einem Ding, das sich in der Zeit befindet, zumindest sein eigenes Vorher mit seinem eigenen Nachher verglichen werden kann, was dann mit jünger oder älter bezeichnet wird, kann Eins nicht in der Zeit sein.«

»So ist es.«

»Also steht das Eins außerhalb von *war* und *wurde* und *ist* 175 *geworden*, aber auch außerhalb von *wird sein* und *wird gewor-den sein* und *wird werden*?«

»Es steht außerhalb, ja.«

»Und nun die bange Frage: Steht es, daraus folgernd, auch außerhalb von *ist*?«

»Auch außerhalb von *ist*...«

»Wenn also das Eins auf keine Weise irgendeine Zeit an sich hat, so ist es weder je geworden, noch wurde es oder war es, noch ist es jetzt geworden oder wird oder ist, noch wird es in Zukunft geworden sein oder wird werden oder wird sein?«

»Vollkommen richtig.«

»Kann denn aber auf irgendeine andere Art etwas ein Sein haben als auf eine von diesen?«

»Auf keine.«

»Also hat das Eins auf keine Art ein Sein. Mein Gott, es hat keine Zeit und im Raum ist es auch nicht!«

»Sagten wir.«

»O Telemach, weder in Raum noch in Zeit hat das Eins ein Sein!«

»Weder in Raum noch in Zeit.«

»Auf keine Weise also ist das Eins!«

»Auf keine Weise.«

»Dann kann es aber auch nicht Eins sein!«

»Was?«

»Das Eins als Eins hätte ja als Eins ein Sein!«

»Na hör mal. Also. Ja. Ja.«

»Also gibt es auch kein Wort dafür, keinen Namen, keine Erklärung, noch kann man es erkennen oder wahrnehmen oder sich eine Vorstellung davon machen.«

»Offenbar nicht.«

»Wie soll man dann davon reden können!!!!!!«

»Keine Ahnung.«

»Man kann nicht, Telemach, verstehst du! Man kann eben nicht!«

»Aber wir reden ja die ganze Zeit davon.«

»Ich weiß, ich weiß! Das macht mich ja so verrückt! Und so unendlich unglücklich...«

»Oh, das tut mir leid... Sollte ich etwas gesagt haben, was das herbeigeführt hat, so möchte ich mich entschuldigen... Das Eins...«

»Still!«

»Warum?«

»Sprich es nicht aus! Du kannst es nicht aussprechen. Darfst es nicht!«

»Aber Sie selbst sagen doch...«

»Still!«

»Ja...«

»Was sagte ich, Telemach?«

»Sie sagten *es*.«

»Um Gotteswillen, sagte ich das?«

»Ja für das...«

»Für das...?«

»Mhm.«

»Oh.«

»Hm.«

»Sprechen wir von etwas anderem, Telemach! Bitte! Von etwas Lebendigem.«

Mentor war mit seiner Handarbeit fertig, er richtete sich mühsam auf und fügte das neue Stück in seinen Platz ein. Und wunderte sich nicht im geringsten, daß es paßte. »Es paßt«, sagte er nüchtern, schloß aber gleich wieder im Ton existentieller Verzweiflung an das hohe Thema an: »Wovon, Telemach, wovon sollen wir sprechen? Sag es mir, Schüler, sag es mir!«

»Vom Menschen zum Beispiel.«

»Vom Menschen, gut, Telemach, sprechen wir vom Menschen.« Nun endlich durfte sich der Lehrer wieder in seinen Liegestuhl setzen. »Sprechen wir vom Menschen, ja«, rief er mit behaglichem Stöhnen aus. »Vom lieben Menschen, der warme Hände hat, der sich den Bauch von der Sonne bescheinen läßt, der gähnt, wenn er müde ist, der sich Erdnüsse in den Mund wirft, wenn er auf der Veranda steht und hinaus auf die Felder schaut. Ich liebe den Menschen, Telemach, diese Winzigkeit aus unreinem Kohlenstoff und Wasser, die ohnmächtig auf diesem kleinen, unbedeutenden Planeten herumkriecht und zwanghaft Fragen über Fragen in seinem Hirn auftreibt! Den Menschen, Telemach – ja, fragen wir uns – gibt es wenigstens ihn?«

»Aber ja, da bin ich völlig sicher. Schauen Sie mich doch an!«

»Wo bist du?«

»Hier. Hinter Ihnen.«

»Trete vor! Präsentiere dich!«

Telemach stellte sich vor seinen Lehrer, die Arme etwas unsicher schwingend, den Kopf, wie es seine Art war, ein wenig schief. Mentor betrachtete ihn lange. Schließlich sagte er: »Ich sehe deinen Körper.«

»Hören Sie doch!«

»Ich höre deine Stimme, die aus deinem Körper kommt.«

»Das bin ich.«

»Du?«

»Aber ja! Ich, Telemach!«

»Und was bist du ohne deinen Körper?«

»Ohne?«

»Mir graut, Telemach! Denn ich ahne: Außer der Verbindung mit dem Körper, der nichts weiter ist als chemischer Kehricht, wäre der Mensch nicht einmal Mensch, sondern etwas für uns schlechthin Undenkbares, wenn man ein solches, das nicht einmal ein Gedankending ist, noch überhaupt ein Etwas nennen kann.«

»Das klingt wirklich grausig, stimmt… Aber chemischer Kehricht… na hör mal…«

»Nun ja, Leben eben … ist was Besonderes, zugegeben. Aber doch nur, wenn ihm Bedeutung zugestanden wird, wenn Leben als solches etwas Bedeutungsvolles ist … ein Geschenk zum Beispiel.«

»Zum Beispiel.«

»Gott also? So…«

»Tja…«

»Lassen wir es gut sein für heute, Telemach. Unser Diskurs
beginnt zu zerschludern. Da allein die Verwendung des Be-

griffs *Gott* implizit voraussetzt, daß es einen Gott gibt, sollte man – aus logischen Gründen – den Begriff erst dann einführen, wenn man zuvor unabhängig von ihm bewiesen hat, daß es einen Gott gibt... Lassen wir es gut sein für heute, Telemach. Die Stunde ist beendet. Das Universum nähert sich unerbittlich seinem Untergang, und wir fragen uns, ob das Gute unvergänglich sein muß, um unsere Wertschätzung zu verdienen... ein anderes Thema, ich weiß, ich weiß. Ich gebe dir den Nachmittag frei.«

»Ich will aber nicht frei haben«, sagte Telemach. »Ich möchte hierbleiben und mit Ihnen über den Menschen sprechen und Logik betreiben und über das Gute nachdenken!«

»Ein Mensch bist du selbst, und in Logik wirst du ein *Sehr gut* bekommen. Spiel mit deinen Kameraden!«

»Ich habe keine Kameraden.«

»Ich möchte allein sein, Telemach. Du mußt das verstehen. Geh jetzt! Grüß deine Mutter von mir...«

Am selben Nachmittag aber rief Mentor von der Tankstelle an der Asphaltstraße aus im Haus des Odysseus an, verlangte ausdrücklich und in dringlichem, aufgeregtem Ton Penelope, bat sie, wenn es irgend möglich sei, ihren Sohn zu ihm zu schicken, es sei außerordentlich wichtig, außerordentlich. Als Telemach zehn Minuten später von der Straße zu Mentors Haus abbog, sah er seinen Lehrer, wie er ihm winkend durch die Wiese entgegengelaufen kam.

»Komm, steig ab, Telemach«, sagte er, »ich will dein Fahrrad schieben. Ich will dir dienen, wie du mir gedient hast. Und verzeih, daß ich dich nach Hause geschickt habe!«

»Aber wie habe ich Ihnen denn gedient«, fragte Telemach. »Was ist denn passiert?«

Und während sie auf das Haus zugingen, sprudelte es aus Mentor hervor: »Wir müssen so tun *als ob* , verstehst du! Telemach, verstehst du! *Als ob* ist unsere Rettung, unser einziger Trost! *Als ob* ist der Geist der Hoffnung, der in der Büchse der Pandora gefangen blieb, nachdem alle Übel ausgekommen waren, um uns Menschen zu quälen; der Geist der Hoffnung, Telemach, der schreit und herausgelassen werden will, um 179 das Leid zu lindern, das über die Sterblichen herfällt, seit Pandora die Büchse geöffnet hat. Telemach, Telemach, heute waren die schwersten Stunden meines Lebens!«

Und auf der Veranda setzte Mentor seinem Schüler die Idee des *Als ob* auseinander, die er an diesem Nachmittag vom Himmel empfangen hatte. Mentor hatte in dem reparierten Liegestuhl Platz genommen, Telemach neben ihm auf den graugescheuerten Dielen der Veranda, den Rücken an eine der Holzsäulen gelehnt, seine langen Beine ein wenig angezogen, die Hände auf den Knien.

»Wenn es das Eins nicht gibt«, referierte Mentor, »und es folglich auch das Nichts nicht gibt, das Alles nicht gibt und das Vieles nicht gibt, wenn es den Menschen nicht gibt und Gott nicht gibt und einen Sinn nicht gibt und ein Ziel nicht gibt, dann müssen wir eben so tun, *als ob* es das alles gäbe. Und wir tun ja auch so! Schau dich um, Telemach, alle Menschen tun so *als ob*. Ist es nicht eine Freude, ihnen dabei zuzusehen!«

Als ob sei, führte Mentor weiter aus, eine der bemerkenswertesten Leistungen des menschlichen Verstandes, vielleicht sogar die bemerkenswerteste. Vielleicht, wer weiß, vielleicht gebe es überhaupt keine andere Leistung des menschlichen Verstandes als die Erfindung des *Als ob*. *Als ob* gleiche einem Vexierbild, das unvermittelt von der Magie zur Wissenschaft zu springen zwinge, vom Nebulosen zum Exakten.

»Ja, Telemach, auch im Exakten – dem scheinbar Exakten, muß man von nun an wohl sagen – sind wir gezwungen, mit dem *Als ob* zu operieren.« Und Mentor führte einige »unverdächtige Beispiele« aus der »engelsgleichen Mathematik« an: »Wie«, rief er, »berechnen wir eine krumme Linie? Na? Indem wir so tun, als ob sie aus unendlich vielen, unendlich kleinen Geraden bestünde. Wir tun so *als ob*, und siehe da, es läßt sich damit rechnen! Was, sagen wir, ist der Kreis? Ein Vieleck, bestehend aus unendlich vielen, unendlich kleinen Seiten. Ist er das wirklich? Nein, natürlich nicht! Oder der Begriff des Unendlichen – entspricht ihm irgend etwas in der Wirklichkeit? Nein. Wir tun so *als ob*, und siehe da, es läßt sich damit rechnen! Oder wir tun so, *als ob* der Kreis eine

Ellipse wäre, deren Brennpunkte in einem Abstand Null voneinander entfernt lägen. Null – gibt es das? Schon die Frage ist eine Absurdität. Aber wieder läßt sich damit erfolgreich rechnen! Oder wir rechnen mit der Quadratwurzel aus -1, geben dieser merkwürdigsten Einheit sogar einen Namen, nämlich i, wissen, daß es dieses, imaginäre Zahl genannte Konstrukt unter den natürlichen Zahlen gar nicht gibt, und begründen dennoch die ganze analytische Funktionstheorie auf der Einführung dieses *Als ob*. *Phantasma rei existentis quatenus existentis.* Können wir da nicht genausogut so tun, *als ob* wir glücklich wären? Warum denn nicht? Ich glaube sogar, nur wenn wir so tun, als ob wir glücklich wären, sind wir es auch. Und können wir nicht einfach so tun, *als ob* das Leben einen Sinn hätte und die Welt einen Sinn hätte und der Mensch einen Sinn hätte? Als ob der Sinn von Leben, Welt und Mensch in Leben, Welt und Mensch selbst läge? Ich weiß, daß dies aus rein logischen Gründen nicht möglich ist, aber können wir nicht einfach so tun, als ob es doch und gerade aus logischen Gründen möglich wäre? Ich sage dir, Telemach: Wir können! Es bleibt uns nichts anderes übrig. Wenn sich sogar die Wissenschaft erlaubt, in die Trickkiste der Magie zu greifen! Und damit Erfolg hat, Telemach!«

Bis weit in die Nacht hinein hatte Mentor damals seinem Schüler ein Beispiel nach dem anderen vorgeführt: Der Gefangene, der mit bloßen Fingern eine Mauer durchkratzt, der Abenteurer, der mit alleiniger Muskelkraft dem Löwen das Genick bricht, der Mann, der mit barem Wünschen seine Frau zurückgewinnt. Der Mensch, der kraft seines Willens glücklich wird... Die äußerste Spitze, der Diamant unseres Willens, unseres Lebens- und Überlebenswillens besteht aus Lüge und Betrug. Wenn das wahr ist, dann ist auch etwas anderes wahr, nämlich etwas Ungeheuerliches: daß die Welt der Dinge nicht unbeeinflußbar ist von unserem Willen. Oder sollte man sagen: von unserm Glauben? Daß der Glaube tatsächlich Berge versetzt. Hier weht, bläst, braust, stürmt, donnert die Große Erinnerung. Daß wir alle aus Einem sind und in Sonderheit geschlagen, daß wir aber dennoch, und sei es nur mit der äußersten Kuppe der Spitze unseres Zeigefingers, alle Welt, auch die Welt der Dinge, noch berühren; daß wir sie mit unserem Glauben entzünden können. Ja, es ist mehr Glaube als Wille. Vor diesem Sturm der Großen Erinnerung hat der aufgeklärte Geist freilich längst die Segel gestrichen...

Wir sind weit abgeschweift. Vier Jahre später: Telemach sitzt im Arbeitszimmer seines Vaters, die Beine hochgelegt, die Hände über dem Bauch gefaltet, den Kopf etwas schief. Wie soll er auf seinen Vormittag zurückblicken und konstatieren, es war ein Versagen! Woher will er das denn wissen? Was wird denn hier beurteilt? Soll ein Zeugnis ausgestellt werden über drei, vier Stunden? Hat diese winzige Zeitspanne ihr letztes Ziel erreicht – schon am Mittag? Wird hier mit Lebenszeit verfahren wie mit der Sendezeit in einer TV-Show? Sind wir denn in einem Quiz, oder was! Und wenn es so ist, daß erst in der Sekunde des Todes über alle vorangegangenen Sekunden Rechnung gelegt wird? Vielleicht stellt sich bei einem heraus, daß zwei Milliarden Sekunden des Versagens nötig waren, um die letzte, die Sekunde des Todes zu einem glorreichen Triumph zu machen? Daß also nach diesem Wirrsal von Unwahrscheinlichkeiten, welches das Leben darstellt, der Tod das wahre, immer erklärte, nur nicht erhörte Ziel sei. *Finis autem viae hominis est mors sua.* Daß die letzte Sekunde, die letzte Schlacht, das letzte Gefecht... Schweifen wir wirklich ab? Wer einen Namen trägt, der besagt, es komme auf das Letzte an, gleich, was das nun sein wird, der kann sich doch nicht vom Anschein zweier, dreier, vierer Stunden betrüben lassen. Die Wahrheit sei eine Sehweise, kein Resultat. Nein, Telemach bereitete auch jetzt seine Rede nicht vor. Er vertraute auf sein Glück. Glück zu haben ist nämlich der beste Plan. Über sich hinauszuwachsen ist eine Frage der Gelegenheit. Die Gelegenheit aber ist eine reifende Kraft, der mit Ungeduld nicht beizukommen ist. Die innere Haltung ist dabei entscheidend: *Tun wir so, als hätten wir*

182 *Glück!*

Ein Gran Hoffnungslosigkeit blieb allerdings, und es gab im Chemiekasten der Seele kein Mittel, um es aufzulösen. Wie doch alle Weisheiten zu ordinären Naseweisheiten herabgewürdigt wurden, allein dadurch, daß Menschen sie aussprechen, denen sie nichts bedeuten: Der Glaube könne Berge versetzen. Sobald die Weisheit nicht mehr als die moralische Kraft der Wahrheit hervortritt, sondern als Trost gebraucht wird – *as a needful thing against desperation* –, von diesem Augenblick an ist sie profanisiert, nur noch eigenschaftlich, Teil eines anderen, zum Mittel degradiert, somit ihrer Heiligkeit und Kraft enthoben und zu nichts weiter mehr zu verwenden, als ein Kalenderblatt zu schmücken. – Nun, so ist es eben, an diesem Punkt sind wir angekommen, zurück führt kein Weg, und Kalenderblätter sind ebenso zum Lesen da wie Bücher, ihre größere Verbreitung sichert zudem, daß viele auf diese Art in den Genuß von Weisheiten gelangen – so argumentierte Mentor. Seit beinahe zwei Jahren hatte Telemach keinen Kontakt mehr zu ihm. Einmal, als er zusammen mit Evangeline in der Cafeteria der Universitätsbibliothek saß, sah er seinen ehemaligen Lehrer draußen vor der Glasscheibe vorübergehen, einen Stapel Bücher unter dem Kinn. Da hatte ihn das Gewissen gedrückt, weil er nicht zu ihm hinausgegangen war und ihn begrüßt hatte. Und auch, weil er sich für Logik und Mathematik nicht mehr interessierte. Gar nicht mehr inzwischen, ganz und gar nicht mehr interessierte er sich dafür.

Telemach saß also immer noch im Stuhl seines Vaters, die Füße hochgelegt, die Hände über dem Bauch gefaltet, den Kopf leicht schief. Den ganzen Nachmittag verbrachte er hier. Die Aufregung hielt ihn wach und machte ihn zugleich müde. Zwischendurch fiel er in einen nervösen Schlummer, schreckte auf, weil er keine Begriffe von Zeit mehr hatte, merkte an der Uhr, daß er höchstens für zwanzig Minuten eingeschlafen war. Dann schlugen draußen die Hunde an. Er öffnete die schmale Tür und ließ sie herein. Es waren zwei schwarzbraune Rottweiler, die die meiste Zeit in den Zwinger hinter dem Haus gesperrt waren, weil sich die Freier vor ihnen fürchteten. Sie drängten sich dicht an Telemach heran, pfiffen und bewegten ihre kurzen Stummelschwänze und schnüffelten alles aus, schnellten mit ihrem Vorderleib in die Höhe. Sie hoben die Pfoten zu ihm und fieberten danach, daß er sie zwischen den Ohren und an der Wamme kraulte. Er tat es, und er tatschte mit der flachen Hand ihre Schulterblätter, und sie blickten ihn aus ihren feuchten, blutunterlaufenen Augen an. Konnten nicht genug kriegen. Wollten immer mehr.

Nun wird es Zeit sein, sagte sich Telemach. Die Tür zum Arbeitszimmer des Vaters schloß er hinter sich ab, den Schlüssel steckte er ein. Die Hunde befahl er neben sich, den Rüden an seine Rechte, die Hündin an seine Linke. So schritt er zur Volksversammlung, langsam und in würdiger Haltung, das Kinn erhoben, die Schultern gestrafft, die Haare aus Stirn und Schläfen gestrichen. Er machte keinen Umweg durch das Gras, sondern ging dicht an der Terrasse vorbei, wo die Männer, an die zwanzig mochten es wohl wieder sein, ihre Zeit zubrachten wie ein Geschwätz – auf dem Geländer hockten, die Ellbogen auf die Oberschenkel gestützt, oder auf den kissenbelegten Korbmöbeln saßen, in Liegestühlen fläzten oder an den Säulen lehnten. Kleine Figuren waren sie, auch aus der Nähe betrachtet, mit Rauchwaren, Gläsern und Knabberzeug versorgt. Nur einen schnellen Blick aus den Augenwinkeln bekamen sie vom Sohn des Mannes, an dessen Besitz sie nagten. Sie wagten es nicht, auch nur eine ihrer üblichen Bemerkungen hinter ihm herzuschicken, denn sie fürchteten die Hunde, murrten höchstens aus schiefem Mund, weil die Tiere nicht im Zwinger waren, wie sonst immer um diese Zeit; wußten auch nicht, was die Männer wollten, die dort vorne unter den Eichen standen. Und sie erhoben sich aus ihren Korbstühlen und Liegestühlen und schauten auf den Sohn des Odysseus, wie er durch die Allee auf die Männer zuging, die Hunde an seiner Seite. Und diese Hübschen, Ungebetenen, die Freier seiner Mutter, staunten, weil er so schön war und von göttlicher Anmut. Denn so wollte es Athene, die über der Szene wachte, ausgebreitet über Himmel und Erde, beigemischt den Elementen.

Wer waren die Männer dort vorne unter den Eichen, und wie viele waren es? – Wie viele? Nicht sehr viele. Das muß leider gesagt werden. Von einer Volksversammlung konnte nur schwer die Rede sein. Daran würde auch göttlicher Trotz nichts ändern. Das hier war höchstens die Idee einer Volksversammlung – aber immerhin die Idee. Da Ideen nämlich, wie nach unzähligen Denkstunden beschlossen, die Formen eines universellen Zusammenlebens sind, steht auch, so läßt sich zweifellos logisch ableiten, die zählbar kleinste Gemeinschaft für ihr Wesen, also für die Gemeinschaft an sich... So oder so ähnlich mochte Pallas Athene sich selbst gegenüber argumentieren. Denn freilich hatte auch sie mit einem anderen Volksauflauf gerechnet, und nun mußte sie improvisieren und erneut göttlich kollegiale Hilfe in Anspruch nehmen, um ihre Pläne durchzuziehen. – Und so kam es: Was für ein trauriges Bild dieser Haufen auch bieten mochte, Athene, die ebenso der Luft beigemischt war, die Telemach atmete, gab dem jungen Kämpfer an diesem Nachmittag solchen Mut und solche Zuversicht ein – blind und göttlich beide, billig und feinkörnig wie der Streusand der Mnemosyne –, daß nichts ihn zu erschüttern vermochte, auch nicht der Anblick dieser heruntergekommenen, aufgebrauchten, wackeren, wackelnden Schar...

Da ist zunächst Aigyptios, der vom Alter gebeugte Held. Wir nennen ihn als ersten, weil er als erster das Wort ergreifen wird. Die Finger, die ein Leben lang die Griffe von Werkzeugen umschlossen hatten – er war Musterausstecher gewesen –, kann er nicht mehr strecken. Seit dem Tag, an dem ihm gesagt wurde, seine Arbeit werde nicht mehr benötigt, sind diese Finger krumm geblieben. Sein Griff ist noch fest wie eh und je, aber wenn er ein Ding fassen will, dann muß er es sich – oder ein anderer muß es ihm – in die krumme Klaue klemmen. So hatte er Hände bekommen wie ein Spielzeugmännchen der Firma *Playmobil*, dem man verschiedenes Zeug mit einem leichten Knack in die Handhohlräumchen drücken kann. Ehedem waren seine Hände schrundig gewesen, hart und dunkel bis in die Hautritzen hinein, denn sie waren unablässig gebraucht worden; trocken waren sie gewesen und warm. 185

Dann aber, als sie nicht mehr werkten, hatte sich in den Fäusten Feuchtigkeit gebildet – ja, wie zwischen Holz und Lack –, die zusammengezogenen Handflächen hatten geschwitzt vom Nichtstun, und der Schweiß hatte sie sauber gewaschen und weich gemacht, und bleich waren sie geworden wie Hofdamenhändchen. Einer seiner Söhne, Antiphos mit Namen, war mit Odysseus vor Troja gezogen. Auf ihn, den ältesten, der ihm immer der liebste gewesen, wartet Aigyptios bis heute. (Wir wollen, auf den Vater Rücksicht nehmend, nur im Klammersatz verraten: Er wartet umsonst. Antiphos endete grausam, aufgefressen von einem einäugigen Ungeheuer, zwischen dessen Zähnen noch einen Tag lang seine Reste hingen.)

Aigyptios sagt: »Männer, hört jetzt mich! Hört, was ich euch zu berichten habe!«

Und wird gleich von hinten unterbrochen: »Komm, komm, komm!«

Er dreht sich um – Hals allein geht nicht mehr, den ganzen Mann muß er rangieren –, sieht, erkennt und faucht: »Jetzt der! Meine Güte! Phemios, warum hast du den eingeladen!« Und fuchtelt mit dem Ding in seiner Hand – wir vergaßen zu erwähnen, daß Aigyptios eine Waffe mitgebracht hat, eine Fahrradpumpe, und mit der fuchtelt er in der Luft herum. – Und gegen wen?

Gegen Peisenor, genannt der Rufer. Der steht jetzt hinter ihm und hetzt. Hat ihn Aigyptios vorher gar nicht bemerkt? Kann schon sein, daß er ihn bemerkt hat. Aber er hat so getan, als ob er ihn nicht bemerkt.

»Komm, komm, komm«, heisert Peisenor weiter, hat ja kaum noch Stimme, der Rufer. Und auch er wendet sich jetzt an den Sänger: »Phemios, du hättest mir sagen sollen, daß der hier auftaucht. Ich will meine Zeit nicht verschwenden!« Ein kurzes, breites, einstmals schlaghartes Trumm Mann ist er mit einem Hackstockkopf, bei dem alles gleich weit vorsteht: Hals, Unterkiefer, Schläfen, Flachnase, Stirn, bolzgerade und halbkopfhoch, kein Hinterkopf da, kaum Ohren – alles

zusammen ein plan gedrechselter Kegel auf weißhemdigen

Schultern, nur die dickglasige Brille steht ab, hinter der im rosa Vertränten die Greisenaugen schwimmen.

»Mit dem da kann ich nicht!« krächzt er, meint Aigyptios, greift aber nach Phemios' Gesicht, weil er vor lauter Kurz-, Weit-, Stab- und Starsichtigkeit nicht abschätzen kann, wer wer ist und wie weit man von ihm entfernt steht. Seine Overalls sind verschmiert und seine Hände auch, bis hinauf zu den Ellbogen und noch weiter. Er war nämlich gerade dabeigewesen, die Wagenachsen zu fetten, als Phemios ihn zum Zaun winkte, und dann hatte er sich weggeschlichen, denn die Seinen sollten nichts wissen. Eine Roßpeitsche hat er im Stiefel stecken, die reicht zum Eidechsenerschrecken vielleicht, aber auch nur vielleicht, das einzige brauchbare Ding, das ihm seine Nachkommenschaft gelassen hat.

»Wenn du nicht kannst mit mir, dann geh halt wieder heim«, beschimpft ihn Aigyptios.

»Komm, komm, komm!« kriegt er wieder zu hören.

Und Aigyptios: »Hast du denn immer noch nur die drei Wörter in deinem Dampfkessel!«

Und Peisenor: »Komm, komm, komm!«

»Einmal in achtzig Jahren ein anderes Wort von dir! Einmal! Nur einmal!«

»Was willst du denn hören, du ausgedörrte Backpflaume, ha?«

»Da, da, da! Er kann ja!«

Und sie achten gar nicht auf des Odysseus' Sohn, so sehr sind sie beschäftigt mit gegenseitigem Anfahren und Nachäffen und Vorrechnen von ehrwürdigem Blödsinn – Peisenor, der Rufer, und Aigyptios, der Held. Und sie achten auch nicht auf die Hunde, die auf zornige Worte abgerichtet sind und ihre Gurgeln knurren lassen. Würde jeder Tritt in einen Hundearsch den Fuß um einen Millimeter kürzer machen, Held und Rufer wären gar nicht mehr da, so oft haben sie in ihrem Leben schon nach Kötern getreten.

»Kümmre dich nicht um die beiden«, sagt Phemios zu Telemach und legt ihm den Arm um die Schulter. »Alle Alten streiten. Battos zum Beispiel wäre eigentlich auch gekommen, aber er wollte dann doch nicht, weil ich da bin. Er haßt mich. Sagt er. Seinen alten Laster hat er mir geliehen, aber mit mir zu tun haben will er nichts. Er haßt mich nicht. Sage ich dir. Ich gehe ihm lediglich auf die Nerven, er hat zu viel Zeit im Sitzen zugebracht, und das macht unverträglich. – Und hier«, stellt Phemios die Volksversammlung weiter vor, »das hier ist der alte Loosh.«

Loosh ist einer, der nickt und lacht und mit dem Zeigefinger deutet. Anzug, Hut und Schuhe schief, schäbig, schal, gilt eines fürs andere und läßt sich tauschen. Ein Gesicht, zusammengemengt aus Schorf, Speichelfäden und Tränensäcken. Die Hosentaschen hat er voll mit Steinen, durchaus scharfkantige darunter, eine Schleuder steckt im Gürtel. Hat sich das Taschentuch gegen die Hitze unter den Hut geschoben. Kleine, kluge Augen hat er, die wie Glimmerstückchen in dem verbauten Gesicht eingebettet sind.

»Loosh«, ruft Phemios, »Loosh, Loosh, das ist der Sohn des Odysseus!«

»Ja, ja«, sagt Loosh und klimpert mit der Hosentasche und wackelt mit dem Zeigefinger, als hätte er jemanden bei einer Spitzbüberei erwischt.

Und weiter ist da noch Michael: Säbelbeinig und ein Hintern, doppelt so breit wie die Schultern. Immer noch flink. Wo ist er denn? Ah, hier. Einmal da, einmal dort. Und schon wieder weg. Kaum angeschaut, schon aus den Augen. He! Schon wieder hinter einem! Ein Wiesel, der Alte. Siebenundachtzig. Den muß man mit der Nase suchen. Strömt einen bäuerlichen, säuerlichen Geruch aus, der Mann. Er hat einen Rechen mitgebracht. Einen Rechen an einem überlangen Stiel. Wer weiß, was er damit zu sich herziehen will.

Und dann der wortlose Greis, der dicht an der Eiche steht, dünn, dürr, dürftig, lang und oben gebogen, mit zugestoppeltem Gesicht, der eine Pistole in der Hand hält, den Lauf hat er in die Achselhöhle geklemmt…

»Wer ist das?« fragt Telemach.

»Alle haben seinen Namen vergessen«, sagt Phemios,

»aber alle kennen ihn, ich auch, und wir wollen nicht die Unhöflichkeit begehen, ihn zu fragen, wie er heißt. Er war der Jüngste zu Hause. Keiner von den Seinen lebt mehr. Er wird wohl über neunzig sein. Die Pistole hat nichts zu bedeuten.«

»Kann er mich hören?«

»Das weiß ich eben nicht genau. Kann nämlich sein, daß wir seinen Namen vergessen haben, weil er nicht mehr sprechen kann.«

Sind das alle? – Ja. – Die ganze Volksversammlung? – Ja. Auf Battos' Laster sind sie hergekommen. Phemios hat ihn gefahren, die Männer haben hinten auf der Ladefläche gesessen – ein altes Gefährt, dreirädrig, nur ein Platz vorne im Führerhaus, nur zwei Gänge und einen für rückwärts. Jetzt steht das Ding im Schatten der ersten Eiche, in seine Stoßdämpfer versunken, und sein Kühler macht ein Gesicht, als würde er etwas Ekliges riechen. – Übrigens: Auch Phemios ist bewaffnet – nein, nicht mit seinem Banjo, mit einem Knüttel, der allerdings auch als der Spazierstock eines alten Mannes durchgehen könnte.

Und da – sieh doch! – da kommt noch einer! War die Volksversammlung eben doch nicht komplett! Ein mageres Pferd nähert sich, ein winziger Reiter sitzt ihm auf, sieht aus wie ein blaues Schokoladenpapier, das auf den Sattel geknüllt wurde. Jetzt springt er ab, landet wie eine Fliege. Ist doch glattweg auf knapp über einen Meter geschrumpft, das Männchen, trägt eine blaue Uniform und einen blauen, breitkrempigen Hut mit goldenen Litzen um die Krempe.

»Das ist Halitherses, der Seher«, flüstert Phemios ehrfürchtig. »Gibt eine Menge Liedgut über ihn...«

»Bin ich zu spät«, fragt der Seher. Sein Gesichtchen ist breit und dunkel wie ein alter Holzapfel. Vom Kinn zur Nasenspitze haben kaum zwei Daumen Platz. Der Mund dazwischen ist ein Riß, Lippen gibt es hier längst nicht mehr. Halitherses legt immerhin hundert Jahre ins Leben. »Ich bin gekommen, um den Sohn des Odysseus zu hören«, sagt er mit wunderlicher Stimme. Nimmt den Hut ab, kratzt sich den abgemähten Schädel.

Die Männer verneigen sich vor ihm. Die Zwietracht zwischen Aigyptios, dem Helden, und Peisenor, dem Rufer, ist begraben. Die Hunde bellen kurz und klar. Das Pferd trabt hinter das Haus, um die Wassertonne auszusaufen – mit dem Seher an der Seite kann kein Plan verderben.

»Sprich«, sagt er zu Telemach. Mehr sagt er nicht.

»Ja, sprich«, sagt auch Aigyptios. »Wir hören dir zu!«

»Wer kann, hört dir zu«, sagt Phemios. »Und wer nicht mehr hören kann, der wird von deinem Mund und deinen Augen lesen, was du sagst.«

Nun also war die Zeit für Telemachs Rede gekommen. Weder Rednerpult, noch Mikrophone waren da, keine Journalisten, keine neutralen Beobachter, keine Kameras. Vor ihm stand nur das Volk, sein Volk, sein Heer – nicht viele Soldaten waren es, aber zusammen füllten sie ein gutes halbes Jahrtausend mit Erfahrung…

»Männer«, so sollte er, der General, seine Rede beginnen, der geliebte Sohn des Odysseus. So stand es in Athenes Drehbuch geschrieben. In leicht gebeugter Haltung wartete er – worauf? –, hielt noch immer die Hunde an den Halsbändern fest. Die hatten ihre Mäuler offen, und die roten Zungen hingen ihnen seitlich über die Zähne, ihre Beine zuckten nervös, und ihre Augen ruckten von einem zum anderen. Phemios nahm ihm die Hunde ab. Der General sollte beim Sprechen die Hände frei haben. Womöglich gedachte er heftig zu werden, was dann unter Umständen nicht nur die Menschen, sondern auch alle andere höhere Kreatur mitreißen würde… Phemios summte einen tiefen Ton – »a-uhu« –, den er ohne erkennbaren Rhythmus manchmal mit »ai-hid« auf die *blue note* lupfte und dort schlaff durchhängen ließ. Das beruhigte die Hunde.

Und nun also öffnete Telemach den Mund, um zu sprechen – die Hände frei, das Herz geschwollen von wilder Wut –, das heißt, er räusperte sich, atmete tief durch… Weil er dem Haus den Rücken zuwandte, bemerkte er nicht, daß die Männer, gegen die er auf Anraten der Göttin dieses wackere Heer aufgestellt, von der Terrasse getreten waren und langsam näherkamen, auf Hörweite allerdings stehenblieben. Denn die

Hunde in Phemios' Händen drehten ihre Köpfe zu ihnen hin, und ihre offenen, hechelnden Mäuler waren neben dem göttlich-blinden Mut und der göttlich-blinden Zuversicht Telemachs gefährlichste, kritisch betrachtet: einzige Waffen... –

Warum zögerte er denn noch? Warum begann er nicht endlich mit seiner Rede? Alles war vorbereitet, in Szene gesetzt von Pallas Athene, die bei dieser Veranstaltung einmal ganz ihren eigenen Geschmack und ihr eigenes Regiekonzept zum Ausdruck gebracht hatte und vom ursprünglichen Plan nur ein wenig in die Improvisation abzuweichen gezwungen war. – Was hält ihn denn also noch zurück, den Volkstribun? Warum spricht er denn nicht endlich das erste Wort? Warum kleidet er seine Macht nicht endlich in wohlgesetzte, staatsmännische Worte oder läßt die Masse primitiv brüllend von der Kette, macht Angst oder beruhigt, beides vielleicht sogar gleichzeitig, mit ein und demselben Wort, berauscht sich auf der einen Seite an der Überlegenheit der Rücksichtslosen über die Gewissenhaften, der rohen Naturen über die empfindlichen, der brutalen Kraft über die Gesittung, betont aber auf der anderen Seite, daß die Macht in Wahrheit identisch sei mit der Vernunft, weil sie sich durch den ihr innewohnenden Zwang zur Verantwortung selbst kontrolliere. Was könnte man nicht alles in einer Rede ans Volk unterbringen! Warum schweigt er denn immer noch? Er will doch nicht etwa mit jener Pause beginnen wollen, jener bedeutungsvollen, schier unerträglichen Pause, die doch eigentlich für die Peripetie reserviert ist, um den Höhepunkt machtvoll anzukündigen? – Oder ... oder war die jämmerliche Realität vor seinen Augen zu grell, so daß sie sogar durch den Sand schien, den ihm Pallas Athene in die Augen gestreut, daß sie sogar die Bretter durchschlug, die ihm Pallas Athene vor die Stirn genagelt hatte?

Nein. Der Streusand der Mnemosyne, der die Menschen blind macht für die Realität, tat auch bei Telemach seine Wirkung, und die Bretter der Athene waren stabile Bohlen. Und daß er noch immer schwieg, lag daran, daß ihn beim Anblick dieser tapferen, alten Männer ein lindes, dankbares Gefühl durchrieselte, das in den Kalkulationen seiner Schutzgöttin gewiß nicht aufschien. Telemach hatte einen offenen, zuteilenden Charakter. Bitternis, Kümmernis, Häme und Härte waren seiner Seele fremd. Er sah in diesem kläglichen Haufen nicht, wie Athene ihm weismachen wollte, eine Volksversammlung, sah schon gar nicht Soldaten in diesen alten Männern. Aller Betrug und alle Blindmacherei hatten bei ihm zu nichts anderem geführt, als daß der Wahrheit ihr Bitteres genommen wurde, ihre Kümmernis, ihr hämisches Wesen, ihre Härte.

»Liebe Freunde!« sagte er – denn nichts Geringeres waren ihm diese Männer.

Und die Soldaten seufzten, anstatt daß sie fluchten, und ihre Hände, die die Waffen hielten, entspannten sich, und die Aufgebrachtheit in ihren Blicken wurde von Milde weich gemacht; denn es war schon lange her, daß sie einer so genannt hatte …

Oh, das paßte der Göttin ganz und gar nicht! Hier sollte ja kein Kaffeekränzchen abgehalten werden oder eine Nikolausfeier im Altersheim! Was interessierte sie denn die Selbstachtung von diesen an Marasmus, Tremor, Dementia senilis, Presbyophrenie leidenden, verbrauchten, dem Leben nutzlos gewordenen Auslaufmodellen! Sie wollte aus dem Sohn des Odysseus einen Soldaten machen! In der Höchstgeschwindigkeit eines göttlichen Augenzwinkerns änderte sie noch einmal ihre Taktik, blies den mnemosynëischen Sand aus Telemachs Augen, damit er sah, was die Wirklichkeit in Wahrheit zu bieten hatte – nämlich: Luftpumpe, Reitgerte, Rechen, Schleuder, Spazierstock und rostige Pistole – lächerliches Spielzeug in den lächerlichen, unbrauchbaren Händen eines heruntergekommenen, himmeltraurigen, aufgebrauchten Haufens, der vielleicht als Idee einen überfüllten Heldenplatz in sich bergen mochte, *in the bull-shit of reality* aber ein nur noch zu bedauerndes Absterbensamen war. Niemand war gekommen, um ihm beim Eintritt in seine Rechte und der Inbesitznahme der ihm gebührenden Würde zu helfen, niemand,

außer jenen, denen längst alle Rechte, aller Besitz und alle

Würde genommen waren, die nicht einmal die Kraft hatten, das Ihre zurückzufordern, geschweige denn, ihm bei der Erlangung des Seinen beizustehen. Und das riß unserem Helden das Herz auf, und es lag vor der Göttin wie eine offene Wunde. Da rief sie die Moiren herbei, die schwierigen Frauen, die Vogelgespenster, die Töchter der Nacht, damit sie ihr Gift schütteten in dieses Herz. Lachesis, die der Zufall ist und auch das Pech, brachte die Bitterkeit, Atropos, die die Notwendigkeit ist und auch das Versagen, brachte den Ekel, und Klotho, die Spinnerin, flocht ein Garn, mit dem umschnürte sie Telemachs Brust. Nun war der Wirklichkeit ihr Bitteres zurückgegeben, ihre Kümmernis, ihr hämisches Wesen, ihre Härte. Damit war allerdings erst der Ausgangspunkt wieder hergestellt. Pallas Athene improvisierte weiter: Sie rief Hephaistos, und der injizierte den Zorn, den Zorn des Gedemütigten, auf daß er die Gaben der Moiren zersetze – und dieser Zorn, der auch der Zorn des Beleidigten, der Zorn des Zukurzgekommenen, der Zorn des Verratenen, der Zorn des Übergangenen heißt, er ist mehr, viel mehr als ein Herz geschwollen von wilder Wut. – Und nun? Was wurde daraus?

»Meine Güte«, brauste Telemach auf, »was sollen wir denn jetzt machen... Was kann ich denn mit euch anfangen... meine Güte, Menschenskind!«

»He, he«, wollte ihn Phemios beruhigen, »was ist denn los mit dir? Es sind alles deine Freunde...«

»Wer sind meine Freunde... Das ist doch kein Freund, der erst dann zu Hilfe kommt, wenn er gerufen wird!« Phemios zuckte zusammen und trat ein paar Schritte von ihm weg, und Telemach sprach weiter, und es war ein Ton in seiner Stimme, ähnlich wie am Abend zuvor, und Phemios wußte nicht, ob er sich darüber freuen oder ob er sich davor fürchten sollte: »Aber vielleicht seid ihr ja weder Nachbarn noch Freunde«, redete Telemach, »vielleicht hat euch mein Vater nicht wie Nachbarn und Freunde behandelt... ist es so? Kann ja sein... Hat man mir halt immer falsches Zeug erzählt... Kann ja sein... Wenn es so ist, dann haltet euch bitte nur ja nicht zurück... dann macht es doch genauso wie die da... Macht alles 193 kaputt! Holt eure Kinder und eure Enkel und macht doch mit denen da mit... Wenn schon, denn schon... Steckt ein, was ihr findet... Ist doch egal, wer es nimmt, Menschenskind... Warum tut ihr es nicht? Weil ihr Anstand habt? Ist es anständig, wenn man zuschaut, wenn sich andere nichts um einen scheren... um den Anstand meine ich...«

Er sprach undeutlich, vernuschelte Silben und Endungen, formte seine Lippen ungenau, wußte eigentlich gar nicht, was er sagen wollte, lieh dem hephaistischen Zorn in sich seine Stimme.

Der Greis mit dem zugestoppelten Gesicht ließ seine Augen von einem zum anderen flitzen, um zu sehen, was in den Gesichtern stehe, wie die anderen die Rede des Generals deuteten; und die nicht mehr gut auf den Ohren waren, reckten die Köpfe vor, zwickten die Augen zusammen, vergrößerten ihre Muscheln mit hohlen Händen, und ihre Gesichter wurden blöd vor Anstrengung.

»Und wenn die da«, fuhr Telemach fort, »hinter meinem Rücken Sachen über mich sagen oder über meine Mutter... Ich weiß doch, was geredet wird... und ihr wißt es doch genauso... Ist das lustig, was sie sagen, die dort? Ist das lustig? Ja? Dann macht das doch auch... geniert euch doch nicht, Mensch! Was ist das für Werkzeug, das ihr da mitgebracht habt? Schmeißt das doch weg! Gegen wen soll das denn gut sein... Mensch...« Er drehte sich zur Seite, weil er merkte, daß ihm gegen allen schmiedeeisernen Zorn die Tränen in die Augen stiegen, und er konnte nicht weitersprechen.

Die Männer standen still und starr, als hätte sie Battos aus Stein gemacht und angemalt und ihnen mit einem Nagel die vielfach gefältelten Augenlider ins Gesicht geritzt, und sie schämten sich für die Tränen ihres Generals. Aber mehr noch schämten sie sich dafür, daß sie sich für seine Tränen schämten. Denn es ist auch eine Verspottung, sich für die Tränen eines anderen zu schämen, besonders, wenn er recht hat mit seinen Tränen. Und am meisten schämten sie sich, weil Telemach recht hatte mit dem, was er gesagt hatte.

194   Aigyptios, hinter dem Tambour Phemios der Jüngste,

sprach es aus: »Du hast nichts Falsches gesagt, Telemach. Es ist eine Schande, daß nur wir gekommen sind, die Alten und Unbrauchbaren.«

»Die Ältesten und Unbrauchbarsten«, stimmte ihm Peisenor zu. Die beiden blickten sich an, diese greisen Zerstrittenen, der Held und der Rufer, und sie nickten und seufzten nicht mehr. Etwas Wärmendes durchfuhr sie, eine Woge, ein Empordrängen, und Peisenor sagte: »Wir jedenfalls stehen zu deiner Verfügung.« Er warf einen Blick zu Aigyptios, und beide nahmen Haltung an.

»Was«, fragte Loosh mit den Steinen in der Tasche. »Was wird gesagt?«

»Daß wir zu seiner Verfügung stehen«, brüllte Aigyptios, »auch wenn wir nicht mehr in der alten Form sind!«

»Ah ja«, sagte Loosh. »Ja, ja.«

»Ich auch«, ereiferte sich Michael mit dem Rechen am überlangen Stiel.

Und der krumme, lange Stumme mit der rostigen Pistole in der Achsel und der Seher in der blauen Uniform, mit dem blauen Hut und den goldenen Kordeln und auch Phemios mit den Hundehalsbändern in den Händen und dem Altmänner-Spazierstock vor sich auf dem Boden – sie reckten sich und nickten und steckten sich an mit ihrer Inbrunst und brachten ihrem General zurück, was er ihnen gegeben hatte, nämlich Mut und Zuversicht und Selbstvertrauen – diesmal vom Menschen selbst erfunden, alle drei.

Und nun: an der Spitze dieser kleinen, ein halbes Jahrtausend alten Armee verbuchte General Telemach seinen ersten Sieg, denn er schlug Bitterkeit und Ekel vernichtend und behielt doch den Zorn zurück. – Und langsam drehte er sich um … Dort vorne, unter den Eichen, mitten auf der Allee, im Schatten, eng beieinander, dort standen sie – die Gegner, die Feinde.

»Willst du uns hier niedermachen, oder was?« rief Mulios, der Fette, Kraushaarige, der Zungenheld und Wortverdreher. »Als was stellst du uns denn hin, ha!« Mutig war er heute, löste sich von seinen Kumpanen und lief auf die Streitmacht zu, daß ihm die Hüften wackelten, blieb aber dann doch stehen in einiger Entfernung. »Halt ja die Hunde fest!« fuchtelte er Telemach entgegen. »Das ist doch ein Haufen Scheiße, was du hier redest! Wenn hier jemand Grund hätte, sich aufzuregen, dann wir! Soll deine Mutter halt endlich einen aussuchen! Oder soll klarmachen, daß sie keinen will. Oder will sie vielleicht alle zwanzig? Bitte, nur sagen! Wir tun, was man von uns wünscht. Und wenn sie alle wünscht, werden wir das auch irgendwie arrangieren. Muß ja nicht unbedingt gleichzeitig sein! Aber auch das kann man einrichten...«

Da wurde Mulios zweifach in seiner Rede unterbrochen, und obwohl beide Ereignisse nichts miteinander zu tun hatten, verbanden sie sich zu einem einzigen großen Schrecken. Denn während er sprach, war Antinoos mit langen Schritten auf Mulios zugeeilt, und im selben Augenblick, als er ihn von hinten am Gürtel packte und mit abgestorbenem, klanglosem Ton in der Stimme sagte, er solle nun Ruhe geben, und wenn er noch einmal so etwas über Penelope höre, werde er ihm den Kopf wegschießen – da ertönte hoch über der Allee ein Geschrei, wie es die Menschen hier unten noch nie gehört hatten, und ohne Mulios loszulassen, schaute Antinoos zum Himmel hinauf und alle anderen – die Freier und die alten Männer und Telemach, sogar die Hunde –, alle schauten zum Himmel hinauf, liefen seitlich aus der Allee hinaus in die Wiese, denn die Äste der Eichen verstellten den Blick; und hier endlich konnten sie die Katastrophe sehen: Zwei gewaltige Adler schlugen die Luft mit ihren Schwingen, so heftig schlugen sie die Luft, daß den Männern unter ihnen, die noch Haare hatten, die Haare wehten, und die Vögel prallten mit ihren schweren Körpern gegeneinander und hackten auf ihre Hälse und Köpfe ein und schrien dabei, wie wir hier unten noch nie hatten zwei Wesen schreien hören, und fuhren auseinander wie auseinandergesprengt und schwangen zur Stadt hin und verschwanden.

Die Hälse der Männer waren gereckt, als wäre in dem gleißenden Blau noch eine zweite Vorstellung zu erwarten, aber keiner erwartete eine zweite Vorstellung, alle erwogen im stillen das vorbedeutete Schicksal, und keiner rührte sich. Antinoos hatte den Gürtel des Mulios die ganze Zeit über nicht losgelassen. Aber jetzt ließ er ihn los und führte seine Drohung gegen Mulios in demselben Tonfall zu Ende, in dem er sie vor wenigen Sekunden begonnen hatte: »...egal, wieviel Patronen dazu nötig sein werden!« und ging zurück in den Schatten der Allee, und alle anderen folgten ihm – die Freier, die alten Männer, Telemach und die Hunde, die Phemios immer noch an den Halsbändern hielt – und auch Mulios, nach dessen Herz die Schwermut ausholte mit Baggerschaufeln.

Halitherses, der hundertjährige Seher, ging als letzter, und ihm blieb der Hals gereckt, und das hieß, er sah etwas, was die anderen nicht sahen.

»Hört jetzt mich, ihr Männer von Ithaka«, rief er mit seiner munteren, wunderlichen Stimme in die Kronen der Eichen hinauf. »Vor allem gilt meine Verkündigung euch, die ihr das Haus des Odysseus belagert! Eure Häupter umschwebt ein schreckenvolles Verhängnis! Denn nicht lange mehr weilet Odysseus fern von den Seinen, sondern er nahet sich schon und bereitet Tod und Verderben euch allen. Ich bin keiner von heute. Ich leb in der Zukunft und schau mich dort um. Wahrlich, das alles geht in Erfüllung, was ich ihm damals gesagt, dem Erfindungsreichsten der Männer, Odysseus: Nach vielem Leid, ohne alle Gefährten, unerkannt im zwanzigsten Jahr erst wieder kehre er heim. Und jetzt will all dies sich endlich erfüllen! Dies ist die Bedeutung des Zeichens am Himmel.«

Da brach die Armee in Jubel aus, die Hunde bellten, Peisenor, der Rufer, schlug mit seiner Reitgerte gegen seine Stiefel, daß es knallte, Michael warf seinen Rechen aus und zog Kies und Laub zu sich, bis seine Schuhe in einem Haufen steckten, Loosh schoß mit der Schleuder Steine in das Laubdach der Eichen, daß Zweige und zerfetzte Blätter niederfielen, und nun endlich betätigte Aigyptios, der Held, seine Luftpumpe, hielt sie über sich, schlug seine krumme Linke in den Griff und pumpte, pumpte, pumpte, und siehe da, das Gerät sprühte Brennesseljauche aus, die einen entsetzlichen Gestank verbreitete und eine fürchterliche Waffe war, und dabei   197 rief er: »Eine Wut habe ich! So einen Hals könnte ich kriegen, so einen Hals!« Und es hätte nur eines Befehls ihres Generals bedurft, und das halbe Tausend Jahre würde sich in Bewegung gesetzt haben gegen jene Männer vor ihnen, die weiße Anzüge trugen und weiße Hüte, steifkrempige zu roten oder gelben Krawatten, weiche Stoffhüte zu offenen Kragen oder auch keine Hüte und nur Unterhemden und Shorts, und ihre zahlenmäßige Überlegenheit hätte ihnen nichts genützt, denn sie hatten Mut, Selbstvertrauen und Zuversicht gegen sich, blind und menschlich alle drei und deshalb ein bißchen wahnsinnig dazu.

»Bitte, nein«, hörten sie nun Eurymachos rufen, den Kolumnenschreiber. Langsam, mit ausgebreiteten Armen kam er auf Telemach und sein Heer zu. »Was hetzt du denn um Gotteswillen die alten Männer auf! Weißt du denn nicht, daß Michaels Herz keine Aufregung verträgt! Willst du ihn umbringen, Telemach? Und, Peisenor, die Deinen werden dich suchen! Er verläuft sich und findet nicht heim. Wußtest du das nicht, Telemach? Und Loosh muß regelmäßig seine Medikamente nehmen. Kannst du sie ihm geben, Telemach? Geht doch nach Hause, ihr seid zu alt, um euch so einen Unsinn anzuhören, wie ihn Halitherses verzapft, nur weil sich zufällig zwei verstandlose Vögel streiten! Halitherses ist entmündigt. Weißt du das nicht, Telemach? Und du, Phemios, alter Querulant, was willst du eigentlich! Fährst du den Laster von Battos, ha? Kann ich mir denken! Hast keinen Führerschein! Auf was bist du denn aus, ha? Daß dich Telemach besser bezahlt? Noch besser? Kriegst du denn nicht schon genug? Kriegst dreimal mehr als jeder andere Sänger und keinen Tritt dazu!«

Da vergaß Phemios, daß seine rechte Hand das Halsband der Hündin hielt, daß er diese Hand nicht vom Halsband lösen und zur Faust ballen durfte, wollte er nicht, daß das Tier zur Waffe wurde. Aber Phemios ballte die rechte Hand zur Faust, und das Tier, ohne daß es einen Laut von sich gab, rannte los, daß ihm die Erde unter den Krallen zerspritzte, und die Freier stießen Entsetzensschreie aus und warnten

Eurymachos, und der lief nun, was er konnte, die graue Haarsträhne, die er sich über den platten Kopf gekämmt hatte, fiel ihm übers Ohr, und er lief um sein Leben, drehte sich immer wieder um und erreichte beinahe gleichzeitig mit der Hündin die Freier, die sich vor Schreck nicht hatten zur Flucht entschließen können, und da fiel ein Schuß, und dann war Stille...

Schließlich traten die Freier auseinander, und Telemach und seine Männer konnten es sehen: die Hündin lag am Boden, und vor ihr stand Ktesippos, einer von den Stillen, der bei den Scherzen nur mitlachte, aber selber keine machte, der bisher bei Tisch mehr gehandlangt als geschlemmt hatte, er hielt eine Waffe in der Hand, einen Revolver. Er hatte ihn in übermütiger Stimmung von der Waffenwand in der Halle genommen, hatte wohl geglaubt, er funktioniere sowieso nicht, hatte keine Ahnung von Waffen.

»Es war Notwehr!« sagte er halblaut vor sich hin, noch entsetzt, aber schon sich aufladend aus den Instinkten der Macht. Das Handgelenk tat ihm weh, der Schuß hatte ihm den Arm verrissen.

»Es war eindeutig Notwehr«, rief ein anderer.

»Wir alle sind Zeugen!« rief ein dritter.

Und Eurymachos, noch ganz außer Atem, schrie, daß sich seine Stimme überschlug: »Bist du denn wahnsinnig! Was willst du denn eigentlich noch anrichten!«

Phemios fiel das Kinn herunter, es zitterte und glänzte matt, und sein Gesicht zog sich in die Länge zu einem spitzen Dreieck. »Meine Güte«, zitierte er seinen General.

Nun zeigte sich, daß Aigyptios eben doch ein Held war und daß ihn die Alten zu Recht so nannten. Er gab Phemios Befehl, er solle ihm augenblicklich das Halsband in die Klaue drücken, und nichts lieber tat der Sänger, und nun hielt der Held den zweiten Hund, den Rüden, mit eisernem Griff, und der bellte und zog heftig und lehnte sich auf.

»Jetzt oder nie!« rief Aigyptios. Und so gings, Humpelschritt an Humpelschritt, gegen die Freier!

Es war nicht abzusehen, was gleich geschehen würde! 199

Denn das eine Heer wußte nun, daß es auch dem anderen ernst war, und das andere Heer wußte dasselbe von dem einen. Und beide Heere hatten Haß genug und genug Grund für Haß und konnten sich sagen: Wenn nicht wir, dann sie. Dann doch besser wir. Und die alten Männer machten Schritte auf die Freier zu, und die Freier machten Schritte auf die alten Männer zu. Aigyptios führte die einen an, Ktesippos die anderen. Und die alten Männer hielten ihre Waffen fest, und die furchtbarste hielt Aigyptios, den Rottweiler Rüden, vierjährig, abgerichtet und scharf schon lange auf die Herren da vorne. Und die Freier krempelten die Ärmel hoch und ballten die Fäuste, und Ktesippos hielt den Revolver, *Smith & Wesson, Kaliber .44 Magnum*, in der ausgestreckten, schräg nach oben ausgestreckten Hand hielt er ihn, das Gesicht verzogen zu einer Grimasse aus Ekel und nun unverhohlener Machtgier.

Hier ging es um einen Stoff von feinster Webart, nämlich den Haß, und der steht nicht jedem und macht den zum Clown, der sich unstatthaft mit ihm behängt. Und darum nahm jetzt auch Antinoos Ktesippos die Waffe aus der Hand und gab den Freiern ein Zeichen, stehenzubleiben. Und Telemach holte den Rüden zu sich. Und so standen sich nun die beiden gegenüber, die sich hier haßten.

Antinoos faßte den Revolver nicht am Griff. Nicht als Waffe hielt er ihn. Der Revolver lag auf seiner flachen Hand, und die Hand, diese große, mit den kurzen, breiten und sehr hellen Nägeln, hielt ein wenig von sich weg, als trüge er einen Gegenstand, für den er sich genierte. So ging er geradewegs auf Telemach zu. Er verlangsamte seinen Schritt auch nicht, als der Rüde aus voller Kehle anschlug und seine starken, stämmigen Beine schräg in den Boden stemmte und am Halsband zerrte, daß Telemach Mühe hatte, ihn zu halten. Die Hand des Antinoos war ausgestreckt, und es sah aus wie eine Geste des Friedens. Die Waffen sollten ruhen, die Hände gefaßt und geschüttelt werden. Aber als Telemach schnell den tobenden Hund auf seine andere Seite nahm, um ihn mit der

Linken festzuhalten, damit er mit der Rechten einschlagen

konnte – ja, er wollte einschlagen –, da schloß Antinoos plötzlich die Finger um die Waffe, nur einen Augenblick zögerte er noch, über sein Gesicht huschte ein flüchtiges, müdes Lächeln, dann senkte er den Arm und schoß dem Rüden zweimal aus nächster Entfernung in den Rachen. Der fiel, als wären ihm die Beine weggeblasen worden. Und ehe Telemach und die Seinen sich rührten, feuerte Antinoos die restlichen Patronen in den Himmel, woher die Adler gekommen waren und auch die Göttin Pallas Athene, drehte sich um und ging durch die Allee, vorbei an seinen Kumpanen, ohne Wort und Blick, und über die Veranda ins Haus, klemmte den schweren Revolver an seinen Platz an der Waffenwand und nahm die kleine Pistole ab, die daneben hing, eine Damenpistole mit eingelegtem Perlmuttgriff, Marke *Derringer, Kaliber .38 Special Stainless*. Er steckte sie ein.

Sichelten ... eierten ... humpelten zum Lastwagen des Battos, die alten Männer, stupften ... klopften ihrem Vordermann auf den Rücken, kletterten ... stürzten halb auf den Kipper, und Phemios krabbelte Kopf über Arsch ins Führerhaus, ein Gesicht, so lang und fahlschwarz wie noch nie. Halitherses aber, der hundertjährige Prophet, den man zurückgelassen hatte, pfiff auf seinen Fingern, kurzatmig und jämmerlich, bis er sein Pferd durch die Allee vom Haus her galoppieren sah, durch die Freier hindurch, über die toten Hunde hinweg ...

Eine Hand legte sich auf Telemachs Schulter, er drehte sich um, und da war Mentor, das Hemd schmuddelig und offen bis weit auf seinen ungesunden Bauch hinunter, die Stirn schweißglänzend und käsig, das Kinn auf die Brust gedrückt, die Zähne des Unterkiefers freigelegt, eine Maske der Entschlossenheit war sein Gesicht, und mit ruhiger Stimme sagte er: »Du mußt gehen, Telemach!«

Er faßte ihn an Handgelenk und Ellbogen und führte ihn mit sich fort. Schnurgerade über die Wiese gings davon. Knieweich, halb noch gehend, halb schon laufend, hielt der Lehrer den ehemaligen Schüler an seiner Seite, hörte nicht auf seine keuchenden Fragen, gab keine Antwort, ließ im Tempo nicht nach, zog und schob, und so erreichten sie endlich die Straße, die gute drei Kilometer vom Haus entfernt war, und keine Minute später hätten sie anlangen dürfen, denn eben kam der 17.30-Uhr-Bus nach Ithaka.

Mentors Gesicht war gefährlich blau angelaufen und geschwollen. Um die Augen hatten sich graue Höfe gebildet, und die Lider zuckten im Rhythmus des Herzschlags. An Reden war nicht mehr zu denken. Sie fielen auf die Sitze, japsten und gierten nach Luft. Telemach mußte den Lehrer stützen, damit er nicht vom Sitz rutschte. Aber er hatte selbst kaum noch Kraft, und so wurde der unförmige Körper des alten Mannes herumgeworfen und gestaucht und gewabbelt…

Was war denn in Mentor gefahren?

Sie war in ihn gefahren. – Hatte Pallas Athene nun also doch eingesehen, daß es nicht genügte, sich über Himmel und Erde auszubreiten, sich den Elementen beizumischen, der Luft, die wir atmen, den Gräsern, auf die wir treten, wenn sie einen von uns verführbar und formbar machen wollte? Hatte sie eingesehen, daß sie als pure bare Gottheit soviel ist wie ein Nichts, eine reine Idee bloß? Sah sie nun endlich ein, daß sich Telemach ihrem direkten Zugriff entzog? Oder handelte sie wieder einmal nur aus einer Laune heraus, in göttlichem Vertrauen, sie werde sich im nachhinein als Weisheit von höchster Verflochtenheit erweisen? Wie auch immer – nach Mentes war sie auf Mentor verfallen. Hatte sich dabei einen kleinen, lautmalerischen Spaß erlaubt. Aber Mentor unterschied sich von Mentes mehr, als zwei verschiedene Buchstaben vermuten lassen…

Was war geschehen?

Der Lehrer war gerade dabeigewesen, sein Gemüse zu gießen, da schlug sie in ihn ein wie der Blitz des Kroniden, riß ihn weg und rammte ihn, wie er war, beim Haus des Odysseus wieder auf die Beine und legte seine Hand auf Telemachs Schulter. Und die Wahrheit ist: Sie tat ihm damit einen Gefallen. Athene hatte Mentor aus dem Brackwasser seiner Einsamkeit geholt, in dem er seine alten, fetten, ungewaschenen Tage zu vergramsen begann. Und er war ihr gefolgt. Ohne

Bedingung, ohne Wenn und Aber – die wären ja auch weder erfüllt noch angehört worden. Die Göttin war in ihn eingeschlagen, und er hatte sie in sich hochsteigen lassen wie eine innigst ersehnte Empfindung. Und solange es ihr beliebt, in ihm zu sein, wird er die Welt als ein Ganzes nehmen, was sie in Tat und Wahrheit ja auch ist. Seine Empfindungen stiegen ins liebe Sonnenlicht auf, und alles wurde begreiflich und einfach für ihn. Er hatte in letzter Zeit seine außerordentliche Denkfähigkeit dazu mißbraucht, im sumpfigen Unterboden von Gefühlen herumzustüren, die den Feuerschutz einer Idee nicht für sich in Anspruch nehmen durften, weil sie nichts weiter waren als flatterhafte Umkreisungen des unwichtigsten Korns im Universum, des Ich-Selber nämlich. Die Fesseln der Pallas Athene, elektromagnetischen Feldern gleich, machten zwar jede Bewegung seines freien Willens unmöglich, zugleich aber gaben sie seinem ganzen Wesen Halt und Richtung. Die Göttin führte ihn auf die Höhe seiner Erwartungen. Als Gegenleistung forderte sie unbedingte Gefolgschaft und Mißachtung irgendwelcher lästiger körperlicher Bedürfnisse. Sie war mit all ihrer Brachialität in dieses Mannes alten, fetten, wenig gewaschenen Körper gekracht, nicht achtend, daß so ein unzulängliches Gefäß daran zerbrechen könnte. Aber im Gegensatz zu Mentes, dem Instrumentenbauer, war Mentor, der Lehrer, auch damit einverstanden. Vom ersten Augenblick an hatte er ihr seinen Körper preisgegeben. Er war ihm ja stets nur ein Gegenstand der Verlegenheit gewesen, der Mühe und nur ein bißchen der Lust bisweilen. Und sein Geist? Was ist eigen am Geist, was es abzuschirmen lohnt gegen fremde Einnistungen? Außerhalb der Verbindung mit dem Körper wäre der Mensch ja nicht einmal Mensch, sondern etwas schlechthin Undenkbares, wenn man ein solches, das nicht einmal ein Gedankending ist, noch überhaupt ein Etwas nennen kann. Geist hieß für Mentor immer das Viele, das Bunte, das Mannigfaltige, dem man alle Türen, Fenster und Luken offenhalten mußte. Diese Offenheit war etwas in seinem Wesen tief Begründetes. Ja, diesmal hatte die Göttin gut gewählt. Hier war sie erwartet worden. Der Gastgeber war bereit gewesen, sein Haus für sie zu räumen. Darum war es auch nicht nötig, ihn aus dem Haus zu vertreiben, ihn niederzustampfen in den Tartaros seiner Seele. Die lebenslange Liebe zu Logik, Philosophie und Mathematik – was war sie anderes gewesen als ein lebenslanges Gebet um die Gnade der Einsicht in das Absolute? Und nun hatte ihm dieses Unnennbare räuberische Gnade angetan; hatte dieses Unumfaßbare, das weder je geworden ist noch wurde oder war, noch wird oder ist, noch in Zukunft geworden sein wird oder werden wird oder sein wird, so viel Kraft in ihm gesammelt, wie noch nie in ihm gewesen war, daß ihm die Arme und die Seele fast barsten, daß ihm gelungen war, was er nicht einmal als junger Mann zustandegebracht hätte, nämlich drei Kilometer zu rennen, ohne Verschnaufpause und ohne im Tempo nachzulassen. Nein, er rebellierte nicht dagegen, auch wenn es ihn fast das Leben gekostet hätte. Mentor unterschied sich von Mentes in der Tat mehr, als zwei verschiedene Buchstaben vermuten ließen. Dieses große, unförmige, tolerante Geschöpf war ein brauchbares Instrument für Athenes Willen – *a needfull thing*.

Mit Mühe nur konnte Telemach verhindern, daß Mentor von seinem Sitz rutschte. Der Kopf des alten Mannes wurde herumgeworfen, der Mund klappte auf, und er sah die Zunge.

»Meine Güte, kommen Sie doch zu sich!« rief Telemach. Klatschte ihm die Wangen.

»Was hat er denn«, fragte ein Mädchen, vielleicht vierzehn, das vor ihnen auf der Sitzbank kniete. Sie trug eine bunte Brille. Neugierig starrte sie auf Mentors graue, geschlossene, nun nur noch wenig zuckende Augenlider.

»Laß ihn«, sagte Telemach, »schau den Herrn nicht so an! Geh weiter weg mit deinem Gesicht!«

Nun wurden auch noch andere auf die beiden aufmerksam. Im Bus saßen hauptsächlich junge Mädchen und Buben, die in die Stadt fuhren, um sich dort bis zum letzten Rückbus einen Abend zu machen in ihren hellen Kleidern und hellen Hosen und T-Shirts und Turnschuhen.

»Ist er besoffen«, fragte einer.

»Kotzt er gleich«, fragte ein anderer.

»Ihr sollt ihn in Ruhe lassen!« wehrte sie Telemach ab.

Da schlug Mentor die Augen auf, sagte: »Ich bin nicht ich selber« und lächelte das Mädchen vor ihm an. Sie war es, die erschrak. Flugs drehte sie sich um und rutschte tief in ihren Sitz.

»Jetzt gehts ja wieder... Gehts wieder? Ja, jetzt gehts wieder...«, redete Telemach beschwichtigend auf ihn ein. »Atmen Sie tief durch. Das war ja auch eine Sache... Warum sind Sie auch so gerannt, Mensch... Lassen Sie uns aussteigen... wenn es Ihnen geht... es geht schon... sicher... bei der nächsten Haltestelle...«

Aber Mentor achtete nicht auf ihn, und auch sonst niemand. Der Lehrer hatte laut und deutlich gesprochen, und die Mädchen und Buben drehten sich zu ihm hin, um zu sehen, was das für einer war.

»Ich bin zwar schon noch ich selber«, wandte sich Mentor fröhlich an die Runde, »aber dennoch bin ich gleichzeitig durch und durch auch nicht ich selber.«

Telemach fiel ein, daß der Lehrer einmal, als sie mit einem besonders spinösen Problem beschäftigt waren, gesagt hatte, er hoffe, daß er vor lauter Denken keinen Sprung in die Schüssel kriege, wenn aber doch, dann solle Telemach so gut sein und es ihm rechtzeitig mitteilen. Und Telemach hatte gefragt: Wie teilt man das einem mit? Und Mentor war plötzlich sehr aufgeregt gewesen: Natürlich, hatte er gesagt, das geht ja aus rein logischen Gründen schon nicht! Woher soll ich dann aber wissen, daß es bei mir nicht schon längst soweit ist!

Telemach beugte sich zu ihm hinüber, damit man ihn rundherum nicht hören konnte: »Sie haben gesagt, Sie sind Sie selber, aber gleichzeitig auch nicht Sie selber... Überstürzen Sie jetzt bitte nichts...«

»Ich bin ich und ganz von mir selbst umgeben«, sagte Mentor mit strahlender Miene und überlauter, sonor aufgetragener Stimme. »Aber gleichzeitig bin ich auch nicht ich, und auch dieses Nicht-Ich umgibt mich ganz und gar...«

»Meine Güte...«, sagte Telemach, und ihm war, als wehte

ihn Kälte an, und er versuchte nun doch zu argumentieren, weil er nicht wußte, was er sonst hätte tun sollen. »Das kann aber aus logischen Gründen nicht gehen«, flüsterte er, »das haben Sie mir selbst bewiesen...« Und gab es auf, dachte: Aus genau denselben logischen Gründen kann ich es ihm nicht klarmachen...

»Tu nicht so kompliziert«, sagte Mentor aufgeräumt. »Die Göttin ist in mir...«

»Wer, bitte?«

»Die Göttin«, rief er und wiederholte es sogar noch zu den offenen Mädchen- und Bubengesichtern hin. »Die Göttin ist in mir!«

Jetzt wurde laut gestaunt, und die Burschen und Mädchen weiter hinten und weiter vorne fragten, was denn los sei, warum denn da so laut gestaunt werde, und bekamen zur Antwort, da sei einer, ja, der Breitgequetschte mit dem schwitznassen, offenen Hemd und der blauroten Birne, ja der, der neben dem jungen, großen, hübschen Mann sitze, in dem sei die Göttin. Wer? Die Göttin. Tatsächlich eine Göttin ist in ihm? Sagt er, ja. Was für eine Göttin denn? Keine Ahnung, was für eine Göttin.

»He, Sie, was für eine Göttin ist denn in Ihnen? Darf man das erfahren?«

Mentor blickte sich langsam und vergnügt um, schob mit einer sanften Handbewegung Telemach beiseite. Er sah sich von stillen, interessierten Gesichtern umgeben, jungen Gesichtern, die ohne Spott waren. Die wenigen Alten, die im Bus saßen, schauten zum Fenster hinaus oder starrten in ihre Heftchenromane, die glaubten nämlich längst an nichts mehr; die Jungen glaubten zwar ebenfalls an nichts, aber noch interessierten sie sich auch für Dinge, an die sie nicht glaubten.

»Wenn sie jetzt wollte«, sagte Mentor, legte den Zeigefinger auf den Daumen und spreizte die anderen Finger ab, »ich meine, wenn die Göttin jetzt wollte, dann würde der ganze Bus in die Luft fliegen.« Und trennte Daumen und Zeigefinger.

»Bitte, laßt doch den Mann in Frieden«, versuchte es Telemach wieder. »Er fühlt sich nicht wohl!«

»Nein, Telemach«, sagte Mentor, »ich habe mich noch nie so wohl gefühlt im ganzen Leben.«

Aber die Buben und Mädchen interessierte nicht das Befinden dieses merkwürdigen Mannes. »Wie in die Luft fliegen?« wollten sie wissen. »Wie? Explodieren, oder was?«

Und Mentor gab bereitwillig Auskunft, als sitze er am Katheder und halte Unterricht: »Ganz wie die Göttin will«, dozierte er. »Könnte sein, der Bus explodiert, könnte aber auch sein, er hebt ab wie ein Jumbo Jet.«

»He, Fahrer!« rief ein Junge, höchstens sechzehn, vorstehende Zähne, Schildkappe, T-Shirt mit Bild von der Gitarre, die er sich wünschte. »He, Fahrer, da ist einer, der kann den Bus in die Luft fliegen lassen, wenn er will.«

Der Fahrer richtete mit einem Griff den Rückspiegel. »Was ist los?« fragte er.

»Es ist nichts«, gab ihm Telemach schnell Antwort. »Ob wir vielleicht da vorne aussteigen können... wir beide...« Und er stand auf und zog an Mentors schwerem Körper.

»Nein, nein«, wehrte sich Mentor, »wir müssen bis hinunter in die Stadt«, blickte mit hervorquellenden, irr flitzenden Augen über die Gesichter der Mädchen und Buben, ohne jedoch einen von ihnen anzusehen.

Telemach neigte sich über ihn. »Bitte«, flüsterte er, »hören Sie jetzt auf mich! Einmal hören Sie jetzt bitte auf mich...« Er zog nun nur noch am Hemd, denn es kam ihm ungehörig vor, einen Mann, der um so vieles älter war als er, sein ehemaliger Lehrer noch dazu, am Arm zu berühren. »Was ist denn in Sie gefahren! Bitte, steigen wir aus! Setzen wir uns irgendwo in den Schatten...«

»Was da los ist, will ich wissen!« brüllte jetzt der Fahrer. Denn im Rückspiegel sah es so aus, als gäbe es dort hinten Händel. »Himmel noch einmal, spinnt ihr beiden!«

Telemach setzte sich schnell wieder neben Mentor, richtete seinen Oberkörper auf und schirmte so seinen Lehrer ab. Die Haare waren ihm übers Gesicht gefallen.

»Er hat eine Göttin in sich,« rief der Sechzehnjährige über seine Schulter nach vorn zum Fahrer, bewegte sich langsam durch den Mittelgang heran und schaute ernst und angestrengt an Telemach vorbei in Mentors Mundhöhle, ob dort vielleicht ein Zipfel des großen Wesens zu erspähen wäre.

Der Fahrer hielt den Bus an. Da waren sie gerade bei den Villen am Stadtrand angekommen. Er zog die Handbremse, denn die Straße war abschüssig. Den Motor ließ er laufen. Er klickte die Stahlrute aus ihrer Halterung unterhalb seines Sitzes und vollführte damit eine schnelle, elegant-bedrohliche Bewegung. Die glitzernde Waffe fuhr aus zu ihrer vollen Länge, und doch war sie in der gewaltigen Faust des Fahrers nur wie ein Grashalm, und er hätte sie gewiß nicht benötigt, denn ihm waren telamonische Kräfte gegeben. Nun erhob er sich von seinem Posten, nahm die Mütze vom Kopf und kam bedächtig durch den Gang nach hinten. Er mußte den Nakken beugen, sonst wäre er mit dem Kopf an das Busdach gestoßen. Seine Haare, lang und lockig und grau, streiften die Kunststoffbespannung des Busdaches, sie luden sich auf und standen kreisförmig vom Kopf ab. Die Buben und Mädchen hatten den Fahrer bisher nur sitzend gesehen, hinter dem Steuer, mit der Mütze auf dem Kopf, und sie sahen nun, daß er ein Ungetüm war, mit Haaren, als wären sie ihm vom Himmel herunter einzeln in den Kopf gesteckt worden.

»Der da?« fragte er und zeigte mit seiner Waffe auf Mentor. Aber keiner sagte etwas oder nickte auch nur.

Mentor in seinem besessenen Übermut rezitierte mit schwingendem Baß: »Wer ist dieser Mann, so stattlich und edel, höher denn alles Volk an Haupt und mächtigen Schultern?« Und er verschränkte die Finger auf seinem Bauch und winkte dem Busfahrer lächelnd mit seinen Brauen zu.

»Aussteigen!« befahl der Busfahrer.

Telemach stand sofort auf, wollte seinem Lehrer aus dem Sitz helfen. Mentor aber schob ihn beiseite und stellte sich vor den Fahrer hin.

»Gehen wir«, sagte Telemach. »Bitte! Es wird nur noch schlimmer...«

»Ist das dein Vater«, fragte der Fahrer.

»Nein«, sagte Telemach, »er ist mein Lehrer.«

»Sauberer Lehrer!«

»Also, was ist«, sagte Mentor und drückte den Fahrer mit seinem Bauch einen Schritt zurück. »Willst du mich auf die Probe stellen wie ein Kind oder wie ein Weib, das nicht weiß, was Krieg heißt?«

»Hat er etwas?« fragte der Busfahrer.

»Vielleicht die Sonne...«, stammelte Telemach. »Er hat etwas, ja... Ich weiß aber nicht, was er hat...«

»Bitte, sag ihm, er soll es jetzt gut sein lassen«, sagte der Fahrer, schob die Stahlrute zusammen und steckte sie in seine Hosentasche. »Wenn er schon Lehrer ist – es sind Kinder da, was werden die sich denn denken...«

Mentor streckte die Hand nach dem mächtigen Mann aus, riß ihn am Kragen, und nun begann der Kampf. Sie packten einander und umklammerten sich die Schultern mit ihren Armen, verankerten ihre Füße unter den Sitzen und waren wie Dachsparren, die der Zimmermann zum Giebel eines Hauses fügt, der Rücken knackte ihnen vom Druck der Arme. Und der gewaltige Fahrer – Fußpranken wie Schrotthebemagnete, rot aufgequollener Bizeps unter dem hochgekrempelten Hemd, Adern und Sehnen am Hals wie Stricke – dieser Durchtrainierte, der dreimal in der Woche *Tehranis Fitness-Center* in der Breiten Straße besuchte, er vermochte nicht, den Lehrer zu beugen. Seine Daumen gruben sich in das schlaffe Fleisch an Mentors Schultern, aber es war, als wäre Beton mit Pudding überzogen worden. Sie rangen, und ein Zittern in den Wangen des Busfahrers war die einzige Bewegung, denn die Kräfte waren so ebenmäßig verteilt, daß sie sich aufhoben und die Körper zu einem wie aus einem Stein gehauenen Denkmal erstarrten. Stumm glotzten die Burschen und Mädchen auf die Kämpfer, und sie verstanden nichts, fürchteten sich nur vor jeder Bewegung.

Aber Telemach drängte sich gegen den Busfahrer. »Er ist mindestens zwanzig Jahre älter als Sie... und nicht halb so stark... Sie tun ihm weh! Er ist doch völlig erschöpft... Sehen

Sie das denn nicht…« Und als der Busfahrer nicht reagieren wollte, schrie er ihn an: »Nehmen Sie augenblicklich Ihre Hände von ihm!«

Da wand sich der Busfaher aus der Umklammerung, ließ die Arme sinken und sagte nur: »Ich gebe zu…«

Telemach schob Mentor nach draußen, und als der Bus abfuhr, waren die Fenster voller Gesichter.

Nun standen sie auf der Straße, und der Abend war immer noch nicht kühl, obwohl die Sonne schon hinter den Bäumen und Häusern untergegangen war. Sie sahen wild aus, ihre Gesichter waren schweißnaß und gerötet, die Haare zerzaust und die Hemden aus den Hosen gerissen.

»Es ist alles wahr, was ich gesagt habe«, sagte Mentor nach einer Weile.

Telemach antwortete nicht. Er war noch zu aufgeregt. Seine Hände zitterten, er steckte sie in die Tasche. Er blickte Mentor von der Seite an. Die schwammigen Backen nahmen die Nase ganz in sich auf. Wie ein großes, altes Stück Käse sah das Gesicht von der Seite aus, eine teigige Einheit, aus der als ein Schnäbelchen die Unterlippe hing. Der Anblick wärmte sein Herz, und er hätte Mentor gern kräftig die Hand gegeben. Denn sie hatten sich ja, genaugenommen, noch gar nicht begrüßt.

»So was…«, sagte er aber nur.

Der Empfindende differenziert nicht, er nimmt die Welt als ein Ganzes, was sie in Tat und Wahrheit ja auch ist, und steigen seine Empfindungen ins liebe Sonnenlicht auf, so wird für ihn alles begreiflich und einfach, stecken sie aber unten im Schatten fest, dann wird ihm die Welt in ihrer verschwommenen Verschiedenheit, in ihrem Getümmel als eine Wildnis und ein Wirrsal erscheinen, und er wird sich nach Gewißheit sehnen. Mentor hatte ein Leben lang in seinen Garten hinaus geredet, als wäre der ein Hörsaal, und nur von Telemach war ihm versichert worden, daß nicht alles für die Katz war, was er dachte und redete. Gewißheit war das freilich keine gewesen. Jetzt wähnte er sich im Vollbesitz der letzten Gewißheit. Ganz anders Telemach: Er wußte nur eines, nämlich: daß er sich diesem Mann zurechnete. – Mit angezogenen Schultern, die Hände in den Hosentaschen, ging er hin und her, wartete, daß Mentor etwas sagte, kickte kleine Steine in die Vorgärten. Zu viele Gedanken plapperten in seinem Kopf durcheinander. Schließlich wandte er sich Mentor zu, mit einem lässigen Schlenker übrigens, fuhr dabei mit der Zunge innen zwischen Unterlippe und Zähnen hin und her, nickte bedächtig, als stünde er hier einem wissenschaftlichen Kolleg vor, das mit ihm gemeinsam an einem Problem grübelte – wir kennen das bereits –, und sagte, ohne seinem Lehrer direkt ins Gesicht zu schauen: »Frage: Ist es so, *als ob* die Göttin in Ihnen wäre?«

»Warum sagst du das?«

»Ich dachte, das heißt, ich denke ... also, ich denke, man kann sich so fühlen, *als ob* eine Göttin in einem wäre...«

»So fühle ich mich aber nicht.«

»...das kann doch heißen, daß es so ist ... daß man dann tatsächlich so stark ist, *als ob* tatsächlich die Göttin in einem wäre ... so ähnlich jedenfalls ... Wie derjenige, der mit seinen Fingernägeln eine Mauer eingerissen hat, oder der, der mit Steinen den Panzer verjagt hat... Das war doch Ihre Theorie, wenn ich mich recht erinnere... Das Zauberwort des Lebensplans ... *Als ob* ...«

»Was redest du für wirres Zeug, Telemach!« fuhr ihn Pallas Athene aus dem Mund des Lehrers an. »Und du nuschelst auch schon wieder. Ich dachte, das hättest du dir seit gestern abgewöhnt.« Und fugenlos einverstanden mit der Göttin, die ihn besetzte, nur milder im Ton, fuhr Mentor fort: »Alles hat einen festen Zweck, lieber Telemach, und einen festen Sinn, lieber, lieber Telemach, wie freue ich mich, dich wiederzusehen! Man kann nicht so tun *als ob*. Man kann nicht, man kann nicht. Und schon gar nicht kann man so tun, *als ob* es das *Eins* gäbe. Erinnerst du dich? Was war das für ein schöner Nachmittag! Der schönste Nachmittag meines Lebens! Dem der verzweifeltste Abend folgte. Den Liegestuhl habe ich inzwischen noch zweimal reparieren müssen, aber er dient mir immer noch. Er dient mir wirklich. Es ist nicht so, *als ob* er mir diente. Verstehst du? Es war ein gräßlicher Fehler, dir so einen Unsinn beizubringen! Wer so tut, *als ob* es das *Eins* gäbe, der behauptet doch in Wahrheit, daß es das *Eins* nicht gibt. Im Augenblick meiner größten Verzweiflung habe ich resigniert. Habe das *Eins* gegen ein *Als-ob-Eins* eingetauscht…«

»Ah ja«, sagte Telemach, und die Göttin sah, daß er sich nur wenig für Mentors Problem interessierte. »Komm«, übernahm sie das Kommando, »wir müssen in die Stadt!«

Sie schlenderten durch die laue Abendluft, vorbei an den weißlackierten eisernen Zäunen mit den Stiefmütterchenkränzen zwischen den Pfosten, und Telemach erzählte seinem Lehrer, erzählte. Nicht, was er in den letzten zwei Jahren gemacht hatte, erzählte er, sondern was er heute erlebt hatte, heute, an seinem großen Tag. Er erzählte von Anfang an, und Mentor hörte ihm zu. Ja, hör ihm ruhig zu, gab Athene dem Lehrer nach. Denn so viel hatte sie nach all den desaströsen Manipulationen dieses Tages begriffen: daß man den Menschen über seine Sorgen sprechen lassen muß, weil er sonst verstockt und noch schwerer zu handhaben ist als ohnehin schon. Und so redete Telemach drauflos, und manchmal blieben sie stehen, wenn er etwa mit den Armen weit ausholte, um zu zeigen, welche Spannweite die Flügel der Adler gehabt hatten – ein Thema, das Athene sehr unangenehm war –, oder wenn er sich an die Stirn schlug und immer wieder rief, er fasse es nicht, die Hunde seien tot, er fasse es einfach nicht, er gebe zu, er habe sich nie viel um sie gekümmert, aber jetzt seien sie tot, und er fasse es nicht, und dreimal, viermal hintereinander vorführte, wie Antinoos dem Rüden ins Maul geschossen hatte, und dabei abermals rief, er fasse es nicht, er fasse es einfach nicht, und gleich wieder von vorne anfing, um den ganzen Tag, seinen großen Tag, noch einmal zu erzählen. – Auf die Geschehnisse im Bus ging er nicht ein…

So gelangten sie auf Umwegen in die Stadt. Der Himmel hatte sich inzwischen mit Wolken überzogen, die Luft war noch schwüler als zuvor. Eine Weile gingen sie schweigend nebeneinander her. Telemach sagte noch ein- oder zweimal, er fasse es nicht. Dann schwiegen sie wieder. Dann fragte Mentor, ob er nun noch einmal den Tag von Anfang an erzählen wolle. Wolle er nicht mehr, sagte Telemach, nein, wolle er nicht.

»Bist du ganz sicher«, fragte Athene.

»Ich fasse es zwar immer noch nicht«, sagte Telemach, »aber jetzt habe ich genug erzählt.«

»Du bist ganz sicher, daß du genug oft von deinem Tag erzählt hast?«

»Ja«, sagte Telemach und blickte Mentor gerade ins Gesicht. Aber da war keine Ungeduld zu sehen.

»Gut«, sagte Athene, »dann kann ja ich jetzt...« und wies Mentor an zu wiederholen, was sie gestern in Odysseus' Arbeitszimmer aus Mentes' Mund schon einmal hatte vortragen lassen. Diesmal allerdings enthielt sie sich des predigerhaften Tonfalls, blieb ganz in Mentors ruhigem Vortragsstil und überließ ihm auch die Wahl der Worte, vertraute ihm.

Telemach lauschte der Stimme seines ehemaligen Lehrers, und sein Herz war noch immer voller Unruhe, und noch immer wußte er nicht, was er von all dem halten sollte, was ihm dieser Tag gebracht hatte. Aber sein Widerstand löste sich unter den göttlichen und väterlich freundschaftlichen Worten schnell auf, und gern neigte er sich vom Wissen zum Glauben hinüber. Wieder tat es ihm gut, neben jemandem zu gehen, für den es augenscheinlich den Zweifel nicht gab. Weder Mentors Lächeln zweifelte noch seine Worte. Und diesmal waren Lächeln und Worte nicht gegeneinander gerichtet wie bei Mentes, dem Taphier. Eine Welt ohne Zweifel nach so einem Tag! Und Telemach mittendrin. Ein solcher Platz mußte ihm wunderbar erscheinen, und für diesen Platz ließ er seine eigenen Zweifel gern fahren. Außerdem wußte er, daß ihn sein Lehrer liebte. Als er ihn früher vor den Schlangen auf dem Brachland gewarnt hatte, war dies aus wahrer, liebender, väterlicher Sorge geschehen.

Und dann saßen sie in der grün-weiß-roten italienischen Bar an der Breiten Straße, die zum Gehsteig hin offen war.

Von hier aus hatten sie freien Blick auf das *Kaffeehaus des Königs*, ohne daß sie von dort gesehen werden konnten. Sie saßen unter dem niedrighängenden Himmel, der endlich, endlich Regen trug.

»Erinnerst du dich, Telemach, was dir gestern gesagt worden ist«, fragte Mentor, »ab wann die Sache für dich gefährlich wird?«

»Es ist nichts Diesbezügliches gesagt worden.«

»Nicht? Merkwürdig… Nun, dann sage ich es dir jetzt: Gefährlich wird es für dich, wenn sich die beiden Anführer absprechen. Schau hinüber!«

Eurymachos und Antinoos betraten in diesem Augenblick die Veranda des Kaffeehauses. Sie nahmen einen der kleinen Tische, setzten sich einander gegenüber. Antinoos war gekleidet wie am Nachmittag, heller Anzug, heller Hut; Eurymachos war inzwischen wohl zu Hause gewesen und hatte sich umgezogen, er trug ein weinrotes Sakko zu weißen Hosen und war barhäuptig wie immer. Athene schärfte Mentors Blick, holte ihm die Gesichter der Feinde nahe heran. Eurymachos schien verlegen zu sein. Wenn sich ihre Blicke zufällig trafen, nickte er knapp und hob den Mund zu etwas Ähnlichem wie Lächeln. Antinoos hingegen wich dem Blick des anderen nicht aus. Im Gegenteil, er starrte den Älteren an, tat dies mit einer Offenheit, die wissen ließ, daß das eigene Verborgene von dem anderen nicht einmal erahnt werden konnte. Der Kellner kam an den Tisch, sie bestellten. Aber der Kellner ging nicht gleich, er beugte sich zu Antinoos nieder und redete auf ihn ein.

»Ein schrecklicher Lärm in dieser Straße«, sagte Mentor, »aber ich kann doch etwas verstehen. Der Kellner ist sehr aufgeregt. Er sagt, er will Antinoos allein sprechen. Antinoos sagt, er habe vor diesem Herrn hier keine Geheimnisse.«

Der Kellner setzte sich zwischen Eurymachos und Antinoos, drehte dem ersteren aber den Rücken zu.

»Jetzt verstehe ich den Kellner nur noch sehr schlecht«, fuhr Mentor fort. »Er flüstert, er nuschelt. Er sagt, gestern

214 Nacht habe sich jemand das Leben genommen … ein Freund

von Antinoos habe sich das Leben genommen. Jetzt schweigen sie und sagen kein Wort. Er ist ein einfältiger, guter
Mensch, dieser Kellner. Komm, Telemach, es ist notwendig,
daß wir sofort gehen! Augenblicklich!«

Zweites Zwischenspiel · Penelope

Als Penelope ihren Sohn drei Tage nicht gesehen hatte, drehte sie sich beim Frühstück zu Eurykleia hin, mit einem plötzlichen Ruck, wie es ihre Art war, blickte ihr gerade in die Augen und sagte: Da sie annehme, daß man informiert sei, frage sie nun.

Eurykleia war informiert, allerdings sehr vage nur. Telemach habe sie in der Nacht geweckt. Wann? Eben vor drei Tagen. Und? Er müsse weg, habe er gesagt. Weiter! Eurykleia solle ihm Geld borgen. Hat sie das getan? Ja, natürlich. Wieviel? Viel.

Ach, die Magd ließ sich alles aus der Nase ziehen. Von sich aus sagte sie nichts, aber auf die Fragen der Herrin antwortete sie prompt und präzis.

»Du hast ihm versprochen, mir nichts zu sagen?«

»Ich habe ihm versprochen, von mir aus nichts zu sagen.«

»Aber wenn du gefragt wirst, antwortest du. Das hast du ihm gesagt. Ist das richtig?«

»Das ist richtig.«

»Mehr kann er nicht verlangen. Das denkst du?«

»Das denke ich, ja.«

Bevor Penelope weiterfragte, wollte sie erst die Geldangelegenheit klären. Schulden, meinte sie, beeinträchtigten das Verhältnis zwischen Frage und Antwort. Andere – auch ihr Mann – wären wohl darüber hinaus der Meinung gewesen, daß es, wenn überhaupt, dann nur statthaft sei, von oben nach unten zu borgen, niemals aber von unten nach oben, weil es, egal, welche Gründe vorlägen, ein schlechtes Zeugnis für die Wirtschaft sei, wenn der Knecht dem Herrn auslegte. Penelope war das wurscht. Sie frühstückte ja auch in der Küche, zusammen mit der Magd. Meistens übrigens schweigend. Sie 217 kam im Morgenmantel herunter, ungekämmt, und trank ihren Tee oder ihren Kaffee, noch bevor sie unter der Dusche war, mit Kopfschmerzen. Selten setzte sie sich. Ging mit der Tasse in der Hand in den Gewürzgarten hinaus, kaute vielleicht ein Oreganoblatt. Brot am Morgen mochte sie nicht. Eigentlich nur Flüssiges. Bis der Kopfschmerz weg war. Ein paar Tropfen Zitronensaft in den Kaffee. Aß vielleicht eine Orange. Biß die Schale mit den Zähnen auf. Sagte nicht danke oder bitte. Eurykleia wußte alles. Kannte alles. – Eurykleia nannte die Summe, und Penelope zahlte mit einem Scheck. Die Summe war sehr hoch, so viel Bargeld hatte sie nicht im Haus.

»Warum hast du so viel Bargeld bei dir?«

»Weiß ich eigentlich nicht.«

»Eine Menge Geld ist das.«

»Ist das? Ja, ist das. Er hat ja auch gesagt, es sei nur einmal im Leben…«

»Und was da wirklich los war… mit den Hunden… man hätte sie nie von den Ställen wegholen sollen… so ein Schwachsinn… weißt du immer noch nicht… weißt du immer noch nicht… weißt du nicht?«

»Nein.«

»Nein… gut…«

Penelope stand in der Tür zum Garten, hatte das Licht im Rücken. Dabei ließ sie die Schultern fallen, reckte den Unterleib vor, hielt den Kopf etwas schief – es war eine Art, sich zu präsentieren, in der ihr der Sohn ähnlich war, nur daß er sich diese lasche, lässige Haltung ganz und gar und für dauernd zu eigen gemacht hatte, während sie sich diese Bequemlichkeit nur am Morgen erlaubte, in der Küche, vor Eurykleia, mit Kopfweh, beim Frühstück, bevor sie ihren Tag begann.

»Also, wo ist er«, fragte sie geradeheraus.

»Das weiß ich wirklich nicht.« Eurykleia suchte, was es noch zu tun gäbe. Sie hatte keinen Umstand, ihrer Herrin in die Augen zu schauen; und daß sie jetzt mit abgewandtem Blick herumhantierte, konnte Penelope deuten, wie sie wollte. Da war eine unbarmherzige Aufrichtigkeit, die so sehr blendete, daß nicht zu erkennen war, was sie doch offen vorzeigte.

»Also, wo er ist, weißt du nicht.«

»Nein.«

»Und was vermutest du?«

Darauf antwortete Eurykleia nicht. Jetzt bin ich ihrem Versprechen in den Weg gekommen, dachte Penelope. Oder auch nicht, oder doch, was weiß ich.

»Du vermutest also nichts. Gut, nichts, von mir aus nichts...«

Eurykleia blieb wieder still. Das konnte heißen, sie vermutete tatsächlich nichts; konnte aber auch heißen, es war wieder eine falsche Frage.

»Was hat er zu dir gesagt in der Nacht?«

»Ob ich ihm Geld borgen könnte.«

»Ja, das weiß ich. Das hatten wir bereits. Das hast du ja auch getan. Was hat er noch gesagt?«

»Daß er geht und nicht weiß, wann er wiederkommt.«

»Und was noch?«

»Daß sich seine Mutter nicht mit Tränen die herrliche Haut verderben soll.«

Das überhörte Penelope. »Hat er gesagt, warum er geht?«

»Er will in seine Rechte eintreten und Besitz nehmen von der ihm gebührenden Würde.«

»Was?«

»Genau so.«

Penelope war keine Frau, die loslachte. Sie lachte überhaupt selten. Auf Eurykleia wirkte sie meistens schlecht gelaunt. Aber Eurykleia war auch keine, die loslachte. Auch sie lachte selten.

»Findest du diese Aussage lächerlich?« fragte Penelope.

Eurykleia zuckte mit der Schulter.

»Ich finde sie nämlich lächerlich«, sagte Penelope. »Was meint er mit Rechte eintreten? Was mit Würde in Besitz nehmen?«

»Ich weiß es nicht.«

»Glaubst du, es ist gegen mich? Ah, das weißt du sicher   219 auch nicht. Ein blödes Gerede! Ich schäme mich für meinen Sohn!«

Die Magd war größer als die Herrin, und weil sie hager, weiß und wohl auch weil sie leidenschaftslos war, wirkte sie noch größer. Die Leidenschaft zieht uns zur Erde hin und macht uns geduckt, fast daß uns unser eigener Körper beschattet, und das kann gehen bis zur Finsternis. Eurykleia und Penelope kannten sich seit über zwanzig Jahren. Und immer noch weiß die eine nicht, was sie von der anderen halten soll. Aber weder Penelope noch Eurykleia nehmen das, was sie da vor sich sehen, als das, was ist. Sie vermuten hinter der Tatsächlichkeit der anderen ein Gegenteil, und als Gegenteil der hellen Oberfläche sehen sie Charaktertiefe, als Gegenteil eines rätsellosen Gesichtsausdrucks das rätselhaft Fremde schlechthin, das sich dahinter verbirgt. Das Fremde kann man nicht lesen, sagen sie sich, es gehören Scharfblick und Kenntnisse dazu, um überhaupt zu erkennen, wo es beginnt, und dann, wo es wenigstens die Möglichkeit in sich birgt, eines Tages mit ihm vertraut zu werden, und wo es fremd bleibt für immer.

»Wenn dir noch etwas einfällt, von dem du glaubst, daß ich es wissen möchte, dann verrätst du es mir doch, oder«, sagte Penelope.

»So kann ich es eben nicht«, sagte Eurykleia. »Weil ich es ihm versprochen habe.«

»Aber du könntest mir zum Beispiel sagen, wie ich fragen soll.« Kann sie natürlich auch nicht. Die fahlen Brauen hochgezogen über diese viel-deutigen, diese alles-deutigen Augen, die kaum Farbe haben. Kann man sich beim Fremden denn auf das Sichtbare verlassen? Und noch ehe Eurykleia antworten kann, hängt Penelope an: »Nein, laß es! Laß es! Er ist alt genug. Es ist nur ungewöhnlich. Laß es!«

Und geht aus der Küche hinaus.

Natürlich ist das gegen mich gerichtet, wenn er in der Nacht abhaut, ohne mir etwas zu sagen, so wertet sie das. Verspäteter, trotziger Milchschrei. Denkt sich Eurykleia dasselbe? Keine Ahnung. Keine Ahnung, einfach keine Ahnung…

Kann man sich bei dieser Immer-noch-Fremden auf das Gesicht verlassen? Dabei waren sie sich die einzigen Vertrauten gewesen in den ganzen letzten zwanzig Jahren. Aber in dem Gesicht steht nicht geschrieben, daß es so bleiben wird. Als sie selber gerade zwanzig gewesen war, die Herrin, und dagestanden hatte mit dem Knäblein, dem kaum ein Jahr alten, und der Mann war hinaus ins Feld, ans andere Ende der Welt, in den weiten Osten, wo die, gegen die er kämpfte, andere Augen hatten als die Männer hier, schmalere, ohne Fältchen auch im Alter, und sich viel zu ähnlich sahen, als daß sich einer der unsrigen mit Sympathie und Antipathie zwischen ihnen zurechtfinden hätte können – da war Eurykleia, die Nördliche, da war ihre Gegenwart das einzig Zuverlässige gewesen im Leben der alleingelassenen Kriegergattin. Und auch wenn sie sich vorgerechnet hatte, ich kann ihr nicht ins Herz schauen, sie ist fremd, ich kann, was ich sehe, nicht für das nehmen, was ist – sie hatte es doch getan. Sie sagte sich, man sollte ihr vielleicht nicht trauen, und vertraute ihr blindlings. Weil sie sonst verzweifelt wäre. Wo doch auf einmal alles umgedreht schien, sich alles auf den Kopf oder auf die Füße gestellt zu haben schien, seit dieser Krieg ausgebrochen war, dieser Krieg, den anfangs niemand gewollt und in den schließlich auch jene, die sich verrückt gestellt oder in Weiberkleidern versteckt hatten, mit Begeisterung zogen – weil sie das, was sie, gespiegelt in dem blanken militärischen Ordensgemisch an der Brust ihrer Führer, zu sehen glaubten, für die Wirklichkeit nahmen, nämlich: daß sie dieser Feind mit den anderen Augen am anderen Ende der Welt daran hinderte, in ihre Rechte zu treten und Besitz zu nehmen von der ihnen gebührenden Würde…

Sie hatte niemanden sonst. Nur Eurykleia, die Fremde, Undurchsichtige, Ganz-und-gar-Verschlossene, wie sie Laertes genannt hatte, weil sich keiner ihren wirklichen Namen merken, ihn nicht einmal aussprechen konnte. Nur diese Frau aus dem Norden hatte sie als Beistand und dann noch ein paar glänzende Begriffe, die sich, als sie von der Zeit matt-gehaucht worden waren, als durch und durch trostlos erwiesen. Eine Weile allerdings wirkten diese Begriffe wie Wundermittel. Nachdem sich nämlich die erste Verwirrung und die erste Trauer oder das, was für Trauer gehalten worden war, verduftet hatten – wörtlich verduftet, denn diese bis dahin fremden Gefühle hatten einen Geruch von Kamillentee und krankem Magen hinter sich hergezogen –, da war sie, die Herrin, von einer Wichtigkeit ergriffen und aufgerichtet worden, hatte sich ergreifen und aufrichten lassen von einer allgemeinen, alles mitreißenden, einer Welt-Wichtigkeit, die sich mit gleichsam wissenschaftlichem Trotz eben in Begriffen – und zwar nur in Begriffen – stellvertretend vergegenwärtigte. Kaum ein Tag, an dem in der Universität nicht alle Hörsäle für Vollversammlungen, Fachbereichsversammlungen, Basisgruppen, Bündnispartnerversammlungen besetzt waren. Es wurde geredet und geredet und geredet, diskutiert, auseinandergesetzt, daraufhinorientiert, artikuliert, geredet, geredet, geredet. Sie selbst redete zwar nicht viel, sie hörte zu, aber das war nicht weniger anstrengend als zu reden. Aus den Gehirnen und Mündern wuchsen bizarr glänzende, stählerne Systeme, trocken und herzlos, aber unerschöpflich im Erklären. Alles, was erblickt wurde, wurde betastet, was betastet wurde, wurde zerlegt, bis Gut und Böse, aus ihrem Vermengtsein gelöst, pur und bar dalagen, und nun endlich bewiesen werden konnte, daß jedes von beiden das Gegenteil von dem war, was es vorgab zu sein, ohne allerdings zu dem zu werden, was das andere war. Das militärische Titelgemisch, das bis dahin rangstiftend, wenn auch willkürlich und ungerecht geherrscht hatte, wurde weggefegt und ersetzt durch eine begriffebildende Geläufigkeit im Aufrichten einer puren baren Nützlichkeit, die zwar, wie eingeräumt wurde, im metaphysischen Sinn auf keiner zuverlässigen Grundlage ruhe, aber zumindest ein – im metaphorischen Sinn – umgedrehtes Bild der Wahrheit enthalte – was immer das auch heißen mochte…

Penelope besuchte die *Sit-ins* und *Teach-ins* und *Talk-ins* und manche Sitzung dieser aufsprießenden, scheckigen, sich gegenseitig bis ins Endlose hinein niederkritisierenden schwarzgekleideten Spontanëistengrüppchen, die durchaus auch schon das eine oder andere Mal hektographierte Gebrauchsanweisungen zur Herstellung von Molotow-Cocktails herumgaben. Sie war interessiert, wirkte unnahbar und desinteressiert und einschüchternd gegenwärtig und auf eine – fast wollte man sagen: metaphysische – Art über alle Begriffe und allen Eifer erhaben. Die Wahrheit war: Sie hielt es zu Hause nicht aus, in dieser untadeligen Gegend, fern vom Drang und Tumult der glänzenden äußeren Ereignisse, weit weg von der Stadt, noch viel weiter weg vom Krieg. Das Baby ließ sie Eurykleia, die war die bessere Mutter. Die hatte ja auch keinem Mann nachzutrauern oder nachzuwüten. Die Magd nahm das Kindchen wie ein eigenes, und es sah mehr danach aus, als folge sie dem Kleinen nur hinterher, als sei er ihr Führer, und ihre Aufgabe bestehe lediglich im Bremsen. »Sachte, sachte, damit euch die Engel nicht auslachen!« darauf schien sich ihre Pädagogik zu beschränken. Mit einiger Verwunderung beobachtete Penelope manchmal die beiden, rätselte, was dieser Satz zu bedeuten habe und warum »euch« und nicht »dich«…

Aber sie nahm sich keine Zeit zu fragen, war immer auf dem Sprung. Hinunter in die Stadt. Schweifte durch das Denken und Fordern und Reden, durch die dialektischen Paraden der Thesen und Antithesen, durch die Kehrtwendungen und Befreiungen. Sie hatte Respekt vor den Begriffen, übertrug ihnen das Sorgerecht über die gesamte Sprache, schwieg also meistens und überließ den Redegewandten damit auch gleich die Generalvertretung des Sittlichen. Gut ist, wer recht hat, recht hat, wer gut reden kann, gut reden kann, wer die Begriffe bedient wie Jimi Hendrix das Griffbrett seiner Stratocaster. Sie selbst kümmerte sich nicht weiter darum, manche Begriffe gefielen ihr, manche nicht, manche gefielen ihr nur drei Tage lang, manche länger – wie der selbstgedrehte Modeschmuck aus Silberdraht, der in der Mensa neben den Ständen mit anarchistischer Literatur verkauft wurde. Sie hatte Meinungen. Das genügte ihr. Die trugen nicht auf, wogen nicht schwer. Warum diese kleinen Meinungen auf Überzeugungsgröße aufblasen? Letztendlich war ihr das alles lediglich Zeitvertreib. Sie langweilte sich. Sie trug das Haar lang und offen, die rabenschwarzen Fransen hingen ihr über die Stirn bis zu den Augenbrauen, den Mund schminkte sie sich dunkelrot, und es war ihr lieb, die Augen hinter verspiegelten, kinderhandgroßen Sonnenbrillen zu verbergen und sich schleierfarbige Kleider überzuhängen und Schmuck aus Peru, der ihr um den Hals klimperte, einen breitkrempigen Hut aufzusetzen, um den bunte Seidentücher gewunden waren, die hinten tief in den Rücken hingen. Sie schlief bis in den halben Tag hinein, beteiligte sich an den Demonstrationen gegen den Krieg. Sie trat zwar keiner der Gruppierungen bei, die an allen Orten gegründet wurden mit dem Ziel, die Stimmung gegen den Krieg im Land anzuheizen, um so den Männern draußen die Legitimation für ihr glorreiches Töten zu nehmen. Sie wurde zu Versammlungen eingeladen, es kam auch vor, daß sie Flugblätter verteilte, aber sie wußte sich immer allen weiteren Erwartungen zu entziehen. Einmal wurde sie fürs Radio interviewt, weil sie doch eine prominente Kriegergattin war. Es war ihre erste und wohl auf immer einzige kleine politische Aktion ihres Lebens. Sie sagte ins Mikrophon, wenn es möglich wäre, daß ihr Mann sie hörte, dann wolle sie ihm zurufen: Desertiere! Aber sie sprach dabei mit so leiser Stimme, daß der Reporter ihr Statement nicht brauchen konnte. Vielleicht wollte er es auch nicht brauchen. Vielleicht hatte er von oben Weisung erhalten, es nicht zu brauchen, wie behauptet wurde. Das Interview wurde jedenfalls nicht gesendet. Dabei hatte sie vor Aufregung die Reihenfolge der Sätze verwechselt. Als ersten Satz hatte sie sagen wollen: Jene, gegen die mein Mann kämpft, das sind meine Brüder und Schwestern. Dann: Im Augenblick ist mir mein Mann fremder als seine Feinde. Und erst zum Schluß, gleichsam als Conclusio: Wenn es möglich ist, daß mich mein Mann hört, dann will ich ihm zurufen: Desertiere!

Obwohl das Interview nicht gesendet wurde, war bald überall bekannt, daß sich die Ehefrau von Odysseus öffentlich gegen den Krieg ausgesprochen hatte. Sie wurde nun noch drängender umworben. Ihr Satz wurde bei Veranstaltungen zitiert. Sie wurde auf Diskussionspodien geladen. Dort saß sie dann, sagte nichts oder nicht viel, wirkte rätselhaft und unnahbar und trug ihre Sonnenbrille und ihren Hut. Wenn das Statement in ihrer Gegenwart zitiert wurde, zum x-ten Mal zitiert wurde, nickte sie nur kurz mit dem Kopf. In Wahrheit war es ihr peinlich, dieser Satz hatte nicht das geringste mit dem zu tun, was in ihr vorging, nie hatte sie auch nur annähernd etwas Ähnliches gedacht, sie hatte diesen Satz so formuliert, weil sie meinte, etwas in dieser Richtung werde von ihr verlangt. Dieses »Desertiere!« wurde ihr langweilig, sie konnte es schon nicht mehr hören. Erst hatte sie gedacht, irgend etwas sei an diesem Wort, was sie nicht begreife, irgend etwas habe sie mit diesem Wort auf einen Nenner gebracht, alle verstehen, nur sie nicht. Das hatte sie verunsichert – *something is happening here/But you don't know what it is.* »Desertiere!« Das hieß doch einfach: vom Krieg weggehen. Dieses Wort hatte sie hundertmal gehört, bei jeder Gelegenheit hatte irgendeiner gesagt, die Boys da unten sollten desertieren, das Wort war auf Flugblättern gestanden, fett, schwarz, Überschrift – also warum so ein Theater, wenn sie es aussprach? Warum so ein Theater, wo doch ihr Statement nicht einmal gesendet worden war! Ja, sie wußte schon, daß sie etwas Besonderes war für die anderen, und sie wußte auch, daß dies nicht ihr Verdienst war.

Ein eigenartiges Gefühl ergriff sie bei dem Gedanken, daß ihr Mann, Odysseus, vielleicht ein ganz anderer war, als sie meinte; daß er in Wahrheit anders gewesen war, als er sich vor ihr gegeben hatte. Alle konnten hundertmal am Tag »Desertiere!« rufen, laut und deutlich sogar, sendefähig, in allen Tonarten, gerufen, gebrüllt, gelacht oder geflucht – das spielte keine Rolle, da drehte sich keiner danach um; aber wenn sie dieses Wort einmal nur in ein Mikrophon nuschelte, dann war der Teufel los. Es war ihr, als blickte ihr Mann wieder in ihr Leben, seine Augen gingen ihr nach, wo sie auch war, und die Gedanken an ihn wickelten sie ein, schnürten sie ein, schüchterten sie ein; und je mehr sie an ihn dachte, desto

fremder wurde er ihr. Aber dennoch war sie froh, daß sie bei
dem verfluchten Interview die beiden ersten Sätze vergessen
hatte – wie hatte sie nur so einen Unsinn denken können, daß
ihr Odysseus fremder sei als die Männer, gegen die er
kämpfte! Er war ihr fremd, die Männer, gegen die er kämpfte,
waren ihr fremd, und jene, die sie drängten, einen zweiten
solchen – griffigen, wie es hieß – Satz abzugeben, die waren
ihr auch fremd. Gut, war eben die ganze Welt fremd. Mit so
einem Satz lag man in der Mode.

Wenn auf sie eingeredet wurde, schaltete sie ab, hörte das
Gerede wie eine Fremdsprache. Sie sagte »Ja«. Hatte damit
vielleicht einem Termin zugesagt und tauchte dann nicht auf.
Oder sie sagte einfach nichts. Man konnte auf sie einreden,
und sie sagte nichts. Sie wandte ihr Gesicht mit einem Ruck
dem Redner zu und beobachtete ihn durch ihre von außen
undurchsichtigen Gläser, wie er allmählich den Faden verlor,
weil er sich eitel hinreißen ließ von seinem Spiegelbild in ihrer
Sonnenbrille. – Merkwürdigerweise und ohne daß es ihre Absicht gewesen wäre, vermehrte sie mit alledem das öffentliche
Ansehen ihres Mannes.

Vielen galt ihre Cousine Klytaimnestra, die Gattin des
Heerführers Agamemnon, als Vorbild. Die hatte von allem
Anfang an Stellung gegen den Krieg bezogen, noch bevor ihr
Mann hinausgefahren war. Noch als keiner aufgestanden
war, um die Stimme gegen den Feldzug zu erheben, hatte sie
davor gewarnt. Als dann Agamemnon trotz ihrer Bitten und
trotz ihres Flehens doch aufbrach, sagte sie sich von ihm los,
verfluchte ihn. Später lebte sie offen mit Aigisth, ihrem Liebhaber, zusammen, beschimpfte ihren Mann, bezeichnete ihn
als eine Bestie, als roh, herrschsüchtig, unberechenbar, grausam, als schlechten Vater. Sie spottete sogar über den großen
Agamemnon, er sei ein schlechter Liebhaber, ein humorloser,
schwerfälliger Dummkopf, ein urweltliches Scheusal. Sie beteiligte sich selbstverständlich an den Demonstrationen gegen
den Krieg, riß sich die Bluse vom Leib und marschierte mit
frei schwingenden Brüsten in der vordersten Reihe. Nackt ließ
226 sie sich zusammen mit Aigisth in einem Hotel fotografieren.

Die Augenlider hatte sie geschminkt wie dicke, schwarze Regenwürmer, die Haare hatte sie toupiert zu einem Kriegshelm, und ihr Mund war eine riesige, blutrote Wunde. Sie brachte sogar eine Schallplatte heraus, auf der sie gemeinsam mit ihrem Liebhaber Anti-Kriegs-Lieder sang. Schlecht sang. Er röhrte dazu auf der elektrischen Gitarre. Auch schlecht. Ein Cut wie der andere. Monoton. Geschrien hauptsächlich. Eine Ehefrau sei »nichts weiter als eine registrierte Lochkarte« und ähnliches. Oder sie paraphrasierte ein bekanntes Lied: »Freedom's just another word for: Go and find yourself.« Ein anderer Song bestand überhaupt nur aus zwei Worten: »Gratulation Masturbation ...« Die Platte wurde ein gewaltiger Erfolg. Die Einnahmen spendete sie den Kriegsgegnern ihres Mannes.

Ja, Klytaimnestra war ein Idol gewesen. Penelope, hier in der Provinz, hätte eine ähnliche Rolle spielen sollen wie ihre in der fernen Metropole lebende Cousine – meinten einige. In ihrer Stellung sei sie sogar verpflichtet dazu, meinten dieselben. Alles, was diesen Krieg verkürze, müsse getan, dürfe verlangt werden. Penelope sagte weder nein, noch sagte sie ja. Sie sagte gar nichts. Manchmal nickte sie kurz. Verdrehte ihre Augen unter den verspiegelten Gläsern. Sie blieb unnahbar und rätselhaft. Sie wurde beschimpft. Sie sei ja doch nur eine Privilegierte, ein Dämchen, das sich lediglich gegen den Krieg und seine Führer stelle, weil das zur Zeit chic und opportun sei. Auch darauf antwortete sie nicht. In ihrem Innern erfüllte sie das Verhalten von Klytaimnestra mit Abscheu.

Zu Hause gab es Streit. Gründlichen Streit. Ihr Schwiegervater Laertes hatte natürlich auch von dem Interview gehört. Er fand es eine unglaubliche Zumutung, eine groteske Komödie, eine unerträgliche Brüskierung, daß Penelope ihrem Mann in den Rücken falle, ausgerechnet die Frau eines der bedeutendsten Heerführer. »Das kann man brauchen! Das kann man man gut brauchen!« schrie er. Er, Laertes, der nie von seiner Gewohnheit abwich, im Morgenmantel zu frühstücken, im saloppen Sportanzug den Lunch einzunehmen und im Abendanzug zu dinieren, der keine Pfeife an einem

Tag zweimal rauchte, der wenig redete und wenn, dann in Form von Bonmots, die, auch wenn niemand den Witz verstand, vorgetragen wurden mit leichtem Mundschnuffeln, als wäre eben doch ein Witz dahinter, weswegen dann eben auch einer dahinter war; er, der nie die Contenance verlor – er schrie.

Eurykleia versicherte, sie habe ihn bis dahin noch nie schreien hören. Sie war in der Küche, als er schrie, und sie lief in die Halle, weil sie meinte, ein Fremder sei eingedrungen und führe sich auf. Seine Schreistimme sei ihr völlig unbekannt gewesen, sagte sie. Und sie sah: Laertes, mit seiner Pfeife fuchtelnd, ging auf und ab, und Penelope, die Beine angezogen, die Haare wie einen Vorhang über dem Gesicht, saß mit dem Rücken an die Waffenwand gelehnt am Boden. Laertes war außer sich: Wenn sie schon nicht anders könne, als sich gegen diesen Krieg zu stellen, den sie weder in seiner Notwendigkeit noch in seiner Tragweite für die Zukunft begreife, dann möge sie doch so gut sein und wenigstens in der Öffentlichkeit den Rand halten! Das gebiete der primitivste Respekt gegenüber ihrem Gatten, von dem niemand sagen könne, ob er überhaupt noch am Leben sei, und das gebiete auch die Loyalität gegenüber diesem Haus... und so weiter und so weiter... Und Penelope antwortete, ihre Stimme klang unengagiert: Für sie seien alle Menschen gleich, und auch wenn sie den einen mehr liebe als den anderen, so könne das doch nicht heißen, daß der andere weniger Rechte habe als der eine. Und Laertes schrie zurück: Niemand dürfe sich anmaßen, für die Rechte aller zu sprechen! Eben dadurch, daß jeder für sein eigenes Recht das Wort führe und dafür kämpfe, sei erst gewährleistet, daß das Gleichgewicht aller Rechte gehalten werde. Erst wenn jeder dem anderen klarmache, daß er bereit sei, für sein Recht bis zum Äußersten zu gehen, und das könne nur heißen bis zur Vernichtung, zur Vernichtung des anderen und der eigenen Vernichtung, erst dann, unter diesem Damoklesschwert des Untergangs, könne der Mensch in sein Recht eintreten und Besitz nehmen von der ihm gebührenden Würde...

Es sei ihr doch einigermaßen eigenartig erschienen – sagte Eurykleia später irgendwann einmal bei einem Frühstück zu Penelope –, diesen sonst so feinsinnigen Mann so kriegerisch sprechen zu hören, ohne jedes Mundschnuffeln. – Schließlich aber war nicht mehr gestritten, sondern nur noch geschwiegen worden. Wenn Penelope die Halle betrat, ging Laertes hinaus. – Sie ließ nicht viel Zeit verstreichen. Sie schlug vor, sie werde das Haus verlassen, mit dem Kind, mit Eurykleia, wenn es der Schwiegervater erlaube selbstverständlich, schließlich stehe die Magd ja in seinen Diensten. So wolle sie zurückkehren zu ihrem Vater, Ikarios. Damit war Laertes nicht einverstanden. Das würde zu Redereien führen, sagte er. Und ohne Donnerwetter räumte er das Feld. Er zog hinaus in das Weinbaugebiet, knapp hundert Kilometer weit weg von der Stadt, ließ sich dort ein Landhaus ausbauen und mied jede Öffentlichkeit. Es gehe ihm gut, hieß es in Abständen. Manchmal – freilich erst einige Jahre später – besuchte ihn Penelope zusammen mit ihrem Sohn. Da fand sie einen zufriedenen Menschen vor, gepflegt und verkünstelt wie früher, leutseliger als früher, der ausgewählte Freunde der Umgebung mit seinen Schnäpsen freihielt, wie er erzählte. Er machte ihr nicht einmal ein schlechtes Gewissen, tischte ihr den besten Malt Whisky auf, den es im ganzen Erdkreis zu trinken gäbe, wie er sagte.

Nun lebten sie zu dritt in dem großen Haus: Penelope, Eurykleia und Telemach. Telemach war den größten Teil des Tages auswärts zum Unterricht bei Mentor, und so kreuzten sich die Wege von Herrin und Magd viele Male, sie sahen sich an, fixierten sich mit prüfendem Ernst, manchmal offen, manchmal verstohlen, und sie blieben sich rätselhaft und fremd und interessierten sich füreinander und interessierten sich auch wieder nicht. Persönliches wurde schon besprochen, beim Frühstück in der Küche, aber es wurde in einer Art darüber geredet, als beträfe es nicht Anwesende, sondern sei eine allgemeine Betrachtung. Um genau zu ein: Nur Penelope brachte Persönliches zur Sprache. Eurykleia hörte lediglich zu, fragte, gab Kommentare ab, gab auch Ratschläge;

aber von sich selbst ließ sie nichts wissen, gar nichts. Nur Penelope sprach von sich, und sie schützte sich dabei mit Begriffen, mit eben jenen inzwischen in die Jahre gekommenen Begriffen, die so trocken und herzlos, aber so unerschöpflich im Erklären waren.

Sie war nicht mehr zu den Versammlungen gegangen, und die Demonstrationen hatten aufgehört, dann war der Krieg zu Ende, und er war schnell vergessen. Klytaimnestra hatte grausige Schlagzeilen gemacht, als sie ihren heimkehrenden Gatten gemeinsam mit ihrem Liebhaber im Bad erschlug und gleich auch noch Kassandra dazu, die verzweifelte Beute, die der General aus dem Krieg mitgebracht hatte. Nur noch wenige spendeten dieser Tat des ehemaligen Idols Beifall. Und als dann Orest, der Sohn des Agamemnon und der Klytaimnestra, das Blutbad fortsetzte und die Mutter und Aigisth umbrachte, da waren schon mehr auf seiner Seite als auf der der Ermordeten. Penelope las davon in der Zeitung, und Grauen erfüllte sie, es war ihr, als würde sich die Welt um sie herum überschlagen wie eine Kippschaukel auf dem Jahrmarkt. Warum wunderte sich niemand über die Tat ihrer Cousine und über die Tat des Orest? Warum taten alle so, als hätten sie etwas Ähnliches erwartet? War so etwas vorherzusehen gewesen? Hatte man mit diesem Gemetzel gerechnet? Warum sie nicht? Ihr waren Klytaimnestras aufreizende Provokationen unappetitlich vorgekommen, aber harmlos. Konnte sie ihren Augen nicht mehr trauen? Und ihren Ohren nicht mehr? Und warum wurde mit Heiterkeit von diesen Untaten gesprochen, zufrieden, entspannt, erleichtert? War die Welt, in der sie lebte, von solch kataklystischer Gewalttätigkeit, daß diese Gatten- und Muttermorde nur mehr als unterhaltende Anekdoten, als Zerstreuung weitergereicht wurden? Die Begriffe stürzten von ihren Sockeln, und sie ekelte sich vor ihnen, und nichts, nichts, nichts war mehr frei von Drohung und Hohn. Sie zog sich zurück in ihr Haus, ließ am Tag die Fensterläden schließen und sprach lange Zeit mit niemandem mehr.

Frühstückte schweigend. Aber zusammen mit Eurykleia. Nur um zu frühstücken, verließ sie ihr Zimmer. Rückte den

Stuhl näher an die Magd heran. Ihre Augen bettelten gotts-
jämmerlich. Aber jedes Wort war grantig. Den Sohn sah sie
lange nicht. Sie schaute nicht nach ihm. Vergaß ihn fast.
Wenn Mentor ausrichten ließ, er würde gern Bericht erstatten
über den schulischen Fortschritt Telemachs, ließ Penelope
ausrichten, das sei nicht nötig. Am hellen Tag schloß sie die
Augen und sah Klytaimnestras geschminktes Gesicht vor sich,
ihren ordinären Mund und ihr Doppelkinn. Orest hatte sie nie
kennengelernt. In der Zeitung war ein Bild von ihm gewesen,
das zeigte ihn mit einer Papiertüte im Arm, wie er einen Supermarkt verließ. Die Polizei fahnde nach ihm, hieß es. Spe-
zialeinheiten seien ausgeschwärmt. Man konnte auf dem Bild
nicht erkennen, ob er gerade sprach oder ob er lachte. Der
Mund stand ein wenig offen. Er trug eine helle Windjacke mit
Reißverschluß. Penelope hatte das Bild aus der Zeitung aus-
geschnitten und immer wieder betrachtet, dann in Schnipsel
zerrissen und unter die Kartoffelschalen geworfen. Wenn sie
an das Bild dachte, würgte es sie im Hals. Wird einschlafen als
Mörder, wird aufwachen als Mörder. Wird jeden Augenblick
des Tages und in der Nacht in seinen Träumen allein sein mit
seinen Einflüsterungen, die ganz dunkel sind, fackelschwin-
gend, schlangenhaarig... – Und sie fand nicht aus ihrem Entsetzen heraus. Die Haare hingen ihr übers Gesicht. Sie aß
kaum. Eurykleia drang nicht in sie. Sie nahm Penelope
schweigend, wie sie sie redend genommen hatte: als wüßte sie
den Unterschied nicht.

Penelope dachte nach. Über Gegenstände, die ihr zufällig
vor die Augen kamen. Nichts Wichtiges. Gegenstände, die sie
lange, lange anschauen konnte. Stundenlang sogar. Sie
wußte, daß das ein wenig eigenartig war, sie spürte einen
langsam fortschreitenden Niedergang ihrer Lebenskräfte,
und sie sagte sich durchaus ungerührt, daß sie, gerade drei-
ßigjährig, wohl im Begriff war, insgeheim und auf eine stille
und schläfrig angenehme Art uninteressant und zukunftslos
zu werden; daß sie sich wie eine Witwe benahm, noch ehe ihr
mitgeteilt worden war, daß ihr Mann tot sei. Zehn Jahre, solange wie dieser Krieg dauerte, hatte sie in einem unwirk-

lichen Zustand geschwebt zwischen Mädchentum und Witwentum, ein Zustand, der beides in ihr gegenwärtig hielt, aber ins Negativ gekehrt als Nicht-mehr oder Noch-nicht. Und so war sie auch behandelt worden: wie ein buntes Mädchen und wie eine dunkle Witwe; ein unmögliches Geschöpf eigentlich, monströs, genaugenommen, annehmbar nur als Rätsel, das unter gar keinen Umständen gelöst werden durfte; ein geheimnisloses Rätsel, ein Kuriosum. Von keinem Brot durfte sie abbeißen, kein Gelächter durfte sie mitmachen, keine Eindeutigkeiten durfte sie sagen. Denn ihr Brot wurde nicht als Brot, ihr Lachen nicht als Lachen, eine Eindeutigkeit aus ihrem Mund nicht als eindeutig gesehen. So hatte sie geschwiegen und sich hinter der Sonnenbrille versteckt und sich nicht gemuckst und war sich bald selber merkwürdig und rätselhaft vorgekommen. Zehn Jahre, sagte sie sich, hatte sie in einer Pattstellung ausgehalten – und das nur wegen eines abwesenden Mannes, der, wie sie gegen alle Empfindung annehmen mußte, offenbar ein ganz anderer war, als sie geglaubt hatte: mehr Besitz der Öffentlichkeit als ihr Ehemann, mehr von aller Welt verehrt oder gehaßt als von ihr je geliebt.

Sie nahm sich die Dinge vor, die ihr Mann gesammelt hatte, ein Ding nach dem anderen, starrte sie so lange an, bis sie jede Bedeutung verloren und nur noch Ding waren im abstraktesten Sinn. Ihr Nachdenken brauchte solche Gegenstände. Sie dachte ja nicht über die Gegenstände nach. Es war ein Gedanken fressendes Denken. Wenn es an sein Ende gelangt war, dachte sie gar nichts mehr. – Sie war aus aller Ordnung herausgehoben.

Sie war nicht allein in dem Haus, aber sie fühlte sich allein auf der ganzen Welt, und die Resultate ihrer Überlegungen wurden wertlos dadurch, daß es niemanden gab, der ihr lieb genug war, um sie ihm mitzuteilen. Ihr Mann war bloß noch ein blasses Bild, ein abgelaufenes Bild obendrein, weil es mehr als zehn Jahre alt war, und – was am schwersten wog – ein widerlegtes Bild. Er wird tot sein, sagte sie sich, sonst wäre er zurückgekommen wie alle anderen. Sie wartete auf die

Todesnachricht, glaubte sich gewappnet gegen den Schmerz

und gestand sich mit Beklemmung ein, daß weit und breit in ihrer Seele kein Schmerz war. Sie wünschte sich die Todesnachricht. Sie bemühte sich, um ihren Mann zu trauern. Dieses Bemühen war wie Arbeit, und es hatte ein Erinnern als Voraussetzung. Das Erinnern war auch wie Arbeit. Sie erinnerte sich nur an wenig. An sein rötliches Haar erinnerte sie sich, das für ihren Geschmack zu kurz geschoren war. Ihr fiel ein, wie angenehm es sich angefühlt hatte, mit der Hand über seinen Kopf zu streichen.

Und plötzlich kehrte sich alles in ihr um, die Erinnerungen rissen die Gedanken nieder und begruben sie unter sich. Was sie vergessen hatte, zum Beispiel, war sein Gelächter. Daß er sie zum Lachen bringen konnte. Daß sie gelacht hatten bis zum Muskelkater im Bauch. Niemand hätte ihr dieses Lachen geglaubt. Und ihm schon gar nicht. Es paßte weder zu ihrem Image, das draußen erwartet, noch zu seinem, das draußen verbreitet wurde. Ihr traute man alles mögliche zu, gewiß aber niemals Albernheiten. Nichts konnte sie gegen ihren Sohn mehr aufbringen, als diese albernen Frage-und-Antwort-Spielchen, in die er seine Umgebung bisweilen verwickelte, dieser Hang zur Absurdität, dem er sich scheinbar wonnevoll hingeben konnte. Dann war es schon vorgekommen, daß sie seine kichernd aus ihm sprudelnden Assoziationen, diese aus unwitzigen Sinnlosigkeiten zusammengepuzzelten Sätze in einem Ton unterbrach, der drei Tage für schlechte Stimmung im Haus sorgte. Und doch war es so, daß der Sohn diese Ader von seinem Vater hatte, daß auch der Vater, wenn sich ihm, ohne daß er sagen konnte, was der Grund dafür war, das Herz in der Brust hob und er vor lauter guter Laune nicht wußte wohin, sich Erleichterung nur verschaffen hatte können, indem er seine Affereien aufführte und in albern absurder Weise mit Worten herumkasperte. Nur wer ihn liebte, konnte mit ihm mitlachen. Aber wer ihn liebte, der lachte, daß die Tränen kamen und der Bauch noch drei Tage lang weh tat…

Ein Jahr und ein halbes hatte sie ihn gehabt. Nicht länger. So lange hatten sie gemeinsam in diesem Haus gelebt. Nicht länger. Eine gelächtervolle Segenszeit. Sogar bei der ernste- 233 sten Sache, wenn sie miteinander schliefen, hatten sie manchmal gelacht. Das wäre doch nicht zu erzählen gewesen. Das wäre wie den Geschmack einer Speise beschreiben mit Worten, die doch nur sagen, es war ganz anders und gewiß nicht so, wie es diese Worte einem vormachen wollen. Er hatte an ihr »herumprobiert«, und sie dann auch an ihm – er hatte es so genannt, und sie dann auch. Das konnte sie doch niemandem erzählen, man hätte sich denken müssen, was das wohl für eine alberne Sache gewesen war, ihre Liebe. Aber sie hätte es gern jemandem erzählt… Wem denn, wem denn, wem denn? –

Schließlich trauerte sie nicht mehr um ihren Mann, sondern begehrte ihn. Sie dachte nur mehr daran, wie es war, als Mann und Frau miteinander schliefen. Diese Bilder zu halten kostete sie keine Mühe. Verrückt machten sie. Nun glaubte sie nicht mehr, daß er gestorben sei. Sie sperrte die Gegenstände weg, hätte sie am liebsten alle aus dem Haus gehabt, öffnete die Fensterläden, kurvte mit dem Auto in der Gegend herum. Sie hatte keine Ahnung, in welcher Himmelsrichtung ihr Mann sich im Augenblick befand. Aber es spielte ja keine Rolle, die Richtung der Sehnsucht war nicht nach Winkelgraden zu berechnen.

So wuchs die Sehnsucht nach ihrem Mann, und sie wurde zu einem Schmerz, den sie nicht mehr wollte, weil er so hoffnungslos quälte. Sie wollte ihren Mann. Sie war so neugierig auf ihn. Und war auch voller Mitleid mit ihm, sah ihn vor sich: verwundet, zerrissen, verlassen, mit mürbe geschlagenem Herzen. Einer, der ihres Trostes bedurfte. Des Trostes und der Befriedigung bedurfte er. Und doch war in Wahrheit sie die Verwundete, Zerrissene, Verlassene, die mit dem mürbe geschlagenen Herzen, die des Trostes und der Befriedigung bedurfte. Dann wollte sie vielleicht nicht mehr unbedingt ihren Mann, sondern nur noch einen Mann. Aber einen, den sie liebte. Und dann vielleicht nicht einmal unbedingt einen, den sie liebte. Aber zuerst wollte sie noch einen, den sie so lieben konnte, wie sie sich erinnerte, daß sie ihren Mann geliebt hatte. So wechselten die Bilder und Erwartungen, sprangen wie ihre Launen und Nöte – wollte glücklich sein und traurig sein und ein Mittel gegen die Langeweile haben und geliebt werden und lieben... Man wird aber nicht glücklich, weil man glücklich sein will, man wird nicht traurig, weil man Trauer trägt, und man besiegt die Langeweile nicht allein mit dem Vorsatz, sie zu besiegen – und man liebt nicht, weil man Sehnsucht nach der Liebe hat. Aber ein bißchen Arbeit an der Sache tut doch gut. Hatte sich ja erwiesen. Sie räumte die steinern-coole Witwenzeit der verspiegelten Sonnenbrillen und ruckartigen Blicke, die Zeit der glänzenden Begriffe aus ihrer Erinnerung. Lüftete ihr Image, das ein verdammt knapp sitzendes war, in dem sich keine großen Sprünge machen ließen. Tat so, als wäre sie immer eine andere gewesen. Erster Erfolg: Die Eifersucht meldete sich in ihr. Ihre Stiche wurden in Empfang genommen wie ein Geschenk. Sie war glücklich und traurig, und ihr war nicht mehr langweilig. Die Eifersucht war ein Beweis dafür, daß sich ihre Halbwitwenschaft verduftet hatte, mit all den abgestandenen Linnengerüchen. Von ihrem Mann war nicht zu erwarten, daß er noch nach ihr verlangte. Er wird noch begehrenswert sein, dachte sie, und so schmerzlich sie der Gedanke am Anfang reizte, daß er es mit einer anderen treiben könnte – in diesem Augenblick vielleicht sogar! – gab sie sich doch zu, daß sie ihn verstand. Was soll ein Mann ohne Frau! – Was soll eine Frau ohne Mann?

Als ob sie es vom Dach geschrien hätte, kamen Männer ins Haus. Boten ihre Hilfe an. Hilfe wofür? Wenn nur einer gekommen wäre oder vielleicht zwei, vielleicht hätte sie den einen oder einen von den beiden zu sich gelassen und genommen, auch ohne Liebe; aber sie waren gleich von Anfang an zu zehnt gekommen und dann noch mehr, hatten von Anfang an den Charakter einer Abordnung gehabt. Abordnung wozu? Mit der Zeit blieb der eine oder andere aus, dafür kamen frische nach. Und wenn einer dabei war, der ihr gefiel, dann dachte sie sich, vielleicht kommt bald ein nächster, der mir besser gefällt. Sie wollte keinen gelackten Yuppie – neu, attraktiv, zielsicher, ideenreich... War sie denn dumm, daß sie nicht wußte, was die wollten? Ein Tag reichte nicht aus, um die Besitztümer des Odysseus zu umrunden.

Manchmal fuhr sie abends in die Stadt und ging ins Kino oder besuchte an Wochenenden ein Rockkonzert. Und sie tat es, um einen Mann kennenzulernen. Denn sie sagte sich: So einer, der mir gefällt, der kommt nicht in einer Abordnung als einer von zehn. Aber bald ließ sie die Kinobesuche, und die neue Rockmusik gefiel ihr nicht mehr. Sie stellte weiteres Personal ein. Stand nun einem Haushalt vor und empfing am Nachmittag »die Abordnung«. Und das alte Image kroch wieder aus seinem Winkel und rief: Patt! Bewege dich nicht! Setz die Verspiegelte wieder auf! Laß die Erinnerung und die Worte, hole die Begriffe hervor, die bauen eine glänzende Mauer um dich auf, *needful things* der Seele... So waren vier Jahre vergangen...

Wir haben uns versponnen in der Vergangenheit unserer Erzählung, und seit dem Anfang dieses Zwischenspiels sind drei weitere Tage vergangen. – »*Schlaf, steig herunter von deiner Tanne!*« – Was ist das für ein merkwürdiger Befehl, der aus der Zukunft dieser Erzählung kommt? – »*Schlaf, steig herunter von deiner Tanne!*« – Gerät nun alles aus den Fugen? Beginnen wir uns nun auch in absurden Albernheiten zu verstricken? Sollten wir nicht, auf die Wirkung der Erzählung bedacht, solche Stimmen, die von der Seite oder von wo auch immer hereindrängen, frühzeitig zum Schweigen bringen? Wir wollen hier keine Herumkaspereien dulden! »*Schlaf, steig herunter von deiner Tanne!*« Wer spricht da? – Es ist eine Frauenstimme. Überlaut sagt sie diesen Satz. Dreimal sagt sie diesen Satz. Wie eine Verwünschung. – Kennen wir diese Frau? – Sie ist groß – nein, nicht groß wie Eurykleia, viel größer ist sie, viel größer, viel größer – kein Vergleich! Wir bringen diese Frau jetzt schon ins Gespräch, um auf sie vorzubereiten: Sie ist nämlich eine Riesin. Wahrhaftig dürfte sie zwei Meter groß sein, vielleicht noch mehr, mehr, mehr. Das läßt sich bei solchen Ausmaßen nicht mehr abschätzen. Und noch etwas: Sie ist eine schöne Frau, jede Stelle ihres Körpers kündet von der Parteilichkeit der Natur bei seiner Ausstattung. So hat sie zum Beispiel große, schwere, aber voll Kraft sich allem entgegenstemmende Brüste, wie sie in der Welt noch kein Mann gesehen hat, und gewaltige Hüften hat sie auch, die Mütterlichkeit ebenso versprechen wie Lust – ungeheure Führerin und ungeheure Verführerin in einem... Sollen wir diesmal mit *Es war einmal* beginnen? So als wäre diese Frau je gewesen? So als wäre sie schon an ihr Ende gelangt? Als handelte es sich hier endgültig um ein Märchen, in sich verschlossen, bedingungslos, voraussetzungslos, auf kein anderes Gespinst seiner Gattung sich beziehend, keine Lehre enthaltend, eine Parallelwelt zu der unseren, wo wir nie auf einen von uns treffen, ein Universum, das kein Vorher und als Nachher nur das *Wenn sie nicht gestorben sind ...* kennt? Noch weiter, in die Fabelwelt, sollen wir von unserer Erzählung abweichen? Nein, nein, das überlassen wir doch lieber Eurykleia, der Magd. Sie kennt sich dort aus. Sie war es, die Telemach an den Abenden seiner Kindheit von Katze und Mühlstein, Ei und Ente, Stecknadel und Nähnadel geraunt hat, die sich dem Hähnchen und dem Hühnchen anschlossen und sich draußen im Haus verteilten, um auf den Herrn Korbes zu warten, der, niemand weiß warum, von den Dingen und Tieren gleichermaßen gehaßt und schließlich von ihnen vernichtet wurde...

Sechs Tage also waren vergangen, seit Telemach verschwunden war. Und beim Frühstück sagte Penelope zu der Magd:

»Eurykleia, ich weiß, daß er ein Mädchen in der Stadt kennt. Wie heißt sie?«

»Evangeline«, antwortete Eurykleia wahrheitsgemäß.

»Kennst du sie?«

»Nein.«

»Du hast sie also nie gesehen?«

»Nein.«

»Weißt von ihr aus Erzählungen.«

»Nein.«

»Also, Eurykleia, du hast sie weder gesehen, noch hat er dir 237 von ihr erzählt. Du kennst nur ihren Namen. Gerade ihren Namen und mehr nicht.«

»Und daß sie Sport studiert.«

»Das ist viel. Sport studiert sie. Schön. Er telephoniert doch immer mit ihr. Ihre Nummer weißt du nicht. Natürlich nicht. Sie heißt Evangeline und studiert Sport.«

»100 Meter Hürden.«

»Er hat also doch erzählt.«

»Das ist ja nicht über sie. Das ist, wie wenn einer Mechaniker ist. Das ist auch nichts über ihn. Der kann ein Mensch wie immer sein. Von ihr weiß ich nichts. Das kann irgendeine sein, die Sport studiert und über 100 Meter Hürden läuft.«

»Ist sie gut?«

»Sie hat Wettkämpfe gewonnen.«

»Das ist etwas. Das genügt. Das ist viel.«

Sie suchte im Telephonbuch die Nummer der Universität und ließ sich mit dem Institut für Sport verbinden. Sie wünsche Telephonnummer und Anschrift einer Studentin, Vorname Evangeline, sie sei Läuferin über 100 m Hürden und habe schon Wettkämpfe gewonnen. Die Sekretärin bat um einen Augenblick Geduld. Penelope hörte Tippgeräusche. Dann bekam sie ihre Auskunft: Evangeline Perl, Französische Straße 1177, Parterre, Telephon 784663. Sie wählte die Nummer, legte aber gleich wieder auf. Es war ihr, als hätte jemand ihre Hand niedergedrückt…

»Wenn mein Sohn schon die ganze Zeit mit ihr telephoniert, dann brauche ich das nicht auch noch zu tun. Wenn er bei ihr ist«, sagte sie zu Eurykleia, »wollen wir nichts dagegen haben.«

»Und wenn er nicht bei ihr ist?«

»Wenn er nicht bei ihr ist, mache ich mir Sorgen.«

»Sie wird wissen, wo er ist«, sagte Eurykleia. »Sie wird es uns sagen.«

»Warum denkst du, sie weiß es, und warum denkst du, sie wird es uns sagen?«

Darauf gab ihr die Magd keine Antwort, blickte ihr nur gerade in die Augen, und Penelope sagte sich wieder: Man weiß nicht, was sie denkt, man weiß nicht, was sie denkt, nicht einmal, ob sie überhaupt etwas denkt.

Noch bevor die Männer kamen, fuhr Penelope in die Stadt. Sie nahm die rote Corvette, hatte Angst genug, Auto zu fahren, sie nahm die Corvette, weil die kleiner war als der Mercedes, also weniger Auto. Gegen drei Uhr war sie in der Französischen Straße. Direkt vor der Nummer 1177 war eine Parklücke frei. Es war ein altes, aus unverputzten Backsteinen gemauertes Haus mit fünf Stockwerken, unten schwarz verrußt, oben weiß gesprenkelt von Taubenkot. Die Fenster steckten in dunkelgrünen, unsauber lackierten Rahmen. Die meisten hatten keine Vorhänge, der Staub auf den Scheiben genügte. Eine weit vorgebaute, halbelliptisch geformte Treppe führte zur Eingangstür – wuchtiges Geländer aus geschnörkeltem Sandstein, breit genug, daß einer darauf hätte Skatebord fahren können: alles sah so aus, als wäre dies einmal eine vornehme Adresse gewesen. Penelope war zum ersten Mal in diesem Viertel der Stadt, in der Nacht hätte sie die Gegend um den Güterbahnhof gemieden, hätte sich nicht einmal von einem Taxi durchchauffieren lassen. Die Nachbarhäuser waren aber allesamt noch schlechter dran als 1177. Die Scheiben waren eingeschlagen oder durch Pappe ersetzt worden, die Haustüren aufgebrochen oder gar nicht vorhanden, ein Stockwerk ausgebrannt, das andere zugemauert, unter einem der Fenster schoß Kartoffelkraut aus Asbesttöpfen in die Luft hinaus wie die Haare der Verrückten im Bilderbuch, und wie ihr Brautschleier war ein Schüttfleck an der Wand vom dritten Stock herunter. Der Verputz löste sich, stand an manchen Stellen von der Mauer ab wie eine aufgenähte Jackentasche, und die Eingänge waren tiefgetretene Pfade durch Pommes frites und Cheeseburger, Kaugummi und Heftpflaster, Rotzpapier und Verbrunztem, das sich mischte und in Humus umwandelte, aus dem dann Farne sprossen und Neidgräser, die ihre Wurzeln in winzigste Ritzchen schoben und den Zement zerbröselten und die Leiber der Steine herausbrachen... So gesehen war 1177 immer noch eine vornehme Adresse, jedenfalls die vornehmste in dieser Verwandtschaft.

239

Die Straße war eng, kaum daß zwei Autos aneinander vorbeikamen, Penelope hatte die Corvette zu zwei Dritteln auf dem Gehsteig abgestellt, zwischen einem pinkmetallic-farbenen Ford, der die Trittbretter hängen ließ wie ein alter Papagei die Flügel, und einem Golf Cabrio, weinrot mit schwarzem Verdeck. Es war eigentlich zu heiß, um sich draußen auf dem Asphalt aufzuhalten. Als wäre man hier jenseits der Grenze zur Natur, war kein Mensch zu sehen, keine Katze, kein Hund, war kein Vogelgezwitscher zu hören und kein Insektengesumm. Gleich erstarrten Drachen, Basilisken, Wächtern, bunten Höllenhunden hockten die Automobile Stoßstange an Stoßstange zu beiden Seiten der Straße, stumm, über ihren Dächern flimmerte die Hitze. Keinem Leben schien hier Raum gegeben, und weil der Himmel mit diesigem Dunst überzogen war, der dem Sonnenlicht jede Richtung nahm, war diese Welt hier schattenlos, und ihre Konturen wirkten nicht verläßlich. Sandiger Staub lag auf der Straße und den Gehsteigen, winzige Dünen, in lockige Muster gekämmt vom Sturzregen der gestrigen Nacht.

Penelope trat in den Hausflur, hier war es kühl und dunkel. Es roch nach Heu. Und nach Höhle. Nach Stall. Im Parterre waren dicht nebeneinander zwei Wohnungstüren, die eine alt, ehrwürdig, aus verziertem Holz, die andere schmucklos, später erst in die Wand gebrochen. Unter den Klingelknöpfen waren kleine Namensschilder. Penelope nahm die Sonnenbrille ab, aber ihre Augen brauchten Zeit, um sich an die Dunkelheit zu gewöhnen, und noch ehe sie die Namen entziffert hatte, öffnete sich die linke Tür, die aus altehrwürdigem, verziertem Holz.

»Oh, ich bekomme Besuch«, hörte sie eine hohe Frauenstimme sagen.

Eine Riesin blickte auf sie nieder. Die ehemals herrschaftliche Tür war zu niedrig für sie, reichte ihr gerade bis an die Stirn, sie hätte sich bücken müssen, um hinaus in den Flur zu treten. Wir haben sie bereits angekündigt – diese Wunderbare, die mit den lilienweißen Armen, die Farrenäugige, die nun ihr zartes, trotz seiner großen Fläche zartes Gesicht

Penelope entgegenneigt: ein Mund wie ein Schmuckstück und honiggoldene Haare, die auf die Schultern fallen. Hellblau und Türkis sind die Farben des Kleides, das in der Taille von einem Gürtel gehalten wird.

»Sind Sie Evangeline Perl«, fragte Penelope.

»Nein. Ich bin Chera.«

Penelope war erleichtert – o Gott, dachte sie, was wäre auch in ihn gefahren, was hätte er auch mit ihr anfangen sollen, und wie hätte er es mit ihr anfangen sollen, o Gott, o Gott, das soll um Gottes willen nichts gegen ihn sein oder gegen sie, aber so ein Standbild, na hör mal –, vielleicht zu deutlich erleichtert war sie, stieß Luft aus. »Sie sehen schon sehr, sehr ungewöhnlich aus«, sagte sie.

»Ich bin sehr groß und sehr schön«, sagte die Frau. Sie hatte eine hohe, etwas schleppende Stimme, manche Vokale vibrierte sie in einen Singsang hinein – das »ö« in »schön« –, aber weil es so fröhlich und kindlich klang und weil es doch beruhigend war, daß Telemach einen anderen Schatz, wenn überhaupt einen – was noch gar nicht erwiesen war – hatte, mochte es Penelope gern hören.

»Evangeline wohnt hier daneben«, sagte die Frau und zog Penelope schnell in die Wohnung und schloß die Tür hinter sich. »Sie ist aber im Augenblick nicht daaa. Sie können bei mir auf sie warten. Wollen Sie?«

Penelope lächelte zurück – es war auch ein kleines Stück von dem Grinsen dabei, wie es sich einem wider Willen ins Gesicht keilt, wenn man zum Beispiel einen Kriegskrüppel sieht oder einen, den die Natur verhunzt hat, oder eben einen sich selbst und allen anderen rätsellosen, gründlich einfach gefalteten Charakter.

»Am besten ist es wohl, ich komme später«, sagte sie. »Lassen Sie mich bitte wieder gehen.«

»Nein, nein«, sagte die Frau. »Ich würde mich freuen, wenn Sie mir in der Küche Gesellschaft leisten. Ich habe es gern, wie Sie aussehen. Ich würde gern duuu zu Ihnen sagen, und hätte es gern, wenn Sie Chera zu mir sagen.«

Wieder berührte sie Penelope, und ihre große Hand deckte

den Oberarm ab, als wäre er von einer Puppe. »Ich bin nicht gern allein hier«, sagte sie. »Ich bin helle Wohnungen gewöhnt. Ich bin auf der Flucht, mußt du wissen, und nur vorübergehend hier. Ach, jetzt habe ich ja du gesagt! Sieh doch, wie dunkel es hier ist! Hier ist der dunkle Teil, Evangeline drüben hat den hellen gekriegt. So ein Glück für Evangeline, nicht wahr?«

Die ehemals große Bürgerwohnung war halbiert worden. Die zweite Eingangstür war in die Außenwand gebrochen, und innen war längs durch den Gang eine Mauer gezogen worden, übriggeblieben waren zwei schmale, überaus lange Korridore, der eine gehörte zur rechten, der andere zur linken Wohnung. Die Trennwand in diesem Teil war weiß gestrichen, hatte schmutzige Streifen, kein Bild hing da, nichts. Am Ende des Korridors, weit vorne im Halbdunkel, war eine Tür, deren obere Hälfte wohl einmal verglast gewesen war. Jetzt hing ein Tuch über der Öffnung. Es gab zwei Zimmer und ein Bad und gleich neben der Eingangstür die Küche.

»Ich bereite etwas Köstliches vor«, sang die Frau, »und lade dich ein.«

Langsam, mit schwebenden Schritten ging sie vor Penelope her in die Küche, bot ihr einen Stuhl an. Auch die Küche war eng und finster, und sie war lindgrün lackiert. Chera schob ein Holzschneidbrett vor Penelope, reichte ihr ein Messer und stellte einen Korb mit Gemüse in die Mitte.

»Und du hilfst mir beim Schneiden«, sagte sie. »Es kommt nämlich noch eine Freundin von mir. Sag ja, saaag ja, daß du zum Essen bleibst!«

»Ich weiß nicht, vielleicht«, sagte Penelope. Sie sah zu, wie die Riesin eine braune Zwiebel aus dem Korb nahm, sie mit einer langsamen, steten Handbewegung schälte. Die Hand war zart gebaut, aber die Zwiebel wirkte, wie in einer anderen Hand eine Walnuß gewirkt hätte. Das Messer hielt sie mit Zeigefinger, Mittelfinger und Daumen, und Penelope war hingerissen von dem Anblick, daß solche Größe solche Feinheit in sich bergen konnte.

242   »Studieren Sie auch Sport?« fragte sie. »Wie Evangeline?«

»Du wolltest doch du sagen. Bitte, sag du. Du warst mir sympathisch, schon als ich die Tür aufgemacht habe. Sag mir deinen Namen.«

»Penelope.«

»Penelope. Ich heiße Chera. Sag du auch meinen Namen, bitte.«

»Ja, Chera.«

»Danke, Penelope. Ja. Wir alle studieren Sport. Ich bin Speerwerferin. Und ich bin sehr gut. Du solltest mich eigentlich kennen. Ich komme oft im Fernsehen. Es gibt nicht viele Speerwerferinnen auf der Welt, die besser sind als ich. Du kannst die Paprika schneiden, aber du mußt sie sehr fein schneiden, feine, winzige Würfelchen. Sie dürfen jaaa nicht groß sein. Wenn du das nicht schaffst, dann sage es mir lieber, dann mache ich das.«

»Was wird's denn?«

»Quacamole. Du darfst am Schluß die Avocados zerdrükken, das ist das Schööönste am ganzen. Das darfst du machen.«

»Danke, Chera.«

»Bitte, Penelope. Hast du Kopfschmerzen?«

»Ja. Hat grad angefangen... ein wenig...«

»So, so, so... Weil du die Augenbrauen so runzelst. Dann machen wir die Quacamole seeehr scharf, nehmen dreifach Tabasco und Chilies und Cayenne-Pfeffer, dann wird sie zwar so grau-braun zusammen mit den Avocados, aber wir wissen ja, was drin ist.«

»Ja, Chera.«

»Es ist sehr nobel von dir, Penelope, daß du nicht nach meinem Mann fragst. Normalerweise fragt jede gleich danach.«

»Warum sollte ich denn nach deinem Mann fragen...«

»Mir schlüpft ein Satz heraus, daß mich mein Mann verfolgt, und gleich wollen alle wissen, waaas los ist. Ich erzähle es ja gern, aber ich habe es eigentlich doch lieber, wenn man mich damit anfangen läßt.« Dann schwieg sie und sah Penelope erwartungsvoll an.

»Was soll ich tun«, fragte Penelope.

»Fragen.«

»Nach deinem Mann fragen? Warum er dich verfolgt? Warum verfolgt er dich denn...«

»Sag Chera!«

»...Chera?«

»Ja, das ist es eben, Peneeelope... Ich wollte ihn nie haaaben, er hat sich bei mir eingeschlichen, ich bin für Mitleid sehr anfällig, weißt du, kein Gefühl gibt es, das mich schneller und fester packen kann als Mitleid. Das hat er ausgenützt. Wie ein zerzauster Kuckuck ist er angeflogen, so klein und überall hart und knochig, hat gezittert vor Kälte, geklappert hat er wie Reis in der Büchse. Da habe ich diesen zerzausten Vogel eben zu mir genommen, habe mein Kleid geöffnet und ihn an mich gedrückt, habe sein zitterndes, graues, zerzaustes Gesichtchen in meinen Busen gelegt, und da hat es Farbe bekommen, er ist ruhig geworden und hat nicht mehr mit den Zähnen geklappert. Schön machst du das, Penelope. Aber du könntest es noch kleiner schneiden.«

»Noch kleiner kann ich nicht, Chera. Wann wird denn Evangeline kommen«, fragte Penelope. Die Kopfschmerzen hatten zugenommen.

»Sie kommt schon«, sagte Chera. »Also, wir haben uns hingelegt... der Kuckuck und ich, meine ich... Wir sind schläfrig geworden, und ich bin eingeschlafen. Und dann bin ich zu mir gekommen, weil er so gezappelt hat. Jetzt schneidest du schööön, Penelope! Da habe ich bemerkt, daß er sich die Hosen vom Leib zappelt.« Chera zog die Augenbrauen zusammen und machte ein finsteres Gesicht, wie es Großmütter machen, wenn sie ihren Enkeln vom Wolf erzählen. »Da wollte ich ihn loshaben«, sagte sie. »Da wollte ich ihn abwerfen, weißt du. Aber er hat sich an mir festgekrallt, und sein Gesichtchen war nun nicht mehr grau, sondern rot und zornig.«

»Aber warum hast du ihm denn nicht einfach eins draufgegeben?« Penelope wischte die feingeschnittenen Paprikaschoten in ihre Hand und warf sie sich in den Mund. »Oje«, sagte sie, »das war ein Versehen...«

»Jetzt kannst du wieder von vorne anfangen«, sagte Chera.

»Paprika haben wir ja genug, aber für dich ist es dumm… Da nutzt mir keine Kraft, wenn so einer wie er erst an mir dran ist, dann kriege ich ihn nicht mehr los. Wie eine Zecke beißt er sich fest. Ich habe mich gewälzt, das hat ihm nur gefallen. Und da habe ich gemerkt, daß er seinen Schwanz in mir drinnen hat. Er ist ja viel kleiner als ich, der ganze Mann. Und sein Schwanz ist nicht groß, für mich ist das ein ganz kleiner Schwanz, und in dem ersten Schreck habe ich nicht gemerkt, stell dir vor, daß er schon lange am Rammeln war… Das ist jetzt eine Geschmacksache, ob man Gelbe Rüben will oder nicht. Willst du, Penelope?«

»Ich kenne das nicht, wie ihr das macht. Ich mache Quacamole mit Crème fraîche… Hast du vielleicht eine Kopfschmerztablette?«

»Hast du immer noch Kopfschmerzen, oje…«

»Mehr noch…« Penelope legte das Messerchen aus der Hand, drehte langsam ihren Kopf im Nacken. »O Scheiße«, flüsterte sie.

»Ja, Scheiße«, sagte Chera. »Soll ich dich massieren? Ich kann es aber nicht gut, Penelope…«

»Erzähl ruhig weiter, Chera!«

»So bin ich halt seine Frau geworden. Nicht gern, nicht freiwillig… Soll ich dich nicht doch massieren? Nein, lieber nicht…«

Penelope stand auf. »Ich geh schnell und schau, ob sie schon da ist.«

Aber Chera drückte sie auf ihren Stuhl zurück. Und Penelope hatte keine Kraft, sich zu wehren. Ihr Blickfeld pulsierte nun im Rhythmus ihres Herzens… Schmerz-Schmerz… Schmerz-Schmerz… Schmerz-Schmerz…

»Aber als ich dann seine Frau war«, sprach Chera weiter, »wollte ich es auch sein, und wollte, daß er mein Mann ist, und zwar nur mein Mann. Aber er hat mich iiiimmer betrogen. Jeder Frau ist er nach, und fast jede Frau hat er gekriegt oder hat sie sich genommen, und wenn ich ein Wort gesagt habe, hat er mich geschlagen. Freilich bin ich viel stärker als er, aber das muß in einem drin sein, daß man schlägt, das hat nichts 245 mit der Kraft zu tun, weißt du, sondern mit dem Willen. Mein Trainer hat dann die Striemen an meinem Körper gesehen, ja, ja, und meine Kolleginnen haben sie auch gesehen. Meine Kolleginnen duschen nämlich gern mit mir, weißt du, auch die anderen Athletinnen kommen in unseren Waschraum, wenn ich da bin. Sie schauen mich alle gern an, weil ich so groß und so schön bin. Da wollten sie natürlich wissen, was los ist. Und ich habe es ihnen erzählt. Das daaarf er nicht, sagten sie. Und sie sagten, ich soll sie mit in die Wohnung nehmen. Ich nehm sie also mit in die Wohnung, und sie verstecken sich, und als er dann kam und sich ins Bett legte, nachdem er mich genommen hatte – ah, das muß ich dazusagen: die Kolleginnen und der Trainer hatten mich nämlich vorher gefragt, ob sie heimlich zuschauen dürften, wenn er mit mir schläft, weil sie einmal sehen wollten, wie das ist, wenn eine so schöööne, gewaltige Frau Lust hat, das haben sie mir vorher gesagt, weißt du. Ich habe ihn also verführt und habe wundervoll mit ihm geschlafen, damit die Kolleginnen und der Trainer sehen, wie meine Lust ist, ich habe ihn am Genick gepackt und am Arsch und habe ihn auf mich draufgehauen. Es war wunderbar und hat ihn müde gemacht. Als er dann eingeschlafen war, sind sie aus dem Schrank und hinter den Vorhängen herausgekommen und haben ihn ans Bett gefesselt, nackt wie er war, mit hundert Knoten an jedem Arm und an jedem Bein. Er hat sich gewehrt, hat geschrian, er bringt mich um. Und da war eine meiner Kolleginnen, die hat uns verraten. Sie kennt einen Bodybuilder, ein Riese von einem Mann, nicht so groß wie ich, aber einen Kopf kleiner nur, und der ist gekommen, hat sie alle verjagt und ihn befreit. So, meine Liebe, sagte er, jetzt gibts Rache. Er hat das Kabel vom Bügeleisen gerissen, hat mir die Arme damit gefesselt, ich konnte machen, was ich wollte. Schließlich hat er mich mit den Armen am Lampenhaken aufgehängt, daß ich fast kein Luft mehr gekriegt habe. Aufwachen, Penelope!«

Penelope setzte sich gerade hin, nahm das Messerchen in
die Hand und begann, die Gelben Rüben in winzige Würfel-

chen zu schneiden. »Ich habe nicht geschlafen«, sagte sie matt. »Ich weiß gar nicht, was mit mir los ist…«

»In unserer Wohnung war die Decke sehr hoch«, fuhr Chera fort. »Weißt du, vier Meter, und ich hing da. Er ist in den Keller gerannt, wo eine Werkstatt war von einem Schmied, der ist schon gestorben gewesen, und die Sachen lagen dort so herum. Er hat alle seine Kraft zusammengenommen und hat nacheinander zwei von diesen schweren, gußeisernen Ambossen heraufgeschleppt und sie an meine Füße gebunden. Jetzt mache ich dich noch ein Stück größer, hat er gesagt. Und ist lachend davon. Und es hätte mich sicher nach einer Zeit in der Mitte auseinandergerissen, wenn nicht einer von den Nachbarsbuben gekommen wäre und mich befreit hätte. Er hatte mich stöööhnen hören, der Enkel vom Schmied, und hat mich losgeschnitten, der Enkel vom Schmied. Als mein Mann davon erfahren hat, ist er hinüber, hinein in die Wohnung, hat sich niiichts geschert um Vater und Mutter, hat den Buben am Bein gepackt, Fenster auf, und hat ihn hinaus in den Hof geschmissen. Er hinkt heute noch, der Bub. Darum bin ich aus der Wohnung ausgezogen und verstecke mich hier, und darum lausche ich immer an der Tür, wenn es klingelt.«

Und da klingelte es an der Tür.

Penelope schrak so sehr zusammen, daß ihr das Messer aus der Hand fiel und sie um ein Haar die Schüssel mit den fein geschnittenen Zwiebeln, dem Schnittlauch, den Paprika und den Gelben Rüben umgeworfen hätte. – Chera dagegen war ruhig geblieben, kaum daß sie die Augen hob. Ihre Hände mischten mit langsamen, selbstvergessenen Bewegungen das Gemüse.

»Bist du so gut, Peneeelope, und machst Kore die Tür auf«, sagte sie. »Ich müßte mir erst die Hände waschen, und Kore ist sehr ungeduldig.«

»Kore?« fragte Penelope, ihr Herz schlug immer noch schnell, und jeder Schlag war ein doppelter Schmerz in ihrem Kopf. Sie ärgerte sich über diesen dummen Schrecken, der ein Kinderschrecken war, und auch über ihre Stimme ärgerte sie sich, die in ein kindliches, ängstliches Falsett gesprungen war. »Wer ist denn Kore, bitte?«

»Sie heißt Kònsò-s-sìdó tí kònsò-t-rá. Aber so kann man einen Menschen ja nicht rufen, da hört der Ruf ja nicht auf. Außerdem können sich die meisten den Namen nicht merken und nicht ausssprechen.«

Da klingelte es schon wieder, heftig und in kurzen, ungeduldigen Abständen.

»Und woher weißt du, daß es nicht dein Mann ist?« sagte Penelope und drückte die Daumen an die Schläfe und flüsterte: »O Scheiße, Scheiße...« und sagte: »Du hast Angst vor deinem Mann, versteckst dich vor ihm und machst jedem die Tür auf. Wie soll man denn wissen, wer draußen steht! Das ist doch leichtsinnig! Wer weiß, wer das ist, der da draußen, der dann ein Theater macht oder was. Ich will nicht aufmachen!«

»Es ist bestimmt Kore«, sagte Chera gelassen. »Aber wenn du dich fürchtest, dann schau erst durch den Spion.«

Penelope hielt ihr Auge an den Messingring in der Wohnungstür. »Ich sehe nichts«, sagte sie. »Es ist, als ob die bloße Nacht draußen stünde.«

»Es ist Kore«, sagte Chera.

Penelope öffnete die Tür, und draußen stand die bloße Nacht, und erstaunt bemerkte Penelope, daß auch sie vollkommen schön war. Sie trug eine Plastiktasche im Arm. Nie hatte sie etwas ähnlich Geglücktes getroffen – außer Chera, die Riesin. Kore war schwarz wie die mond- und sternenlose Nacht, ihre schwarze Haut, ein wenig schweißfeucht, glänzte an manchen Stellen, daß sie silbern, fast weiß wie Aluminium schien. Ihr Haar war kurz wie eine Haube, in glänzenden Ringen formte es den weiten Schwung des Hinterkopfes nach. Die Lippen, scharf umrahmt, färbten sich von dunkelster Schwärze zum Mundinneren hin in ein helles Rosarot. Und welch ein schlanker, biegsam kräftiger Körper! Sie trug ein weißes Leibchen und eine weiße kurze Hose, als käme sie gerade vom Sportplatz, und war barfuß.

»Wer bist denn du?« fragte sie.

248   Penelope brachte kein Wort heraus, sie fühlte sich zwischen

den beiden Schönen wie ein armes Kind – außerdem war der Kopfschmerz inzwischen so heftig, daß sie sich kaum noch aufrecht halten konnte.

»Sie heißt Penelope«, rief Chera aus der Küche, »sie ist eine Freundin von miiir. Du wirst sie mögen, Kore. Sie bleibt zum Essen. Hast du die Tortillas mitgebracht?«

»Heut bin ich gut drauf!« rief Kore. Sie drückte Penelopes Hand mit einem kurzen, harten, knochenknackenden Griff. »Ich freu mich auf das Spiel, den ganzen Tag schon freu ich mich auf das Spiel!«

»Was für ein Spiel denn«, fragte Penelope und riß sich zusammen, denn sie merkte, daß sie lallte. »Was für ein Spiel«, wiederholte sie in kräftigem Ton. Aber sie bekam keine Antwort.

»Es geht unserer Penelope gar nicht gut«, sagte Chore. »Ko-opf, Ko-opf...« Und sie zwinkerte Penelope zu.

»Meine Damen«, brachte Penelope mühsam hervor. »Lassen Sie mich jetzt gehen! Ich kann nichts essen. Und ich kann Ihnen auch nicht weiter zuhören...«

»Bitte, bitte, Kore, erzähl, wie dich der Gerätewart vergewaltigen wollte!« rief Chera und klatschte vor Vergnügen in die Hände. »Kore ist Weitspringerin, mußt du wissen. Weltberühmt. Kommt noch öfter im Fernsehen als ich. Erzähl doch, Kore!«

»Erzähl du, Chera«, sagte Kore. »Du kennst die Geschichte besser als ich.«

»Danke, Kore. Ich erzähle so gern. Leg den Kopf auf deine Arme, Penelope. Rück doch ein Stück hinüber, Kore, daß sich Penelope ausbreiten kann... Also, Kore hat einen neuen Dreß gebraucht und ist in die Ausgabestelle gegangen, der Mann dort ist ganz freundlich zu ihr, zeigt ihr die neuen Leibchen und Hosen, und Kore sagt, die brauchen Sie mir nicht zu zeigen, die kenne ich doch, geben Sie mir einfach dieselben wie immer, und er sagt, nein, schauen Sie doch einmal diese wunderbare Naht an dieser Hose, und beide beugen sich über die angeblich wunderbare Naht an der Hose. Seither glauben wir nicht mehr, daß Hosen besonders schöne Nähte haben, Pe- 249 nelope, das kann uns keiner mehr weismachen, nicht wahr, Kore?«

»Keiner, Chera.«

»Jedenfalls merkt Kore, was der Mann will, daß er seine Hose schon offen hat und seinen Schwanz an ihrem Schenkel reibt, weißt du, und sie stößt ihn weg, aber gerade in diesem Augenblick kommt es ihm, und sein weißer Samen spritzt auf ihre schwarze Haut. Sie nimmt die Hose mit der angeblich wunderbaren Naht vom Tisch, wischt sich das Zeug ab und wirft sie weit von sich weg durchs Fenster hinaus, daß sie draußen auf den Rasen fällt, und sie läuft davon. Und dort liegt dann die Hose, niemand bemerkt sie, es regnet darauf und die Sonne scheint darauf, der Wind fegt darüber, und nach ein paar Wochen schaut Kore nach, was mit der Hose ist, weil die immer noch so daliegt, und da sieht sie, daß unter der Hose etwas wächst, und sie schaut sich das an, und da wächst doch tatsächlich aus dem Rasen, nämlich genau dort, wo der Samen des Mannes den Boden berührt hat, da wächst etwas, das bewegt sich sogar, stell dir das vor.

Und nach ein paar Wochen ist eine Schlange aus dem Boden gewachsen, die eindeutig Menschenaugen hatte. Ist doch wahr, Kore?«

»Ja, ja, Chera, das ist wahr.«

»Und auch ein bißchen ein Menschenkopf, nicht wahr Kore?«

»Ja, ja, Chera.«

»Immer gibst du mir recht, Kore, und trotzdem weiß ich nicht, wie ich mit dir dran bin. Kennst du das, Penelope? Penelope!«

Aber Penelope hatte keine Kraft zu sagen, das sei doch alles nur ein albernes, absurdes Gerede... Was sie umgab, verflakkerte mehr und mehr, wurde zertanzt von den Teufelchen, die ihren Kopf mißhandelten. Sie saß den beiden Frauen nur im Weg. Zitronen wurden ausgedrückt, Olivenöl beigegeben, gesalzen, gepfeffert. Dann war die Quacamole fertig. Chera und Kore tauchten ihre Tortillas in die grüne Creme und aßen mit ölglänzenden Lippen, schnatterten, über Penelope hinweg. Die Depression schlug sie jetzt in ihrer ganzen Wucht nieder. Ihr weher Kopf, die wehe Weltkugel, war auf ihre Unterarme gebettet. Die Zahnrädchen waren um ein winziges verrutscht und griffen nicht mehr...

Chera und Kore holten einen Fußball irgendwoher, und das Spiel begann. So viel bekam Penelope noch mit, daß es darum ging, den Ball mit dem Fuß durch das Fenster in der Klotür am Ende des Korridors zu schießen. Chera legte den Ball auf und schoß ohne jeden Anlauf. Es war kein guter Schuß. Er traf die Wand, fetzte einen Streifen Tapete herunter, prallte neben der Klotür ab und rollte zurück. Und Chera fluchte, ohrfeigte das Leder, und wollte gleich noch einmal. Aber nun war Kore dran. Sie legte sich den Ball ein Stück weiter vorne auf, damit sie Anlauf nehmen konnte. Sie schoß mit dem Außenrist, legte nicht soviel Dampf dahinter wie Chera. Der Ball beschrieb eine elegante Kurve und landete durch das Türfenster in der Toilette. Sprang aber nicht wieder heraus. Das müsse er, darauf bestand Chera. Das habe er noch nie müssen, konterte Kore. Doch, sagte Chera. Nein, sagte Kore. Und nun fingen die beiden zu streiten an, brüllten aufeinander ein. Chera warf das Telephonbuch nach Kore. Kore riß die Telephonschnur ab und peitschte mit dem Hörer nach der Riesin. Aber dann versöhnten sie sich wieder, einigten sich darauf, daß ihre beiden ersten Schüsse nicht galten. Also war wieder Chera dran. Diesmal nahm sie auch Anlauf, traf den Ball mit der Fußspitze. Die Seele flog ihm heraus, solche Wucht hatte ihr Tritt. Aber sie traf wieder nicht durch die Luke. Der geplatzte Ball durchschlug die Türfüllung darunter. Das Holz zersplitterte. Er sei zwar im Klo gelandet, gab Kore zu, aber zurückgesprungen sei er auch nicht. Ein neuer Ball mußte her. Hier gabs Bälle in Hülle und Fülle. Kore wählte diesmal den Innenrist. Der Schuß ging zu hoch. Die Lampe krachte zu Boden. Sie wolle sehen, ob sie die Mauer durchkriegt, sagte Chera. Dann müsse man aber die Regeln ändern, sagte Kore. Ja, sagte Chera. Gut, sagte Kore.

Da kam Penelope aus der Küche. Konnte den Blick nicht gerade halten. »Ich muß jetzt gehen«, sagte sie, und jedes

Wort war ein Hammerschlag auf ihre Nerven. »Ich muß mich nach meinem Sohn erkundigen. Ich muß ihn suchen…«

»Schlaf«, rief Chera, »steig herunter von deiner Tanne!«

Da war also dieser merkwürdige Befehl. – Und der Schlaf, der versteckt war im dichten Gezweig über den goldenen Wolken, legte den Kopf schief, und er war wie der pfeifende Vogel, der nachts die Gebirge durchflattert, Chalkis genannt von den Göttern und Eule von den Menschen. »Schlaf, steig herunter von deiner Tanne!« rief die lilienarmige Hera, Chera, noch einmal. Da breitete Chalkis die Schwingen aus. Und ein drittes mal rief Chera, »Schlaf, steig herunter von deiner Tanne!«, die große Göttin, die in den Zeiten des Krieges rastlos bemüht war, Ilion auszutilgen, diese Stadt voll prangender Häuser, und nicht satt geworden wäre, auch wenn sie Priamos und seine Söhne roh verschlungen hätte und alle Troer dazu, und schließlich dem Vieh Neoptolemos, diesem entmenschten Subjekt, Hand und Hirn lenkte, als sich der anschickte, genau das zu tun… Da schwebte der Schlaf nieder. Und Kore, die schreckliche Persephone, wies dem Schlaf seinen Platz zu, die Göttin der Schwärze, die Penelopes Gatten gezwungen hatte, Greuel zu schauen, die so ungeheuerlich waren, daß es schien, als seien sie nicht vom Menschen gemacht und nicht für Menschen gemacht – für niemand, *Utis* –, sondern Greuel, die sich selber zusahen, Greuel gemacht für Greuel.

Kehren wir zurück zu jenem Abend, als Telemach und Mentor durch Ithaka gegangen waren, sich schließlich an ein Tischchen vor der italienischen Bar gesetzt und die Feinde auf der anderen Straßenseite beobachtet hatten. Was hatten Antinoos und Eurymachos zu bereden gehabt auf der Veranda im *Kaffeehaus des Königs*, was war es, was Mentor mit den Ohren der Athene gehört und als so gefährlich eingestuft hatte, daß er Telemach riet, augenblicklich aufzubrechen?

Dieses: Eurymachos hatte, wie er später sich selbst vorhielt, unüberlegt und ergriffen von einer momentanen Panik, in Wahrheit jedoch aus Haß und blinder Rachsucht wegen der

Demütigung, die ihm am Nachmittag unter den Eichen zugefügt worden war, vorgeschlagen, Telemach zu töten. »Klar gefragt, müßte ich klar antworten: Er muß aus dem Weg geräumt werden.« So hatte er sich ausgedrückt. Und dann, unmißverständlich, nur ein Wort: »Umbringen!« Das Wort wiederholte er noch drei-, viermal, was allerdings eher entschärfend wirkte. Die Versammlung der Alten, so lächerlich sie gewesen sei, müsse als ein Anfang gewertet werden, hatte er Antinoos auseinandergelegt, bemüht, dabei ruhig und kalkulierend zu wirken. Der Sohn des Odysseus sei aufgewacht, und er sei nicht dumm, sehr rasch werde er lernen, und sehr rasch werde er brauchbare Verbündete finden. Deshalb müßten sie beide, denn nur auf sie beide komme es an, sich jetzt entscheiden – entweder die Sache aufgeben, sofort, auf der Stelle die Frau fahren lassen, die Güter fahren lassen und die Aussicht auf Macht fahren lassen; oder aber bedingungslos gegen den Erben, den Sohn des Odysseus, vorgehen. Er, Eurymachos, schlage das letztere vor. – Es war aber kein ernster Vorschlag gewesen. Er hatte nur Dampf ablassen wollen. Es war soviel, als hätte er gesagt: Ich könnte den Burschen in Stücke hauen. Wer haut denn schon tatsächlich einen in Stücke, wenn er so redet!

Antinoos jedoch sagte: »Ja.« Er sei derselben Meinung, sagte er. Und ließ Eurymachos verdutzt sitzen. Stand auf und ging. Und Eurymachos wußte nicht, worin Antinoos derselben Meinung war.

Antinoos spazierte aber nicht durch die Stadt wie sonst, sondern verbrachte seine schlaflose Nacht in dem sonnengelben Bürgerhaus in der Seitengasse zur Breiten Straße, und das war schon lange nicht mehr geschehen.

Mentor und Telemach hatten ein Taxi genommen und waren zum Haus zurück gefahren, hatten den Fahrer angewiesen, im Mondschatten der Eichenallee auf sie zu warten. Telemach hatte Eurykleia geweckt, hatte Geld von ihr geborgt und sich einen kleinen Koffer packen lassen. Eurykleia hatte gejammert. Was denn heute los sei, hatte sie gefragt, der ganze Tag sei verwunschen. Die Männer, die Männer seien immer noch im Haus, sagte sie. In der Halle lagen die Freier. Athenes hammerschwingender Gehilfe hatte sie betrunken gemacht und ihnen alle Richtung genommen. Mentor und Telemach stiegen über sie, und es sah aus, als wären diese Leiber in den weißen, inzwischen verschmutzten Anzügen, als wären diese Hälse mit den roten oder gelben Krawatten, den offenen Kragen, als wären diese kleinen Figuren, zwischen denen ihre abgebrannten Rauchwaren und die zerschlagenen Gläser und die weißen, steifkrempigen Hüte lagen, als wären sie niedergemäht worden vom Tod. So werden sie enden, wollte Mentor sagen, denn so stand es in seinem Kopf. Aber Athene gebot ihm zu schweigen.

Sie verließen das Haus, fuhren in die Stadt zurück und bestiegen am frühen Morgen den Zug.

Tags darauf hatte Eurymachos wieder mit Antinoos sprechen wollen. Er wollte sich rechtfertigen, seine Äußerungen vom Vorabend relativieren, mit einer lustigen Bemerkung wegwischen. Aber Antinoos ließ ihn nicht an sich heran. Er ging allen aus dem Weg, sonderte sich von ihnen ab, sprach mit niemandem. Und so hielt er es bis zu dem Tag, als Penelope mit der roten Corvette in die Stadt fuhr, in das Viertel beim Güterbahnhof, in die Französische Straße. Da fragte Antinoos Eurykleia aus, wo die Herrin sei, und weil Penelope der Magd nicht ausdrücklich aufgetragen hatte zu schweigen, gab Eurykleia ehrliche Auskunft – nämlich, die Herrin habe die rote Corvette genommen, um in der Stadt die Freundin von Telemach zu besuchen, und sie sagte auch, wo Evangeline wohnte; denn Eurykleia hatte eine gute Meinung von Antinoos, weil er sich nie an den Scherzen der anderen beteiligte und immer höflich und leise war. Sie blickte nicht hinter die Dinge und nicht hinter die Worte und nicht hinter die Gesichter, Ja hieß für sie Ja, und Nein hieß Nein, und ein freundliches Kopfnicken war ein freundliches Kopfnicken, und sie traute diesem Mann zu, er werde mithelfen, ihren lieben Telemach zu finden.

Am späten Nachmittag stand Antinoos vor dem Haus 1177 in der Französischen Straße. In seiner Tasche hatte er die

Derringer, die er von der Waffenwand genommen hatte, diese perlmuttbesetzte Damenwaffe, die man hinter der flachen Hand verbergen konnte. Er war entschlossen, Telemach vor den Augen der Mutter und der Geliebten zu töten. Er wußte weder, warum er das tun wollte, noch hatte er auch nur einen Augenblick lang darüber nachgedacht, was die Folgen sein würden. Der Hausflur war erfüllt vom Lärm, der aus der linken Parterrewohnung drang. Glas zersplitterte, Verputz krachte auf den Boden, und dazwischen die frenetischen Schreie von Chera und Kore. Das Getöse war so ungeheuer, daß es alle Aufmerksamkeit auf sich lenkte, und vielleicht war das der Grund, warum Antinoos statt auf die rechte Klingel auf die linke drückte...

Die Tür wird geöffnet, und der Fußball fliegt Antinoos in die Arme.

»Zu mir!« ruft Chera.

»Zu mir!« ruft Kore.

Vor ihm das Bild der zerstörten Wohnung. Kein Fenster mehr ganz, die Türfüllungen zerschossen, Mauerteile abgeschlagen, Möbel zertrümmert, dazwischen zerfetzte Fußbälle... Und durch die Verwüstung wankt Penelope zur Tür. Ihre Augenlider hängen tief, ihr Blick ist matt und ohne Hoffnung auf ein Stillwerden des Schmerzes. Antinoos läßt den Ball fallen, eilt zu ihr.

»Wieder Ihre Kopfschmerzen«, sagt er mit leiser, tonloser Stimme, legt seinen Arm um sie. Sie läßt es geschehen, hält die Hand an ihr Gesicht, beugt sich etwas vor, um sich selbst zu beschatten, denn trotz ihrer Schmerzen erträgt sie das Gefühl nicht, einen derangierten, vielleicht sogar komischen Anblick zu bieten. Antinoos führt sie aus dem Haus. Kümmert sich nicht um die Frauen und die Zerstörung, die sie angerichtet haben...

Chera und Kore aber, Hera und Persephone, kehren zurück in ihr Ideal über Wolke und Berg. Worum sie göttlich-kollegialerweise gebeten worden waren, nämlich Telemachs Mutter ein wenig von Evangeline abzulenken, haben sie erfüllt – auf ihre Weise...

»Geben Sie mir den Zündschlüssel«, sagt Antinoos draußen auf der Straße. Vorsichtig hilft er ihr in die Corvette, steigt selbst auf der Fahrerseite ein, startet und fährt mit schleifender Kupplung an, damit ja kein Rucken entsteht, das den Kopfschmerz des einzig in der Welt geliebten Menschen verschlimmern könnte. Er fährt zur Breiten Straße, öffnet ihr die Wagentür, sie fragt nicht, was er vorhat, fragt nicht, wo sie sind, sie folgt ihm. Er führt sie in seine Wohnung, in das hinterste Zimmer, wo es am ruhigsten und kühlsten ist, er läßt die Jalousien herunter, drückt ein Kissen zu einer Rolle, hilft ihr auf die Chaiselongue, schiebt ihr die Rolle unter den Nacken. Dann verläßt er auf Zehenspitzen lautlos den Raum, gibt der Haushälterin Anweisung, so rasch wie irgend möglich in die Apotheke zu laufen und das beste Kopfschmerzmittel zu besorgen. Er hält einen Waschlappen unter das kalte Wasser, windet ihn aus, betritt noch einmal das hintere Zimmer, legt der lieben Frau das feuchte Tuch auf die Stirn und setzt sich still neben sie. Sieht zu, wie dies weltverlangende Herz die Adern am Hals pulsieren macht.

Dritter Gesang

Uranos polychalkos – ein Himmel wie schimmernder Stahl war, als sie im Hafen von Elis landeten.

Wie hatte Mentor, der über Sechzigjährige, der Schlaffe, mit losem Fett Bepackte, der mit dem hohen Blutdruck, der Kurzatmige, der durch und durch Unsportliche, der Theoretiker, wie hatte er nur solche Strapazen überstehen können? Wollen wir zusammenfassen: Erst zu Fuß, wie beschrieben, vom Haus des Odysseus im Laufschritt querfeldein über das brombeer- und distelüberwucherte, in staubiger Hitze brütende Land zur Haltestelle; dann im Bus, beinahe tot, Kampf mit Busfahrer wegen Behauptung, die Göttin könne, wenn sie wolle, den Bus in die Luft fliegen lassen; weiter zu Fuß durch den schwülen Abend zur Breiten Straße, dort vom italienischen Café aus Gespräch abgelauscht zwischen Antinoos und Eurymachos; dann in der Nacht mit Taxi zurück zum Haus des Odysseus, Geld ausgeborgt von Eurykleia und Telemachs Koffer gepackt; weiter mit demselben Taxi nach Melite, Mentors Koffer gepackt; zurück nach Ithaka; gewartet am Bahnhof...

Telemach hatte aus einem Automaten etwas zu essen besorgt, zwei altbackene Semmeln mit Salami, das war so gegen drei Uhr in der Nacht, hatte bei dieser Gelegenheit übrigens Evangeline angerufen... Im Morgengrauen dann waren sie mit der Eisenbahn übers Land gefahren, ziellos, entlang der sich hebenden und senkenden Telephondrähte, keine Ahnung, wohin; in einer Stadt, die nur flüchtig wahrgenommen wurde, waren sie umgestiegen in den Gegenzug und wieder zurück; angekommen in Ithaka am Abend, einen Tag also verloren – war das der Göttin undurchschaubare Weisheit, war es ihre List, ihre Vorsehung? – weder Mentor noch Telemach verstanden das Kreuz- und Quergefahre. Aus Mentors Mund kam Athenes Befehl, und dem folgten sie – fertig. Der Befehl trieb sie zuletzt in den Hafen, auf ein breites Schiff und hinaus aufs Meer, in die Nacht, aufs Meer, in den wiegenden Traum, aufs Meer… Und nach dreimal Schlafen weckte der Befehl den Mentor, und Mentor weckte den Telemach, und sie fanden sich auf den gescheuerten Planken des Schiffes, der frische Salzwind streifte ihr Gesicht, es war noch Nacht, der Himmel zeigte ein Sternengemälde, wie es die beiden in ihrem Leben noch nie gesehen hatten: dicht ausgesät, überfunkelt, übermäßig sogar noch im Überfluß, in göttlicher Großzügigkeit verschenkt, im Kreuz ausgeworfen aus vollen Händen, die unbegreifliche Schwärze des Weltalls ins begreiflich Blaue hebend.

»Schau dir das an!« hatte Mentor ausgerufen. »So ein Himmel! Von so einem Himmel weiß bei uns keiner! Wir müssen unglaublich weit weg sein von zu Hause, Telemach! Ich spüre es, sie sagt es, nun sind wir bald am Ziel.«

Aber Telemach konnte sich nicht auf diese himmlische Schönheit konzentrieren. Er war voller Unruhe. Seine Haut an den Wangen war straff vom salzigen Seewind und glänzte vom Schweiß des Schlafs, das Licht der Sterne spiegelte sich auf seiner Haut. Noch niemals war der Schüler dem Lehrer so schön erschienen, so strahlend herrlich wie ein anzubetender Gott. So hatte Athene in dieser Nacht den Sohn des Odysseus hergerichtet. Das lange, im Sternenlicht weichschwarze Haar, in Spirallocken gedreht, umrahmte Gesicht und Hals, als wäre es Teil der ihn umgebenden Nacht. Nur – seine Haltung war nicht die eines Helden. Er stand nicht da, wie der Pelide Achilleus dagestanden hätte, oder Perseus, der bronzene Zeussohn, oder Theseus, der Minotaurostöter, ganz zu schweigen vom Held der Helden, Herakles, die allesamt in jeder Hundertstelsekunde ihres Heroendaseins eine für eine Marmorstatue passende Pose zu liefern im Stande waren – nein, gegen Telemachs nachlässige, von der Mutter herübergeholte Schlaksigkeit konnte göttlicher Glanzwille nicht an, und selbst die Lieblingstochter des Wolkenerschütterers Zeus vermochte es nicht, ihn einigermaßen gerade stehen zu lassen. Er hielt sich krumm. Hatte die Schultern, wie es seine Art war, etwas hochgezogen. Hatte die Hände in die Hosentaschen gerammt. Den Kopf neigte er ein wenig nach vorne, wie es groß gewachsene Menschen gerne tun. Obendrein konnte er nicht stillstehen.

»Und was, bitte, ist das Ziel«, fragte er.

»Ich weiß es«, antwortete Mentor, den Blick nach oben gerichtet, »es ist eine Stadt. In eine Stadt führt sie uns. Sie ist weiß und golden und blau. Die Menschen, die dort leben, sind schwarz. Und das Wasser im Hafen ist braun, weil die Stadt an einem breiten Strom liegt, der die fruchtbare Erde vom Landesinneren ins Meer spült...«

»Und was, bitte, sollen wir dort?«

»Deinen Vater finden.«

Da war der Schüler vom Lehrer weggerückt, als wäre er gestoßen worden. Aber er hatte nicht nachgefragt. Hatte es nicht gewagt.

»Ich geh noch ein paar Schritte«, hatte er gesagt. Und hatte sich entfernt. Als er in der Dunkelheit Mentors Gestalt nicht mehr sehen konnte, stützte er sich mit den Ellbogen auf die Reling, die Beine waren wie in einem großen Schritt auseinandergespannt, und er starrte hinunter ins Wasser, und es fiel ihm hart ans Herz.

So war es auf dem Schiff: Der Lehrer war voll Mut und Seherkraft, voller Wille zur Entscheidung, voller Jugendlichkeit und Glut. Den Schüler aber quälte der Zweifel, die Worte verließen ihn, und er war mutlos und voller Bangen. Über ihren Köpfen wölbte sich der Sternenhimmel, und sein von den Wellen zerkräuseltes Abbild war der Boden dieser herrlichen Glocke, in deren Wand eine Luke zu entdecken und einmal, einmal nur den Kopf durchzustecken, um Lugaus zu halten nach der Schöpferhand, der Wunsch jedes Neugierigen ist. Und war es genau zur selben Zeit, als sich in Ithaka die beiden Widersacher erneut trafen, und Eurymachos den Antinoos mit Fragen umkreiste, weil er sich inzwischen von seinen Skrupeln befreit hatte und seine eigene Rede ernst nahm und 259 sich durchaus vorstellen konnte, daß der Sohn des Odysseus vernichtet würde? Athene streifte Telemach mit ihrem Fügel und senkte noch eine Vorahnung in sein Herz, und zum ersten Mal, ja, zum allerersten Mal dachte er an seinen Tod. Ineinander verschmolzen der Gedanke an seinen eigenen Tod und der Gedanke an den Vater, und es war ihm, als segle er ins ferne, stille und dunkle Land der Kimmerier, wo das Tor zum Jenseits sich auftut und die Schatten aus der Erde schwärmen, und er wußte nicht, daß der Vater diesen Weg bereits hinter sich hatte. Die Fahrt war ihm wie ein Sichtreibenlassen in gottgesandten Winden, und das Schiff war ihm wie aus Stein, ein Phäakenschiff, das die Toten fährt – und wußte nicht, daß der Vater seine Phäakenfahrt noch vor sich hatte.

Dann erloschen die Nachtlichter am Himmel, die Gespenster stoben auseinander, und im Osten hob sich die schwarze Glocke wie das Lid der Sonne, der vielschauenden Mutter der Augen. Und alles war Tag, noch ehe die Sonne über dem Horizont war.

Elis, die Stadt am Hafen, präsentierte sich vor ihnen – weiß, golden und blau, wie Mentor vorhergesagt hatte –, und das Hafenwasser war tatsächlich lehmgelb von dem breiten Strom, der die fruchtbare Erde vom Landesinneren ins Meer hinausschwemmte und an seiner Mündung so breit war, daß man ihn nicht überblicken konnte, auch nicht von dem Leuchtturm aus, der auf der langen, nach außen gebogenen Landspitze stand, die einen letzten Trennungsstrich zwischen Süßwasser und Salzwasser zog.

Telemachs Gesicht war blaß und kalt, als sie in den Hafen einfuhren. »Müssen wir sofort zu ihm?« fragte er. »Noch mit den Koffern und allem?«

»Ich weiß es nicht«, sagte Mentor.

»Warum wissen Sie das nicht, Mensch!« war es da aus ihm herausgebrochen. »Wenn schon alles gewußt wird, dann weiß man doch auch…« Aber er hatte sich gleich entschuldigt und genuschelt: »Wissen Sie nicht… Sie wissen also auch nichts

Näheres, ich meine, was geschehen wird, wenn wir erst ...
herunter von dem Schiff sind ... und so.«

»Nein, Telemach, ich weiß es nicht«, wiederholte Mentor,
genüßlich, weil im Besitz der Gnade – noch jedenfalls. Denn
noch war alles in ihm – Mut und Seherkraft, Wille zur Entscheidung, Jugendlichkeit und Glut. Er hatte den Mund
leicht geöffnet und den Unterkiefer ein wenig zur Seite geschoben, wie es die Kühnheit in seinem Gesicht haben wollte.

»Und daß uns die Göttin vielleicht ein wenig Aufschub
gibt?« fragte Telemach.

»Ich weiß es nicht. Ich weiß es nicht. Ich kann nur sagen:
Ich weiß es nicht.«

»Zwei Tage oder wenigstens einen?«

»Ich weiß es nicht.«

Langsam fuhr das Schiff durch das Wasser, das die Farbe
von Milchkaffee hatte. Das Horn erschallte über ihnen. Die
Reling war voll von Passagieren, die alle der weiß-blau-golde-
nen Stadt entgegensahen. Eine Gruppe weiter hinten begann
ein Lied zu singen, das sich aber gleich in Gelächter verlor. In
allen Gesichtern standen Erwartung und Erleichterung. Nur
Telemach wandte sich ab, ging mit hängendem Kopf, die
Hände tief in den Taschen seiner schwarzen Trauerhose vergraben, den Kragen seiner schwarzen Trauerjacke aufgestellt,
ging nach Backbord, wo keine Menschenseele war, und
blickte hinaus auf den Ozean, der zur Hälfte noch im Dämmer lag.

Er grollte der Göttin. Er wollte nicht von ihren Beschlüssen
überfallen werden. Gönnte sie ihm denn keine Zeit zum
Überlegen, keine Zeit der Vorbereitung? Sollte ihm denn gar
keine Gelegenheit gegeben werden, sich an die *Sache* heran-
zutasten? Er wollte sich wenigstens an den Gedanken gewöhnen dürfen! Wollte die unwichtigen Eindrücke von den
wichtigen, die wichtigen von den unvergeßlichen, die unvergeßlichen Eindrücke von der eigentlichen *Sache* trennen. Vielleicht erst einmal einfach nur die Stadt im allgemeinen anschauen, spazieren, flanieren, müßiggängerisch sein – erster
Tag; dann – zweiter Tag, vormittags – sich hinführen lassen in

das bestimmte Viertel, das bestimmte Viertel erst im allgemeinen anschauen, dann im Detail: hier könnte der Vater also sein Brot einkaufen, hier seine Zeitungen, hier seinen Tabak, hier würde er Wein trinken, in diesem Kino sich manchmal einen Film anschauen und so weiter –; schließlich, zweiter Tag mittags – das bestimmte Haus aufsuchen und daran vorbeigehen; erst einfach nur so vorbeigehen, kaum hinschauen; dann noch einmal vorbeigehen, langsamer, genau hinschauen oder sogar schon – gegen Abend vielleicht, um Himmelswillen! – hineingehen in den Hof, in den Hausflur, durchs Stiegenhaus steigen. Ausschau halten, ob irgendwo an einer Tür ein Schild angebracht war, auf dem der Name des Vaters stand – wenn ja, dann war das schon sehr viel, sehr viel, überaus viel, beinahe zu viel. Dann konnte man sich getrost fürs erste zurückziehen, in ein Café gehen und beraten, abwägen, darüber reden, alles im Geiste wiederholen, mit dem Mundwerk der *Sache* nachgehen, ausschnaufen. Dann, am dritten Tag endlich, in der Nähe des bestimmten Hauses warten, in einer schattigen Toreinfahrt oder auf einer Bank unter Büschen oder so, warten, warten, vom frühen Morgen an warten, bis – jawohl! – bis der Vater aus der Tür trat. Wenn es sein mußte, stundenlang warten. Wenn es sein mußte, den ganzen Tag warten. Tage lang warten. Woran würden sie den Vater erkennen? Nun, da brauchte man sich doch keine Sorgen zu machen! Wenn die Stimme, die in Mentor waltete, sie bis hierher geführt hatte, wenn sie ihnen erst die Himmelsrichtung, dann die Stadt, dann das Viertel, dann die Straße, schließlich das Haus gezeigt hatte, dann würde sie sicher auch beim Entscheidenden, beim Erscheinen der richtigen Person, ein Zeichen geben. – Oh, es war doch etwas Wunderbares! Eigentlich schon, doch. Er atmete tief durch, spannte seine Muskeln, richtete sich gerade auf, räusperte sich die Kehle frei. Und hatte er nicht von allem Anfang an geahnt, daß ihre Reise diesen Zweck haben würde? Lag nicht der Grund dafür, weshalb er es nicht über sich gebracht hatte zu fragen, gerade darin, daß er diese Antwort erwartete, in seinem Kleinmut befürchtet hatte? Oh, es war doch etwas Wunderbares!

Eigentlich schon, doch... – Als sich Telemach umdrehte, fuhr das Schiff gerade in den Hafen ein. Er blickte auf die Rücken der Passagiere, die bunt waren wie ein üppiges Blumenbeet. Dicht vor ihnen zogen Häuserfronten vorbei, als würden sie auf Rädern geschoben.

Er trat an Mentor heran, berührte ihn mit den Fingerspitzen an der Schulter.

»Gut«, sagte er, »wenn es sein muß. Und es muß wohl sein. Suchen wir den Vater.«

»Die Vorsehung ist klug«, hatte Mentor darauf geantwortet. »Sie mutet uns nichts zu, was wir nicht bewältigen können. Sie hält nicht viel von Gefühlen und Räuschen. Sie wird dafür sorgen, daß alles so vernünftig wie möglich abläuft. Sie wird warten, bis du dich einigermaßen beruhigt hast, Telemach. Hab keine Sorge.«

Da waren die Gotteskinder noch in Mentor versammelt gewesen – der Mut und die Seherkraft, der Wille zur Entscheidung, die Jugendlichkeit und die Glut der Begeisterung. Aber als sie das Schiff verlassen und schließlich gemeinsam mit den anderen Passagieren auf dem von gelbem Sand überwehten Kopfsteinpflaster in dem großen halbrunden Hof des Personenhafens warteten, den Paß in der Hand, manche hielten ihn zwischen den Zähnen, weil keine Hand mehr frei war, da hatte sich alles umgedreht zwischen Lehrer und Schüler. Weggewischt war der Glanz aus Mentors Augen, weg die erwartungsvolle Kraft, verscheucht die lebenjagenden Gotteskinder. Umgedreht hatte sich alles. Und Telemach sagte mit einer Aufgeräumtheit in der Stimme, einer Befehlssicherheit, die ihn selbst erstaunte: »Ich schlage vor, wir gehen jetzt erst einmal etwas essen. Wie normale Touristen. Ich habe Hunger. Wir haben ja den ganzen Tag vor uns.«

»Ja, ja«, sagte Mentor, »machen wir, was du willst. Was du willst, Telemach. Was du willst.« – Stille. – »Was du willst.« Kapitulation. Und Schweißausbruch. Und ein wenig Bockigkeit dazu.

Telemach nahm ihm den Koffer ab. Die Arme hingen an Mentor herab, er hielt sich immer einen halben Schritt hinter Telemach in der Reihe vor der Paßkontrolle, Telemach mußte über die Schulter hinweg mit ihm reden und ihm sagen, wo er seine Papiere hingesteckt hatte – in die Hosentasche nämlich, wo sie kein Mensch hinsteckt.

Dann standen sie draußen vor dem Hafengebäude im Schatten der Platanen und blickten auf die blendend weißen, ineinander und übereinander geschachtelten Hausfassaden mit den blauen Fensterrahmen und den golden schimmernden Dächern, die in der Morgensonne leuchteten. Die anderen Passagiere hatten sich verlaufen, waren abgeholt worden oder hatten die Taxis genommen, die bei der Anlegestelle geparkt hatten. Die Menschen, die auf der Straße waren, allesamt schwarz und groß und schlank, trugen lange, makellos weiße Gewänder, hatten ebensolche Tücher um den Kopf gewunden und waren barfuß.

»Sehen Sie sich das an«, sagte Telemach. »So eine Stadt! Von so einer Stadt weiß bei uns keiner! Wir müssen wirklich unglaublich weit weg sein von zu Hause!«

»Und wohin jetzt«, fragte Mentor mit eintöniger Stimme, in der man auch schon so etwas wie einen beleidigten Vorwurf hören konnte. »Hier entlang oder hier entlang?« Sein Gesicht war rot gefleckt, auf der Stirn quollen Schweißperlen auf. Seine Jacke hatte er kurz vor der Landung in den Koffer gedrückt. Die obersten drei Knöpfe seines Hemdes waren offen. Die grauen Haare auf seiner Brust glänzten. – Alles hatte sich umgedreht…

»Ich weiß nicht, wohin wir gehen sollen«, sagte Telemach.

»Ich weiß es auch nicht. Falls du etwa denkst, ich weiß es«, sagte Mentor. Und nun schwang deutlich Ungeduld, sogar Unwille mit. »Ich gehe einfach hinter dir her. Hier entlang oder hier entlang. Ist mir egal. Oder dort hinüber oder hier hinauf. Geh einfach los. Geh nur. Geh!«

Da hatte sich Telemach noch nichts weiter dabei gedacht. Hatte die Koffer genommen, gar nicht erst abgewartet, bis Mentor nach dem seinen griff, und war in die Richtung gegangen, in der die Sonne weniger blendete, wo die Palmen am Straßenrand enger standen und ihre Fächer tiefer hingen und dichter waren. Dann aber, als sie auf einem leicht abfallenden Platz unter einem Kolonialdach auf dem Trottoir vor einer Cantina saßen, an einem feucht gewischten Tischchen, auf Metallrohrsesseln, die mit gelben Plastikschnüren bespannt waren, die Gesichter dem Treiben eines kleinen Gemüse- und Obstmarktes zugewandt, dessen Gerüche den Platz erfüllten, da fragte er ihn doch:

»Ist etwas mit Ihnen?« fragte er.

»Ich weiß es noch nicht genau«, antwortete Mentor. Er atmete flach und aus offenem Mund. »Vielleicht ist ja auch gar nichts.«

»Fühlen Sie sich nicht wohl«, fragte Telemach weiter. »Sind Sie erschöpft?«

»Nein, ich fühle mich wirklich nicht wohl, aber das ist es nicht«, sagte Mentor. Und nach einer Pause neigte er sich zu seinem Schüler hinüber, und nachdem er sich nach allen Seiten vergewissert hatte, daß ihnen niemand zuhörte, flüsterte er: »Sie schweigt. Die Göttin schweigt.«

»Aha«, sagte Telemach. Er wußte nicht, was er sonst hätte sagen sollen. Er sah nichts Katastrophales darin, daß die Göttin schwieg. Jetzt gab es ja wirklich nichts einzusagen. Und wie hätte er, der Schüler, der außerhalb solcher Gnade stand, wie hätte er ihr Schweigen schon groß kommentieren sollen? Schließlich wird sich diese innere Stimme oder was immer es war, dachte er, ja nicht um unser Frühstück kümmern wollen. War auch nicht die Aufgabe einer inneren Stimme. Weiß Gott nicht. Er stellte sich vor, der Geist oder was immer es war, was dem Lehrer innerlich Anweisungen gab, hatte sich aus dessen Körper entfernt und schweifte jetzt, freilich unvergleichlich schneller und überlegter, als sie es könnten, durch die Stadt und erkundete den Aufenthalt des Vaters. Leistete also Vorarbeit. Das stellte er sich vor – mit ein wenig Ironie und Spott und auch einer Prise Albernheit. Er wollte jedenfalls ganz bestimmt nicht mit dem Lehrer über dessen Gesichte sprechen. Nur das nicht! Seit jenem mehr als merkwürdigen Zwischenfall im Bus nach Ithaka – Stichwort: beinahe Kampf mit Busfahrer – und seit einigen anderen Vorfällen zum Beispiel während der kuriosen nächtlichen Bahnfahrt, aber dann auch noch auf dem Schiff, allesamt geschehen unter dem Einfluß göttlicher Einflüsterung, seither hatte Telemach geflissentlich das Thema gemieden, und auch dem Lehrer, jedenfalls solange er nicht, wie er es nannte, »in der Gnade war«, schien diese Angelegenheit – nein, nicht peinlich, niemals konnte ihm etwas Göttliches peinlich sein –, dieser Zustand schien sich nur nicht als Thema für ein menschliches Gespräch zu eignen; das Wirken der Göttin hatte wahrhaftig etwas von einer regelmäßig wiederkehrenden Krankheit an sich, über die man sich immer vornimmt zu sprechen, wenn sie ausgebrochen ist, über die man aber, sobald sie wieder abebbt, froh ist, nicht sprechen zu müssen. Es war Telemach also durchaus recht, daß die Göttin eine Zeitlang abwesend war. Sich nicht auch noch in seine und des Lehrers menschlichsten Kleinigkeiten einmischte. Eins kam noch dazu: Er fühlte sich obendrein – wäre er geradeheraus gefragt worden, hätte er geradeheraus so geantwortet –, er fühlte sich von ihr beobachtet, belauert. Kontrolliert. Wenn Mentor in diesen Zustand geriet, der ihn nicht ruhig sitzen ließ, der ihm den Schlaf nahm und ihn in einer beinahe erschreckend prallen Art leutselig, draufgängerisch und streitlustig machte, dann kam sich Telemach dagegen lau vor, aufgegossen, zweitrangig, für sich genommen wertlos, Sohn, sonst nichts, und er fühlte sich gedrängt, sich ähnlich initiativ aufzuführen, ähnlich Enthusiastisches in die Welt hinauszurufen oder wenigstens doch initiativ und enthusiastisch zu grinsen und zu nicken, aller Welt den hochgestellten Daumen zu zeigen. Mentors hellsichtige Augenblicke waren anstrengend für den Schüler, und der war durchaus froh, daß sie die Göttin wenigstens in Ruhe frühstücken ließ.

Sie tranken Coca Cola. Ein Mann an einem Nebentisch hatte ihnen dieses Getränk aufgedrängt, ein nach bitterem Rasierwasser duftender Mann übrigens, mit einer etwas vorspringenden Unterlippe und wuscheligem Haar unter einem Strohhut im Girardi-Stil, er hatte sich in ihr Gespräch mit dem Kellner eingemischt. Eigentlich wollten sie nämlich Mineralwasser bestellen oder Tee oder Kaffee. Und auch etwas zu essen. Eine Kleinigkeit wenigstens.

»Mit Tee und Mineralwasser, auch mit Kaffee sollten Sie hier nicht anfangen«, hatte der Mann gesagt, hatte dabei den Rauch seiner Zigarette durch die Nase strömen lassen, »und essen, nein, o nein, meine Herren, Sie würden es bereuen«, und dann hatte er von sich aus, ohne bei ihnen rückzufragen, beim Kellner zwei Coca Cola bestellt, ausdrücklich ohne Eis. »Zwei noch geschlossene Flaschen, bitte!« Er nannte ihnen ein Restaurant, schrieb den Namen in einer wie gedruckten Schrift auf ein Stück Papier – *Restaurant Jelup* –, dort könnten sie getrost alles essen und auch Mineralwasser trinken und Tee, alles, was sie wollten. Und lachte laut heraus. »Und natürlich auch Coca Cola, wenn Ihnen das schmeckt!«

Und Mentor sagte: »Dankeschön.« Wie ein braves Kind, das nicht genau weiß, wofür es dankt.

»War mir ein Vergnügen«, sagte der Mann. Stand auf und ging, ohne zu grüßen. Das heißt, er sagte keinen Gruß und er gab auch keinen Blick des Grußes. Er hob nur zwei Finger seiner linken Hand, nicht höher als bis zu seinem Gürtel, da hatte er sich aber bereits abgewandt, ließ die Finger eine Weile so stehen. Und ging davon. Er hatte einen wogenden, wiegenden, einen musikalischen Gang. Es sah aus, als mache er jemanden nach und vertraue darauf, daß man schon wußte, wen er da nachmachte.

»Sie schweigt immer noch«, sagte Mentor, als sie ihre Coca Cola ausgetrunken hatten. »Es tut mir so leid, Telemach. Ich kann dir nicht helfen. Im Augenblick jedenfalls nicht... Du mußt allein... Ich weiß nur nicht wie... Wie sollst du ihn allein finden... Vorausgesetzt, dein Vater ist überhaupt hier in dieser Stadt. Nicht einmal das weiß ich. Wie heißt diese Stadt? Alles vergesse ich.«

»Elis.«

»Elis, ja. Es ist sehr kräfteraubend, mußt du wissen, Telemach, wenn sie in einem ist. Aber wenn sie nicht in einem ist, dann wird man krank.«

»Das macht doch nichts«, sagte Telemach, verbesserte sich 267 rasch. »Ich meine, es ist nicht so schlimm. Für mich nicht. Sie brauchen sich keine Vorwürfe zu machen. Bitte, tun Sie das nicht! Von mir aus ist alles in Ordnung...«

»Man ist wie zusammengetreten...« sagte Mentor leise.

Das Restaurant *Jelup* gehörte zum Hotel *Lumidôme*, das jeder sofort und ohne einen Vergleich mit den anderen Hotels als das beste und erste Haus in der Stadt erkennen mußte. Es war ein gelber Bau mit weißen, hohen Fenstern, die von Sonnenkappen aus blauem Stoff überschattet waren. Das grünspanene Dach wies balkonartige Vertiefungen auf, in denen wie bunte Pilze Sonnenschirme standen. Vor dem Hotel war eine weitflächige Terrasse, ausgelegt mit rotgeäderten Marmorplatten, hier standen ebenfalls Sonnenschirme, und elegante Korbmöbel waren in ihren Schatten gerückt. Jetzt, am frühen Morgen saßen erst wenige Gäste da, Frühaufsteher oder solche, die abreisen mußten und noch schnell im Freien ihr Frühstück einnahmen, ehe sie sich von einem der Taxis wegbringen ließen, zum Hafen wahrscheinlich, wohin denn sonst. Zu der Terrasse führte eine breite Treppe in Form eines halben Ovals. Die Stufen waren flach und überlang, für schreitende Wesen gemacht.

Das Restaurant war unter der Terrasse, wo es kühl war. Eine von Lämpchen gesäumte Stiege führte hinab, links und rechts des Eingangs waren Aquarien in die Wand eingelassen, in denen Fische reglos und eng beieinander standen oder Langusten übereinander krabbelten, mit den Fühlern ziellos an die Scheibe tasteten. Wer wollte, der durfte sich hier aussuchen, was ihm in der Küche zubereitet werden sollte.

Noch saß kein Gast an den schwarzen Steintischen. Sie nahmen sich einen Fensterplatz, von dem aus man aufs Meer blicken konnte, das zwischen den Palmenstämmen glitzerte. Der Kellner kam, er trug einen Frack und weiße Handschuhe, seine Zähne überstrahlten jedes seiner Worte. Weiß war sein Gesicht, glänzend schwarz sein an den Kopf gepapptes Haar. Zum Mittagessen sei es noch zu früh, sagte er, aber er habe eine große Auswahl an wunderbaren Frühstücken – er sagte, *er* habe diese Auswahl, so als ob ihm das Restaurant gehöre, als ob er diese Frühstücke zubereitete, als ob es nur ihn und diese beiden Gäste gäbe. Er empfehle gegen den frühmorgendlichen Heißhunger, denn sein diagnostischer Blick habe, sagte er spaßhaft, sofort erkannt, daß es sich hier um einen solchen handelte, ein unkompliziertes Steak mit Weißbrot, dazu schwarzen Kaffee und Früchte. Man habe dabei nicht das Gefühl, schon um acht Uhr in der Früh Mittag zu essen, erläuterte er weiter – und das alles, noch bevor Mentor oder Telemach auch nur ein Wort gesagt hatten –, und doch gäbe es gegen ordentlichen Hunger, da könne einer sagen, was er wolle, nur eins, nämlich Fleisch. Telemach stimmte ihm verwundert zu, mußte sich dann aber sogar zurückhalten, daß seine Zustimmung nicht allzu heftig und begeistert ausfiel.

Er hatte ordentlichen Appetit, und das Essen tat ihm wohl. Mentor hingegen rührte es kaum an. Ein kleines Stück nur schnitt er von seinem Steak ab. Ein Stück einer weißen Birne probierte er. Niedergeschlagen, in sich zusammengesunken und offenkundig schlecht gelaunt, so saß er da und kaute, kaute in Abständen und nur mit den Schneidezähnen, und wenn, dann in Höchstgeschwindigkeit, was zudem den Eindruck von Zorn und Sturheit machte.

»Vielleicht sind Sie wirklich ein wenig krank«, sagte Telemach vorsichtig.

»Seekrank etwa, oder was«, fuhr ihn Mentor unwirsch an. »Komische Seekrankheit, die genau anfängt, wenn man das Schiff verläßt.«

Und weil er sich genötigt sah, Mentors Verdrossenheit abzumildern, so als fiele sie in seine Verantwortung und er müsse für des Lehrers schlechte Laune vor dem Lehrer geradestehen, machte Telemach einen Witz, beileibe keinen guten Witz, einen Verlegenheitswitz, einen Konversationswitz. Er sagte: »Vielleicht ist es so eine Art umgedrehte Seekrankheit.«

Das hätte ihm nicht einfallen dürfen! Das war genau so ein Satz, der in ihm jene Albernheit auslöste, die sich in einem Augenblick über alles ausbreitete, was er nun sagen würde, ganz egal, wie ernst es gemeint war. Umgedrehte Seekrank-

heit! Er zog die Lippen fest zusammen und ließ den Blick
schweifen, schaute hinaus auf die Palmenstämme, versuchte
an etwas Wissenschaftliches zu denken oder an etwas Trauriges, an etwas, was ihm mit einem Schlag jeden Spaß nähme –
nichts lag ihm ferner, als bei seinem Lehrer den Eindruck zu
erwecken, er lache ihn aus –, daß er da draußen in der Stadt
gleich den Vater treffen würde zum Beispiel... Es half nichts –
die umgedrehte Seekrankheit war nicht loszuwerden.

»Einen Moment«, sagte er schnell. »Warten Sie hier auf
mich.«

»Natürlich warte ich. Warum sollte ich denn irgendwohin
gehen, um Himmelswillen«, quengelte Mentor. Und es
stimmte ja, warum sollte er... jetzt mußte sich Telemach aber
beeilen, kein Wort mehr, kein Blick mehr, nur schnell hinaus,
und daß ihn nur ja niemand ansprach ... das Lachen würde
sonst aus ihm herausbrechen und gleich in das häßliche Falsett springen...

Er wußte ja, wie das war: Sobald man allein ist und den
lauernden Kitzel aus der Kehle herauslachen, herausputzen
will, dann kommt nichts, dann hat sich die Kehle bereits von
selber befriedet, dann kann man auch wieder beruhigt unter
die Leute gehen. Und egal, wie lustig man noch vor einer
Minute einen Witz gefunden hat, es ist nichts mehr davon
übrig.

Als er draußen vor der großen, ovalen Treppe stand, die zu
der Terrasse vor dem Hotel führte, kam ihm ein Gedanke. Er
lief über die Stiege hinauf, eilte zwischen den Korbmöbeln
hindurch und betrat die Hotelhalle. Es war ein hoher, über
alle Maßen prächtiger Raum, dessen bestimmende Farbe
Gold war. Für einen Moment war Telemach fassungslos, und
mit offenem Mund, den Kopf im Nacken, blickte er umher.
Die Decke, weit oben, war mit Gemälden verziert, die wolken-
hafte Motive zeigten, Frauen auf Wolken, Lokomotiven auf
Wolken, Schiffe auf Wolken, geflügelte Briefe und so weiter,
kleine engleintragende Wölkchen, Wolken produzierende
Kraftwerke, Blitzpeitschen, grelle, kugelige Einschläge. So
eindringlich waren diese Bilder, daß man meinen konnte, ein

Lärmen gehe von ihnen aus. Unten, in der Weite der Halle ballten sich wuchtige rosarot-fleischfarbene Ledersessel zu Gruppen zusammen, die Telemach an nackte, gemästete, furchtsame Tiere denken ließen. In einer Ecke stand ein Flügel, dessen Deckel noch vom Vorabend offen war. Wie ein gewaltiges, gestürztes Himmelstier sah er aus, aus dem Gemälde dort oben geworfen. Gerade machte sich eine schwarze Frau daran zu schaffen. Sie staubte den Flügel ab. Polierte ihn mit einem Mittel, das sie sich in einen Lappen schüttelte. Der Ärmel ihres Kleides berührte die Tasten. Ein gedämpftes *Bing* war zu hören...

Die lange Theke der Rezeption befand sich der Eingangstür gegenüber. Rechts und links davon führten weiß-goldene Stiegen in leichten, eleganten Schwüngen hinauf in den ersten Stock, dahinter waren die Aufzüge. Vier Aufzüge. Ein Junge in Uniform, hellbraunes Gesicht, die Hände im Rücken verschränkt, ging mit federnden Schritten davor auf und ab, er achtete darauf, daß seine Fersen nicht den Boden berührten.

Telemach steuerte geradewegs auf den Mann zu, der hinter dem Anmeldeschalter stand. Der hatte ein schmales, langes Gesicht, einen kleinen Mund, der sicher sehr oft *Oh!* rief.

»Ich bezahle bar«, sagte Telemach, weil er den schnellen, professionellen und abschätzigen Blick des Mannes bemerkt hatte, »bar und im voraus«, und erst dann trug er vor, was er wünschte.

Er wünschte zwei Zimmer. – Nebeneinander, mit Verbindungstür? – Ja, nebeneinander mit Verbindungstür. – Vorne hinaus mit Blick aufs Meer oder hinten hinaus mit Blick leider in den Hinterhof? – Vorne hinaus. – Mit Balkon oder ohne? – Wenn schon, dann mit.

»Bitte sehr«, sagte der Mann und legte die Anmeldeformulare vor. Und gleich auch die Rechnung für eine Nacht. Es waren so ziemlich die teuersten Zimmer, die das Haus zu bieten hatte.

Als Telemach ins Restaurant zurückkam, saß Mentor vornübergebeugt da, die Arme auf der Tischplatte verschränkt, 271 den Kopf seitlich auf dem Handrücken. Es sah aus, als ob er schliefe. Der Kellner gab ein Zeichen, das alles mögliche bedeuten konnte, hob die Augenbrauen und zuckte die Achseln. Telemach ließ sich von ihm zur Seite ziehen. Flüsternd sprachen sie miteinander.

»Ich habe ihn gefragt, ob er noch etwas wünsche«, sagte der Kellner. »Aber er hat mir keine Antwort gegeben.«

»Dann wird er eben nichts wünschen.«

»Ist er ... krank?«

»Er ist in Ordnung.«

»Ist er ... Ihr Vater?«

»Es ist alles in Ordnung«, betonte Telemach. Er bezahlte die beiden Steaks und den Kaffee und die Früchte. Es kostete sehr viel, und er gab noch ein Viertel des Preises als Trinkgeld drauf.

Er setzte sich neben seinen Lehrer, wartete still.

Nach einer Weile sagte Mentor: »Ich schlafe nicht, Telemach. Ich will nur nichts sehen und nichts hören. Ich bin fix und fertig. Ich weiß nicht warum. Das Licht macht mich fertig. Und jedes Geräusch. Fix und fertig.«

»Es ist unverantwortlich von mir«, sagte Telemach, »daß ich Sie in meine Angelegenheiten hineingezogen habe. Sie sind nicht gemacht für solche Abenteuer.«

»Ach was«, sagte Mentor, der immer noch den Kopf auf den Armen liegen hatte und seitwärts aus weichem, etwas gepreßtem Mund redete. »Sie meldet sich einfach nicht, Telemach. Vorhin hatte ich einmal flüchtig das Gefühl, jetzt kommt sie wieder, dachte ich. Das fängt im Gaumen hinten an. Da kriegt man so ein trockenes, pelziges Gefühl. Es ist, als ob man ganz trockene, warme, federleichte Luft durch die Nase einatmet oder so, schwer zu beschreiben. Das hatte ich vorhin. Ich habe dann einen Schluck Kaffee genommen, ganz gedankenlos. Dumm. Und dann war das Gefühl weg. Das wird doch nichts mit dem Kaffee zu tun haben?«

»Nein, sicher nicht. Wollen Sie ein Glas Wasser?«

»Es wird sich doch eine Göttin nicht von einem Schluck Kaffe vertreiben lassen, oder?«

»Aber bestimmt nicht. Kann ich mir jedenfalls nicht vorstellen.«

»Wenn nur nicht, wenn nur nicht!«

»Aber wo. Sie müssen sich ausruhen. Schlafen. Richtig schlafen.«

»Weil das Gefühl plötzlich da war. Und dann war doch nichts. Ich bin so fix und fertig.«

»Ich bin auch fix und fertig«, sagte Telemach. Was natürlich nicht stimmte. Das Gegenteil. Noch selten hatte er sich so frisch und so voller Tatendrang gefühlt – zum letztenmal vielleicht, als er begonnen hatte, seinen Turm zu planen. Aber er wollte nicht, daß Mentor den Eindruck bekam, er halte die *Sache* auf. Es machte ihn verlegen, sich einzugestehen, daß er, der Schüler, auf irgendeinem Gebiet, egal auf welchem, dem Lehrer überlegen sein sollte, und er wollte nicht Zeuge seiner Schwäche sein, wollte es nicht sein, weil er wußte, daß der Lehrer nicht wünschte, so gesehen zu werden.

»Ja, ich bin auch fix und fertig«, sagte er noch einmal. »Ist ja auch kein Wunder. Darum habe ich mir folgendes gedacht...«

»Ich weiß schon, was du gemacht hast«, sagte Mentor. »Und ich mißbillige es entschieden.«

»Was habe ich denn gemacht?«

»Ich mißbillige es, hörst du!«

»Aber was habe ich denn gemacht?«

»Du hast uns Zimmer reservieren lassen in diesem sündteuren Haus. Ist es nicht so?« Mit einem Ruck hob Mentor den Kopf, setzte sich aufrecht hin. Aber seinen Augen war anzusehen, daß ihn jede Bewegung viel Mühe kostete. »Ist es nicht so?«

Telemach hatte Mitleid mit ihm, aber er scheute sich auch vor ihm, wußte nicht recht, was er antworten sollte, denn er befürchtete, alles, was er jetzt vorbrachte, würde den gestauchten Mann noch mehr stauchen, würde den aus irgendeinem Grund Verärgerten noch mehr ärgern, würde den Gedemütigten noch mehr demütigen, und er dachte, es war ein Fehler, es war großkotzig von mir und von oben herab, daß ich die Zimmer genommen habe, aber was hätte ich sonst tun sollen.

»Ja, es ist so«, sagte er schließlich. »Und auch wenn Sie vielleicht sagen, ich könne nicht wissen, was mein Vater denkt, so will ich doch behaupten, daß mein Vater, wenn er mir nur ein wenig ähnlich ist, oder besser gesagt, wenn ich ihm nur ein wenig ähnlich bin, das heißt, wenn, so wie ich bin, auch mein Vater irgendwie ist oder so, daß er dann sagen würde, ich habe richtig gehandelt. Ich habe zwei Zimmer für uns gebucht. Es ist ja nicht für lange. Außerdem finde ich es besser, wenn wir frisch und ausgeschlafen meinen Vater besuchen.« – Ach, es war verwürgt! Dieser unberechenbare Zustand seines Lehrers machte ihn konfus, und er setzte schnell nach: »Es ist ja nicht wichtig, was mein Vater tun würde oder was nicht. Ich glaube nicht, daß das jetzt wichtig ist. Überhaupt ist das doch alles nicht so wichtig, mit dem Zimmer und so... Ich will es eben.«

Mentor starrte lange vor sich auf die Tischfläche. Schließlich sagte er ruhig: »Wenn er überhaupt hier ist...«, und das klang gehässig.

Dann erhob er sich. Das Hemd rutschte ihm aus der Hose, sein bleicher, fetter Bauch war zu sehen. Vorne kippte er über den Hosenbund und verdeckte den obersten Knopf des Hosenladens, in der Mitte war er vom Nabel in eine Delle gezogen. Er winkte ungeduldig fuchtelnd ab, als der Kellner herbeieilte, um ihm behilflich zu sein.

»Was meinen Sie damit«, fragte Telemach, als sie hinaus in die Sonne traten.

»Ich glaube nicht, daß Odysseus hier ist«, sagte Mentor. Zum ersten Mal, seit sie Ithaka verlassen hatten, war der Name ausgesprochen worden. Bis dahin war von ihm nur als Telemachs Vater die Rede gewesen.

»Und warum nicht? Warum glauben Sie nicht, daß mein Vater hier ist?«

»Ich glaube es eben nicht. Instinkt. Wenn die Göttin in mir ist, habe ich keine Instinkte mehr. Aber wenn sie weg ist, dann kommen sie wieder, die Instinkte. Mein Instinkt sagt mir, er ist nicht hier. Odysseus weilt nicht in dieser Stadt. Wenn ich es genau bedenke, dachte ich das schon im selben Augenblick, als ich den Fuß auf diesen Boden setzte. Außerdem...«

Es waren nicht mehr als ein Dutzend Stufen bis zur Terrasse hinauf. Aber die waren für Mentors Kraft schon zu viel. Mitten auf der Stiege mußte er innehalten und Luft holen.

»Außerdem? Was außerdem«, drängte Telemach.

Mentor wedelte mit seiner Hand auf und nieder, dann drückte er plötzlich die Faust an seine Brust, seine Unterlippe zitterte und wurde feucht, er sog den Speichel ein, sonst wäre er ihm aus dem Mund getropft. »Was ist nur mit mir los«, stieß er hervor. »Ich bin ein widerlicher, alter Mann. Das will ich doch nicht sein, Telemach. So schadenfroh. Verzeih mir, bitte.«

»Es sind die Strapazen der letzten Tage«, sagte Telemach. »Setzen wir uns. Was soll es denn zum Verzeihen geben. Na hör mal.«

Er faßte den alten Mann am Arm, führte ihn zur Seite, ging selber eine Stufe tiefer, damit es nicht so betont hilfreich aussah, wenn er sich über ihn beugte.

»Setzen wir uns in den Schatten unter den Strauch«, sagte er. Begriff immer noch nicht, wie es tatsächlich um den Lehrer stand, meinte immer noch, es sei nur eine kleine Schwäche, eine Folge der Aufregung, eine Folge des wenigen Schlafs, des unruhigen Schlafs, des fremden Klimas, der Hitze schon am Morgen, vielleicht war ihm auch der Bissen Steak nicht bekommen, dachte er.

Die Stiege war flankiert von hohen, dichten, sattgrünen Sträuchern, die ihr buschiges Laub tief über den Rand hängen ließen. Hier war Schatten, und man konnte kaum gesehen werden. Jedenfalls von der Hotelterrasse aus nicht, und auch von der Treppe aus nicht. Wenn allerdings jemand aus dem Restaurant darunter trat, der konnte zwar nichts sehen, aber alles hören. Und der Kellner war aus dem Restaurant getreten. Und er stand da, als lehnte er sich gegen die Luft, die zwischen ihm und seinen beiden Gästen oben auf den Stufen war, und er trug die beiden Koffer, die seine Gäste neben ihrem Tisch vergessen hatten...

Telemach schob die Zweige auseinander, half seinem Lehrer beim Niedersitzen und kauerte sich neben ihn. Nun waren sie umfangen von grüner Tagesfinsternis, und für den Bruchteil eines Gewahrens herrschte Stille. Aber für Mentor war es eine Stille, als hätte alles Lebendige den Atem angehalten, kein Vogelgezwitscher war mehr zu hören, kein Insektengesumm, keine entfernten Gespräche von der Terrasse, kein Hundegebell, und auch als wäre alles Leblose, das Geräusche erzeugte, in seiner Mechanik steckengeblieben, kein Geräusch des Staubsaugers aus der Hotelhalle drang mehr zu ihm herüber, keine Autos von der Straße, keine Motorboote vom Wasser her – für den Bruchteil eines Gewahrens herrschte eine Sinnenleere, nichts war zu riechen, nichts zu hören und nichts war im Dämmerlicht unter den Blättern mit den Augen zu erkennen, er spürte nicht, wie sein Gesäß den Marmor der Stufe berührte, wie seine Arme, sein Hals, sein Kopf die hängenden Zweige streiften, er konnte nicht sagen, ob es warm oder kühl hier war. Aus seinem Gesicht wich alle Spannung, alle Last und Mühe des Daseins lösten sich auf wie Morgennebel in der Sonne, die Dinge wurden erlöst, erlöst von ihrer Individualität, von ihrer Vereinzelung, es herrschte die weltlose Stille des Todes – für den Bruchteil eines Gewahrens –, ehe in einer Sturzflut die Gerüche und Geräusche, das Gespür für Druck und Temperatur, die Sehkraft wieder über des alten Mannes Sinne hereinfielen, und das unsichtbar Kleine am Boden weitermachte in seinem Kreuchen und Fleuchen, und über ihnen wieder Gezwitscher und Geträller anfingen, Lachen und Klopfen, Ächzen und Krachen – und der Herzschlag wieder einsetzte, erst mit doppelter Geschwindigkeit und stolpernd, gierig ansaugend und auspressend, dann sich allmählich beruhigend.

Der Schüler sah, daß der Lehrer in Schweiß gebadet war, kalkweiß, daß mit den Gerüchen, der Hitze und dem Kreuchen und Fleuchen am Boden und dem Gelärm im Dach auch die Erschöpfung wieder über ihn hereingebrochen war, daß das erlösende, heilende Wesen von ihm gelassen hatte, daß

die Erschöpfung nur eben für den Bruchteil eines Gewahrens

besiegt war, scheinbar besiegt, nur nicht sichtbar, nicht spürbar gewesen war. Und mit Schrecken fragte sich Telemach: Wie hatte der Lehrer solche Strapazen überstehen können? Und über das schlechte Gewissen, daß er ihn in eine solche Lage gebracht, vergaß er seine freudige Erwartung an den Tag, seine Aufregung, seine Befürchtungen, vergaß er seinen Vater, der hier in dieser Stadt sein mochte, vielleicht ganz in der Nähe. Und alle seine Sorge galt seinem Lehrer.

»O weia«, sagte er, »o weia, meine Güte«, und obwohl sie schon saßen, schon eine ganze Weile saßen, sagte er: »Bitte, setzen wir uns einen Augenblick. Ich bin nämlich auch fix und fertig.« Wollte dem Mann zeigen, daß er nicht allein war in seinem Schaden, auch wenn er tatsächlich allein war, wollte wenigstens so tun *als ob* – keuchen wollte er nicht, nein, das nicht, gerade heraus sagte er noch einmal: »Bitte, setzen wir uns.«

»Ja, richtig«, sagte Mentor. »Setzen wir uns. Wenn du es auch sagst.«

»Ja, ich will mich auch setzen«, sagte Telemach.

»Ich bin doch wirklich völlig auseinander«, sagte Mentor. »Wir sitzen doch schon.«

»Ah, ja«, sagte Telemach.

»Aber paß auf, wo man sich hinsetzt«, sagte Mentor.

»O weia, bin ich fertig, meine Güte«, sagte Telemach.

»Du doch nicht«, sagte Mentor. »Ich bin fertig.«

»Ich bin fertig«, sagte Telemach.

»Ich bin auch fertig«, sagte Mentor.

»Ich auch.«

»Paß auf, wo wir uns hinsetzen! Tu das. Wir kennen dieses Land nicht, Telemach.«

»Ich setz mich einfach hin.«

»Wir sitzen ja schon.«

»Ah, ja. Wir sitzen ja schon. So was! Und ich sage immer, setzen wir uns.«

»Das sagst du, ja, Telemach. Das ist komisch.«

»Ja, das ist komisch.«

»Hier muß man höllisch aufpassen, wo man sich hinsetzt. 277

Höllisch. O ja, bleiben wir noch einen Augenblick sitzen, Telemach, ich helf dir dann auch. Das ist gut. Oh, ich bin fertig, du hast recht.«

»Ich bin auch fertig, o weia meine Güte.«

»O weia. Richtig. O weia. Du sagst gern o weia meine Güte, stimmts?«

»Ja, gern. Wir sind fertig.«

»Wir sind beide fertig. Richtig, Telemach. O weia meine Güte.«

»O weia meine Güte.«

Es tat ihnen gut. So zu reden tat ihnen gut. Mentor tat es gut, weil er nicht allein war in seiner Todesmattheit, und Telemach tat es gut, so zu reden, weil er damit ein wenig sein schlechtes Gewissen besänftigte. – So saßen sie und ließen ihre Herzen pumpern. Ihre Gesichter waren gesprenkelt von den Schatten der Blätter. In Telemachs schönem Gesicht sah das schön aus, denn seine Haut war rosig überhaucht, und seine Augen funkelten wieder vor Erregung und Gier nach Neuem; jetzt, da die Sorge um seinen Lehrer nicht genommen, nein, aber gemildert war, wölbte sich eine Weltumarmungslaune wie der Feuerkopf einer Explosion in ihm empor: Hier, seinem Lehrer neben sich, hatte er Trost geben können, und dort draußen, in dieser Stadt, war vielleicht sein Vater! In Mentors Gesicht dagegen sahen die Schatten der Blätter nicht schön aus, seine Wangen waren blau durchädert wie im Bus auf der Fahrt nach Ithaka, bevor er den Fahrer zum Zweikampf aufgefordert hatte, und um die Augen war die Haut grau und eingesunken, und mit jedem Atemzug sog sich die Unterlippe in den Mund, und sie wirkte wie ein schlecht schließendes Ventil, an dem vorbei die Luft zischend und schnarchend in den Körper fuhr.

»Riech ich eigentlich?« fragte er.

Mit nur halb scherzhafter Bestürzung blickte ihn Telemach an. »Was fragen Sie?«

Und in kurzatmig schnellen Silben stieß Mentor nun eins nach dem anderen hervor. Mit ernster Miene redete er zwischen seinen angewinkelten Beinen auf den Boden nieder, die

Augen dauernd in Bewegung, als beobachte er flinke Mükken. »Klar stink ich«, sagte er. »Paß auf, lehn dich nicht zurück, Telemach! Da ist ein Ameisenpfad ... wenn das überhaupt Ameisen sind ... Sie haben Flügel, oder sind das keine Flügel. Sie tragen Sachen. Kommen mir eher wie winzige Schweine vor, so hell, fast rosarot, so schlafzimmerfarben, pfui Teufel, Schweine mit Taille, doppelte Hüften sogar. In unserem Supermarkt in Melite arbeitet eine Frau, die stinkt unter den Achseln, sag ich dir, du machst dir keinen Begriff. Sie kehrt am Abend aus. Im ganzen Supermarkt hängt ihr ranziger, zwiebeliger Achselgeruch. Die riesige Halle kann sie damit füllen. Ich denke mir, wie wird es denn bei ihr zu Hause riechen, da ist es ja viel enger. Ich berechne den Rauminhalt des Supermarktes und bringe das Ergebnis mit dem Rauminhalt ihrer Wohnung ins Verhältnis. Es muß ungeheuer stinken bei ihr zu Hause. Keiner macht sie darauf aufmerksam. Man kann einen Menschen nämlich nicht so beschämen, Telemach. Sie würde in den Boden versinken, Telemach. Es wäre furchtbar. Aber sie hat Nachteile, weil sie so stinkt. Du verstehst meine Sorge wegen dieser Frau? Jetzt geht es mir schon wieder besser.«

Er tippte unbestimmt mit seiner Hand an Telemachs Arm, versuchte aufzustehen, es war so eng unter dem Blätterdach, wo sie saßen wie Buben beim Versteckspiel. Telemach mußte ihn auf die Beine ziehen. Tatsächlich ging es Mentor besser. Er wischte sich das Hemd ab und ging, ohne daß ihn Telemach stützte über die Stiege hinauf, ging weiter in aufrechter Haltung, in ungewöhnlich aufrechter Haltung an den Korbmöbeln vorbei und in die Hotelhalle.

»Wo sind wir«, fragte er mit lauter Stimme. Er würdigte den Prunk keines Blickes.

»Erster Stock, 134 und 135, nebeneinander mit Verbindungstür, vorne hinaus mit Blick aufs Meer und mit Balkon.«

Und nun zwängte sich ein Schmunzeln in seine Mundwinkel: »Mit Balkon. Donnerwetter. Im ersten Stock. Beide Zimmer mit Balkon?«

»Beide Zimmer.«

»Und auch Blick aufs Meer – beide Zimmer?«

»So ist es.«

»Selbstverständlich auch mit Bad – beide Zimmer?«

»Selbstverständlich.«

»Selbstverständlich. Und Zimmerservice?«

»Das kann man wohl annehmen.«

»Kann man wohl annehmen, stimmt. Muß man in so einem Hotel sogar annehmen. Da wollen wir lieber nicht danach fragen, Telemach. Die wären glatt beleidigt. Auch nach Fernseher und so wollen wir lieber nicht fragen. Ich war noch nie in so einem Hotel, Telemach.«

»Ich auch nicht.«

»Du also auch noch nicht. So.«

»Es ist ein sehr schönes Hotel«, sagte Telemach, und sie sahen sich an, Schüler und Lehrer, und sie lächelten sich zu. Und als sie im ersten Stock aus dem Lift traten, fragte Mentor: »Hast du dir die Decke unten in der Halle angesehen, Telemach? Hast du nicht. Solltest du aber tun. Vergiß es nicht, wenn du unsere Koffer aus dem Restaurant holst.«

»Unsere Koffer!« rief Telemach und wollte gleich umdrehen und über die Stiege hinunterlaufen. Aber Mentor hielt ihn an der Schulter fest.

»Hier geht nichts verloren, Telemach. Nicht in so einem Haus. In so einem Haus nicht.« Und ehe Telemach etwas sagen konnte, stieß Mentor einen tiefen Seufzer der Erleichterung aus und sagte: »Vielleicht hast du recht. Ich muß mich hinlegen. Ein Bett wird Wunder wirken. Wir hätten ein billigeres Haus nehmen können. Aber wir haben dieses genommen. Und dann am Nachmittag oder am Abend oder morgen, je nach dem, je nach dem, dann werden wir, dann werden wir ... Du solltest nicht auf mich hören, solange ich so beieinander bin, Telemach. Ich meine, ich bin unausstehlich in diesem Zustand. Ein Fall, ein gräßlicher Fall. Sie wird sich heute nachmittag melden. Da bin ich mir sicher. Jetzt ist alles in Ordnung. Aus ihrer Sicht ist alles in Ordnung. Wir sind da. Angekommen. Das ist die Hauptsache, oder? Aber etwas Trauriges, auf das du gefaßt sein solltest, Telemach ... Also hör zu, Telemach: Wenn dein Vater tatsächlich hier ist, hier in Elis...«

»Ich weiß, was Sie meinen«, kam ihm Telemach zuvor. »Sie meinen, wenn er hier ist, dann will er nicht nach Hause kommen, nach Ithaka. Denn wenn er es wollte, hätte er es schon längst tun können. Das habe ich mir selber auch schon überlegt. Gut. Dann ist es eben so. Das macht mir nichts aus. Ich habe ihn nie gesehen. Ich habe ihn nie vermißt. Ich kann gut ohne ihn weiterleben. Ich will nur wissen, wer er ist. Ich will ihn einmal ansehen. Und ich will, daß er mich einmal ansieht. Und ich will, wenn es schon so ist, der Mutter sagen, daß sie nicht weiter auf ihn warten muß.«

Mentor sank aufs Bett. Als Telemach durch die Verbindungstür in sein Zimmer ging, war der Lehrer bereits eingeschlafen.

Den Fenstern gegenüber stand ein breites Bett, so daß der Gast schon gleich beim Erwachen, wenn er sich nur wenig aufrichtete, hinaus aufs Meer blicken konnte. Das Badezimmer faßte zwei Wannen, eine war von normaler Größe, weiß, in weiß gekacheltem, hellblau ausgefugtem Trog; die andere aber war lippenrot, hatte die Form eines Herzens und die Ausmaße eines kleinen Schwimmbeckens. Die Hähne stellten hintübergebeugte nackte Männer- und Frauengestalten dar, die Flügel hatten und aus deren Hinterköpfen das Wasser floß. Der Mann hatte Flügel mit rot durchsetzten Federn, die Flügel der Frau, die das kalte Wasser gab, waren blau durchwirkt. Telemach begutachtete alles, ohne großes Interesse, schaute in die Kästen, in die Minibar, tippte irgendeine vierstellige Zahl in das elektronische Safeschloß, schaltete den Fernseher und das Radio ein und gleich wieder aus. Er streifte Schuhe und Strümpfe ab, die Jacke warf er über einen Stuhl.

Sein Blick fiel auf das Telephon, das neben dem Bett auf dem Nachttischchen stand. Einen Moment lang überlegte er, ob er zu Hause bei der Mutter anrufen und ihr sagen sollte, wo er war und was er vorhatte – oder ob er bei Evangeline anrufen sollte, in der Französischen Straße 1177... Der Anruf in der

Nacht, vom Bahnhof in Ithaka aus, war ihm in wohlig warmer Erinnerung. Oft während der Überfahrt hierher hatte er daran gedacht. Evangelines Stimme war vom Schlaf belegt gewesen, und sie war nicht, wie sonst immer, gleich von Anfang an in diesen sachlich amüsierten Ton verfallen, den er dann jedesmal meinte aufnehmen zu müssen, weil er sich sonst geschämt hätte. Sie hatte ruhig und nah gesprochen, hatte öfter als sonst, über jede Gesprächsnotwendigkeit hinaus, seinen Namen gesagt. Sie sei nicht böse, daß er sie geweckt habe, natürlich nicht. Und er hatte nur gesagt, sie solle weiterschlafen, er werde sie bald wieder anrufen und ihr erzählen, er verreise, aber er könne ihr nicht sagen, wann er wieder... Und dann war die Münze aufgebraucht, er hatte vergessen, eine neue aus seiner Jackentasche hervorzukramen, die Leitung brach ab. Noch einmal anrufen wollte er nicht. Fürchtete, daß sich dieser *liebe* Ton in ihrer Stimme als unwahr, als ein Irrtum herausstellen könnte. Er warf statt dessen die Münzen in den Reiseproviantautomaten, zog zwei Salamisemmeln und trottete, von Müdigkeit und Glück benommen, zu Mentor zurück, der in einer merkwürdig steifen Haltung, ein wenig zur Seite gekippt, auf einer Bank saß und schlief. So überwältigt war Telemach in dieser Nacht von Evangelines Stimme gewesen, daß er wie hypnotisiert war, unfähig, etwas zu tun, eine Entscheidung zu treffen, unfähig, dem Zug seines Herzens zu folgen, daß ihm nicht einmal als Möglichkeit in den Sinn gekommen wäre, diese hysterische, alle Fragezeichen der Vernunft ignorierende Reise aufzugeben und sofort, auf der Stelle, noch bevor die Sonne über Ithaka aufging, die wenigen hundert Meter über die Brücke zum Güterbahnhof zu laufen, in die Französische Straße Nummer 1177. Als sie dann, er und Mentor, in der Eisenbahn gesessen waren, eine halbe Stunde später bereits, da hätte er sich die Faust an die Stirn schlagen können. »Ich will das nicht«, hatte er zum Lehrer gesagt. »Was hat das für einen Sinn?« Und der hatte immer nur geantwortet. »Du mußt. Es geht nicht anders. Du wirst es sehen.« Oder so ähnlich. In dem

fremden Bahnhof, der irgendwo war, in dem sie auf den Gegenzug warteten, wollte er noch einmal bei Evangeline anrufen, da war aber der Apparat in der Telephonzelle defekt. Und dann, im Hafen, bevor sie das Schiff bestiegen, waren alle Zellen belegt und zu viele Leute warteten bereits. Auf dem Schiff schließlich hatte sich sein Drängen und Sehnen, sein Glück, in ein melancholisches Erinnern abgemildert.

Nun also in diesem Zimmer, in diesem prächtigen Hotel, griff er nach dem Hörer, tippte die ersten Ziffern ein. Die Vorstellung, gleich Evangelines weiche Stimme zu hören, machte, daß er ein paarmal schnell und tief durchatmen mußte und sich das Blut in seiner Brust sammelte. Aber dann legte er auf, beschloß, sie am Nachmittag oder erst am Abend oder wieder in der Nacht anzurufen… Sagte sich: Nein, ich habe anderes vor!

Mit flatterndem Hemd und barfuß verließ er das Zimmer, in der Tasche genügend Geld, wie er meinte. Er wartete erst gar nicht, bis der Lift kam, lief über die wattigen Teppiche die Stiege hinunter in die Halle, hinterließ bei der Rezeption, man solle, falls sich sein Mitreisender nach ihm erkundigte, ausrichten, er sei in die Stadt gegangen und wisse nicht, wann er zurückkomme. Außerdem bat er den Mann hinter dem Tresen, er möge jemanden nach ihren Koffern schicken, die sie unten im *Jelup* vergessen hätten. Dann sprang er mit leichtem Schritt hinaus auf die Terrasse. Die Menschen, die unter den Sonnenschirmen saßen und ihr Frühstück einnahmen, blickten ihm nach, und wer selbst Lebens- und Tagesfreude in sich spürte, der nickte und stimmte ihm zu.

Er flanierte durch die heißer werdende Stadt, mußte sich zu einem gemächlichen Schritt zwingen, denn sein Übermut verlangte nach Sprüngen. Er hielt sich auf der Schattenseite der Straßen, und wenn er an einen Platz kam, der in ganzer Sonne lag, dann blieb er erst am Rande zögernd stehen und stürzte sich schließlich in das grelle Licht wie ein Schwimmer, der eilends dem anderen Ufer zustrebt.

Er kam in eine Gasse, die war dunkel von Schatten und schien eng zu sein. War sie aber gar nicht. Hier reihte sich nämlich ein Kleidergeschäft an das andere, und vor jedem 283

Geschäft standen zweimannshohe Kleiderständer, und die verengten die Gasse, so daß sich die Menschen in ihr drängten, es war ein Lärmen und Rufen. Zwischen den Fußgängern zwängten sich Motorräder hindurch und Fahrräder, wenige Autos nur. Polizisten in khakifarbenen Uniformen saßen auf hohen, glänzenden, fuchsbraunen Pferden, die sich von dem Trubel um sie her nicht beeindrucken ließen. Und weil die Straße zum Meer hin abschüssig war, konnte Telemach von oben ihr Treiben überblicken, und am besten gefielen ihm die langen, weißen Gewänder der Menschen, die wie freie Seelen in der Buntheit schwebten. Er berauschte sich an dem Anblick, und für eine Minute war er felsenfest sicher, daß er nie wieder irgendwo anders leben wollte als hier, in dieser Stadt, in dieser Straße. Und er nahm sich vor, am Abend Evangeline zu sagen, daß er sich wünsche, hier mit ihr zu leben. Er betrat das erstbeste Kleidergeschäft, kaufte, ohne lange zu suchen oder zu feilschen, das erstbeste lange, weiße Gewand, zog es gleich über und ließ sich seine alten Sachen zusammenpacken. Er betrachtete sich in dem hohen Spiegel und wunderte sich beinahe, wie lange er den Anblick ohne Albernheit ertrug. Als er aus dem Geschäft trat, war ihm, als habe er endlich, endlich zurückgelassen, was an ihm zerrte. Jedenfalls sagte er sich das in diesen Worten. Niemand drehte sich nach ihm um. Niemand fand seine Aufmachung lächerlich. Wenn er an einem Schaufenster vorbeiging, erkannte er sein Spiegelbild im ersten Moment gar nicht, konnte sich nicht von den anderen Passanten unterscheiden. Kurz entschlossen schob er das Paket mit seiner trauerschwarzen Hose und seinem weißen, nicht mehr reinen Hemd auf einen Stapel zerbrochener Kisten neben einem Gemüsegeschäft.

Nun war er also in der weiten Welt. Mit jedem Schritt schlang er die Stadt in sich hinein. Hinter ihm war muffige Wärme, vor ihm Verheißung. Hatte es je solche Zukunftszuversicht für ihn gegeben? Und er sagte sich: Wer weiß, ob die Göttin nicht auch zu mir einkehrt. Warum denn nicht? Bin ich denn nicht ebenso würdig? Wäre sie so vernünftig, wie

Mentor immer sagt, würde sie es tun. Denn warum sollte sie

sich immer nur indirekt bemerkbar machen? Vielleicht, sagte er sich, vielleicht, wenn ich mich ohne Überlegung durch diese Stadt treiben lasse, vielleicht führt sie mich dann.

Und er ließ sich treiben. Er ging nach links, wenn ihm danach war, und dann nach rechts, wenn ihm danach war, schließlich ging er nicht mehr nach Laune, sondern ging einfach, folgte seinen Beinen, und die, dachte er, folgten dem Wegweis der Göttin. So hatte er bald jede Orientierung verloren. Und dann, es war wohl gegen Mittag, kam er durch eine Seitengasse, in der kaum Betrieb herrschte, und er glaubte, schon einmal hier gewesen zu sein. Und ein Instinkt flüsterte ihm zu: Hier ist es! Die Fassaden waren anders als sonst in der Stadt. Es waren keine Häuser mit weißen Wänden und flachen Dächern und blauen Fensterrahmen, sondern geziegelte Mauern und Giebeldächer, und die Fenster hatten innen Vorhänge. Hier sah es nicht viel anders aus als zu Hause in Ithaka, und es war deutlich, daß in dieser Gasse die Fremden der Stadt lebten, jene Fremden jedenfalls, die es sich leisten konnten, hier zu wohnen, denn das Viertel war teuer, garantiert. Und dann wußte er plötzlich, woher er die Straße kannte. Es war dieselbe Straße, die er auf dem Schiff in seinen Phantasien vor sich gesehen hatte. Und da war auch das Haus mit dem Eingang, an dem er zuerst nur so und im allgemeinen hatte vorbeigehen wollen. Es war ein altes, aus unverputzten Backsteinen gemauertes Haus mit fünf Stockwerken, unten dunkel vom Schatten, oben weiß gesprenkelt von der Sonne, die durch die Blätter der hohen Palmen davor fiel. Das Tor stand offen, er konnte durch den Flur in den Innenhof blicken, und er sah, was er sich vordem eingebildet hatte. Es war eine kühle, gepflasterte Einfahrt unter einer kalkweißen, gewölbten Decke, rechts und links gingen Stiegen ab in den ersten Stock, breite Stiegen, mit wuchtigen Geländern. Gegenüber dem Haus war eine Nische zwischen zwei Mauern, eine Platane wuchs darüber. Hier würde ich stehen, dachte er, und den Hauseingang beobachten, bis der Vater herauskäme… Und mitten in den Gedanken hinein trat ein Mann aus dem Tor. Er war gerade mittelgroß, hatte dunkelblondes, ins Rötliche spielendes Haar, geschoren. Er war von gedrungener Gestalt, kurzbeinig, sein Gesicht war bärtig, konnte aber auch sein, daß er sich einfach nur drei Tage nicht rasiert hatte. Er trug einen beigen Leinenanzug, dessen Jacke am Rücken sehr zerknittert war. Die Hose war zu kurz, die nackten Füße steckten in beigen Stoffschuhen. Den Hut hielt er in der Hand. Sobald er aus dem Schatten trat, drückte er sich eine kleine, runde Sonnenbrille auf die Nase, grüne, sehr dunkle Gläser. Eine rote Krawatte hatte er sich umgebunden, den Knoten heruntergezogen bis zum Brustbein, die beiden obersten Knöpfe des Hemdes waren geöffnet. Er ging einen flinken, knapp bemessenen, ein wenig sogar scharwenzelnden Schritt. Der Mann, da bestand kein Zweifel, sah so aus, wie sein Vater ihm beschrieben worden war: dasselbe Haar, dieselbe Statur, derselbe etwas vorgeschobene, cholerisch wirkende Nacken… Das Gesicht konnte er aus der Entfernung nicht sorgfältig genug betrachten. Telemach folgte ihm.

Der Mann schien kein Ziel zu haben. Manche Straßen kreuzte er zweimal, dreimal. Ohne ersichtlichen Grund wechselte er die Straßenseiten. Manchmal blieb er vor einem Schaufenster oder einem Gemüsekarren stehen, kaufte nichts, eilte weiter, ging wieder auf seiner eigenen Spur zurück. Wußte er denn nicht, was er wollte? Dabei war sein Schritt der Schritt eines zielstrebigen, ja, beflissenen Mannes, der seinen Weg kennt, der nur einen kurzen Weg hat, der nur schnell einen Brief zur Post bringt. Etwas Hamsterhaftes hatte dieser Gang, aber auch etwas unmännlich Überfeinertes. Und das stand im Gegensatz zu seiner beinahe bulligen Statur und dem streitbaren Nacken. Je mehr Menschen um ihn waren, desto ungeduldiger schien er zu werden, aber auch lebensvoller, desto entschlossener bahnte er seinen Weg durch das Getümmel. Verlief er sich in eine leere Nebenstraße, wirkte er weniger zielstrebig, zögernder, bisweilen hielt er sogar kurz an, als habe er den Faden verloren. Nicht ein einziges Mal wandte er den Kopf, und war ihm Telemach anfangs in größerer Entfernung gefolgt, immer ängstlich darauf bedacht, sich ihm weder auffällig zu machen noch ihn zu
286

verlieren, so näherte er sich ihm in den belebten Straßen bald bis auf Berührung. Und während er hinter dem Mann herging, versetzte er ihn in Gedanken nach Ithaka, sah ihn vor sich, wie er anstatt durch Elis durch die Heimatstadt wandelte, ebenso ziellos, ebenso sinnlos. Sah ihn aber auch über die Felder schreiten – und das bedurfte bedeutend größerer Vorstellungskraft, denn sein leichter, wedelnder Schritt paßte wohl tatsächlich nur auf städtischen Asphalt. – Und auf das Schlachtfeld? Paßte der da in den Krieg? Telemach rief sich die Lieder des Phemios in Erinnerung, die Erzählungen des Eumaios und all die Geschichten, die in Ithaka weitergegeben wurden. Und der da vorne sollte der Held dieser Lieder, dieser Geschichten sein? Der in mancherlei Ränken Erprobte? Der Erfindungsreiche? Der allen voran glänzte in trefflichem Rat? Der Städtezerstörer? Der Götterliebling, um den sich die Troer in der Schlacht drängten wie die rötlichen Schakale um den gehörnten Hirsch? Der unter den Männern einem Widder glich, der das Herdengewühl der schimmernden Schafe durchwandelte? Der da vorne sollte das sein? Der Disziplin und Loyalität Fordernde, der den Hetzer Thersites mit dem Zepter auf Rücken und Schulter schlug, als der sich gegen den Generalissimus stellen wollte? Der von Nestor geschickt wurde, um den Zorn des Peliden Achilleus zu besänftigen, damit dieser die Kraft des mordenden Hektor breche? Der selbst den Atridenbrüdern, Agamemnon und Menelaos, vorgezogen wurde, als es zuletzt darum ging, die Rüstung des toten Achill an den Würdigsten zu vererben? Kurz: der da vorne, der mit dem unschönen, flinken, knapp bemessenen, scharwenzelnden Schritt sollte sein: des Laertes Sohn, voll bunter Klugheit, der vielduldende, der listenreiche Odysseus? – Und dann dachte sich Telemach diesen Mann, der da nur wenige Meter vor ihm herschrittelte, als den Gatten der Mutter. Konnte das ein Bild ergeben – dieser rotblonde Kopf an dem schwarzen Kopf? Und er wollte ihn vor sich sehen, wie er neben der Mutter lag, oben im Turm, beide um zwanzig Jahre jünger, wie er sie liebkoste und sie ihn liebkoste, wie sie ihn zu sich ließ, damit sie ein Kind von ihm bekomme, einen Sohn.

Und er dachte seinen eigenen Kopf neben dem Kopf dieses Mannes? War das ein Bild, für das es sich lohnte, in die Welt hinauszufahren? Und sie drei zusammen – Vater, Mutter, Sohn? Die Dinge sehen heißt immer, sie ergänzen. Denn sie sind ja schon längst in einem gegenwärtig, ehe sie endlich vor einen hintreten. Die Seele ist eine titanische Bildergalerie. Und wir sehen die Begriffe an, die glänzenden, die dürren, ausgemagerten Begriffe, und ergänzen sie, machen sie zu einem Ganzen, entweder kleiner oder größer, leuchtend oder verschattet, glückvoll oder miserabel – aber sichtbar, greifbar, unseren Sinnen zugänglich. Und wenn Telemach seinen Vater vor sich sieht? Und der *Vater* bisher nichts weiter war als ein Begriff? Wir leben von Worten und Suggestionen, und wenn wir einmal aus Fleisch und Blut, Stimme und Blick vor uns haben, was eigentlich reiner Begriff ist, dann dürfen wir von einem begnadeten Augenblick sprechen. Trotzdem: Wie würden von nun an die Tage sein auf Ithaka ... dieser zufällige Mann dort vorne – war es denn überhaupt vorstellbar, überhaupt denkbar, daß er ... Frühstück in der Küche, Kaffeetasseheben zu Eurykleia hin, bitte, nachschenken, Postaussortieren im Arbeitszimmer, träges Fernsehen, Fußnägelschneiden auf der Stiege, Armeausstrecken auf der Veranda, Arm um den Sohn legen ... Wenn also dieser Mann tatsächlich sein *Vater* war? Da zerfiel doch das Pathos des reinen Begriffs, und die bloße Unbeträchtlichkeit kam heraus. *Vater* war kein Synonym mehr für drohendes Gericht, keine Metapher mehr für den Sturm, der durch das Haus fegen wird, war nicht mehr der Name für den Haß, der die Freier vernichten wird, sondern bezeichnete von jetzt an nur noch einen Mann mit unschönem Gang, cholerischem Nacken und einer Neigung zum ziellosen Herumlaufen in der Stadt. Was konnte dieser an Glück oder Unglück dem Eigenen hinzufügen? – Dennoch erfüllte allein das Wort *Vater* den Sohn mit einem glücklichen Zittern, und er fühlte sich erfaßt von einem Strom aus Wärme und Bejahung. Wenn wenigstens sein Gang ein anderer gewesen wäre ...

Die Empfindungen mischten sich und wechselten in ihm,

und sie reichten vom Aufwallen tiefster Zuneigung, die danach drängte, den Mann stracks zu überholen, sich ihm zuzuwenden und ihn anzunehmen in all seinem Ungenügen, bis zur Abscheu vor der Planlosigkeit, in der er seinen Tag vergeudete, ohne ihn wenigstens zu genießen.

Und dann, es war bereits hoher Nachmittag, spürte Telemach Hunger und heftigen Durst, und, als wäre Befehl von oben ergangen, lenkte der Mann seine Schritte zu einer kleinen Bar mit blau-weiß gestreiften Säulen davor. Im Eingang hing ein luftiger Vorhang aus bunten Perlenschnüren. Daneben standen zwei Tischchen. Telemach setzte sich an den Tisch zur Rechten des Eingangs, der Mann an den Tisch zur Linken. Ein sehr großer und schlanker Kellner trat heraus, blickte erst nach links, dann nach rechts und wandte sich schließlich Telemach zu, sprach ihn mit lauter Stimme an. Und darüber erschrak Telemach unsinnigerweise. Der Mann am Nebentisch hatte ihn ja sicher bereits gesehen, es gab also keinen Grund, heimlich und leise zu sprechen, und für den Kellner sowieso nicht. Aber Telemach erschrak eben doch und fegte mit einer Reflexbewegung den gläsernen Aschenbecher vom Tisch, der auf der Straße landete und zerbrach. Und da hörte er die Stimme des Mannes sagen:

»Was verdorben ist, ist verdorben.«

Der Kellner lachte dazu, das sei kein Problem, sagte er, der junge Mann müsse das Ding auch nicht bezahlen, er solle sich nicht darum kümmern. Telemach wollte hinüber zu dem Mann schauen, wollte in seinem Gesicht lesen, überhaupt erst einmal das Gesicht aus der Nähe betrachten. Denn das Gesicht war doch das Wichtigste, das konnte seine Art zu gehen vielleicht wettmachen. Urteile über Menschen werden nach Gesichtern gefällt. Aber der Kellner stand dazwischen. Was er denn bringen dürfe, fragte er. Coca Cola und ein Sandwich, sagte Telemach. Versuchte an ihm vorbeizuschauen, lehnte sich nach rechts und nach links, und der Kellner trat auf den rechten Fuß und auf den linken. Dann drehte er sich zu dem Mann hin, und wieder verdeckte er die Sicht. Telemach spitzte die Ohren, konnte aber nichts verstehen. Der Mann hatte offensichtlich nur etwas ausgerichtet oder hatte sich etwas ausrichten lassen, denn als der Kellner in die Bar verschwand, stand er auf und ging mit seinen flinken, knapp bemessenen, ein wenig sogar scharwenzelnden Schritten die Gasse hinunter und bog um die Ecke.

Nun gut, dachte Telemach, wie auch immer, der Tag hatte mehr gebracht als erwartet, viel mehr sogar, mehr soll wohl nicht sein.

Inzwischen war es Abend. Weiß, Blau und Gold waren die Farben der Stadt, und die flachen Strahlen der Sonne mischten Rot darunter. Zufrieden mit seinem Tag ging Telemach zum Hotel zurück. Der Mann an der Rezeption warf ihm einen eigenartigen Blick zu. Da erst fiel ihm wieder ein, daß er ja die Kleider gewechselt hatte. Am Tag in der Stadt hatte er es vergessen.

Die Verbindungstür zu Mentors Zimmer stand weit offen. Der Lehrer lag in seinen Kleidern auf dem Bett und schlief. Telemach wollte die Tür vorsichtig schließen. Da schlug Mentor die Augen auf, blickte verständnislos. »Tatsache ist«, sagte er und leckte sich den verkrusteten Speichel aus dem Mundwinkel, »sie ist nicht gekommen.«

»Oh, ich glaube schon, daß sie gekommen ist«, sagte Telemach. »Ja, das glaube ich«, wiederholte er. »Ich muß es Ihnen sagen... Ich glaube tatsächlich...«

»Was redest du für einen Unsinn«, schimpfte Mentor und richtete sich mühsam auf. Erst jetzt sah er sich Telemach richtig an. »Und was hast du für komische Sachen an!«

»Ich glaube übrigens, sie ist zu mir gekommen«, sagte Telemach.

»Wer?«

»Sie eben...«

»Zu dir?«

»Warum nicht?«

»Sie ist zu dir gekommen? Zu dir! In dieses Nachthemd hinein! Das ist ein Spaß! Was redest du denn! Sie ist nicht zu dir gekommen«, ereiferte sich Mentor, aber er sank gleich wieder in sich zusammen. Er hockte am Bettrand, die Hände zwischen den Knien gefaltet. »Mach nicht noch alles komplizierter, als es ohnehin schon ist, Telemach«, sagte er.

Telemach holte sich einen Stuhl, setzte sich ihm gegenüber und erzählte von seinem Tag. Sagte freimütig, er glaube, der Mann, dem er kreuz und quer durch die Stadt gefolgt war und den er schließlich verloren hatte, sei sein Vater.

»Du redest Unsinn«, sagte Mentor. »Hast du denn mit deinen Kleidern auch deinen Verstand eingetauscht! Ich will dich gar nicht anschauen!«

Telemach war ihm nicht böse. Im Gegenteil: Er meinte, Mentor sei eifersüchtig, weil die Göttin nun in den Schüler gefahren sei und nicht in ihn. Der teddybärenhafte Groll des Lehrers belustigte ihn, und gleichzeitig war dieses Verhalten auch eine Bestätigung für ihn, er war sich nämlich trotz allem nicht hundertprozentig sicher, daß ihn wirklich eine göttliche Kraft durch den Tag geführt hatte. Aber worauf sonst hätte der Lehrer eifersüchtig sein sollen, wenn es nicht so gewesen wäre? Ihm war Mentors Eifersucht mehr Indiz für die Anwesenheit des Göttlichen als sein eigenes Empfinden. Denn er mußte sich zu seinem Erstaunen und mit spielverderberischer Ernüchterung sagen: Einen Unterschied zwischen vorher und nachher – nein, den empfand er eigentlich nicht.

»Ich schlage vor«, sagte er, »wir lassen uns das beste Essen aus dem *Jelup* kommen, speisen bei mir auf dem Balkon, blikken hinunter auf die Terrasse und hinaus aufs Meer und machen uns in aller Ruhe Gedanken über den morgigen Tag. Denn ich wünsche, daß Sie mich morgen früh zu dem Haus begleiten, und daß wir beide gemeinsam warten, bis dieser Mann das Haus verläßt.«

»Woher willst du wissen, daß er morgen wieder um dieselbe Zeit aus dem Haus kommt?«

»Ich weiß es«, sagte Telemach. »Ich weiß es einfach. Ist das nicht ein Beweis ... wenigstens ein Indiz ... oder nicht? Wenn ich es weiß?« Aber er glaubte es eben nur. Wissen tat er es nicht.

Und am nächsten Tag standen sie sogar eine Stunde früher vor dem Haus. Und sie warteten bis Mittag, da hatte sich der

Schatten gedreht, und sie warteten in der Sonne, da war es Nachmittag, und sie warteten weiter, bis Mentor sagte, er könne nicht mehr, er schwitze sich zu Tode in seinen Kleidern, er wolle auch so einen angenehmen, weißen, luftigen Umhang wie Telemach, und zwar sofort wolle er dieses Ding, Telemach solle ihn auf der Stelle in das Geschäft führen, wo er sich dieses weiße, luftige Gewand gekauft habe. Telemach war damit einverstanden. Es gab ja keinen Grund zur Eile. Ob sie den Mann heute oder morgen träfen, was spielte es für eine Rolle. Jede Stunde machte ihn gefaßter für das Gegenübertreten, das wohl unausweichlich war.

Mentor zockelte hinter ihm her, bis Telemach, mehr aus Zufall denn aus Erinnern, die Gasse mit den vielen Kleidern wiederfand. Der Lehrer weigerte sich, die Dschubbeh anzuprobieren, das werde er erst im Hotel tun, sagte er, man solle die Sache einfach nur einpacken, sie werde schon passen. Jetzt wolle er so schnell wie möglich ins Hotel, er fühle sich nicht wohl. Und das war ihm anzusehen.

In der Nacht wachte Telemach auf, und er dachte, ich habe ja vergessen, Evangeline anzurufen, und er sah unter der Verbindungstür, daß beim Lehrer das Licht brannte.

Am nächsten Morgen war Mentor gar nicht aus dem Bett zu kriegen. Die Göttin sei immer noch nicht über ihn gekommen, quengelte er, die ganze Nacht habe er auf sie gewartet, er sei krank, er wolle seine Ruhe, Telemach solle sich um Himmelswillen nicht um ihn kümmern, nichts hasse er mehr als Fürsorge und dieses ständige, bohrende Nachfragen. – Keine einzige Frage hatte Telemach an ihn gerichtet. – Er solle ruhig gehen, lamentierte Mentor weiter, und – und das preßte er ins Kissen, aber Telemach hörte es trotzdem – er solle die Tür hinter sich zumachen. Das tat Telemach weh, der sich nicht denken konnte, wie er den Lehrer gekränkt haben sollte...

Er war bedrückt, als er durch die Hotelhalle ging. Der Portier eilte auf ihn zu, tat, als träfe er einen Freund, machte mit den Händen eine Geste vor seinem eigenen Gesicht, als öffne sich alles und die Sonne träte ins Leben, nicht weniger übertrieben. Ob Telemach ein Augenblickchen Zeit habe. Faßte ihn andeutungsweise am Ellbogen, lotste ihn mit sich. Fragte so obendrüber, ob die Koffer zur vollen Zufriedenheit im Zimmer vorgefunden worden seien, man habe sie einfach hinaufgestellt. Telemach hatte den seinen bisher gar nicht vermißt, also war er ihm auch nicht aufgefallen. Und dann, an seinem angestammten Platz hinter dem Tresen, kam der Portier zum eigentlichen Punkt. Jedes Wort mit einem ironischen Unterton beschwerend, als würde hier nur ein Spielchen gespielt, als handle es sich um einen Jux — Frage: Wie lange wolle man bleiben. — Wisse er noch nicht, sagte Telemach, das hänge von verschiedenen Dingen ab. — Kein Problem, absolut kein Problem. Noch eine Frage, diese rein der Form halber: Ob man gedenke, weiterhin in denselben Zimmern zu bleiben, den teuren. — »Eigentlich schon«, sagte Telemach. Und dachte: Was brauche ich zwei Badewannen und zwei Engel, aus deren Köpfen heißes und kaltes Wasser fließt. Und sagte:

»Aber wenn vielleicht zwei billigere frei wären, dann würden wir gern umziehen.«

Der Blick des Portiers änderte sich. Nicht, daß das Lächeln verschwand, aber ein Zug trat in das Gesicht, der vorher nicht oder doch nur sehr hintergründig vorhanden war, eine Art sarkastische Zufriedenheit, die Genugtuung, daß ihn der erste Eindruck doch nicht getäuscht hatte. Die Augenlider senkten sich ein wenig, und ein feines Nicken gab allem, was er weiter sagte, das Gepräge einer vulgären Zweideutigkeit.

»Ja, das läßt sich machen«, sagte er knapp und griff nach Papieren. »Also hinten hinaus und ohne Verbindungstür.« Und ohne Telemach weiter anzusehen, fügte er hinzu: »Sollen wir die Koffer also am besten gleich in die neuen Zimmer bringen lassen?«

»Meinetwegen«, sagte Telemach, wollte sich umdrehen und gehen, aber der Portier sprach weiter. »Und dann noch etwas... Sollen wir bei dieser Gelegenheit gleich auch...« Ließ eine Pause.

»Ja?«

»Ihr Reisebegleiter... Sollen wir ihm... Vielleicht ist es Ihnen ja unangenehm, dann übernehmen wir das gern für Sie...«

»Was meinen Sie?« fragte Telemach.

»Daß wir ihn...« Und der Portier vollführte mit der rechten Hand eine winzige Bewegung über das lackierte Holz des Tresens.

»Von wem glauben Sie, daß Sie sprechen?« sagte Telemach.

Der andere hob leicht die Augenbrauen, und dazu senkten sich die Mundwinkel kaum merklich. Das war alles.

»Waren Sie unhöflich zu ihm, gestern, meine ich?« setzte Telemach nun in scharfem Ton nach.

»Wir sind nie unhöflich.«

»Aber Sie waren nicht höflich zu ihm.«

»Wir sind zu jedem höflich, der diese Schwelle überschreitet«, betonte der Portier Frei und eilig bewegte er sich hinter seinem Pult, denn die Langsamkeit und Vorsicht, die bei Privatpersonen Höflichkeit bedeutet, hielt er für Faulheit. »Wir werden es ihm sehr höflich sagen, darauf können Sie sich verlassen.«

Was für eine Demütigung für den Lehrer, wenn ihn dieser Mann aus dem schönen, teuren Gemach mit den beiden Wannen, der weiß gekachelten und der lippenroten mit den hintübergebeugten Engelmännern und Engelfrauen, ausquartierte und dann noch mit der Begründung, er, Telemach, wolle nicht weiter für diese schönen, teuren Zimmer bezahlen! Er schämte sich.

»Nein«, sagte er. »Nein, nein, nein! Warten Sie bis heute abend. Solange wollen wir noch in den schönen Zimmern bleiben...«

»Dann muß ich Ihnen aber den ganzen Tag berechnen.«

»Dann tun Sie es doch! Dann werden wir eben erst morgen umziehen. Und vielleicht werden wir morgen ohnehin abreisen.«

Jetzt sah ihm der Portier direkt ins Auge. »Und wollen Sie wieder gleich und bar bezahlen?«

»Ja«, sagte Telemach, fischte die Banknoten aus der tiefen Tasche seiner Dschubbeh und legte sie, ohne sie zu glätten, vor den Portier auf den Tresen. Er blickte in das gefrorene, kategorische Gesicht über dem kategorischen Hemd und der kategorischen Krawatte. »Der Rest ist für Sie.«

»Ihren Anzug«, sagte der Portier gedehnt, »ihren schwarzen meine ich, sollen wir ihn in die hauseigene Reinigung geben?«

Telemach war schon davon.

Vielleicht war die Göttin ja doch in ihm. Denn kaum hatte er seinen Warteplatz im Viertel der Fremden gegenüber dem Backsteinhaus eingenommen, verließ der Mann das Tor, um seinen Marsch durch die Stadt anzutreten. Aber irgend etwas war heute anders. Er trug andere Kleidung, nicht den beigen Leinenanzug mit der zerknitterten Jacke, sondern nur Hose und Hemd, beide blau – aber es war nicht die Kleidung allein, was anders war, es war seine Art zu gehen. Er ging anders. Nicht so kleinschrittig. Vielleicht hatte sein Stadtbesuch heute einen anderen Zweck als das letzte Mal, und er ging darum anders. Allerdings war auch diesmal kein Zweck zu erkennen. Der Mann bewegte sich genau wie das letzte Mal durch die Stadt: ziellos, sinnlos, manche Straßen kreuzte er zweimal, dreimal, die Straßenseiten wechselte er ohne ersichtlichen Grund, manchmal blieb er vor einem Schaufenster oder einem Gemüsekarren stehen, wieder kaufte er nichts, eilte weiter, ging wieder auf seiner eigenen Spur zurück... Es bestand kein Zweifel, es war derselbe Mann – im Menschengewühl drängte sich Telemach nahe an ihn heran, konnte den roten Nacken dicht vor sich sehen, erkannte das Furchenmuster der Haut, das durchaus markant war, unverwechselbar auf jeden Fall – und dennoch war ihm, als sei es ein anderer. Er wirkte nicht so beflissen, überhaupt nicht beflissen wirkte er. Von einem scharwenzelnden Schritt konnte keine Rede mehr sein. Er ging nicht langsamer als zuvor, aber er wirkte langsamer, behäbiger. Er machte größere Schritte. Plumpe Schritte, stampfende. Die Füße schlugen mit der Ferse auf, 295 klappten zur ganzen Fläche ... daß er vielleicht andere Schuhe trägt, neue Schuhe, das könnte sein! Und vielleicht wirkte sich der neue Schritt, bedingt durch neue Schuhe, auf die ganze Erscheinung aus. Dieser Mann schien einen anderen Charakter zu haben als jener, dem Telemach vorgestern gefolgt war. Er war auch nicht so ausdauernd. Sie waren noch keine Stunde gegangen, da setzte er sich in der Nähe des Hafens auf eine Bank. Die anderen Bänke waren alle besetzt, so daß sich Telemach in der Nähe im Schatten auf die Erde kauerte. Der Mann breitete die Arme weit über die Rückenlehne, legte den Kopf nach hinten und schloß die Augen. Die grüne Sonnenbrille hatte er zu Hause gelassen. Zweimal ging Telemach dicht an ihm vorbei, tat, als wäre er ein Passant, nahm in Kauf, daß ihn der Mann unter den Augenlidern hervor beobachtete. Beobachtete ihn seinerseits. Und nun war er sich sicher: Der hier war ein anderer als der vor zwei Tagen. Er sah ihm ähnlich wie ein Zwillingsbruder, das ja, aber er war ein anderer.

Und wenn nun der sein Vater war? – Kein Held war der, ein verzagtes Gesicht hatte er, einen kleinlichen, auf geringsten Vorteil erpichten Mund hatte er, Augen, die schon oft niedergeschlagen worden waren, Kummer darin, der immer wieder aus Angst, aus irgendjemandes Gunst zu fallen, ins Herz zurückgezogen wurde – ein Held sieht anders aus. Auf den Schwächeren haut sich der mit Gift und Galle, einem Stärkeren aber nähert er sich mit hohler Hand und krummem Rücken. – Nur der nicht, sagte sich Telemach, bitte, nein, nur der nicht! – Kein Hinweis von der Göttin? Nein, kein Hinweis von einer Göttin.

Resignation erfaßte Telemach, und wie in der Nacht vor ihrer Ankunft in Elis, unter dem ausgestirnten Himmel, der unbegreifbar gewesen war wie das Phäakenschiff unter seinen Füßen, kam ihm wieder der Gedanke, daß sich einer sein Leben selbst verderben kann, und daß das Leben enden kann, und daß es enden kann mit dem Gefühl völligen Fehlschlags. Ohne sich noch einmal nach dem fremden Mann umzudrehen, machte er sich auf den Weg zurück zum Hotel.

Und als er bei der Zollabfertigung am Hafen vorbeikam, wo sie vor – wie lange war es her? – vor drei Tagen gestanden hatten, Mentor den Paß in der Hosentasche, wohin ihn kein Mensch steckt, da sah er die Telephonzelle vor den aufgebockten Booten und den Gleitschienen. Die Sehnsucht nach Evangelines Stimme erfaßte ihn so heftig, daß ihm das Schlucken in der Kehle weh tat. Er betrat die Zelle, in der es heiß war wie in einer Backröhre, holte alle Münzen aus seiner Tasche und wählte Evangelines Nummer.

Zu eben dieser Zeit führte Antinoos in Ithaka Penelope in sein Haus, und sie fragte nicht, was er vorhatte, fragte nicht, wo sie waren, folgte ihm, denn er faßte sie an der Hand, führte sie in das hinterste Zimmer, wo es am ruhigsten und kühlsten war, er ließ die Jalousien herunter, drückte ein Kissen zu einer Rolle, half ihr auf die Chaiselongue, schob ihr die Rolle unter den Nacken, verließ auf Zehenspitzen lautlos den Raum, gab der Haushälterin Anweisung, in die Apotheke zu laufen und das beste Kopfschmerzmittel zu besorgen, hielt einen Waschlappen unter das kalte Wasser, drückte ihn aus, betrat noch einmal das hintere Zimmer, legte der lieben Frau das feuchte Tuch auf die Stirn und setzte sich still neben sie. Sah zu, wie dies weltverlangende Herz die Adern am Hals pulsieren machte. – Aber aller Kopfschmerz war unnötig gewesen, und die Depressionen hätte man sich ersparen können. Hera und Persephone, die gnadenlosen Ablenkerinnen, hatten Penelope ganz umsonst in der falschen Wohnung festgehalten, ganz umsonst mit den falschen Geschichten gequält. Denn Evangeline war an diesem Nachmittag gar nicht zu Hause. In ihrer Wohnung klingelte das Telephon – zwanzigmal...

Mentor saß in der Hotelhalle, vor sich seinen und Telemachs Koffer, er trug die alten, gewohnten, unsauberen Kleider und war voller Ungeduld und schlechter Laune.

»Wohin willst du«, fragte er, ohne Telemach begrüßt zu haben.

»Ich will in mein Zimmer«, sagte Telemach. »Ich fühle mich nicht wohl.«

»Während du dich in der Stadt herumtreibst«, sprach Mentor weiter, und seine Stimme erfüllte die Halle, »muß ich mich um das Praktische unseres Ausflugs kümmern.« Und noch ehe Telemach etwas erwidern konnte, fuhr er mit seiner Predigt fort, blieb sitzen dabei, eingeklemmt ausgestreckt in dem rosafleischfarbenen Ledersessel, die Ellbogen auf seinen Bauch gestützt, nur mit den Unterarmen gestikulierend:»Ich habe mich nach dem Preis unserer kuriosen Unterkunft hier erkundigt, und ich muß sagen, ich hätte es nicht für möglich gehalten. Sei leise und unterbrich mich nicht, Telemach, und setz dich hin, es ist schon anstrengend genug für mich zu sprechen, aber dann noch in solche Höhe hinauf zu sprechen, würde meine Kraft nicht lange mitmachen. So, und jetzt dreh den Sessel ein wenig, man kann ihn nämlich drehen, das habe ich schon herausgekriegt, ein dummer Stuhl in einer dummen Farbe, der vermutlich ein Vermögen gekostet hat, und jetzt sieh mich an. Mich sollst du ansehen, nicht die Decke, ich weiß, was dort oben ist, habe genug Zeit gehabt, mir diesen Unsinn anzusehen, während ich hier auf dich gewartet habe. Lokomotiven mit Flügeln! Übrigens dieses Gewand, das du immer noch trägst, ist vielleicht angenehm bei der Hitze draußen, aber hier drinnen in der kühlen Zivilisation, auch wenn sie mit solchen Absurditäten geschmückt ist, ich muß sagen, es sieht nicht gut aus. Es paßt aber zu deiner Unvernünftigkeit. Weißt du denn, wie lange unser Ausflug dauern wird? Ich weiß es nicht. Aber ich rechne mit einer langen Zeit. Sicherheitshalber tue ich das. Mit dem Geld, das wir haben, Telemach, werden wir nicht lange unterwegs sein können, wenn wir so verschwenderisch damit umgehen. Und ich weiß nicht, wann sich die Göttin wieder bei mir einstellt. Sie wird sich wohl nicht nach unserer Barschaft richten, nehme ich an. Und dann werden wir deinen Vater aus Geldmangel nicht finden, das heißt wegen Idiotie. Also: Wir ziehen hier aus. Steh auf, du brauchst dich bei niemandem zu verabschieden. Bei so hohen Preisen ist die Höflichkeit mit eingeschlossen. Ich habe mich am Nachmittag mit letzten Kräften in die Stadt geschleppt und eine Pension ausfindig gemacht, die wir uns leisten können. Nicht allzu lang können wir sie uns freilich leisten, weil wir für dieses dumme Hotel mit den zwei Badewannen, den unnützen, schon so viel Geld ausgegeben haben. Aber eine Zeitlang werden wir dort wohnen können. Hilf mir auf!«

Die Pension war schäbig. Der Gegensatz zum Hotel *Lumidôme* hätte krasser nicht sein können. Ein weißer Kubus, der von einer Frau bewacht wurde, die an einem vorbeischaute. Winzige Fenster. Das flache Dach eingesunken und mit dürrem Gras bewachsen. Der Abort angebaut, durch einen schmalen Gang erreichbar, der gleichzeitig Mauer war gegen den Nachbarn. Lehrer und Schüler teilten sich ein Zimmer, und das lag im Keller. Es gab keine Möglichkeit, sich zu waschen. Ein grünspanener Wasserhahn war hinter dem Abort an einen Pfosten montiert, eine Stunde am Tag konnte man sich von dort Wasser holen. Dann schraubte die Frau den Hahn ab. Das Wasser war rostig und roch merkwürdig. Gefäße dafür gab es keine, mußte man sich selber besorgen.

Sie blieben im Gang, der zum Abort führte, stehen und schauten in ihr Zimmer. Kaum Licht war dort. Ein Bett stand, eines hing an der Wand. Zwei Stühle, das war alles.

»Wir brauchen Seife«, sagte Mentor.

»Wozu Seife«, rief Telemach mit fröhlich resignierter Empörung. »Wenn man sich doch nicht waschen kann, hör mal...«

Aber Mentor hatte keinen Sinn für Sarkasmus. »Gegen die Wanzen«, sagte er. »Treib Seife auf, sonst werden wir heute nacht hier nicht schlafen können.«

»Wo soll ich jetzt Seife herbekommen«, seufzte Telemach. »Es ist schon zu spät, die Geschäfte werden geschlossen haben.«

»Wir sind hier nicht in Ithaka, Telemach!« fuhr ihn Mentor an.

Den jammernden Mentor kannte Telemach ja bereits, auch zu Hause hatte er jammernde Launen gehabt, aber dieser garstige Unterton in des Lehrers Stimme war neu, und er wußte nicht, wie er ihm begegnen sollte, und sagte mit Ernst: 299

»Nein, tatsächlich, wir sind hier nicht in Ithaka.« Was sich blöd anhören mußte.

»Schön, daß du das gemerkt hast«, hämte ihn Mentor auch prompt nach. Und das brachte den Schüler noch mehr aus der Fassung. Mit Zynismus konnte Telemach nämlich nicht umgehen. Das war die Sprache der Freier. Solche Töne ließen ihn verstummen und verdummen.

»Denk halt nach«, trieb es Mentor in derselben Melodie weiter. »Fällt dir denn gar nicht ein, woher man Seife bekommen könnte? Keine Ahnung? Gar keine Ahnung?«

Telemach wich seinem Blick aus. Wie sich Verlegenheit in engen Räumen doch potenzierte! Und er meinte, die seine würde gleich die Decke vom Haus heben. Wofür schämte er sich eigentlich? Nur für eines: für die Fremdheit, die plötzlich zwischen ihm und dem Lehrer war.

Und Mentor, die feuchten Haare über der Stirn verklebt, die dunkel aufgeblähten Lippen über das Sprechen hinaus noch bewegend, als hielte er die Hälfte zurück, fing nun an, Telemach mit dem Zeigefinger anzutippen, sah ihm dabei nicht ins Gesicht, sondern irgendwohin auf die Brust. »Geh zurück ins Hotel!« befahl er. »Sag, du hast etwas im Zimmer vergessen! Nimm zwei Stück Seife! Oder geh ins Klo unten in der Halle! Dort haben sie auch Seife.« Er schob den Schüler mit beiden Händen vor sich her. »Und noch etwas: Laß draußen auf der Terrasse vor dem Hotel acht Aschenbecher mitgehen. Frag nicht. Tu es! Hast du verstanden? Wenn es geht, Blechaschenbecher.«

Telemach wich zurück, weiter hinaus auf den Gang, wo es vom Abort her stank, ein chemischer Geruch. Unerträglich heiß war es hier unten.

»Ich soll Aschenbecher stehlen? Und Seife?« kicherte er. »Dein alberner Humor ist mir zuwider,« sagte Mentor leise, aber sehr deutlich. »Daß das endlich einmal gesagt ist!«

»Ah, ja …«, sagte Telemach. Mehr sagte er nicht.

Uns aber scheint es dringend geboten, unseren Helden gegen den Vorwurf der Albernheit in Schutz zu nehmen. Ja, es ist

zweifellos wahr, ein seltsamer Humor war ihm zugeflogen, seit die Freier seiner Mutter ihren Spaß an ihm entdeckt hatten. Aber dieser Humor entsprang nicht aus Albernheit oder Freude an absurden Späßen, wie bei seinem Vater; dieser Humor war im Grunde weder albern noch spaßig, er war nicht absurd, und am allerwenigsten war er fröhlich, er war nichts anderes als ein kindliches Weinenwollen, und zwar darüber, daß er verspottet wurde. Genauer müßte es heißen: ein Weinenwollen darüber, daß irgendeiner auf dieser Welt verspottet wurde. So nämlich gelang es ihm, aus sich herauszuspringen und sich zuzuschauen, er zeigte sozusagen sich selbst sich selbst, was an und für sich schon komisch war, und weil wirkliches Weinen ohnehin nur funktioniert, wenn jemand da ist, der es einem abnimmt, aber niemand da war, der es ihm abnahm, wurde eben dieser kichernde, selbstgenügsame Humor daraus...

Telemach ging nicht ins Hotel *Lumidôme* zurück. Er streifte durch die Straßen. Der Humor war ihm rasch vergangen. Er war zornig und unglücklich und ärgerte sich über sich selbst, daß er immer noch einer war, der sich kommandieren ließ, und daß das noch das Geringste war. Und noch war kein Ende...

Er kam, die Sonne war längst schon untergegangen, zu der Bar mit den blau-weißen Säulen und dem Vorhang aus den bunten Plastikperlenschnüren. Die beiden Tischchen rechts und links neben dem Eingang waren besetzt. Schwarze Männer in bunten Gewändern saßen da und machten Lärm. Sie schlugen Gläser und Flaschen in einem komplizierten Rhythmus gegeneinander, andere klatschten und rieben sich dazu die Hände und schnalzten mit der Zunge. Telemach betrat die Bar. Einige Stufen führten nach unten. Es war ein schmaler, langer Raum, dessen eine Seite ganz von der Theke eingenommen wurde. Einer neben dem anderen lehnten schwarze Männer an dem hohen, langgezogenen Tisch, auch sie trugen diese bunten Gewänder, die Telemach tagsüber in der Stadt nirgends gesehen hatte, sie hatten Bierflaschen vor sich und Zigaretten zwischen den Fingern und spielten mit den Aschenbechern. Rauchschwaden hingen über den Köpfen. 301

Weiter hinten verbreiterte sich der Raum. Dort standen drei Billardtische, einer für Pool, einer für Karambolage, und dann noch, wie ein Schmuckstück etwas erhöht, ein riesiger Snookertisch. Auf den vorderen Tischen lagen die Queues, die Kugeln und die Kreiden. Der Raum war leer bis auf einen Mann beim Snookertisch, der Telemach den Rücken zuwandte. Er trug eine schwarze Hose, ein weißes Hemd und eine schwarze, am Rücken glänzende Weste. Mit dem Oberkörper legte er sich nun ganz auf den grünen Tisch, zielte mit dem Queue. Im ersten Augenblick meinte Telemach, es sei der Kellner, wegen der Kleidung. Aber der Mann war viel kleiner als der Kellner. Telemach blickte sich um, auch im vorderen Raum hinter der Theke war keine Bedienung gewesen. Wahrscheinlich hatte der Kellner gerade etwas zu erledigen oder war auf der Toilette. Er setzte sich neben einen der freien Billardtische und wartete und lauschte auf die Stimmen, die aus der Bar drangen, und auf das rhythmische Geklapper von der Straße. Und als er eine Weile gewartet hatte und der Kellner immer noch nicht aufgetaucht war, erhob er sich, machte ein paar Schritte auf die Bar zu, schließlich nahm er sich ein Herz und trat an den Snookertisch.

»Verzeihen Sie«, sagte er, steckte seine Hände in die Taschen seiner Dschubbeh.

Der Mann mit der schwarzen, hinten glänzenden Weste stieß mit seinem überlangen Queue die kleine Snookerkugel, daß sie über die weite grüne Fläche flitzte, dann drehte er sich zu Telemach um.

»Ja?« sagte er.

Telemach stand nahe vor ihm, viel zu nahe, wie ihm jetzt schien. Das erste, was ihm auffiel, war, daß er sich wieder etwas verändert hatte, der Mann, oder daß er vielleicht wieder ein anderer war. Er hatte dieselbe gedrungene Gestalt, den vorgeschobenen, bulligen Nacken, die rötlich blonden Haare, kurz geschoren. Ohne auf eine Antwort Telemachs zu warten, ging er um den Tisch herum, betrachtete abwechselnd den Frager und die neue Position der Kugel auf dem Tisch. Und Telemach sah, daß er den schweren, männlichen Gang von heute nachmittag beibehalten hatte, daß aber die Verzagtheit aus seinem Blick gewichen war – nein, nicht gewichen, in diesem Gesicht war nie solche Verzagtheit gewesen, nie solcher Kummer in diesem Herzen, diese Augen waren niemals niedergeschlagen worden vor Scham und Reue, kein kleinlich geizender Mund war das. Sie standen sich gegenüber, getrennt durch die harte, geometrische Form der grünen Spielfläche. Telemach ließ den Mann nicht aus den Augen. Diesen hier konnte man sich – unter Umständen – vorstellen, wie er neben dem mächtigen Aias einherging, ihm kaum bis an die Schultern reichend, an Kraft ihm allerdings nur wenig nachstehend, an Entschlossenheit ihm gleich, an Gewandtheit aber ihm weit überlegen, und was die Klugheit betraf, in einer anderen, für den Riesen unerreichbaren Sphäre, und hinter ihnen her die Herolde Odios und Eurybates. Und wie ihnen aus dem Zelt der zürnende Achill entgegentrat, den zum Weiterkämpfen zu überreden keines anderen Aufgabe war und sein konnte als die des Odysseus. – Und mit einem Schlag waren Traurigkeit und Gedrücktheit aus seinem Herz gerissen, und Telemach spürte, wie sich seine Brust weitete.

»Ist er nicht da, den Sie suchen«, fragte der Mann. Eine spöttische, aber – wenn man ehrlich sein wollte, mußte man es leider zugeben – eine nicht mit großem, würdigem Hohn, sondern eher mit Schadenfreude getränkte Stimme, die zusammen mit viel Luft tief aus dem Hals kam.

»Den Kellner suche ich«, sagte Telemach. »Ist der Kellner nicht da?«

Und daran, wie sich die Augen des Mannes verengten und er den Kopf leicht schief hielt, merkte er, daß er wieder genuschelt hatte, und er wiederholte schnell und sprach dabei überdeutlich:

»Den Kellner suche ich. Ist er nicht da?«

»Nein, er ist nicht da«, sagte der Mann. Hörte sich an, als hätte er das schon hundertmal zu erklären versucht, klang nach mühsam gebändigter Ungeduld. Er beugte sich über den Tisch und schoß die Kugel auf Telemach zu. Sie prallte an der Bande ab und raste zurück, wurde wieder von der Bande abgestoßen, überquerte den Tisch noch einmal und kam dicht neben Telemachs Hand endlich zur Ruhe.

»Kommt er heute noch?«

»Wer?«

»Der Kellner eben.«

»Nein, der kommt heute nicht mehr. Wenn Sie etwas trinken wollen, nehmen Sie. Es gibt nur Bier. Alles andere ist abgesperrt. Nehmen Sie eine Flasche Bier und legen Sie das Geld auf das Tablett. Und dann kommen Sie und spielen Sie mit mir.«

»Spielt man das nicht anders?« fragte Telemach.

»Wie meinen Sie denn, daß man das spielt?«

»Das ist doch ein Snookertisch.«

»Keine Ahnung, wie man dazu sagt. Ich spiele es immer so, wie ich es spiele.«

Nur eine Kugel lag auf dem Tisch, und die stieß der Mann ohne ersichtliches System immer wieder an irgendeine Bande, wartete, bis sie ausgerollt war, und stieß sie dann von neuem an. Aber wie er darüber sprach, ließ glauben, wer anderes mit Stab, Kugel und Tisch vorhatte, der müßte ein Idiot sein.

»Bei Snooker, wie ich es kenne«, sagte Telemach, und er versuchte fachmännisch und beiläufig zugleich zu wirken, was ihm nicht gelang, »hat man einen Haufen roter Kugeln und einen Haufen bunter Kugeln und eine weiße Kugel...«

»So, hat man?«

»Hat man, ja. Fünfzehn rote und sechs bunte Kugeln, und die bunten sind numeriert...«

»Numeriert?«

»Ja. Die Regeln sind nicht unkompliziert.«

»Klingt uninteressant.«

»Und wie spielen Sie Snooker?«

»Bei mir heißt es nicht Snooker.«

»Aber es ist doch ein Snookertisch.«

»Bei mir heißt er nicht Snookertisch.«

»Wie denn sonst?«

304   »Hat gar keinen Namen. Ich spiele einfach.«

»Und wie sind die Regeln?«

»Keine Regeln.«

»Sie müssen doch nach irgendwelchen Regeln spielen.«

»Warum muß ich das?«

»Sonst ist es kein Spiel. Sonst hat es keinen Sinn.«

»Ich schieße das kleine, runde Ding an die Seite und schau dann zu, wie es herumflitzt. Macht mir riesige Freude. Genügt das denn nicht?«

»Einfach so?«

»Darf man doch, oder?«

»Natürlich.«

Er hatte eine fast lächerlich aufsässige Art zu sprechen. Aber man kam nicht dagegen an. Als suche er Streit. Einerseits. Andererseits, als sei ihm alles wurscht. Ein Aufschneider. Aber man konnte es ihm nicht beweisen. Man wollte ihm nicht abnehmen, wie er sich gab. Er tat, als ob er keine Ahnung von Snooker hätte, damit jeder andere dachte, er sei ein besonders guter Snookerspieler. Ein Besserwisser. Einer, der meint, er selbst sei die Perle und die anderen seien die Säue. Ein Allesverdreher. Dickköpfig war der. Kindisch. Ein Neunmalkluger. Und der soll es gewesen sein, der erhobenen Hauptes den Fürsten Agamemnon abkanzelte, weil er die Schlacht verlassen hatte und den Rückzug anordnen wollte? Dieser da? Dieser mäklige Kritikaster? – Kein Held. Nein, auch dieser: kein Held.

Was macht er jetzt, unser Telemach? – Die Vernunft argumentierte: Du kannst dir einen Vater nicht nach deinen Wünschen zusammenbasteln, darum sag ja. Die Freiheit argumentierte: Wenn er dir nicht behagt, geh weg, sag nein. Und als er wieder aus seinen Gedanken auftauchte, bemerkte er, daß ihn der Mann schon die ganze Zeit beobachtete, den Kopf gesenkt, von unten herauf beobachtete, den Mund mokant verrutscht, und sein Blick war blau und kalt wie der Blick eines Neugeborenen. »Sie sind doch ein Weißer«, sagte er. »Warum tragen Sie dieses Zeug?«

»Kann man sich hier irgendwo die Hände waschen«, fragte Telemach.

»Ja, wenn man muß«, sagte der Mann und wies mit dem Kinn die Richtung.

Die Toilette war am Ende eines niederen, dunklen Ganges. Neben der Tür war ein Wasserhahn ohne Waschbecken darunter. Das Wasser lief in einer Betonrinne ab. Aber neben dem Wasserhahn hing ein Napf, und da lag ein noch recht sauberes, großes, weiches Stück Seife. Telemach steckte es in die weite Tasche seiner Dschubbeh. Als er durch den Gang zurückging, sah er, daß neben der verschlossenen Küche auf einem Abstelltisch, den er vorher nicht wahrgenommen hatte, sich allerlei Geschirr türmte, schmutzige Gläser vor allem und vollgerauchte Aschenbecher, diese zwar nicht aus Blech, sondern aus Glas. Er blickte sich um, vergewisserte sich, daß ihn niemand sah, dann verteilte er die Zigarettenkippen von acht Aschenbechern auf die anderen und steckte die runden Glasteller ein. Mit eingezogenem Kopf, ohne einen Blick nach hinten in den Billardraum geworfen zu haben, verließ er eilig die Bar.

Und noch war kein Ende...

»Du läßt mich einfach warten«, sagte Mentor. Er keuchte in Stößen, daß es fast wie Husten klang. Die Beine breit gespreizt, die Hände, an den Gelenken geschwollen, auf die Knie gestützt, so saß er auf dem niedrigen Bett, als Telemach das Zimmerchen betrat. Es roch nach des Lehrers Achselschweiß, zwiebelig, ranzig. Von der Decke hing eine schwache Glühbirne. Telemach mußte ihr mit dem Kopf ausweichen.

»Warum öffnen Sie denn das Fenster nicht«, sagte er.

»Wegen der Mücken«, gab Mentor zurück. »Hast du die Seife und die Aschenbecher?«

»Was soll ich damit tun?«

»Warum fragst du das erst jetzt? Was habe ich dir denn eigentlich beigebracht in all den Jahren? Daß man nicht fragen soll?«

»Nein. Sondern daß man fragen soll.«

»Also warum tust du dann alles, was man dir sagt, und fragst nicht?«

Telemach antwortete nicht. Er stellte die Aschenbecher vor Mentor auf den Boden, legte die Seife dazu.

»Was könnte man mit diesem Zeug hier anfangen«, fragte der Lehrer.

Telemach antwortete wieder nicht.

»Weißt du es nicht, oder willst du mir nicht antworten? Du willst mir nicht antworten. Auch gut. Und du weißt auch nicht, was du antworten könntest. Weil es dort, wo du herkommst, keine Wanzen gibt. Hast du je in deinem Leben eine Wanze gesehen?«

»Nein. Aber bitte, sagen Sie mir, was ich tun soll.«

»Du sollst nichts weiter tun als lernen. Diesen Luxus können sich nur wenige leisten. Du kannst es. Du kannst es.«

Telemach blickte sich in dem Zimmerchen um. Die Wände waren uneben, die Buckel und Dellen gaben Schattenflecken, die sich bewegten, weil er immer wieder mit dem Kopf an die Glühbirne stieß. Sein Bett war noch an die Wand geklappt, der Raum war so klein, daß kein Platz mehr zum Stehen blieb, wenn beide Betten bereitet waren.

»Es gefällt dir wohl hier nicht«, sagte Mentor. »Mir gefällt es auch nicht.«

»Nein, es gefällt mir nicht«, sagte Telemach. Er hatte noch nie im Leben die Nacht mit einem Menschen geteilt, noch niemals, immer hatte er allein in einem Zimmer geschlafen. Ich werde es hier nicht aushalten, dachte er.

»Hier ist Wasser«, sagte Mentor und fuhr mit dem Fuß unter sein Bett und schob eine emaillierte Waschschüssel hervor. »Ich habe es rechtzeitig geholt, bevor die den Hahn abgeschraubt hat. Hab sie gezwungen, mir die Schüssel zu leihen. Gut, nicht? Laß die Seife sehen!«

Telemach hielt sie ihm hin.

»Gut«, sagte Mentor. »Sie ist richtig.« Mühsam erhob er sich. »Jetzt stelle unter jeden Bettfuß einen Aschenbecher. Du mußt jetzt nicht fragen, warum. Tus einfach! Schnell, ich kann nicht lange stehen.«

Telemach tat, wie ihm geheißen. Mentor ließ sich vorsichtig wieder aufs Bett nieder.

»So«, fuhr er fort. »Jetzt fülle die Aschenbecher unter meinem Bett mit Wasser!«

Telemach nahm einen der übrigen Aschenbecher und schöpfte damit Wasser in die Aschenbecher unter den Bettfüßen.

»Weißt du nun, warum du das tust?« fragte Mentor.

»Um die Wanzen vom Bett abzuhalten«, sagte Telemach tonlos.

»Du nuschelst«, sagte Mentor.

»Ich will es nicht«, sagte Telemach.

»Dann tu es nicht!« fuhr ihn Mentor an. »Wenn man etwas nicht will, dann braucht man es nicht zu tun!«

Telemach erhob sich und sah seinen Lehrer gerade an. »Ich habe doch nichts falsch gemacht«, sagte er leise. »Warum beschimpfen Sie mich?«

»Was tue ich?« Mentor ließ die Augen umherschweifen wie jemand, der einer Erinnerung nacheilt. »Was habe ich getan?« Und plötzlich fuchtelte er geisterverscheuchend mit den Händen in der Luft herum und verzog das Gesicht, als hätte er etwas Ekliges geschluckt. »Du kannst Wesentliches nicht von Unwesentlichem unterscheiden«, brach es aus ihm hervor, und seine Stimme war fremdartig erregt. »Du hörst nicht zu!«

»Ich höre zu«, sagte Telemach. »Ich höre Ihnen immer zu! Immer!«

Einen Augenblick lang standen sie wie erstarrt, jeder gefangen vom Blick des anderen.

»Lösch das Licht!« fauchte ihn Mentor an. »Lösch das Licht! Lösch das Licht! Siehst du nicht, wo der Schalter ist? Siehst du nicht, wie am Ende ich bin! So und nun warten wir eine Weile im Finstern. Gib mir die Seife! Hilf mir auf die Beine! Hilf mir zuerst auf die Beine und gib mir dann die Seife! So, und jetzt still! Und wenn ich Kommando gebe, schaltest du das Licht ein und schaust genau, was ich mache. Bei deinem Bett mußt du es nämlich selber machen, verstehst du. Ob dich die Wanzen auffressen heute nacht oder nicht, hängt davon ab, wie aufmerksam du mir zuschaust.«

Dann standen sie in der heißen Finsternis, eng beieinander, knapp über ihren Köpfen die Zimmerdecke, Mentor die Seife in der Faust, Telemach die Hand am Lichtschalter, beide nach Luft ringend, und Telemach zudem fassungslos, empört, aber doch voll kindlich ängstlicher Sorge, er könne den unberechenbar bevorstehenden Befehl nicht richtig ausführen. Rhythmisch stieß Mentor den Atem durch die unteren Zähne. Aus dem Zischen war zu hören, daß er zählte. Plötzlich rief er:

»Licht!«

Telemach legte den Schalter um, und mit einer Behendigkeit, die aus seinen letzten Kräften kam, riß Mentor die Zudecke vom Bett und schlug dann mit dem Seifenstück nach den vielen schwarzen Punkten, die auf dem weißen Leintuch zu sehen waren.

»Siehst du«, sagte er und hielt Telemach die Seife vors Gesicht. »Was siehst du?«

Telemach antwortete nicht.

»Sag mir, was du siehst!«

Telemach holte tief Luft, schlug sich die Hände an die Seite und wandte sich ab, zur Tür hin. »Wanzen«, sagte er.

»Stimmt«, sagte Mentor. »So geht das.« Seine Stimme klang versöhnend und müde. Er setzte sich wieder hin, die Seife hielt er in beiden Händen. Kratzte mit den Fingernägeln weiche Flocken ab und begrub unter ihnen die erjagten Insekten. »Das machen wir jetzt zwei-, dreimal bei jedem Bett, das bringen wir schon fertig, dann haben wir Ruhe.«

»Ich kann das nicht«, sagte Telemach. Und ohne eine weitere Erklärung abzugeben, einfach, weil er nicht mehr konnte, weil er die Hitze in dem kleinen Raum nicht mehr aushielt, weil er den Geruch des Lehrers nicht mehr aushielt, den Anblick der auf dem Seifenstück zappelnden, unter den Seifenflocken begrabenen Wanzen nicht mehr aushielt, weil er den ganzen Mann und seine nahe Gegenwart nicht mehr aushielt und weil er wußte, daß er nicht eine Minute in diesem Zimmer neben diesem Mann schlafen würde können, floh er aus dem Haus und in die Nacht hinein.

Er war noch keine zwanzig Schritte auf der Straße gegangen, da hörte er seinen Namen rufen. Und es klang so jämmerlich, so gott- und menschverlassen, daß der liebe Sohn des Odysseus nicht anders konnte, als alle falschen Gedanken, die ihm rieten, er solle so tun, als hätte er nichts gehört, beiseitezuschieben und stehenzubleiben. Er drehte sich um und ging zurück zu der Gestalt, die ein unförmiger Schatten war, der aus der Straße wuchs.

»Darf ich mich entschuldigen, weil ich mich so unmöglich benommen habe«, sagte Mentor.

»Ah, bitte nicht, ist doch nicht nötig«, sagte Telemach. Hatte es nicht verstanden, seinen Worten einen gelassenen Ton zu geben, weil er so überrascht worden war. Könnte sein, daß die Worte einen spitzen, beleidigten Klang hatten. Sagte darum rasch: »Ist alles nicht so schlimm, halb so schlimm.« Und das hörte sich wahrscheinlich herablassend an. »Es spielt keine Rolle«, sagte er darum fest. Und abschließend sagte er: »Es ist alles gut.« Und mußte denken: Wie komme ich nur zu solcher Anmaßung!

»Ich bin nicht einmal mehr imstande, ein schlechtes Beispiel abzugeben, nicht wahr?« sagte Mentor.

»Ah, versteh ich doch, macht doch nichts«, murmelte Telemach. Und nun hatte seine Stimme obendrein einen kumpelhaften Ton bekommen.

»Macht doch nichts, ja…«, wiederholte Mentor. – Mißgestalt, kurzatmig und in diesem Moment von aller Welt ungeliebt – so stand er auf seinen überlasteten Füßen, mit Gedanken ringend, die seine gesamte schlaffe Gestalt mit dem Einsturz bedrohten, und ratlos blies er das bißchen Luft aus seinen Lungen und brachte damit seine Backen in Bewegung. Auf sein Gesicht legte sich ein komischer Ausdruck flehender Zärtlichkeit. »Die Physik«, dozierte er lächelnd, um hinauszuschieben, was er eigentlich sagen wollte, »die Physik hat die Materie etwas weniger materiell gemacht, die Psychologie den Geist etwas weniger geistig. Und die Mathematik, die Logik – mein Gott, Telemach, meine Güte, wie du gern sagst, meine Güte, die Mathematik, die Logik…« Und dann endlich sprach Mentor das Ungeheuerliche aus: »Sag du zu mir«, sagte er.

Erst war es still zwischen ihnen.

»Na hör mal«, stieß Telemach leise hervor. Rasch fuhr er mit der Zunge zwischen Zähnen und Oberlippe hin und her. Er suchte nach seinen Hosentaschen und verfluchte dieses elend lächerliche Überkleid. »Was sagen Sie da? Was soll ich? Meine Güte...«

»*Du* sagen!«

»Aber warum denn?«

»Warum«, fragte Mentor. Und dann drehte er sich langsam um und ging über die kurze Stiege hinauf zur Pension. Und schaute nicht mehr nach seinem Schüler zurück.

Und Telemach floh weiter in die Stadt hinein.

Telemach, der Beladene, auf dessen Schultern eine Generation der Kriegslust und eine Generation des Kriegshasses standen, schlich sich in dieser Nacht durch die fremde Stadt Elis, die er nun schon ein wenig kannte, den Kopf gesenkt, das Herz wie ein schwerer Stein, und er glaubte sich von allem verlassen, was je für ihn dagewesen war, und das war, wie er sich Rechenschaft gab, nicht sehr viel. Es fielen ihm ein: Eurykleia, die Magd, Phemios, der Sänger, Eumaios, der Hirte. Und die schöne Evangeline fiel ihm ein. Aber sie hatte in diesen Gedanken nichts zu suchen. Sie hatte seine düstere, vaterverfluchte Welt nie betreten. Und was, um Himmels willen, war nur in den Vertrautesten, den Liebsten, den Nächsten, in den Lehrer gefahren? Niemals hatte Telemach irgend jemanden zu Mentor du sagen hören. Dieser Mann war ihm im Besitz eines mächtigen Stolzes erschienen, eines über seine eigene Person, sein Ich, also schlichtweg über die Anfangsgründe des Menschlichen machthabenden Stolzes. Und die Insignien dieses Stolzes bestanden gerade darin, daß er erstens niemanden auf dem Erdkreis hatte, der aus irgendeinem Privileg heraus in einer Du-Nähe zu ihm stand, und daß er zweitens niemanden von sich aus in diese Nähe ließ. Daß ein solcher Mann, der auf so rigorose, unerbittlich kom-

promißlose Art seine Intimität zu wahren wußte, einen Groß-
teil seiner Zeit ihm, Telemach, einem Halbwüchsigen, seinem
Schüler dazu, widmete, das hatte ihn vor sich selbst und den
anderen erhoben. Nicht daß der Lehrer ihm ein Vorbild war,
daß er so hätte werden wollen wie er, aber die Mischung aus
Distanz und Nähe, eigentlich das Fehlen sowohl von Distanz
als auch von Nähe, dieser Zustand, auf den solche Begriffe
nicht anwendbar waren, in ihm lag in Wahrheit der Zauber
ihrer Gespräche, in denen die meisten Sätze des Lehrers mit
einem Fragezeichen endeten. Mentor hatte das Du-Gespräch
nur mit dem Absoluten geführt. Dort, wo alle Körperlichkeit
aufhörte, erst dort hörte auch alle Intimität auf. Und sollte sich
wirklich herausstellen, daß es dieses Absolute gar nicht gab, so
wäre damit nichts weiter bewiesen worden, als daß es seinen
alleinigen und einzigartigen Sitz in diesem Mann hatte, und
das würde ihn noch mehr adeln, als wenn es, jeder anderen
Teilhabe offen, in aller Welt zugegen wäre. Mentor war der
souveräne Mensch. So war er Telemach erschienen: Nicht ein
Held, wie wahrscheinlich sein Vater einer war oder gewesen
war, wie Achill einer gewesen war, Diomedes, Agamemnon,
Menelaos, Idomeneus, der telamonische Aias und der lokrische Aias, Patroklos, und wie sie alle hießen, von denen gesungen und erzählt, die angestaunt oder verhöhnt wurden, verehrt
oder beschimpft, gegen die, als er ein Kind war an der Hand der
Mutter, auf den Straßen in Sprechchören demonstriert worden
war, die – und Telemach wagte es nicht, das auszusprechen,
denn schließlich hätte es auch seinem Vater gegolten – die
ohne diese Lieder, ohne diese Erzählungen, ohne Staunen und
Hohn, ohne den politischen Aufruhr, den sie sogar in Abwesenheit zu entfachen vermochten, kurz: daß sie ohne Vereh-
rung und Beschimpfung der anderen wahrscheinlich nichts
gewesen wären. Mentors Stolz dagegen benötigte keine Lieder. Weder sein häßlicher Körper noch seine zugegeben
manchmal strengen Ausdünstungen hatten bisher diesen Stolz
schmälern können, Erfolg hatte ihn nicht vergrößern, Mißerfolg nicht verkleinern können. Sein Leben hatte aus Harm-
losigkeit und einem gewissen stillen Frohsinn bestanden; und

gleich, wer schuld war, dies war ihm genommen worden. Nun benötigte er anderen Halt…

Telemach kam an einer Freibraterei vorbei, die noch offen hatte, stellte sich unter die anderen Männer, alle waren sie schwarz und waren betrunken und kümmerten sich nicht um ihn. Er sah zu, wie der Mann hinter der Feuerstelle einem Hasen das Fell abzog, als wäre es ein loser Strumpf, wie er ihm den Kopf und die Pfoten abhackte, ihm mit einfachen Handgriffen die Gedärme herausnahm und ihn auf den Spieß schob. Er ließ sich von einem anderen, schon fertigen Fleisch Späne abschneiden, mit Zwiebeln und Peperoni belegen, er aß mit Ketchup, Senf, Brot. Eine Katze strich ihm um die Beine, setzte sich neben seinen Fuß, leckte sich die Ballen ihrer erhobenen Pfote, dabei streckte sich ihr Schwanz gerade und flach am Boden aus, nur sein letztes Ende klopfte leise. Telemach warf ihr ein Stück Fleisch zu, und sie machte sich davon, um es im Schatten und allein zu fressen. Neben dem Bratstand war ein Hühnerkäfig, nicht mehr als kniehoch und aus Maschendraht. Die Hühner, braun gesprenkelte, vielleicht ein Dutzend, waren angestrahlt von einem Scheinwerfer, der an den Stamm eines Baumes gebunden war. Sie lagen in dem unwirklich hellen Staub und plusterten ihre Federn auf und rieben sich den Staub bis in den Flaum. Die Männer unterhielten sich nicht, sie aßen und tranken.

Telemach wischte sich mit der Papierserviette Mund und Hände ab und ging mit festem, schnellem Schritt zurück zu der schäbigen Pension, entschlossen, Mentors Du-Wort anzunehmen, ihn von nun an nicht mehr allein als seinen Lehrer, sondern als seinen Freund zu betrachten, als einen, dem man Launen mit Launen heimzahlen konnte, als Lehrer und Freund, was soviel sein mochte wie ein Vater.

Aber er verlief sich. Irrte durch die Stadt, die bald so still war, daß er die Wellen hörte, die weit unten über den Sand stürzten. Irgendwann merkte er, daß er in die Gasse geraten war, in der die vielen Kleidergeschäfte waren. Die Gasse sah ganz anders aus als am Tag, weil die Kleiderständer nicht vor den Geschäften standen. Er fand den Stapel zerbrochener

Kisten neben dem Gemüsegeschäft, in den er sein Hemd und seine Hose geschoben hatte. Und er fand sein Hemd und seine Hose und war einen Moment lang glücklich. Er drückte die Sachen an sich, und daß sie nach verfaultem Gemüse rochen, störte ihn nicht. Er zog die Hose und das Hemd an, die Dschubbeh schob er in den Kistenstapel.

Nun lief er durch die Straßen, und heftig atmend kam er bei der Pension an. Er sah, daß in ihrem Zimmer Licht brannte. Aber er fand die Tür verschlossen. Er pochte an die Tür. Er rief: »Mentor, sind Sie da?« Und es fiel ihm gar nicht auf, daß er nicht die ihm angetragene Anrede gebrauchte.

Und er bekam Antwort:

»Telemach? Hörst du mich? Bist du da, Telemach?«

»Ja, ich bin da. Warum machen Sie denn die Tür nicht auf?«

»Erst eine Frage, Telemach: Das Außerordentliche merkt man sich besser als das Gewöhnliche. Stimmst du mir zu?«

»Aber wir wollen doch jetzt nicht…«

»Doch, wir wollen, Telemach. Stimmst du mir zu?«

»Ich stimme zu, ja. Und nun öffnen Sie doch!«

»Gleich, Telemach. Du stimmst meiner Frage also zu. Dann weiter: Es kann einem leicht so gehen, daß man, weil man sich das Außerordentliche besser merkt als das Gewöhnliche, nach einer Zeit das Außerordentliche, eben weil es einzig in Erinnerung geblieben ist, für das Gewöhnliche nimmt, das Gewöhnliche aber vergißt; daß man also dazu neigt, einen Menschen nach dem zu beurteilen, was er *einmal* gemacht hat, und nicht nach dem, was er *immer* macht?«

Telemach drückte sein Ohr an die Tür, ob irgend etwas zu hören war. »So kann es einem gehen«, sagte er, »kann ich mir vorstellen, ja. Wollen wir nicht lieber zum Hafen hinunterspazieren und reden?«

Mentor überging seinen Vorschlag: »Also habe ich recht, wenn ich annehme, daß deine Erinnerung an mich, sollten wir uns, aus welchen Gründen auch immer, aus den Augen verlieren, vordringlich geprägt sein wird von dem Außergewöhnlichen meines Verhaltens, das du heute erlebt hast.«

»O nein, das würde ich nicht sagen... Das ganz bestimmt nicht... na hör mal...«

»Es war aber für dich außergewöhnlich, Telemach.«

»Ja und! Was soll schlimm sein, wenn einmal etwas außergewöhnlich ist! Ich bitte Sie, machen Sie die Tür auf!« Und er schlug mit der flachen Hand gegen das Holz.

»Wollen wir doch die Logik anwenden und sie nicht verraten, Telemach...« sagte Mentor. Auch er war jetzt nahe an die Tür getreten.

»Ich bin erschrocken heute abend, das war alles«, gab Telemach zu.

»Du bist erschrocken, Telemach, ja.« Mentors Stimme klang, als hätte er eine andere Antwort erwartet, als erschräke es ihn seinerseits, daß Telemach erschrocken war, als habe er doch mit etwas Harmloserem gerechnet. »So, erschrocken bist du«, sagte er und betonte: »Immerhin, immerhin erschrocken bist du.«

»Na und!«

»Was heißt aber: du bist erschrocken?«

»Es heißt doch nur, daß ich erschrocken bin. Ein bißchen erschrocken. Jeder erschrickt doch dauernd.«

»Nein, dauernd erschrickt nicht jeder, Telemach. Du bist also erschrocken.«

»Ja, das gebe ich zu.«

»Und was ist der Schrecken? Was ist der Schrecken anderes als die Bezeichnung für ein Empfinden in besonders komprimierter Form?«

»Ach, hören wir doch auf, so zu reden!« rief Telemach. »Bitte, hören wir damit auf! Das geht doch nicht, an jeden kleinen Schrecken eine solche Diskussion anzuhängen! Was hängt schon davon ab, ob ich du oder Sie zu Ihnen sage. Nichts hängt davon ab. Es ist jetzt nicht mehr wichtig. Genausowenig, wie es wichtig ist, ob es das *Eins* gibt oder nicht, oder ob man so tun soll, *als ob* es das *Eins* gäbe, oder ob man nicht so tun soll...«

»Für mich hängt sehr viel davon ab, Telemach«, unterbrach ihn Mentor.

»Aber niemand versteht das! Keiner weiß, was das bedeuten soll. Die Menschen können damit nichts anfangen!«

Jetzt wurde Mentor heftig: »Die Menschen! Was sind die Menschen! Soll ich Halbbildung und Flachheit als Humanität anerkennen? Redet einer dummes Zeug aus welterfahrener Verantwortlichkeit? Nein, sondern aus Dummheit. Begeistert marschiert der Dumme in die Hölle. Meinetwegen, sie ist sein Himmelreich! Aber müssen wir hinter ihm hergehen? Nein, Telemach! Nein, nein, nein!«

Und Telemach in seiner Hilflosigkeit fielen nur wenige Worte darauf ein und ein weinerlicher Ton: »Ich möchte, daß diese ... diese komische Stimmung nicht zwischen uns ist, verstehen Sie, bitte... Ich gebe zu, es war mir nicht recht, daß ich du zu Ihnen sagen soll. Jetzt ist es mir recht. Ich kann schon du sagen, wenn Sie es unbedingt wollen. Oder auch nicht. Ich kenne mich nicht mehr aus... Kommen Sie heraus, reden wir, gehen wir durch die Stadt! Bitte, machen Sie auf!«

Mentors Stimme wurde wieder sanft. »Laß uns das Gespräch zu Ende bringen, Telemach, und laß es uns in der Weise fortsetzen, wie wir gewohnt sind, Gespräche zu führen.«

»Nein!«

»Ich bitte dich darum, Telemach. Ich wünsche es. Wir waren beim Schrecken stehengeblieben, und ich fragte: Was ist Schrecken anderes als die Bezeichnung für ein Empfinden in besonders komprimierter Form? Was antwortest du, Telemach?«

»Das, kann man sagen, ist Schrecken, ja, meinetwegen.«

»Schrecken pur kann man also nicht empfinden?«

»Kann man nicht empfinden. Von mir aus.«

Mentor sprach nicht sofort weiter. Die Pause genügte, daß eine schreckliche Einsamkeit über Telemach hereinbrach. Er schüttelte sich, machte ein paar Schritte vor und ein paar Schritte zurück wie ein eingesperrtes Tier, er sprach ein paar Silben halblaut vor sich hin, etwa »Ham, tam, tam...« oder so ähnlich, denn die spärlichen Geräusche der Stadt, wenn sie nicht einer menschlichen Stimme unterlegt waren, klangen ihm wie eine Parodie, und das war nicht lange auszuhalten, weil er nicht wußte, was hier parodiert wurde; aber als sich die Geräusche mit diesen sinnlosen, halblaut hingesprochenen, an keinen Adressaten gerichteten Silben mischten, hörte sich das an wie der Soundtrack zu einem Horrorfilm, und das war noch weniger zum Aushalten. Mit deutlicher, durchaus sogar ins Fröhliche klingender Stimme wiederholte Telemach deshalb: »Hören Sie mich? Von mir aus, meinetwegen, kann man Schrecken pur nicht empfinden. Das fragten Sie doch, oder? Schrecken pur, Schrecken pur nicht – ich stimme zu.« Und rief laut, weil wieder keine Antwort kam: »Ich stimme zu! Verstehen Sie! Ich stimme ja zu, Himmelnocheinmal!«

»Logik ist Trost«, hörte er endlich wieder Mentors ruhige, nahe Stimme. »Wenn sie das nicht wäre, Telemach, hätte sie keinen Sinn. Logik ist der einzige Stoff, aus dem unser Weg zum Absoluten gebaut sein könnte – vorausgesetzt, es gibt überhaupt einen Weg, vorausgesetzt, es läßt sich vom Absoluten überhaupt reden. Man kann die Logik nicht einfach mit Von-mir-aus und Meinetwegen wegwischen. Ich glaube an die Logik, ich glaube inbrünstig an die Logik. Würde ich nicht an sie glauben, müßte ich der Überzeugung sein, daß der Mensch allein die Erfindung des Menschen ist, und diese Überzeugung bietet keinen Trost. Der Geist, der mich beherrscht hat, ist wohl zur Auffassung gelangt, daß du bei der Suche nach deinem Vater, die das Ziel all deines Handelns sein soll, ohne dessen Erreichung du nicht in deine Rechte eintreten und nicht von der dir gebührenden Würde Besitz nehmen wirst, daß du dazu eine andere Hilfe benötigst, als die meine. Sie wird also in einen anderen fahren, die Göttin, und dich von mir wegführen, und ich werde wahrscheinlich bis an mein Lebensende allein sein, was nicht so schlimm wäre, denn ich kenne das Alleinsein und ich liebe das Alleinsein, denn nur im Alleinsein wachsen die Gedanken, die Sinn und Freude eines jeden meiner Tage waren, aber diesmal werde ich allein sein ohne jede Hoffnung, mich jemals dem Absoluten, dem *Eins*, dem letztlich alle meine Gedanken gewidmet waren, auf das meine hybride, metaphysische Habsucht gerichtet war, noch einmal nähern 317 zu können, denn die Gelegenheit, im göttlichen Geist zu sein, wird einem Sterblichen kein zweites Mal gegeben.«

So sprach Mentor, des Odysseussohnes Telemach Lehrer. Und dann schwieg er.

»Was ist los?« fragte Telemach. »Ist etwas mit Ihnen?« fragte er.

Er bekam keine Antwort.

»Mentor«, rief er. »Warum sprechen Sie nicht weiter«, rief er.

Er bekam wieder keine Antwort.

Jetzt hatte er Angst um seinen Lehrer, der nun ja auch sein Freund war. Er wußte nicht, was er tun sollte, und rang mit den Händen und blickte sich um, wo in der Nacht eine Hilfe wäre. Und er beklagte, daß er so zauderlich war und kein Ding ohne Wenn und Aber für ihn sein konnte. Weil nicht einmal die Liebe, ohne daß sie befragt, geprüft und ausgeforscht wurde, passieren durfte. Er rang mit den Händen und blickte sich um, wo Hilfe wäre, und schlug mit den Fäusten an die Tür und rief. Von wo er stand, konnte er ein Stück Straße sehen, und dieses Stück Straße war ausgerechnet beleuchtet von einer Laterne, und in dem Lichtkegel der Laterne sah Telemach den Mann aus der Bar mit den blau-weißen Säulen. Der Mann blickte zu ihm herauf. Er nickte zu ihm herauf. Aber er war geschickt worden, um Telemach abzulenken, um ihn noch mehr zu verwirren und den Druck auf seine Seele zu verstärken, der sagte, du bist deines Vaters Hüter, such ihn, hilf ihm, liebe ihn. Mut und Berechnung ließen den Mann größer erscheinen. Sein rotblondes Haar leuchtete diesmal wie ein goldener Helm. Sein vorgereckter Nacken zeigte diesmal nicht Sturheit und sinnloses Beharren an, sondern Entschlußkraft und Willen, und die Augen waren diesmal die klügsten, sie waren weise, aber nicht von weichlichem Wohlwollen geblendet. Er war, wie es hieß, ein Mann, der versteht, ein silbernes Stück zu vergolden, weil, was er berührte, und wenn es Blech war, für Gold genommen wurde. Aber dies hier war nur sein Abbild, das sich ausgeborgt die dem Haupt des höchsten Gottes Entstiegene, die Tritogeneia, die Alalkomene, die Ageleie, die das Heervolk führende Pallas Athene; denn nie ging sie als sie selbst in die Welt hinein, meistens nahm sie Gestalt und Rolle eines wirklichen Menschen an, eines Lebenden, manchmal auch eines schon Verstorbenen...

Mit blinzelnden Lidern blickte Telemach auf die Gestalt des Mannes, der da vor ihm unten auf der Straße stand, der aber nun nichts weiter mehr für ihn war als ein schöner, heldenhafter Hampelmann. Denn alle seine Kraft, seine Gedanken, seine Sorge und alle seine Liebe galten in diesem Augenblick nur und allein dem Lehrer und Freund. Und, siehe da, im Bruchteil seines Blickes ließ Athene das Bild unten auf der Straße im Lichtkegel der Laterne verpuffen. Hatte sie sich geschlagen gegeben? War sie als Verführerin besiegt? Sagen wir, sie tat es aus einer Laune heraus... In einer Laune war sie in jenen Mann in der Cafeteria geschlüpft, der Mentor und Telemach an ihrem ersten Tag in Elis vor Kaffee, Tee und Sandwich gewarnt, ihnen zu Coca Cola geraten und das Restaurant *Jelup* empfohlen hatte; in einer Laune hatte sie sich dem Kellner im *Jelup* anverwandelt und auch dem Portier im Hotel *Lumidôme*; aus einer Laune war sie zur Katze geworden und hatte Telemach einen Bissen abgebettelt; und auch aus einer Laune, und zwar aus derselben, aus der sie ihn jetzt verschwinden ließ, hatte sie diesen trügerischen, versagenden Doppelgänger des väterlichen Helden geschaffen, dabei mit göttlicher Nonchalance sogar ein Prinzip durchbrochen, das da besagte, sie nehme stets nur Gestalt und Rolle eines *wirklichen* Menschen an, weil für Menschen, die es nicht gibt, Menschen, die es gibt, nichts übrig haben; aber manchmal – und wieder waren es dann Launen – wollte sie den Sterblichen eben doch mit ihren luftig göttlichen Erfindungen kommen, auch wenn sie nicht geglaubt wurden, weil sich bei den Menschen trotz ihrer letztendlichen Beschränktheit auf die Materie oder wegen derselben oder als Folge schmerzvoller Einsicht in dieselbe ein gewisser Stolz und ein durchaus himmelstürmender Besitzanspruch auf alles durchgesetzt haben, was man angreifen, riechen, schmecken, hören und sehen kann...

Telemachs Sorge und Liebe galten dem Lehrer und Freund, nur ihm und ihm allein. Er hatte sich von dem Trugbild abgewandt, noch ehe es verpuffte, sammelte seine Kraft, trat drei Schritte von der Tür zurück, hinter der Mentor schon so lange schwieg, und rammte mit der Schulter die Tür ein, daß sie aus den Angeln riß und ins Zimmer stürzte.

Mentor stand neben seinem Bett, hielt einen zur Schlinge gedrehten Fetzen Unterwäschestoff mit beiden Händen vor seinen Kopf, ein Anblick zwischen Erhabenheit und Spaß, mit seiner verdrießlichen Unterlippe und den klug blitzenden Äuglein ein unerwartet jugendliches Bild, andächtig, beflissen und ein wenig schmollend, wie einer, der aus dem lieben Schlaf in den lieben Tag geweckt worden ist, und in einem langsamen, pedantischen Amtston, beinahe bekümmert vor Aufrichtigkeit, sagte er: »Ich wollte mich umbringen.« Und wirft jetzt den Fetzenstrick in die Ecke, atmet tief durch, legt den Arm um Telemach und sagt: »So, dann gehen wir. Wo wolltest du hin?«

Und Telemach fragt: »Wo wollte ich hin?«

»Sagtest du nicht zum Hafen?«

»Gut«, sagt Telemach, »gehen wir zum Hafen hinunter. Ich bin dabei.«

»Nein, nein«, sagte Mentor, »nicht zum Hafen. Wir haben anderes vor. Oh, fühle ich mich stark«, rief er aus. »Du hast ja deine Hose und dein Hemd wieder. Sie riechen etwas, habe ich recht?«

»Ja, ja«, sagte Telemach mit einem Gemisch aus verzweifelt entgegenkommendem Lächeln und Vorwurf in der Stimme, »sie riechen, ja, sie riechen. Sollen sie riechen…«

»Nimm deinen Koffer, Telemach. Meinen trage ich selbst. Nützen wir die Nacht! Am Tag wird es wieder heiß werden. Noch heißer.«

»Ja, Mentor, nützen wir die Nacht!«

»Gut, daß wir wieder zusammen sind, Telemach!«

»Gut, daß wir zusammen sind!«

»Du meine Güte!«

»Ja, du meine Güte.«

»Ich sag inzwischen auch schon die ganze Zeit du meine Güte, du hast mich angesteckt, Telemach.« Und Mentor schüttelte herzhaft seine losen Backen.

Als sie auf der Straße waren, stellte Mentor seinen Koffer ab, beugte sich weit nach hinten, stemmte die Fäuste in die Seite und rief aus: »Schau dir das an, Telemach! So ein Himmel! Von so einem Himmel weiß bei uns keiner! Wir müssen unglaublich weit weg sein von zu Hause! Ich spüre es, nun sind wir wirklich bald am Ziel.«

Und Telemach sagte, und er sprach mit fragender Betonung: »Es tut mir leid, daß meine Kleider riechen. Ich habe sie zufällig wiedergefunden. Und ich war froh darüber. Ich wollte sie nicht liegenlassen.«

»Aber bestimmt nicht! Du hast völlig richtig gehandelt!«

»Und daß sie etwas riechen?«

»Das macht nichts. Das macht nichts. Wir werden die Sachen waschen. Wir müssen flußaufwärts reisen. Irgendwo werden wir die Sachen waschen. Meine haben es auch nötig. Welche Aussicht auf die Zukunft! Durch die Nacht marschieren, reden, die Logik anwerfen, den Himmel betrachten, dann etwas frühstücken, was uns die Natur beschert, die Kleider am Fluß waschen...«

»Ist sie in Sie zurückgekehrt?« fragte Telemach.

»Ja«, sagte Mentor mit einem tiefen Seufzer. Mühsam unterdrückter Jubel war in seiner Stimme zu hören. »Ist sie. Sie ist zurückgekehrt. Unerwartet. Du, ehrlich, Telemach, gegen jede Erwartung.« Und dann lachte er heraus: »Zusammen mit dir ist sie zur Tür hereingebrochen...«

»Aber«, sagte Telemach, »wozu das Ganze? Wozu bitte?«

»Um deinen Vater zu suchen«, sagte Mentor.

»Aber wie wird er sein«, sagte Telemach. »Er wird doch kein so ein Held sein, wie Phemios ihn besingt. Wie wird er denn sein?«

»Das geht uns nichts an«, antwortete Mentor. »Wir müssen ihn suchen.«

»Aber ich mache mir doch Bilder von ihm. Ich werde enttäuscht sein.«

»Du sollst ihn einfach nur suchen, sonst nichts.«

»Aber vielleicht will er gar nicht gesucht werden.«

»Das ist sein Problem. Wir müssen ihn suchen, sonst nichts.«

»Aber was, wenn ich ihn gar nicht finden will?«

Darauf antwortete Mentor nicht. Eilig trieb er Telemach an, hüpfte selbst einen halben fröhlichen Schritt vor ihm her. Und was sich Telemach vorgenommen hatte, nämlich noch in der Nacht zum Hafen zu gehen und von der Telephonzelle aus mit Evangeline zu telephonieren, vergaß er.

Und wie gings weiter? – Weiter gings aus der Stadt hinaus, sie marschierten die ganze Nacht hindurch flußaufwärts. Am Morgen kamen sie zu einer morschen Anlegestelle. Dort fuhr gerade ein morscher Dampfer ab, den zwei Männer navigierten, Kapitän und Steuermann. Für ein kleines Geld wurden sie mitgenommen. Nach einem Tag Fahrt konnten sie gerade das andere Ufer des Flusses sehen. An den nächsten Tagen wurde der Fluß immer schmaler. Sie fuhren in seiner Mitte, weil an seinen Ufern die Moskitos herrschten. Die Nächte verbrachten sie an Deck unter feinen Netzen. Nach fünf Tagen erreichten sie endlich Pylos. Sie waren jetzt dreizehn Tage von zu Hause fort.

Und was war Pylos? Eine Stadt? Ein Dorf? – Pylos war ein Palast. Fünf Stockwerke hoch und rund war er, gebaut wie eine ein ganzes Fußballfeld besetzende Hochzeitstorte, aus Bambus, mit kunstvoll strohgestrickten Wänden, die Dächer aus vielfach geschichteten Palmenblättern. Ein Wunderwerk der Architektur. Im Palast wohnten die Sippe des Herrschers und seine hervorragenden Untertanen, die Kaufleute und Beamten von Pylos. Die Stiegen waren aus Elefantenzähnen getrieben, und die Fußböden ausgelegt mit den Fellen aller Tiere, deren Haut behaart war. Die Stiegengeländer waren aus Ebenholz geschnitzt und so glatt und kühl wie Steine im Wasser. Der Herrscher von Pylos war alt, älter als jeder andere Mensch, der in Pylos lebte. Um den Palast herum scharten sich wie Muscheln um ein Riff die Hütten der kleinen

Untertanen, und keiner von ihnen konnte sich erinnern, daß in Pylos je ein anderer geherrscht hatte, und die meisten von ihnen konnten sich nicht erinnern, daß der Herrscher einmal kein alter Mann gewesen war. Aber alle konnten sich erinnern, daß er einst Pylos verlassen hatte, um in den Krieg zu ziehen, und daß er über zehn Jahre fort war. Denn auch er hatte zu den Fürsten gehört, die Menelaos die Treue geschworen und ihm ihre Hilfe versprochen hatten, als dieser mit der Schönsten der Schönen, mit Helena nämlich, verheiratet worden war. Und als dann der trojanische Fürst Paris Helena raubte und Menelaos Treue und Hilfe einforderte, brach Nestor — denn kein anderer war der Herrscher von Pylos — ohne zu säumen auf, um sein Wort einzulösen. Als er aus dem Krieg zurückkam, ein alter Mann, aber um keinen Tag älter aussehend als vor dem Krieg, änderte sich einiges in Pylos. Denn er hatte Errungenschaften mitgebracht, die hier bis dahin unbekannt waren, nämlich: ein halbes Dutzend schwere Lastwagen zum Beispiel, vollgepackt mit allem möglichen Schrott, der sich allerdings als sehr sorgfältig ausgewählte Kriegsbeute erwies, da für viele Jahre aus diesem Schrott alle möglichen Ersatzteile hergestellt werden konnten. Die Lastwagen gehörten der Allgemeinheit, sie standen zwar unter der Verwaltung der Herrscherfamilie, durften aber von jedem, der seinen Bedarf begründen konnte, verwendet werden.

Zwei Beutestücke jedoch blieben allein im Besitz der Familie des Herrschers: ein Jeep und ein Motor, der, mit Dieselöl betrieben, Strom erzeugte. Der Jeep wurde nur zu besonderen Anlässen aus dem Haus geholt, das um ihn herum gebaut worden war — zum Beispiel wenn es Nestor beliebte, auf die Jagd zu gehen, oder wenn einer seiner vielen Söhne um ein Mädchen warb und Eindruck auf sie machen wollte. Alle Monate einmal fuhr einer der Söhne in einem Lastwagen, der mit Elfenbein beladen war, in die weit entfernte Stadt Elis, verkaufte dort die Elefantenzähne oder tauschte sie gegen Dieselöl. Oder aber der Kapitän und der Steuermann des morschen Dampfschiffes brachten einige Kanister Treibstoff mit und bekamen dafür Felle oder Zähne. An den Feiertagen und am Geburtstag des Herrschers wurde der Generator dem Volk vorgeführt, und alle taten, als würden sie staunen, denn sie wußten, das machte ihrem Herrscher Freude, und sie nahmen in Kauf, daß er in seiner Freude stundenlang Geschichten vom Krieg erzählte; sie kannten nämlich auch seinen Zorn, und den fürchteten sie, denn dann demütigte er sie wie in den Zeiten vor dem Krieg. Es gab auch außerhalb der Herrscherfamilie Menschen in Pylos, die schon einmal in Elis waren, nicht viele zwar, aber sie versicherten, daß auch dort Leute lebten, mit denen man durchaus auskommen konnte, und daß es auch ähnliche Motoren dort gab wie den ihres Herrschers hier, sogar bessere Motoren, Motoren, die viel mehr konnten. Aber darüber wurde nur hinter vorgehaltener Hand gesprochen. Nestors Lieblingssohn Peisistratos – ihn hatte er, wie er behauptete, in der Nacht vor seiner Abfahrt nach Troja mit seiner Lieblingsfrau gezeugt –, der junge, schlanke Peisistratos hatte die Aufgabe, den heiligen Motor zu warten, er trug den Schlüssel zu dem Haus, das um den Motor herum gebaut worden war, an einer Kette um den Hals. Ohne Verhandlung ließ er keinen zu dem Wunderding, sogar seinen Vater hielt er auf, wenn der, was immer seltener wurde, seinen Schatz sehen wollte. Auf Peisistratos' Veranlassung wurde das Haus des Motors, das wie alle anderen Häuser in Pylos dicht an den Palast gebaut war, abgerissen und weit weg hinter den Kuhweiden am Rande des Urwaldes wieder aufgebaut. Wenn so ein Ding so nahe bei den Menschen sich aufhalte, hatte Peisistratos vor seinem Vater argumentiert, dann werde es früher oder später zu einem Gegenstand wie alle anderen Gegenstände. Wenn der Vater also wolle, daß der Motor weiterhin Respekt einflöße, müsse er ihn vor den Leuten verbergen. In Wahrheit ging es freilich um etwas ganz anderes. Im neuen Haus des Motors hielt Peisistratos ein Geheimnis versteckt …

Noch etwas: Einen neuen Gott hatte Nestor auch aus dem Krieg mitgebracht. Der drängte die anderen Götter in den Hintergrund, die eigentlich keine Götter waren, sondern genau das, als das sie angesprochen, als das sie angebetet wurden – die Erde, der Baum, die Frucht, der Regen, die Wolke, die Sonne. Nestors Gott war Poseidon, der Gott des Wassers, der Gott aller Flüssigkeiten, wie er sagte. Als ihm entgegnet worden war, so ein Gott könne für Pylos keine große Bedeutung haben, denn das Meer sei weit und der Fluß habe bis jetzt nie große Schwierigkeiten gemacht, so daß keine Notwendigkeit bestehe, zu ihm zu beten, antwortete Nestor, indem er seinen Motor zunächst in »trockenem«, dann, nachdem er Dieselöl in den Tank gefüllt hatte, in »flüssigem« Zustand präsentierte: »Was glaubt ihr, woher dieses Ding seine Kraft nimmt.« Außerdem behauptete er, der Mensch bestehe fast nur aus Flüssigkeit, erzählte, daß er während des Krieges vielfach gesehen habe, wie große, mächtige Kämpfer »ausgeronnen« seien. Die Wahrheit war: Nestor hatte Angst vor dem Wasser, er konnte nicht schwimmen, und als er auf der Rückfahrt von Troja in einen Sturm geraten war, betete er zu dem fremden Gott Poseidon und versprach, wenn er ihn verschone, ihn zu Hause in Pylos als Gott zu etablieren. An jedem siebten Tag wurde seither der Gott Poseidon gefeiert. Das Ritual hatte sich Nestor selbst ausgedacht. Es bestand darin, daß einige Ochsen und jährige Rinder geschlachtet und aufgegessen wurden. Auch früher waren Ochsen und jährige Rinder geschlachtet und aufgegessen worden, und gar nichts war anders gewesen, der Unterschied bestand lediglich darin, daß man dem neuen Gott zu Ehren auf den ersten Bissen spuckte. Das war alles.

Mentor und Telemach kamen in Pylos an, gerade als auf die Bissen gespuckt wurde, und wie es der Brauch war, wurden sie eingeladen, und erst als sie selber gespuckt, gegessen und getrunken hatten, fragte Nestor, wer sie seien. Mentor flüsterte Telemach zu: »Gib du ihm Antwort auf alle Fragen, schau nicht zu mir, du kannst mit keiner Hilfe von mir rechnen. Du bist hierhergekommen, um etwas zu erfahren, und du wirst Auskunft erhalten.«

Da sagte Telemach zu Nestor: »Ich bin Telemach, der Sohn des Odysseus. Ich bin nach Pylos gekommen, weil ich hier 325

Nachricht erhoffe über den Verbleib meines Vaters. Sollten Sie irgend etwas wissen, auch wenn es mich schmerzen könnte, so bitte ich Sie, es mir zu sagen, ohne etwas zu verschweigen oder zu beschönigen. Ich habe gelernt, auf alles gefaßt zu sein.«

Dann blickte er doch hinüber zu Mentor, zuckte fragend mit der Schulter. Aber Mentors Gesicht war ohne Ausdruck, müde, teilnahmslos, zufrieden.

Nestor aber ging auf Telemach zu, umarmte ihn, schlug ihm auf die Schulter, stellte sich an wie ein Kumpan, der alte Mann. »So, so, der Sohn des Odysseus!« Er lachte und zeigte seine abgeschliffenen Zähne, die bald so dunkel waren wie die Höhle dahinter. Er schickte alle, die beim Anspucken des Fleisches zugegen waren, fort, verscheuchte sie mit flatternden Fingern und führte seine Gäste in den Palast.

Beschreiben wir Nestor, fangen wir oben an: Sein Kopf war mit weißer Wolle bedeckt, sein Gesicht nicht schwarz wie die Gesichter der Menschen, die hier lebten, sondern grau, ein von der Zeit ausgebleichtes Schwarz. Die Stirn war trocken und eng gefaltet, die Haut fettlos und dünn wie versengtes Papier. Wenige, drahtig geringelte weiße Haare zierten seine Wangen. Der Mund war immer in Bewegung, er warf sich kleine Nüsse hinein. Aus den Augen blickte eine melancholische, alles umfassende Gleichgültigkeit, unter die sich bisweilen so etwas wie Häme mischen konnte, eine nachsichtige Gehässigkeit gegen alle, die solche Abgeklärtheit noch nicht erlangt hatten. Nestor trug eine ehemals grüne, inzwischen verschossene Uniformjacke ohne Streifen, Wimpel, Orden. Er trug die Jacke über der nackten Haut und knöpfte sie nicht zu. Darunter war eine unbehaarte, knabenhaft glatte, fleischlose Brust zu sehen. Die Beine steckten in Bluejeans, die zu lang waren und krumme Spuren durch den Staub fegten. Er war barfuß. Er war dünn wie ein ausgedörrter Kornstengel und hielt sich ebenso gerade.

»Setzt euch«, sagte er.

Sie waren im kühlen Kern des Palastes angelangt. Der Raum war ausgelegt mit Teppichen und mit nichts weiter als einem Aschenbecher möbliert. Er war rund, und durch die Fenster fiel der Blick auf Wasserspeier und Blumen.

Eine junge Frau trat lautlos aus einer der Türen. Sie blieb nicht stehen, ging in würdevoll aufrechter Haltung langsam durch den Raum, und der Rhythmus ihrer Schritte wiegte ihren Körper. Auch sie trug Bluejeans, dazu ein weißes T-Shirt mit einem Bild von Bob Marley, und sie sah ohne Neugierde von Mentor zu Telemach. Sie hatte einen länglichen, in den Nacken gelegten Kopf und kurzes, geringelts Haar. Nestor und sie gaben sich keinen Blick. Ebenso geräuschlos, wie sie gekommen war, verschwand sie wieder.

»Meine jüngste«, sagte Nestor, und fügte hinzu: »Tochter, nicht Frau. Polykaste heißt sie. Ist sie nicht schön?«

Dann saßen sie und sagten nichts – Nestor grinsend und nickend, Mentor müde, teilnahmslos, zufrieden und Telemach noch in Gedanken an die verwirrende Erscheinung und auch verlegen, weil er meinte, das Wort sei bei ihm. Er wollte etwas sagen, aber Nestor hieß ihn mit einer Handbewegung zu schweigen. Die junge Frau kam zurück mit einem Tablett über ihrer Hand, auf dem Teeschalen und eine Kanne standen. Sie stellte vor jeden eine Tasse auf den Teppich und schenkte ein. Sie tat das, indem sie den Schnabel der Kanne unten bei der Tasse ansetzte, dann die Kanne in einem Schwung in die Höhe zog. In einem dünnen Faden traf der Tee die Tasse, und nicht ein Tropfen ging verloren. Sie sah Telemach in die Augen, lange, aber ohne Ausdruck, sternenweit von ihm entfernt, als wäre er bloß ein übriggebliebenes Ding.

Sie ging, und Nestor begann: »Ich und der hehre Odysseus, wir haben in den langen Jahren uns niemals im Rat und in der Versammlung gestritten. Ich hätte mich auch gehütet. Nie wollte sich da einer beim Planen offen mit ihm vergleichen. Immer wurde ja doch getan, was der hehre Odysseus mit seinen tausend Listen sich zurechtgelegt hatte. Was für einen wunderbaren Krieg hat er uns beschert! Ich meine das ohne jeden Spott und ohne jede Bitterkeit. Es gäbe ja doch nur einen, der heute noch mit Bitterkeit oder Spott sagen könnte, 327 der Krieg sei wunderbar gewesen. Und das ist Odysseus selber – wenn er noch lebt. Denn weder der Heldentod war ihm vergönnt, wie so vielen anderen, noch eine glückliche Heimkehr, wie ich sie aus den Händen der Moiren empfangen durfte. Wir hoffen dennoch alle, daß er lebt. Nein, Telemach, niemand wagte es, sich mit deinem Vater anzulegen. Jedenfalls nicht, wenn es um einen Wettstreit im Ausdenken von Wegen und Umwegen, von Dennoch und Trotzdem, von Irgendwie-schon und Wollen-sehen-wie ging. Dein Vater war der Klügste von allen. Ich behaupte das. Obwohl ich ja weiß, daß es einige gibt und noch mehr gab, die da anderer Meinung sind und waren... Aber lassen wir das.«

»Was meinen Sie?« fragte Telemach. »Bitte sagen Sie, was Sie meinen.«

»Nun ja, es ist ja kein Geheimnis, und du wirst auch schon von ihm gehört haben. Also, warum soll ich seinen Namen nicht nennen, warum soll ich die alte Geschichte nicht erzählen? Oder besser, ich lasse es doch sein...«

»Welche alte Geschichte? Welchen Namen?« drängte Telemach. Und plötzlich brauste er auf: »Ich bin kein Kind und kein Narr!« Es hatte ihn nämlich Athenes Blick getroffen. Mentors Kopf hatte leicht gezuckt, und es war ein Blick gewesen, in dem sowohl Betrübnis wie Ermunterung lagen. Betrübnis als des Lehrers Teil, Ermunterung als die göttliche Gabe. Und beides gab Telemach Kraft und Sicherheit. Denn die Betrübnis des Mentor kam aus seiner Liebe, die Ermunterung der Göttin aus dem Vertrauen. Ihr Teil des Blicks sagte, der Schützling werde hier ihre Hilfe nur wenig benötigen; weil er ein Mann war und weit weg war von Demütigung und gefinkelter, zivilisierter Kränkung; weil er endlich begriffen zu haben schien, daß die Trägheit eine Sünde gegen das Leben ist. Hier, so sagte der göttliche Teil des Blicks, hier ist dein erstes Feld, Telemach, hier schlag dich, hier schlag dich allein, du kannst es. »Ich brauche keine Schonung«, fuhr Telemach im selben Ton fort. »Sprechen Sie, Nestor! Von wem, meinen Sie, habe ich schon gehört? Welche alte Geschichte wollten Sie erzählen?«

»Aaaah«, sagte Nestor, zog den Vokal in die Länge, daß
man meinen konnte, die Luft gehe ihm nie mehr aus. Dabei
verharrte er in einer ausdrucksvoll anheimstellenden Geste.
»Bist du sicher, daß du die Kriegsgeschichten verträgst, mein
Sohn?«
»Glauben Sie denn, ich hätte nie solche Geschichten gehört?«
»Nein, das glaube ich nicht. Dein Ton gefällt mir übrigens.
Er erinnert mich an deinen Vater. Sonst erinnert mich nichts
bei dir an Odysseus. Er sieht dir nicht ähnlich. Und ich will dir
nicht verheimlichen, daß ich zuerst dachte, nein, der ist nicht
der, für den er sich ausgibt. Es kommen immer wieder Halun-
ken hierher nach Pylos, die meinen, sie könnten hier einen
guten Schnitt machen. Elfenbein, Gold. Sie meinen, es gäbe
Gold hier, nur weil es weit weg ist von ihnen zu Hause und
weil es heiß ist und wir schwarz sind. Idioten! Und mein zweiter Gedanke war, sei mir nicht böse, mein Sohn, du siehst so
jung aus und so ganz anders als er. Wie ein etwas schwermüti-
ger Schwadroneur siehst du aus, so hätte sich der feine Patroklos ausgedrückt. Einer, der sich vorm Anpacken drückt, so
würde ich es nennen. Der sich groß und üppig darin gefällt,
die Zivilisation zu repräsentieren. Sei mir also nicht böse, daß
mein zweiter Gedanke war: Er weiß es nicht, aber wahrscheinlich ist Odysseus nicht sein Vater…«
»Ich unterbreche Sie nicht gern«, schnitt ihm Telemach das
Wort ab. »Ich bin hierhergekommen, weil ich hoffte, Sie wissen, was mit meinem Vater geschehen ist, und teilen es mir
mit. Über mich, seinen Sohn, brauche ich aus Ihrem Mund
nichts zu hören. Und wenn es nur das ist, was Sie mir zu erzählen haben, dann war unsere Reise umsonst.« Mit diesen
Worten erhob er sich. Er blickte zu Mentor hinüber, hoffte,
der werde sich ebenfalls erheben. Aber Mentor blieb sitzen,
und in seinem Gesicht war nichts zu lesen. Die Göttin hatte
ihn verlassen, und stumpf in sich hineinblickend und wider
alle Vorsätze träumte er von dem Tag, an dem sie als ein fri-
scher, starker Zustrom köstlicher Gewalt wie ein großer
Sturm noch einmal in seine Seele eindringen würde… 329

»Ja, deine Art zu sprechen gefällt mir«, sagte Nestor und wiegte sich dabei wie in einem lautlosen Lachen. »Wenn ich dich verletzt habe – ja gut, wer wird nicht verletzt. Ich bin es nicht gewohnt, nach meinen Worten zu sehen. Also, setz dich wieder. Ich werde dir erzählen, was ich weiß.«

Telemach setzte sich und sagte: »Zuerst aber möchte ich, daß Schluß gemacht wird mit den Anspielungen. Ich bitte Sie, mir entweder alles oder nichts zu sagen und mir nicht mit Andeutungen meine Ruhe zu nehmen.«

»Ja«, sagte Nestor, »so hätte dein Vater gesprochen. Genauso. Gut.« Er nestelte in den Taschen seiner Uniformjacke herum, streckte sich und hob sein Becken, um in die Hosentaschen zu greifen, holte eine zerknüllte Zigarettenpackung heraus, zupfte daran herum, bis er eine Zigarette herausgefischt hatte, strich sie glatt, leckte sie ab und zündete sie mit einem Blechfeuerzeug an. Er sog so kräftig, daß der erste Zug die Zigarette fast bis zur Hälfte abbrannte. Dann sprach er, während ihm der Rauch aus Mund und Nase quoll. »Ich wollte dir von Palamedes erzählen. Ich wollte sagen, es gab viele und einige gibt es noch heute, die waren und sind der Meinung, Palamedes hätte deinen Vater an Klugheit und Witz überragt. Ich war übrigens nie dieser Meinung. Und soll ich dir sagen, warum nicht? Weil ich den Witz des Odysseus kannte, besser kannte, als alle anderen ihn kannten. Ich kannte auch die Klugheit des Palamedes. Aber vor der fürchtete ich mich nicht. Vor der Geistesschärfe deines Vater aber fürchtete ich mich. Und deshalb habe ich immer, wenn es gefordert war, für Odysseus gestimmt. Immer.«

»Nennt man diese Haltung nicht Opportunismus?« fragte Telemach und war selbst erstaunt über die Unverfrorenheit dieser Frage.

Aber Nestor lachte weiter. »Richtig. Ganz richtig. Und jetzt sage ich dir etwas. Ich bin älter, als du glaubst. Ich sage dir nicht, wie alt ich bin, weil du es nicht glauben würdest. Weil du mich dann für einen Lügner oder einen Verrückten halten würdest. Und weißt du, warum ich so alt bin? Weil ich ein

Opportunist bin, wie du diese weiseste aller Haltungen dem

Leben gegenüber so leichtfertig und naseweis nennst. Und noch etwas sage ich dir. Ich habe meine Kehrtwendungen nie von einer inneren Stimme oder ähnlichem Quatsch abhängig gemacht, sondern immer nur vom nüchternen Blick auf die stärkeren Bataillone. Ich selbst bin frei von jeder Überzeugung, und wenn ich den meisten Herren als integrer und prinzipienfester Gefolgsmann galt, dann, weil ich es verstand, ihre Überzeugungen dekorativ und wirksam zur Schau zu stellen... – Aber ich wollte dir von Palamedes erzählen. Damit du nicht wieder sagst, ich spreche in Andeutungen. Du hast den Namen schon gehört?«

»Ja.«

»Ja, natürlich«, kicherte Nestor. »Er hat dich ja, als du ein Winzling warst, auf dem Arm gehalten...«

»Allerdings. Und hat mich dann in die Ackerfurche gelegt, vor den Pflug, um zu beweisen, daß mein Vater nicht verrückt war.«

»Er war ja auch nicht verrückt.«

»Mein Vater hat in Kauf genommen, für verrückt gehalten zu werden, um bei seiner Familie zu bleiben, bei seiner Frau und bei seinem Sohn. Er wollte lieber für einen Idioten gehalten werden, als in diesen Krieg zu ziehen, der ja wohl auch nichts anderes war als idiotisch...«

»Nein, Telemach, ein Krieg ist nie idiotisch. Nicht für die, die ihn führen. Das darfst du nicht sagen. Wer so etwas behauptet, nimmt uns jede Würde, und wir sind alt und verdienen das nicht.« Nestor blickte augenblinzelnd schräg nach oben, und er sah aus wie ein abgeputzter Lügner. »Dieser Krieg«, sagte er, »war in Wahrheit wunderbar. Und, Telemach, vergiß nicht, die meisten, haben in ihrem ganzen Leben nichts Wunderbareres erlebt. Und den meisten, die gefallen sind, hätte gar nichts Besseres passieren können, als auf dem Schlachtfeld zu sterben. Und sie selbst hätten das auch genau so gesagt. Sie starben ohne Todesbangen. Zeig mir einen, dem die Götter im Frieden diese Gnade gewähren! Und weißt du, was der schönste Augenblick des Krieges war, der Höhepunkt? Als wir am Ende des Krieges vom Arbeitszimmer des Priamos aus hinaus auf unser Lager blickten und uns sagten: Schaut her, ist das nicht ein eigenartiges Gefühl? So hat uns der Feind zehn Jahre lang gesehen. Und noch ein Augenblick: Als sich, es war ganz zu Beginn des Krieges, als sich plötzlich die Tore Trojas öffneten und zweitausend Soldaten heraussströmten, auf uns zu, und sie sahen nicht mehr aus wie zweitausend einzelne Geschöpfe, sondern wie ein einziges Tier. Das war ein erhabener Anblick. Dafür danke ich Odysseus. Und mir selbst verdanke ich es, daß ich diesen Augenblick überlebt habe. Dein Vater schuf die Ursache für diesen Krieg, als er, um Streit zu verhüten, uns schwören ließ, demjenigen beizustehen, der Helena zur Gattin bekommt. Und dann hat Menelaos sie zur Frau bekommen, und als sie Paris nach Troja entführte, verlangte Menelaos, daß wir unser Versprechen einhielten. Was soll daran idiotisch sein? Und jeder von uns war bereit, sein Wort zu halten. Ist das etwa idiotisch? Nur dein Vater, der wollte nicht. Und weil er klüger war als wir alle, fand er auch eine Möglichkeit, sein Wort nicht halten zu müssen, also nicht in diesen Krieg ziehen zu müssen. Er stellte sich verrückt. Nicht aus Egoismus, wie manche sagten, nicht aus Feigheit, wie manche sagten. Sondern für seine Familie tat er das. Ich bin ganz deiner Meinung. Du denkst, ich rede darüber im Ton der Verachtung? Nein, das stimmt nicht. Es mag so klingen. In Wahrheit bewundere ich diese List deines Vaters. Ohne jeden Hintergedanken bewundere ich Odysseus. Er war schlau. Und wir hätten ihm geglaubt, daß er verrückt ist. Wir glaubten ihm. Menelaos war dabei, ich war dabei. Agamemnon war auf dem Schiff geblieben, er war nicht mit uns zu eurem wunderbaren Haus in Ithaka gegangen. Auch er hätte dem Odysseus geglaubt. Ja, eben, und auch Palamedes war dabei, der weitberühmte Erfinder. Wir gingen also zu eurem schönen Haus, das ja nicht dein Vater, sondern dein Großvater erbaut hat – was keine Kritik an deinem Vater sein soll. Ein wunderbares Gebäude! Aber Odysseus war nicht zu Hause. Nur deine Mutter war da, und die hielt dich auf dem Arm, Telemach. Und sie wollte uns nicht sagen, wo dein Vater war. Aber dann hat sie es uns doch gesagt. Frag mich nicht, wie wir sie herumgekriegt haben. Ich habe es vergessen. So fuhren wir mit deiner Mutter hinunter zum Strand. Und dort fanden wir deinen Vater. Menelaos war bestürzt, als er Odysseus sah. Menelaos hat ein weiches Herz, und er ist immer ein Freund deines Vaters gewesen. Und da sahen wir ihn vor uns, den edlen Odysseus, wie er mit dem Pflug, vor den er Ochs und Esel gespannt hatte, über den Strand fuhr und Salz in die Furchen säte. Die Tränen liefen dem Menelaos über die Wangen. Mir nicht, muß ich ehrlich zugeben. Und dem Palamedes auch nicht. Palamedes beobachtete deinen Vater eine Weile, dann sagte er: So verhält sich ein Verrückter nicht. Und ich muß sagen, ich glaubte ihm. Aber ich hielt mich heraus. Ich glaubte ihm, weil ich Palamedes jede Wissenschaft zutraute. Welch wunderbare Dinge verdankt ihm die Menschheit: elf Konsonanten hat er erfunden, den Leuchtturm – den hat er seinem Vater Nauplios zum Geschenk gemacht –, die Waage hat er erfunden, einige Maßeinheiten, etliche Würfelspiele und nicht zuletzt die Kunst, Wachen aufzustellen! Soll dieser Mann nicht auch wissen, wie sich ein Verrückter benimmt? Ich glaubte ihm. Menelaos aber war empört. Was soll das heißen, beschimpfte er Palamedes, soll das heißen, daß Odysseus sich drücken will, daß er sein Wort nicht halten will? Palamedes trat dicht an deinen Vater heran und blickte ihm in die Augen. Und dein Vater spielte sehr gut, das muß ich schon sagen. Sein Blick war weit weg, unendlich weit weg, nicht auf dieser Erde mehr. Ich sah deiner Mutter an, daß sie erschrak. In diesem Moment glaubte sie wohl, ihr Mann sei tatsächlich verrückt geworden. Ich glaubte es nicht. Aber Palamedes war sich plötzlich nicht mehr sicher, so gut spielte Odysseus den Verrückten. Ich will ihm nichts unterstellen, sagte er, ich möchte lediglich nicht ausschließen, daß die Möglichkeit besteht, daß er uns belügt. Und Menelaos wetterte weiter: Allein das schon sei eine Beleidigung des ruhmreichen Odysseus. Und wer Odysseus beleidige, beleidige auch Menelaos. Ob Palamedes denn nicht sehe, in welche Ferne sich der Geist dieses großen Mannes verirrt hätte! Odysseus, rief er, Odysseus, komm zurück zu deinen Freunden! Er hielt ihn an den Händen, küßte ihn, schüttelte ihn, umarmte ihn. Aber der Blick deines Vater kam nicht näher. Siehst du denn nicht, schrie Menelaos den Palamedes an, er merkt gar nicht, daß wir hier sind. Er weiß gar nicht, was um ihn vorgeht. Sein Geist ist nicht an diesem Ort. Nur sein Körper ist hier. Und der pflügt den Strand und sät Salz in die Furchen. Und es hätte nicht viel gefehlt, und Menelaos wäre auf Palamedes losgegangen. Gut, sagte Palamedes leise zu mir und Menelaos, ich werde mich bei Odysseus entschuldigen. Aber zuvor sei mir eine kleine Prüfung gestattet, ob sein Geist wirklich so weit weg ist. Und dann ging er auf deine Mutter zu, nahm dich, Telemach, aus ihrem Arm und legte dich vor den Pflug deines Vaters. Da kehrte der Geist des Odysseus aber schnell zurück, mein lieber Mann! Er machte einen Bogen um dich herum. Und so klug war er, daß er nun das Spiel nicht mehr weitertrieb.«

»Das heißt«, sagte Telemach, »wenn mein Vater wirklich verrückt gewesen wäre, dann würde ich nicht mehr leben.«

»Ja, ja, das heißt es, mein Sohn.«

»Und Sie sagten, vor der Klugheit des Palamedes fürchteten Sie sich nicht?«

»Ich nicht, nein. Aber Palamedes mußte sich in Hinkunft vor der Klugheit deines Vaters fürchten. Dein Vater, Telemach, ist ein sehr kraftvoller Mann. Sein Wille und seine Persönlichkeit sind unvergleichbar. Auch wenn er nicht groß von Statur ist, sein Geist überragt uns alle. Ja, ja, sein Gehirn ist mit besonders pfiffigen Windungen ausgestattet. Das Fremde, Unberechenbare, das andere verzagen läßt, versetzt seinen Geist in den Zustand der Inspiration. Ich habe oft darüber nachgedacht, was das ist: Geist. Weil ich selber nicht allzu viel davon habe. Ich besitze Instinkt, und der läßt mich lange leben. Dein Vater besitzt Geist, und der läßt ihn lange leben. Was aber ist Geist? Nun, ich bin in der Tat der Meinung, Geist kann nur dann einen Wert haben, wenn er dem, der ihn besitzt, ein langes Leben garantiert. Wenn er nur Erfindungen hervorbringt, so nützlich sie auch sein mögen, aber nicht den Erfinder schützt, dann kann ich nicht viel von ihm halten. Siehst du, Telemach, Palamedes ist tot, dein Vater aber lebt. Oder sagen wir: Ich glaube, daß er noch lebt. Ich glaube, daß er lebt, weil er Geist besitzt. Und Geist heißt in erster Linie: Gedächtnis. Dein Vater hat ein gutes Gedächtnis. Niemand hat so ein gutes Gedächtnis wie Odysseus. Auch Palamedes hatte ein gutes Gedächtnis. Aber sein Gedächtnis behielt alle möglichen Wissenschaften, das Gedächtnis deines Vaters hingegen merkt sich jede Gefahr. Deshalb vergaß er dem Palamedes nicht, daß er ihn am Strand von Ithaka entlarvt hatte. Von diesem Manne droht Gefahr, so wird ihm sein Geist zugeflüstert haben, immer und immer. So stelle ich es mir vor. Solange dieser Mann lebt, bist du in Gefahr! Menelaos in seiner Großzügigkeit verzieh deinem Vater schnell. Schon als wir von Ithaka abfuhren, lachten die beiden über die Geschichte. Den Menelaos lieben die Götter, der braucht weder Instinkt noch Geist, um zu überleben. Dein Vater bewunderte meinen Instinkt, und ich bewunderte seinen Geist.«

»Diese Geschichte wollten Sie mir erzählen«, fragte Telemach. »Das glaube ich nicht. Sie können sich doch denken, daß mir diese Geschichte längst schon meine Mutter erzählt hat.«

»Ja, natürlich. Wie geht es übrigens Penelope? Ist deine Mutter immer noch so schön? Sie gefiel mir besser als Helena. Weil sie klug aussah. Ich weiß, das muß nicht immer heißen, daß jemand tatsächlich auch klug ist. Dein Vater, finde ich, sieht nicht klug aus. Zum Beispiel, bevor er im Rat zu reden beginnt: Steht da, schaut zur Erde hinab mit starren Augen, hält seinen Stab in beiden Händen, wirkt wie ein Tor, ungeschlacht und breitbeinig und stur. Er wirkt beinahe sinnlos. Und das täuscht viele. Das täuscht auch viele, die es eigentlich besser wissen müßten, weil sie ihn bereits kennen. Wir waren bei deiner Mutter stehengeblieben, Telemach, bei der stolzen, schönen, klugen Penelope. Ich nehme schon an, daß sie klug ist. Schön ist sie auf alle Fälle. Und stolz auch. Sie hat mich nicht angesehen. Ich glaube, sie mochte mich 335 nicht. Sie mochte mich noch weniger als Palamedes, obwohl ich ihr nichts getan hatte. Nie wäre ich auf die Idee gekommen, dich aus ihrem Arm zu nehmen und vor den Pflug deines Vaters zu legen, vor ihren Augen! Eine geniale Idee! Für Palamedes war es ein wissenschaftliches Experiment. Er hatte Odysseus überführt, Odysseus zog mit in den Krieg, damit war für ihn die Sache erledigt...«

»Ich bitte Sie, Nestor, welche Geschichte wollten Sie mir erzählen?«

»Ich wollte dir, Telemach, erzählen, wie Palamedes starb. Oder weißt du, wie er starb?«

»Nein, ich weiß es nicht.«

»Ich dachte es mir. Ich bitte dich, nimm diese Geschichte für nichts anderes als für einen Beweis für den überragenden Geist und den unbedingten Überlebenswillen deines Vaters. Beides sollte dir Genugtuung und Trost geben: der überragende Geist, weil er vielleicht in dir, seinem Sohn, weiterlebt; der unbedingte Überlebenswille, weil er dir große Hoffnung gibt, daß dein Vater noch am Leben ist und ihr irgendwann, vielleicht schon bald, als Familie wieder vereint seid. Dann also höre, wie Palamedes, der große Erfinder, starb:

Odysseus vergaß nichts. Er trug Palamedes nach, daß er dich, Telemach, vor den Pflug gelegt hatte, daß er seine List durchkreuzt hatte. Ich weiß nicht, ob dein Vater ein besonders eitler Mensch ist. Aber wenn, dann hat seine Eitelkeit Format. Jeder versteht, daß ein Mann wie Odysseus auf seinen Geist stolz ist, und Palamedes war der einzige im Heer, der ihm Paroli bieten konnte. In einer gewissen Höhe bedeutet Gleichheit Erniedrigung. Odysseus konnte keinen Gleichen neben sich dulden – und Palamedes wohl auch nicht. Dabei, sage ich dir, war diesen beiden feindschaftlich Verbundenen nichts anzumerken, wenn sie einander begegneten, und wenn sie in der Schlacht nebeneinander fochten, dann half einer dem anderen. Sie verkehrten nicht miteinander. Sie hatten verschiedene Freunde. Dein Vater, das ist bekannt, pflegte am liebsten Umgang mit dem Tydiden Diomedes. Palamedes war meistens allein. In seiner Baracke brannte das Licht in der

Nacht immer am längsten. Wenn man ihn besuchte, saß er über Büchern oder hantierte mit Zirkel und Lineal. Er war ein Einzelgänger. Stets war er freundlich. Er lächelte, wenn er zuhörte. Er hörte zu, erzählte aber nichts von sich selbst. Dein Vater lächelte selten. Und Zuhören war nicht unbedingt seine Stärke. Und er erzählte gern, und nur von sich selbst. Eines Tages geschah etwas sehr Merkwürdiges. Odysseus und Diomedes hatten einen trojanischen Späher gefangengenommen und ihn, weil er sich wehrte und Geschrei machte, getötet. In einer seiner Taschen fanden sie einen Brief von Trojas König Priamos. Der Brief war an Palamedes gerichtet. Dein Vater, Telemach, bestand darauf, der Brief müsse ungeöffnet an den Adressaten weitergegeben werden. Ihm galt das Briefgeheimnis mehr als die militärische Sicherheit. Diomedes aber war dagegen. Ein Brief vom obersten Kriegsherrn des Gegners an einen der Offiziere könne mitten im Krieg nie und nimmer als eine Privatsache behandelt werden. Diomedes schlug vor, den Brief ungeöffnet dem Rat vorzulegen. Dort solle Agamemnon in Anwesenheit des Palamedes den Brief öffnen und vorlesen. Odysseus war weiter dagegen, die beiden stritten, es gesellten sich andere Offiziere dazu, die wissen wollten, worum es ging, und Diomedes sagte es ihnen, und alle waren sie einer Meinung mit dem König von Argos, und schließlich fügte sich Odysseus und gab den Brief heraus. Allerdings nicht, ohne vorher in Anwesenheit aller festgestellt zu haben, er entspreche lediglich dem Wunsch der Mehrheit, sei aber nach wie vor der Meinung, der Brief müsse ungeöffnet an Palamedes weitergereicht werden. Nun, der Rat wurde zusammengerufen, der Brief geöffnet und vorgelesen. Er enthielt Unausdenkliches. Es war ein Dankesschreiben von König Priamos an Palamedes, Dank für die wertvollen Informationen, die er Troja zur Verfügung gestellt habe, und die Frage, ob der Lohn dafür, es handelte sich um eine Kiste Gold, inzwischen eingelangt sei. Palamedes bestritt alles. Er machte sich nicht einmal die Mühe, sein rhetorisches Können aufzuwenden. Und es war auch gar nicht notwendig. Denn keiner im Rat glaubte, was in dem Brief stand. Das heißt – es ist nicht ganz richtig, was ich sage... Es glaubte zwar niemand, was da geschrieben stand, weil sich keiner den Palamedes als Verräter vorstellen konnte; aber der dubiose Brief war als eine Tatsache dennoch unbestreitbar vorhanden. Die Stimmung war schlecht. Und es war deutlich, daß von Palamedes abgerückt wurde. Da ergriff Odysseus, dein Vater, Telemach, das Wort. Und er sprach wie immer eindrucksvoll und sehr gescheit. Er sagte: Wir dürfen die Sache nicht einfach so auf sich beruhen lassen. Nicht weil ich glaube, Palamedes sei ein Verräter, sondern im Gegenteil. Ich möchte nicht, daß auch nur der geringste Makel an ihm haften bleibt. Denn der kleinste, nicht widerlegte Verdacht, das winzigste Gerücht wächst im Schweigen, und am Ende zersetzt es die Moral der Truppe. So sprach Odysseus, dein Vater. Und Agamemnon stimmte ihm zu. Und ich stimmte ebenfalls zu. Denn Agamemnon fragte mich stets um meine Meinung. Ich sagte: Odysseus hat recht. Er soll sagen, was wir tun sollen. Das viele Gold, sagte Odysseus, von dem in dem Brief die Rede ist, wenn Palamedes es tatsächlich bekommen hat, muß es irgendwo sein. Er kann es hier weder einwechseln, noch kann er es ausgeben. Und, falls er tatsächlich ein Verräter ist, was ich bezweifle, so sprach Odysseus, wird er sich hüten, es jemandem anzuvertrauen, daß es dieser aus dem Lager bringt. Also müssen die Goldbarren, falls sie überhaupt existieren, im Lager sein. Und dann wandte er sich an Palamedes: Verzeih, sagte er, ich will dir nichts unterstellen, ich möchte lediglich ausschließen, daß die Möglichkeit besteht, daß du uns belügst. Bist du einverstanden, daß wir eine kleine Prüfung deiner Baracke vornehmen? Ich bin einverstanden, sagte Palamedes, wenn ihr nicht alle meine Sachen durcheinanderwerft. Nun, ich wurde ausgewählt, die Durchsuchung zu leiten. Odysseus hielt sich heraus. Ich durchsuchte die Baracke des Palamedes, und unter seiner Pritsche fand ich das Gold. Agamemnon ließ Palamedes sofort festnehmen. Er übergab ihn dem Armeegericht, das verurteilte ihn zum Tode. Palamedes wurde an Armen und Beinen gefesselt, vor die Mauern der Stadt Troja geschleift und erschossen.»

Nestor schwieg. Ohne Ton, nur mit der Luft, die er ausstieß, zischelte er ein Lied, und wieder tastete er Jacke und Hose nach seinen Zigaretten ab, klaubte eine aus der Packung, zündete sie an, und ehe er daran zog, fragte er: »Verzeihung, Telemach, rauchst du? Darf ich dir eine anbieten?«

Telemach räusperte sich den Hals frei. »Und?« fragte er.

»Was denn und?«

»Was das mit meinem Vater zu tun hat... Ich glaube nämlich kein Wort. Kein Wort.«

Nun sog Nestor den Rauch in sich ein und sagte: »Das ist ja auch gut, daß du nichts glaubst. Und es tut der Sache nicht weh.« Und zog noch ein zweites und drittes Mal. Dann war die Zigarette niedergeraucht. Er ließ sie fallen. »Hör zu, mein Sohn«, sagte er, »es gibt drei Arten zu überleben...«

»Was das alles mit meinem Vater zu tun hat«, fuhr ihm Telemach dazwischen. »Mit meinem Vater, nicht mit irgendeinem Odysseus, von dem irgendwelche idiotischen Lieder erzählen!« Hilfesuchend blickte er zu Mentor hinüber. Aber der hatte die Augen geschlossen. »Mentor, helfen Sie mir«, rief er ihn an. Der Lehrer öffnete die Lider. Aber wieder waren nicht die blauen Augen der Göttin zu sehen, sondern Mentors Augen, seine braunen, müden, unaufmerksamen, zufriedenen Augen. »Was ist«, fragte er und blickte mit einem halb verlegenen, halb erinnerungsschweren Lächeln vor sich nieder.

»Ich schätze deine stürmische Art«, wandte sich Nestor, ohne auf den Lehrer zu achten, wieder an Telemach, »aber ich bin es nicht gewöhnt, unterbrochen zu werden. Es gibt drei Arten zu überleben, sagte ich. Hör gefälligst zu! Die erste Art ist die meine. Du nennst es Opportunismus. In Wahrheit ist es die Art der Natur: geringster Kraftaufwand bei größtem Effekt. Ich lasse mich mit dem Leben treiben, ich vermeide Reibungen, ich passe mich an. Der Nutzen mag nicht allzu groß sein, aber der Schaden ist gering. Und vor allem: man wird alt. Die zweite Art ist die deines Vaters. Er stellt sich den Dingen entgegen. Er zwingt den Dingen seinen Willen auf. Er macht Geschichte, und über ihn werden Geschichten erzählt. Dazu braucht man Kraft und Geist. Über beides verfügt

Odysseus. Aber Kraft und Geist allein genügen nicht. Kraft und Geist besaß auch Palamedes. Es ist, wie wenn du einen Motor besitzt und auch weißt, wie er funktioniert, aber du hast kein Dieselöl. Dann kannst du den Motor ebensogut in den Fluß werfen. Er kann dir nichts nützen. Wenn du überleben willst, dann benötigst du zu Geist und Kraft noch: Entschlossenheit, Rücksichtslosigkeit, Kälte, Brutalität, Abgefeimtheit, Skrupellosigkeit, Härte und – ein langes Gedächtnis. Über alle diese glorreichen Fähigkeiten verfügte dein Vater. Ich weiß, was du vermutest, und du vermutest richtig: Den Brief des Priamos hatte er gefälscht und dem Späher zugesteckt. Das Gold hatte ihm Diomedes geschenkt, und er hatte es unter der Pritsche des Palamedes vergraben. So hat sich Odysseus seines Gegners und einzigen Konkurrenten entledigt. Besonders originell war die List deines Vaters nicht. Ganz allgemein zeichneten sich seine Pläne nicht durch Originalität aus. Aber wirkungsvoll waren sie ... Wolltest du etwas sagen, Telemach?«

»Ich will nicht mehr weiter diese bestialischen Dinge hören ...«

»Setz dich! Ich sagte, es gibt drei Möglichkeiten zu überleben. Ich habe erst zwei genannt. Die dritte Art zu überleben besteht darin, sich unter den Schutz der ersten oder zweiten zu begeben. Das ist freilich am billigsten. Wer das tut, der darf dann auch frei heraus Moral predigen, der darf die erste Art opportunistisch und die zweite Art bestialisch nennen ...«

»Ich stehe weder unter dem Schutz Ihrer ersten noch unter dem Schutz Ihrer zweiten Art zu überleben«, rief Telemach, und seine Stimme drohte sich zu überschlagen. »Und wenn ich wirklich nur die Wahl hätte zwischen Opportunismus und Bestialität, dann ... dann würde ich sterben wollen!«

»Nun, ich nicht«, sagte Nestor. »Und was Sterben heißt, davon hast du keine Ahnung. Und hättest du eine Ahnung, würdest du so etwas nicht sagen. Der Kampf ums Dasein ist die höchste Kraft. Und was den Tod betrifft – nun ja, er formt das Leben ... Aber wie auch immer. Bleib sitzen, Telemach, die Geschichte ist nämlich noch nicht zu Ende. Du hast mich gebeten, dir alles zu erzählen, ohne Schonung, und das tat ich und will es bis ans Ende tun. Achill und Aias, der Telamonier, bereiteten Palamedes ein feierliches Begräbnis. Sie waren von seiner Unschuld überzeugt. Ich weiß nicht, wieviel sie wußten. Ich glaube allerdings nicht, daß Achill deinen Vater der Intrige verdächtigte. Auch Aias wußte damals wohl nicht, welche Rolle Odysseus in dieser Sache gespielt hatte. Später, als es darum ging, wer die Waffen des toten Achill bekam, da wußte Aias über die Zusammenhänge Bescheid. Aber da spielte diese alte Geschichte keine Rolle mehr, und da konnten seine wutverblödeten Augen ohnehin nicht mehr unterscheiden, was sich auf der Welt abspielte und was in seinem Wahn. Damals jedenfalls waren Aias und Achill von der Unschuld des Palamedes überzeugt. Und mit ihnen noch einige im Heer. Und die verständigten Nauplios, den Vater des Getöteten, und der kam in unser Lager. Er forderte, daß der Fall untersucht würde, er forderte, daß der Drahtzieher hinter der Sache aufgespürt und bestraft würde, und er forderte die Rehabilitierung seines Sohnes – und Genugtuung. Er nannte eine Summe. Eine hohe Summe. Ja, was meinst du denn, was so ein überragender Erfinder wie Palamedes wert ist! Was der noch alles in seinem Leben hätte erfinden können! Das mußte bezahlt werden! So jedenfalls argumentierte Nauplios. Aber Agamemnon lachte ihn aus, und die Hauptleute, die die Erschießung angeordnet hatten, jagten ihn aus dem Lager. Wie sich Odysseus dazu verhielt, weiß ich nicht, ich nehme an, er war gerade nicht da, als Nauplios uns besuchte. Ich bin ziemlich sicher sogar, daß er nicht da war. Und was tat Nauplios? Er machte sich auf den Weg zu den Frauen all jener, die ihn verspottet und verjagt hatten. Und ich sage dir, Telemach, es gab nie einen überzeugenderen Mann als Nauplios, des Palamedes Vater. Wenn Nauplios vom Essen sprach, dann bekam jeder Hunger, auch jene, die gerade vom Tisch aufgestanden waren. Und wenn er eine Geschichte von einem schönen Mädchen erzählte, dann verliebte sich jeder Mann in dieses Mädchen, das vielleicht gar nicht existierte. Ja, und wenn er den Frauen Geschichten von Männern erzählte und 341 wenn es seine Absicht war, daß sich die Frauen in diese Männer verliebten, dann verliebten sie sich auch. Gegen so eine Gabe ist kein Kraut gewachsen, und gegen das Mundwerk die Waffe zu erheben ist wenig ehrenhaft. Und so rächte sich Nauplios bei Agamemnon und seinen Hauptleuten: Er besuchte ihre Frauen, während sie noch im Krieg waren, und machte sie verliebt in andere Männer. Und die Frauen betrogen ihre Ehemänner, und viele von ihnen haßten von nun an ihre Ehemänner sogar, wie Aigialeia ihren Mann Diomedes, den sie gemeinsam mit ihrem Liebhaber Sthenelos aus seinem Haus verjagte. Andere Ehefrauen waren nicht mehr da, als ihre Männer vom Krieg nach Hause kamen. Oder aber sie erwarteten ihre Ehemänner und töteten sie. Der prominenteste Fall ist der Agamemnons selbst, des Generalissimus. Die Geschichte wird dir ja wohl bekannt sein: Seine Frau Klytaimnestra ließ sich von Nauplios den Aigisth einreden, und mit ihm zusammen ermordete sie ihren Mann. Auch hier in Pylos versuchte es Nauplios. Aber ich habe so viele Frauen, daß es auch für den geschicktesten Verführer zu unübersichtlich ist, außerdem treiben sie es ohnehin alle hinter meinem Rücken mit anderen Männern, aber das ist mir egal, und sie wissen, daß es mir egal ist. Und Männer wie mich gab es noch mehrere im Heer, und an ihnen rächte sich Nauplios eben auf andere Art und Weise. Denn er wollte keinen auslassen. Als wir auf der Heimfahrt waren, setzte er am Kap Kaphereus, das wir passieren mußten, falsche Lichtsignale, so daß viele Schiffe auf das Riff liefen, als Sturm aufkam. Nur knapp entging ich dem Tod und auch nur, weil ich Poseidon versprach, ihn hier mitten im Land als Gott einzuführen. Das hat mich viel gekostet, das kannst du mir glauben. Was für einen Unsinn man erzählen muß, um Leuten, die nie in ihrem Leben das Meer gesehen haben, klarzumachen, daß sie den Gott des Meeres anbeten sollen. – Nun, Telemach, ich kann mir vorstellen, daß dich dieser Teil der Geschichte nicht interessiert, und ich sehe, du nickst heftig. Und tatsächlich scheint Nauplios nicht auf die Idee gekommen zu sein, auch Ithaka zu besuchen. Oder täusche ich mich? Sag

mir, gibt es den einen oder anderen Frechling, der es wagte, mit deiner Mutter, der klugen, schönen Penelope, anzubandeln? Sag nichts, nein, sag nichts! Ich kann es mir nicht denken. Denn auch wenn Nauplios in Ithaka gewesen wäre, niemals hätte es ihm gelingen können, deine Mutter gegen Odysseus aufzubringen. Penelope hätte ihn auf der Stelle mit Schimpf und Schande vertrieben, daran habe ich keinen Zweifel. Und jedem Mann, sei er noch so jung und schön und reich und mächtig und charmant dazu, der mit ihr, du weißt schon, was ich meine, der das mit ihr gewollt hätte, meine ich, den hätte sie doch sofort aus dem Haus und vom Grund gejagt. Habe ich nicht recht, Telemach?«

Nestor erhob sich. »Kommen Sie, Mentor«, sagte er, ohne sich weiter um Telemach zu kümmern, »ich zeige Ihnen Ihr Zimmer. Mein Freund Odysseus hat viel von Ihnen erzählt...« Und damit schob er den Lehrer vor sich her aus dem Raum, und Telemach war allein und fiel ins Bodenlose.

Zum dritten Mal auf dieser Reise bedrängte ihn der Gedanke, daß sich einer sein Leben selbst verderben kann, und daß das Leben enden kann, und daß es enden kann mit dem Gefühl völligen Fehlschlags. Und er wünschte sich, zum Weinen wütend, wünschte er sich, auch wenn er keine Ahnung hatte, was das war: zu sterben. Weggeputzt zu werden ohne Erinnerung. Mit breitem Trotz verkrallte er sich in diesen Gedanken. Wie leicht ließ sich doch mit Mentors Methode nachweisen, daß sich nichts, aber auch gar nichts im Leben fügte! Und das Ende schien ihm nicht mehr Entsetzen, sondern in Auflehnung gegen dieses bitter zweifelvolle Sichmühen, gegen diese logische Anstößigkeit nannte er das Ende Erlösung. Und in berserkerischem Unmaß fuhr diese Bitterkeit über seine ganze Existenz. Zu verschwinden wünschte er sich und seiner Familie, deren Erbe auf ihn gekommen war. Daß sein Vater schon gestorben wäre, wünschte er. Er wünschte den Untergang des ganzen Geschlechts, von Autolykos und Amphitheia zu Antikleia, von Akrisios und Chalkomedusa zu Laertes, von Antikleia und Laertes zu Odysseus, von Perieres und Gorgophone zu Ikarios, von Ikarios und Periboia zu Penelope und schließlich von Odysseus und Penelope zu ihm, 343

Telemachos, der noch nie in seinem Leben eine Nacht mit einem anderen Menschen geteilt hatte – alles, was sich in seinen Genen durch Generationen herangemischt hatte – wozu? –: Weg damit! Wie leicht würde der Tod fallen im Augenblick der Liebe…

Da stand auf einmal Polykaste hinter ihm und sagte, das Bad sei bereit. Sie sah ihm gerade in die Augen – ohne Ausdruck, als wäre er bloß ein übriggebliebenes Ding.

»Ich werde dich waschen«, sagte sie, »und dann werden wir zusammen schlafen.«

Als aufdämmernd Eos mit den Rosenfingern emporstieg, die Safrangewandete, und einen goldenen Streifen über Telemachs Augen legte, damit er erwache, da war Polykaste nicht mehr bei ihm. Sie hatte sein Lager verlassen, als sich im Osten der erste Schimmer zeigte. Hatte den Mann noch einmal angesehen, mit dem sie die Nacht verbracht und der nun ganz auf seiner Seite des Bettes lag, auf dem Bauch lag, den einen Arm dicht am Körper, den anderen gebieterisch über das Leintuch ausgestreckt, den Kopf eingehüllt vom lockigen, dunklen Haar. Und da mußte sie ihn weiter ansehen. Sie blickte auf ihn nieder, und er gefiel ihr so gut. Sie wollte sich anziehen und wollte es doch nicht. Sie legte ihre Kleider beiseite und ging um das Bett herum, hockte sich auf ihre Fersen, schob vorsichtig die Locke beiseite, die über den Augen des jungen Mannes lag, und schaute in sein Gesicht. Seine Lippen waren geöffnet, und er atmete gleichzeitig durch Nase und Mund. Sie beugte sich über ihn, berührte mit ihren kleinen, schwarzen Brüsten seinen Rücken, ließ sich sanft auf ihm nieder, legte ihren Kopf auf seine Rippen, breitete die Arme über den Schlafenden.

Dann war sie gegangen. Aber sie hatte sich nicht angezogen. Sie hatte sich ihre Kleider vor den Körper gehalten und war durch den Palast ihres Vaters geschlichen, hinauf in ihr Zimmer, das war ein weiter Weg. Und gerade, als sie ihr Zimmer betreten hatte und in die Kleider geschlüpft war, stieg

aufdämmernd Eos mit den Rosenfingern empor, die Safrangewandete, legte einen goldenen Streifen über Telemachs Augen, und er erwachte. Auf seinem Lager dehnte sich der liebe Sohn des Odysseus, Freude und Verliebtheit waren in ihm, und die Geschichten, die ihm Nestor gestern erzählt hatte, verschwanden wie überwundene Alpträume, und kein Gedanke war mehr da an Sterbenwollen und Vernichten oder Auslöschen. Manchmal dient die Liebe als Vehikel für einen gewünschten Untergang, das ist wahr, und es läßt sich auch beobachten, daß dieser Untergang allzu bereitwillig Erlösung genannt wird; aber es zeigt sich auch, daß die Liebe selbst all diese Wünsche zu überlisten versteht, daß sie den Tod als Gegenspieler zwar manchmal herbeisehnt, aber doch nur, um über ihn zu triumphieren...

Er trat ins Freie. Der Palast des Nestor ragte hinter ihm empor, golden, von der Morgensonne angestrahlt, als wäre die Mondsichel vom Himmel gefallen und zur Hälfte in die Erde gerammt. Der Wald, der schwarzes Grün trug, gab dem Azur des Himmels einen irdischen Rahmen. Von ihrem Fenster aus blickte Polykaste hinunter auf den Hof. Voller Sehnsucht war sie nach dem Mann, und es war ihr gleichgültig, wessen Sohn er war... Telemach legte die Hände in den Nacken und schloß die Augen. Vogelgezwitscher begrüßte ihn, es roch nach den morgendlichen Feldern. Von weitem war der Motor eines Jeeps zu hören, dann roch er die Abgase. Der Jeep hielt neben Telemach. Peisistratos, Nestors jüngster Sohn, sprang heraus – ein dünner, zappliger Bursche, in Telemachs Alter etwa, kleiner, schwarz wie Öl die Haut. Er trug das gleiche T-Shirt wie seine Schwester. Und er hatte die gleiche Frisur wie Bob Marley: langes, zu dicken Zöpfen geflochtenes Kraushaar.

»Ich habe deinen Koffer schon aufgeladen«, sagte er, bewegte die Arme wie ein Boxer, schlug Telemach auf die Hand. Ein Schneidezahn fehlte ihm. »Steig ein!«

Alles wird gut werden, dachte Telemach, und wenigstens für zwei Stunden an diesem Vormittag wollte er keine Pflichten haben und keine Rechenschaft geben müssen...

Als sie auf dem gelben, staubigen Lehmweg aus Pylos hinausfuhren, erklärte ihm Peisistratos alles: Sein Vater sei der Meinung, am ehesten wüßte Menelaos Näheres über den Verbleib des Odysseus, sagte er. Der Vater habe ihn beauftragt, Telemach mit dem Jeep nach Lakedaimon zu bringen. Das sei von ihm aus jedenfalls o. k., denn er tue fast nichts lieber als Jeepfahren. – Was mit Mentor sei, fragte Telemach, er öffnete die Augen nicht, und seine Stimme klang träge.

»Ah, ja, dein Lehrer«, sagte Peisistratos, der sei mit dem Dampfboot zurückgefahren nach Elis. Er lasse Telemach schön grüßen, seine Aufgabe sei erfüllt, solle er ihm ausrichten. »Er sagte, du weißt dann schon, was er damit meint.«

»Ja, ja«, sagte Telemach.

»Was meint er denn damit?«

»Nichts, nichts.«

»Sagst du immer alles doppelt?«

»Nein.«

»Schade, das hätte mir gefallen.«

Nachdem sie einen halben Tag schweigend gefahren waren, hielten sie an, und Peisistratos packte die guten Sachen aus, die ihnen aus der Küche mitgegeben worden waren – trockenes Fleisch, Früchte, Gurken und Brot, dazu Wasser und Milch. Kein Baum, der Schatten gab. Ausgegilbte Gräser wuchsen in struppigen Nestern. Sie saßen nebeneinander auf dem Trittbrett des Jeeps und aßen schweigend, jeder seine Sachen in beiden Händen haltend und die Backen voll.

Nach einer Weile sagte Peisistratos: »Ich jedenfalls habe dir nichts getan.«

»Nein«, sagte Telemach.

»Nein, nein«, sagte Peisistratos.

»Was?«

»Nichts, nichts.«

»Sagst du alles doppelt?«

»Ja, ja.«

Da lachte Telemach, wischte sich den Mund ab, und sie blickten sich an. Peisistratos hatte die Augen seiner Schwester.

346 Er holte eine Packung Zigaretten aus dem Jeep, klemmte

sich eine in seine Zahnlücke. »War doch immer ein Problem, rauchen und dabei lachen«, sagte er. »Ich habe es gelöst.«

»Wo habt ihr denn die T-Shirts her«, fragte Telemach.

»Wer?«

»Du und deine Schwester.«

»Wieso meine Schwester? Jetzt kennt der Polykaste! Woher kennst du Polykaste?«

»Sie hatte gestern das gleiche T-Shirt an, als sie uns den Tee gebracht hat.«

»Sie hatte auch heute noch das gleiche an. Jedenfalls als ich sie am Morgen gesehen habe. Ich habe es ihr mitgebracht aus Elis. Ich fahre nämlich oft nach Elis. Und ich kaufe mir dort oft Sachen. Und oft fährt Polykaste mit mir. Es gibt niemanden, den ich lieber habe. Hörst du gern Musik?«

»Ja. Schon. Manchmal.«

»Und was für Musik hörst du gern?«

»Verschieden. Alles mögliche.«

»Kennst du Bob Marley?«

»Kaum mehr eigentlich. Meine Mutter hat ihn manchmal gehört.«

»Ich mag nur Reggae. Und meine Schwester Polykaste auch. Sie ist die einzige, die alles über mich weiß. Und ich weiß alles über sie.« Peisistratos sprang auf aus dem Schatten des Jeeps. »Ich habe vorhin gesagt, ich tue fast nichts lieber als Jeepfahren«, sagte er aufgeregt. »Soll ich dir sagen, was ich noch lieber tue? Soll ich?«

»Ja.«

»Schau her, schau her!«

Und dann zeigte Peisistratos, Sohn des Nestor, dem Telemach, Sohn des Odysseus, seinen geheimen Schatz. Sie lag in einem mit gelbem Plüsch gepolsterten Koffer, der Koffer war ihrer Form angepaßt, sie war rot wie frisches Blut – eine Elektrogitarre, Marke Gibson, Modell *Les Paul Classic Premium Plus*. »Das ist meine Dame«, sagte er.

»Das ist eine Elektrogitarre«, sagte Telemach. »Was willst du denn in dieser Wildnis damit anfangen?«

»Das imponiert dir also nicht«, sagte Peisistratos und drückte die Zigarette mit der Zunge aus der Zahnlücke. Sie fiel zu Boden, und er trat darauf. »Warum imponiert dir das nicht? Das würde mich schon interessieren.«

»Was willst du denn mit einer Elektrogitarre anfangen, wenn du keinen Verstärker hast«, sagte Telemach.

»Das ist richtig. Darum habe ich ja auch einen. Ich besitze einen Marshall Verstärker. Weißt du, was das ist? Es gibt viele Verstärker. Die einen wollen nur Vox. Andere nur Matchless. Ich will nur Marshall. Und ich habe auch einen Marshall. Einen *Valvestate 8040*. Aber er steht im Haus des Generators. Hätte ich ihn mitnehmen sollen? Du hast recht, vielleicht hätte ich ihn auch mitnehmen sollen… Mitnehmen, nicht mitnehmen…« Er schlenkerte mit dem Körper, als wäre er eine betrunkene Comic-Figur. »Nein. Was nützt ein Verstärker ohne einen Generator. Und den Generator kann ich nicht mitnehmen. Er würde nicht in den Jeep passen. Und außerdem, wenn das jemand merken würde, dann würde ein Aufstand ausbrechen. Nein, nein, nein… Zu Hause bin ich der Meister des Generators, und das Haus des Generators ist weit draußen beim Wald, und niemand hört mich, wenn ich den Verstärker anschließe und die Gibson einstecke, und wenn mich einer hört, dann würde er davonlaufen und denken, die Geister sind los. Und das stimmt ja auch. Nur, daß er nicht davonlaufen muß. Es sind nämlich gute Geister. Aber hier – du hast recht – was mach ich hier mit dem Wertvollsten, das ich besitze … ohne Verstärker … ohne Generator?«

»Ach was«, sagte Telemach, »mach dir keine Sorgen. Dort, wo wir hinfahren, gibt es Strom haufenweise, und Steckdosen gibt es dort auch, und Verstärker sicher auch, dort sind sie ja erfunden worden… Außerdem, wenn es ganz still ist, hört man die Gitarre ohne Verstärker ja auch.«

»Ja, ja… aber ob es in Lakedaimon so still ist?«

»Das glaube ich nicht«, sagte Telemach.

»Kennst du Lakedaimon?« fragte Peisistratos.

»Nein, ich kenne es nicht. Vom Fernsehen kenne ich es und von Fotos. Und du?«

»Kaum. Gar nicht. Kaum von Bildern. Einmal ein Bild...
Muß man sich fürchten dort?« Peisistratos verzog sein Gesicht zu einer Fratze. »Perverse? Ausgeflippte? Mörder?«
Da lachte Telemach und sagte. »Wir sind ja zu zweit!«
»Das ist gut, daß wir zu zweit sind!« sagte Peisistratos.
»Das ist schon gut, ja.«
»Das ist sehr gut, ja.«
Und weil Peisistratos die gleichen Augen hatte wie seine
Schwester Polykaste, ließ sich Telemach gern von ihm umarmen. »Wir sind zu zweit«, wiederholte er. Und Peisistratos
wiederholte es auch noch ein paarmal. Es war, wie wenn eine
Schallplatte einen Sprung hätte...

Hatte nicht Mentor vermutet, daß dem *Eins* mit Worten nicht
beizukommen sei? Oh, Mentor, wo bist du? Jetzt könntest du
von deinem Schüler lernen! Könntest in seinem Gesicht lesen, was Polykaste darin gelesen hatte: die sprachfreie Einfachheit einer ersten Empfindung. Könntest vielleicht sehen,
Mentor, daß dein *Eins* nichts Gewaltiges, von Posaunen und
Fanfaren Begleitetes ist, sondern daß es vergänglich ist wie
das Glück beim Wassertrinken. Warte noch einen Augenblick, Mentor, nur einen Augenblick: Erinnerst du dich an die
Nacht vor vielen Jahren, als du aufgewacht warst und dir gesagt hattest, du bist noch nie geliebt worden, und eine Sehnsucht in dir gewesen war, wie du sie bis dahin nicht gekannt
hattest, die dich leiden machte wie eine Krankheit – erinnerst
du dich, Mentor? Da ahntest du, was das *Eins* sein könnte,
und daß man nicht die Welt und die Sprache und das Gehirn
danach absuchen mußte. Du warst vom Bett aufgestanden
und hinaus auf die Veranda getreten. Über deinem Kopf hatte
sich der Sternenhimmel gewölbt, und das Feld vor dir war der
Boden dieser herrlichen Glocke gewesen, in deren Wand eine
Luke zu entdecken und einmal, einmal nur den Kopf durchzustecken, um Lugaus zu halten nach der Schöpferhand, der
Wunsch jedes Erkenntnissüchtigen ist. Und die Welt hatte in
dieser Nacht nur aus Himmel und Erde bestanden – Gaia und
Uranos –, und du, Mentor, hattest nichts weiter gewollt, als   349

geliebt zu werden. Aber schon am Morgen zeigte sich dir wieder eine Welt, die erzeugend, schaffend, deutend immer wieder neu aufgebaut wird, in der die Sprache obendrein alle Arbeit noch einmal leistet, eine Welt von besäten Äckern, gemahlenem Getreide, gebackenem Brot, gelegten Grundsteinen, gefügtem Stahl, gestanztem Kunststoff, justierten Mikroskopen, eine Welt von Gegenständen und Handgriffen, eine Welt von Einzelheiten eben, immer in Gefahr, in diese Einzelheiten zu zerfallen wie der alte Liegestuhl unter deinem Gewicht; und deshalb, deshalb, Mentor, ruderst du wie ein Blinder mit den Armen um dich, meinst, ein Gespenst zu berühren, wo nur Luft ist, erfindest eine Hierarchie des Seins, auf deren Spitze, ausgebleicht und stumm, dein *Eins* thront – ein vom Weltplan gesegneter Kitt, der das ewig Zerfallende zusammenhalten soll. Oh, Mentor, wo bist du? Ja, jetzt könntest du von deinem Schüler lernen! Oder würdest du dieses leichte, nicht viel länger als drei tiefe Atemzüge dauernde Verliebtsein zu einer bombastisch unduldsamen Idee der Liebe aufblasen... – Halt! War es die Absicht der Göttin? Stand es in ihrem Plan? Hat sie die Herzen von Telemach und Polykaste gelenkt? Kann solch unbeständiges Verliebtsein überhaupt enthalten sein in dem vorsehungsträchtigen Sturmgewölk um ihre Stirn? Läßt sich Liebe verwenden wie ein Werkzeug? Läßt sich die Liebe einspannen in eine Strategie, die als Ziel hat, das Gemüt dieses Schützlings so sehr zu festigen, daß er den Geschicken standhalten kann? Oder hat sie ihn unter der Hand an ihre Gegenspielerin Aphrodite verloren, die Meisterin jenes Zustandes, den zu benennen immer bloßer sprachlicher Notbehelf für ein der Sprache nicht Zugängliches bleibt? Es scheint so. Denn stockschwere, düstere Vorsätze – Sterbenwollen, Vernichten, Auslöschen – wurden weggeschwemmt, ohne daß Mühe aufgewendet worden, ohne daß schlechtes Gewissen gefolgt wäre. Ein Glück, daß mir so ein Vater erspart geblieben ist! Das hatte er erst vor wenigen Stunden noch versucht, sich hinter die Stirnschale zu hämmern, und nun: kein Gedanke mehr daran. Saß im Jeep und ließ sich
über die Erde fahren. Und: war um eine Haut härter gewor-

den... War sie nicht tückisch abseits gestanden, die Göttin der Liebe, als sich die anderen Unsterblichen anschickten, unserer Antagonistin Rat und Hilfe anzubieten?

Uns kümmert der Mensch hier, der Protagonist. Was soll denn aus ihm werden? Ein Krieger, was denn sonst... – Ade, Lehrer Mentor! Du wolltest einen Erkennenden aus ihm machen, und deine Erkenntnis hat kein Licht, als jenes, das von der Erlösung her auf die Welt scheint, aber vielleicht ist deine Erlösung der Tod – *hen kai pan* – das Eins und Alles. Für die Liebe ist der Tod nur lustvolles Kokettieren. Für den Krieger aber ist er der Beginn des Ruhmes. – Ade, Mentor!

Drittes Zwischenspiel · Der Herr Korbes

Es war Dienstag, halb zwei Uhr nachmittags. Eurymachos saß an seinem Schreibtisch in der Redaktion. Er hatte eben damit begonnen, seine Kolumne zu schreiben. Er hockte ganz vorne auf der Sitzfläche, stützte sich auf die Ellbogen und beugte sich weit über die Tischplatte. Unter dem Dach von Brust und Kopf, umgeben von der Mauer seiner Unterarme, lag sein Schreibblock. Es war die Haltung eines Schülers, der seinen Banknachbarn nicht abschreiben lassen will. Die krausen, grauen Haare über dem Ohr glänzten verschwitzt. Eine der langen Strähnen, mit denen er sorgfältig seinen Schädel deckte, war in ihre natürliche Lockenform gesprungen und nach vorne über die Stirn gekippt. Sein Gesicht war stark durchblutet und wirkte ein wenig aufgeschwollen. Die Kollegen hatten sich gewundert. Eurymachos trug – und so war er noch niemals in der Redaktion erschienen – Tennisschuhe, neonfarbene Shorts und ein T-Shirt, und er war im Schnellschritt durch die Redaktionshalle zu seinem Büro geeilt. Ein außergewöhnlicher Tag…

Er schrieb mit Bleistift, wie immer. Inzwischen hatte er sich einen Minenhalter zugelegt, der das Spitzen überflüssig machte. Er hielt den Stift senkrecht wie eine kleine Fahnenstange und nicht wie die meisten zwischen Zeigefinger und Daumen, sondern, wie er die Zigarette hielt, zwischen Zeigefinger und Mittelfinger. Seine Schrift war winzig und rechtsschräg, sie zeigte kaum Ober- und Unterlängen, lief wie ein eng grauschraffiertes Bändchen über die Zeilenlinie. Nur der Drucker, der ihn schon seit dreiundzwanzig Jahren kannte, der älteste Mitarbeiter im Haus, konnte seine Handschrift lesen. Wenn der in Pension ging, würde Eurymachos seine Kolumnen wohl doch in den Computer abschreiben müssen. Er formte mit dem Mund die Worte nach. Während er schrieb, rauchte er nicht. Er schrieb, ohne auch nur einmal abzusetzen.

In eineinhalb Stunden war Redaktionsschluß, bis dahin mußte er die Kolumne entweder abgeliefert haben oder wenigstens ihre genaue Zeilenzahl angeben. Wenn schließlich bis – dead line – fünf Uhr der Text nicht durchgegeben worden wäre, würde zum ersten Mal in dreiundzwanzig Jahren die Mittwochszeitung ohne seine Kolumne erscheinen. Das war auszuschließen. Sollte er das Thema, das er sich gewählt hatte, nicht befriedigend bewältigen, würde er sich eben in der letzten halben Stunde einem anderen, unverfänglicheren, zuwenden. Solche gab es viele. Letztendlich ließ sich aus allem, wirklich aus allem eine Kolumne schustern. Er brauchte nur die Streichholzschachtel zu betrachten, die vor ihm auf dem Tisch lag – diese hier zum Beispiel besaß nur eine Streichfläche, über die andere war ein Werbespruch gedruckt –, schon fiel ihm eine Reihe von scherzhaften Fragen ein, von denen jede, mit ein paar möglichen Antworten behängt, lässig ihre fünzig bis siebzig Zeilen füllen würde. Oder er nahm Bezug auf eine mehr oder weniger beliebige Meldung in den Fernseh- oder Radionachrichten der letzten Tage oder breitete sich ratgebend und urteilend über einen Leserbrief aus oder ließ sich, wie er es immer tat, wenn ihm gar nichts mehr einfiel, bekennend zu Fragen der Moral vernehmen – folgte dabei im Aufbau den Richtlinien des Besinnungsaufsatzes, die ihm vor über vierzig Jahren in der Schule eingebleut worden waren: Einleitung, Hauptteil, Schluß – These, Antithese, Synthese. Dieses dialektische Schritttrio hatte er zwar bis heute noch nicht richtig verstanden – er machte daraus Meinung, Gegenmeinung und Sowohl-als-auch mit drohender Empfehlung. Seine Schwächen lagen im Stil. Das wurde jedenfalls behauptet, und er glaubte es inzwischen selber schon. War ihm aber wurscht. Er sähe den Worten nichts an, er spüre nicht, welche zu welchen nicht paßten. So hörte er. Die Kollegen sprachen es laut genug aus. Er hatte, ohne Wirkung zu zeigen, allen diesbezüglichen Spott ausgehalten und munter

weitergeschrieben, als die Spötter, diese in Wahrheit kreuz-
dämlichen Hammel, längst schon ihre sogenannten geschlif-
fenen Federn, oder womit immer sie ihre Arrogantheiten zu
Papier brachten, niedergelegt hatten oder mangels Leser-
schaft hatten niederlegen müssen. Die Leute draußen teilten
seine Meinungen, und sei es auch nur deshalb, weil er die ihren teilte, die, eben weil es Massenmeinungen waren, in
nichtssagender Allerweltheit zum Abholen bereitlagen wie
die Seife in den Diskontmärkten. Seine Spezialität – und war
das etwa nicht auch ein Stil? – war es, diese Allgemeinplätz-
chen in einem ein wenig beleidigt und dabei aber auch immer
ein wenig empört klingenden Tonfall vorzutragen, so als gälte
es, sich gegen einen dunkel herrschenden Vater durchzusetzen, daß bei klarem Wetter der Himmel blau sei, daß die
Sonne im Osten aufgehe und daß die Zähne primär zum Beißen, die Fingernägel aber durchaus auch zum Kratzen da-
seien. Und weil er hin und wieder, wenn ihm überhaupt nichts
mehr einfiel, eine düstere Klischeewelt entwarf, in der die
Menschen wie Maschinen herumstelzten, und er in einem
weinerlich polternden Nachsatz ausrief: »Muß das denn
sein!«, galt er den Vielen als ein kritischer Kopf mit tiefem
Verstand und weitem Horizont. Er war der unter den Zukurzgekommenen, der die Stimme erhoben hatte, und alle anderen scharten sich um ihn, und weil die Mehrzahl zu kurz
kommt, waren es viele, die sich hinter ihn stellten, und weil sie
in einer Ecke standen, waren sie dicht gedrängt, eine kom-
pakte Masse. Und vor der fürchteten sich die Spötter und
Gegner. Stil – was sollte das heißen: guter Stil? Die elementaren Dinge, sagte er sich, benötigen den Schmuck nicht. Wortschatz – was soll das heißen: reicher Wortschatz? Die Masse
kennt nur wenige Wörter und liebt es ganz und gar nicht,
daran erinnert zu werden, daß man neue lernen könnte. So
hatte sich in ihm die beleidigt-empörte Überzeugung verhär-
tet, daß guter Stil und reicher Wortschatz Synonyme seien für
Ohne-Thema-Sein: Wer nichts zu sagen hat, der muß Worte
sammeln und Worte machen und sie putzen und schleifen
und mit Leim bestreichen und sie künstlerisch zusammen-   355

pappen. Wer hingegen etwas zu sagen hat, dem passen die
Worte von allein zusammen. Mochte sein eigener Stil vielleicht nicht besonders gut sein – und wenn schon! – schlecht
war er nicht. Mein Stil ist nicht schlecht, sondern schlicht,
sagte er sich und war stolz auf das kleine Wortspiel, war es
doch ein Beweis für das, was es aussagte. Er besaß ein um-
fangreiches Zitatenbuch, das in alphabetischer Folge Aus-
sprüche großer Persönlichkeiten zu allen möglichen Themen
aneinanderreihte. Dabei fand er – in nachsichtigem Gegensatz zu seiner Auffassung, daß die Stoffe die Worte herbei-
zwängen – in der Regel vom Zitat zur Kolumne und nicht umgekehrt. Der umgekehrte Weg war umständlicher und führte
nur selten – und dann nur zufällig – zu einem gutsitzenden
geflügelten Wort.

Das Buch lag übrigens offen auf seinem Schreibtisch, und
jeder konnte es durch die Scheibe, die sein Büro von der Redaktionshalle trennte, sehen. Er genierte sich nicht für seine
Vorgehensweise, und der Spott der Kollegen hinter seinem
Rücken kümmerte ihn auch in diesem Punkt wenig. Er war
der Vertraute des Herausgebers. Die Kollegen in der Redaktion behauptete, er sei sein Spitzel. Er verdiente ein Mehr-
faches von dem, was seine Kollegen verdienten. Die meuter-
ten manchmal. Raunzten herum, daß einer, der nur zweimal
in der Woche fünfzig bis siebzig Zeilen fülle, für die er weder
einen Radioweltempfänger (auf dem man auch den Polizei-
funk mithören konnte) noch einen Fernseher, weder ein Fax-
gerät noch einen Videorecorder, weder einen Computer mit
Scanner noch einen eigenen Anrufbeantworter benötige, all
das allein für sich habe, während der übrigen Redaktion –
immerhin zwanzig Leute! – abgesehen von den Computern,
nur je eines der genannten Geräte zur Verfügung stehe. Und
dann noch ein eigenes Büro! Nur der Chefredakteur hatte
sonst ein eigenes Büro. Die Schreibtische der anderen Redak-
teure und Reporter standen in der großen Glashalle, wo es im
Sommer so heiß und sonnig war, daß man auf den Urlaub
verzichten wollte, wo einem die Putzfrauen schon während
der Arbeitszeit mit dem Staubsauger zwischen den Füßen her-

umfucherierten. Seine Kolumnen hätte Eurymachos genausogut zu Hause schreiben können oder im Kaffeehaus! Und gab seinen Text in handgeschriebener Form beim Drucker ab – ein weiteres Privileg! Eurymachos war bevorzugt. Man kritisierte ihn, man spottete über seine Kolumnen, man tuschelte über ihn, man mochte ihn nicht; aber ernsthaft an seinem Sessel sägte keiner. Warum? Er war die Zeitung. Er war der Repräsentant der Masse draußen, von der drinnen niemand sonst eine Ahnung hatte. Wenn er in seiner Mittwochskolumne oder in seiner Samstagsreplik, die sich, das hatte sich so ergeben, mit den Reaktionen auf seinen Mittwochsartikel beschäftigte, anderer Meinung war als der Leitartikel, dann wurde die Linie der Zeitung an seiner und nicht an der Meinung des Chefredakteurs gemessen. Ohne Zweifel: das war Macht. Was sonst, wenn nicht das! – Und dennoch war er unzufrieden. Denn er sagte sich: Was bin ich? Und gab sich selber die Antwort: Ein Schreiberling bin ich.

In seinem Büro herrschte eine penible Ordnung. Es war schlicht nichts da, was in Unordnung gebracht werden konnte. Der Schreibtisch war bis auf das Zitatenbuch leer, die Regale hatte er abmontieren lassen, die Geräte standen an ihrem Platz und wurden von der Putzfrau abgestaubt. Den Aschenbecher nahm er mit, wenn er das Büro verließ, und stellte ihn in der Halle auf irgendeinen Schreibtisch. Er hielt sich für einen dezenten Menschen. Unter Dezenz verstand er: Einfluß haben, selbst aber kaum vorhanden sein. Ein junger Kollege nannte ihn einmal ein aufdringliches Nichts. Er hatte das mitbekommen, und es hatte ihn maßlos geärgert. Immer wieder hatte er die Worte vor sich hingesprochen und dabei den Tonfall des Mannes nachgeahmt. Wenn schon, hatte er sich laut gesagt, wenn schon, dann ein unaufdringliches Etwas. Seine Kolumne war im Laufe der Jahre von der Feuilletonseite nach vorne gerutscht und nahm inzwischen auf der dritten Seite eine ganze Längsspalte ein. Darüber prangte ein Bild von ihm. Es zeigte ihn lächelnd – etwas schief, vielleicht zu schief, wie er inzwischen meinte, das Haar war noch voll und dunkel und parallel zu den Augenbrauen über die Stirn gekämmt. Das Bild war dreiundzwanzig Jahre alt. Der Schnitt des Hemdkragens gab darüber Auskunft. Es war bereits über seiner ersten Kolumne gestanden. Es kam immer wieder vor, daß Leute, die regelmäßig seine Spalte lasen, ihm im Restaurant gegenübersaßen und ihn nicht erkannten. Der Chefredakteur hatte schon mehrere Male vorgeschlagen, den Kolumnenkopf auf den neuesten Stand zu bringen, und sein Vorgänger hatte dasselbe vorgeschlagen und dessen Vorgänger ebenso. Eurymachos hatte stets abgewinkt. Und nicht allein Eitelkeit war der Grund dafür. Er war nun achtundfünfzig Jahre alt, und er hatte nicht vor, noch einmal dreiundzwanzig Jahre lang Kolumnen zu schreiben. Ein neues Bild rentiere sich nicht mehr, sagte er sich. Das Schreiben sollte einer Etappe seines Lebens angehören, die ohnehin schon längst hätte beendet sein sollen. Ein neues Bild wäre das Einverständnis gewesen, daß nichts weiter aus ihm werden würde, als das, was er schon seit dreiundzwanzig Jahren war – ein Schreiberling.

Er hatte Macht, ja – Macht über die Meinungen. Aber Macht zu haben über die Meinungen der Menschen, ist erst der Konjunktiv, ist erst die Möglichkeitsform der wirklichen Macht. Diese nämlich bedeutet, Zugriff zu haben auf das Leben der Menschen, nicht nur auf ihre Meinungen. Dazu war nicht eine Kolumne nötig, nicht einmal Ruhm war dazu nötig, weder Schönheit noch Beliebtheit, weder Charme noch überragende Intelligenz, man durfte dezent oder indezent sein, ganz nach Belieben – nur Geld mußte man haben, Geld. Eine Zeitlang hatte er gehofft, an der Herausgeberschaft der Zeitung, vielleicht sogar am Verlag beteiligt zu werden. Es hatte nämlich so ausgesehen, als traue Peisandros sen., der Herausgeber und Verleger, seinem Sohn Peisandros jun. das Geschäft nicht zu, als ließe sich der Alte doch nicht, wie von allen geunkt, von der Sentimentalität der Familienbande blenden. Aber dann ließ er sich doch blenden. Peisandros jun. war ein Trottel, das war nicht zu leugnen. Und sein Vater versuchte es auch gar nicht zu leugnen. Ein liebenswürdig beflissener Trottel. Und anhänglich. Treu. In Zuneigung sich selbst erniedrigend. Traurig. Peisandros sen. traute – mit Recht – dem Sohn nichts zu. Aber um ihn auf ein Niveau hochzuerziehen, das über der Peinlichkeitsgrenze lag, dafür fehlten ihm Zeit, Lust, Fähigkeit und Liebe. Er legte ihn Eurymachos ans Herz, das war einfacher. Der sollte sich um ihn kümmern, ihn reif machen für eine spätere Übernahme; das hieß, er sollte ihn so weit präparieren, daß er eines Tages auf einem Stuhl sitzen könnte und, gestützt von Stellvertretern und gutbezahlten rechten Händen, wenigstens einigermaßen und wenigstens aus größerer Entfernung betrachtet das Bild eines Herausgebers und Verlegers abgeben würde.

Seit nunmehr zehn Jahren kümmerte sich Eurymachos um den Sohn seines Verlegers. Viel hatte er nicht erreicht, viel war nicht zu erreichen. Peisandros jun. war eben schlicht dumm. Würde er eines Tages, was nur heißen konnte nach dem Tod seines Vaters, die Geschäfte übernehmen, ja, dann, dann würde Eurymachos sicher leichte Hand haben. Aber das konnte noch Jahre dauern. Peisandros sen. war kräftig und gesund, kräftiger und gesünder als sein Sohn – kräftiger und gesünder als Eurymachos. So lange wollte er nicht warten. Also hatte er sich darauf konzentriert, irgendwo anders ein Erbe anzutreten, nämlich das Erbe seines ehemaligen Freundes – nein, Freund war wohl übertrieben –, seines ehemaligen Bekannten: Odysseus. Eine Verbindung mit dessen Frau – dessen Witwe? – schien durch und durch vernünftig zu sein, und vernünftig wollte Eurymachos diese Verbindung auch gestalten. Ohne männlichen Zugriff würde das Vermögen des Helden und damit der Einfluß seines Hauses bald verschwinden. Odysseus, darüber hegte niemand ernstzunehmende Zweifel, war gefallen, verschollen, fort. Jedes Gericht würde ihn ohne Mucken für tot erklären. Im Grunde war es ein Skandal, daß niemand da war, der dem Treiben der Freier dort oben Einhalt gebot. Oft war Eurymachos drauf und dran, seine Mitbewerber vom Hof zu jagen, als verteidige er bereits jetzt, was er durch eine Heirat mit Penelope bald sein eigen zu nennen hoffte. Er schätzte Penelope als eine kluge, nüchterne Frau, die über alle gefühlsduseligen Neigungen hinweg letztlich doch den Verstand, die Vernunft, die Raison walten lassen würde. – Er hatte weder mit dem Widerstand Telemachs noch mit ernsthaften Eskapaden Penelopes, noch mit charakteristischen Aktivitäten Antinoos' gerechnet. Das war Eurymachos' Problem an diesem Dienstag, und es war sein Problem der vergangenen Tage gewesen.

Diese Kolumne würde Eurymachos durchlesen müssen, bevor er sie zum Drucker brachte. Das hatte er sicher seit zehn Jahren nicht mehr gemacht. Bei dieser Kolumne war so etwas wie Eleganz gefordert. Nicht aus ästhetischen Gründen, sondern aus – ja, man konnte es so nennen: aus politischen Gründen. Was er sagen wollte, ließ sich zwar auch plump und direkt aufs Papier legen, dann aber verfehlte es nicht nur die gewünschte Wirkung, sondern würde auch Erstaunen auslösen bei Leuten, die sich um diese Sache gar nicht kümmern sollten. Stil war diesmal Teil des Inhalts. Diese Kolumne ließ sich mit keiner vergleichen, die er in seinen dreiundzwanzig Jahren geschrieben hatte. Sie sollte weder eine Betrachtung werden noch eine Meinung ausdrücken, weder sollte sie die Sorgen des kleinen Mannes in Sprache formen noch gegen die Willkür der Großen polemisieren – diese Kolumne sollte eine Nachricht sein; eine Nachricht allerdings, über die das Gros der Leser, ohne sie zu entschlüsseln, mit Vergnügen würde hinweglesen können, die jedoch zwei Menschen auf dieser Erde absolut unmißverständlich entziffern sollten, nämlich: Antinoos und Penelope.

Was war geschehen? – Fünf Tage waren vergangen, seit Penelope und Antinoos verschwunden waren. Niemand wußte, wo sich die beiden aufhielten. Es gab keine Beweise, daß sie zusammen waren. An einen Zufall glaubte keiner. Auch Eurymachos nicht. Penelope und Antinoos waren am selben Tag, fast zur selben Stunde verschwunden. Die Vernunft sagte: Die beiden waren zusammen. Und würden wohl auch zusammen bleiben.

Eurykleia, die als einzige vielleicht mehr wußte, schwieg. Sie mochte Eurymachos nicht und hatte nie einen Hehl aus ihrer Antipathie ihm gegenüber gemacht. Plan, Taktik, Strategie, Diplomatie – alles hatte sich ihm aufgelöst in lächerliche Einbildung. Er war in Panik geraten. Die übrigen Freier nahmen die Sache gelassen auf. Für die Anhänger des Antinoos verbat es sich, länger am fremden Vermögen zu saugen, von nun an würden sie ja schließlich ihr Idol schädigen. Und die es mit Eurymachos gehalten hatten, sahen sich um ihre versprochenen Pfründe geprellt, also warum länger bleiben. In Abwesenheit der Herrin und des Sohnes zeichnete sich ein Ende der Belagerung ab. Ganz wie Athene vorausgesagt hatte: Sobald das Gleichgewicht der Kontrahenten zerfalle, würden sich die Blöcke auflösen... Und er, Eurymachos? Abgehalftert. Esel. Depp. Ein gichtiger Weichensteller. Liegengelassen. Es war damit zu rechnen, daß Penelope und Antinoos als Ehepaar von ihrem Ausflug zurückkehrten. Dann würde sich herausgestellt haben, daß er wieder einmal auf das falsche Pferd gesetzt hatte, daß er wieder einmal trotz Sitzvermögen, Diplomatie, Strategie, Geduld und langem Atem weit an seinem Ziel vorbeigeschoben worden war. Nur war er diesmal nicht dreißig, sondern bald sechzig. Und ein neuer Anlauf, eine neue Chance, sich in Macht und Reichtum einzuerben, würde es für ihn nicht mehr geben. Er würde als ein Gedemütigter aus der Sache aussteigen. Als einer, der, in eine Nebensache vertieft, die Hauptsache nicht gesehen hatte. Ein Scheitern käme dem Scheitern seines Lebensplanes gleich, und ein gescheiterter Lebensplan in seinem Alter war identisch mit einem gescheiterten Leben. Dies abzuwenden, kannte er keine Skrupel. Wie Athene vorausgesagt hatte: Sobald das Gleichgewicht der Kontrahenten zerfalle, würden sich die Blöcke zwar auflösen, aber die Situation würde dann erst wirklich gefährlich werden. Jedes Umsichschlagen, jede List, jede Gewaltanwendung, Lüge, Betrug, ja, auch Mord – alles war ihm, dem Zukurzgekommenen, Notwehr – damit sein Leben nicht ende mit dem Gefühl völligen Fehlschlags; denn auch wenn er den Rest, der ihm noch blieb, von nun an und von Grund auf nach neuen Wünschen mit Erfolg gestaltete, die wenige Zeit wäre nicht mehr als Frucht der vorangegangenen zu begreifen gewesen. Ein grausiges, klammes Gefühl erfaßte ihn, als spiele sich sein Leben in der Präexistenz einer Katastrophe ab...

Vor wenigen Tagen erst hatte es so ausgesehen, als gehe der Angriff von Telemach aus, dem Sohn, der aus unerfindlichen Gründen plötzlich aus seiner Apathie erwacht war und einen Ton anschlug, wie ihn niemand von ihm erwartet hatte. Vielleicht, sagte sich Eurymachos – denn er besaß sehr wohl noch die Fähigkeit zur Selbstkritik, wenn auch nicht mehr die Kraft, Schlüsse für sein Handeln daraus zu ziehen –, vielleicht ist es die Empfindlichkeit des Alters, daß ich inzwischen jede Kritik an meiner Person als einen Angriff auf mein ganzes Leben werte. Er hatte sich von Telemachs Ansprüchen bedroht gefühlt, gleichgültig, ob die berechtigt waren oder nicht. Natürlich waren sie berechtigt, aber wo es um das nackte Überleben ging – und Eurymachos war in einer Verfassung, die in ihm, und da setzte jede Selbstkritik aus, die Empfindung auslöste, er kämpfe unausgesetzt um das nackte Überleben –, dann waren Recht und Unrecht keine Kriterien mehr. Dann gab es nur noch Interessen. Gut war, was den eigenen Interessen nützte, schlecht war, was ihnen schadete. Die Rechtfertigung war einfach: Ich habe so viel abgekriegt in meinem Leben, bin so oft angeschmiert und ausgebremst worden, folglich vermag alles Unrecht, das ich begehe, nur einen kleinen Teil dessen wettzumachen, was mir angetan worden ist. Hunde hatten ihn durch die Allee gehetzt, ihn, den ältesten der Bewerber, den Vernünftigen, den einzig Vernünftigen. Er war gedemütigt worden vor den Augen der anderen, der Unnützen, Unvernünftigen. Er hatte sich fast angeschissen vor Angst. Wie soll da einer je wieder glauben, er könne ein Haus und einen Hof führen, wenn er sich vor den Hunden fürchtete? Der Haß auf Telemach hatte ihn verblendet, hatte ihn den unentschuldbaren Fehler begehen lassen, den wahren Feind, Antinoos nämlich, in seine Pläne einzuweihen, zu glauben, der Jüngere hasse den Sohn genauso, vielleicht sogar noch mehr, würde vielleicht sogar die Drecksarbeit für ihn erledigen. – Aber Antinoos hatte verstanden, die Situation für

sich auszunützen.

Eurymachos fuhr nicht mehr hinaus zum Haus des Odysseus. Er bat Melanto, ihm eine Nachricht auf den Anrufbeantworter zu sprechen, sollten Penelope oder Antinoos oder Telemach auftauchen oder sollte sich sonst irgend etwas ereignen. Melanto ließ sich von ihm besteigen, wie er ihr beigebracht hatte, es zu nennen. Inzwischen ging es ihm auf die Nerven, wenn sie den Ausdruck gebrauchte. Am Anfang hatte der Ausdruck genügt, um ihn augenblicklich in Erregung zu versetzen. Da war sie ein siebzehnjähriges Mulattenmädchen gewesen; inzwischen war sie dreißig und genußsüchtig und egoistisch und unzufrieden und erpresserisch. Er konnte sich nicht auf sie verlassen. Aber auf niemanden draußen beim Haus konnte er sich mehr verlassen als auf sie.

Ihn hatte es in den letzten Tagen weder zu Hause noch in der Redaktion gehalten. Für einen Eurymachos gab es selbstverständlich keine festen Stunden bei der Zeitung, nicht einmal Anwesenheitspflicht. Er konnte kommen und gehen, wann immer er wollte. Er besaß einen Schlüssel zu den Redaktionsräumen – Privileg Nummer soundsoviel. Er war in der Stadt spazierengegangen, schon am frühen Morgen. Er war nach unruhigem Schlaf erwacht, mit der aufgehenden Sonne, das war seit seiner Kindheit nicht mehr geschehen. Für gewöhnlich pflegte er bis in die frühen Morgenstunden aufzubleiben. Er war stets einer der letzten, die nachts das Haus des Odysseus verließen. In seinem Appartement im sechzehnten Stock mitten im Geschäftsviertel der Stadt verdämmerte er dann noch eine oder zwei Stunden. Rasierte sich. Das tat er mit Vorliebe vor dem Schlafengehen. Oder nahm ein heißes Bad. Oder starrte sein Spiegelbild an. Sagte sich, das ist ein absolut empfindungsloses, mehr tüchtiges als kluges Gesicht, eine unschön abgelebte Visage. Oder er las in alten Klassikern. Er bevorzugte Theaterstücke, schlug eine beliebige Stelle auf, las eine Seite, blätterte weiter oder holte sich ein anderes Buch aus dem Regal. Nach Hause zu kommen und sich sofort zu Bett zu begeben schien ihm unendlich trostlos, er wußte, wie schnell und unbedingt eine Depression zuschlagen konnte. Davor fürchtete er sich. Er legte einen

Classic-Sampler in den CD-Player, da waren Bach, Haydn, Mozart, Beethoven, Chopin, Schumann, Bruckner und Richard Strauss zu hören. Er wußte nicht, welches Stück von welchem Komponisten war, es klang ihm alles irgendwie ähnlich. Er besaß noch einen zweiten Sampler, die Beatles für klassisches Orchester arrangiert, große Unterschiede hörte er nicht. Die Musik war ihm wie das Lesen ein Zeitfüller, sonst nichts. Er konnte nicht einfach dasitzen, in die Stille starren und nichts tun und nur warten, bis genügend Zeit vergangen war, um das einsame Zubettgehen glaubhaft als etwas irgendwie Natürliches zu gestalten. Fernsehen verabscheute er. Also las er. Hörte Musik. Dabei trank er einen Whisky und rauchte eine Zigarre. Er war Zigarettenraucher. Die Zigarre schmeckte ihm nicht. Das brauchte sie auch nicht. Sie hatte nur – wie der Ledersessel, die klassischen Theaterstücke, der Whisky, die Musik – den Zweck, beim Als-ob-ich-nach-Hause-gekommen-wäre-Spiel mitzuhelfen. Außerdem war eine Zigarre ein Zeitmaß, wie die Länge einer CD. Oder er stellte sich auf den schmalen Balkon und masturbierte im Schutz der letzten Dunkelheit auf den Kachelboden, um dann in den folgenden Tagen zu beobachten, wie die Sonne und der Ruß der Stadt seinen Samen in einen kleinen Dreckfleck verwandelten. Manchmal, wenn es noch später – oder früher am Tag – geworden war, fuhr er zu seiner Schwester, die etwas außerhalb wohnte, besorgte unterwegs frische Brötchen und vielleicht ein paar Früchte und frühstückte mit ihr. Sie war einige Jahre älter als er, war seit gut dreißig Jahren geschieden und lebte seit gut zwanzig Jahren von ihrem zweiten Lebensgefährten getrennt – in einer Wohnung, in der zwei Räume abgesperrt und für sie nicht zugänglich waren. Sie war eine kettenrauchende Lehrerin an einem Gymnasium, stand kurz vor der Pensionierung und hatte eine für ihn äußerst belebende Art, die Dinge der Welt pechschwarz und dennoch zum Lachen zu finden. In letzter Zeit hustete sie ihm zu viel. Ihr Husten zwang ihn, an seine eigene Gesundheit zu denken. Er nahm sich vor, irgendwann, bald, sicher bald, nächste Woche vielleicht schon, von Marlboro auf irgendeine Leichtsorte umzusteigen, Leichtsorte mit Filterspitze womöglich sogar.

Er wollte Zwietracht säen zwischen den Glücklichen. Ihm war die Geduld mit dem Leben gerissen. Hier geht er, hier steht er, hier sitzt er, der Kolumnenschreiber. Und wo er geht, steht, sitzt – sagte er sich – bleibt keine Spur von ihm. Sprach von sich im Halblauten nie als Ich. Nur als Er. Seine Mitmenschen wollten mit ihm nichts zu tun haben. Niemand machte sich die Mühe, herauszufinden, wer er denn tatsächlich sei. Er machte niemanden neugierig auf sich. Er trägt eine Maske, hieß es, aber alle begnügten sich damit, in diese Maske zu blicken. Was dahinter sein könnte, interessierte keinen.

Erst jetzt, mit beinahe sechzig Jahren, begann ihn ein Gefühl zu beherrschen, das ihm als Charaktereigenschaft durch sein ganzes Leben unterstellt worden war: Rachsucht. Denn auch wenn er sich immer und überall als ein überlegter, jede Erhitzung mit Vernunft abkühlender Mann präsentiert hatte, als einer, der die Gegensätze versöhnt sehen mochte, ein Verhandler, ein allem Schrillen mit Widerwillen Begegnender, ein stiller, anpassungsfähiger Weichensteller, ein Diplomat – man glaubte es ihm nicht und wettete darauf, daß er mit diesem Verhalten ein anderes Ziel verfolgte. Und man rechnete damit, daß er, sollte er dieses Ziel nicht erreichen, Revanche nehmen würde an allen, die ihn daran gehindert hatten.

Welche Nachricht wollte er Penelope und Antinoos zukommen lassen? – Er stellte sich die beiden vor, wie sie seine Kolumne lasen. Wählte die für ihn schmerzhafteste Situation aus: am Morgen im Bett, engumschlungen noch, irgendwo in der Stadt in einem Hotel. Das Frühstück wird gebracht, der Page klopft an die Tür. Penelope steigt aus dem Bett, wirft sich den Morgenmantel über. Nein, Morgenmantel wird sie keinen bei sich haben. Eurykleia hatte ja erzählt, sie habe ohne jedes Gepäck das Haus verlassen. Sie wird schnell in ihr Kleid schlüpfen. Wer ist da, wird sie fragen. Der Page mit dem Frühstück. Stellen Sie es vor die Tür, danke, wird sie antworten. Dann wird sie einen Augenblick warten und dann schnell

die Tür öffnen, um das Tablett hereinzuholen. Auf dem Tablett, neben Brot und Kaffee und Konfitüre würde die Zeitung liegen. Alle Hotels in der Stadt bekamen sie gratis. Penelope stellt das Tablett ins Bett, Antinoos wird nicht viel essen. Er wird gar nichts essen. Penelope wird essen. Sie wird Kaffee trinken und eine Semmel essen. (So wenig kannte Eurymachos diese Frau.) Also liest Antinoos als erster die Zeitung...
Das war nicht gut. Aber damit mußte gerechnet werden. Lieber wäre es Eurymachos gewesen, wenn zuerst Penelope die Zeitung läse. Antinoos war unberechenbar, er war nicht kalkulierbar. Es gab nichts, was ihn aus seiner somnambulen Gleichgültigkeit herauslocken konnte... Oder doch? Eurymachos erinnerte sich, wie der Jüngere einmal die Fassung verloren hatte. Nämlich als er auf den Busch geklopft und die Gerüchtesache um den Tod seiner Mutter hatte aufwärmen wollen. Aber wie sollte er in der Kolumne auf diese Sache anspielen? Er mußte so tun, als ob Penelope etwas darüber wüßte, sehr viel sogar wüßte, als ob sie sich ausschließlich mit Antinoos getroffen hätte, um noch mehr aus ihm herauszuholen... War das gut? Zu welchem Zweck um Himmels willen sollte sie das tun! Was wußte er selbst eigentlich wirklich über die Sache? Hatte es nicht geheißen, Antinoos sei als Kind irgendwie schuld am Tod seiner Mutter gewesen? Das war aber auch schon alles, was er darüber wußte. Und das war soviel wie nichts. Wenn nun die ganze Geschichte ein Windei war? Wenn sich Antinoos damals nur aus einer mit der Sache selbst gar nicht in Zusammenhang stehenden Laune so aufgeregt hatte? Man wird sehen... Angenommen, Penelope liest die Zeitung als erste. Wie war die Zwietracht von ihrer Seite her zu schüren? Da mußte Eurymachos nicht lange nachdenken. Nun, es hatte da ein Gespräch zwischen ihm und Antinoos gegeben. In der Nacht, als Telemach verschwunden war. Da war darüber gesprochen worden, den Sohn des Odysseus aus dem Weg zu räumen, falls der Schwierigkeiten machte. Freilich war er, Eurymachos, es gewesen, der, vom heutigen Standpunkt aus betrachtet, unüberlegt und von einer momentanen Panik ergriffen, den Vorschlag gemacht hatte.

Aber wer außer Antinoos wußte davon? Wenn nun die Kolumne – in versteckter Form, raffiniert in den Anspielungen, eindeutig allerdings für die Adressaten – Penelope vor diesem Mann neben ihr im Bett warnte: dieser, ja, eben der habe den Plan gefaßt, ihren Sohn, den lieben Sohn des edlen Odysseus, zu ermorden. Hatte ihn womöglich schon... Der Vorwurf war ungeheuerlich. Vielleicht zu ungeheuerlich, um geglaubt zu werden. Aber die Frau würde den Mann an ihrer Seite anschauen, und sie würde sich fragen – darum wird sie nun wirklich nicht herumkommen, die Dame, außer sie war ein Unmensch –, sie wird sich fragen müssen: Und wenn doch? Und das genügte ja schon. Sie würde in dem Mann an ihrer Seite den potentiellen Mörder ihres Sohnes sehen. Das mußte genügen, wenigstens für eine gewisse Zeit. Wie würde Antinoos reagieren? Wahrscheinlich gelassen, ohne Aufregung. Es war sein Vorschlag, wird er sagen, der Kolumnenschreiber ist das Schwein. Oder er wird einfach sagen: Der Kolumnenschreiber ist verrückt. Oder: Der Kolumnenschreiber versucht uns auseinanderzubringen. Das war glaubwürdig. Viel glaubwürdiger als eine Mordgeschichte. Vielleicht würde Antinoos Penelope mit seiner Gelassenheit beruhigen. Was aber, wenn er nicht gelassen reagierte, gegen alle seine sonstige Art. Wenn er zum Beispiel ähnlich reagierte wie damals, als die Rede auf seine Mutter gekommen war? Also mußte die Kolumne zwei Anspielungen enthalten. Eine, die Penelope und Antinoos verstünden, sonst aber niemand, und eine, die nur Antinoos verstünde. Wie war das zu bewerkstelligen?

Normalerweise kümmerte er sich erst am Dienstag um seine Kolumne, Dienstag mittag. In der restlichen Woche dachte er nicht daran. Diesmal hatte er fünf Tage lang an nichts anderes gedacht, und je intensiver er sich den Kopf zerbrach, desto weiter schien eine Lösung wegzurücken. Er wußte weder, was er schreiben, noch, in welche Form er es bringen sollte. Überlegte sich alles mögliche – ob als gereimte Satire zum Beispiel – *Wenn der Mensch am Montagmorgen / aufwacht und in' Spiegel schaut / steht vor ihm ein Aff mit Sorgen / und der Tag ist schon versaut* –; oder als Dialog, ein Lese- 367 drama mit Regieanweisungen vielleicht, eine Tragödie aus fünf Winzigakten; oder ein prophetischer Traum – *I had a dream* ... oder *Mir träumte, ich erwachte auf dem Gottesacker*... Ein Dialog zwischen zwei Männern, einem Optimisten und einem Nörgler –, diese Idee hatte ihm am besten gefallen, sie war ihm in den Sinn gekommen, als er heute, Dienstag, am Morgen im Park in der Nähe des Theaters auf einer Bank gesessen und dem Gespräch zweier Penner zugehört hatte. Als er dann aber wenig später in einem Café seinen Block vor sich liegen hatte, da fiel ihm nicht ein Satz ein, den der Optimist zum Nörgler oder der Nörgler zum Optimisten sagen könnte. Und auf dem Papier stand nur: *Eine Bank im Park nahe beim Theater. Aufgehende Sonne. Zwei Gestalten nähern sich. – Nörgler:*

Das war, wie gesagt, heute morgen gewesen. Er hatte in der Nacht nicht geschlafen, war in kurzen Shorts, T-Shirt und Tennisschuhen mit dem Auto in der Gegend herumgefahren, hatte sich um sechs Uhr irgendwo draußen in der Nähe des Autobahnrings drei Semmeln gekauft und war zurück durch die morgendliche Stadt zu seiner Schwester gefahren, aber vor ihrem Haus nicht ausgestiegen. Die Vorstellung, gleich mit ihr am Tisch zu sitzen und ihren Redefluß über sich ergehen zu lassen, war ihm unerträglich, und wäre ihm vorausgesagt worden, er würde sie in seinem Leben nicht mehr wiedersehen, er hätte nichts empfunden, es hätte ihm nicht leid getan. Nicht in diesem Augenblick. Es war ihm, als habe er keine Beziehung zu dem Wesen dort oben im zweiten Stock, das jetzt wohl mit zerwirbelten Haaren, Morgenmundgeruch und Raucherhusten durch die jämmerliche Restwohnung schlurfte, an den Wänden anstreifte, die mit ungerahmten Bildern bedeckt waren, und sich überlegte, wie es noch im letzten Jahr vor der Pensionierung möglichst vielen pickeligen Oberprimanern den Weg zum Abitur verbauen könnte. Er warf die Tüte mit den Semmeln aus dem Fenster. Schon der Gedanke an Essen krampfte ihm den Magen zusammen. Erst wollte er nach Hause fahren und sich umziehen. Es befremdete ihn, seine nackten Schenkel mit den dichten, grauen

Haaren unter dem Lenkrad zu sehen. Dieser Tag würde anders werden als die Tage vorher. Er fuhr die paar hundert Meter zum Park und ging an der Mauer entlang bis zum Eingang am Theater. Es war niemand zu sehen, dennoch winkelte er die Arme an und machte ein paar Laufschritte – nur der Form halber. Auf einer der Bänke im Park saßen zwei Männer. Die Bank war von einer wirren Pracht praller, bunter Plastiktüten umstellt. Schon von weitem waren sie zu hören. Worum gings? Gings um Politik? Oder um das Weltall? Oder um einen verstorbenen Freund? Ah – daß sie beide ähnliche Hüte hatten, darum gings! Aber sie hatten ja gar keine Hüte. Jetzt verstand er – früher, früher hatten sie ähnliche Hüte gehabt, früher, als sie sich noch gar nicht kannten! Ihre Haare allerdings pappten ringförmig am Kopf, als hätten sie eben doch erst vor kurzem noch einen Hut getragen…

Er lief zu seinem Wagen zurück und fuhr in ein Viertel der Stadt, in dem er noch nie gewesen war. Da war es gerade acht Uhr. Er setzte sich in ein Café, das Ausblick bot auf einen Supermarkt, und versuchte vergeblich, einen erfundenen Nörgler ins Gespräch zu bringen mit einem erfundenen Optimisten: *Eine Bank im Park nahe beim Theater. Aufgehende Sonne. Zwei Gestalten, beladen mit Plastiktüten, nähern sich.* – *Nörgler:*

Seine Gedanken schweiften ab, er beobachtete durch das Fenster einen jungen Mann, der auf der Straße die Leute ansprach. Es sah aus, als ob er bettelte. Der Mann war vielleicht achtzehn, kräftig, das Haar, dunkelblond, wuchs ihm zornig wirbelnd an den Schläfen empor. Er bewegte sich unaufhörlich, stieg von einem Fuß auf den anderen, in der einen Hand hielt er ein Tambourin, mit dem er rasselte, wenn er auf einen Passanten zuging und ihm die andere Hand hinstreckte. Er hatte Militärhosen an, die an den Knien abgeschnitten waren, darunter schaute so etwas wie ein Pyjamateil hervor, bunt gepunktet, es reichte bis an die Waden hinunter. Das Hemd war ihm viel zu groß, es bauschte und pufte sich – oder war es ein Nachthemd? Wenn er jemanden ansprach, dann drückte er die Arme weit nach hinten, als wollte er zeigen, daß von ihm nichts zu befürchten sei, den Kopf versenkte er zwischen die Schultern und den Mund verzog er zu einem Hufeisen, stummfilmhaft – *ich bin doch nur ein Clown – just a ragged clown –, schaut meine Hosen an, nehmt mich um Gotteswillen nicht ernst, gebt mir einen Zehner, mehr wäre zuviel…* – Eurymachos wurde müde. Wie leicht wäre es ihm gefallen, über diesen Burschen dort draußen eine Kolumne zu schreiben! Ein letztes Kraftholen nur noch, dachte er, und das Gesicht auf die Hände gestützt, nickte er ein.

Er erwachte mit einem ihn durchblitzenden Gefühl des Entsetzens. Sein Kopf war zur Seite gekippt, beinahe wäre er auf die Tischplatte geschlagen. Unter seiner Kopfhaut kribbelte es. Das Kribbeln pulsierte in einem enger werdenden Kreis, auf Augenhöhe beginnend, zum Zenit des Schädels hinauf. Dieser Kreis, eine Perlenschnur unter der Haut, verengte sich im Rhythmus des Herzschlages. Zielte auf einen Punkt im Schädel, als wollten dort die zu einem stechenden Schmerzschlag verdichteten Wellen die Decke durchstoßen. Jeder Stoß trübte sein Blickfeld… *Dort pickt die Sirene das Loch für die Seele…* An diesem Morgen, in einem Café am Rande von Ithaka, in einem Viertel, in dem er nie zuvor gewesen war, huschte der Schatten des Todes über den Kolumnisten – war es ein Streifer der *Apoplexia cerebri?* Sein Haar glänzte vor Schweiß. Nach wenigen Sekunden war alles vorbei, er beruhigte sich wieder. Mit dem Kribbeln in der Kopfhaut war auch die Angst verschwunden. Nur die Lippen hielt er noch auf eine ganz sonderbare, behutsame und verzerrte Weise geschlossen. Gut, sagte er sich, heute weniger Zigaretten.

Er blickte zum Fenster hinaus, der junge Mann mit den wild kraus zerzausten Haaren stand nahe vor der Scheibe und blickte herein, ihm gerade in die Augen. Er tschingelte mit dem Tambourin und hob entschuldigend die Schultern. Er kann mich nicht meinen, dachte Eurymachos, es ist eine Scheibe zwischen uns, er kann doch nicht erwarten, daß ich durch das ganze Café gehe und außenherum um das Gebäude, nur um ihm einen Zehner zu geben. Da drehte sich der junge Mann um und ging mit wiegendem Schritt davon und verschwand aus seinem Blickfeld. Ein VW-Bus fuhr vorbei, auf den war mit roten Buchstaben geschrieben *Magic Swirlin' Ship*. Das prägte sich ihm ein, weil in einem solchen Moment kein Unterschied mehr besteht zwischen Hauptsache und Nebensache.

Er bestellte ein Glas Rotwein. Nur keinen Kaffee jetzt! Gefäße erweitern! Das Herz ... was war mit dem Herz? Nichts war mit dem Herz. Ein wenig überhöhter Puls. Sonst nichts. Keine Butter mehr in Zukunft! Und warum hatte er sich diese Shorts und diese Tennisschuhe gekauft, wenn er ja doch nicht ... also ein bißchen Sport vielleicht auch! – An seinen Sohn dachte er nun. Der hatte auch solche sich selbst zurücknehmenden, verkleinerungssüchtigen Gesten gehabt wie der Clown vorhin. Er solle sich nicht so mickrig machen, hatte er ihn manchmal angefahren. Er war ihm widerlich gewesen, wenn er daraufhin kräftig mit dem Kopf genickt und sich entschuldigt hatte. Er hatte keinen Kontakt mehr zu seinem Sohn, wußte nicht, was aus ihm geworden war, und wollte es auch nicht wissen. Interessierte ihn nicht. Wird um die dreißig sein – wenn er noch lebt. Er erinnerte sich kaum an sein Aussehen. Brille hatte er getragen, und schläfrig war er gewesen. Wo etwas Flaches war, hatte er sich draufgelegt. Eisenmangel – die ganze Kindheit hindurch war dieses Wort an diesen Menschen geheftet gewesen. Das müde Kind, das Abendgymnasium für Berufstätige und zwei Jahre akademischen Elends an der Universität – das gehörte in Eurymachos' Erinnerung zusammen: Rezeptur eines unglücklichen Lebens, sagte er sich. Wer das lernen möchte, ich werde es ihm aufschreiben. Er hatte keine Ansprüche gehabt damals und keinen Ehrgeiz, nur manchmal den trägen Wunsch, ein bißchen freier zu atmen und ein wenig besser zu essen. Dann war der Sohn aus seinem Leben verschwunden, er und dessen Mutter, beide waren aus seinem Leben verschwunden, unmerklich, wie ein feuchter Fleck verdunstet. Da hatte sich Eurymachos bereits Penelope und Telemach zugewandt gehabt. Die beiden, der dunkelhaarige, ernste Knabe und dessen dunkelhaarige, ernste Mutter, hatten ihn aus der Lethargie seiner Sehnsuchtslosigkeit geweckt. Einfach durch ihr Dasein hatten sie ihn geweckt. Wenn er mit ihnen zusammen war, hatte er Kraft, Pläne schossen in ihm auf. Sein Leben hatte einen Sinn. Von Anfang an hätte es ihm gefallen, die Rolle eines Gatten und Ziehvaters zu übernehmen. Aber es kam ihm nicht der Gedanke, seinen Gefühlen einen Namen zu geben. Und weil er das nicht tat, weil er sich nicht deutlich sagte, es ist Liebe, darum sprachen es auch seine Augen und seine Gebärden nicht aus, und die im Haus – Penelope, Eurykleia, manchmal Phemios – fragten sich: Was will er eigentlich? Will er das gleiche wie die anderen? Telemach aber nahm ihn an, ohne Hintergedanken, kletterte – obwohl er dafür eigentlich schon zu groß war – auf seinen Schoß und ließ sich voll Vertrauen nach hinten über seine Knie kippen.

Eurymachos kannte Telemach seit dessen frühester Kindheit. Zum ersten Mal war er wenige Wochen nach seiner Geburt im Haus zu Besuch gewesen. Er hatte damals vorgehabt, eine eigene Zeitung zu gründen, und hatte Geldgeber gesucht – hinter dem Rücken von Peisandros sen. selbstverständlich. Odysseus war nicht uninteressiert gewesen, sie hatten lange in seinem Arbeitszimmer gesprochen. Schließlich hatte er ihn eingeladen, über Nacht zu bleiben. Wo hatte er geschlafen? In welchem Teil des Hauses? Jetzt, da er das Haus so gut kannte wie ein eigenes, da war ihm, als ob dieses Zimmer von damals fehlte. Noch dreimal hatte er Odysseus getroffen. Keine Gefühle waren von ihm erwartet worden, nicht einmal Höflichkeit. Es war ein klares Geschäft gewesen, die Vorteile des einen wären die Vorteile des anderen geworden. Dann, als Telemach fünf oder sechs Jahre alt war, als der Krieg noch dauerte, war er einmal aus Reminiszenz an die alten Beziehungen hinausgefahren – er war ohne Absichten gekommen, wollte nur schauen, wie es so ging, wollte fragen, ob man vielleicht irgendwie helfen kann oder so. Versprach sich keinerlei Vorteil. Und war dann erst wiedergekommen, als der Krieg vorüber war, als seine Ehe vor der Auflösung stand und er gehört hatte, daß Penelope bedrängt würde – von Männern bedrängt, die nichts weiter im Sinn hatten, als sich billig in geschmackvollem Rahmen die Zeit vertreiben zu lassen; und natürlich von solchen, die nicht höher als bis zu Penelopes Schlüsselbeinen blickten und dachten. Da war er hinausgefahren und hatte noch einmal seine Hilfe angeboten. Und es war gewesen, als sähe er die Frau zum ersten Mal wirklich. Penelope hatte gelächelt und gedankt, und gesagt, sie werde selbst damit fertig. Er war betroffen von ihrer Schönheit und ihrer Art. Leise und nah hatte er zu ihr gesagt: Sie könne ganz über ihn verfügen. Sie wolle über niemanden verfügen, war ihre Antwort gewesen. Er war dennoch geblieben – das heißt, er war wiedergekommen, jeden Abend von nun an. Weil es dort draußen Kraft und Fröhlichkeit für ihn gab. Seine Rolle war die des Beschützers gewesen. Er nahm Telemach an der Hand, und sie gingen querfeldein, und er erzählte ihm von allem und redete ihm über alles, wie er es in seiner Kolumne tat, nur daß er besser reden als schreiben konnte. Manchmal, wenn sie nebeneinander hergingen, machte sich Eurymachos von ihm frei, eilte ein paar Schritte voraus und ließ seine Hand, bewußt absichtslos erscheinend, neben sich herabhängen, er gab kein Zeichen – daß er etwa die Finger öffnete oder den Arm ein wenig vom Körper abspreizte oder die Handfläche nach hinten kehrte – er wußte, konnte darauf wetten, es würde keine Minute dauern, bis Telemach zu ihm aufschloß und nach seiner Hand faßte. Es waren liebevoll hämische Experimente. Oder er sagte. »Na, komm her!« Dann kam Telemach und legte den Kopf an seine Brust. Auch im Haus, wann immer er in der Nähe des Buben stand, griff dieser nach seiner Hand. – Ja, Telemach hätte sich gern von der Hand des Eurymachos führen lassen. Es war eine runde, schalenförmige, fleischig feste, warme, trockene Hand, vertrauensvoll, die, auch wenn es jemand einmal wollen würde, nicht gehaßt werden konnte…

Aber dann war Telemach in die Obhut des Lehrers gegeben worden. Penelope hatte nicht, wie Eurymachos es erwartet hatte, ihn um Rat gefragt. Und alles Vertrauen des Knaben und aller Wunsch, geführt zu werden, durfte nun Mentor haben und formen und an sich binden. Äußerlich blieb Eurymachos der ruhige Gentleman, in seinem Inneren aber reihte er sich nun ein in die Phalanx der übrigen Freier, stand nun nicht mehr schützend zwischen ihnen und der Frau. Und sein Gesicht reihte sich ein in die Gesichter der Männer, er spürte, wie er ihr freudloses Grinsen übernahm, spürte, wie ihre hoffnungslose, hoffnungsfeindliche Zukunftsschau nun auch in ihm sich ausbreitete, er teilte ihre gelangweilt verschleierten Blicke, die auf Mutter und Sohn ruhten, teilte bald auch ihre Schadenfreude, ihre Geilheit auf Selbstverachtung, ihre Besserwisserei; und wie ein eisiger Luftstrom wehte ihn schließlich die Überzeugung an, daß alles, was ist, nur den einen Zweck haben kann, nämlich enttäuscht, verletzt, verraten und endlich vernichtet zu werden.

Telemach aber schien ihm immer gleich geblieben zu sein, mit seinen einundzwanzig Jahren immer noch so gutgläubig und wehrlos gegen Witze und Schwindeleien, wie er als Kind gewesen war. Und dann, vor wenigen Tagen, hatte er zu spüren bekommen, wie sehr er sich doch verändert hatte.

Und wie er in diesem Café saß, dem Supermarkt gegenüber, auf einem Kunstlederstuhl, da fiel ihm noch etwas ein: ein Märchen. Und das Herz zog sich ihm zusammen, und er, der immer Fragen wie: *Wann war Ihre glücklichste Zeit?* für Unsinn, weil für unbeantwortbar gehalten und sich geärgert hatte, wenn vor Weihnachten oder vor Neujahr solche Fragen in der Zeitung erörtert wurden, (was ihm wieder einmal aufs neue bewies, wie wenig er doch war, denn wäre er mehr, wäre er nicht *gezwungen gewesen*, mit solchem Unterniveau auf gleichem Boden zu stehen) – nein, er stellte sich diese Frage auch jetzt nicht, es war gar nicht nötig, die Frage nach seiner glücklichsten Zeit zu stellen, in der Erinnerung hob sie sich von ganz allein und leuchtend heraus aus seinem Leben: wenige Abende waren es, wenige Abende am Anfang, als es noch vorkam, daß er allein draußen war beim Haus des Odysseus, denn am Anfang waren die anderen nur an den Wochenenden gekommen. Telemach wollte nicht ins Bett gehen, eben weil er, Eurymachos, da war. Er wollte auf seinem

Schoß sitzen und – obwohl er mit seinen zehn Jahren schon zu alt für solche Spiele war – sich über seine Knie nach hinten kippen lassen. Da hatte er, der väterliche Freund, der Mutter und der viel strengeren Amme einen Kompromiß vorgeschlagen: Der Bub würde sich sein obligatorisches Gute-Nacht-Märchen – für das er eigentlich auch schon zu alt war – unten bei den Erwachsenen anhören, auf seinem, Eurymachos', Schoß sitzend, und anschließend ohne Murren brav und allein in sein Bett gehen. Sie saßen in der Küche, auf dem Tisch standen die Teller vom Abendbrot und die Vase mit den schwergelben Blumen darin, die ein wenig nach Fußschweiß rochen, Eurykleia goß den Kaffee auf. Nur sie vier saßen beieinander – Penelope, Telemach, Eurykleia und er. Er hatte Wein mitgebracht. Penelope unterstützte seinen Vorschlag, und schließlich gab auch Eurykleia nach. »Aber du sollst erzählen«, hatte Telemach gerufen und ihn an den Händen gefaßt. O nein, nein, nein! Eurymachos hatte den Kopf geschüttelt. Er konnte vielleicht Kolumnen schreiben, und er hätte vielleicht Chefredakteur einer eigenen, dem alles beherrschenden Peisandros sen. Paroli bietenden Zeitung werden können, wenn nicht der Krieg ausgebrochen und sein wichtigster Geldgeber ins Feld gezogen wäre, aber Gute-Nacht-Geschichten, nein, die konnte er nicht erzählen. Es war Eurykleia, die erzählte. Sie erzählte ein Märchen aus ihrer Heimat. Was Eurymachos heute wie eine lange Zeitspanne vorkam – die Abende zu viert in der Küche –, es war doch nur dreimal geschehen. Drei Abende hatte dieses Glück gedauert. In der Erinnerung dehnte sich diese kleine Zeit über eine ganze Epoche. Es war seine Epoche des Glücks. Drei Abende – und an jedem Abend hatte Eurykleia dasselbe Märchen erzählt. Oder hatte sie es vorgelesen? Nein, erzählt, frei aus dem Gedächtnis erzählt, wie es ihr erzählt worden war, als sie ein Kind war. Das Märchen vom Herrn Korbes. Penelope zündete eine Kerze an, und wie schwarze Verwunschene hockten sie um den Tisch, Telemach auf seinem Schoß, Penelope ihm gegenüber, und hörten zu, wie Eurykleia mit ihrer harten Stimme von der Reise erzählte, die Hühnchen und Hähnchen

in undenklicher Zeit gemacht hatten – *hinaus nach des Herrn Korbes seinem Haus*. Und wie war das? Sinds Katze und Mühlstein gewesen, Ei und Ente, Stecknadel und Nähnadel dazu, die sich anschlossen und sich draußen im Haus verteilten und auf den Herrn Korbes warteten, der, niemand weiß warum, von den Dingen und Tieren gleichermaßen gehaßt und schließlich von ihnen vernichtet wurde? *Er wollte Feuer anmachen, da warf ihm die Katze das Gesicht voll Asche. Er lief geschwind in die Küche und wollte sich abwaschen, da spritzte ihm die Ente Wasser ins Gesicht. Er wollte sich an dem Handtuch abtrocknen, aber das Ei rollte ihm entgegen, zerbrach und klebte ihm die Augen zu. Er wollte sich ausruhen und setzte sich auf den Stuhl, da stach ihn die Stecknadel. Er geriet in Zorn und warf sich aufs Bett; wie er aber den Kopf aufs Kissen niederlegte, stach ihn die Nähnadel, so daß er aufschrie und ganz wütend in die weite Welt laufen wollte. Wie er aber an die Haustür kam, sprang der Mühlstein herunter und schlug ihn tot.* – Wo Dinge und Tiere sich verbünden gegen einen – wie übriggeblieben allein ist der! Es gibt kein Wort für ihn, keinen Namen, keine Erklärung, noch kann man ihn erkennen oder wahrnehmen oder sich eine Vorstellung von ihm machen. – »Aber er heißt doch Herr Korbes!« – Eurykleia hatte gelacht, und wenn Eurykleia lachte, kam einem das gar nicht wie Lachen vor, und von Heiterkeit war keine Spur. »Wir tun so, als ob er Herr Korbes hieße«, sagte sie. »Wir tun nur so!« Und Telemach hatte weiter seine Fragen gestellt: »Warum machen das die Tiere und die Dinge? Was hat ihnen der Herr Korbes denn getan?« Und am nächsten Tag wollte er dasselbe Märchen wieder hören. Vielleicht nur deshalb, weil er den vorangegangenen Abend wiederholen wollte, weil der so schön gewesen war. Denn der Abend war schön. Und auch am dritten Abend sollte alles gleich sein. Denn der zweite Abend war genauso schön gewesen. Es hätte doch immer so weitergehen können! Warum hatte es keinen vierten Abend mehr gegeben? Was war geschehen? Hatte er nicht mehr zuhören wollen? Hatte Eurykleia nicht mehr erzählen wollen? Hatte Telemach auf
376 seine Fragen endlich befriedigende Antworten bekommen?

War immer dasselbe zu wiederholen Penelope zu langweilig geworden? War sie vielleicht am Abend in die Stadt gefahren? Das tat sie ja manchmal, besuchte Rockkonzerte und ging ins Kino. Oder waren die anderen gekommen und hatten den Abend an sich gerissen? Eurymachos erinnerte sich nicht mehr. Von da an, war er nicht mehr in der Küche gesessen, nur noch draußen in der Halle bei den anderen. Und Telemach hatte sich nicht mehr auf seinen Schoß gesetzt.

Er erinnerte sich, daß er ihn einmal zu sich gerufen hatte, vor den anderen. »Komm zu uns, komm zu deinen ungeliebten Gästen!« hatte er gesagt. Warum hatte er das gesagt? Damals in der Küche war er doch ein gern gesehener Gast gewesen. Oder bildete er sich das heute nur ein? Gut, Eurykleia war schon damals ihm gegenüber mißtrauisch gewesen. Eurykleia war eben ein mißtrauischer Mensch. Penelope hatte Distanz gewahrt, das schon. Aber ein ungeliebter Gast war er nicht gewesen! Was war nur geschehen? Wie war er auf die Idee gekommen, Telemach zu sich zu rufen:»Komm zu deinen ungeliebten Gästen!« Telemach war vor ihn hingetreten und hatte mit herausgestrecktem Bauch und sehr ernstem Gesicht gesagt:»In meines Vaters Haus gibt es keine ungeliebten Gäste.« Und alle hatten gelacht. Worüber hatten sie gelacht? Über seine Niedlichkeit? Über sein herausgestrecktes Bäuchlein? Über seine kindliche Ernsthaftigkeit? Nein, über seine Arglosigkeit hatten sie gelacht; daß da einer war, der sie, die Ungeliebten schlechthin, die nicht würdig waren, geliebt zu werden, der Liebe für wert hielt; ausgerechnet er, Telemach, der am meisten unter ihrem Mangel an Liebenswürdigkeit würde leiden müssen – darüber hatten sie gelacht. Das Lachen sollte heißen: Du wirst uns schon noch kennenlernen. Wann war das gewesen? Telemach konnte nicht viel älter als zehn gewesen sein. Elf vielleicht. Was hatte in so kurzer Zeit ihr vertrautes Verhältnis zerstört? Er wußte es nicht. Auf einmal hatte er sich gescheut, ihn anzusehen oder mit ihm in der gewohnten Weise zu sprechen. Sie hatten keine Spaziergänge mehr unternommen. Er hatte ihn nicht mehr an der Hand gehalten. Die Freundlichkeit des Knaben – 377

und er war ja immer freundlich, immer noch – hatte ihn wütend gemacht. Warum? Und seine Höflichkeit – und er war ja
immer höflich – hatte einen nie gefühlten Drang zu Quäle-
reien in ihm geweckt.

Der Herr Korbes muß ein böser Mann gewesen sein. Mit diesem Satz hatte Eurykleia auf die Frage geantwortet, warum
Hühnchen und Hähnchen, Stecknadel und Nähnadel, Katze
und Mühlstein, Ei und Ente den Herrn Korbes zu Tode mar-
terten. »Was! Was! Was hat er denn Böses getan«, hatte Telemach weitergefragt. »Das weiß ich nicht«, hatte Eurykleia geantwortet. Manchmal war ihm der Gedanke gekommen, vom
Hof des Odysseus zu gehen, mit rotem Kopf zu gehen, nie
wieder zurückzukehren, hinaus in die weite Welt zu laufen
und draußen dann zu behaupten, man habe in Wahrheit nie
ernstlich über die Stränge gehauen. Dann begannen die Feste: Lebensekel, der sich mit verzweifelter Lässigkeit bemühte, den Anstrich von Heiterkeit zu vermitteln...

An diesem Morgen, in dem Café am Rande von Ithaka, in
einem Viertel, in dem er nie zuvor gewesen war, hatte der
Schatten des Todes den Kolumnisten gestreift, und drei
Abende des Glücks waren in seiner Erinnerung aufgetaucht.
Sein Haar krauste sich und glänzte vor Schweiß. Er lief mit
eingeknickten Beinen zu seinem Wagen, fuhr in die Redaktion, setzte sich an seinen Schreibtisch und begann, seine Kolumne zu schreiben:

DER SOHN DES HERRN KORBES

Es war einmal ein Mann, der hieß Korbes. Er ging unter. Die
Dinge und die Tiere hatten ihn getötet. Er hatte im Krieg gelebt, und im Krieg herrscht Durcheinander und Zusammen-
hangslosigkeit, und da werden sich Dinge, Tiere und Menschen ähnlich. Dieser Herr Korbes jedenfalls hatte einen
Sohn. Der wartete auf seinen Vater, und er ging fort, um ihn
zu suchen. Er kam an den Rand des Krieges. Das war ein großes Grab. Er schaute hinunter in das Grab. Massenhaft lagen
378   die Toten in dem Grab, durcheinander, übereinander. Da

stand ein Bein heraus zwischen der Achsel eines anderen; da waren zwei Köpfe aneinandergepreßt, daß es aussah, als küßten sie sich; dort hielt eine Knochenhand den Dolch, und der Dolch zielte immer noch. Das alles sah der Sohn des Herrn Korbes, aber seinen Vater sah er nicht in dem Massengrab liegen. Ach, sagte er sich, dann will ich heimgehen und zu Hause der Herr sein. Was sollte ihn auch daran hindern? Da hob er den Blick und sah, daß auf der anderen Seite der Grube ein Mann stand, der nicht viel älter war als er selbst. Die beiden schauten sich über das Grab hinweg an. Suchst du auch deinen Vater, fragte der Sohn des Herrn Korbes. Der andere schüttelte den Kopf. Nicht den Vater suche ich, sagte er, sondern die Mutter. – War deine Mutter denn im Krieg? – Nein, im Krieg war sie nicht, es sei denn, ich bin ein Soldat und unser Heim ist ein Kriegsschauplatz. – Wie meinst du das, fragte der Sohn des Herrn Korbes. – Ich weiß es selber nicht, sagte der andere, ich träume davon, jede Nacht träume ich, ich hätte die Mutter getötet, und am Tag suche ich ihren Leichnam. Auf allen Friedhöfen der Welt war ich schon, und nun bin ich hierher zu diesem Massengrab gekommen, um zu sehen, ob sie vielleicht hier liegt. – Hier liegen nur Tote des Krieges, sagte der Sohn des Herrn Korbes. Und der Mann auf der anderen Seite der Grube dauerte ihn und er sagte: Komm mit zu mir nach Hause, da ist Platz für viele. In meines Vaters Haus gibt es keine ungeliebten Gäste. – Hast du eine Mutter, fragte der andere. – Ja, eine Mutter hab ich noch, sagte der Sohn des Herrn Korbes, nur einen Vater habe ich keinen mehr. Sie gingen nebeneinander her, der Mutterlose und der Vaterlose, und der Vaterlose wollte dem Mutterlosen die Hand geben, aber der nahm sie nicht. Sie kamen zum Haus des Herrn Korbes, und sein Sohn sagte: Warte, bevor du das Haus betrittst, ich will erst sehen, ob die Dinge und die Tiere, die vielleicht meinen Vater getötet haben, uns drinnen auflauern. Aber der Mutterlose lachte und wischte den Sohn des Herrn Korbes beiseite und ging ins Haus, denn er dachte, ich will mir die Mutter ansehen, vielleicht kann ich sie zu meiner Mutter machen, und die Träume in der Nacht hören dann auf, und ich muß nicht weiter auf Friedhöfen und in Massengräbern nach der Frau suchen, die ich vielleicht getötet habe. Als er aber die Frau im Haus des Herrn Korbes sah, wollte er sie nicht mehr zur Mutter haben, sondern zur Gattin. Und er sagte sich: Oh, das kann ja trotzdem gutgehen! Vor dem Einschlafen soll sie meine Gattin sein, und erst wenn ich schlafe die Mutter. Und weil ein Doppeltes in seinen Augen war, nämlich die Sehnsucht eines Kindes und die Begierde eines Mannes, konnte die Frau gar nicht anders als getroffen sein von seinem Blick, und sie ließ es zu, daß er vor dem Sohn die Tür schloß, um mit ihr allein zu sein. Aber als er allein mit ihr war, hörte er draußen den Sohn ums Haus schleichen, und er wußte, er würde ihn nicht loswerden. Da beschloß er, den Sohn zu töten. Und in seinen Augen war nun ein Dreifaches: Sehnsucht, Begierde und Tod. Die Sehnsucht war der Kopf, die Begierde der Körper, der Tod aber war zwei Flügel. Dieser Vogel erhob sich aus dem Haus des Herrn Korbes und flatterte auf den Tisch eines Sängers und sang ihm sein Lied. Und hier ist es.

Fünfundsechzig Zeilen zählte Eurymachos. Er brachte das Papier hinunter in die Druckerei. Dann fuhr er nach Hause, und es störte ihn nicht mehr, daß er immer noch in sportlichem Aufzug war.

Vierter Gesang

Nestor, dieser dekrepite Tyrann, war reich an Gütern der Zivilisation, und manche davon, weil sie ihm in seiner auf Prunk und Ritual bedachten Allmacht nur wenig bedeuteten, hielt er sich in Pappschachteln zur Verfügung, Geld zum Beispiel. Er wollte sein Volk davor bewahren. Wenn einer seiner Untertanen kam und ihn, den Welterfahrenen, fragte, was es mit diesen blassen Papierstücken auf sich habe, sagte er, nichts habe es damit auf sich, außer daß es eben Menschen gäbe, die nicht merkten, wie sie angesichts dieser Fetzen von ihren kindischen Wunschträumereien in die Blöde gelockt würden, wogegen sich gescheite, erwachsene Leute niemals den offensichtlichen Unsinn einreden ließen, daß mit diesen lappigen Fetzen ein gerechter Tausch gegen Felle, Früchte und Waffen möglich sei. Und wenn einer kam, vielleicht in der durchaus beflissenen Absicht, den König auf etwas Wunderbares aufmerksam zu machen, nämlich, er habe gehört oder bei einem Besuch in Elis womöglich selbst mitgekriegt, daß Geld schon wichtig, ja, vielleicht sogar wichtiger als alles andere sei, dann ließ Nestor diesen Mann unverzüglich einsperren, bis er einsah, daß es tatsächlich nichts Wichtigeres gebe, als mit freier Nase über die Felder der Heimat zu schreiten. Nestor war nämlich der Meinung, daß Geld, Papiergeld im besonderen, ein Irrweg in der wirtschaftlichen und moralischen Entwicklung sei und ohnehin bald wieder abgeschafft werde, weil es der Mensch auf Dauer nicht zufrieden sein kann, so zu tun, als hätte er einen Tennisplatz hinter dem Haus, wenn er in Wahrheit nur ein Bündel Papier in der Hand hielt. Nicht immer war er gegenüber dem Mammon so abgeklärt gewesen. Bei der Plünderung Trojas hatte er am Anfang noch einigermaßen kühlen Kopf bewahrt und nicht wie viele andere

381

wild, planlos und mit unverhohlener Gier hineingegriffen in das fremde Gut. Er hatte, es ist schon erwähnt worden, im wesentlichen eine Kolonne Lastwagen, vollbeladen mit Ersatzteilen, einen Jeep und einen Generator requiriert. Dann aber wurden die Tresore der Banken gesprengt, und alle stürzten sich auf das Geld, und weil er auf gar keinen Fall zu kurz kommen wollte, und zwar aus Prinzip nicht, machte er es den anderen nach und riß mit Schummel, List und Erpressung an sich, was nur ging, war zuletzt sogar der Gierigste von allen, schickte, als die Banken leer waren, seine Leute aus, damit sie in der geschundenen Stadt von Haus zu Haus zögen und den Unglücklichen ihre letzten Reserven aus den Portemonnaies, den Schubladen, unter den Matratzen hervor und aus den Unterhosen heraus nähmen. Das Hartgeld füllte er in die Kanonen und schoß es in die Stadt zurück. Die Banknoten stopfte er in zwei Dutzend Pappschachteln, die er sich aus einem zerbombten Lebensmittellager beschaffte. Die Kartons rochen nach Desinfektionsmittel und irgendwie süß, sie waren an den Seiten mit zwei gekreuzten Palmblättern punktiert. Er verstaute sie in einem seiner Lastwagen, und ausgerechnet der verlor bei der Rückfahrt auf den Schiffen seine Plane. Sturm und Regen durchweichten zehn der Schachteln. Nestor wußte, daß der Wert der Banknoten dadurch nicht beeinträchtigt würde, aber sie gefielen ihm nicht mehr, sie sähen, sagte er, schäbig aus. Er warf sie über Bord. Zu Hause in Pylos, als die Beute dem Volk vorgeführt wurde, war dann von dem Geld gar nicht mehr die Rede, aber nicht, weil Nestor seinen eigenen Schnitt machen wollte — auf diese Idee wäre er nie gekommen, weil ihm ja sowieso alles gehörte, da gab es nichts abzuzwacken und zu verstecken — nein, sondern weil er diesen bedruckten, blassen Rechtecken in seinem Reich keine Bedeutung zumaß und es ihm bei der Beschaffung lediglich darauf angekommen war, in durchaus sportlicher Weise, wie er der Familie erzählte, seine Macht bestätigt zu sehen. Er bewahrte die Schachteln unter seinem Bett auf, das die Dimension einer Wirtshausbühne hatte, denn auch in seinen alten Tagen liebte er es, sich bisweilen mit drei, vier, fünf

Frauen zugleich zu vergnügen. Dort, unter dem Bett, lagerten übrigens auch die Pässe der Mitglieder der Herrscherfamilie und jener höheren Beamten, die das Privileg genossen, manchmal Pylos verlassen zu dürfen. Ab und zu, wenn einer seiner Söhne nach Elis fuhr, um Dieselöl oder Benzin einzukaufen oder sonst irgendwelche Güter der Zivilisation, auf die man aus unerklärlichen Gründen auf einmal nicht mehr verzichten zu können glaubte, dann griff Nestor unter sein Bett und wühlte, freilich ohne hinzusehen, ein paar Scheine aus einer beliebigen Schachtel und schmiß sie ihm vor die Füße. Wenn im bescheidenen Handel seines Volkes, der fast zur Gänze auf Warentausch beruhte, Geld herauskam, gleichsam übrigblieb wie eine Verunreinigung, dann nahm der Herrscher persönlich die Scheine an sich, faltete sie auseinander und legte sie, wie man es mit alten, lieben, aber wertlosen Briefen macht, in eine der Pappschachteln.

Aber was für ein Finsterling Nestor auch sein mochte, er wußte doch, welche Regeln in der hellen Welt draußen galten. Genau kannte er diese Regeln zwar nicht, und sie hätten ihn auch nur verwirrt; er wußte aber: ohne Geld geht dort nichts. Wenn er also seinen Sohn, seinen Lieblingssohn dazu, gemeinsam mit dem Sohn des großen Odysseus auf eine Reise um die halbe Welt schickte – die Welt stellte sich Nestor ungefähr um achtzig Prozent kleiner vor, als sie tatsächlich ist –, dann würden die beiden Geld brauchen, und zwar viel. Er schätzte, ungefähr eine Schachtel voll. Das hätte allerdings auch ausgereicht, wenn die Welt doppelt so groß gewesen wäre.

So fuhren Telemach und Peisistratos im Jeep durch die Länder, die Schachtel mit dem Geld unter dem Fahrersitz. Am Anfang ihrer Reise hatte Telemach noch versucht, zu zählen und wenigstens einigermaßen auszurechnen, wieviel Geld sie besaßen. Aber weil er bei vielen Scheinen nicht wußte, wie er ihren Wechselkurs ansetzen sollte, vor allem aber, weil er sah, daß es sehr viel, mehr als genug war, was sie besaßen, daß sie eigentlich reich waren, und weil ihm Peisistratos obendrein immer wieder vorhielt, wie langweilig er es   383 finde, sich über Geld zu unterhalten, und er selbst es ja auch langweilig fand, ließ er schließlich die Schachtel, wo sie war, und nur wenn sie Geld brauchten, griff er unter den Sitz und nahm sich eine Handvoll heraus, so wie man eine Handvoll Herbstlaub vom Boden aufklaubt. Einmal – ein kleines Erlebnis – geschah es, daß der Manager in einem Supermarkt die Freunde festhielt und die Polizei rief, weil sie mit Scheinen zahlen wollten, die uralt und ungültig waren. Der Manager sperrte sie in sein Büro ein, das von drei Seiten verglast war. Draußen stauten sich die Kunden, drückten ihre Nasen an die Scheibe und glaubten wohl, da seien zwei dicke Fische ins Netz gegangen. Telemach und Peisistratos sahen inzwischen schon ziemlich heruntergekommen aus, die Haare hingen ihnen wild um den Kopf, ihre Fingernägel waren schmutzig, ihre Gesichter unrasiert, und ihre Kleider standen vor Staub und Straßenkot. Aber ihre Papiere waren in Ordnung. Es seien zwar schon komische Vögel, die beiden, sagte der ältere von den Polizisten zu dem Manager, komisch seien sie auf alle Fälle, aber er sehe keine Handhabe gegen sie, der Besitz von altem Geld sei nicht strafbar. Und damit sie wenigstens nicht ganz umsonst gerufen worden waren, schimpfte der jüngere Polizist auf Telemach und Peisistratos ein: Sie sollten verduften, und zwar doppelt so schnell, als sie gekommen seien, mit solchem Hippiegesindel räume man hier in der Regel ganz anders auf. Mit Herzklopfen und zurückgehaltenem Gelächter fuhren die beiden Freunde aus der Stadt hinaus. Am Abend kauften sie sich an einer Tankstelle eine Flasche Wein, und die tranken sie irgendwo im Feld aus. Danach waren sie ganz schön beschickert, und vor dem Einschlafen griffen sie sich an die Brust und meinten, sie hätten sich innen etwas gerissen vor lauter Lachen. – Nicht ein einziges Mal gab es Streit zwischen ihnen. Sie waren voller Vitalität, aber Energie hatten sie nur wenig. Müde waren sie oft. Dann legten sie ihre Beine hoch und gähnten. Immer wieder nahmen sie sich vor, ihre Kleider zu waschen. Aber dann waren sie zu müde. Oder sie sagten, sie seien zu müde. Oder der eine fragte den anderen, ob es ihn störe, wenn er die Kleider heute noch nicht wasche. Und der andere sagte, nein, es störe ihn nicht. Peisistratos behauptete, er könne einen ganzen Tag lang nichts tun, und er bot sich an, seinem Freund darin Unterricht zu geben. Am Abend war es Telemach, der immer noch nichts tat, und Peisistratos putzte bereits vor Ungeduld an seiner Gibson herum. Aber als der Nestorsohn vorschlug, man solle dasselbe Experiment an derselben Stelle wiederholen, lachte Telemach und sagte: »Wiederholen gern, aber irgendwo anders.«

Die Nächte verbrachten sie neben oder unter dem Jeep. Wenn es regnete, schliefen sie in einem Motel oder wurden eben naß. Sie gaben nicht viel Geld aus, nicht aus Sparsamkeit, sie lebten ganz nach ihren Bedürfnissen, und ihre Bedürfnisse waren gering. Länger als einen Tag hielten sie sich nirgends auf. Peisistratos sagte zwar immer wieder: »Hier gefällt es mir! Schöner als hier war es noch nie! Bleiben wir doch ein paar Tage!« Aber Telemach wollte nicht. »Es wird vielleicht nicht mehr schöner«, sagte er, »aber anders wird es auf alle Fälle.« Im Nichtstun war er dem Freund über; aber an einem Ort bleiben und sich womöglich tätig einrichten, das widerstrebte ihm. Also brachen sie jedesmal nach wenigen Stunden wieder auf. Denn Peisistratos tat, was Telemach wünschte. Dabei hatte es Telemach ganz und gar nicht eilig, ihr Ziel zu erreichen, im Gegenteil: Er wollte nirgends ankommen, er wollte nirgends bleiben, er wollte unterwegs sein – on the road. Denn solange sie unterwegs waren, gab es niemanden, dem er darzulegen hatte, was er tat, plante, was er ließ, dachte. An jedem Ort konnte jemand auf ihn warten, der sich als Agent oder gar Wirt der himmlischen Auftraggeberin entpuppte, losgeschickt oder okkupiert, um ihn, den Sohn, zur Raison zu bringen, ihn an seine Aufgabe zu erinnern, der er sich ebensowenig entziehen konnte wie einem Schicksal. Freilich hätte er sich bei kühler Überlegung eingestehen müssen, daß es die Göttin keine Mühe kosten konnte, ihn von der Straße abzufangen wie einen Käfer, daß es ihm gar nichts nützte, unterwegs zu sein, daß er sich vor ihr gar nicht verstecken konnte, auch nicht dadurch, daß er sich in ständiger Bewegung befand; bei kühlen Überlegungen hätte er sich das 385 eingestehen müssen, aber er stellte keine kühlen Überlegungen an. So viele Tage und Nächte waren sie nun schon unterwegs, daß der Zweck der Reise, nämlich in Lakedaimon, der glänzendsten aller Städte, Menelaos zu finden, den Rufer im Streit, damit er ihnen Auskunft gebe über den Städtezerstörer Odysseus, daß diese gottverdammte, gottgewollte Aufgabe – nein, nicht vergessen worden war sie, das lange nicht; aber seit Telemach von Nestor erfahren hatte, daß sein Vater kein Glück für die Menschheit war und wohl auch keines mehr sein würde, bedeutete, ihn zu finden, nicht mehr Verheißung auf Erlösung, nicht mehr Versprechen, daß die Schrecknisse zu Hause bald beendet sein würden, sondern es war zu einer hämischen Drohung geworden. Er wollte nichts mehr davon wissen. Weder an die Mutter wollte er denken noch an den Vater. Das Herumfahren gefiel ihm. Und er hoffte, es würde etwas geschehen, was ihm die *Sache* ersparte. Eigentlich hoffte er, es würde gar nichts geschehen, diese Reise würde zu einem Lebenszustand, ohne Ziel bis ans Ende.

Hier draußen in der freien Welt bestimmte Telemach, was zu machen sei. Weil Peisistratos so gerne Auto fuhr, überließ er ihm das Steuer. Aber wenn sie zu einer Wegkreuzung kamen, zeigte er, in welche Richtung Peisistratos das Steuer drehen sollte. Und nie legte er vor ihm darüber Rechenschaft ab, was er in der gewiesenen Richtung erwartete. Telemach bestimmte, wann es Zeit war, etwas zu essen, wann es Zeit war, sich einen Schlafplatz zu suchen, wann es Zeit war aufzubrechen. Peisistratos war das alles recht.

Sie kamen an schönen Städten und an schönen Bergen und Seen, an schönen Brücken und Wasserfällen vorbei, Schönheit lenkte sie wunderbar von ihrer Aufgabe ab, und es gab Tankstellen, die standen mitten im Land, da waren Kaffeestuben, in denen saßen Männer und Frauen, die erzählen konnten, denen hörten sie zu. Sie machten Rast im Schatten eines unerwarteten Wäldchens oder unter einer Weide, die weit über die Straße hing, oder schwammen in einem See oder besichtigten Sehenswürdigkeiten. Oder saßen vor einem

selbst die Götter zum Staunen zwingenden Sonnenuntergang

auf der Stoßstange des Jeeps. Und dann erging es ihnen nicht anders als den meisten Männern ihres Alters, die gerade angesichts des Wunderbaren, das einfach nur schweigend angeschaut werden will, zu reden und denken anfangen müssen, als wäre das Antlitz der Natur etwas schnödes Äußeres, bei dem zu verweilen den abgestumpften Geistern der schon länger Lebenden genügen mag, während sich die Jugend dem Unsichtbaren, dem erhebend Allgemeinen, dem hinter dem Physischen Liegenden zuwendet – kurz: sie gerieten ins Philosophieren... Es muß dazu gesagt werden, daß diese Ausschwärmereien von Peisistratos angeregt wurden, und das überrascht vielleicht, weil das wenige, was wir bisher über ihn erfahren haben, auf einen eher heiteren, auch durchaus leichtfertigen, jedenfalls leichtfüßigen, bestimmt nicht zu Grübeleien neigenden Charakter schließen ließ. Und unser erster Eindruck hat uns nicht getäuscht, nicht ganz jedenfalls; zu allem Optimismus und aller Bereitschaft, stets das Erfreuliche zu sehen, war Peisistratos auch ein methodischer Mensch, ein höchst wissenschaftlich erzogener Mensch, der die Dinge betrachtete, als hätten sie nichts mit ihm zu schaffen, außer daß sie ihn eben umgaben. Und so lauschte Telemach voller Erstaunen den Ausführungen seines Freundes über die Entstehung dieser Welt, nämlich daß sie aus einem Baumpilz gekommen sei, dessen obere Hälfte sich als Himmel emporgehoben, dessen untere Hälfte sich als Erde niedergesenkt hätte, daß diese Teilung eine ewige Wunde sei, die sich bisweilen entzünde, was der Mensch dann als Abendrot bezeichne, und daß der Mensch selbst mit dieser Natur überhaupt nichts zu tun habe, daß er weder von ihr hervorgebracht, noch daß er dannzumalig zu ihr zurückkehren werde, sondern von irgendwo ganz anders hierher gebracht worden sei, nämlich von Gott, und irgendwo ganz anders hingebracht werde nach seinem Tod, wohin, wisse niemand. Und während die Sonne hinter den Feldern verschwand und sich die Nacht auf die Einbildungen des Geistes senkte, ohne sie allerdings trüben zu können, sah sich nun auch Telemach genötigt, von seiner Weltsicht zu erzählen – er nannte es so, weil ihm kein anderes Wort einfiel, in Wahrheit hätte er gar nicht zu sagen vermocht, wie er die Welt sah –, und er repetierte einiges aus dem Logikunterricht bei Mentor. Da war es an Peisistratos, zu staunen. Denn Telemachs Ausführungen kristallisierten sich um einen für den Nestorsohn unfaßbaren und auch komischen Begriff, nämlich das berühmte *Eins*. Und mit nachträglichem Stolz auf seinen Lehrer, aber auch auf sich selbst, registrierte Telemach, daß Peisistratos, ohne daß er ihn dazu anhielt oder lenkte, die gleichen Fragen stellte wie er damals in Melite auf Mentors Veranda oder in seinem Garten. Und es war eine ferne Verneigung vor dem alten Lehrer, daß er Peisistratos' Fragen mit der gleichen Geduld beantwortete wie Mentor damals die seinen, und mit Wehmut und auch liebevollem Spott ahmte er dabei die Sprechweise des Lehrers nach, verwendete, soweit er sich daran erinnern konnte, dieselben Worte, jedenfalls dieselben Bilder, um seine »Weltsicht« zu veranschaulichen.

»Konkret gesprochen«, sagte er, »der Löwe, um ein Beispiel anzuführen, *der* Löwe ist die Idee. *Ein* Löwe, das ist die Erscheinung dieser Idee. Ohne die Idee könnten wir niemals einen Löwen erkennen.«

»Ich finde das wunderbar«, sagte Peisistratos. »Ich weiß nur nicht, woher wir wissen, was *der* Löwe ist, wenn wir nicht wissen, was *ein* Löwe ist.«

»Das ist«, sagte Telemach und versuchte sich zu erinnern, wie diese Ableitung war, »das ist ... warte einmal ... Das ist ... Ja, jetzt habe ich es. Es ist so: Die Ideen wiederum sind Erscheinungsformen des *Eins* , und das *Eins* ist alles. Verstehst du?«

»Nein. Aber es interessiert mich.«

»Hinter den Dingen, die du siehst, stehen die Ideen dieser Dinge. Verstehst du das?«

»Auch nicht. Aber das macht nichts«, sagte Peisistratos. »Ich nehme es einfach an. Man muß das so machen. Sonst geht nichts vorwärts ...«

»Ja, das stimmt«, staunte Telemach. »Du willst damit sagen, du tust so, *als ob* du es verstehst ... Ist das richtig?«

»So ist es. Also, erzähl weiter vom Löwen!«

Und so erzählte er, setzte auseinander, kürzte zusammen, wenn ihm die genauen Abläufe der Deduktionen nicht mehr erinnerlich waren, und er mußte sich zugeben, daß dies eine höchst komplizierte, von unzähligen Krückchen und hermeneutischen Argumentchen gestützte Weltsicht war. So viel hatte sich ihm jedenfalls eingeprägt, daß der Unterschied zwischen dem bestimmten und dem unbestimmten Artikel von weittragender Bedeutung in dieser Philosophie war, daß also *ein* Löwe ein völlig unerhebliches Tier, daß aber *der* Löwe, also *er schlechthin*, eine gefährliche Bestie, weil zur Seinskategorie der Raubtiere zählend, sei. – Wie dieser Löwe, *der Löwe schlechthin*, aussehe, wollte Peisistratos wissen.

»Genauso wie der andere«, sagte Telemach.

»*Der* Löwe sieht aus wie *ein* Löwe?« rief Peisistratos. »Das ist aber Scheiße, du! Wenn *der* Löwe gefährlich ist und *ein* Löwe nicht und man sie nicht auseinanderkennt, wie soll man dann...«

»Ich glaube, ich habe es nicht so hundertprozentig genau erklärt«, sagte Telemach. »Bei den Ideen komm ich selber nicht richtig mit. Ich kenne mich eher beim *Eins* aus...«

Und das *Eins* kam Peisistratos dann noch lustiger vor als die Ideen. Man durfte ja an dieses Monstrum, wie Telemach versicherte, eigentlich gar keine Fragen stellen, weil es nämlich in Wirklichkeit gar nicht da sei, sondern nur angenommen werde, und auch das nur, um zu beweisen, daß es außerhalb dieses *Eins* nichts, eben auch keine Fragen und natürlich auch keine Beweise, letzten Endes nicht einmal die Erde, nicht einmal den Himmel, weder den Sonnenuntergang noch die kühle Nachtbrise, eben kein Garnichts gebe...

»Das ist ein Ding, ha«, sagte Telemach.

»Wirklich wahr«, sagte Peisistratos.

Ein wenig fühlten sie sich gefangen, aber auch geborgen unter dem weit ausgeworfenen Netz der Sterne, denn sowohl die magischen als auch die logischen Gliederungen des Unbegreiflichen, das sie umgab, wiesen ihnen ein Plätzchen zu, das ihnen allein eigen war und zugleich dem Ganzen angehörte. Und das brachte Schauder, aber auch Trost. Sie blickten in den Himmel und sagten sich im stillen, egal, mittels welcher Weltsicht, das dort oben läßt sich eben nur anschauen, aber nicht ergründen. Und ohne daß sie sich darüber Rechenschaft ablegten, war bei ihnen in diesem Augenblick eingetreten, was der Weise die philosophische Besonnenheit nennt: nämlich wenn dem Menschen deutlich und gewiß wird, daß er keine Sonne kennt und keine Erde, sondern immer nur ein Auge, das eine Sonne sieht, und eine Hand, die eine Erde fühlt… – Das Ende war, daß sie sich gegenseitig noch ein bißchen mehr mochten, aber auch ein bißchen mehr respektierten als vorher, denn jeder sah ein, daß die Weltsicht des anderen um keinen Deut weniger zu belegen war als die eigene und daß man um kein Gran weniger Hirnschmalz benötigte, um ihren Verwinkelungen und Verspiegelungen zu folgen, als bei der eigenen.

In solchen Nächten hätte Telemach gern von seinem Kummer erzählt. Nicht über den Vater wollte er sprechen, sondern über die Mutter. Er machte auch Anstalten dazu, begann mit Umschweifen, geriet ins Stammeln. Peisistratos merkte wohl, daß es dem Freund nun nicht mehr um Theorien und Weltsicht ging, und deshalb fragte er nicht nach, hörte zu, wartete ab. Aber Telemach nuschelte nur noch etwas Unverständliches vor sich nieder und sagte dann gar nichts mehr, und als sich Peisistratos schon längst in seinen Schlafsack gewickelt und unter den Jeep gelegt hatte, saß er immer noch auf der Stoßstange und brütete vor sich hin. Und er blickte nicht hinauf zum Sternenhimmel, sondern auf den dunkeln Boden zwischen seinen Schuhspitzen, und als ihn fröstelte, legte er sich den Schlafsack um die Schultern. Sein Herz war nicht mehr zum Weltall erhoben. In diesen Stunden war er voll von Vorwürfen gegen sich selbst, schalt sich, wie unverantwortlich es gewesen sei, gerade jetzt das Haus zu verlassen, da die Mutter drauf und dran war, einen der Freier zu nehmen. Denn das war ja offenkundig, er war doch nicht blind! Sagte sich aber gleichzeitig, es sei doch eigentlich vermessen zu glauben, er könnte die Mutter von irgend etwas abhalten; die Mutter lasse sich in ihren Plänen von ihm, dem Sohn, dem wenig Beachteten, doch nicht stören! Dies beruhigte ihn vorübergehend sogar: Wenn sie sich bisher nicht dazu entschlossen hatte zu heiraten, dann würde sie es auch in seiner Abwesenheit nicht tun, dann hatte sie eben tatsächlich andere Pläne... Seine Gedanken blieben an dem Wort Pläne hängen. Welche Pläne hatte die Mutter? Welche genau? Und mit Ärger und einer ihm selbst fremden, gehässigen Abschätzigkeit stieß er das Wort um. *Pläne* waren ihr keine zuzutrauen! Sie hatte stets planlos gehandelt! Aus Launen heraus! Aber hinter der Überheblichkeit verbarg er nur seinen tiefsten Schmerz, und er verbarg ihn vor sich selbst: Wenn sich die Mutter nämlich für einen der Freier entschied, dann nicht, weil sie irgend etwas plante, weil sie Sorge trug um das Haus und die Güter, um das Vermögen, das Erbe oder weil sie der Belagerung ein Ende setzen wollte – nein, nicht aus den sogenannten vernünftigen Gründen, aus fühllosen Sachzwängen heraus – was den Sohn beruhigt, beschwichtigt haben würde – wird sie einen Mann nehmen, sondern weil sie den Mann liebt. Weil sie Leidenschaft für ihn empfindet. Und es bestand kein Zweifel, für wen sie sich entscheiden würde...

Erst wenige Wochen bevor er abgereist war, war ihm vorgeführt worden, was er ohnehin längst schon geahnt hatte; nämlich daß die Mutter den einen, dessen Name er nicht einmal in Gedanken formen wollte, vorzog – nicht nur den anderen Freiern vorzog, sondern auch ihm, dem Sohn, vorzog. Sie hatte ihn in ihre Privaträume eingeladen. Sie trank mit ihm Kaffee in ihrem Zimmer, das über dem Arbeitszimmer ihres vermißten Mannes lag. Telemach hatte sie beobachtet, von seinem Schlafraum aus, oben in seinem Turm. Er hatte gesehen, wie die Mutter auf der Ottomane saß, wie Antinoos eingetreten und an dem Tischchen neben ihr Platz genommen hatte. Er sah gerade in das Gesicht des Feindes, sah ihn die Lippen bewegen. Viel sagte er nicht. Er sah, wie Antinoos nach einer Weile aufstand, nahe zur Mutter hintrat. Penelope war sitzengeblieben. Sie wandte dem Sohn den Rücken zu. So war für ihn nicht zu erkennen, ob sie redete oder ob sie nur zuhörte. Es war doch anzunehmen, daß sie nicht nur zuhörte, daß sie auch etwas sagte. Aber was? Wurden ihr Vorschläge unterbreitet, und sie antwortete, wie sie dazu stand? Oder Anträge? Wurden ihr Komplimente gemacht? Oder wurde ihr einfach nur geschmeichelt? Aus Antinoos' Gesicht war nichts zu lesen. Würden Komplimente, würden Schmeicheleien mit so ausdrucksloser Miene gesagt werden können? Konnte ein Antrag ohne Lächeln, ohne Wärme überhaupt vorgebracht werden? Nichts Zutrauliches, Herzliches, nicht einmal einen Zug von Galanterie konnte er sich in Gesicht und Gesten dieses Mannes vorstellen. Und die Mutter? Machte sie vielleicht Komplimente? Sie war unberechenbar. Jedenfalls für ihn, den Sohn, war sie unberechenbar. Dann sah er: Antinoos legte seine Hand auf ihr Haar. Und er sah: Sie ließ es zu. Der Feind stand dicht vor ihr, seine Hand auf ihrem Kopf. Seine Lippen bewegten sich nicht mehr. Seine Augen blickten ins Leere. Nichts geschah. Als wären sie erstarrt. Dann hatten sie gemeinsam den Raum verlassen. Antinoos war wieder zu den anderen auf die Veranda gegangen.

Am folgenden Tag, etwa zur selben Zeit, am frühen Nachmittag, hatte sie Telemach wieder beobachtet. Sie tranken wieder Kaffee, und wieder trat Antinoos nach einer Weile zu Penelope heran, legte seine Hand auf ihren Scheitel. Mehr geschah auch diesmal nicht. Nach knappen zwanzig Minuten verließen sie das Zimmer. – Diese Szene wiederholte sich von nun an täglich. Und Telemach war auf seinem Posten, beobachtete die Mutter und ihren Freier mit Sorge und Ungeduld. Denn einerseits fürchtete er, es könne sich an der Szene etwas ändern, daß Antinoos dreister würde, daß Penelope aufstünde und ihm entgegenkäme, daß sie zum Beispiel die Vorhänge vorzöge – wußte sie oder ahnte sie, daß sie von ihrem Sohn beobachtet wurde? –; andererseits hatte dieses täglich sich wiederholende Schauspiel etwas Gespenstisches, Irrlichterndes, Puppenspielhaftes, verwunschen Zaghaftes an sich, so daß ihm der Gedanke kam, was er da sah, sei gar nicht wirklich, sei vorgegaukelt, einzig zum Zweck, ihn zu täuschen, ihm etwas vorzumachen, daß in Wahrheit, nämlich hinter der sichtbaren Erscheinung, etwas anderes vorgehe; oder aber — auch das hielt er für möglich — daß er, Telemach, so etwas sei wie der Hüter dieser Begegnung, daß er, der klamme Späher, die Mutter und ihren Freier eben dadurch, daß er sie observierte, daran hinderte, etwas anderes zu tun; als läge es in seiner, des Sohnes Macht, die Heirat der Mutter zu verhindern; und noch bevor die Göttin Pallas Athene in Gestalt des Mentes von Taphos ihm diese Rolle zuwies, empfand er sich als Wahrer der Interessen des Vaters, rechtfertigte er seine Spitzelei vor sich selbst mit dieser Rolle...

Aber Telemach war zu klug und auch zu nüchtern, um sich über längere Zeit etwas vorzumachen — oder um es ausgewogener zu formulieren: gleichzeitig, während er sich etwas vormachte, wußte er, daß er sich selbst betrog; daß ihn nicht die Interessen eines Mannes, den er gar nicht kannte, dazu anhielten, auf die beiden achtzugeben, sondern daß es schlichte, schäbige, durch keinen höheren Auftrag veredelbare Eifersucht war. Warum gerade der! Warum nicht ein anderer! Auch in diesem Falle, dem Fall der Eifersucht, erwies sich der Unterschied zwischen dem bestimmten und dem unbestimmten Artikel als von weittragender Bedeutung. Die Mutter hatte freilich das Recht, sich einen Mann zu nehmen. *Einen* Mann... Es hatte eine Zeit gegeben, Telemach erinnerte sich mit einem Gemisch aus Ekel und Wehmut, da wäre es ihm als Glück erschienen, wenn sie mit Eurymachos einig geworden wäre. Den hatte er gern gemocht, seine Anwesenheit war so selbstverständlich gewesen. Dann aber hatte er sich verdrängen lassen, und anstatt daß er gegangen wäre, mit würdig erhobenem Haupt, und sich dadurch von den anderen abgesetzt und wenigstens in der Erinnerung, im Wunsch seinen Platz gehalten hätte, machte er mit bei dem Schacher um die Gunst der Hausherrin, denn es waren einflußreiche Personen anwesend oder zumindest deren Söhne, und dies schien ihm sehr förderlich für die Ausbreitung seiner Geschäfte, und er schlug sich auf die andere Seite, reihte sich ein in die Phalanx der Unwürdigen, die in ihren Nächten den Morgen nicht erwarten konnten, um wieder und wieder über alle Bedeutung und allen Sinn zu spotten, über das Schöne, das Anrührende, die Sehnsucht, den Frieden, über alles eben, was sie insgeheim wünschten, die sich selbst für die geriebensten Geister hielten und die Sonne nichts weiter sein ließen als einen durchaus unerfreulichen heißen Klumpen stupider Materie, die nichts taten als herumliegen, an Gläsern nippen, Häppchen schluk- ken, räsonieren, die Zeitungen durchstöbern, sich über frem- des Glück ärgern und über fremdes Unglück freuen, die trau- rig süchtig waren, süchtig nach Leere, Winkelanwälte des Nichts, die sich zusammentaten, um so gewissermaßen einen mechanischen Druck auszuüben, weil sie einzeln ja nichts darstellten. Telemach hatte sich gewünscht, daß die Mutter einen Mann kennenlernte, irgendwo in der Stadt, zufällig, einen Mann, der sich unter gar keinen Umständen in diese Phalanx einreihen ließ, auch nicht als eine ihrer hervorragen- den Figuren, dessen Auftauchen allein das Gesindel ver- scheucht hätte...

Dann wollte er nicht mehr von seinem Fenster auf die bei- den hinunterschauen. Er verließ das Haus gleich nach dem Mittagessen, marschierte im Schatten der Hecken an den Fel- dern entlang. Das tat er zwei oder drei Tage. Dann wurde ihm das langweilig. Er nahm die Corvette und fuhr in die Stadt. Und weil er nicht wußte, was er in der Stadt anfangen sollte – er hatte ja keine Freunde dort, kannte niemanden –, suchte er die Universitätsbibliothek auf. Er hatte gute Erinnerungen an diesen Ort. Hier im Lesesaal hatte er gesessen und in Büchern über Architektur geblättert, hatte Grundrisse abgezeichnet, sich Notizen gemacht, geträumt – und in diesen Träumen war er jemand gewesen, in diesen Träumen hatte seine Person Bedeutung und Gewicht gehabt... Er hoffte, einen Rest we- nigstens von dem großen Gefühl dort wiederzufinden, das ihm damals seine Tage als glorreiche Ereignisse hatte er- scheinen lassen. Das erwartete er diesmal gar nicht; über den Tag sollte ihm geholfen werden, mehr nicht, über ein paar Stunden, mehr nicht. Er setzte sich in den Lesesaal, holte sich willkürlich Bücher aus den Regalen ringsum und baute sie auf dem Pult zu einer halbrunden Mauer auf. Dazwischen verschränkte er die Arme, legte den Kopf darauf und schlief ein...

Er wurde geweckt. Er wußte nicht, ob ihn eine Hand berührt oder eine Stimme angesprochen hatte. Eine junge Frau stand vor ihm und sagte, sie beobachte ihn nun schon seit zwei Stunden, sie habe dabei aber nur seinen Hinterkopf und seine Haare sehen können und seine Schultern und wolle nun auch sein Gesicht sehen, denn sie müsse jetzt gehen, und heute sei ihr letzter Tag hier in der Bibliothek, sie habe alles gelesen, was sie lesen müsse. Ihr Gesicht war von einer zarten, gleichmäßig braunen Farbe, und den selben Farbton, nur kräftig verdunkelt, hatten ihre Augen. Ihr Kopf war groß von den vielen hochaufgekämmten, nußbraunen Locken. Sie trug eine schwarze, enge Hose und ein schwarzes Männerhemd, dessen Ärmel sie aufgekrempelt hatte. Sie war barfuß, und als Telemach aufstand, stellte sie sich auf die Zehen, um nicht kleiner zu sein als er. Schlank war sie und scheinbar aufgelegt zu Späßen. Ihre Lippen zuckten herausfordernd. Sie faßte Telemachs Blick und ließ ihn nicht abschweifen. Sie hatte eine mit Schokolade überzogene Waffel zwischen Zeigefinger und Daumen. Die hielt sie Telemach hin.

»Ich schlafe hier auch oft ein«, sagte sie. »Und wenn ich aufwache, macht mich Schokolade an.«

»Mich auch«, sagte Telemach, und das entbehrte jeder Basis. »Danke«, sagte er und steckte sich die Waffel in den Mund.

Sie heiße Evangeline, sagte sie, sie studiere Sport und Geographie, aber die Geographie sei in letzter Zeit zu kurz gekommen, und sie habe einiges nachholen müssen. Das habe sie getan, und jetzt sei sie fertig damit. Was denn er studiere.

»Ach, nur so«, sagte Telemach.

Am nächsten Tag trafen sie sich im Stadion. Das war halb zufällig. Sie hatten sich nicht verabredet. Es war wahrscheinlich, daß sie dort sein würde, sie hatte gesagt, sie müsse trainieren; sie hatte nicht gesagt, wo sie trainiere, aber es war anzunehmen, daß sie im Stadion trainierte. Telemach fuhr schon früh am Morgen hinaus zu den Sportanlagen. Sie hatte 395 keine Zeit gesagt, wann sie dort sein würde; aber sie war dort. Nur sie und ihre Trainerin waren dort. Die wollte keinen Zuschauer haben. Aber Evangeline sagte, genau dieser junge Mann sei der richtige, um sie anzuspornen. Ausnahmsweise, sagte die Trainerin. Telemach mußte versprechen, daß er nicht fotografierte.

»Ich bin ein Star, mußt du wissen«, sagte Evangeline.

Er setzte sich auf die leere Tribüne in den Schatten und sah ihr zu. Sie trug nun eine glitzernd blaue Sporthose und ein weißes Shirt mit einem ebenso glitzernd blauen Streifen über die Brust. Sie lief über 100 Meter Hürden. Dreimal lief sie diese Strecke. Die Trainerin kontrollierte sie mit der Videokamera. Beim ersten Lauf nahm sie den Start auf, beim zweiten ein Mittelstück, beim dritten den Zieldurchlauf. Evangeline absolvierte unter derselben strengen elektronischen Aufsicht Hochsprünge und Weitsprünge, lief wieder, diesmal achthundert Meter, lockerte ihre Muskeln zwischendurch mit gymnastischen Übungen. – Telemach schaute ihr zu. – Mittags tranken sie einen Espresso in einem italienischen Restaurant in der Nähe des Stadions. Evangeline hatte nicht viel Zeit. Die Trainerin wartete mit der Stoppuhr. Lieber sei es ihr, sagte sie, wenn sie sich ein anderes Mal träfen. Sie habe ein schlechtes Gewissen, wenn er dort oben auf der Tribüne herumhänge. Es mache ihm nichts aus, sagte er. Sie denke sich, sagte sie, daß er meine, sie sei unhöflich. Das denke er nicht, sagte er. Und auf einmal von der Tribüne verschwinde, setzte sie fort, und dann nie wieder etwas von sich hören lasse. Nein, nein, sagte er. Aber dann, irgendwann im Laufe des Nachmittags schlich er sich doch von der Tribüne. Ein paarmal hatte er die Hand nach ihr ausgestreckt, um sie zu grüßen. Hatte mit den Fingern geflattert. Sie hatte ihn aber nicht bemerkt. Am Abend rief sie an. Was er sich jetzt denke, fragte sie. Nichts, sagte er. Wie sie denn die Nummer herausgebracht habe, fragte er. Er habe schließlich einen bekannten Namen, sagte sie. Von nun an telephonierten sie täglich miteinander. Er rief sie an. Sie hätte ihn gern zu Hause besucht. Das wollte er nicht.

»In ein paar Tagen habe ich mehr Zeit«, sagte sie. »Ich muß jetzt nachholen, was ich an die Geographie verloren habe.«

Telemach beobachtete die Mutter, und es war ihm, als beobachte sie ihn ebenso. Er redete sich ein, sie warte nur darauf, daß er das Haus verließ. Ob er heute wieder die Corvette benötige, fragte sie ihn. Warum, fragte er. Sie meine nur, sagte sie. Warum meine sie nur, fragte er zurück. Nur so, sagte sie. Sie nahm die Sonnenbrille nicht ab, wenn sie mit ihm redete, auch im Haus nicht. Er konnte zwar nicht mit Gewißheit sagen, ob sie in der Vergangenheit die Sonnenbrille auch manchmal aufbehalten hatte, wenn sie mit ihm sprach, aber ihm kam vor, das wäre neu. Es war die Sonnenbrille mit den Spiegelgläsern, durch die man die Augen nicht sehen konnte. Ob sie denn die Corvette benötige, fragte er. Nein, sagte sie, wenn er sie wolle, könne er sie ruhig haben. Er brauche sie aber nicht, sagte er. Gut, sagte sie, dann sei es ja in Ordnung, dann sei alles in Ordnung. Er war sicher, sie würde nun wegfahren, und Antinoos würde nicht wie sonst immer um die Mittagszeit auftauchen, daß sie sich also irgendwo außerhalb des Hauses träfen, das war doch ohnehin schon längst fällig. Aber Penelope blieb zu Hause, und Antinoos kam wie immer. Und er, Telemach, rief Evangeline an, sagte, er könne heute nachmittag leider nicht kommen, es habe sich etwas ergeben. Und dann sprachen sie fast eine Stunde lang am Telephon. Sie las ihm die Kolumne von Eurymachos vor, spottete darüber. Er sagte ihr nicht, daß der Kolumnist täglicher Besucher bei ihnen war.

Einmal verbrachten sie einen ganzen Tag miteinander. Nur einmal. Es kostete Evangeline einige Mühe, ihre Trainerin zu überzeugen, daß ein freier Tag ihrer »mentalen Form« zuträglich sei. Die Trainerin hörte sich die Argumente ihres Schützlings an, verzog nicht ein einziges Mal ihre graue Kettenrauchermiene, und das hieß, sie hielt ein Lächeln zurück. »Also gut, mein Liebling«, sagte sie und ließ sich das Versprechen geben, daß sich Evangeline an die Diät hielt, daß sie keinen Alkohol trank und daß sie nichts unternahm, wobei auch nur ein Spürchen einer Gefahr für ihre Sehnen oder

Muskeln bestand. Die Trainerin sei nicht das größte Problem gewesen, ihre Brüder daheim hätten mehr Schwierigkeiten gemacht, sagte Evangeline spät abends am Telephon. – Telemach fragte nicht nach.

Er borgte sich die Corvette aus. Der Mutter sagte er nicht, wohin er fuhr. Sie fragte ihn auch nicht. Sie ahnte wohl, daß sich etwas verändert haben mochte im Leben ihres Sohnes. Weil er, der Stubenhocker, in letzter Zeit fast täglich in der Stadt unterwegs war. Es schien sie aber nicht weiter zu interessieren. Ein wenig kränkte ihn das. Eurykleia hatte er von Evangeline erzählt. Schon am selben Abend, als er sie kennengelernt hatte. Als sie ihm das Nachtgetränk und die frische Wäsche für den kommenden Tag brachte. Mit einem Menschen wenigstens mußte er darüber sprechen. Ihr sagte er auch, wie sehr er sich auf diesen Tag freute, den sie ganz für sich haben würden. Mehr als auf jeden anderen Tag in seinem bisherigen Leben freue er sich darauf, sagte er. Und sie zweifelte nicht daran, daß er es auch so meinte. Sie sah es ihm an. Ob er Geld brauche, fragte sie ihn. Nein, sagte er. »Warum meinst du?«

»Du mußt sie groß ausführen.«

»Aber warum denn?«

»Das mußt du auf alle Fälle. Ich gebe dir Geld.«

»Wir gehen irgendwo eine Kleinigkeit essen. Natürlich lade ich sie dazu ein. Aber groß Essen ist das nicht.«

»Wohin geht ihr essen?«

»Irgendwo hinaus, irgendwo draußen auf dem Land... Wie es sich ergibt...«

Sie wisse ein schönes Restaurant draußen, sagte sie. Sie beschrieb ihm den Weg dorthin. Er solle den Wirt von ihr grüßen, einen Herrn Willam, und er solle sagen, er sei der Enkel von Laertes, das solle er auf alle Fälle sagen.

»Das werde ich nicht«, wand sich Telemach. »Das ist doch peinlich.«

»Es ist nicht peinlich«, sagte Eurykleia. »Und daß ich dir Geld gebe, ist auch nicht peinlich. Du hast ja keine Ahnung, was dort eine Flasche Wein kostet.«

»Evangeline darf keinen Wein trinken! Ich brauche nichts. Das wird nicht so ein Tag, wie du denkst.« Wenn er wirklich einmal Geld brauche, sagte er, dann werde er sich nicht genieren, das verspreche er ihr.

Eurykleia hatte ihm eine saloppe helle Sportjacke zurechtgelegt und eine weiße Leinenhose, Leinenschuhe dazu und ein weißes Hemd und eine rote Lederkrawatte. Aber Telemach schlüpfte wie jeden Tag in seinen schwarzen Anzug, nur das frische weiße Hemd nahm er.

Er sollte Evangeline in der Französischen Straße abholen, dann wollten sie irgendwo in der Stadt frühstücken. So hatten sie es am Telephon ausgemacht. Weil er früher dort war, als sie sich verabredet hatten, viel früher sogar, kaufte er Brötchen und Orangensaft ein. Er war dann immer noch zu früh. Sie hatte ihm am Telephon das Haus beschrieben, den Hausflur, die beiden Türen im Parterre, von denen die eine, nämlich ihre, erst später in die Wand gebrochen worden sei. Er spürte seinen Herzschlag im Hals, gleich dort, wo die Schlüsselbeine ansetzten. Er drückte auf den Klingelknopf, trat beiseite, so daß er durch den Spion nicht gesehen werden konnte.

Evangeline war schon fertig. Sie trug ein helles, fast weißes, im Sonnenlicht ockergelbes Kleid. Es hatte keine Ärmel. Sie gaben sich die Hand. Ob es ihr recht sei, wenn sie hier bei ihr frühstückten, fragte er. Sehr recht, sagte sie. Sie standen sich gegenüber und betrachteten einander. Und obwohl sie die schönsten Bilder in sich trugen, staunten sie an diesem Morgen doch, wie schön der andere in Wirklichkeit war, denn sie fanden einander schöner als je zuvor. Er schien ihr so elegant in seinem schwarzen Anzug, und daß die Jacke an den Ellbogen und die Hose an den Knien und an den Schenkeln bereits glänzten und daß die Hose gänzlich aus der Fasson war, das übersah sie, das sah sie gar nicht. Er fühlte eine Wärme von ihr ausgehen, und keine ähnliche Empfindung hatte ihn je erreicht, und sein bisheriges Leben erhöhte sich durch das selbstverständliche Pathos des Verliebten und bekam seinen alleinigen Sinn in den Gefühlen, die in diesem Augenblick in ihm waren.

Sie zeigte ihm die Wohnung, während das Kaffeewasser auf dem Herd stand. Es waren zwei Zimmer, eine Küche und ein Bad. Der Gang war lang und schmal.

»Es ist eine halbe Wohnung«, sagte sie. »Der Besitzer hat durch den Gang eine Wand gezogen. Die andere Wohnung drüben steht zur Zeit leer.«

Sie besaß nicht viele Sachen, jedenfalls waren die beiden Zimmer nur sehr spärlich möbliert. Ihre Kleider hingen an einer Stange hinter einem Vorhang. Sie wohne erst seit einem Monat hier, sagte sie. Die meisten ihrer Sachen seien noch zu Hause, bei ihrem Vater und ihren Brüdern.

Mit angezogenen Schultern, die Hände tief in den Hosentaschen, stand Telemach auf der Schwelle zu einem der Zimmer und nickte.

Es war ein sorgenfrei seliges Frühstück. Daß sie beide nur wenige Bissen hinunterbrachten, war nicht deshalb, weil irgend etwas ihre Seligkeit trübte, es zog sie zueinander, die Köpfe legten sie sich gegenseitig an den Hals; er war sehr aufgeregt. Und Evangeline war auch aufgeregt, und das tat ihm gut, denn er durfte ja annehmen, sie sei seinetwegen aufgeregt. Und darum brachten sie nur wenige Bissen hinunter und tranken viel Orangensaft und Wasser.

»Hoffentlich ist dir das nicht zu kompliziert mit mir«, sagte sie.

»Was denn«, fragte er.

»Mit dem Training und so«, sagte sie, »daß ich eigentlich nicht tun kann, was ich will, jedenfalls jetzt nicht, wo die Wettkämpfe bald anfangen.«

»Nein, nein, das geht schon«, sagte er.

»Bei dir ist es ja auch kompliziert«, sagte sie.

»Was ist bei mir kompliziert«, fragte er. »Ist es bei mir kompliziert?«

»Ist es nicht kompliziert«, fragte sie.

»Nicht daß ich wüßte.«

Das sei Schwerstarbeit, ihn aus dem Haus zu locken, sagte sie. Wieso, fragte er. »Mich aus dem Haus zu locken?« Er wußte nicht, was sie meinte. Er merkte, daß es ihr unangenehm war, weil sie das gesagt hatte. Er wollte nicht weiter darüber sprechen. Sie hatten gefrühstückt, jetzt wollte er aufbrechen. »Gehen wir?« fragte er.

Dann fuhren sie aus der Stadt hinaus. Sie hielten sich in nördlicher Richtung. Sie fuhren am Fluß entlang auf der alten Straße. Die war wenig befahren. Sie verließen die Straße und fuhren nach Osten ab. Er erzählte ihr von dem Restaurant, das ihm Eurykleia beschrieben hatte.

»Dann fahren wir doch dorthin«, sagte sie.

Sie fanden das Haus, es stand im freien Feld, war von Kastanienbäumen umgeben und hatte geschlossen. Da war es dazu gekommen, daß sie sich umarmten. Sie waren nebeneinander gestanden und hatten sich zufällig gleichzeitig einander zugedreht, hatten nämlich beide etwas sagen wollen, und umarmten sich aus der Bewegung heraus – so war es gewesen. Es war ein ungeschicktes, zweideutiges Umarmen, das ebensogut eine freundschaftliche Geste hätte sein können, durch einen dummen Zufall war es vermurkst. Dann aber fehlte ihm der Mut, sie noch einmal zu umarmen – weil er sah, daß sich ihre Wangen gerötet hatten, daß alles Forsche und Schalkhafte aus ihrem Gesicht verschwunden war und sie ihn mit großem Ernst anblickte. Ihre Blicke verfingen sich nicht mehr ineinander... – Das zarte Fingerspiel der Aphrodite vermochte sich nicht durchzusetzen gegen das vorsehungsträchtige Sturmgewölk, das von der Stirn der Athene rauschte.

Sie streiften durch eine kleine Stadt, in der beide noch nie gewesen waren, aßen einen Hamburger neben der Straße, zwei Drittel davon warfen sie in den Eimer, dann fuhren sie in den Nachmittag hinein. Das Land wurde hügelig, und schließlich sahen sie die Berge. Sie stellten den Wagen in den Schatten und gingen eine halbe Stunde aufwärts. Es zog sie zueinander, wieder zog es sie zueinander, und der Kampf der Göttinnen, der um sie tobte, verwirrte sie, denn sie wußten nicht, was mit ihnen geschah. Sie setzten sich in den dunklen Wald auf den Nadelboden, streiften die Schuhe ab, legten ihre nackten Füße übereinander und spielten mit den Zehen,   401 sie hielt seinen Kopf zwischen ihren Händen, strich mit den Daumen über seine Schläfen, spannte die Haut, bis sie fand, daß seine Augen chinesisch aussähen, und sie hätten sich gern ausgezogen und miteinander geschlafen, denn nichts anderes wollten sie, und sie hätten es getan, aber Athene behielt abermals die Oberhand über ihre Rivalin.

So erzählten sie sich eben gegenseitig ihr Leben. Das heißt, Telemach erzählte nicht viel, und was er erzählte, das wußte sie bereits – daß sein Vater noch immer nicht aus dem Krieg zurückgekehrt sei und so weiter, das war ja allgemein bekannt. – Es stellte sich heraus, daß Evangeline gerade einen Monat älter war als Telemach. Sie war auf dem Land aufgewachsen, in einem ehemaligen Schulhaus, dessen obere Hälfte ihre Familie bewohnte. Die Mutter sei höchstens einmal oder zweimal pro Woche bei ihnen gewesen. Und dann nur für eine Stunde. Lange Zeit, sie schwöre, habe sie gar nicht gewußt, daß diese Frau ihre Mutter sei. Evangeline hatte drei Brüder, sie war die Jüngste. Ihr Vater war früher Kurzstreckenläufer gewesen, ein Mann nicht gerade der ersten Garnitur, aber einer der ersten in der zweiten Garnitur. Über hundert und zweihundert Meter war er gelaufen. Alle ihre Brüder waren Leichtathleten, aber keiner hatte die Spitzenklasse erreicht wie sie. Aber da war keine Eifersucht, im Gegenteil. Am Anfang war sie vom Vater trainiert worden, aber dann hatte er selbst den Vorschlag gemacht, sie in professionelle Hände zu geben. Sie war in die Stadt gezogen, hatte sich an der Universität immatrikuliert, der Verein übernahm die Hälfte der Miete.

»Du bist wirklich ein Star«, fragte Telemach.

»Ja, schon«, sagte Evangeline.

Bei der Rückfahrt lehnte sie ihren Kopf an seine Schulter, und er war glücklich. Sie kamen von Norden auf Ithaka zu, da lag die Stadt bereits in der Abenddämmerung, und die ersten Lichter brannten. Er fuhr auf einen Parkplatz, von wo aus man einen bekannt schönen Blick hatte. Sie stiegen aus und sahen hinab auf die einnachtende Stadt. Und wieder gelang

es ihm nicht, Evangeline auch nur an ihrem Unterarm zu berühren. Verkrampftheit und Schroffheit waren auf einmal zwischen ihnen, und würde sie jemand beobachtet haben, er hätte sich wohl denken müssen, die beiden lägen in einem schweigenden Streit miteinander. In der Französischen Straße vor dem Haus 1177 verabschiedeten sie sich karg, und Telemach fuhr mit gesenktem Mut nach Hause.

Er schlief nicht ein in dieser Nacht. Er sehnte sich danach, Evangelines Stimme zu hören. Denn immer, wenn er allein war und an ihre Stimme dachte, zog sich ihm das Herz zusammen. Er fragte sich, wie hätte ich es denn machen sollen. Er wiederholte sich den ganzen Tag in der Erinnerung, und er mußte sich sagen, daß es nicht mangelnder Mut gewesen war, der ihn davon abgehalten hatte, sie noch einmal, und zwar eindeutig zu umarmen, ihr zu sagen, was er für sie empfand, sondern daß es ein vertracktes Netz aus mangelnden Gelegenheiten gewesen war, als wäre es von einem Mal zum anderen ins Unmögliche gesetzt worden. Er dachte: Nun habe ich sie verloren. Und es war ihm, als sei noch nie ein größerer Schmerz in ihm gewesen. Zugleich aber dankte er für die Verzweiflung, die ihm wie ein Geschenk erschien, wußte nicht, in welche Richtung des Himmels er danken sollte, und er verabscheute die Ruhe, in der er gelebt, bevor er Evangeline kennengelernt hatte. Denn wenigstens in der Kammer seines Herzens, in der jetzt soviel Unordnung, Leid und Frohlocken herrschte, wenigstens dort war Ruhe gewesen. Dann dachte er an die Mutter. Er konnte nicht mehr in seinem Bett liegen bleiben. Er stellte sich ans Fenster und schaute hinaus in die Nacht. So blieb er bis zum Morgengrauen. – Da sah er draußen in der Wiese hinter dem Haus den Mann stehen, dessen Namen er nicht einmal in Gedanken formen wollte, und er sah, daß er hinauf zum Schlafzimmer der Mutter blickte. Und über alle Feindschaft hinweg, über allen Ekel und alle Eifersucht, über den Haß, der dem da unten das Atemrecht streitig machte, und auch über das kindliche Es-darf-nicht-sein hinweg fühlte er eine Verbundenheit mit diesem Mann, dessen Sache ebenso ins Unmögliche gesetzt zu sein schien wie die seine. Und diese kleine, in einer Sekunde bereits erledigte, abgeglühte Verbundenheit war zuletzt doch wieder nur seinem Widerwillen zuträglich, und so war, wie Pallas Athene bereits am folgenden Tag, aus den Augen des Mentes von Taphos blickend, hatte feststellen dürfen, ein durchaus solider, sättigender, ausbau- und tragfähiger Haß daraus geworden – der unter allen Umständen kultiviert werden mußte, wollte man nicht, daß er dem Ares in die Hände falle, dem primitiven Kriegsgott, dem Verderber des Hasses, dieses kostbaren menschlichen Gefühls...

Pallas Athene!

Kehren wir schleunigst aus dem Plusquamperfekt ins Präteritum unserer Erzählung zurück! Nicht soll der Eindruck entstehen, unser Held hätte die Mehrzahl der Nächte neben der Landstraße verbracht mit Grübeln über Erinnerungen. Solche Anwandlungen überfielen ihn zwar manchmal, aber je länger die Reise dauerte, desto seltener wurden diese Ausschweifungen unseres Helden in die Schwermut. Meistens schlief er sorglos und tief neben Peisistratos unter dem Getriebe des Jeeps – aus dem übrigens ein wenig Öl tropfte, das ihre Kleidung restlos ruinierte, was die beiden aber nicht störte. Wer Telemach in diesen Tagen kennengelernt hätte, würde ihn als einen fröhlichen, mehr zur Müdigkeit als zur Melancholie neigenden, eher oberflächlichen als profunden Charakter beschrieben haben. Sie vertrödelten ihre Zeit, lachten, flapsten, nahmen nur wenig ernst und nichts wichtig, brachten irgendwie die Kilometer hinter sich, an manchen Tagen hundert, an manchen Tagen nur fünf, griffen, wenns nötig war, in die Schachtel unter dem Fahrersitz, saßen in den Kaffeestuben neben den Tankstellen und bauten Türme aus Bierdeckeln...

Und Pallas Athene? Sah sie einfach zu, wie Telemach in seinem Herzen immer weiter von seiner Aufgabe abwich, wie er sich ablenken ließ von den schönen Dingen rechts und links seines Weges? Wie er hoffte, er werde scheitern... – Wir wundern uns über unsere Antagonistin. Nie war das Verhalten ihres Zöglings ihren Absichten mehr entgegen als in diesen Tagen. Nie wäre ihr Eingreifen nötiger gewesen, vorausgesetzt, sie hielt überhaupt noch an ihrem Vorsatz fest, aus dem Sohn des Odysseus einen Soldaten zu formen, der dem Vater bei dessen Heimkehr bedingungslos zur Seite stehen würde, auch wenn der Vater Schweres verlangte, Grausiges, was einem Zärtling an die Nieren gehen konnte. Selbstverständlich werden wir der Göttin keine Vorschläge unterbreiten oder sie gar an ihre Prinzipien erinnern, abgesehen davon, daß unsere persönliche Neigung – das möchten wir an dieser Stelle, auch wenn es längst schon vermutet wird, gern aussprechen – ohnehin dahin tendiert, den Telemach bei seinem Befreiungsversuch aus ihrem Einfluß zu fördern – nach Maßgabe unserer Möglichkeiten freilich –, allein, wir fürchten um unsere Geschichte. Sie hat sich nun einmal von allem Anfang an unter das Joch der dramatischen Spannung zwischen dem Protagonisten und der Antagonistin begeben, und ebenso, wie sie bei langanhaltendem Gleichgewicht der Kräfte zum Stillstand käme – ähnlich dem Kampf zwischen Mentor und dem Busfahrer –, so würde sie bei Ausfall einer Seite ziemlich rasch in sich zusammenbrechen... Oder liegt hier wieder ein Fall göttlicher Laune vor, und wir müssen uns auf einen hinterhältigen Plan gefaßt machen?

Wo war Pallas Athene? Hatte sie ihn verlassen, hatte sie das Interesse verloren an dem schwer Handhabbaren? Etwa weil er sich in Pylos so leichtfertig von Aphrodite ins Bett hatte locken lassen von der reizenden Polykaste? Als sie, Pallas Athene, die Kopfgeborene, unaufmerksam gewesen war und das aphroditische Armezusammenführen, Armeundbeinezusammenführen, das Körperankörperlegen dann nicht mehr verhindern hatte können, wie es ihr in Ithaka und Umgebung noch gelungen war. Denn jenes vertrackte Netz aus mangelnden Gelegenheiten, das alles von einem zum anderen ins Unmögliche setzte, so daß außer einer ungeschickten, zweideutigen Umarmung, die ebensogut eine freundschaftliche Geste hätte sein können, nichts zustande kam, dieses Versauern einer Liebessehnsucht war, wie schon angedeutet, ihr Werk gewesen. An jenem Tag, an dem Telemach und Evangeline   405 mit der Corvette durch die Gegend gefahren waren, hatte ein zäher Wettstreit, um nicht zu sagen ein Kampf stattgefunden zwischen Athene und Aphrodite. Diesen Kampf hatte Athene gewonnen. Aber Aphrodite hatte nicht aufgegeben, und ein winziges Terrain wenigstens hatte ihr Athene auch weiterhin überlassen müssen – die Telephonate; dort durfte sie ihr Parfum verspritzen. Als die Liebesgöttin ihr Geschick dann allerdings zu weit trieb und unmittelbare Gefahr bestand, daß Telemach und Evangeline telephonisch Liebesgeständnisse austauschten, da war der Pallas nichts anderes mehr übriggeblieben, als von ihrem Ideal über Wolke und Berg herabzutauchen und hineinzufahren in den armen Mentes von Taphos, ihren blauen Blick aus seinen Augen durch Wände und verhangene Fenster zu treiben und den Banjobauer zu zwingen, so finster dreinzuschauen, daß Telemach im Arbeitszimmer seines Vaters plötzlich mitten im Telephongespräch zusammenfuhr, den Apparat zum Fenster trug, den Hörer zwischen Unterkiefer und Schlüsselbein klemmte und mit der freien Hand das Rouleau hochzog... Und was hatte sie ihn sehen lassen? Das Gesicht seines Vaters. Im Bruchteil seines Blickes veränderte die Göttin, wie wir uns noch gut erinnern, ihr Aussehen, und sie tat es nicht, wie wir anfangs meinten, aus einer Laune heraus, sie tat es mit dem Vorsatz, dem Sohn ein Brandzeichen zu verpassen, und vor allem: um sein Telephongespräch mit Evangeline zu beenden. – In diesem Scharmützel war abermals Athene Siegerin geblieben.

Aber dann hatte sich Aphrodite in Pylos mit der reizenden Polykaste gerächt. Nur für wenige Augenblicke hatte es Athene verabsäumt, auf ihren Schützling achtzugeben, und schon mußte sie ohnmächtig zusehen, wie ein Fingerzeig aphroditischer Verliebtheit das mühselig aufgeblasene, vorsehungsträchtige Sturmgewölk von der Stirn der Vernunft wischte. Wollte sich nun die Göttin der Weisheit und der vielen weiteren Eigenschaften, deren Aufzählung eine lange Liste nötig machte, nicht noch einmal auf einen Wettstreit mit der Göttin der Liebe einlassen? Das wäre verständlich. Immerhin ist Athene ja auf die Erde gekommen, um wenigstens die letzte der vielen unglücklichen Folgen eines anderen Wettbewerbs in ihrer tragischen Wucht zu mildern. Denn daß Paris damals weder unsere Antagonistin noch Hera zur schönsten Göttin gewählt hatte, sondern Aphrodite, die ihm dafür die schönste Frau der Welt versprach, hatte ohne Zweifel üble Folgen: daß Helena geraubt wurde, daß der Krieg ausbrach, daß Odysseus zwanzig Jahre von zu Hause fort war, daß sich die Freier an die Frau und das Gut des Herumirrenden heranmachten und daß schließlich dem Heimkehrenden ein blutiger Empfang beschert werden würde, wenn dies Athene nicht verhinderte, indem sie den Sohn dazu anhielt, bereits in der Ferne für den Vater zu kämpfen, damit er schließlich an seiner Seite den Kampf beende. Daß sich ihr Schützling in Pylos so ohne weiteres von der verhaßten Konkurrentin an der Hand hatte nehmen lassen, mußte ihre Eitelkeit gekränkt haben.

Dazu drängte nun noch ein weiteres nach vorne, das seit Beginn ihrer Mission in ihr gejuckt hatte und ihre Morosität durchaus verstärkte... – Wir wollen uns nicht dem Vorwurf der Einseitigkeit aussetzen und deshalb darum bitten, noch eine Weile bei der Gegenspielerin unseres Helden verbleiben zu dürfen, ehe wir in seiner Geschichte fortfahren. Es wird ein kleiner Exkurs in den Themenbereich Krieg werden, das liegt nun nicht so weit von unserem Helden entfernt, schließlich soll er ja zu einem Soldaten, wenigstens zu einer Art Soldat transformiert werden; außerdem – soviel sei verraten – war Athene gerade im Begriff, sich unter dem für ihre Zwecke zur Verfügung stehendem Menschenmaterial etwas Haudegenhaftes auszusuchen.

Um den Krieg geht es also, und es soll uns auch nicht wundernehmen, daß wir damit unmittelbar an die Liebe anschließen. Erinnern wir uns: Als sich Pallas Athene anschickte, vom Himmel herabzusteigen, waren alle aus dem Kreis der Unsterblichen mit Vorschlägen gekommen, hatten ihr Hilfe angeboten – nur zwei waren abseits gestanden: Aphrodite eben und Ares, die Liebesgöttin und der Kriegsgott; sie waren eng beieinandergestanden, hatten, nur schwer ihre Geilheit zü- 407 gelnd, sich an die Geschlechtsteile gegriffen, aber so, daß es keiner sah, weil sie ihn mit ihrem und er sie mit seinem Körper deckte.

Dieser Ares war Athene bei weitem der Verhaßteste im ganzen Himmelskreis. Die Eifersucht auf die Göttin der Liebe wurmte sie zwar und mochte bisweilen sogar zu göttlichen Indigestionen führen, aber es konnte sie, die Walterin des klaren Kopfes, nichts so sehr in Rage bringen wie die Tatsache, daß ein Dummian über ein Feld trampelte, das nur mit schärfstem Verstand beackert werden durfte und für das eigentlich sie sich zuständig fühlte, den Krieg nämlich. Für Ares war Krieg nichts weiter als die Fortsetzung der männlichen Prügelei, ein Raufhandel, bei dem mindestens ebensoviel gelacht wie geblutet werden sollte, mehr ein Zeitvertreib als die Behauptung irgendwelcher Machtinteressen. Weder hielt er etwas von Strategie und Taktik noch etwas von kombinierten Verteidigungs- und Abwehrsystemen und deren Weiterentwicklung. Er war ein Prahlhans, der aus dem Krieg eine Gaudi machte, zu der man mit Gesang und klingendem Spiel aufbrach. Er war der Gott der gefährlich entsicherten Instinkte, der rechenschaftslosen Gewalt. Wo sich Lumpen in Reih und Glied formierten und Schritt faßten, um eine *Sache* zu vertreten, war er mit von der Partie. Er befürwortete den herben Schnauzton des Gefreiten, die schnoddrigen Plattheiten der Unteroffiziere, das gegenseitige kameradschaftliche Kujonieren; er liebte die Kumpanei und das Männerbündlerische in all seinen Abarten, seien es sentimentale Treueeide an nächtlichen Lagerfeuern, wo der Nihilismus zur Selbstlosigkeit des edel ergebenen Kämpfertums stilisiert wurde, oder seien es dampfende Weitbrunzwettbewerbe am frühen Morgen, bei denen sich der Verlierer freiwillig die Vorhaut abmetzeln ließ; Massenvergewaltigungen von Frauen waren ihm lieber als ein strategisch sauber durchdachter Bombenangriff; im militärischen Gegner sah er weniger den Feind als im Zivilisten allgemein, ja sogar die gläserklingende Verbrüderung feindlicher Offiziere fand seine ungeteilte Zustimmung, wenn dabei nur möglichst laut möglichst viele möglichst dreckige Witze erzählt wurden... Und es endete damit, daß geschlagene und verwundete Männer nach Hause kamen und sich in ihrer Wut selbst gegen jene Menschen wendeten, die sie vor dem Krieg geliebt hatten, daß sie sich zuletzt in den Ecken zusammenrollten und starben und man ihnen die Knochen brechen mußte, um sie in die Särge zu bekommen.

Pallas Athene hatte selbstverständlich ganz andere Vorstellungen vom Krieg. Krieg bedeutete für sie, die Gefühle zu überwinden, die zu ihm geführt hatten. Freilich war Haß die Grundlage jedes Krieges, und es galt, ihn zu pflegen und zu hegen, aber unter Kontrolle zu halten. Doch ebensowenig wie man glücklich wird, weil man glücklich sein will, wie man traurig wird, weil man Trauer trägt, kann man mit Haß den Haß befriedigen. Auch Pallas Athene wollte und konnte nicht auf den Typus des muskelstrotzenden, ständig irgendwelche Ketten zerreißenden und Breschen schlagenden, ungeniert herz- und hirnlos agierenden Heroen verzichten. Der war notwendig, um Krieg zu führen. Mit ihm wurde Krieg geführt. Er war ein Instrument des Krieges. Eine Waffe. Aber er führte nicht. Er verlangte vielmehr nach Führung und Unterwerfung. Ein Umgang mit ihm durfte ausschließlich von berechnenden Erwägungen bestimmt sein. Er mußte geführt werden. In den Krieg geführt werden. Wer nur seinen Haß austoben will, der soll schreien, der soll um sich schlagen, der soll beleidigen, betrügen, übel nachreden, anschwärzen, reinlegen. Wer Krieg führen will, der muß an die Vernichtung denken, nicht an abgeschnittene Hoden und dergleichen irregeleitete Begehrlichkeiten. Die Vernichtung aber, die totale Vernichtung, muß geplant sein, und dem Plan steht der Haß im Weg. Krieg heißt, auf vernünftige Art und Weise hassen. Wenn im Krieg schon etwas befriedigt werden soll, dann dieses verzweifelte Verlangen nach historischer Befugnis, diese über den Tod hinausweisende Geltungssucht. Über die Helden des Ares werden vielleicht *Geschichten* erzählt, aber auch nur vielleicht; die Helden der Pallas Athene aber schreiben *Geschichte*, mit Sicherheit.

Athenes vordringliche Sorge mußte sein: Wen erst Aphrodite, die planlos leidenschaftlich Liebende, in ihre Finger kriegt, den wird Ares, der leidenschaftlich planlos Hassende, für den vernünftigen Krieg verderben. Denn die Energien der Liebe und die Energien des Hasses speisen sich aus derselben Quelle, aus der Unendlichkeit unserer Wünsche. Die Vernunft allein kennt das Maß. Gegen ein Verlangen aber, das erfüllt wird, bleiben wenigstens zehn ungestillt. Ein erfüllter Wunsch macht alsbald einem unerfüllten Platz – so funktionieren Liebe und Haß. Und Aphrodite und Ares sind hintereinander her wie die läufigen Hunde. Sie zerstreuen die Gedanken. Sie mögen vielleicht begeisternde oder verheerende Blitze hervorbringen, das schon. Aber auch im Reich der Athene herrscht Vielheit der Gedanken, nur: sie werden in strenger Einheit und Einstimmigkeit gehalten...

Telemach allerdings bewegte sich zur Zeit weder im Zuständigkeitsbereich von Aphrodite und schon gar nicht im Zuständigkeitsbereich des Ares, und auch von Pallas Athene wollte er nichts wissen. Während wir uns im Göttlichen verplauderten, haben die beiden Freunde auf der Landstraße weitere Stücke ihrer vertrödelten Zeit hinter sich gebracht...

Aber auch wenn sich die Söhne von Nestor und Odysseus in ihrem Inneren immer weiter von der Welt ihrer Väter entfernten, so näherten sie sich doch jener Stadt, in die sie von dem einen Vater gesandt wurden, um sich dort nach dem anderen zu erkundigen. Ja – so viele Tage und Nächte waren sie nun schon unterwegs, aber der Zweck der Reise, nämlich in Lakedaimon, der glänzendsten aller Städte, Menelaos zu finden, den Rufer im Streit, damit er ihnen Auskunft gebe über den Städtezerstörer Odysseus, diese gottverdammte, gottgewollte Aufgabe hatte sich nicht vergessen lassen! Nirgends hatte Telemach ankommen wollen, nirgends hatte er bleiben wollen. Solange er unterwegs war, hatte es niemanden gegeben, dem er darzulegen hatte, was er tat, plante, dachte. Aber dann, eines Tages, wollte er innehalten, hätte sich am liebsten gar nicht mehr von der Stelle gerührt. Ihre Reise ging nämlich zu Ende. So viele Tage und Nächte waren sie nun schon unterwegs, um in Lakedaimon, der glänzendsten aller Städte, Menelaos zu finden, den Rufer im Streit, damit er ihnen Auskunft gebe über den Dulder Odysseus, und nun stand diese gottverdammte, gottgewollte Aufgabe wieder vor ihm, erhob sich in der Nacht über ihn, schlug ihn in ihre Fesseln. Es war ausgerechnet am Ende jenes Tages, der ihnen als der schönste erschien auf ihrer Reise. Wollen wir deshalb zuerst vom Tag berichten...

Sie hielten zu Mittag neben der Straße in der breiten, alles unter sich zum Schweigen bringenden Sonne, zwängten sich in den Streifen Schatten, den der Jeep warf, zogen Hemd und T-Shirt aus und legten sie sich auf den Kopf, streckten ihre Beine über den Staub. Die Straße führte mitten durch ein Weizenfeld, das in seiner höchsten, goldensten Pracht stand. Schon zeigten sich die ersten braunen Streifen an manchen Getreideblättern. Die Erde war staubgrau und krustig. Ameisenjungfern und Ameisenlöwen wühlten ihre Trichter auf. Kein Mensch war unterwegs. Kein Wagen fuhr an ihnen vorüber. Kein Vogel war zu hören, keine Grille. Es war zu heiß. Windstill. Sie waren sich einig, daß sie noch nie solche Stille erlebt hatten.

»Hier brauche ich vielleicht gar keinen Verstärker«, sagte Peisistratos und holte seine Gibson aus dem Jeep. Und dann spielte er fast eine Stunde lang auf der Gitarre, die keinen Resonanzkörper hatte und nur aus einem rotlackierten Stück Holz gemacht war – *solid body* –, aber so fein und zart klang, als wären ihre Töne aus den Weizenähren gezogen, die sich rechts und links auf die Straße neigten.

»Jetzt habe ich alles gespielt, was ich kann«, sagte Peisistratos, als die Stunde um war. »Was meinst du dazu?«

Telemach saß mit geschlossenen Augen da, mit einem Arm stützte er sich auf den Kotflügel des Jeeps, der andere Arm war an seine Brust gewinkelt. »Ich bewundere dich«, sagte er. »Und es ist schade, daß du schon fertig bist.«

»Meinst du das wirklich?«

»Ich meine es so.« Noch nie hatte er solches Wohlbehagen gespürt. So angenehm, so paradiesisch war seine Lage, daß er 411 sich ihrer nicht bewußt war; erst am Abend, erst in den folgenden Tagen eigentlich, fiel ihm jene Mittagsstunde wieder ein, und er sagte sich, daß sie das vollkommene Glück gewesen war und daß Peisistratos auf der Gibson ohne Zweifel von apollinischer Inspiration geleitet worden sein mußte, daß ihm solche Musik gelungen war.

»Ist dir nicht irgend etwas Falsches aufgefallen?« fragte Peisistratos.

»Nichts«, sagte Telemach.

»Oder etwas, was nicht ganz so schön war vielleicht?«

»Nichts.«

»Oder etwas, wo ich noch dran üben muß oder so?«

»Nichts. Es war absolut perfekt!«

»Das gibt es doch nicht! Du findest das wirklich gut? Jetzt findet der das gut! Ist das wahr?«

»Ich finde das wirklich gut, ja. Wo hast du das denn gelernt?«

»Der in Elis im Musikgeschäft hat mir ein paar Griffe gezeigt«, sagte Peisistratos voller Eifer. »Und dann habe ich eine Kassette von Bob Marley. Von der habe ich heruntergelernt…«

»Aber wo kannst du die denn bei dir zu Hause hören?«

»Polykaste hat einen Recorder, den hat sie im Haus des Generators stehen, wo auch mein Verstärker steht. Und dort hören wir Musik, und ich probiere auf der Gibson, und manchmal nehme ich auch auf, und Polykaste und ich hören hinterher, wie ich spiele. Polykaste hat auch schon gemeint, es spielt ein anderer, so gut habe ich gespielt. Aber so gut wie vorhin habe ich überhaupt noch nie gespielt. Und fast alles, was ich gespielt habe, habe ich mir selber ausgedacht. Ich weiß nicht, woran das liegt. Ich wünschte, Polykaste wäre hier und hätte mich gehört! Hoffentlich kriege ich das wieder zusammen, wenn ich zu Hause bin. Sie mag diese Musik, sie ist ganz verrückt danach…«

Telemach war wieder einmal nahe daran, Peisistratos zu erzählen, daß er mit seiner Schwester geschlafen hatte. Schon einige Male war er in Versuchung gewesen, darüber zu sprechen, und der Grund, warum er es wieder nicht tat, war nicht, weil er befürchtete, Peisistratos werde ihm deswegen etwas nachtragen, sondern weil die Preisgabe dieses Geheimnisses der Erinnerung vielleicht – vielleicht! – die Wärme genommen hätte –; und noch etwas und das vor allem: die arme, reizende Polykaste verschmolz in Telemachs Erinnerung mit Evangeline, der sie in ihrem Äußeren, ihrer Figur, ihrer Biegsamkeit, aber ebenso in ihrem Charakter ja auch ähnlich war; und weil, wie in Diskursen untersucht, Worte die Eigenschaft und den Zweck hatten, Konturen freizulegen, und nicht, sie im Verwischten zu belassen, eben nicht mithalfen, aus einem Geschehnis eine Empfindung entstehen zu lassen, sondern umgekehrt aus Empfindungen erst starre Situationen machten, allein dadurch schon, daß diese Empfindungen zu Lauten modelliert wurden, die man jederzeit und überall in gleicher Weise wiederholen konnte... – eine der Mentorschen Vorlesungen hatte dies zum Inhalt gehabt, denn auch Mentor war des öfteren drauf und dran gewesen, Telemach von seinem Liebeserlebnis zu erzählen... Telemach verbiß sich den Wunsch, mit Peisistratos über die Schwester zu sprechen. Alle Süße, die er genossen hatte, legte er in Evangelines Bild...

»Ich glaube, ich weiß, woran das liegt, daß deine Gitarre hier so gut klingt«, sagte Telemach, riß sich von seinen Gedanken los, die ja erst durch Peisistratos' Gitarrespiel ausgelöst worden waren. »Wußtest du, daß der beste Sound entsteht, wenn man in einem Maisfeld aufnimmt?«

»Das wußte ich nicht, nein, aber das kann ich mir vorstellen«, sagte Peisistratos. »Wird nicht viel anders als wie hier neben diesem Feld, ist zwar Weizen, hat aber auch gut geklungen, sicher deswegen, jetzt wird mir das klar.«

»Ich würde dich gern dem Sänger Phemios vorstellen«, sagte Telemach. »Er ist ein großer Künstler. Er würde dir gute Tricks beibringen können.«

»Was für Tricks denn?«

»Weiß ich nicht so genau. Er hat mir einen erklärt, aber ich habe ihn nicht richtig verstanden, ich habe nicht richtig hingehört, glaube ich. Es war so heiß...«

»Bitte«, rief Peisistratos begeistert, »bitte, versuche dich daran zu erinnern! Mich interessiert das! Nichts interessiert mich mehr auf der Welt! Es ist unheimlich wichtig für mich! Versuch es wenigstens!«

»Er hatte etwas in der Hand...«

»Ein Plektrum? Hier ... so etwas?« Peisistratos zog ein kleines, dreieckiges Plastikplättchen aus der Hosentasche. »Ich spiele meistens ohne Plektrum, aber ich kann auch mit...«

»Nein, nein... Das heißt, so etwas hatte er auch... Das kenne ich. Aber dann hatte er noch so ein Rohr, ein kleines Rohr hatte er über dem Finger, ein Metallrohr ... es kann aber auch sein, daß es aus Glas war ... aber an der anderen Hand ... über dem kleinen Finger der linken Hand...«

»Ein Rohr? Warum denn ein Rohr? An der linken Hand? Was für ein Rohr denn? Wozu?«

»Mit dem ist er über die Saiten gefahren.«

»Einfach über die Saiten gefahren?«

»Ja, ich glaub schon...«

An diesem Abend stiegen sie in einem Motel ab. Sie waren der Meinung, sie hätten es wieder einmal nötig zu duschen. Das Motel stand direkt an der Straße und sah von außen aus wie die Umkleidekabinen eines Schwimmbades. Aber dann hatten sie doch wieder keine Lust zu duschen, sondern breiteten die Straßenkarte über eines der Betten und rechneten sich aus, daß sie übermorgen gegen Mittag in Lakedaimon sein konnten. Wenn sie wollten. – Peisistratos war außer sich vor Freude.

»Warum hast du mir das nicht schon vorher gesagt!« jauchzte er. »Die sagenhaften Gitarrengeschäfte von Lakedaimon! Der in Elis sagte, man könne sich das nicht vorstellen... Und wenn wir morgen sehr früh losfahren? Und wenn wir unterwegs nur anhalten, wenn wir unbedingt müssen? Ich muß nichts essen, ich halte es auch ohne Essen aus... dann könnten wir doch schon morgen nacht in Lakedaimon sein, oder nicht?«

414 »Warum hast du es denn so eilig«, fragte Telemach leise,

und Kummer drückte auf seine Seele, und er sagte: »Wir werden sehen. Ja, gut. Wir werden sehen ...«

»Ist etwas«, fragte Peisistratos.

»Nein«, sagte Telemach.

Peisistratos blickte ihm gerade in die Augen, aber er getraute sich keine Voraussage zu machen, welcher Teil dessen, was er dort sah, sich nach oben heben und Himmel werden und welcher nach unten fallen und Erde bleiben würde; und wie er benennen sollte, was in den Augenwinkeln des Freundes blinkte, wußte er auch nicht mit Bestimmtheit zu sagen, denn es ließ sich nicht eindeutig feststellen, ob das Blinken von dem Saft herrührte, den Gott mit der linken, oder von dem Saft, den Gott mit der rechten Hand seinen Geschöpfen in die Pupillen geträufelt hatte, um sie in Menschen und Tiere zu scheiden, was ihm allerdings in der gewollten Schärfe nicht gelungen war, denn während er seine höchsten Geschöpfe in Arbeit hatte, hatte die Erde geschwankt, und so waren auch einige Tropfen aus der linken Hand in die Augen der Menschen und einige Tropfen aus der rechten Hand in die Augen der Tiere gefallen, weswegen ein Mensch bis heute nicht mit hundertprozentiger Sicherheit erkennen kann, was in den Augen eines anderen Menschen steht, und darum sagte Peisistratos weiter nur: »Es war ein schöner Tag heute, glaubst du nicht auch, Telemach?«

»Glaube ich auch, ja.«

»Ich glaube, es war der schönste Tag der ganzen Reise.«

»Glaube ich auch, ja ...«

Der Empfindende differenziert nicht – so hatte Mentor gelehrt –, er nimmt die Welt als ein Ganzes, was sie in Tat und Wahrheit ja auch ist. Steigen seine Empfindungen ins liebe Sonnenlicht auf, so wird alles begreiflich und einfach sein, stecken sie unten im Schatten fest, dann wird ihm dieselbe Welt in ihrer verschwommenen Verschiedenheit, in ihrem Getümmel als eine Wildnis und ein Wirrsal erscheinen. Ersteres traf an diesem Abend auf Peisistratos zu, letzteres auf Telemach. Der morgige Tag erhob sich vor ihm, und er war wie eine hämische Drohung.

Peisistratos stellte sich doch unter die Dusche, und er fand eine leere Lippenstifthülle im Badezimmer und schob sie sich über den kleinen Finger seiner linken Hand. »Hat das so ausgesehen, was dieser Sänger verwendete?«

»Ja, so ungefähr«, sagte Telemach. Er lag auf dem Bett, sogar die Schuhe hatte er noch an.

»Willst du schlafen«, fragte Peisistratos.

»Ich glaube schon.«

»Stört es dich, wenn ich noch ein wenig übe«, fragte Peisistratos.

»Ich glaube nicht.« Mit dem Handrücken schirmte er die Augen gegen das Licht der Nachttischlampe ab. Und so lag er noch, als Peisistratos genug geübt und das Licht gelöscht und sich in seine Decke gerollt hatte.

Am nächsten Morgen verließen sie das Motel, noch ehe die Sonne aufgegangen war. Telemach setzte sich ans Steuer. Peisistratos war zwar der bessere Fahrer, aber er hatte keinen Führerschein. Als sie noch über die Landstraßen getingelt waren, hatten sie sich gegenseitig abgelöst. Das war nun vorbei. Nun fädelten sie sich in den Verkehr der Zielbewußten, der Zweckhaften und Zweckbehafteten ein, sie fuhren auf die Autobahn. Während der ersten Stunden des Tages saßen sie schweigend nebeneinander, waren gespannt, aufgeregt und auch gereizt, drehten die Köpfe jedem Schild nach. Peisistratos hatte die Karte vor sich auf den Knien. Das war aber gar nicht nötig. Lakedaimon, die Herrliche, prangte auf jeder Hinweistafel. Dann mußten sie Diesel tanken. Sie legten eine Pause ein, tranken heißen Kaffee und aßen Apfeltaschen mit Vanilleeis. Peisistratos ließ sich Kleingeld geben und zog drei Schachteln Marlboro aus dem Automaten. Schokolade nahmen sie dann doch keine mit, die würde in der Hitze weich werden, und weiche Schokolade mochten sie beide nicht. Sie fuhren über den brütenden Mittag in den Nachmittag hinein. Dann tankten sie wieder, aßen wieder jeder zwei Apfeltaschen mit Vanilleeis und tranken heißen Kaffee und einen Liter Mineralwasser. Hatten auf einmal so einen Durst. Warmes Mineralwasser mochten sie zwar genausowenig wie warme

Schokolade, aber sie kauften sich dann doch jeder einen Arm voll Flaschen. Man bekam so einen Durst auf der Straße. Der Verkehr wurde nun noch stärker. Peisistratos sagte, er würde sich niemals hier zu fahren trauen, fragte, ob auch in Lakedaimon so viele Autos auf den Straßen seien. Da lachte Telemach nur heraus. Und dann wurde der Verkehr noch dichter, und statt zwei Spuren in jede Richtung waren es auf einmal drei, und wenig später waren es sogar vier.

Peisistratos betrachtete die Autos, die in ihrer Richtung fuhren. Für ihn sahen sie alle gleich aus, kaum daß sie sich in der Farbe unterschieden. Kein Jeep war dabei. Sie hatten, soweit er das beobachten konnte, alle die Fenster geschlossen. Manchmal bewegten sich die Autos auf den verschiedenen Fahrbahnen in gleicher oder ähnlicher Geschwindigkeit mit ihnen. Die Fahrer nickten zurück, wenn er ihnen zunickte. Sie lächelten zurück, wenn er ihnen zulächelte. Und wenn er ein Auge zuzwickte, die Lippen schürzte und den Daumen hochstellte, dann gaben sie ihm gleiches zurück, und er wußte nicht, ob sie ihn nur nachäfften oder ob sie tatsächlich auch das gleiche meinten wie er. Er hätte gern weitere Versuche mit ihnen angestellt, hätte ihnen die Zunge zeigen wollen oder die Faust. Aber er wagte es nicht. – Die Straße war so laut. Auch der Motor des Jeeps kam ihm lauter vor als in den vergangenen Wochen. Der Motor war umgeben von anderen Motoren, die seine Feinde werden konnten, wenn ihnen nicht von Anfang an klar die eigene Position demonstriert wurde. Es war komisch und zum Fürchten – komisch, weil man ohne viel Anstrengung im Lebendigen das Mechanische sehen konnte; zum Fürchten, weil man zwar aufzugliedern vermochte, wo ein Mechanisches an ein anderes Mechanisches und ein Lebendiges an ein anderes Lebendiges grenzten, die Wahrnehmung aber vorspiegelte, dies alles, die ganze Autobahn, sei ein einziges Wesen, weder lebendig noch mechanisch, weder zusammenhängend noch zu trennen, jedenfalls bis zur nächsten Ausfahrt nicht... – Peisistratos war in diesen Stunden ein ernster Mann, und er sah keine Möglichkeit, Telemach, der ja Teil dieses Halb- und Zweiwesens war, seine

Gedanken auseinanderzusetzen und ihm die notwendigen Fragen vorzulegen.

Als sich der Himmel über der untergehenden Sonne rötete, sagte Telemach, er müsse eine Rast machen, es verschwimme ihm schon die Straße vor den Augen.

»Keine Chance sonst«, sagte er.

Wie lange es denn noch dauere bis Lakedaimon, wollte Peisistratos wissen.

Sie hielten an einem Parkplatz, gingen ein paar Schritte in den lichten Wald, schlugen ihr Wasser ab, streckten sich, machten ein paar Kniebeugen, massierten sich gegenseitig das Genick, tranken lauwarmes Mineralwasser. Dann studierten sie die Karte. Breiteten sie über den Kühler. Peisistratos klemmte sich eine Zigarette in die Zahnlücke. Aber sie konnten nicht herausfinden, wie weit es noch war, denn aus der Karte war nicht genau zu ersehen, wo Lakedaimon eigentlich begann und wo die Mitte war. Die Stadt war ein unförmiger, auswuchernder rötlicher Fleck auf der Karte, der sich an den Rändern ausdünnte und zu Vorstädten verklumpte. Oder waren das bereits eigene Städte? Wann konnte man sagen, jetzt bin ich in Lakedaimon?

So setzten sie ihre Reise fort. Und als der Abend kam auf fahlem Roß, da waren sie beide bedrückt und sprachen noch weniger als am Tag.

Dann, mitten in der Nacht, sahen sie den Schein am Himmel. Er erhellte den weiten Horizont vor ihnen.

»Das ist Lakedaimon«, sagte Telemach. »In zwei Stunden sind wir dort, schätze ich.«

Aber Peisistratos glaubte das nicht. Keine Stadt gebe so viel Licht ab, daß es über zwei Stunden reiche und den halben Himmel ausleuchte, meinte er. Was er denn glaube, daß dieser Schein am Himmel sonst sei, fragte Telemach.

»Daß dort vorne die Sonne aufgeht«, sagte Peisistratos. »Es muß so sein!«

»Im Westen? Um zwölf Uhr in der Nacht?«

»Das kann freilich nicht sein. Aber es muß doch so sein.«

418   »Es ist Lakedaimon, glaub mir!«

Peisistratos wurde ganz still. Er rutschte in seinem Sitz tiefer und zog den Wuschelkopf ein. Weil er sich vor dem Riesenleuchttier Lakedaimon fürchtete, das noch so weit vor ihnen hauste und schon den Himmel erstrahlen ließ, verbat er sich auszusprechen, was ihn bedrängte, nämlich die Frage, was für Vorsorge zwei einzelne Menschen wie sie treffen müßten, um dort im Pelz des Riesenleuchttiers, auf dem Riesenfeld der Lebenden und der Toten, die nichts weiter als seine Flöhe waren, nicht verloren zu gehen.

Die Autobahn verbreiterte sich auf acht Spuren, dann auf zehn Spuren, und obwohl es spät in der Nacht war, faßten all diese Spuren die Autos nicht, die sich nach der glänzendsten der Städte drängten. Wenn eine Veränderung geschah, daß die Kolonne zum Stehen kam oder daß einer hinter ihnen hupte oder sie mit dem Fernlicht anflatterte, dann blickte Peisistratos zu Telemach und suchte in seinem Gesicht eine Antwort zu lesen, wenigstens, ob Gefahr bestand oder nicht. Heiß war es, heiß wie am Tag. Einerseits war er froh, daß von diesem bei jeder Ausfahrt zum Zerreißen verurteilten Halb- und Zweiwesen nun nur noch die Rücklichter und die Scheinwerfer zu sehen waren und nicht mehr die Fahrer und Beifahrer. Dieses Wesen schien sich endlich ganz dem Mechanischen hingegeben zu haben, schien alles Lebendige, aus dem allein ja das Böse kam, hinter sich gelassen zu haben. Andererseits war das Lebendige auch Quelle der Freude und der Hilfsbereitschaft, man konnte ihm zunicken und zulächeln, und es würde eventuell mit sich diskutieren lassen, wenn es zum Kampf käme – das rein Mechanische würde einen nur überrollen, absichtslos, gedankenlos.

Und dann tauchten neben der Autobahn die Schatten der ersten Häuser auf, der ersten Brücken, der ersten Fabriken, der ersten Türme, der ersten Kamine, und dann waren es bald schon hundert Häuser und Dutzende Brücken und Fabriken und Türme und Kamine, die Fahrbahnen wurden von anderen erleuchteten Fahrbahnen gekreuzt, und auch auf diesen drängten sich die Autos, und so ging es bald schon eine Stunde dahin, da überwand sich Peisistratos schließlich doch und fragte: »Sind wir vielleicht schon durchgefahren durch Lakedaimon? Es kann doch eine Stadt nicht so groß sein. Das glaube ich einfach nicht. Niemand, den ich kenne, würde das glauben. Ich denke mir das folgendermaßen: Vielleicht fahren wir die ganze Zeit schon um die Stadt herum. Überleg doch, Telemach! Kann das vielleicht sein?«

»Du meinst, daß das hier so eine Art Kreisautobahn um die Stadt herum ist?«

»Weiß ich doch nicht«, klagte Peisistratos. »Weißt du, Telemach, ich kenne das nicht: Kreisautobahn um die Stadt herum. Das kenne ich nicht. Es hört sich aber nicht gut an. Ist es etwas, das nicht gut ist?«

»Autobahnring heißt das eigentlich.« Telemach sprach, ohne Peisistratos anzusehen. Die Fahrbahn war wegen Bauarbeiten verschmälert, die Autos fuhren sehr knapp nebeneinander, und er mußte sich konzentrieren, seine Augen brannten. »Es ist eine ganz normale Autobahn, die halt in einem Kreis um die Stadt herumgeht«, erklärte er. »Man kann nicht sagen, ob das gut ist oder nicht. Es ist einfach eine Autobahn…«

»Aha«, nickte Peisistratos, »aha…« Er nickte eine Weile, dann schüttelte er den Kopf: »Das gefällt mir aber nicht. Wenn man bei etwas nicht einmal sagen kann, ob es gut ist oder nicht, dann ist es nicht gut… Das Böse, wenn es einfach böse ist, hat seinen Platz, man schaut es an und weiß, das ist das Böse. Und beim Guten ist es genauso. Aber wenn man nicht sagen kann, ob etwas gut oder böse ist, dann hat es keinen Platz und kann sich überall niederlassen… Ich glaube nicht, daß es so eine Autobahn ist, Telemach. Ich kenne so eine Art Ringautobahn nicht, aber ich glaube nicht, daß das so eine ist…«

»Nein, das glaube ich auch nicht«, stimmte ihm Telemach zu. »Wir sind noch gar nicht in der Mitte der Stadt. Das hier ist alles noch Stadtrand. So ist das.« Und weil er mit einem schnellen Seitenblick sah, daß Peisistratos nun noch mehr Angst hatte, fügte er rasch hinzu: »Aber das spielt keine Rolle, Peisistratos. Wirklich nicht. Es sind ja auch nur Häuser und

Fabriken und Brücken und Kamine. Nichts weiter. Und es sind auch nur Menschen, die hier wohnen. Nichts weiter.« Und mit spaßhaft rauher Stimme versuchte er den Freund aufzuheitern: »He, was meinst du, was die bei euch in Pylos für eine Angst hätten. Ja, kannst du dir vorstellen! Die möchte ich nicht sehen, die alle! Der einzige Unterschied zu euch ist, daß hier so viele Menschen sind. Aber wie viele es sind, spielt keine Rolle.«

»Vielleicht aber doch«, sagte Peisistratos.

Telemach boxte ihn an den Arm, und als er seinen Blick erwischte, lächelte er ihm zu. »Du hast dich viel mehr auf Lakedaimon gefreut als ich, he«, sagte er. »Du wirst sehen, es ist wunderbar. Denk an die Gitarrengeschäfte, von denen der in Elis gesprochen hat! Hast du nie Bilder gesehen von Lakedaimon?«

»Doch schon«, sagte Peisistratos. »Auf einem T-Shirt habe ich ein Bild von Lakedaimon gesehen. Das hat aber anders ausgesehen.«

»Das ist natürlich am Tag aufgenommen worden. Und dann war es ja auch noch auf den Stoff aufgedruckt. Das verändert obendrein noch einmal. Ich fahre bei der nächsten Ausfahrt ab. Ist dir das recht?«

»Gut«, sagte Peisistratos tapfer. »Wir fahren bei der nächsten Ausfahrt ab. Gut.«

Und war die Stadt um sie herum glänzend und von unzähligen Lichtern erleuchtet gewesen, als sie auf der Autobahn fuhren, so wurden sie nun, als sie in eine der Seitenstraßen einbogen, in einem Gaumenzug von der Finsternis verschlungen. Ihre Augen mußten sich erst an die Dunkelheit gewöhnen. Die Straßenlaternen waren zerschlagen oder gaben nur mattes Licht, das kaum den Boden erreichte. Kein Mensch war auf der Straße zu sehen, und die wenigen Autos, die ihnen entgegenkamen oder sie überholten, fuhren entweder ohne Licht, oder sie hatten nur das Parklicht eingeschaltet. Die Straße teilte sich vor ihnen, Telemach fuhr nach rechts, dann teilte sich die Straße wieder, da fuhr er nach links, und bald hatten sie sich verfahren. Sie hatten vorher auf der Autobahn ja auch nicht gewußt, wo sie waren, aber da hatten sie wenigstens das Gefühl gehabt, sie bewegten sich auf der Straße, auf der alle fuhren, die dasselbe wollten wie sie, nämlich ins Herz dieser Stadt treffen. Telemach wendete den Jeep. Er versuche, zurück auf die Autobahn zu gelangen, sagte er. Aber er verfuhr sich immer weiter, und die Straßen wurden dunkler, enger, brüchiger, die Häuser gleichförmiger. Peisistratos saß in steifer Haltung da, das Gesicht nahe an der Windschutzscheibe, die Lippen hatte er straff über die Zähne gezogen.

»Halt du auch deine Tür fest«, sagte er. »Schau her, ich halte meine Tür fest. Glaubst du, daß es notwendig ist, die Tür festzuhalten?«

»Warum, meinst du«, fragte Telemach.

Schließlich kamen sie an einem Park vorbei, der lag gegenüber von einem großen, gelben, mit Fahnen geschmückten Gebäude, das an seiner Vorderfront angestrahlt wurde. Es sah friedlich aus. Es sah aus wie ein großes, gelbes, mit Fahnen geschmücktes Gebäude, das inmitten einer schlafenden Stadt angestrahlt wird. Nichts weiter. Davor waren Parkplätze. Und die sahen aus, als wären sie für besondere Persönlichkeiten reserviert. Alles seriös. Alles im gelben Licht der Scheinwerfer. Friedlich. Still.

»Ich kann nicht mehr fahren«, sagte Telemach, »mir fallen die Augen zu. Ich kann einfach nicht mehr.« Das hier scheine ein offizielles Gebäude zu sein, sagte er, hier wolle er den Jeep abstellen. Er nehme an, das sei das Rathaus eines Stadtteils oder eines Viertels oder so etwas Ähnliches. »Einen besseren Platz können wir gar nicht finden«, sagte er.

»Mir ist alles recht, was du tust«, sagte Peisistratos. Er hatte sich ein halbes Dutzend Stunden lang gefürchtet, und das war mindestens so anstrengend wie Fahren.

Sie stiegen aus und holten, ohne weitere Worte zu verlieren, ihre Schlafsäcke vom Rücksitz und legten sich, wie sie es schon so oft auf ihrer Reise getan hatten, unter den Jeep. Sie sagten sich nicht Gutenacht, sondern schlugen sich nur leicht mit den Händen an die Schulter.

422 Und am nächsten Morgen erwachten sie, weil ihnen die

Sonne mitten ins Gesicht schien. Und das war der lieben Sonne nur möglich, weil der Jeep über ihnen nicht mehr da war.

»Das gibts nicht«, brachte Telemach endlich heraus. »Wie soll das denn möglich sein. Wir haben ja unter dem Jeep gelegen. Die hätten uns doch über die Beine fahren müssen!«

»Meine Gibson«, jammerte Peisistratos.

»Sei völlig ruhig«, sagte Telemach. »Das ist irgend etwas... das ist so irgend etwas ... das gibts nämlich nicht. Sei völlig ruhig, Peisistratos ... ich schau schon zu ...«

»Meine Gibson«, jammerte Peisistratos immer wieder. Er ging in die Knie und breitete die Arme aus und drehte sich im Kreis, wie es vielleicht ein Blinder tut, der um sich greift, um sich zu vergewissern, daß nichts Zerbrechliches in seiner Nähe ist. »Sie haben meine Gibson gestohlen!«

Es war kein Park, es war nur eine Art Park, ohne Gras, er bestand aus einem halben Spielfeld, einem Brett, das in zweieinhalb Meter Höhe an eine Stange genagelt war, und einem Autoreifen, der an das Brett genagelt war, das ganze war ein Basketballübungsplatz für Buben aus der Gegend, umzäunt mit einem hohen Maschendrahtzaun. Drum herum waren Bäume. Halbkahle. Und Sträucher. Dreiviertelkahle. Und dann gegenüber: das gelbe Gebäude. Es war nicht gelb. Es war grau. In der Nacht hatte es würdiger ausgesehen. Das Scheinwerferlicht war gelb gewesen.

»Komm!« sagte Telemach. »Lassen wir uns nicht verrückt machen! Wir haben falsch geparkt. Das ist alles. Mehr ist nicht. Hier darf man nicht parken. Das ist es. Und das ist alles. Das ist mir in Ithaka auch schon passiert. Mit einem Hubstapler haben sie den Jeep weggeholt... Kannst du dir das vorstellen...«

»Hubstapler?«

»Mit einem Gabelstapler...«

»Gabelstapler?«

»Ein großer Gabelstapler natürlich. So, schau: So!« Er drehte die Handflächen nach oben, spreizte die Finger und tat, als fahre er unter einen Stapel Handtücher und hebe sie hoch. »Halt eine Sonderausfertigung... Für solche Sachen. Für Autos. Der hebt so die Sachen hoch...«

»Ich weiß das nicht, Telemach. Ich kenne so etwas nicht. Warum haben sie uns nicht geweckt? Warum sind wir nicht aufgewacht? Das kann doch nicht so leise sein, wenn so eine Sonderausfertigung einen Jeep hochhebt...«

»Also, hör zu«, sagte Telemach, »du kriegst deine Gibson wieder! Wir gehen jetzt in das Haus... Das wird wahrscheinlich das Rathaus sein ... das haben wir doch gestern schon gedacht, daß das das Rathaus ist...«

Es war aber nicht das Rathaus. Es war eine öffentliche Bibliothek, die schwerpunktmäßig Bücher aus dem Bereich der Naturwissenschaften, vorzugsweise der Biologie, führte. Sie bekamen die Auskünfte von einer jungen Dame, die hinter einer Glasscheibe saß und eine dunkelblaue Uniformjacke trug. Neben der Pförtnerloge ging eine Tür ab in den großen Lesesaal. Da standen in sauberen Reihen kleine, mit grünem Filz bezogene Tischchen. Die junge Dame sagte ihnen auch, wo die nächste Polizeistation sei, nämlich in dem niedrigen Gebäude auf der anderen Seite des Parks.

Die Polizeistation hatte vergitterte Fenster und war aus Beton, auf dem die Abdrücke der Verschalbretter sichtbar waren. Auf dem Dach wuchs Gras. Zwei Polizisten waren da. Von dem einen sahen sie nur den Rücken. Der andere trat zu ihnen an die Brüstung, die den Besucherraum von der Amtsstube trennte. Der Mann war bald sechzig. An seinem Kinn glitzerten silberne Stoppeln. Er hatte einen fleischigen Mund und abgemahlene, breite Zähne.

»Was kann ich für euch tun«, fragte er.

»Ich nehme an«, sagte Telemach, »daß wir falsch geparkt haben ... direkt dort draußen ... dort drüben ... und daß uns am Morgen der Jeep mit einem Hubstapler so irgendwie weggehoben worden ist ...«

»Mit einem Hubstapler?«

»Oder mit einem Gabelstapler ... das weiß ich nicht ... daß man das eben gemacht hat ... mit einem eher leisen Motor, wir haben nämlich nichts gehört ...«

»Ein Gabelstapler mit einem Elektromotor«, fügte Peisistratos hinzu. »Wir haben nämlich unter dem Jeep geschlafen...«

»Ein Gabelstapler mit Elektromotor?« sagte der Polizist, und er betonte es so, als wäre ihm ein Rätsel gestellt worden und er bemühe sich um die Lösung. »Unter dem Jeep geschlafen? Was für ein Jeep?«

»General Purpose Car«, sagte Peisistratos.

»Aha«, sagte der Polizist und nickte und schloß dabei die Augen und sah zufrieden aus, als hätte er die Lösung nun gefunden. »Das kommt unheimlich oft vor. Wirklich unheimlich oft.«

»Dann würden wir jetzt also gern die Strafe zahlen für Falschparken und die Abschleppkosten und so«, sagte Telemach, »und dann wieder weiterfahren ... wenn das geht...«

»Was reden die denn für eine Scheiße«, rief der andere Polizist, von dem sie nur den Rücken sahen. »Harry, sag ihnen, sie sollen das Loch treffen!«

»Also paßt auf«, sagte der Polizist Harry. »Es hat gar keinen Sinn, daß wir eine Meldung schreiben. Euer Jeep ist geklaut. Ich geb euch einen Stadtplan, den kriegen alle, die hierherkommen. Der kostet nichts.«

Als sie schon bei der Tür waren, winkte er sie noch einmal zu sich. Er legte den Finger an die Lippen und machte mit dem Kopf eine Bewegung zu seinem Kollegen hin. Dann griff er schnell unter sich, holte ein großes rosarotes Sparschwein hervor und flüsterte: »Das ist eigentlich für einen guten Zweck. Nehmts mit, nehmts mit! Es geht mir entsetzlich auf die Nerven!«

Als sie wieder auf der Straße waren, hielt Peisistratos das Schwein nahe an das Ohr und schüttelte es. Ein bißchen etwas klimperte. War nicht so eindeutig zu sagen, ob da zwei oder drei Münzen in dem Schwein waren. »Ist der verrückt«, fragte er.

Man könne die immerhin zum Telephonieren brauchen, sagte Telemach. »Hör zu, Peisistratos!« sagte er. »Der Jeep ist weg. Deine Gibson ist weg. Und die Schachtel mit dem

Geld auch. Auch unsere Pässe sind weg. Und meine Jacke ist auch weg. Aber schau mir genau in die Augen. Schau her! Genau in die Augen, Peisistratos! Wir kriegen das alles wieder. Das schwör ich dir! Auch die Gibson. Vor allem die Gibson, würde ich sagen... Ganz bestimmt die Gibson.«

Immer, sagte er sich, immer geht sie als ein anderer, nie als sie selbst, immer nimmt sie Gestalt und Rolle eines wirklichen Menschen an, eines Lebenden, manchmal auch eines schon Verstorbenen... Warum nicht einmal als Polizist? Sie will mich erst noch ein wenig schikanieren, dachte er. Weil ich mich nicht um ihren Auftrag gekümmert habe.

»Warum soll ich es glauben?« fragte Peisistratos. »Sag mir das noch wenigstens, Telemach, dann würde ich es besser glauben können!«

Auszusprechen wagte es Telemach freilich nicht. Jeder Glaube, auch der an die gewaltige Göttin Pallas Athene, verlor seine verpflichtende Kraft, wenn er erst, in Worte gekleidet, nach draußen entlassen wurde. Und darum sagte er nur – laut und deutlich sagte er: »Weil *ich* es glaube.«

Denn mit dem Instinkt des Talentierten begriff er, daß es nur einen Grund dafür gibt, warum Menschen anderen Menschen nachfolgen, ihnen ihr Sorgerecht für das Eigene übertragen, sie zu Helfern machen, ihnen jede Entscheidung überlassen, nämlich: weil sie sehen, daß der Führer, der Sorger, der Helfer selbst an diese Rolle glaubt. Und deshalb war Peisistratos mit Telemachs Antwort zufrieden. Keine andere Antwort hätte bewirkt, daß er an ihn glaubte.

Aber der Glaube beruhte auf Trug, Irrtum, Wunsch. Der Polizist hieß Harry Geiger, war seit gut dreißig Jahren verheiratet mit einer der Aufwartefrauen im Supermarkt in der nächsten Parallelstraße. Sie hatten einen Sohn und zwei Töchter und vier Enkelkinder, wohnten nur wenige Fußminuten von der Polizeistation und dem Supermarkt entfernt in einer Zweizimmerwohnung mit zusätzlich großem Dachbodenanteil, wo sich Harry eine Werkstatt eingerichtet hatte. Aber eine Göttin hatte weder ihn noch seine Frau je aufgesucht. Und Telemachs klamme Hoffnung, im fleischlichen

Gewand des Polizisten habe Pallas Athene ihre Hand nach ihm und Peisistratos ausgestreckt, um sie beide zu beschützen vor aller Unbill dieser Stadt, diese Hoffnung war getrogen.

Aber sie erfüllte Telemach mit Zuversicht, und er war überzeugt, der künftige Tag werde ihnen alles zurückgeben, was ihnen die vergangene Nacht genommen hatte. Und Peisistratos ließ sich nur allzu gern von ihm anstecken. So gingen sie dorthin, woher der Wind blies, achteten nicht auf das morgendliche Leben um sie herum, wichen den Gemüseträgern und Brotträgern aus, stiegen über Zeitungspakete, drängten sich durch Schülergruppen. Aus einem Telephonbuch in einer Telephonzelle rissen sie die Seite mit den Menelaos' heraus. Es waren 47.

»Das sind viele«, sagte Peisistratos.

»Das sind nicht viele«, sagte Telemach.

Peisistratos trug das Sparschwein unter dem Arm. In den Schlitz im Rücken hatten sie die Straßenkarte gesteckt, damit die Münzen nicht herauskollerten. Nun steckten sie die Seite aus dem Telephonbuch dazu. Telemach ging zwei Schritte vorneweg, so erreichten sie, noch immer war es früh am Morgen, die Brücke, die über den Fluß ins weltberühmte Zentrum der Stadt führte. Und nun sahen sie Lakedaimon vor sich, die glänzendste aller Städte, wie sie auf T-Shirts, Buch- und Plattencovers, auf Zigaretten-, Seidenstrumpf-, Auto-, Armbanduhren-, Hamburger-, Lippenstiftreklamen abgebildet war, wie sie Telemach in den Prachtbänden über die Architektur aus aller Welt in der Universitätsbibliothek von Ithaka bewundert hatte. Und der Anblick war so umwerfend, daß sie ihren Kummer ganz vergaßen, daß ihnen die Knie weich wurden und sie sich auf das Straßenpflaster setzten und schauten:

Türme waren es, felshoch, ein Turm neben den anderen gesteckt, ein kyklopischer Baukasten, der sich mit überweltlicher Dreistigkeit und übermenschlichem Gebietertum darbot, als wären seine Teile gar nicht in der Zeit, von einem Tag zum anderen, entstanden. Diese Stadt war sich selbst Rahmen und Umgebung, alles war hier vom Menschen selbstgemacht,

sogar der Himmel, der sich darüber wölbte wie ein selbstge-
machter Traum, in dem selbstgemachte Götter hausten. Und
manche Türme sahen aus wie polierte Grabsteine, denn auch
gestorben wurde hier selbständig. Andere sahen aus wie in die
Höhe gerissene Kathedralen, wieder andere wie Zeus' Zepter
und Zeus' Zigarre und Zeus' Geburtstagstorte. Nahe am Wasser stand ein Gebäude, das war wie eine Schokoladentafel, die
Fenster waren die Rippen, und errichtet war es, wie sollte es
anders sein, um der übrigen Welt die Süße des Lebens in Lakedaimon zu demonstrieren. Und hinter diesem — wie weit hinter
ihm ließ sich nicht sagen, denn die Dimensionen waren für die
Augen der Freunde noch ungewohnt —, hinter der riesigen
Schokoladentafel aus Beton und Stahl und Glas ragte der
schönste der Wolkenkratzer auf, hier mußten die Lieblinge der
Götter wohnen: Er war schlanker als die anderen, endete in
einer mattsilbernen, nadeldünnen Spitze, die an ihrer Basis
umrahmt war von einem Strahlendiadem.

»Das ist Lakedaimon«, sagte Telemach andächtig. Er sog
die Luft ein, die von der Stadt über den Fluß zu ihnen her-
überwehte und nach Abgasen, Klimaanlagen und Meer roch.
Und dann sprang er auf die Beine, ballte die Fäuste und
spannte die Muskeln wie ein Bodybuilder, boxte ins Leere
hinein und rief immer wieder:

»Ha! Das ist Lakedaimon! Ha! Das ist Lakedaimon!«

Und beruhigte sich schnell wieder, als er merkte, daß er ja
nur nachmachte, was er im Fernsehen gesehen hatte. Alle
nämlich, die zum erstenmal in Lakedaimon waren, machten
solche Faxen, das hatte er im Fernsehen gesehen, und alle
riefen dazu aus: »Ha! Das ist Lakedaimon! Ich gebs mir! Ich
hau mirs rein!« Es kam ihm jetzt etwas peinlich vor, daß er
dasselbe getan und gesagt hatte.

»Halt so ein Blödsinn eben…«, hängte er an, halb vernu-
schelt, halb verkichert.

Peisistratos aber sprach lange nichts. Er starrte über den
Fluß auf das menschengemachte Gebirge dort drüben. Die
Haare waren ihm um den Kopf verstrubbelt, als wäre der Kopf
die Blüte einer recht sonderbaren, aber schönen, schwarzen

Pflanze, die vielleicht von einem Lastwagen gefallen war. Schließlich seufzte er: »Wie sollen wir dort meine Gibson finden und den Herrn Menelaos...«

Es war vielleicht neun Uhr. Aber die Sonne schien schon kräftig. Sie ließen sich auf einem Zipfel Wiese im Schatten des Brückenpfeilers nieder und studierten Harry Geigers Straßenkarte. Es dauerte eine Weile, bis sie sich zurechtfanden. Dann suchten sie nach der Straße des ersten Menelaos, der auf der Seite aus dem Telephonbuch stand. Im Register auf der Rückseite der Karte schien diese Straße gar nicht auf. Die müsse entweder sehr klein oder sehr weit draußen sein, sagte Telemach. Auch die Straße des zweiten Menelaos fanden sie nicht. Ebensowenig die des dritten. Der vierte Menelaos schließlich wohnte in einer der Avenuen, die sich längs durch die Stadt zogen. Das Haus hatte die Nummer 578, aber aus der Karte war nicht zu ersehen, an welchem Ende der Avenue mit dem Zählen begonnen wurde

Das spiele vorerst keine Rolle, sagte Telemach. »Das sieht alles sehr gut aus. Diesen Menelaos suchen wir erst einmal auf. Dann sehen wir weiter.« Und weil er überzeugt war, daß die Schikanen der Göttin bald beendet sein würden und sie, da er wieder auf dem rechten Weg der Pflicht war, seine Wünsche erfüllte, betonte er noch einmal: »Ja, ich bin sicher, es ist der Richtige. Er ist der Richtige.«

Peisistratos wollte sehen, was sich Wunderbares in den Augen seines Freundes spiegelte. Denn soviel Zuversicht kam ihm wunderbar vor. Aber er sah nichts. Es waren dieselben braunen Augen. Nicht einmal, wieviel Tier und wieviel Mensch an diesem Morgen in ihnen waren, konnte er sehen. »Wie kannst du das alles wissen«, fragte er. »Warum bist du dir so sicher? Du kannst dir doch gar nicht sicher sein.«

Aber Telemach blieb dabei: »Ich bin mir sicher!«

Zwar klang es nicht ganz so beruhigend, wie das *weil ich es glaube* geklungen hatte, aber es enthielt noch genügend Trost, um den Sohn des Nestor bis zum Mittag mit leichtem Sinn und leichtem Schritt hinter dem Sohn des Odysseus hergehen zu lassen.

Mittags also standen sie vor dem Haus 578 in der zweiten Avenue, und daß sie soeben über die Gegensprechanlage erfahren hatten, daß der Herr George Menelaos, der hier im 17. Stock ein Appartement bewohnte, erstens nicht zu Hause und zweitens ganz bestimmt nichts mit jenem Menelaos, den sie suchten, dem Rufer im Streit, zu tun hatte, bedrückte Peisistratos und empörte Telemach. Den Peisistratos bedrückte das Menschliche, das Städtische, das er um sich aufwuchern spürte, das nach ihm griff; den Telemach empörte, daß das erwartete Göttliche sich nicht seinem Willen dienlich gezeigt hatte – noch nicht jedenfalls. Nun machten ihnen auch schon der Hunger und der Durst zu schaffen.

»Warum warst du dir denn so sicher«, fragte Peisistratos.

»Ich bin mir immer noch sicher«, sagte Telemach. »Suchen wir uns den nächsten heraus. Ich bin sicher, der nächste ist der Richtige.«

»Und woher weißt du das diesmal, Telemach?«

»Ich weiß es eben.«

Und Peisistratos war noch einmal zufrieden. Telemachs Trotz beruhigte ihn zwar noch weniger, als ihn sein *Ich bin mir sicher* beruhigt hatte, aber es reichte immerhin aus, um den Durst noch eine Stunde lang zu ertragen.

Telemach führte Peisistratos, und Peisistratos verließ sich auf Telemach. Und obwohl er doch sah, was für eine kuriose Armee sie waren, Ritter mit Knappe, tat es dem Sohn des Städtezerstörers im Herzen gut, daß einer hinter ihm ging, der seines Schutzes und seiner Führung bedurfte; daß er in dieser Zweimannarmee der Zager und Zauderer, Zweifler und Zögerer den Platz des Generals einnahm.

»Nimm mir das Sparschwein ab«, sagte Peisistratos. »Meine Hände schwitzen, und ich fürchte, es rutscht mir aus und fällt mir zu Boden.«

»Wir können es ja auf dem Boden zerhauen und die Münzen in die Tasche stecken«, schlug Telemach vor. Damit wollte er der Göttin zeigen, was ihm ihre Geschenke wert sein würden, falls sie ihn im Stich ließ.

430   »Ich will es für Polykaste mitnehmen«, sagte Peisistratos.

Die Füße taten ihnen weh und auch der Kopf, denn die Sonne schien ihnen mitten darauf. Sie hatten keine Spucke mehr im Mund. Der nächste Menelaos wohnte in der 45. Straße, Nummer 230. Und der war auch nicht der Rufer im Streit, der blondgelockte. Und der übernächste Menelaos wohnte in der achten Avenue, Nummer 1004. Und auch er wars nicht.

»Es spielt keine Rolle«, sagte Telemach wieder. »Suchen wir weiter!«

»Willst du nicht im Stadtplan nachsehen«, fragte Peisistratos.

»Ist nicht nötig«, sagte Telemach wütend. Es ist ja wirklich nicht nötig, dachte er. Wenn sie mich führt, was brauche ich dann in einem Stadtplan nachzusehen, und wenn sie mich nicht führt, dann es ist es ohnehin sinnlos. Und er hob den Kopf, verengte die Augen zu kritischen Schlitzen, blickte die Avenue hinunter und in die Straßen hinein und sagte schließlich: »Ja. Genau. Hier. Es kann nur dieser Weg sein! Es ist dieser Weg!«

Und Peisistratos bekam wieder ein wenig Schneid, und das Vertrauen in seinen Freund kehrte zurück, obwohl er sich sagte, nein, er kann es nicht wissen, er kann es nicht wissen, er kann es gar nicht wissen…

So irrten sie durch die schluchtenreiche Stadt Lakedaimon, in der in allen Zungen gesprochen und von allen Speisen gekostet wurde. Und sie hatten Hunger und Durst.

Am späten Nachmittag waren sie zu erschöpft, um noch beim Gehen miteinander zu sprechen. Sie verloren sich beinahe im Getümmel, weil ihre Aufmerksamkeit schwand und der Abstand zwischen ihnen immer größer wurde und der eine in der Farbigkeit dieser Allerwelt die Farbe des anderen nicht mehr von den Farben der vielen unterscheiden konnte. Da hatte Telemach doch Sorge, daß ihm der Freund abhanden kommen könnte. Er reckte sich und winkte ihm mit den Armen und wartete, bis Peisistratos bei ihm war.

Der rutschte gleich auf den Boden. »Ich kann nicht mehr«, seufzte er. »Sei doch ehrlich, Telemach, du weißt nicht, wo wir Menelaos finden sollen. Ich bin dir auch gar nicht böse deswegen. Wie sollen wir ihn hier überhaupt finden. Außerdem ist mein Vater nicht ganz richtig im Kopf. Vielleicht hat er etwas verwechselt. Vielleicht wohnt Menelaos schon lange nicht mehr hier. Vielleicht ist er schon gestorben. Wir wissen nichts…. Und meine Gibson ist verloren und deine Jacke auch und der Jeep und das Geld und alles… Soll es doch sein… Ich muß etwas trinken… du nicht auch?«

»Doch, doch«, sagte Telemach geistesabwesend, »ganz bestimmt…« Er blickte den Passanten ins Gesicht, ob einer ihm zuzwinkerte oder sonst ein Zeichen gäbe, ein würdiges, oder ob einer stehenbliebe oder sie wenigstens im Vorbeigehen heimlich beobachtete, denn er wußte ja, immer nimmt sie Gestalt und Rolle eines wirklichen Menschen an… Auf den Gehsteigen der Schatten- und Sonnenseite der Avenue war heitere Bewegung. Aber niemand achtete auf sie. Er suchte nach irgendeiner Bedeutung hinter den Straßenschildern, den Werbetafeln, den Farben, den Formen, lauschte auf die Geräusche, ob die Göttin aus ihnen spräche. Er forschte nach Spuren in sich selbst, ob sie vielleicht schon in ihn geschlüpft wäre, ohne daß er es gemerkt hatte — weil die Hitze und der Hunger so kräftig an seinem Magen zogen und an seinen Gliedern und in seinem Kopf hämmerten, und auch der Durst, der quälende.

»Also«, befahl er, »steh auf, Peisistratos! Dort vorne gibt es zu trinken.« Und er zeigte, ohne hinzusehen, mit der Hand in irgendeine Richtung.

»Telemach«, flehte Peisistratos, »wenn du es nicht ganz genau weißt, dann laß mich bitte noch eine Minute hier sitzen! Meinst du, wir kriegen für die Münzen im Sparschwein eine Coca Cola oder ein Bier?«

»Ich weiß, wo es Wasser gibt«, sagte Telemach. Es sollte ein Test sein. Er wollte die Göttin testen. Wenn sie mich jetzt nicht zum Wasser führt, so wettete er mit sich, dann werde ich ihr nie wieder folgen, dann soll sie mich am Arsch lecken.

Peisistratos stand auf und trottete hinter ihm her. Telemach führte ihn durch einen Torbogen und wandte sich nach links, und da war ein Brunnen, aus dem ein runder Strahl in die Höhe sprang.

»Heute abend sitzen wir bei Menelaos«, frohlockte Telemach, als ihnen schon der Bauch weh tat vom Trinken. »Und deine Gibson kriegst du auch und den Jeep, und ich kriege meine Jacke. Und auch das Geld kriegen wir zurück. Ich weiß es!«

»Dann suchen wir eben weiter«, sagte Peisistratos. »Wenn du willst, suchen wir weiter. Ich nehme das Sparschwein, ich trage es wieder ein Stück.«

Aber das Sparschwein war nicht mehr da. Und auch der Stadtplan und die Seite mit den 47 Menelaos', die in Lakedaimon einen Telephonanschluß besaßen, waren nicht mehr da. Es ist leichtsinnig, in Lakedaimon ein Sparschwein neben sich auf den Rand eines Brunnens zu stellen, während man mit solcher Inbrunst Wasser trinkt.

»Ich glaube, es spielt keine Rolle«, sagte Telemach. Er sah das Entsetzen in Peisistratos' Augen, und er hätte ihm gerne auseinanderlegen wollen, warum es seiner Meinung nach keine Rolle spiele, ob sie einen Stadtplan hätten oder nicht, weil er nämlich auf die Anweisungen und die leitende Hand einer Göttin warte, und daß er überzeugt sei, sie werde sich jeden Augenblick melden, denn das Maß der Schikanen sei ja nun endlich voll. Aber es ließ sich nicht aussprechen. Das sah er ein. »Erst müssen wir etwas zu essen finden«, sagte er kleinlaut.

Sie fanden nichts zu essen.

Als sich der Himmel verdunkelte, zeigte sich Lakedaimon in vollem Glanz. Die Brücken über den Fluß waren mit Lampen bestückt und glitzerten wie Diamantenschnüre und glitzerten noch einmal im Spiegelbild des Wassers. Die Wolkenkratzer lösten sich in filigrane Netze aus Lichtpunkten auf, die vom Himmel hingen. Aber Hunger und Müdigkeit und Furcht ließen nicht zu, daß sich Telemach und Peisistratos am Nachtgewand der schönsten aller Städte erfreuten. Sie gingen und gingen, und wenn die Ampeln rot waren, traten sie auf der Stelle, denn wenn sie stehenblieben, schmerzten die Füße noch mehr, und auch der Hunger und die Müdigkeit waren dann noch schwerer zu ertragen. Und sie wußten nicht, wohin sie gingen und warum sie gingen. Solche Brunnen wie der hinter dem Torbogen gab es viele in der Stadt, so konnten sie wenigstens ihren Durst löschen. Die Göttin ließ sich nicht testen…

Sie setzten sich an die Straße, da trat man ihnen auf die Füße. Sie legten sich auf eine Parkbank, da kam einer und sagte, das sei die seine. Sie kauerten sich neben eine Garage, da umschwirrten sie Stimmen und Geräusche, die sie ängstigten. Sie gingen bis ans Ende einer Avenue. Sie kamen ans Meer. Sie lehnten sich über das Geländer und schauten hinunter aufs Wasser. Dann meinte Peisistratos, er habe hinter ihrem Rücken etwas gehört. Sie sahen, daß weit und breit niemand war. Das war ihnen noch unheimlicher. Sie machten sich wieder auf den Weg zurück. Sie gingen auf einer anderen Avenue. Kamen an einem Geschäft vorbei, in dessen Schaufenster winzig kleine Kameras waren. Peisistratos interessierte sich dafür. Dann gingen sie weiter. Gingen, gingen. Einmal dachte Telemach, jetzt ist die Göttin gelandet – es mußte so gegen zwei Uhr in der Nacht gewesen sein –, da fühlten sie sich beide plötzlich ganz leicht und wohl, sie machten Späße, erzählten sich Witze, alberten herum; aber dieser Zustand dauerte keine halbe Stunde lang, dann quälten sie wieder Furcht, Hunger und Müdigkeit, und am Morgen quälte sie die Müdigkeit am meisten.

Mehr aus Zufall denn aus Absicht fanden sie den Weg zurück zu dem Park vor der Bibliothek, deren Vorderfront gelb angestrahlt wurde. Dort setzten sie sich nieder. Setzten sich genau auf die Stelle, auf der sie vor vierundzwanzig Stunden den Jeep abgestellt hatten. Hatten beide im stillen gehofft, der Jeep stehe da, wie sie ihn geparkt hatten. Hätten, wenns so gewesen wäre, keine Fragen gestellt. Wären, wenns so gewesen wäre, eingestiegen und davongefahren, hinaus aus Lakedaimon, dieser Welthaltigen, dieser Glänzenden, dieser ruhmreichsten aller Städte, die wie keine andere Stadt die
434 Stunden aufzuwühlen verstand, die jede Minute zu einer

Szene in einem Drama machte... Sie lehnten sich im Sitzen aneinander, und sie wären sicher gleich eingeschlafen, aber da hüpfte ein Vogel durch die halbkahlen Zweige über ihnen, und sie schreckten auf, und wieder fiel ihnen ein, daß ihnen die Stadt bereits alles genommen hatte, was sie besaßen, außer das Leben.

Sie warteten, auf dem Parkplatz sitzend, bis die gelben Scheinwerfer erloschen, warteten, bis die Stahlgitter vor dem Eingang zu dem grauen Gebäude hochgezogen wurden. Dann warteten sie noch eine Weile.

»Ich weiß, wo wir schlafen können«, sagte Telemach.

Sie betraten die Bibliothek, grüßten die Dame in der Loge und setzten sich in die hinterste Reihe im Lesesaal. Telemach besorgte einen Stapel Bücher. Die bauten sie vor sich zu zwei halbrunden Mauern auf. Sie verschränkten die Arme auf dem Tisch, legten den Kopf darauf, hatten den weichen grünen Filz vor den Augen, ihr Atem wärmte ihr Gesicht, und so schliefen sie ein.

Eine kleine Stunde schliefen sie, da geschah in der Bibliothek ein mieses Wunder. Und die Welt merkte nichts davon. Denn es war niemand da außer Telemach und Peisistratos und die Dame in der Eingangsloge. Mit dieser Dame geschah das Wunder. Auf einmal meinte sie, die bei ihren Kollegen und den Kunden der Bibliothek als besonders großherzig galt, sie müsse den Lesesaal kontrollieren, ob dort alles seine Richtigkeit habe. Sie sah die beiden jungen Männer in der letzten Reihe an ihren Tischen sitzen, den Kopf auf die Arme gelegt, schlafend. Noch niemals vorher war ihr der Gedanke gekommen, daß man mit Paragraph drei der Hausordnung, in dem es hieß, es sei geboten, durch sein Verhalten die Würde des Hauses nicht zu verletzen, ein harmloses Nickerchen unterbinden könnte. Heute tat sie es. Sie hackte auf ihren Stöckelschuhen durch den Saal, schlug mit den Knöcheln ihrer Fäuste dicht neben Telemachs und Peisistratos' Ohr so lange auf den Filzbelag der Tische, bis die beiden erwachten, und forderte die noch Benommenen auf, unverzüglich die Bibliothek zu verlassen. Als sie dann wieder in ihrer Loge saß und durch die offene Tür sah, wie die beiden jungen, hübschen Männer so verzagt draußen auf dem Parkplatz standen — der eine, der Hübschere von den beiden, ein Weißer mit kastanienbraunen, langen Locken, mit einem schmutzigen weißen Hemd, das ihm aus der Hose hing; und der andere, Schlankere, der ein verschmuddeltes T-Shirt mit einem Männerkopf darauf anhatte, der ganz ähnlich aussah wie er, ein Schwarzer mit einer Zahnlücke vorne —, da wäre sie am liebsten zu ihnen hinausgelaufen und hätte sie um Vergebung gebeten, hätte am liebsten zu ihnen gesagt, seht her, der Job hier interessiert mich nicht, ich bin auch nicht älter als ihr, was machen wir, ich geh mit euch mit... Sie wußte nicht, was in sie gefahren war.

Was war denn in sie gefahren?

Hestia war in sie gefahren, die Göttin aller Hausordnungen, die Göttin der Seßhaftigkeit, die allein über den Zustand des Sitzens gebietet. Einen kleinen Gefallen erwies sie ihrer Nichte...

Ist sie also doch noch da, Pallas Athene, die Obrimopatre, Alalkomene, Ageleie, die Beutespenderin, die Schlachtengöttin, die Schwingerin der Lanze, die Strategin mit dem funkelnden Blick? Hält sie sich doch noch ein wenig auf, hier unten im mickrigen, menschlichen Da-Sein? Hat sie sich doch noch nicht ganz abgezogen von unserem und ihrem Freund, ist noch nicht aufgefahren in ihr ideales Alles-und-Nichts-Sein über Wolke und Berg? Hatte sie also die Hilfe dieser olympischen Kollegin angenommen, um Telemach dafür zu strafen, daß er seine Aufgabe vernachlässigte? War das Maß ihrer göttlichen Schikanen also noch nicht voll? — Göttliche Schikanen! Was bildete sich unser zwanzigjähriger Held nur ein, als er zu sich von *göttlichen Schikanen* sprach! Hat er denn auch nur eine Ahnung davon? Da rutschen Heilige auf wunden Knien, schleudern Wahnsinnige ihre Arme zum Himmel, Apokalypsenschreiber, Brüder und Mitgenossen an der Trübsal, um nur ein Krümelchen zu erhaschen von der Aussaat an Unheil, welche oben für uns bereitsteht! Und da meint dieser da, nach dem bißchen Herumirren müsse das Maß der göttlichen Schikanen bereits voll sein, nach diesem Spaziergängchen in dieser satten, wohlgeordneten, von Gesetzen geregelten, durchaus hübschen Stadt? – Erschöpft sind sie, Telemach und sein Freund? Erschöpft – nach einer einzigen durchwachten Nacht bereits? Was sind sie doch für verwöhnte Bürschchen! Haben keine Vorstellung von den Strapazen, die ihre Väter auf sich nehmen mußten! Was reden sie dort draußen auf dem Parkplatz vor der Bibliothek, die schwerpunktmäßig Bücher aus dem Bereich der Naturwissenschaften, vorzugsweise der Biologie beherbergt? – Sie sagen, sie haben Hunger. – Hunger? Das bißchen Appetit nennen sie Hunger? Erst vorgestern hat es doch Apfeltaschen gegeben und Vanilleeis! Was sagen sie sonst noch? Spitz die Ohren, Erzähler! – Nichts mehr reden sie. Sie machen sich wieder auf die Socken. Trotten davon. – Also, Erzähler, ihnen nach, hinein in den elenden Tag!

Von Menelaos war nicht mehr die Rede – daß man ja eigentlich hierher nach Lakedaimon gekommen war, um ihn zu suchen; genauer: um ihn zu fragen, ob er Kunde habe von Odysseus. Jetzt waren die beiden nur noch auf Essen aus. Sie drückten sich vor den Läden herum, in denen es alles gab – Obst und Brot und Gemüse und Konservendosen und Schokolade, Käse und Wurst. Dann schlug Telemach vor, sie sollten in einen hineingehen und etwas stehlen. Gerade nur Mundraub, nicht mehr, das sei erlaubt, das stehe in der Verfassung. Er werde stehlen, sagte er, Peisistratos solle den Mann an der Kasse ablenken.

»Wie soll ich das machen«, fragte Peisistratos.

Indem er etwas Ausgefallenes von ihm verlange, eine ausgefallene Speise, etwas Spezielles. Dann müsse er irgendwo nachschauen.

»Was denn?«

Nein, er solle fragen, ob Peter schon hier gewesen sei.

»Wer ist denn Peter?«

»Es ist doch völlig egal, wer Peter ist«, fuhr ihn Telemach an. »Weißt du denn nicht, was ich meine?«

»Nein, ich weiß nicht, was du meinst«, gab Peisistratos zurück.

»Du sollst ihn ablenken, Himmel! In ein Gespräch verwikkeln. Sag halt einfach zu ihm... Ach, was! Dann lenke ich ihn eben ab, und du steckst die Sachen ein.«

»Ich weiß ja nicht, was ich einstecken soll! Dann stecke ich etwas Falsches ein, und dann ist es auch wieder nicht recht!«

»Soll ich beides machen? Ablenken und einstecken?«

Dann gingen sie weiter, weil der Verkäufer auf sie aufmerksam geworden war.

»Jetzt müssen wir es bei einem anderen Laden machen«, sagte Peisistratos. »Weil du so laut warst.«

»Ich war nicht laut«, sagte Telemach. »Ich bin eher immer zu leise!«

»Ich auch«, sagte Peisistratos.

So ging es eine Weile. Dann sagte der eine, es tue ihm leid, daß er so aufbrausend gewesen sei, und der andere sagte das gleiche. Und sie waren wieder gut. Aber gegessen hatten sie immer noch nicht.

Sie kamen bei einem anderen Laden vorbei. Dort war eine Verkäuferin an der Kasse. Sie sah freundlich aus.

»Die können wir genausogut fragen, ob sie uns etwas schenkt«, sagte Peisistratos.

»Also, frag sie«, sagte Telemach. »Ich warte hier.«

Peisistratos ging in den Laden, kam gleich wieder zurück und sagte: »Sie schenkt uns nichts.«

»Du hast sie gar nicht gefragt«, sagte Telemach, als sie ein Stück gegangen waren. »Ich habe deinen Mund beobachtet. Du hast sie etwas anderes gefragt. Stimmts?«

»Ja, es stimmt«, sagte Peisistratos. »Du hättest hineingehen sollen. Du hättest es richtig gemacht. Gehst du? Bringst du mir Zigaretten mit, wenn du gehst?«

»Warte hier«, sagte Telemach.

Er lief zurück, betrat den Laden, nickte der freundlichen Verkäuferin zu und verschwand schnell hinter den Regalen, wo die Konserven und das abgepackte Schwarzbrot, die Pumpernickel, das Knäckebrot und die Müslis standen. Er steckte sich zwei Pakete Schwarzbrot in die Hosentaschen und rannte aus dem Laden hinaus. Die Verkäuferin ließ alles liegen und stehen und rannte ihm nach. Telemach hatte einen großen Vorsprung, außerdem war er ein guter Läufer, und der Hunger machte ihn noch schneller. Aber er hatte eine Gegnerin, gegen die er nicht ankam. Peisistratos stand auf halbem Weg. Telemach sprintete an ihm vorbei, warf ihm ein Paket Brot zu, rief irgend etwas. Peisistratos fing das Brot auf. Aber er behielt es nicht lange in der Hand. Die Verkäuferin, die inzwischen barfuß war, sie hatte ihre Schuhe beim Laufen verloren, riß ihm das Brot aus der Hand wie den Stab bei einen Staffellauf. Der Mund blieb dem Sohn des Nestor offenstehen. Noch nie hatte er eine so schnelle Läuferin wie die Verkäuferin gesehen. Bei jedem Schritt warf sie die Beine in den Spagat, und sie flog dahin wie eine Gazelle. Sie hetzte hinter Telemach her, erreichte ihn, zog ihm mitten im Lauf das zweite Paket Schwarzbrot aus der Tasche, vollführte eine waghalsige Wendung über die halbe Avenue zwischen den Autos hindurch und lief am mundoffenen Peisistratos vorbei zu ihrem Laden zurück. Dort konnte sie sich nicht mehr auf den Beinen halten. Sie sackte neben der Kasse zusammen, für einen Moment wurde ihr schwarz vor Augen, die zwei Pakete mit dem Brot fielen ihr aus den Händen und kollerten über die Stufe hinaus auf den Gehsteig. Und als sie wieder halbwegs beisammen war, sagte sie zu sich: Bin ich denn verrückt geworden? Habe ich sie denn noch alle? Die wollten doch nur Brot! Es ist doch nicht meine Art, zwei Hungrigen Brot aus der Hand zu reißen. Ich habe doch selber auch schon Sachen geklaut. Erst vor drei Tagen habe ich eine CD von *Bon Jovi* geklaut. Was ist denn in mich gefahren!

Was ist denn in sie gefahren?

Artemis ist in sie gefahren, die Göttin der Jagd, die jedes Wild erlegt und jeden Dieb erwischt. Auch sie hatte ihrer Schwester einen kleinen Gefallen erwiesen...

Von da an verfielen sie in Dumpfheit und physischen Automatismus. Sie verloren das Gefühl für die Zeit. Irgendwann in der Nacht legten sie sich, ohne daß sie sich abgesprochen hätten, auf den Gehsteig neben ein MacDonald's-Restaurant, das rund um die Uhr geöffnet hatte. Sie erwachten, als die Straßen abgespritzt wurden, erwachten gerade rechtzeitig, daß sie noch dem Wasserstrahl ausweichen konnten. Ihre Kleider waren verdreckt, ihre Hände schwarz, die Haare grau vom Straßenstaub und verfilzt. Es war ihr dritter Tag in Lakedaimon, und es war der elendeste. Sie gingen hundert Meter und blickten zu Boden, als gäbe es dort Zeichen zu lesen, dann setzten sie sich an die Straße, hielten den Passanten die Hände hin, dachten über nichts mehr nach und atmeten durch den Mund...

Als wären sie geführt worden und hätten sich führen lassen an der Hand des unsichtbaren Schutzpatrons aller Fremden, die nicht in der Fremde sein wollen, hatten sie am Abend den Weg zum Zentralbahnhof gefunden. Nun saßen sie in einem Winkel der großen Halle, auf deren Decke Sonne, Mond und die Sternbilder des Himmels gemalt waren – Andromeda, am Gestade des Meeres dem Meeresungeheuer zur Beute ausgesetzt, und Perseus, das Haupt der Gorgo unter dem Arm, der ihr zur Hilfe eilt; Herakles im Löwenfell, bewaffnet mit der Keule, der Göttersohn, der Arbeiter; das Sternbild des Schiffs, deutlich ausgeführt mit einem Flaggenmast, doppeltem Steuerruder, Schiffsleine, Anlegehaken, einem schimmernden Knauf am Hintersteven, mit sternengeschmückten Heldenschilden an der Bordwand, das Prachtschiff der Argonauten, das Athene selbst an den Himmel gesetzt hat, damit die Irrenden und Verirrten, die Verwirrten und Verwilderten Mut fassen und sogar im Schiffbruch und Zusammenbruch noch Vertrauen haben sollen, wenn sie zum Himmel aufblicken...

Aus den Schächten, die zu den Bahnsteigen führten, blies ihnen heiße Luft ins Gesicht, die roch, als entströme sie dem Rachen der Gorgo. Sie waren hier nicht die einzigen, deren Sohlen heiß waren, deren Rücken klebte und deren Magen schrie. Noch viele andere hatte der unsichtbare Schutzpatron aller Fremden, die nicht in der Fremde sein wollen, hierhergeführt. Wie die Reste eines geschlagenen Heeres kauerten und kümmerten sie an den Wänden entlang, manche hielten ihr Gesicht mit Zeitungen bedeckt, andere hatten ihren Platz mit prallen Plastiktaschen umstellt, alle waren sie schmutzig

wie der Boden dieser Stadt und blickten geduldig wie ihre
Fenster. Ihr unsichtbarer Schutzpatron. dieser staubigste aller
Engel, hatte viel zu tun, und nie ließ er sich etwas Neues einfallen, überall auf der Welt führte er seine Schutzbefohlenen
zu den Bahnhöfen, immer zu den Bahnhöfen, wo die Menschen strömen wie Gezeiten, Tag und Nacht…

Peisistratos streckte die Beine von sich und legte die Hände
in den Schoß. »Elis ist anders«, brummte er noch schwach.
»Es ist besser, glaub mir…« Dann sanken ihm die Lider über
die Augen, die aussahen wie die Augen seiner Schwester.

Telemach neben ihm blieb wach. Er betrachtete die Passanten, die durch die Halle eilten, die Berufstätigen, die in
Abständen wie Flutwellen über die Treppe aus der Subway
hinaufschäumten. Und endlich, hier unter dem künstlichen
Himmel der Bahnhofshalle, wo Herakles über ihm wachte
und Perseus und Andromache und das Schiff der Argonauten, hier endlich sagte er zu sich: Ich will mich nicht weiter
nach dem Vater erkundigen, und ich will nicht nach Ithaka
zurückkehren, um dort die Belange der Mutter zu ordnen, ich
will nicht die Freier vom Hof vertreiben und die Wirtschaft
übernehmen. Was kümmert mich diese Wirtschaft… Ein wenig fiebrig war er vor Hunger und Erschöpfung. Es war ein
angenehmes Gefühl, das ihn in eine gleichsam schlafwandle-
rische Distanz rückte zu allem, was ihn umgab, aber auch zu
seinen Gedanken… Er sah Klytaimnestra vor sich, seine
Halbtante oder was sie war, einen blendend weißen, engen
Hosenanzug trug sie, die Augenlider hatte sie geschminkt wie
dicke, schwarze Regenwürmer, und die Haare hatte sie toupiert zu einem Kriegshelm, und ihr Mund war eine batzige,
blutrote Wunde. Ihren Freund hatte sie mitgebracht, Aigisth,
dem oben an beiden Seiten die Zähne fehlten, auch er hatte
die Haare auftoupiert und hatte eine Gitarre bei sich, eine
Elektrogitarre, die ganz ähnlich ausgesehen hatte wie Peisistratos' Gibson, und einen Verstärker hatte er auch dabei, die
Gitarre trug er über der Schulter wie ein Gewehr, und einen
Patronengürtel hatte er umgeschnallt, nur statt Patronen
steckten Mundharmonikas darin. Wo immer er eine halb-

wegs gerade Fläche fand, rieb er mit dem Gitarrenplektrum ein weißes Pulver an und zog es sich durch einen zusammengerollten Geldschein in die Nase. Und dann hatten sich die beiden unten in der Halle aufgebaut, direkt vor der Waffenwand des Vaters. Klytaimnestra hatte das Mikrophon mit den Händen liebkost und dabei ihre Zunge gezeigt. Die Gitarre war so laut gewesen, daß Telemach, der oben auf der Galerie neben Eurykleia stand, in ihre Schürze gekrochen war. Damals war er sieben Jahre alt gewesen, oder acht. Dann hatte Klytaimnestra ihr Lied geschrien mitten hinein in das ausgewählte Publikum ... – Wohin waren Klytaimnestra und Aigisth geflogen? Keine Ahnung, wohin kommt man, wenn man erschossen ist? Und Orest, der Mörder der Mutter und ihres Liebhabers – wo war der? Keine Ahnung. Hatte den Unglücklichen auch eine Göttin getrieben zu tun, was er selbst gar nicht tun wollte?

»Aus. Vorbei«, sagte Telemach laut.

»He, ihr«, hörte er da einen. Die Stimme war weich und schien tief im Gaumen gebildet. »He ihr, was macht ihr hier?«

Peisistratos schreckte auf. »Wir suchen den Atriden Menelaos«, sprudelte er heraus, blickte sich um, wischte sich den Mund ab. »Ich glaube, ich habe geträumt«, sagte er zu Telemach.

»Ich weiß, wo dieser Menelaos wohnt!«

Telemach drehte sich um, konnte aber nicht erkennen, wer da sprach. »Zeig dich doch«, sagte er.

Es war ein säulenhaft großer, schwarzer Mann, der vor sie hintrat. Sein Schädel war geschoren und glänzte. Er trug ein schwarzes Sweatshirt mit Kapuze und Boxershorts, die ihm bis zu den Knien reichten, und weiße, schneckenweiche Schuhe. Seine Oberlippe blieb unbeweglich, wenn er sprach, ihre Form war fein ausgekerbt, ein vollendeter Bogen, aber sie war starr wie geschnitzt, als wäre sie zu gut, um sich am Sprechen zu beteiligen. Seine Augen waren hinter schwarzen Brillengläsern verborgen.

»Ich heiße Meter«, sagte er, »vielleicht, weil ich zwei groß bin.« Er lachte über seinen Witz, und es klang wie ein gepolstertes Husten. Er reichte Peisistratos die Hand hin. Nur ihm.

»Hallo, Bruder! Deine Haare gefallen mir! Wenn ich dich ansehe, ärgere ich mich, daß ich mir meine erst habe abrasieren lassen. Ich hatte eine ganz ähnliche Frisur wie du.«

»Ah ja«, sagte Peisistratos.

»Das sind schöne Haare, wirklich.«

»Ja, schon«, sagte Peisistratos.

»Und die Zahnlücke ist gut. Die hast du gut hingekriegt.«

»War nicht Absicht, nein«, sagte Peisistratos.

»Nicht Absicht? Was soll das heißen?«

»Einfach so eine Zahnlücke... mehr nicht.«

»Das muß ich mir merken. Das hast du raffiniert formuliert: einfach so eine Zahnlücke, mehr nicht. Glaubst du, daß ich mir das merke?«

Meter setzte sich neben Telemach, der saß jetzt zwischen den beiden schwarzen Männern.

»Was ist passiert?«

»Wir sind bestohlen worden«, sagte Telemach.

Als hätte er ihn nicht gehört, wiederholte Meter seine Frage zu Peisistratos hinüber: »Willst du mir nicht erzählen, was passiert ist, Bruder?«

»Man hat uns den Jeep gestohlen«, sagte Peisistratos.

»So, einen Jeep habt ihr gehabt. Woher seid ihr denn?«

»Er aus Pylos, ich aus Ithaka«, sagte Telemach.

»Woher?«

»Er aus Ithaka, ich aus Pylos«, sagte Peisistratos.

»Und Geld habt ihr auch keines?«

»War auch im Jeep«, sagte Telemach.

»Wo?«

»Im Jeep«, sagte Peisistratos. »Und unsere Pässe auch... mein Paß, sein Paß...«

»Au, au, au!« machte Meter. »Jeep, Geld, Paß... Schlecht, schlecht, schlecht...«

»Und ich hatte noch eine Gitarre...«, sagte Peisistratos.

»Was für eine Gitarre denn?«

»Eine Elektrogitarre«, sagte Telemach.

»Weißer«, sagte Meter, ohne Telemach anzusehen, »jetzt 443

laß du meinen Bruder reden und ihn das mit seiner Gitarre erklären! Okay?«

Telemach lächelte und nickte. Er lehnte sich an die marmorne Wand zurück, schloß die Augen, gerade so weit, daß noch ein wenig Licht eindrang. Es kümmerte ihn nicht, was die beiden redeten, er hörte ihnen zu, hörte zu, als wäre es Musik, als redeten sie nicht über Gitarren, sondern spielten darauf. Er überließ sich wieder dieser wohligen Müdigkeit, fühlte keinen Hunger mehr und keine Verantwortung, weder für sich selbst noch für Peisistratos, und daß ihn Meter so brüsk zurückgestoßen hatte, war ihm wurscht.

»Also dann sag, Bruder«, wandte sich Meter an Peisistratos, »was für eine Gitarre war das?«

»Eine *Gibson Les Paul*«, gab Peisistratos brav zur Antwort.

»Eine *Les Paul*? Was für eine *Les Paul*? *Les Paul* gibt es jede Menge.«

»*Les Paul Classic Premium Plus.*«

»Ah, ha, eine *Les Paul Classic Premium Plus* also! So, so, so… Habe ich eine geteilte Meinung dazu, muß ich ehrlich sagen.«

»Was heißt das«, fragte Peisistratos verwirrt.

»Allgemein zu Gibson habe ich eine geteilte Meinung«, sagte Meter, und seine Stimme wiegte sich in fachmännischem Zweifel. »Ist Geschmacksache, weiß ich. Aber trotzdem. Wie es halt so ist: Wir haben immer Fender gespielt. Alle, die ich kenne, haben immer Fender gespielt. Immer *Stratocaster*. Weiß auch nicht, woran das liegt. Vielleicht an den pickups. Wir haben immer Wert auf single coil gelegt, haben humbucking immer strikt abgelehnt. Ist bei uns eben so. Wir haben Vorurteile gegen Gibson. Gibson ist eine weiße Marke. Auch Fender ist im Prinzip eine weiße Marke. Aber Jimi Hendrix zum Beispiel hat immer eine *Stratocaster* gespielt. Und Jimi Hendrix war schwarz. Ich weiß, auch B. B. King ist schwarz, und er spielt eine Gibson. Aber ich mag Jimi Hendrix eben lieber als B. B. King. Eric Clapton dagegen ist weiß und spielt eine *Stratocaster*. Es ist kompliziert, das gebe ich zu. Im Grunde ist das alles nicht so wichtig. Wichtig ist, daß man keine Rickenbacker spielt. Rickenbacker spielen nur Idioten. Rickenbacker sind gute Gitarren, darüber hat keine Diskussion einen Sinn, sie sind vielleicht sogar besser als Gibson und Fender, vielleicht sogar besser als Gibson und Fender zusammen. Aber merkwürdigerweise wird Rickenbacker immer nur von Idioten gespielt. Von weißen Idioten und von schwarzen Idioten...«

Dann wurde an seinen Schultern gerüttelt. Telemach hob mühsam die Augenlider. Meter beugte sich über ihn. Er hatte die Brille abgenommen, und weil die Sonne in diesem Augenblick einen letzten Strahl auf die Spitze des schönsten Gebäudes der Stadt schickte und weil sich dieser Strahl über Fenster und Glaskanten, Marmorplatten und Metallrahmen nach unten in die Straßenschluchten spiegelte und durch eines der Fenster in die Bahnhofshalle drang und, ehe er die Brille wieder aufsetzen konnte, auf Meters Gesicht landete, sah Telemach, daß die Augen des schwarzen Riesen blau waren, blau wie die Augen eines Neugeborenen.

»Also, folgt mir!« sagte Meter.

Jawohl: Pallas Athene war in Meter gefahren, diesen großen König eines kleinen Reiches im Norden der Stadt, das gerade zwei Straßenlängen lang war. Es sprach einiges für ihn. Vor allem kannte er Menelaos, den Rufer im Streit, den blondgelockten Freund des Odysseus. Zweitens verfügte er über eine Streitmacht, die sich in fünfzehn schwarzen Chevrolets unterbringen ließ. Und drittens hatte die Göttin viel übrig für seinen Namen. Das war ihr eine hübsche Reihe: von Mentes, über Mentor, zu Meter... Es machte der Unsterblichen nämlich Spaß, den Sterblichen die süße Vergänglichkeit, die erst ein Name gibt, zu vergällen, indem sie den Namen erst in Buchstaben zerschlug und dann die Buchstaben behandelte wie ein Kind seine Bauklötzchen – willkürlich, launisch, verantwortungslos... – Mentes von Taphos, der Banjobauer, der allezeit und vor jedem seine Unzulänglichkeiten ausgebreitet hatte, als wären es Schätze im Zelt eines Arabers, er hatte sich ihr widersetzt, er hatte gegen ihren Terror sein Gesicht behalten, so daß sie es mit einem Tuch abdecken mußte, um ihre Rede gegen seine kluge und auch etwas blöd grinsende Aufrichtigkeit durchzusetzen. Sie hatte sich seiner entledigt. Wir werden kein Wort mehr von ihm hören, und es ist nicht gewiß, ob er jemals wieder ein Wort von sich geben wird. — Mentor von Melite dagegen, der Lehrer, war begierig gewesen, sie zu empfangen. Die Fesseln der Pallas Athene hatten zwar jede Bewegung seines freien Willens unmöglich gemacht, gleichzeitig aber hatten sie seinem ganzen Wesen Halt und Richtung gegeben. Die Göttin hatte ihn auf die Höhe seiner Erwartungen geführt. — Mentes war ein Glaubwürdiger gewesen, ein Aufrechter, Mentor ein Liebenswürdiger, ein Gewissenhafter. Meter hingegen war ein Kampfbereiter. Es hatte eine Zeit gegeben für den Glaubwürdigen, Aufrechten; es hatte eine Zeit gegeben für den Liebenswürdigen, Gewissenhaften. Jetzt wurde der Kampfbereite gebraucht. Denn in dieser Lektion, der vorläufig letzten, die sie dem Sohn des Odysseus zu erteilen sich anschickte, ging es um den Krieg…

Wir haben es bislang so gehalten, daß wir den Handlungsverlauf unterbrachen, um die von der Göttin Okkupierten, Drangsalierten oder Bescherten vorzustellen; und davon wollen wir auch diesmal nicht abweichen, zumal über Telemach im Augenblick nicht mehr zu berichten ist, als daß er mit weichen Knien und summendem Kopf hinter Meter und Peisistratos hertrottete.

Meter aus der Argen Straße im Norden der Stadt Lakedaimon war fünfundzwanzig Jahre alt. Er hatte von seinem Vater die Macht über das Königreich ihrer Straße übernommen und übte die Regentschaft seit seinem achtzehnten Lebensjahr aus. Sein Vater, Tideo mit Namen, war ein berüchtigter Schläger gewesen, der sich an vielen Orten der Stadt nicht hatte blicken lassen dürfen. Er hatte sich in seiner Jugend in die Arge Straße geflüchtet, weil er wegen eines Totschlags aus seinem Viertel verbannt worden war. Wen er erschossen hatte, wußte niemand genau. Er selbst sprach nicht davon. Es

gab Gerüchte, die besagten, es sei sein Bruder gewesen, andere behaupteten, er habe seinen Onkel umgebracht, wieder andere munkelten sogar, er habe obendrein noch die acht Söhne des Onkels abgeknallt, alle an einem einzigen Nachmittag, um irgend etwas zu erben, was, wußte niemand. Als Tideo in die Arge Straße kam, war er noch nicht siebzehn, aber stark wie ein Ochse. Er sei, wurde erzählt, eines Abends in der Tür des Ehepaars Adraster gestanden und habe mehr befohlen als darum gebeten, daß er von ihnen aufgenommen werde. Adrasters hatten eine fünfzehnjährige Tochter, und es fiel ihnen schon schwer genug, für sie aufzukommen, zumal sie inzwischen schon Ansprüche stellte. Aber Herr und Frau Adraster wollten gute Menschen sein, damit sie später in den Himmel kommen, und so nahmen sie Tideo auf. Und sie bereuten es nicht: Tideo schaffte herbei, was gebraucht wurde, und vieles dazu, was nicht gebraucht wurde. Herr Adraster setzte sich bald zur Ruhe, ein halbes Leben lang hatte er hinter einer Kinokasse gesessen, jetzt saß er zu Hause hinter dem Fernseher, und weil ihm Tideo jede Menge guten Schnaps besorgte, trank er jede Menge guten Schnaps. Der Einfachkeit halber schlüpfte die Tochter in das Bett ihres Stiefbruders, dort wurden ihre Ansprüche befriedigt und sie wurde schwanger. Als sie Meter unter ihrem Herzen trug, gab es den großen Streit mit dem König der Querstraße. Es ging um die Frage, wem der Hydrant an der Kreuzung gehörte. Auf Vorschlag des friedliebenden Herrn Adraster sollte der Streit in Form eines Sportwettbewerbs entschieden werden. Man einigte sich auf einen Mehrkampf, bestehend aus Boxen, Ringen, Rennen, Werfen und einem Gitarrensolo. Tideo siegte in den ersten vier Disziplinen eindeutig und haushoch. Gitarrespielen allerdings konnte er nicht, unterliegen aber wollte er nicht, darum brach er seinen Gegnern schon während des Ringkampfes die Finger der Griffhand. Der Hydrant wurde also denen von der Argen Straße zugesprochen. Die von der Querstraße waren so neidisch, daß sie Tideo in einen Hinterhalt lockten und dort fertigmachen wollten. Es hieß, Tideo habe allein gegen fünfzig Mann gekämpft, neunundvierzig habe er niedergemacht, einen habe er laufen lassen, damit der 447 in die Querstraße zurückkehre und dort seinen Ruhm verbreite. Tideos Reich blieb von nun an unangetastet, er selbst widmete sich ganz der Erziehung seines Sohnes Meter. Neben Boxen, Ringen, Rennen und Werfen legte er besonderen Wert darauf, daß er Gitarrespielen lernte.

Als Meter achtzehn war, wurde sein Vater auf der Straße erschossen. Es ging die Sage, er habe, schon mit den Kugeln im Leib, einem der Killer den Kopf mit einem Stück Fensterscheibe abgeschnitten und ihm zum Zeichen der Verachtung das Hirn herausgeschlürft. Die aus der Argen Straße behaupteten das, und sie behaupteten, es sei genau beim Hydranten gewesen; die von der Querstraße bestätigten, daß es beim Hydranten gewesen sei, das mit dem Stück Fensterscheibe und dem Hirn aber bestritten sie. Woher hätte Tideo im Angesicht des Todes ein Stück Fensterscheibe haben sollen, sagten sie, weit und breit seien alle Fenster längst eingeworfen.

Ohne zu zögern übernahm Meter das Reich seines Vaters. Niemanden gab es, der ihm seinen Anspruch streitig machte. Meter trage, sagte sein Großvater, einen alten Kopf auf jungen Schultern. Mit denen von der Querstraße schloß er Frieden, sicherte sich außerdem ihre Unterstützung für den Fall, daß er in einen Krieg mit einer anderen Straße verwickelt würde; und er zettelte prompt einen Streit mit der Verlängerung der Argen Straße an, den er schließlich mit Hilfe der Querstraße tatsächlich für sich entschied. Während eines einzigen Kampfes tötete er drei Männer des Feindes und schleppte ihre Körper als Beute in sein Lager. Zwei der Toten waren Weiße mit blendend weißen Hemden und teuren italienischen Maßanzügen. Es stellte sich heraus, daß die beiden Herren Geschäftsleute waren, die sich während der Kampfhandlungen nur zufällig in der Verlängerung der Argen Straße aufgehalten hatten. Sie waren im pharmazeutischen Bereich tätig gewesen, hatten mit allen möglichen Giften gehandelt und schienen damit sehr reich geworden zu sein. Nachdem der Krieg beendet und die Verlängerung der Argen Straße der Argen Straße angegliedert worden war, übernahm

Meter auch diese pharmazeutischen Geschäfte und wurde bald ein angesehener Partner der vornehmen Viertel Lakedaimons. Und damals machte er eine für ihn recht merkwürdige Entdeckung. Unter all den Süchtigen, die sich beliefern ließen, gab es einige, viele waren es nicht, dafür aber besonders potente Kunden, die den Stoff nicht nur selbst abholen wollten, sondern sogar ganz versessen darauf waren, sich in den miesesten Löchern der miesen Argen Straße mitten unter die letzten Wracks dort zu legen und sich die Adern bis zum Rand von Geht-nicht-mehr vollzuschießen, vorher vielleicht noch eine von den abgefuckten Huren zu vögeln, deren Schamlippen von Heroineinstichen hart und trocken waren wie heiß gewaschene Lederhandschuhe, sich auf dem Heimweg womöglich noch bis aufs Hemd ausrauben zu lassen und, wenn sie Glück hatten, gerade die Augen nicht blau geschlagen zu kriegen – nein, Meter konnte diese Herren nicht verstehen; aber er hatte auch gar keine Ambitionen, sie zu verstehen, er verdiente an ihnen – und er beschützte sie, wogegen sie sich sicher gewehrt hätten, hätten sie es gewußt. Die Wahrscheinlichkeit, daß sie bei einem ihrer wöchentlichen Ausflüge in die Arge Straße schlicht totgeschlagen würden, war sehr hoch; und was hätte Meter dann davon gehabt? Nichts.

Einer dieser Herren jedenfalls war Menelaos, der Rufer im Streit, der voller Würde gewesen war, wenn er stand, wie ein Leu, im Gebirge genährt, seiner Stärke vertrauend – nur wenn er stand, war er so gewesen, wenn er saß, weniger; inzwischen auch nicht mehr, wenn er stand, und wenn er saß, sowieso nicht mehr... An ihm hatte sich Meter etliche schwarze Chevrolets verdient. Er war einer seiner besten Kunden.

»Mögt ihr chinesisches Essen«, fragte Meter.

»Ich mag alles«, sagte Peisistratos. »Nur schnell muß es gehen.«

Telemach war immer noch ganz benommen, lächelte, nickte. Er taumelte, während Peisistratos und Meter vor einer

Ampel warteten, registrierte gar nicht, was um ihn herum vorging. Er empfand weder Dankbarkeit noch Freude, nicht einmal Erleichterung, er nahm einfach zur Kenntnis, daß sich Athene nun also doch noch zu ihnen herabgelassen hatte. Wenigstens vor dem Schlimmsten hat sie uns bewahrt, dachte er. Es war ihnen keine körperliche Wunde zugefügt worden, sie waren nicht getrennt worden, und das Leben war ihnen ganz geblieben. Als er einen Blick von Peisistratos erwischte, drückte er ihm ein Auge und grinste. Da ging Peisistratos auf ihn zu und umarmte ihn.

»Mensch, vielleicht sind wir raus!« sagte er. Und nahe bei ihm flüsterte er: »Ich vertraue ihm. Er sagt Bruder zu mir. Sollen wir ihm vertrauen? Ich komme einfach nicht dahinter, was in seinen Augen ist... Oder sollen wir wegrennen?«

»Ich kann nicht rennen«, sagte Telemach nur.

Meter führte sie über die zweite Avenue hinauf in Richtung Norden. Hier waren ukrainische Restaurants neben japanischen und französischen. Ein jüdischer Schuhmacher hatte Nähmaschine und Langarm vor sein Geschäft gestellt und arbeitete im Licht seines eigenen Schaufensters. Eine Frau mit umgehängten Plakaten zwinkerte den Passanten zu und wies mit einer Kopfbewegung hinter sich. Aus einem Keller dröhnte Rockmusik, so laut, daß einem die Zähne vibrierten. Dann war da noch ein Blumenladen, den ein irisches Ehepaar betrieb, sie ließ gerade den Rolladen herunter, er spritzte das Trottoir ab. Und über allem ruhte die samtschwarze Nacht, und die Lichter in den Abertausenden Fenstern überstrahlten die Sterne... Sie betraten einen chinesischen Fast-food-Laden.

»Nehmt, soviel ihr wollt«, sagte Meter, »geht alles auf meine Rechnung.«

Der Laden war schlauchförmig, er führte weit nach hinten. In seiner Mittelachse stand eine Theke, in der auf zwei Seiten rechteckige Stahltöpfe eingelassen waren, auf jeder Seite an die zwanzig. In den Töpfen waren verschiedene Speisen angerichtet. Lampen, die dicht darüber hingen, hielten die Speisen warm. Es gab Bohnen mit Zwiebeln und Speck, Bratkar-

toffeln mit Lauch, Lauchgemüse in süßer Soße, Lauchgemüse in saurer Soße, verschiedene Pilzgerichte, Frühlings-
rolle, Bambusragout, Sojarisotto, Reis mit Pflaumen, Reis mit
Shrimps, Shrimps mit Avocados, Avocados mit Schnittlauch,
Paprika und Tomaten, Tomaten mit Knoblauch gespickt,
Reisknoblauch gedünstet in Zucker, kandierte Zuckersoße
mit Reis, Reis mit Wurzeln, Reis pur, Reis mit allem, Mandel-
krokanthühnchen in scharfer Brühe, Curryente mit Frucht-
püree und noch vieles mehr. Das meiste hatten Telemach und
Peisistratos noch nie in ihrem Leben gesehen, und sie mußten fragen, was es war. Der chinesische Ladenbesitzer kam
lächelnd hinter seiner Kasse hervor, gab jedem einen großen
Plastikteller und eine Gabel und forderte sie auf, alles kosten-
los zu probieren. Denn er war ein Freund von Meter. Er wollte
ein Freund von Meter sein. Er hoffte, auch Meter wäre ein
Freund von ihm. Dann standen sie an einem der hohen, runden Tischchen neben der Kasse und aßen, und sie tranken
chinesisches Bier dazu, und beide waren sie der Meinung, daß
chinesisches Bier das beste Bier sei, das sie je in ihrem Leben
getrunken hätten. Meter aß und trank nichts. Er habe schon,
sagte er, und das machte dem Chinesen Kummer…

Als sie den Laden verließen, bekam nun ausnahmsweise
Pallas Athene eine Lektion erteilt, eine krasse Lektion übrigens, nämlich in Diätetik und Eubiotik. Sie wurde Zeugin der
Umwandlung von durchaus minderwertiger Furage in jene
den Göttern so unheimliche, weil ontologisch ferne, nutritive
Energie – kurz, es geschah das Wunder, welches sich jedesmal im Kopf des Menschen vollzieht, wenn die Wünsche seines Magens befriedigt sind, wobei hier das Wort *Wünsche* nicht
recht am Platz erscheint, bezeichnet es doch eher ein ins Geistige erhobenes Begehren, das in eine ganz andere Richtung
wirkt als die ihm zwar etymologisch verwandte, sich aber völlig anders darstellende körperliche Gier. Pallas Athene, die
Ungeborene, die dem Kopf des Vaters entstiegen ist, kennt die
Bedürfnisse des Leibes nicht, den Hunger kennt sie nicht, die
Müdigkeit kennt sie nicht und freilich auch die Lust nicht –
die Lust der Aphrodite sowieso nicht, aber auch nicht die Lust 451

des Ares, wenn gerüstete Männer auf gerüstete Männer krachen, wenn begeistert Wunden geschlagen und begeistert Wunden empfangen, wenn Fackeln geschwungen werden, wenn angefeuert wird, wenn Bluträusche zum Himmel dampfen, wenn reiner Kampfwille auf reinen Kampfwillen stößt; dann wartet sie daneben mit verständnisloser Ungeduld. Völlig unbegreiflich jedoch ist für sie, daß in ein und demselben Kopf andere Gedanken und Gefühle entstehen, je nachdem ob der Körper darunter unausgeschlafen und hungrig oder ausgeruht und satt ist. Höchst sonderbar erschien ihr deshalb, daß Telemach und Peisistratos als geschlagene, blöd sprechende, umdüsterte, an den Streifen Hoffnung, den sie vor sich sahen, nur wenig glaubende Bangbüxen diesen schmutzigen chinesischen Fast-food-Laden betreten hatten, denselben aber nach Einnahme einer unselig inspirierten Komposition aus fünfundsiebzig Prozent dessen, was dort angeboten wurde, als energiestrotzende, lachende, sich dauernd ohne erkennbares Motiv an die Arme boxende, albern schnatternde Lichtwesen wieder verließen. Dieses Kapitel aus der *encyclopaedia humana* hatte ihr göttlicher Halbbruder und Ezzesgeber Hermes vergessen, ihr ins Ohr zu flüstern. Denn sie sah den Menschen wie eine Maschine, wie einen Generator, der zwar Kraftstoff benötigt, aber bei Unterversorgung doch nicht plötzlich etwas anderes erzeugt als Strom. Und hätte sie noch dazu ins Innere, in die Seelen der beiden schauen können, sie wäre restlos wirr geworden ob dieses merkwürdigen Produkts, das aus der Asche der Titanen und des Zagreus zusammengeknetet worden war. Telemach zum Beispiel, der, hätte man ihn beim Eintritt in den Laden gefragt, was er am meisten auf dieser Welt hasse, ohne nachzudenken geantwortet haben würde: diese Stadt, er liebte Lakedaimon im selben Augenblick, als sein Fuß den Bürgersteig wieder berührte, und er wäre – ganz entgegen seiner Art – am liebsten singend und tanzend über ihre Boulevards getobt; aber er fühlte sich noch etwas schwindlig. Die Gerüche um ihn, die warme Abendluft, der Sound aus Automotoren, Autohupen, Polizeisirenen, Gelächter, Gerufe, Gerede, all dies hob sein Herz — sein gefüllter Magen bildete dabei eine solide Hebebühne, eine Art Gabelstapler, für die ins Monumentale sich blähende Pumpe, das muß gesagt werden, ohne daß deshalb gleich der Freudenrausch auf die banale Ebene einer chemischen Reaktion herabgewürdigt werden soll —; und weil seine Arme zu klein waren, um diese Riesenstadt, die ihnen in den eben erst vergangenen sechzig Stunden soviel Böses angetan hatte, an sein Herz zu drücken, überschüttete er den Freund mit seinen Gefühlen, Peisistratos, der neben ihm ging. Und in Peisistratos ereignete sich dasselbe Wunder, und er tat das gleiche. Darum also boxten sie sich in die Arme, lachten, schnatterten, strahlten, alberten. Und sie faßten sich in die Augen, und Peisistratos sah in Telemachs Augen neunundneunzig Prozent Himmel, Telemach aber sah in Peisistratos' Augen dessen Schwester Polykaste; und war es bisher so gewesen, daß er alles Süße, was er bei Polykaste erlebt, in Gedanken Evangeline zugeschlagen hatte, so geschah es diesmal umgekehrt: Eine heiße Welle der Sehnsucht nach Polykaste ergriff ihn, und nichts Schöneres im Leben konnte er sich vorstellen, als mit ihr und ihrem Bruder hier in Lakedaimon, der glänzendsten aller Städte, zu leben, sie drei zusammen in einer Wohnung... Er brauchte nur den Kopf zu heben und beliebig auf eines der staubigen Fenster über ihnen zu schauen, um sich einzubilden, daß dahinter ein glückliches Appartement liege, drei Zimmer, eine kleine Küche, ein Balkon vielleicht, ein Bad...

Arme Pallas Athene! Du Kopfgeborene kannst eben nicht nachvollziehen, was es für den Hungernden bedeutet, sich den Bauch vollzuschlagen. Solche Räusche sind dir verwehrt. Zu solchen Gefühlen ist nur das Mängelwesen Mensch befähigt — und berechtigt...

Für Meter freilich hatte sich hier kein Wunder abgespielt. »Vermißt du deine Gibson immer noch«. fragte er Peisistratos.

»Ja, schon«, sagte Peisistratos. »Jetzt sogar ganz besonders sehr ...«

»Er ist ein unheimlich guter Gitarrist«, sagte Telemach mit einem treuherzigen Gesicht, »besonders, wenn er in einem Weizenfeld spielt.«

»Noch besser allerdings wäre ein Maisfeld...«, kicherte Peisistratos.

Schon lehnten sich die beiden laut lachend aneinander. Telemachs Stimme hüpfte ins Falsett.

Das alberne Gekicher und Geknuffe gingen dem König und der Göttin gleichermaßen auf die Nerven. Also nahmen sie die beiden in ihre Kontrolle, Meter den Peisistratos, Athene den Telemach; das heißt, aus ein und demselben Mund und gleichzeitig, aber für die Ohren der Freunde streng geschieden, redete die Göttin auf den ihren und der König auf den seinen ein. Während sie weiter durch das nächtliche Lakedaimon flanierten.

»Ich werde dir etwas zeigen«, sagte Meter.

»Was sagst du zu unserem neuen Freund?« sagte die Göttin.

»So etwas hast du noch nie gesehen«, sagte er.

»Er gefällt dir wohl nicht?« sagte sie.

»Vielleicht vermißt du dann deine beschissene Gibson gar nicht mehr...« sagte er.

»Was spielt das für eine Rolle, ob er dir gefällt oder nicht«, sagte sie – bei ihr wollen wir nun bleiben. »Du sollst ihn verwenden für deine Zwecke, Telemach. Reiß dich zusammen! Ich dachte, du hättest dir das dumme Gekicher und Genuschel endlich abgewöhnt! Ich sage dir, neben diesem Mann hier gibt es für dich nichts zu lachen! Soll ich dir aufzählen, wie vielen Männern er den Schädel eingeschlagen, wie viele er bestohlen, wie viele er betrogen hat? Ah, jetzt fürchtest du dich vor ihm? Wehe dir, wenn ich aus ihm fahre, wenn er euch blank gegenübertritt! Würde mich nicht wundern, wenn seine Leute euren Jeep geklaut hätten... Du meinst, ich hätte mir einen anderen aussuchen sollen? Wenn du wirklich etwas tun willst, eine Tat setzen willst, so werden dir die Guten dabei nicht helfen, merke dir das. Sie sind selbstgenügsam, faul,

haben ihren lieben Gott und ihren Dickkopf, man kann nichts

mit ihnen anfangen. Die Bösen, die krummen Hunde, die etwas auf dem Kerbholz haben, sind gefällige Leute, hellhörig für Drohungen, denn sie wissen, wie man es macht und für welche Beute. Man kann ihnen etwas bieten, weil sie nehmen. Weil sie keine Bedenken haben. Diese muskulösen Primitivlinge wünschen den Kampf und sonst nichts. Man muß sie benutzen, Telemach. Man kann sie hängen, wenn sie aus der Reihe tanzen. Und wenn sie hängen, fragt keiner, aus welcher Reihe sie getanzt sind, dann hat man der Welt einen Dienst erwiesen, einfach weil man sie aufgeknüpft hat. Nur darf man sich nicht einbilden, man habe gleich *das* Böse ausgerottet, wenn man *einen* Bösen aufgehängt hat. Den Unterschied brauche ich dir ja wohl nicht zu erklären...«

»Was soll denn das für eine Weltsicht sein... na hör mal!« rief Telemach aus und wollte weiter noch sagen, daß er solche Ansichten für völlig verrückt, gewissenlos, unwahr, sogar für unwahrscheinlich, eben für komplett bescheuert halte, daß man ihn bitte wenigstens an diesem Abend mit dieser kranken Philosophie in Ruhe lassen soll... Aber König Meter schnitt ihm bereits das erste Wort davon ab.

»Ja, das ist tatsächlich eine Weltsicht«, sagte er. »Da hast du ausnahmsweise recht!« Sie standen vor den beleuchteten, vergitterten Schaufenstern eines Gitarrengeschäftes. »Schau dir das an«, fuhr er, zu Peisistratos gewandt, fort. »Das ist die Sicht auf die Welt der Gitarren! Dein weißer Freund hat es auf den Nenner gebracht.«

Und Athene sagte zur gleichen Zeit aus demselben Mund zu Telemach: »Mein Ziel ist der Friede, der ewige Friede. Begreifst du das?«

Alle großen Namen waren hier vertreten, kehrten ihre schönen Seiten dem Betrachter zu – Guild, Gretsch, Martin, National, Dobro, Taylor, D'Angelico, Parker, Ovation, Mark Brumitt und selbstverständlich auch Fender, Gibson, Rickenbacker...

»Der Laden gehört Sam Ash«, sagte Meter.

»Deshalb muß der Feind restlos vernichtet werden«, sagte Athene.

»Einen besseren Laden findest du auf der ganzen Welt nicht«, sagte er.

»Genauso wie in einem logisch-begrifflichen System ein Widerspruch restlos aufgelöst werden muß, will man mit diesem System rechnen«, sagte sie.

»Sam ist ein Freund von mir«, sagte er, »he, vielleicht ist er noch oben in der Werkstatt!«

»Und dazu werden wir solche wie ihn brauchen«, sagte sie.

»Warum habe ich da nicht gleich daran gedacht!« rief Meter. »Willst du ihn sprechen?« und war schon in der Einfahrt verschwunden – und Athene mit ihm. Denn sie benötigte immer die Gestalt eines Menschen und seinen Mund, um aus ihm zu sprechen...

»So verrückt bin ich nun auch wieder nicht nach Gitarren«, sagte Peisistratos. »Und er redet mir den Kopf voll! Den ganzen Weg, Mensch...«

»Vielleicht gibt er uns Geld«, sagte Telemach, »dann können wir heimfahren. Dann brauchen wir erst gar nicht zu Menelaos zu gehen.« Er legte seinen Arm um Peisistratos, zog ihn ein wenig beiseite, damit er nicht durch die Gitarren abgelenkt wurde. Denn er wollte ihm etwas Wichtiges sagen. »Hör zu, Peisistratos! Ich habe mich entschieden. Ich will nicht mit Menelaos sprechen.«

»Aber seinetwegen sind wir doch hergekommen, Telemach. Weil du von ihm wissen willst, was mit deinem Vater ist.«

»Mein Vater will nicht nach Hause, Peisistratos. Egal, wo er ist, er will dort bleiben. Soll ich ihn zwingen, mit mir zu gehen? Ich kann ihn nicht zwingen und würde es auch nicht wollen... Was meinst du?«

»Ich weiß nicht, ob du recht hast, Telemach.«

»Ob ich recht habe? Ich weiß auch nicht, ob ich recht habe, Peisistratos...«

»Ich auch nicht, Telemach.«

»Ich auch nicht, Peisistratos...«

Ach was, hier in Lakedaimon ist Rechthaben sowieso Privatsache, würden wir Telemach gern aus den Kulissen heraus

Argumentationshilfe leisten. Hier darfst du recht haben, soviel du willst! Sag einfach: Ich habe recht! Die letzten Absurditäten darfst du hier als Klarheiten auftischen. Du darfst sogar so tun, als ob du im Besitz der göttlichen Wahrheit wärst. Und wir dürfen dir dabei zuhören – aber wir müssen nicht! Und seiner göttlichen Patronin könnten wir gleich in einem Aufwasch noch eine Lektion erteilen: Kanzelpredigten, irdische wie olympische, gehören hier in Lakedaimon ins Ressort Unterhaltung. *Worüber* hier einer öffentlich spricht, ist belanglos; allein *wie* die Rede vorgebracht wird, interessiert.

»Hör zu, Peisistratos! Sag mir, ob dir Lakedaimon gefällt.«

»Ja, es gefällt mir, Telemach. Mit vollem Bauch gefällt es mir. Aber es hat mir nicht gefallen, als wir Hunger hatten. Vielleicht gefällt es mir morgen sogar noch besser, Telemach, wenn wir ausgeschlafen sind. Glaubst du, daß wir heute nacht ein schönes Bett kriegen? Glaubst du das?«

»Ja, das glaube ich... Ich möchte dich etwas fragen, Peisistratos...«

»...und daß wir uns irgendwo waschen können und irgendwo frische Kleider herbekommen? Schau uns doch an, Telemach! Was willst du mich denn fragen, Telemach?«

»Kannst du dir vorstellen, daß man hier lebt...«

»Es leben ja viele da. Was ist das für eine Frage! Ich meine, es leben sogar viel zuviel Menschen da. Man kommt sich da vielleicht wie niemand vor...«

»Wie niemand?«

»Ja, Telemach, wie niemand...«

Fällt uns dazu ein: *Utis* heißt Niemand. Und es ist der Name, den sich der Vater gegeben hat, als ihn der Kyklop danach fragte. *Niemand ist mein Name; denn Niemand nennen mich alle, meine Mutter, mein Vater und alle meine Gefährten.*

»Was ist so schlimm daran, Peisistratos?«

»Na, ich weiß nicht... Man will doch irgendwie hervorgehoben sein... Oder nicht?«

Sollen wir unserem Helden mit weiteren Argumenten aushelfen? – In dieser Stadt sind alle hervorgehoben, alle sind auf dieselbe Stufe gehoben. Jeder für sich ist bunt und erhaben, göttlich und göttergleich, und jeder darf sich bunt und erhaben, göttlich und göttergleich vorkommen, und jeder, wenn er nur sich selbst betrachtet, kommt sich auch bunt und erhaben, göttlich und göttergleich vor, und in jeder Wohnung hängt ein Spiegel. Verantwortung muß nur für sich selbst getragen werden. Ein Versagen muß man nur mit sich selber abrechnen. Und wenn einem unter dem ausgestirnten Himmel, der genauso begreifbar ist wie das Pflaster unter den Füßen, der Gedanke kommt, daß er sich sein Leben zum völligen Fehlschlag selber verdorben hat – dann begeht er eben Selbstmord. Der läßt sich inszenieren wie der Tod eines Pharao, wie der Tod des Achill, wie der Tod eines Filmstars oder wie der Tod eines elenden AIDS-Infizierten – jeder nach seiner Lust und Laune, nach seiner Kraft und seiner Phantasie.

»Meinst du, es würde Polykaste hier gefallen?«

»Warum denn Polykaste, Telemach? Was ist denn mit Polykaste?«

»Könntest du dir vorstellen, daß wir drei, du Polykaste und ich, hier in Lakedaimon leben?«

»Wir drei?«

»Ja, Peisistratos… Dort oben zum Beispiel, wo das Licht brennt… oder dort… oder dort…«

Peisistratos schaute, wohin Telemachs Arm ihn wies, und was immer er antworten wollte, er brachte es nicht mehr heraus. Denn er bekam einen Schlag von hinten auf den Kopf. Er fiel auf die Knie, öffnete den Mund weit, sein Oberkiefer sah im Licht des Schaufensters gespalten aus, aber das machte nur die Zahnlücke und hatte nichts mit der Gewalt zu tun, die ihm angetan wurde. Noch ein zweiter Schlag traf ihn. Der erwischte ihn am rechten Ohr, riß es ein Stück ein. Blut quoll heraus und machte das Haar schwer an der Seite. Ein dritter Schlag traf ihn zwischen den Schulterblättern. Er stürzte nach vorne und war nun auf allen Vieren. Unter Stöhnen übergab er sich, kotzte das chinesische Fast-food auf den beleuchteten Gehsteig vor Sam Ashs Gitarrengeschäft. Dann stieß ihn ein schwarzer, geschnürter Stiefel gegen das Gesäß. Seine Arme gaben nach. Derselbe schwarze Schnürstiefel stellte sich auf sein Genick und drückte ihm das Gesicht in die Kotze. Und dieser Stiefel blieb so. Kein Jammern kam aus Peisistratos' Mund, sein Schlund hob sich in Konvulsionen, und zu hören war ein breiiges Husten und dann nichts mehr. Peisistratos Mund atmete die Kotze, er konnte sich nicht mit der Zunge dagegen wehren, denn er war ohne Bewußtsein. Zwei Rücken beugten sich über ihn. Einer steckte in einer metallblauen Seidenjacke, auf die ein Zick-Zack-Blitz und eine Schrift gestickt waren. Der andere Rücken war in Leder gepackt. Ein Schatten, dünn und lang, überquerte den beleuchteten Gehsteig vor dem Schaufenster von Sam Ashs Gitarrenladen. Vor Telemach stand ein Mann, kleiner als er, blond war er, lockig. Den langen Schatten führte er mit beiden Händen. Es war ein Baseballschläger.

Aber er traf nicht. Er kam nicht an sein Ziel. Denn Pallas Athene in Gestalt von König Meter trat hinzu, ein sanfter Schritt der Göttin, im Menschenauge schnell wie eine Schlange. Meter, eine dicke, tütenförmige Zigarette im Mund, riß dem Blonden den Schläger aus den Händen, nahm seinen Schwung gleich mit, drehte sich um seine eigene Achse, änderte dabei die Bahn des Schlägers, und mit dem Schwung des Blonden, zu dem die Kraft des Königs und die Kraft der Göttin nun dazukamen, traf er den Blonden in Höhe des Herzens gegen die Rippen, und ihn umhüllte der schwarze Schatten des Todes. Und die Rücken, der metallblaue und der in Leder gepackte, die sich über Peisistratos beugten, und auch der geschnürte Stiefel, der das Gesicht des Nestorsohnes in die Kotze drückte, sie ließen ab von ihrem Opfer und wollten fliehen. Den Schnürstiefel aber erwischte König Meter. Er hielt ihn fest. Mit der rechten Hand. Drückte ihm die Kehle zu.

»Scheiße, tut mir leid, daß ich so spät komme«, sagte Meter. »Sam hat sich grad einen Joint gebaut und hat mich eingeladen. Kann der Mensch ja nicht nein sagen.« Und er zog an der dicken, trichterförmigen Zigarette.

Telemachs Hände zitterten so sehr, daß sie Peisistratos' Gesicht nicht fanden. Er kniete neben ihm und sagte immer wieder seinen Namen. »Lebt er noch«, wimmerte er. »Atmet er noch…«

»Er atmet noch, und folglich lebt er auch noch«, sagte Meter. »Und morgen wird er schon wieder sitzen können. Gehen wird er vielleicht noch nicht wollen und essen wahrscheinlich auch nicht. Aber er wird schon wieder lachen. Das Ohr wird ihm noch weh tun. Aber ich wette, er wird morgen lachen. Ich habe nämlich eine gute Nachricht für ihn.«

Und während König Meter sprach, lag zu seinen Füßen ein blonder Mann, der war tot, und mit seiner Faust hatte er einen anderen Mann an der Kehle gepackt, der hatte schwarze Schnürstiefel an und wehrte sich nicht, denn wenn er ruckte, drückte ihm der König die Luftröhre noch fester ab. Den Joint hielt Meter zwischen Mittelfinger und Ringfinger der freien Hand, und manchmal zog er daran, und manchmal legte er dem Feind die Hand auf den Mund und lockerte den Griff an der Kehle, dann glühte die Spitze des Joints hell auf. »Ein bißchen etwas Gutes muß man jedem lassen«, lachte er heiser. Den Rauch aushusten ließ er ihn nicht.

Telemach aber streichelte Peisistratos über das blutverschmierte Haar. »Warum haben sie das getan!« jammerte er. »Er hatte doch nichts bei sich, was man ihm hätte nehmen können!«

»Das hat sich halt so eingespielt bei denen«, sagte Meter, und Athene sagte aus seinem Mund: »Nütz es aus, Telemach! Nimm den Schläger, schlag dem da den Schädel ein!« Meter lockerte wieder den Griff am Hals des Feindes und legte ihm den Joint vor den Mund. Der Feind japste nach Luft und bekam wieder nur den Rauch des Cannabis in die Lungen. »Es soll ja nicht ganz ohne Narkose sein«, lachte Meter. »Schlag zu, Telemach!« sagte Athene. »Du tust der Welt und ihm selbst einen Gefallen!«

Telemach kauerte neben Peisistratos, der in einer Lache von Blut und Kotze lag, und er konnte es nicht lassen, immer wieder die Stirn des Gefallenen zu befühlen, wie es eine Mutter tut, die doch weiß, daß das Kind Fieber hat, aber spüren möchte, daß es weniger wird.

»Seine Wunden heilen nicht, wenn du sie anstarrst«, sagte Athene. »Steh auf, Telemach!«

Und der Sohn des Odysseus gehorchte. Seine Augen schwammen in Tränen, sein Mund zog sich in die Breite, und die Lippen zitterten. »Versprich mir, daß er nicht stirbt«, sagte er. »Bitte, versprich es mir!«

Die Kräfte von König Meter ließen allmählich nach, und mit dem Leben des Schnürstiefels in seiner Faust ging es bald zu Ende, und dann würde der Sohn des Städtezerstörers nur noch einen toten Kopf zum Einschlagen haben. »Dein Freund schläft«, sagte die Göttin. »Es wird ihm nichts geschehen. In einem Jahr wird er froh sein, so ein Abenteuer erlebt zu haben. Es wird nämlich kein größeres mehr für ihn geben. Der da, den die mächtige Faust des Königs hält, er hat deinen Freund so zugerichtet. Zerschlag ihm dafür die Knochen!«

Athene sah, wie sich für einen Moment die Augen des jungen Helden verschleierten, und sie nahm es mit Genugtuung zur Kenntnis. Denn so verschleiert sich der Blick, wenn Haß aufschießt, eben jener Haß, von dem es heißt, daß er blind mache, und er wuchs wie die Sprengwolke einer Explosion, so schnell.

»Tu es«, sagte sie. »Bring es hinter dich!«

Telemach sah den Mann an, der an Meters Faust hing, und er konnte nichts Erbarmungswürdiges in seinem Gesicht finden.

Meter öffnete abermals die Hand ein wenig, die die Kehle des Feindes umschloß, und der, dessen Sinne im Begriff waren zu schwinden, riß den Mund auf, streckte in entsetzlicher Lebensgier die Zunge heraus, und Meter schob ihm den Rest vom Joint ganz ins Maul, drückte die Glut auf der feuchten Zunge aus, daß es zischte, und schloß wieder seinen Griff.

»Mach es mit dem Baseballschläger«, sagte er. »Zu Baseballschlägern habe ich zwar eine geteilte Meinung. Ist Geschmacksache, weiß ich. Wir haben immer schlichte runde Hartholzprügel verwendet. Alle, die ich kenne, haben immer solche Prügel verwendet. Immer Hartholz. Alle möglichen Harthölzer – Buche, Eiche, Palisander, sogar Ebenholz... 461

Aber immer schlichte, runde Prügel. Weiß auch nicht, woran das liegt. Wir haben Vorurteile gegen Baseballschläger. Ein Baseballschläger ist etwas für Weiße. Aber du bist ja ein Weißer. Also komm!«

Meter ließ den Feind wieder Luft holen und schob Telemach den Schläger mit dem Fuß hin. Die Waffe war aus hellem, lackiertem Holz, am Griff war sie straff mit porösem Leder umwickelt. Telemach bückte sich und hob den Schläger auf. Aber er faßte ihn am falschen Ende.

»Ist wie gesagt Geschmacksache«, redete Meter weiter. »Wichtig ist doch nur, daß man keine Fahrradketten verwendet. Fahrradketten verwenden nur Idioten. Fahrradketten haben gute Wirkung, darüber hat keine Diskussion einen Sinn, sie haben vielleicht sogar eine bessere Wirkung als Baseballschläger oder Hartholzprügel. Aber merkwürdigerweise werden Fahrradketten immer nur von Idioten verwendet. Von weißen Idioten und von schwarzen Idioten…«

»Laß ihn laufen«, sagte Telemach leise. »Wir brauchen einen Arzt für Peisistratos…«

»Schade«, sagte Meter und ließ den Mann los, und der sackte mit dem Gesicht nach oben auf die zerschmetterte Brust seines toten Kumpanen. Er war noch lebendig, aber sein Kehlkopf war kaputt und seine Zunge war verbrannt.

Meter wischte sich die Hände an seinen Boxershorts ab, trat in lässig tänzelndem Schritt auf die Straße und winkte einen Wagen herbei, der vorne an der Kreuzung gewartet hatte. Es war ein schwarzer Chevrolet, einer aus seiner Flotte. Zwei schwarze Männer stiegen aus, hoben Peisistratos auf und legten ihn auf den Rücksitz. Einer der Männer setzte sich zu ihm nach hinten. Ohne daß zwischen ihnen und ihrem Herrn ein Wort gefallen wäre, fuhren sie ab.

»Und wir beide nehmen eben ein Taxi«, sagte Meter.

»Hab keine Angst, Telemach«, sagte Athene, »ich bin noch in ihm. Du brauchst dich weder vor ihm noch vor jemand anderem zu früchten.«

Als sie in der Argen Straße ankamen, waren Peisistratos' Wunden bereits verbunden, das Blut und der Schmutz waren ihm von der Haut gewaschen worden. Er sei bei Bewußtsein und alles sei halb so schlimm. Das wurde gemeldet.

»Er braucht dich jetzt nicht«, sagte Athene durch König Meter.

Telemach konnte nur wenig erkennen. Meter hatte ihn aus dem Taxi und schnell in einen Hauseingang gezerrt. Jetzt stand er in einem dunklen Gang, und ehe er zur Besinnung kam, verschwand Meter hinter einer Tür und nahm die Göttin mit sich, und da war nur noch der, der dem König Meldung gemacht hatte.

»Komm mit«, sagte der. »Ich heiße Eteoneus, und mit denen hier habe ich nichts zu schaffen.«

»Ich möchte zu meinem Freund«, sagte Telemach.

»Mit dem habe ich auch nichts zu schaffen«, sagte Eteoneus. »Der liegt oben. Wir gehen nach unten. Also vorwärts.«

Er trieb Telemach durch den Gang vor sich her und über eine Stiege hinunter. Dort brannte eine helle Glühbirne. Nun erst konnte Telemach den Mann von seinem Hintergrund unterscheiden. Es war eine Mütze, die er für Haare gehalten hatte. Eine dunkle Wollmütze war es, Eteoneus hatte sie sich über den ganzen Schädel gezogen, tief in den Nacken und die Stirn hinein und weit herunter über die Ohren. Was Telemach für Augenbrauen angesehen hatte, war der umgestülpte Rand der Mütze. Die Wolle verhakte sich an den Bartstoppeln der Wangen. Das Gesicht war mager, länglich und nach unten hin etwas schief. Die Lippen waren farblos und dünn.

»Du mußt doch zugeben«, sagte er, »daß ich überhaupt nicht wie ein Neger aussehe. Die Kappe haben mir die da verpaßt. Sie sagen, damit sehe ich wie einer von ihnen aus. Das ist doch ein Blödsinn! Aber ohne Kappe traue ich mich hier nicht in den Straßen herumzugehen, jedenfalls nicht in der Nacht. Die Irren hier meinen nämlich wirklich, ich sehe mit der Kappe wie ein Neger aus. Draußen auf der Straße ist es mir lieber, sie meinen das. Jedenfalls bin ich ein Weißer wie du. Oder etwa nicht?«

»Doch, doch«, sagte Telemach.

»Und sonst fällt dir nichts ein?«

»Warum sagen Sie Kappe? Das ist doch eine Mütze. Eine Kappe sieht doch anders aus.«

Eteoneus blickte ihn aus den Augenwinkeln an, er formte den Mund zu einem kleinen, runzeligen Loch und blies hörbar die Luft aus. »Also komm«, sagte er, »wenn der Chef wirklich wartet, wie es geheißen hat, dann wollen wir ihn nicht warten lassen. Hat schon genug Kummer, der Mensch…«

Jetzt ging Eteoneus voran – wieder über eine Stiege hinunter, einen Gang entlang, der führte über Winkel und Ecken, Absätze hinauf, Stiegen hinunter, durch ein totenkammergleiches Halbdunkel. Telemach folgte einem Schatten, der hieß Eteoneus, und der redete mit sich selbst, aber zu verstehen war er nicht.

Sie gelangten zu einer Tür aus Eisen, die bewegte sich schwer in den Angeln. Telemach mußte mithelfen, sie aufzudrücken. Dahinter begann eine Steintreppe, die nach unten führte.

»Also geh schon«, sagte Eteoneus. »Ich warte hier oben. Aber lange warte ich nicht. Ich warte vielleicht eine halbe Stunde oder eine Stunde höchstens. Mehr kann man von mir nicht verlangen. Ich habe das von Anfang an gesagt. Brauchst du noch irgend etwas? Oder willst du etwas wissen?«

»Wie erkenne ich ihn«, fragte Telemach.

»Es ist ja nur er da«, sagte Eteoneus. »Und wenn auch noch andere unten wären, keiner ist so herrlich wie er. Was für eine dumme Frage!«

Telemach trat über die Schwelle, und Eteoneus zog an der Tür. »Schieben«, befahl er. »Drücken!«

Es war ein weiter Kellerraum, finster, am Ende brannte ein Licht. Es rührte von einer Stehlampe her, wie sie in Wohnzimmern mittelbesserer Herrschaften zu finden ist. An der Decke entlang liefen verschiedene Rohre, die Decke war sehr niedrig, einige Rohre waren mit Tüchern umwickelt. Der Boden bestand aus trockenem Sand, die Wände waren grob gemauert und frisch weiß getüncht. Ohne zu zögern ging Telemach über die kurze Betonstiege und schritt über den Sand auf das Licht zu.

Da war ein weißes Metallbett, und auf dem Bett saß in aufrechter Haltung, die Hände neben den Schenkeln auf der Matratze, ein dicker Mann. Er hatte eine dunkelblaue Uniform an, deren Brust mit Orden behängt war. Jacke und Hose waren so geschnitten, daß sie dem gewaltigen Bauch das Aussehen einer würdigen, respektheischenden Trommel verliehen. Die Füße steckten bis unter die Knie in schwarz polierten, die Waden sportlich betonenden Stiefeln.

»Weiß schon, weiß schon«, sagte der Mann, da war Telemach noch zwanzig Schritt von ihm entfernt. Sein Gesicht war aufgedunsen. Die Augen waren in herrscherhaft ungeduldiger Direktheit auf den Gast gerichtet, eine Doppelfalte kerbte sich zwischen die Brauen. Der Mund war nach unten verzerrt, aber nur ein wenig, so als schmecke die Zunge etwas Bitteres. Das Haar, füllig, blond, zu glänzenden Wellen onduliert, war aus der Stirn gebürstet, und die Wellen hielten sich waagerecht an den langen Schädelseiten, als würden sie vom Wind geblasen. Unter dem aufquellenden Kinn bauschte sich ein buntscheckiges Halstuch aus dem offenen Hemdkragen. Ein Ärmel der Uniformjacke war übrigens aufgekrempelt. Als der Mann den Arm hob, um ein Zeichen zu geben, ob es ein Gruß war oder der Befehl stehenzubleiben, war nicht auszumachen, da konnte Telemach sehen, daß die Innenseite des Armes von Einstichwunden übersät war, die Haut sah aus wie ein Stück Tapete.

»Weiß schon, weiß schon«, wiederholte Menelaos. Denn niemand anderer war dieser Mann in der königsblauen Uniform eines Marschalls, der hier im Keller von Meters Haus auf einem Spitalbett saß. »Nimm einen von den Eimern, Telemach, dreh ihn um und setz dich drauf!«

Neben dem Bett standen Plastikeimer in allerlei lustigen Farben. Die meisten waren voll mit blutigen Tupfern, Spritzen, verbogenen Löffeln, Medikamentenflaschen, Tablettenröhrchen, Heftpflastern, Abbindschläuchen.

»Hinter dem Nachttisch steht ein Eimer«, sagte Menelaos.

Telemach holte den Eimer, drehte ihn um und setzte sich darauf.

»Geh noch einmal«, sagte Menelaos. »Öffne das Nacht-kästchen!«

Telemach tat es.

»Siehst du den Revolver?«

»Ich sehe ihn.«

»Prüf nach, ob ich unsterblich bin, Telemach! Leg auf mich an und drück ab! – Bleib da! Bleib sitzen! Setz dich wieder, Telemach! Setz dich wieder auf den Eimer! Was hast du es so eilig! Wenn dein Vater schon zehn Jahre herumirrt in der Welt, seit unser Krieg zu Ende ist, dann soll es doch auf eine Stunde nicht ankommen! Bleib bei mir, Telemach, und hilf mir, über dieses scheißverdammte Leben zu klagen! Du wirst außerdem niemanden finden auf dem ganzen Erdenkreis, der dir Näheres von deinem Vater erzählen kann. Aber teile die Zeit gut ein, die du mir abnimmst. Denn in meinen Adern ist das Mittel gegen Kummer und Groll und aller Leiden Ge-dächtnis. Hat dir die Göttin, die dich zu mir geführt hat, nicht gesagt, daß ich unter die Unsterblichen aufgenommen wurde? Kostet einer von diesem Mittel hier, dann weint er keine Träne mehr, wären ihm auch sein Vater und seine Mut-ter gestorben, würden vor ihm sein Bruder und sein geliebter Sohn mit dem Schwert getötet, daß seine Augen es sähen. O Telemach! In zwei Stunden wird die Wirkung nachlassen. Dann werden meine Sinne wirr, mein Gedächtnis verdunkelt sich, und ich werde dir nichts mehr nützen können. Dann werde ich mir eine neue Spritze setzen und werde zwei Stun-den schlafen. Und dann erst werde ich wieder in der Lage sein, zwei Stunden mit dir zu sprechen. Aber dann werde ich vielleicht nicht mehr mit dir sprechen wollen. Überlege dir gut, was du fragen willst!«

»Wann haben Sie meinen Vater das letzte Mal gesehen«, fragte Telemach.

»Ich will dir antworten, Telemach. Bei Kriegsende habe ich ihn gesehen. Als Troja fiel, war er so lebendig, wie du jetzt bist. Sieh mich an, Telemach! Hältst du mich für einen glück-lichen Menschen?«

»Nein«, flüsterte Telemach.

»Und doch bin ich der Glückliche. Ich bin zurückgekehrt und habe nichts verloren. Ich habe die Liebe meiner Frau neu gewonnen; meine Güter sind nicht angetastet worden; Treue und Freude erwarteten mich zu Hause. Jedes Geschäft, das ich beginne, wird ein Erfolg. Und wenn ich gar nichts tue, wachsen die Zinsen. Viele Helden sind umgekommen. Aias, der Sohn des Telamon, fiel durch eigene Hand, wie du ja sicher weißt; Aias, der Lokrier, der sich wegen kleinster Kleinigkeiten hemmungslos in Schweiß und Erschöpfung geredet hatte, wurde totgeschlagen; Patroklos ist gefallen und Achill, und wie ich hörte, hat es inzwischen auch Neoptolemos erwischt, das Vieh, ich trauere ihm nicht nach... Viele hatten eine unglückliche Heimkehr – Diomedes, der selbst den Göttern auf dem Schlachtfeld das Fürchten beibrachte, er mußte sich von seiner Frau aus dem eigenen Haus vertreiben lassen; Idomeneus, er tötete, wie ich erfahren habe, bei seiner Heimkehr aus Versehen den eigenen Sohn; und schließlich Agamemnon, mein Bruder, dem der schrecklichste Empfang bereitet wurde... Und ich lebe. Und ich lebe im Elysium. Und ich lebe ewig! Es ist mir gesagt worden. Glaub mir, Telemach, im finstersten Augenblick dieses Krieges ist jedem von uns gesagt worden, was ihn erwartet. Und mir ist gesagt worden, daß ich unsterblich sei. Beweise das Gegenteil und drück ab, Telemach! Ich bin verwunschen zu gewinnen, gewinnen, gewinnen – zuletzt das ewige Leben. Dein Vater dagegen hat nur verloren. Kein Hemd trägt er, das ihm gehört, und vielleicht wird er sogar noch das Letzte verlieren, das ihm geblieben ist, seine Frau, und dann dich, den Sohn. Und dann wird er sogar seinen Ruhm überlebt haben. Denn wer will singen von so einem Helden! Und dann wird ihn, den Einsamen, der Tod umhüllen, und die Seele wird aus seinen Gliedern fliegen und zum Haus des Hades gehen... Wer sagt, daß das Schicksal gerecht sein muß? – Hältst du mich immer noch für keinen glücklichen Menschen?«

»Immer noch«, antwortete Telemach.

»Dann erfinde ein Wort für den Zustand deines Vaters!« sagte Menelaos. »Es war am fünften oder sechsten Tage, 467 nachdem Troja kapituliert hatte, da sah ich deinen Vater zum letzten Mal. Möchtest du die Geschichte hören, Telemach?«

»Ich möchte sie hören«, sagte Telemach leise.

»Ich fuhr im Jeep, ich hatte einen neuen Fahrer, mein alter war gefallen, und ich war damit beschäftigt, die Karte zu lesen, weil ich ihm sagen mußte, wie er fahren sollte. Da überholte uns ein anderer Jeep, und jemand rief mir etwas zu, ich verstand es nicht, weil so ein Lärmen um uns herum war. Das war dein Vater. Wir hielten nebeneinander, und ich fragte ihn, ob sein Fahrer sich auskenne, und er sagte, ja, er kenne sich aus. Ob wir hinter ihm herfahren dürften, fragte ich. Er gab seinem Fahrer Anweisung, daß er vorausfahren sollte, und stieg bei mir ein. Und so fuhren wir gemeinsam weiter. Jedenfalls ein Stück weit. Wir hatten beide in den vorangegangenen zwei Nächten nicht geschlafen. Ich fragte ihn, ob er, seit wir uns zum letzten Mal gesehen hatten, in der Stadt gewesen sei. Er sagte, er sei dort gewesen. Ich war auch dort. Wir hatten beide mit der eigentlichen Operation im Stadtgebiet nichts mehr zu tun, wir waren ja beim Stab. Ich sage das auch, um mich zu rechtfertigen, und auch, um deinen Vater zu rechtfertigen. Die Verwaltung der Stadt war nach ihrer Einnahme vom Feldherrn einer Gruppe von Offizieren übertragen worden. Neoptolemos, der Sohn des Achill, wurde zum Stadtkommandanten ernannt. Für diese Funktion war eigentlich der telamonische Aias, der große Aias, wie wir ihn nannten, vorgesehen gewesen. Nach seinem Selbstmord entschied der Rat, übrigens gegen meine und die Stimme deines Vaters und auch gegen die Stimmen von Diomedes und Idomeneus, daß Neoptolemos diese Aufgabe übernehmen sollte. Als sein Stellvertreter wurde der lokrische Aias, der kleine Aias, wie wir ihn nannten, bestimmt. Ist dir kalt, Telemach?«

»Ein wenig.«

»Nimm meine Decke, Telemach. Ich brauche sie nicht. Im Elysium dort gibt es keinen Schnee, keinen Winterorkan, keinen Regen, ewig wehen die Gesäusel des leise atmenden Westwinds, welche der Ozean sendet, die Menschen sanft zu
468   kühlen... Was willst du wissen? Was geschehen war in der

Stadt, nachdem wir sie eingenommen hatten? Die Götter waren geflohen aus Heiligtum und Altären, alle, wodurch diese Stadt groß geworden war. Nur ein Heil gibt es für Besiegte, nämlich: kein Heil zu erwarten. Die Aufgabe des Soldaten war beendet mit dem Fall der Stadt. Dein Vater sah das nicht anders. Von da an waren wir wie... wie Urlauber in der Stadt, jedenfalls wir Offiziere vom Stab. Die Truppe hatte Polizeidienste zu leisten, und sie unterstand dem Stadtkommandanten und seinem Stellvertreter. Erst wenn einer sagt, der Krieg ist aus, dann hörst du wieder die Vögel, siehst du wieder, was wächst. Fürchte den Soldaten während des Kampfes, aber fürchte ihn noch mehr, wenn der Kampf beendet ist. Denn seine Mordlust ist dann noch nicht am Ende. Wie Wölfe, die auf Raub gehen, wenn rasender Hunger sie umhertreibt, so rückten Neoptolemos und der lokrische Aias aus und mit ihnen ihre Horden. Wir wußten gar nicht, was sie eigentlich wollten. Wollten sie Beute? Dafür hätten sie nicht zu morden brauchen. Wollten sie Ruhm? Was sie taten, brachte ihnen keinen ein. Wollten sie sich rächen für die Entbehrungen des Krieges? Die Stadt des Feindes war zerstört, viele seiner Führer waren gefallen – war das nicht Rache genug? Nichts war ihnen heilig, nichts vermochte sie zu rühren, nicht Jammer und Angst, diese Marionetten des vielfach würgenden Todes. Sie brachen in Häuser ein, verwüsteten sie, ohne irgend etwas zu rauben, brachen in Tempel ein, zerstörten die Kunstschätze, fackelten Schulen ab und Kirchen, zerschossen Krankenhäuser, Synagogen und Moscheen, setzten die Bibliothek unter Wasser und gaben Befehl, jeden zu töten, der versuchte, auch nur ein Buch zu retten, gleich ob es einer von uns oder einer von den anderen war. Aias mit der zerbissenen Unterlippe, der weniger Schlaf benötigte als jeder von uns, dessen Augenlider innen rauh waren und die Augäpfel rot scheuerten, er, der sehnige, beinahe dürre Mann, der Wieselgesichtige, der ununterbrochen redete und nicht still zu kriegen war, er hatte es abgesehen auf die Tochter des besiegten Königs Priamos. Er verfolgte sie durch die Stadt, stattete eine Rotte mit Sonderbefehlen aus, um sie zu jagen. Kassandra, die Un-

glückliche, floh in den Tempel und klammerte sich an das
Bild ihrer Göttin. Aber der Lokrische riß sie weg und riß die
Statue aus ihrer Halterung, daß sie zu Boden stürzte, und die
blauen Augen der Göttin starrten in den Himmel, durch das
Loch in der Decke des Tempels, das die Granaten des Neoptolemos geschlagen hatten. Die Gabel seines Feldbestecks
drückte ihr der Lokrische an die Kehle und ununterbrochen
redete er dabei, bis er fertig war. Und seine Soldaten standen
dabei und sahen zu. Das war am zweiten oder dritten Tag
nach der Kapitulation, da hatten wir Offiziere noch etwas zu
sagen oder meinten wenigstens, wir hätten – Diomedes, Idomeneus, dein Vater und ich. Wir forderten von Agamemnon,
daß der Lokrische vor ein Militärstrafgericht gestellt würde.
Und er wurde auch vor ein Militärstrafgericht gestellt. Die
Verhandlung dauerte exakt eine Minute. Der Vorsitzende
Richter hieß Neoptolemos, die beiden anderen Richter hatte
er in der Tasche. Aias wurde freigesprochen. Neoptolemos
bemühte sich erst gar nicht, das Lachen zu unterdrücken, als
er den Freispruch verkündete. Die wenigen, die der Verhandlung beigewohnt hatten, gaben ihren siechen Beifall und
trollten sich wieder. Und Neoptolemos, der Richter, legte dem
Lokrischen, dem Angeklagten, den Arm um die Schulter und
erzählte ihm, wie er selbst mit König Priamos und dem Rest
seiner Familie verfahren war. Die Gerichtsverhandlung hatte
in einem Straßencafé stattgefunden, das auf ausdrücklichen
Befehl des Statthalters und seines Stellvertreters verschont
geblieben war. Denn Neoptolemos, der Bauerntrampel,
wollte täglich in einem Straßencafé sitzen, die langen Beine
auf den Gehsteig strecken und so laut lachen, daß man es
durch die ganze Innenstadt hören konnte. So stellte er sich
nämlich das Stadtleben vor. Und so sollte es sein, auch wenn
die Stadt zerstört war. Und der Lokrische wollte dasselbe.
Dein Vater und ich saßen nach dieser Gerichtsverhandlung
zufällig nicht weit von den beiden an einem anderen Tisch,
und so konnten wir mithören, was Neoptolemos seinem Ge-
sinnungsbruder erzählte. Du mußt wissen, daß dieser überge-
wichtige Mann mit dem zerschnittenen Gesicht eine feine,

dünne, kindliche, aber unangenehm durchdringende Stimme hatte, und mit dieser Stimme erzählte er seine Ungeheuerlichkeiten: Wie er mit zwei Hundertschaften den Palast gestürmt habe, das seien nicht zweihundert einzelne Geschöpfe gewesen, sondern ein einziges Ding, ein lebendiges Ding, etwas, das es im Frieden nicht gibt, ein Kriegsding. Wie er jede einzelne Tür persönlich aufgestoßen oder aufgeschossen habe. So hatte er mit einigen seiner engsten Freunde das Arbeitszimmer des Priamos betreten. Weißt du, sagte er zum Lokrischen, weißt du, was der schönste Augenblick des ganzen Krieges war? Als wir vom Arbeitszimmer des Priamos aus hinaus auf unser Lager blickten und uns sagten: Schaut her, ist das nicht ein eigenartiges Gefühl? So hat uns der Feind zehn Jahre lang gesehen. Dich hat er aber nicht zehn Jahre lang sehen können, sagte darauf der Lokrische, du bist ja kaum erst ein halbes Jahr hier! Als der Krieg hier anfing, hast du vielleicht gerade buchstabieren gelernt. Das hat sich der Lokrische getraut, niemand sonst hätte sich das getraut. Aber ihm war Neoptolemos nicht böse. Im Gegenteil. Er erzählte weiter: Wo ist der König, habe er gerufen. Ist er nicht da, um uns zu begrüßen? Da sei ein Mann in der Tür gestanden. Bist du der König, fragte ihn Neoptolemos. Nein, sagte der Mann, ich bin Polites, aber mein Vater ist der König, ich bin der Sohn des Priamos. Und ich bin der Sohn des Achill, sagte Neoptolemos und schlug ihn ins Gesicht, daß das Blut aus der Nase schoß. Er faßte ihn am Genick und führte ihn, der in gebückter Haltung gehen mußte, durch die Säulenhallen und die verödeten Säle des Palastes. In der Küche schließlich fand er das alte Königspaar. Priamos, der weit über achtzig war, hatte sich, als er den Todesjubel der Maschinengewehre hörte und sah, daß der Feind bis in die innersten Kammern des Palastes vorgedrungen war, seine Waffen um die kraftlosen Schultern gehängt, so wollte er hinaus in die Straßen seiner Stadt und sich den Eroberern entgegenstellen. Aber die alte Hekabe, seine Frau, hatte ihn davon abgehalten und in die Küche geführt, ihn, der am ganzen Körper zitterte, und dort hatten sie sich neben den Ofen gesetzt, um sich vor den Geschossen zu schützen; und dort saßen die beiden, eng umschlungen, den Tod erwartend. So fand sie Neoptolemos, der Polites immer noch am Nacken niederdrückte, ihren jüngsten Sohn. Ist das der König, fragte Neoptolemos. Das ist der König, sagte Polites. Da befahl Neoptolemos dem Polites, sich vor ihm auf den Boden zu legen und um das Leben seiner Eltern zu bitten. Polites tat sofort, was Neoptolemos verlangte. Und wie diese wimmernde Gestalt so vor ihm gelegen habe – so erzählte er in dem Straßencafé dem lokrischen Aias –, da sei auf einmal ein Interesse über ihn gekommen, nämlich: wieviel so ein menschlicher Schädel eigentlich aushalte. Er sei, sagte er – und Odysseus und ich mußten es mit anhören –, er sei nur ein wenig gehüpft; gehüpft sei er, der Koloß, auf den Kopf des Polites sei er gehüpft. Ich wollte aufstehen und gehen. Aber dein Vater hielt mich zurück. Einen humanen Krieg gibt es nur in blutleeren Gehirnen, sagte er. Entweder man interessiert sich für den Krieg, dann aber auch für seine Greuel, oder man läßt es. Dein Vater, Telemach, war ein neugieriger Mensch, immer war er das gewesen, ein wißbegieriger Mensch. Wenn man den Schmerz erforschen will, sagte er, darf man nicht jammern, wenn es weh tut. Als er einmal am Oberschenkel verletzt worden war, bestand er darauf, nur lokal betäubt zu werden, denn er wollte sehen, wie man eine Wunde vernäht. Was bedeutet unter der Optik des Lebens gesehen die Moral, sagte er einmal zu mir. Vielleicht wollte er herausbekommen, wie viele Fähigkeiten, Böses zu tun, in einem einzelnen Menschen vorhanden sind. Er hielt seinen Kopf etwas abgewandt, um die beiden besser hören zu können, und gab mir Zeichen, leise zu sein, und so mußte ich mir die Sache bis zu Ende anhören. Der Lokrische fragte, was weiter geschehen sei, wie es Polites aufgefaßt habe, dieses Hüpfen auf seinen Kopf – so drückte er sich aus. Und Neoptolemos, das Vieh, berichtete ihm, sprach in seiner geschwollenen Art, hinter der er seine dumpfe Bäuerlichkeit verbergen wollte: Völlig zerdrückt war sein Schädel, sagte er, die weiche Masse des Hirns floß ihm aus den Augen, den Ohren, der hohlen Nase, dem Mund, wie geronnene Milch aus einem geflochtenen Korb... Und der Lokrische brüllte vor Lachen, vielleicht lachte er auch nur über die Art, wie Neoptolemos sprach. Und Neoptolemos, angestachelt durch den Applaus seines Stellvertreters, erzählte weiter: Die alte Hekabe habe geschrien und geheult wie ein Hund im Mondenschein, und der alte Priamos sei auf ihn zugewankt. Du unmenschliches Scheusal, habe er gerufen, du Frevler! Du, der du des jüngsten Sohnes Ermordung mich selbst hier anschauen ließest und dem Vater durch Mord das Antlitz entweihst! Dein Vater, Achill, hat mir den ältesten, den Hektor, erschlagen. Aber er hat ihn in ehrlichem Kampf erschlagen, und er hat ihn mir zurückgegeben, und gemeinsam haben wir Tränen vergossen, er über Patroklos, ich über Hektor. Du bist deines Vaters nicht würdig! Und mit ohnmächtigem Schwung holte er aus. Neoptolemos fing seine Faust auf und hielt sie wie einen Spatz in seiner Pranke und sagte: So gehe hin zu meinem Vater Achilles! Und vergiß nicht, alle Frevel seines entarteten Sohnes ihm zu verkünden! Und jetzt stirb! Und er flocht die Linke dem Greis ins Haar und schleifte den leichten, vom Leben ausgedörrten Körper durch das Blut seines Sohnes zu der Schlachtbank in der Küche und hackte ihm mit dem Küchenbeil den Kopf ab, und weil das Fenster zufällig offen war, warf er Körper und Kopf aus dem Fenster hinunter zum Fluß. Dort lag der Leichnam, Rumpf vom Haupt getrennt, unkennbar und namlos am Kai neben den schwammigen Planken. Im selben Augenblick habe seine eigene Artillerie auf den Palast gefeuert, erzählte Neoptolemos weiter. Die Kameraden hätten ja nicht gewußt, daß er sich dort oben befinde. Hekabe jedenfalls, die alte, die halb wahnsinnig gewesen sei vor Schmerz über ihren jüngsten Sohn und ihren geliebten Gatten, habe drohend die Fäuste erhoben und gerufen, jetzt komme die Strafe Gottes über ihn. Es sei aber nicht die Strafe Gottes gewesen, sagte Neoptolemos, und über ihn sei sie erst recht nicht gekommen. Eine weitere Granate habe direkt über der Küche eingeschlagen, ein Glassplitter- und Mörtelhagel sei niedergegangen und habe Hekabe unter sich begraben. Und wie er sich schon umgedreht hatte, um die Küche zu 473 verlassen, habe er ein Bellen gehört, und aus dem Schutt sei ein Hund herausgekrochen, eine Hündin mit glühenden Augen. Da hat sich also eine Hündin in eine Hündin verwandelt, kommentierte der Lokrische trocken, und Odysseus und ich, wir mußten hören, wie Neoptolemos über diesen Witz lachte. Jetzt ist es genug, hat da dein Vater zu mir gesagt und war aufgestanden und hat mich am Ärmel zwischen den zerschossenen Häusern hindurch weggezogen. Wir müssen ihn als Stadtkommandanten absetzen, sagte er zu mir, und den Lokrischen als seinen Stellvertreter auch. Er werde sich mit Diomedes und Idomeneus beraten, ich solle mit meinem Bruder, mit Agamemnon, sprechen. Und dann sah ich ihn nicht mehr... Ich sah ihn erst wieder an jenem Morgen, als ich im Jeep die Stadt verließ...«

Wo sind wir gelandet? Die Erzählung kreuzt durch Raum und Zeit, und wir lassen uns tragen von der Glutwelle dieses Krieges, die sich über dreitausend Jahre wälzt, bis herauf zu uns — oder sollten wir besser sagen, bis herüber zu uns, scheint die Geschichte doch eher ein langes, schmales Gemälde zu sein, einem Film ähnlicher als einem Gebirge mit dem seltsam hinanwachsenden Gipfel, auf dem immer derjenige steht, der Ich sagt. Wo sind wir nur gelandet!

Zeus zeugt mit Elektra, der Tochter des Titanen Atlas, der das Himmelsgewölbe trägt, den Dardanos. Der fährt nach Kleinasien, nimmt Bateia zur Gattin, die Tochter des Königs Teukros. Bateia gebiert Erichthonios. Der heiratet Astyoche und zeugt mit ihr den Tros. Als Tros die Herrschaft übernimmt, nennt er das teukrische oder dardanische Land nach sich selbst: das troische. Und die Stadt nannte er Troja. — Und so hat die Stadt den alten großen Gott ebenso zum Ahnen wie einen aus dem Geschlecht seiner Widersacher, der Titanen, die ihm den Lieblingssohn Zagreus zerrissen und verschlangen. Und als habe sich des Zagreus Leid und der Titanen Grausamkeit auf das Wesen übertragen, das aus der Asche der beiden geknetet wurde, durchzieht die Geschichte des

Menschen eine Spur des unbarmherzigsten Hasses; kein größerer Haß läßt sich denken, denn er richtet sich nicht gegen Götter oder Titanen, sondern gegen das eigene Geschlecht. Befriedigung verschafft diesem Haß nicht die Verletzung, die Schändung, die Demütigung des Feindes, sondern ausschließlich seine restlose Vernichtung, seine Ausrottung.

Wir blicken zurück auf dieses Schicksalsgewebe und hören die Sage vom Untergang der Stadt Troja vor dreitausend Jahren, und mit einem Entsetzen, das ins Namenlose sich steigert, folgt unser Auge und unser Sinn der Glutwelle, die aus dem Mythischen zu uns herüberrollt. Wer möchte nicht verweilen, die Toten wecken und das Zerschlagene zusammenfügen! Aber ein Sturm weht von Ilion her... – Was macht der Sohn? Er kauert auf einem umgedrehten Plastikeimer. Den Kopf hat er tief zwischen die Schultern gezogen, die Haare hängen ihm übers Gesicht. Wir scheuen uns, ihn anzusehen, hoffen, diese nächtliche Höllenfahrt geht bald zu Ende...

Und die Höllenfahrt des Vaters? Wo ist ihr Ende? Unten im Hades, traf er Teiresias, den Seher, den Vogeldeuter. Du stehst immerhin auf der Erde, sagte der, wandelst auf festem, hellem Grund, und jeder Schritt erzählt dir eine Geschichte, und alle Geschichten haben Verbindung untereinander. So und nur so, sagte er, wird die Welt in Sinn und Wirklichkeit gehalten über alles Werden und Vergehen hinweg. – Dann wandte er sich ab, weil er den Anblick des Lebendigen nicht ertragen konnte. Der Seher, der Vogeldeuter irrte sich. Denn er hatte sich nicht hinabgebeugt in das Massengrab eines Jahrhunderts. Dort gibt es keine Wand, zu der man sich drehen kann, um seine Gedanken vor diesem Anblick in Sicherheit zu bringen. So viel war geschlagen und getreten und gestochen und geschossen und gehenkt und zerrissen worden in diesem Krieg, an dem sich sogar die Götter beteiligt und zerschunden hatten, daß der Stoff, der die Welt in Sinn und Wirklichkeit hält, brüchig geworden war und es Stellen gab, durch die man schauen konnte. Und er, Odysseus, der geschaut hat, der Dulder, er sah, was selbst den Vogeldeutern, den Hellsehern verborgen geblieben war: Greuel, so ungeheuerlich, daß es schien, als seien es die Greuel selber, die sich demonstrieren wollten, als seien sie nicht vom Menschen gemacht und nicht für Menschen gemacht – für niemand –, sondern Greuel, die sich selber zusahen, Greuel gemacht für Greuel. Dort wandelst du auf stumpfem, schwarzem Grund, der keine Geschichten erzählt und keine Geschichte zuläßt... Auf wilde Irrfahrt wird er geworfen, durch Länder, durch Jahrhunderte. Wir sehen seine Spur, verfolgen sie auf den Landkarten und in den Geschichtsbüchern. Und so verlassen Menelaos und Odysseus vor dreitausend Jahren das brennende Troja und fahren der Glutwelle hinterher, fahren herauf, herüber in unser Jahrhundert, vorbei an den Stätten solchen Leides, daß wir es nicht wagen, ihre Namen auszusprechen, als wären es Namen des Herrn.

»Es mochte so gegen zehn Uhr vormittags gewesen sein. Der Jeep mußte langsam fahren, weil so viele Menschen auf der Straße gingen. Ob er wisse, was das für Menschen seien, fragte ich deinen Vater. Er nehme an, es seien Flüchtlinge, sagte er. Es waren keine Flüchtlinge. Und er nahm auch nicht an, daß es welche waren. Er konnte es nicht annehmen. In Gruppen marschierten Menschen in unserer Richtung, sie trugen Gepäck. Es waren ganze Familien darunter. Und neben jeder Gruppe gingen Soldaten her. Je weiter wir aus der Stadt herauskamen, desto dichter wurden die Kolonnen. Auf einem großen, freien Feld lagen Haufen von Kleidungstükken. Unser Jeep wurde von Bewaffneten auf die Seite gelotst. Man bat uns auszusteigen. Gleich wurden unsere Wagen mit Kleidungsstücken beladen. Der Chauffeur half mit. Wir sagten nichts, fragten auch nicht. Wir beobachteten auf diesem Platz, daß die angekommenen Menschen, alles Bewohner der Stadt, Männer, Frauen, Kinder, von den Polizisten in Empfang genommen wurden. Sie wurden an verschiedenen Plätzen vorbeigeleitet, wo sie nacheinander zunächst ihr Gepäck, ihre Mäntel, Schuhe und Oberbekleidung und auch die Unterbekleidung ablegen mußten. Genauso mußten sie an einer bestimmten Stelle ihre Wertsachen abgeben. Für jedes Kleidungsstück war ein besonderer Haufen gebildet worden. Das ging alles sehr schnell vor sich, und wo der Einzelne zögerte, wurde von den Wachmännern mit Fußtritten und Stößen nachgeholfen. Ich glaube, daß der Einzelne keine Minute brauchte, bis er vollkommen nackt dastand. Es wurde hier kein Unterschied zwischen Männern, Frauen und Kindern gemacht. Die nackten Menschen wurden in eine Schlucht geleitet, die die Ausmaße von etwa 150 Meter Länge, 30 Meter Breite hatte und gut 15 Meter tief war. Zu dieser Schlucht führten zwei oder drei schmale Eingänge, durch die die Menschen geschleust wurden. Wenn sie am Rand der Schlucht ankamen, wurden sie von den Soldaten ergriffen und auf bereits erschossene nackte Leiber gelegt. Dies ging alles sehr schnell. Die Leichen wurden regelrecht geschichtet. Sowie einer dalag, kam ein Soldat mit der Maschinenpistole und erschoß ihn durch Genickschuß. Die Menschen, die in die Schlucht kamen, waren von dem Anblick dieses grausigen Bildes so erschrocken, daß sie vollkommen willenlos waren. Es kam sogar vor, daß sie sich selbst in Reih und Glied legten und den Schuß abwarteten. Sowie einer tot war, ging der Schütze auf den Leibern der Erschossenen zum nächsten inzwischen Hingelegten und erschoß diesen. So ging das am laufenden Band.

Was stehst du schon wieder auf, Telemach... Willst du gehen? Hör doch! Von allen hatte ich am meisten Glück. Diomedes wurde von seiner Frau verjagt und von seinen Freunden, viele Länder fand er, in keinem durfte er bleiben. Idomeneus, der Smarte, er tötete seinen eigenen Sohn, der ihm das Liebste auf der Welt war. Agamemnon, mein Bruder, wurde von seiner Frau ermordet. Und der Lokrische? Er ist ertrunken. Und Neoptolemos? Irgendwo ist er verreckt. Und dein Vater? Er findet die Heimat nicht. Und ich? Ich lebe ewig.»

Nachspiel · Erroso!

Oh, Telemach! Die Göttin hat dich nicht verlassen. Nur aus
deiner greifbaren Nähe ist sie verschwunden. Aus Lakedaimon stieg sie auf, über die Kronen der Hochhäuser, zurück in
ihr Ideal; nahm wieder Angesicht und Gestalt einer Erfundenen an, die es nirgends auf der Welt gibt und niemals auf der
Welt gab; ließ jene zurück, in die sie gefahren, mit denen sie
sich gekleidet, die sie besessen, von denen sie sich hatte besitzen lassen – Meter, Mentor, Mentes. Und ihr göttlicher Geist
leuchtet wieder aus der offenen Welt. Und sie blickt hinab auf
den armen Mann, der weit fort noch immer auf der Insel der
Nymphe Kalypso in seine Obsessionen versponnen ist. Und
sie blickt hinab auf Penelope, die Gattin und Mutter, die im
Bett des Gästezimmers im Haus ihres Schwiegervaters Laertes liegt und noch schläft, obwohl es nun schon bald zehn Uhr
am Vormittag ist, sie hatte schlechte Träume in der Nacht,
Hände und Füße waren ihr unruhig gewesen, gleich wird sie
erwachen… Und die Göttin blickt hinab auf die schöne Evangeline, die Läuferin über 100 Meter Hürden, die in der Küche
ihrer Wohnung in der Französischen Straße 1177 sitzt. Sie
hat sich den Morgenmantel übergezogen, war gerade erst unter der Dusche gewesen. Vor ihr steht eine kleine Schale mit
zerdrückten, gepfefferten und gesalzenen Avocados. Die Zeitung schlägt sie auf, es ist Dienstag, Seite drei, Eurymachos'
Kolumne – und da klingelt das Telephon… Und die Göttin
blickt hinab auf ihren Schützling, Telemach, der irgendwo
am Rand einer kleinen Stadt, deren Namen er gar nicht weiß,
in der Telephonzelle einer Autobahnraststätte steht, ein Bein
angezogen, den Rücken an die Glaswand gepreßt, und darauf
wartet, daß Evangeline den Hörer abnimmt… In einer himmelragenden Pyramide, deren Spitze wie ein Satellit ihr Auge 479

und deren Basis ein verzerrtes Rechteck bilden, verbindet die Göttin – die Tritogeneia, die Alalkomene, die Pallas Athene – den Sohn mit dem Vater, mit der Mutter und der Geliebten …

Und?

Hier endet seine Geschichte.

So sollen wir ihn zurücklassen? Sollen uns alles weitere nur denken? Das soll das letzte Bild von ihm sein in dieser Geschichte – die zerschundene, kaum mehr brauchbare, schwarze Jacke über die Schultern gehängt, Hose und Hemd verschmutzt, in den Augen ein übermüdetes Flackern, schmaler das Gesicht, als wir es kannten, die Finger ein wenig zitternd – so sollen wir ihn in Erinnerung behalten? Haben wir ihm doch das Beste gewünscht! Daß seine Sache ein gutes Ende nehme. Haben wir doch, und wir geben es zu, manchmal mit Ungeduld, ihm zurufen wollen, er soll seine Angelegenheiten endlich in die eigenen Hände nehmen. Und jetzt, da er es vielleicht tut, verlassen wir ihn? Da ist ein Zug einer bisher nicht beobachteten, heiteren Entschlossenheit in seinem Gesicht – sollten wir nicht wenigstens den ersten Wortwechsel, wenigstens den ersten Satz hören dürfen, sein Mund am Ohr der Evangeline, dazwischen Kabel, Sender, Empfänger, Kabel – diskrete, titanische *needfull things*.

Aber ein kleines Ende seiner Geschichte bleibt uns doch noch, ein kleiner Winkel ist noch nicht ausgeleuchtet worden… Was geschah weiter in dieser Nacht, die für unseren Helden eine Höllenfahrt gewesen, die ihn so sprachlos in den Morgen entlassen hat, so von allen guten Geistern verlassen! Hatte ihn Menelaos, der Rufer im Streit, noch einmal gebeten, ihm die Pistole an die Schläfe zu halten und abzudrücken? Glaubte der Götterliebling wirklich, nach all dem, was er ihm erzählt hatte, Telemach würde das tun? Das dachtest du, Menelaos? Und dachtest, es würde funktionieren, angenommen, er drückte tatsächlich ab? Hast du denn nicht dem Wahnbild vertraut, das vor deinem Geist stand, damals, als du neben Odysseus auf die Leiber Trojas geblickt hattest? Glaubtest du nicht an den Text dieses Wahnbildes, der lautete, daß du unsterblich sein würdest, wenn du nun den Rücken kehrst und den Blick abwendest von diesem Untergang? Daß dieses Bild vor alles gehäng werden wird, vor alles, was es in einem ewigen Leben zu sehen gibt, wie eine durchsichtige Folie, auf die in Umrissen ewig dieses Grauen gezeichnet ist – hast du das denn nicht geglaubt, Menelaos?

»Warte noch einen Augenblick«, sagtest du, Rufer im Streit, Menelaos, »einen Augenblick nur, Telemach! Warte, bleib sitzen! Ich bin ein Freund deines Vaters, ich war es immer, und ich bin sicher, noch heute würde Odysseus mich als seinen Freund bezeichnen, und ich verdiene es nicht, daß mich sein Sohn mitten im Wort verläßt. Versprich mir wenigstens, Telemach, daß du mich ausreden läßt. Willst du mir das versprechen?«

Darauf antwortete Telemach: »Gut, aber es wird nichts nützen.«

Und du, Rufer im Streit, Menelaos, sprachst weiter: »Lösch es aus, dieses Leben. Ich hasse nichts mehr und liebe nichts mehr. Mich haßt niemand und liebt niemand. Es gießt der eine Eimer nichts mehr in den anderen. Was hast du schon getan in deinem bisherigen Leben, Telemach? Du kannst dich nicht erheben, ohne einen anderen unter dich zu treten. Drück ab! Diese melancholische Wehrlosigkeit ist schön; aber nur solange dein Gesicht schön ist. Mit dem aufsteigenden Tag vergeht diese Schönheit. Drück ab!«

Und wie, sag uns, Rufer im Streit, Menelaos, wie glaubst du, wäre die Geschichte ausgegangen, hätte Telemach dir gehorcht? Hätte der Abzugshahn zufällig geklemmt? Oder hätten die Patronen zufällig gefehlt? Oder hätte er vor Aufregung oder Ungeschicklichkeit vorbeigeschossen? Wenn ein göttliches Wahnbild dir ewiges Leben verschrieben hat, Menelaos, dann soll so eine Pistole das ändern können?

Telemach war hinausgestolpert aus dem Keller, war durch die Gänge des Hauses in der Argen Straße im Norden der Stadt Lakedaimon gestampft mit seinen langen Schritten, sein abgerissener Atem war unrhythmisch gewesen wie ein Schluchzen; und als er vorne beim Büro angekommen war, wußte er nicht, was er tun sollte; er nahm Sätze über die Stiege hinauf, öffnete eine Tür nach der anderen.

Ganz oben unter dem Dach fand er Peisistratos. Er schlief. Der Kopf war ihm verbunden. Er lag hoch in den Kissen, die nackten Arme über das weiche Federbett gebreitet. Das Kinn war ihm ein wenig herabgesunken, die Lippen hatten sich voneinander gelöst. Er atmete ruhig. Telemach setzte sich neben das Bett und betrachtete den Schlafenden, wartete selbst auf den Schlaf.

Die Göttin sah, daß sie ihr Ziel nicht erreicht hatte, daß sie diesen Menschen zwar zur äußersten Erschöpfung getrieben und das Grauen in seiner Seele aufgewühlt hatte, daß er zuletzt aber in seinem eigenen Willen geblieben war. Da flog sie davon, weithin nach Westen, schwebte eilig vorbei an Okeanos Strömung, am Felsen Leukas, vorüber an Helios Toren, wo die Träume wohnen, und landete sanft, daß kein Sandkorn verrutschte, nahe beim Eingang zum Totenreich, vor dem Palast des untätigen Schlafgottes Hypnos. Still ist dort alles und stumm. Demütig, wie sie selbst vor Zeus nicht hinträte, nähert sie sich dem Jüngling, der da mit offenen Augen schläft. »Komm«, sagt sie, »nimm den Mohnzweig und fülle das Schlummerhorn mit dem erquickendsten Schlaf!« Und sie führt ihn in die Stube unter dem Dach. »Dieser hier!« sagt sie. Und Hypnos träufelt seine Gnade ins Auge unseres Helden. – Telemach schlief ein, der Kopf sank ihm auf die Arme, die er auf der Stuhllehne gekreuzt hatte. Athene aber stand neben ihm, unsichtbar, den Elementen beigemischt, damit kein frecher Traum es wagte, in ihn zu fahren…

Als er erwachte, fielen die ersten Sonnenstrahlen auf die Stadt. Er öffnete das Fenster und blickte hinaus auf die backsteinernen Wände, die nach oben nicht aufhörten. Die verzweifeltsten Gedanken, das Schrecklichste floh aus seiner Seele; im Lufthauch des Maschinengeruchs und in der Musik des monotonen Brummens dieser Stadt tanzten Gram und Entsetzen aus ihm hinaus, flatterten davon, als wären sie die fröhlichen Gespenster, tanzten wie im Rhythmus zu Phemios' Banjo… Wir können unseren Helden jetzt mit Stolz und Genugtuung betrachten. Und auch Pallas Athene, betrachtete ihn – freilich aus anderer Entfernung und unter anderem Blickwinkel; aber sie versagte ihm nicht ihren göttlichen Respekt. Das Höchste, Einzige, Einzigartige, Erhabenste, dem alles Pathos gefälligst zu Füßen zu liegen hat, das Leben nämlich, dieses liebe Leben im Sonnenlicht, war in ihm, und es ist sich selbst Würde genug. Und diese Würde ist nicht Geschenk der Götter, sondern wird vom Menschen selbst aufgerichtet, und zwar gegen die Götter, die ihn zu einem unzulänglichen, mangelhaften und beschämenden Zwiefach-, Halb- und Zwischenwesen hatten zusammenkneten lassen, einem Wesen, das obendrein von seiner Unzulänglichkeit und seiner Mangelhaftigkeit weiß. Und weiß, daß es sterben muß. Und sich für dieses Wissen schämt. Und bangt, das Leben könnte lediglich eine Akzise, ein auf Kredit abgestotterter Preis für den selbst nicht gewollten Eintritt in dasselbe sein und der Tod das Ende; und sich davor fürchtet. Und sich in der Folge vor jeder Tat fürchtet. Und sich nicht auskennt, außen nicht und innen nicht, seiner Wege nicht Herr wird und nicht seiner Empfindungen. Steigen seine Empfindungen ins liebe Sonnenlicht auf, so wird alles begreiflich und einfach sein, stecken sie unten im Schatten fest, dann wird ihm die Welt in ihrer verschwommenen Verschiedenheit, in ihrem Getümmel, in ihrer Brandung als eine Wildnis und ein Wirrsal erscheinen, aus der nur ein Weg führt, nämlich sein Leben selbst zu beenden... Zu welcher Predigt haben wir uns da verstiegen! Wollen sie womöglich unserem Helden als Gedanken unterschieben...

Als das Zimmer genügend Licht vom Fenster her bekam, sah er, daß da ein Stuhl stand und daß über diesem Stuhl seine Jacke hing. Er drückte sie an sich wie ein Stück aus dem glücklichen Leben. Und er sah, daß neben dem Stuhl sein Koffer stand, und auch Peisistratos' Koffer war da, und der schwarze Gitarrenkoffer. Er blickte hinunter in den morgengrauen Hof. Dort sah er den Jeep stehen. Er berührte vorsichtig Peisistratos' Arm. Alles sei wieder da, sagte er, die Gibson, der Jeep, seine Jacke, die Pässe, wahrscheinlich auch das

Geld. Er fühle sich nicht gut, sagte Peisistratos, aber er fühle sich auch nicht besonders schlecht.

»Ich will nach Hause«, sagte er.

»Es gibt nichts, worauf wir noch warten müßten«, sagte Telemach und half dem Freund auf die Beine.

Sie verließen das Haus, ohne daß sie Meter oder sonst jemanden von seinen Leuten noch einmal gesehen hatten, und fuhren aus der Stadt hinaus. Als sie auf der Autobahn waren, stand Eos, die Rosenfingrige, über den Feldern, und Telemach borgte sich Peisistratos' Sonnenbrille aus. Peisistratos lag auf dem Rücksitz und versuchte zu schlafen. Aber das ging nicht. Der Jeep war zu hart gefedert. Dann versuchte er zu singen. Er sang Telemach etwas vor. Der Hals tat ihm weh vom Singen, aber er machte weiter. Und auch Telemach wollte singen, so gute Laune hatte er auf einmal.

»Kann ich nicht auch irgend etwas singen«, fragte er. »Zweite Stimme oder so ... oder Chor ...«

»Kennst du *Trenchtown Rock* von Bob Marley?« fragte Peisistratos.

»Nein, leider nicht«, sagte Telemach.

»Ich singe den Text, und du singst einfach immer nur: Trenchtown Rock, Trenchtown Rock ...« Er sang es ihm vor. »Glaubst du, das kriegst du zusammen?«

»Ich glaub schon.«

Sie sangen, bis Peisistratos wirklich nicht mehr konnte. Sie sangen eine Weile nicht und redeten auch nicht. Und dann sangen sie *Chances are*. Telemach mußte mit tiefer Stimme einen Männerchor nachahmen. Dann aber konnte Peisistratos mit dem besten Willen nicht mehr, auch nicht mehr reden konnte er. Kein Wort brachte er mehr heraus. Aber es ging ihm schon viel besser, viel besser. Telemach sah im Rückspiegel sein lachendes Gesicht.

Und dann war es bald zehn Uhr am Vormittag, da hatten sie den Tank leergefahren und waren schon ein weites Stück von Lakedaimon entfernt. Telemach lenkte den Jeep zu einer Raststätte, er tankte Diesel und stellte den Wagen auf einen
484 schattigen Platz. Er wolle ein paar Schritte machen, sagte er,

dann werde er sich auch etwas hinlegen und versuchen zu schlafen, sagte er. Er ging zur Tankstelle zurück, wechselte ein paar Scheine in eine Handvoll Münzen um und rief von der Telephonzelle aus zu Hause in Ithaka an. Aber es meldete sich niemand. Dann wählte er die Nummer von Evangeline, und sie vertelephonierten alle Münzen Denn sie erzählte viel. Und er erzählte viel. Und keine Göttin fuhr diesmal dazwischen...

So sehen wir ihn in der Telephonzelle stehen: ein Bein angezogen, den Rücken an die Glaswand gepreßt... – *Erroso!* – Fahr hin, Telemach! Ist sogar ein kleines Vollbrachtsein daraus geworden, wenn auch ein improvisiertes, ein aus deinem Zaudern, deiner Tatenlosigkeit, deinem Erleiden gefügtes... – *Erroso!* – Selbstgespräche führst du ja nicht. Und wenn du die Augen schließt, rückt der Horizont nicht näher, und er rast nicht über das Meer auf dich zu, und der Himmel schießt nicht nieder auf dein Haupt.

Michael Köhlmeier

Bleib über Nacht
Roman. 238 Seiten. Geb.
Die ebenso einfache wie unglaubliche Geschichte,
die in »Bleib über Nacht« erzählt wird, ist ein einziges Hohelied
auf die Liebe, auf den Glauben an das schlichte Faktum,
daß zwei Menschen füreinander bestimmt sein können.

Die Musterschüler
Roman. 570 Seiten. Serie Piper 1684
In einem gnadenlosen Frage- und Antwortspiel wird eine alte Schuld
wieder aufgedeckt: Vor 25 Jahren hat eine Schulklasse einen
Mitschüler grausam zusammengeschlagen. Jetzt muß sie dafür
Rechenschaft ablegen. Eindringlicher als hier
ist selten das ebenso alte wie aktuelle Thema von Schuld
und Vergessen beschrieben worden.

Spielplatz der Helden
Roman. 348 Seiten. Serie Piper 1298
»Schon das letzte Buch des heute 39jährigen österreichischen Autors
gründete auf historischen Begebenheiten. Es erzählte vom Anarchisten
Gaetano Bresci, der im Jahr 1900 in Monza den italienischen König
Umberto I. erschossen hatte. Was Köhlmeier da gelang, gelingt ihm
auch in seinem neuen Roman: durch literarische Phantasie eine – quasi
dokumentarische – Wahrscheinlichkeit herzustellen.«
Süddeutsche Zeitung

Die Figur
Die Geschichte von Gaetano Bresci, Königsmörder.
135 Seiten. Serie Piper 1042

Wie das Schwein zu Tanze ging
Eine Fabel. 127 Seiten mit 8 Illustrationen
von Reinhard Michl. Edelpappband
»Die Geschichte wird erzählt, wie es einer Fabel zukommt: klar im
Aufbau, sparsam in den erzählerischen Mitteln, aber präzise in ihrer
Verwendung. Kein schiefes Bild, kein falscher Ton trübt hier das
Lesevergnügen, und die Spannung reißt bis zum Ende nicht ab.«
Die Tageszeitung

P**I**PER

»Die Schönheit dieser Sprache... ist zugleich ein Widerstandsakt.«

Stuttgarter Zeitung

Ludwig Fels

Bleeding Heart
Roman. 227 Seiten. Leinen

»Eine Höllenfahrt durch das marokkanische Tanger
und die Seele eines europäischen Mannes.«
Manager Journal

Rosen für Afrika
Roman. 316 Seiten. Serie Piper 1363

Die Sünden der Armut
Roman. 134 Seiten. Serie Piper 1851

Ein Unding der Liebe
Roman. 255 Seiten. Serie Piper 1928

Der Anfang der Vergangenheit
Gedichte. 122 Seiten. Geb.

Blaue Allee, versprengte Tataren
Gedichte. 131 Seiten. Leinen

Die Eroberung der Liebe
Heimatbilder. 130 Seiten. Geb.

»Die eigentlichen Helden seiner Prosa sind die Wörter. In ihrer
rhythmischen, gelegentlich metrischen Abfolge lebt ein
Gestaltungswille, der jenseits aller Aussage eine bemerkenswerte
formale Gültigkeit erreicht.«
Neue Zürcher Zeitung

Der Himmel war eine große Gegenwart
Ein Abschied. 97 Seiten. Serie Piper 1668

PIPER

»Sten Nadolny – ein Erzähler unvergeßlicher Geschichten...«

Sten Nadolny

Die Entdeckung der Langsamkeit
Roman. 359 Seiten. Leinen
(Auch in der Serie Piper 700 lieferbar)
»Dieses Buch kommt, scheint's zur richtigen Zeit.
Nadolnys heute ganz ungewöhnliche, ruhige Gegenposition
im gehetzten Betrieb der Politiker und Literaten
hat etwas Haltgebendes und unangestrengt Humanes.«
Der Tagesspiegel

Ein Gott der Frechheit
Roman. 288 Seiten. Leinen
»...Jenseits der tradierten Heldengeschichten vom Götterboten
Hermes spinnt Nadolny seine Handlungsfäden zu einer amüsanten
göttlichen Komödie unserer neunziger Jahre weiter. Mit Hermes
begreifen wir die politischen Veränderungen in Osteuropa ganz
anders. Es ist der Blick des Fremden, der uns unsere unmittelbare
deutsche Gegenwart mit neuen Augen sehen läßt.«
Focus

Die Netzkarte
Roman. 164 Seiten. Serie Piper 1370
»So unterschiedlich die Hauptdarsteller in seinen Büchern
auch sind, eines verbindet sie: der besondere Blick
auf das kleine Abenteuer und das große Erleben...
Das Staunenkönnen zeichnet Sten Nadolnys Helden
wie ihn selber aus, und er lehrt es seine Leser neu.«
FAZmagazin

Das Erzählen und die guten Absichten
Münchner Poetikvorlesungen im Sommer 1990,
eingeleitet von Wolfgang Frühwald.
136 Seiten. Serie Piper 1319

Hanns-Josef Ortheil

Abschied von den Kriegsteilnehmern
Roman. 412 Seiten. Leinen

Hanns-Josef Ortheils neues Buch ist ein
eindrucksvoller Roman über die Macht der Vergangenheit
und die Macht der Phantasie.

Das Element des Elephanten
Wie mein Schreiben begann.
224 Seiten. Leinen

Es ist eine ganz besondere, da eigen-artige Biographie,
die sich hier pointiert für ihr Ziel, das Schreiben,
rechtfertigt: ganz anders und doch sehr ähnlich,
wie es seinerzeit Jean-Paul Sartre in seinen berühmten
»Wörtern« tat.

Schwerenöter
Roman. 645 Seiten. Serie Piper 1207

»Ortheil schreibt in einem südlich heiteren, über den Dingen
stehenden Ton… So wird aus einem Roman mit sehr deutschem
Stoff zugleich ein Schelmenroman.«
Die Welt.

Agenten
Roman. 324 Seiten. Serie Piper 1543

»Ortheil hat eine unsentimentale Studie geschrieben, in der die
Tagesabläufe des Schülers oder des Reporters Meynard gleichsam
rasant, oberflächlich und unberührt heruntergerattert werden; in
der eine gute Portion trockenen Humors nicht fehlt und eine Reihe
kleiner Edelsteine versteckt sind.«
Berliner Tagesspiegel

Mozart im Innern seiner Sprache
208 Seiten. Serie Piper 715

PIPER

»Gabriele Wohmann gehört zu den besten Erzählern der in den dreißiger Jahren geborenen Generation.«

Marcel Reich-Ranicki

Aber das war noch nicht das Schlimmste
Roman. 395 Seiten. Leinen
»Aus Gabriele Wohmanns Arbeiten spricht ein Geist, der sich den letzten Fragen mutig und mit tiefgreifender Ausdruckskraft stellt.«
Rheinische Post

Bitte nicht sterben
Roman. 362 Seiten.
Serie Piper 2142
»Ein Buch vom Loslassen, Erwachsenwerden und Abschiednehmen.«
Darmstädter Echo

Er saß in dem Bus, der seine Frau überfuhr
Erzählungen. 288 Seiten.
Serie Piper 1772

Ernste Absicht
Roman. 281 Seiten.
Serie Piper 1698

Frühherbst in Badenweiler
Roman. 176 Seiten.
Serie Piper 2048

Habgier
Erzählungen. 91 Seiten.
Serie Piper 1666
»Diese friedlosen Erzählungen, vorgetragen im idyllischen Ton von Familiengeschichten, sind ein bös funkelndes Lesevergnügen.«
Die Zeit

Plötzlich in Limburg
Komödie in vier Bildern.
114 Seiten. Serie Piper 1051

Ein Mann zu Besuch
Erzählungen. 280 Seiten.
Serie Piper 1863

Das Salz, bitte!
Ehegeschichten. 296 Seiten.
Serie Piper 1935

Die Schönste im ganzen Land
Frauengeschichten.
348 Seiten. Leinen

Wäre wunderbar. Am liebsten sofort
Liebesgeschichten.
282 Seiten. Leinen

PIPER